Inhalt

General Zombie

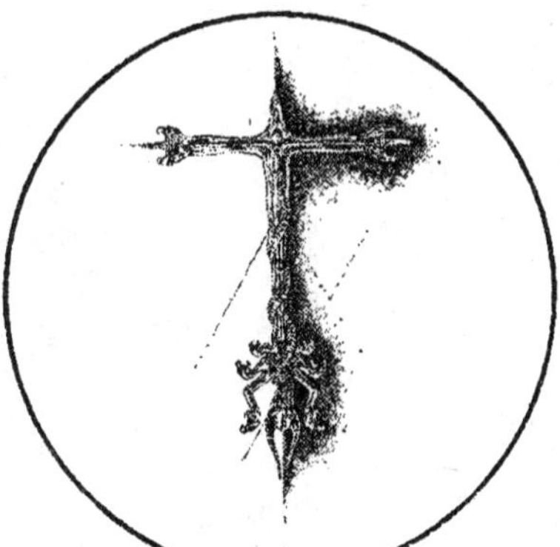

Zuerst spaltete der Blitz die düstere Wolkenbank wie eine riesige, schräg angesetzte Messerklinge. Das fahle Nachleuchten war noch nicht verschwunden, als der Donner folgte, der weit über das flache Land rollte und selbst in den Vorstädten von London noch zu hören war.

Aprilgewitter gehören zu den schlimmsten, sagt man. Und dieses abwechselnde Spiel aus Blitz und Donner schien die Theorie voll zu unterstützen.

Die Natur zeigte ihr wahres Gesicht. Man musste sie gereizt haben, denn die Folgen von Blitz und Donner wechselten rasch.

Die Blitze erhellten die Nacht. Fahl und unnatürlich gaben sie dem Land einen Glanz, der ängstliche Gemüter zu abergläubischen Kreaturen werden ließ. Dann verfluchte man sich selbst, andere wiederum beteten oder schauten, hinter Fenstern stehend, mit bangen Augen in einen von Gegensätzen bedeckten Himmel, an dem sich das gewaltige Schauspiel austobte.

Diese Donnerschläge können selbst Tote erwecken, wurde oft bei diesem Wetter gesagt, und der oder die Sprecher ahnten nicht, dass dieses tatsächlich so eintreten sollte.

Über dem Friedhof befand sich das Zentrum des Unwetters. Hier tobte es sich richtig aus, und es war ein Trockengewitter, das zudem noch Sturm mitbrachte, der das Laub vom vergangenen Jahr wie mit Riesenhänden in die Höhe schaufelte und mitriss.

Bei jedem Donnerschlag, der über den einsamen Friedhof hallte, zitterte die Erde, und die alten Grabsteine vibrierten mit, als wollten sie sich vor den Gewalten der Natur verbeugen, die mit einer so großen Vehemenz Mensch und Tier in Schrecken versetzten.

Ein Grabstein stach besonders hervor. Es war das große Ehrenmal für die gefallenen Soldaten, die auf diesem Friedhof ihre letzte Ruhestätte gefunden hatten.

Soldaten aus mehreren Kriegen. Die meisten Gräber waren nicht mehr zu erkennen. Die Zeit war über sie hinweggestrichen, hatte sie eingeebnet.

Nur einige Steine standen noch. Als stumme Zeugen reckten sie sich aus der welligen und mit Gras bedeckten Erde, um die Lebenden zu mahnen, nie wieder einen Krieg zu beginnen.

An diesem Gewitterabend wurde der Friedhof zu einem schaurigen Spielplatz der Gewalten. Blitze ließen das Licht über die Grabsteine huschen. Donner grollte gegen den Wind, der Sturm kämmte die langen Grashalme und wirbelte sie in verschiedene Richtungen.

Auch das große Ehrenmal trotzte den Gewalten. Es waren zwei aufeinander gesetzte, große, viereckige Steine.

Kein Mensch hielt sich in der Nähe des Friedhofs auf, der am Tage zuvor seinen Schrecken bewiesen hatte, als im Ehrenmal ein kreisrunder, geheimnisvoller Spiegel aufleuchtete, der gleichzeitig das Tor in eine andere Dimension darstellte.

Ein besonders starker Blitz fegte aus den Wolken. Er traf das Ehrenmal und spaltete den oberen Stein in zwei Hälften. Das Bersten des Steines wurde vom Donnerrollen übertönt. Langsam kippten die beiden Hälften in verschiedene Richtungen weg, fielen dumpf zu Boden, blieben dort liegen, und auch der untere, der große Stein, zeigte die ersten Risse. Spinnennetzartig durchzogen sie den grauen Granitblock, wobei sie seltsamerweise die Mitte aussparten, denn dort war der geheimnisvolle Spiegel tags zuvor erschienen.

Auch er ging zu Bruch.

Kein Zeuge sah zu, wie das kreisrunde Mittelstück des Steines langsam schmolz, schon bald an zähen Sirup erinnerte und sich als Lache ausbreitete, wobei es den Weg nahm, der auch zu den anderen Gräbern führte.

Hier lagen die Toten dicht an dicht. In Reihen hatte man sie begraben, nach einem geometrischen Muster.

Einer jedoch lag abseits. Und sein Grabstein stand noch. Nicht so hoch wie das Ehrenmal, kaum ein Drittel davon, aber mit einer eingemeißelten Schrift, der zu entnehmen war, wer hier seine letzte Ruhestätte gefunden hatte.

Ein General!

General Albert T. Hodson!

Einer der angeblich Großen, einer, der von einigen Zeitgenossen auch noch in der heutigen Zeit verehrt wurde, obwohl seine »Heldentaten« schon lange zurücklagen.

Ja, man sprach noch über ihn. Über seine Menschenverachtung, über seinen Hass den Feinden gegenüber, die Foltermethoden, mit denen er Geständnisse aus Gefangenen herausgepresst hatte, und irgendeiner hatte ihn einmal als Teufel bezeichnet.

Ein Kompliment für Albert T. Hodson, wie er gern zugab. Ein großes Kompliment sogar, denn der Teufel hatte ihm stets zur Seite gestanden und die schützende Hand über ihn gehalten.

Kein Kreuz zierte sein Grab, und den Stein hatte man nur widerwillig aufgestellt.

Die Spiegelmasse war allmählich so flüssig geworden, dass man sie mit Quecksilber vergleichen konnte. Nur war sie matter, hatte nicht die glänzende Farbe wie sie.

Doch sie fand ihren Weg.

Als würde der Wind ihr gehorchen, so trieb er die Masse auf das Grab des längst verstorbenen Generals zu, und ihr Weg wurde von den krachenden Donnerschlägen und fahlen Zickzack-Blitzen begleitet, bis hin zu ihrem Ziel.

Ein magischer Punkt war zerstört worden, doch in einem letzten Aufbäumen hatte diese Magie noch einmal zugeschlagen. Da kannte sie keinerlei Unterschiede mehr zwischen verschiedenen Mächten oder Machtinteressen, jetzt zählte nur der Sieg des Unheils.

In der Ferne, gen London, rötete sich der Himmel. Dort hatte ein Blitz in ein Lagerhaus eingeschlagen und es in Brand gesetzt. Auf diesem alten Heldenfriedhof geschah so etwas nicht. Da jagte der fahlgelbe und unnatürlich breite Strahl höchstens in die Erde zwischen den grauen Grabsteinen.

Die Flüssigkeit hatte endlich ihr Ziel erreicht. Bisher war das Grab des Generals nicht zu erkennen gewesen, doch die geheimnisvolle Kraft dieser veränderten Spiegelfläche sorgte dafür, dass es sich genau abzeichnete. Sie bildete ein matt glänzendes Rechteck, das exakt die Ausmaße des früheren Grabes eingenommen hatte.

Und dabei blieb es.

Zeit verstrich.

Der Tag war vergangen, die Dämmerung schob sich allmählich vor und brachte den Abend, dessen Düsternis auch den Friedhof umhüllte, auf dem niemand zu sehen war.

Das Gewitter klang ab. Nur ein leises Grollen in der Ferne, das war alles.

Stille legte sich über den Heldenfriedhof. Irgendwo jaulte noch die Sirene eines Feuerwehrwagens, denn der Brand hatte sich inzwischen ausgebreitet. Zudem war während des Gewitters kein einziger Tropfen Regen gefallen. Dies machte die Sache noch schlimmer, als sie ohnehin schon war.

Niemand hatte Zeit, sich um den Friedhof zu kümmern, es wollte auch keiner, sodass sich die Magie, die an diesem Fleck gelebt hatte, allmählich ausbreiten konnte.

Das tat sie auch.

Sie ging in die Tiefe.

Genau dort, wo man die quecksilberartige Flüssigkeit des zerbrochenen magischen Spiegels gefunden hatte, versickerte sie in alter Graberde.

Bei den Iren heißt es, es ist nicht alles tot, was in der Erde liegt, auch wenn es so scheint.

Das galt nicht nur für die Grüne Insel, auch in der Nähe von London lauerte das Unheil seit Jahren. Es hatte nur der richtige Zeitpunkt eintreten müssen, um es zu wecken.

Jetzt war es so weit!

Im Boden tat sich etwas. Noch nicht sichtbar, aber die mit hartem Gras bewachsene Erde geriet allmählich in Bewegung, als würde sie von unten her geschaukelt.

Das Grauen war bereit …

Noch musste es Kraft tanken, sich erholen, aber es sandte bereits seine Vorboten.

Niemand hätte sagen können, woher der Rauch gekommen war, der plötzlich über dem Grab lag. In der Tiefe musste ein Feuer brennen, denn etwas schickte den Qualm nach oben durch den porösen Boden, wo er über dem Grab sichtbar wurde und an verschiedenen Stellen zitternde Linien bildete, die sehr bald im Wind zerflatterten.

Im Grab brannte nichts. Der Qualm war der Vorbote, und er roch nach Schwefel! Es war ein Höllengestank, denn Satan hatte die Regie über diesen kaum erklärbaren und unheimlichen Vorgang übernommen.

Viele Menschen hatten über den Tod des Generals ihre Freude gehabt. Und sie alle sollten sich irren.

Albert T. Hodson war tot!

Er wollte zurück. Und er kam zurück.

Noch zitterten Rauchschwaden über der flachen Erde des Grabes, aber schon zeigten sich die ersten Risse. Vielleicht war es sogar der General, der tief im Erdreich dafür sorgte, denn kleine Erdhaufen, vermischt mit altem Laub und Grasbüscheln, wurden in die Höhe gedrückt.

Platz für den Zombie!

Er ließ sich nicht mehr aufhalten. Die Erde gehorchte den Befehlen schwarzer Magie. Sie stieß das ab, was es nicht mehr wert war, von ihr festgehalten zu werden.

Auch einen Toten …

So kam er!

General Albert T. Hodson, der Menschenhasser, der Grausame, der Folterknecht, war dabei, zurückzukehren, um sein blutiges Handwerk auch der Nachwelt und einer anderen Generation, die weniger vom Krieg wissen wollte, beizubringen.

Wenn Zombies aus dem Grab steigen, recken sie zumeist ihre fleischlosen oder mit aufgequollener, gelblicher Haut bedeckten Klauen aus der kalten Erde.

Der General nicht.

Bei ihm erschien zunächst der Kopf!

Ein fast noch normaler, trotzdem abstoßender und widerlicher Schädel. Eine grüne Schirmmütze saß auf seinem Kopf wie festgewachsen. Erdkrümel rollten über den Mützenrand, fielen zwischen die Grasbüschel und blieben liegen.

Beherrschend aber war das Gesicht.

Es sah fast normal aus. Breit, eckig, mit großen Ohren. Die Haut war nicht verwest, kaum aufgequollen und hatte auch nicht den teigigen Zustand, den man sonst von Zombies kennt. Dieser General musste tatsächlich ein besonderer Schützling der Hölle gewesen sein. Auch der Mund fiel auf. Seine Winkel zeigten nach unten, was die Grausamkeit dieser Kreatur unterstrich.

Über der breiten, fleischigen Nase befanden sich die Augen, deren Brauen nicht zu sehen waren, da sie vom Schirm der Mütze verdeckt wurden.

Die Augen waren etwas Besonderes.

Nur eines davon konnte man als normal bezeichnen. Das rechte Auge sah im ersten Augenblick zersplittert aus. Wer genauer hinschaute, konnte aber erkennen, dass es nicht das Auge war, das die Zersplitterung zeigte, sondern ein Monokelglas. Dort hatte den General zu Lebzeiten einmal eine Kugel getroffen.

Noch etwas fiel auf.

Aus dem rechten Nasenloch rann ein feiner Blutstreifen, der mittlerweile eingetrocknet war.

Nach wie vor schaute nur der Kopf aus dem Grab. Er wurde vom Wind gepackt, die Kräfte rüttelten an der grünen Schirmmütze, ohne sie allerdings vom Schädel reißen zu können.

Dieser General war zu seinen Lebzeiten schon eine Ausgeburt der Hölle gewesen. Das jedenfalls hatten einige Leute behauptet, die ihn kannten. Als Zombie würde er seinen schlechten Ruf noch übertreffen …

Der Fall hatte mir keine Ruhe gelassen, deshalb wollte ich noch einmal zurück auf den Heldenfriedhof, wo alles seinen Anfang genommen hatte. Suko begleitete mich, denn auch er war zwischen die Mahlsteine einer gefährlichen Magie geraten.

Hätte es Kara und Myxin nicht gegeben, lägen wir jetzt in

irgendeiner Dimension. Verbrannt, ausgedörrt und am Ende unseres Lebensfadens angekommen, denn die Spiegel des Spuks hatten kein Erbarmen gekannt. Gemeinsam mit der Dämonensonne war es ihnen gelungen, einen Horror zu schaffen, gegen den wir noch machtlos waren.

Angefangen hatte es, wie gesagt, auf dem Heldenfriedhof. Mit diesem seltsamen Spiegel am Ehrenmal.

Unterwegs erwischte es uns dann.

Schon seit unserer Abfahrt aus London war der Himmel merkwürdig bewölkt. Mit fortschreitender Zeit war die Wolkendecke immer dichter geworden.

»Das gibt ein Gewitter«, meinte Suko.

Er hatte sich nicht geirrt. Schon wenig später gerieten wir in ein regelrechtes Inferno. Da schien sich alles gegen uns verschworen zu haben. Der Wind rüttelte an dem Silbergrauen, er heulte und pfiff. Blitze rasten dem Erdboden entgegen, Donner krachten infernalisch, sodass wir manchmal das Gefühl hatten, in einem fahrenden Sarg zu sitzen.

Über uns am Himmel fanden interessante Schauspiele statt. Da tobte sich die Natur aus, weil kalte und warme Luft aufeinander trafen. Seltsamerweise regnete es nicht. Wir entdeckten einen Feuerschein und hörten hin und wieder das Heulen der Sirenen.

Es war genau die richtige Zeit, um einem Friedhof einen Besuch abzustatten, auch wenn es ein längst eingeebneter war.

Ich fuhr sehr langsam. In der Nähe gab es genügend Wald, und der Sturm rüttelte so hart an den Bäumen, dass Zweige und Äste nicht widerstehen konnten. Sie wurden abgerissen und durch die Gegend geschleudert wie Spielzeug, das kein Kind mehr haben wollte.

Der Feuerschein blieb hinter uns zurück. Hätte sich dort eine Ortschaft befunden, wären wir sicherlich hingefahren, um zu helfen. Soviel mir bekannt war, standen dort aber nur Lagerhäuser und Scheunen. Menschen schienen nicht in Gefahr zu sein.

Ich dachte an die Familie Jackson, mit der das Schicksal so grausam gespielt hatte.

Die Mutter war in der Dimension des Spuks verschwunden und hatte ein schlimmes Ende erlitten. Ihr Kopf war von der Tochter auf dem Körper einer Spinne entdeckt worden, und auch wir hatten diese Kreatur später gesehen. Sie war zusammen gewesen mit einem Kämpfer namens Bri-Onya. Dieser Typ widerstand selbst unseren Waffen. Seine Haut war unter den Strahlen der Dämonensonne gehärtet worden, und erst Myxin war es durch einen Schuss aus der goldenen Pistole gelungen, ihn zu vernichten.

Damit hätte der Fall eigentlich aufgeklärt sein müssen, zudem waren wir wieder heil in London gelandet, nachdem als Zwischenstation die Flammenden Steine hinter uns lagen, aber in mir steckte ein komisches Gefühl, wenn ich an die Anfänge dachte.

Der Spiegel innerhalb des Ehrenmals war sicherlich nicht zerstört worden. Diesen Weg in die fremde Welt musste es nach wie vor geben. Wir wollten uns beide davon überzeugen – und, wenn es möglich war, ihn auch verschließen.

Ob uns das gelingen würde, war fraglich. Unser Chef, Sir James, hatte uns geraten, so gut wie kein Risiko einzugehen, denn diese neuen Kräfte waren einfach zu stark.

Noch immer wechselten sich Blitze und Donner ab. Der Himmel war zu einem Meer geworden, in dem sich die Gewalten der Natur austobten. Fasziniert beobachtete Suko das Spiel, und noch immer war kein Tropfen Regen gefallen.

Den Weg wusste ich noch. Bis zum Haus der Jacksons brauchten wir nicht. Vorher konnten wir abbiegen und rollten über den Feldweg unserem Ziel entgegen.

Ich hatte das Fernlicht eingeschaltet. In langen, hellen Bahnen tanzten die vom Wind aufgewirbelten Staubschleier, durch die auch altes Laub und Zweige trieben. In der Ferne, wo sich die beiden Lichtlanzen verliefen, waren bereits die ersten Grabsteine zu erkennen. Besonders die größeren, aber das Ehrenmal entdeckten wir noch nicht.

»Eigentlich müssten wir es schon sehen«, sagte Suko.

»Ja. Finde ich auch.«

»Oder bist du falsch gefahren?«

»Kann ich mir nicht vorstellen.«

Das war ich wirklich nicht. Auch als wir näher heranrollten, war von dem Ehrenmal nichts zu sehen. Ich erinnerte mich wieder an Details, denn diesen Weg hatten wir schon einmal genommen, und als ich den Wagen anhielt, hatte sich auch das Gewitter verzogen. Dafür war die Dämmerung gekommen. Sie griff mit ihren langen Schatten nach dem Land und verpackte es in ein graues, so wenig natürliches Licht.

Wir stiegen aus.

Bis zum Ehrenmal hatten wir nicht mehr weit zu laufen. Nach dem Gewitter hatte es sich abgekühlt. Kalt blies der Wind in unsere Gesichter. Wir schmeckten noch den in der Luft liegenden Staub auf unseren Lippen.

Schon nach wenigen Schritten blieben wir stehen. Ich hatte meinen Arm ausgestreckt und wies nach vorn. »Ist es das?«

Suko lachte. »Das war es.«

Er hatte Recht. So wie wir das Ehrenmal in Erinnerung hatten, war es nicht mehr. Irgendjemand hatte dafür gesorgt, dass es in zwei Teile gespalten worden war, als hätte die Schneide einer Axt dort hineingeschlagen.

Der »obere« Stein lag jetzt neben dem unteren. Auch von dem sahen wir nichts mehr.

Keinen Spiegel, keine runde Fläche, nicht mal einen Ausschnitt. Nur von Rissen durchzogenes und allmählich zerbröselndes Gestein.

Ich schüttelte den Kopf und wandte mich mit einem fragenden Blick an Suko. »Verstehst du das?«

»Nein.« Er ging an mir vorbei und schaute sich den Stein genauer an. Seine Fußspitzen berührten fast den unteren Rand, so dicht war er davor stehen geblieben.

Er untersuchte ihn.

»Sei vorsichtig!«, warnte ich noch.

Suko schüttelte den Kopf und winkte gleichzeitig ab. Mit einer Hand tastete er genau dorthin, wo sich der Spiegel befunden hatte, dieser seltsame kreisrunde Gegenstand, der zwar eine helle Fläche zeigte, in der sich der Betrachter trotzdem nicht sehen konnte.

»Das verstehe ich nicht«, sagte mein Freund.

Ich ging näher zu ihm. »Wieso?«

»Der Stein fühlt sich ganz anders an. Probier es selbst aus.«

Das tat ich. Und ich musste Suko Recht geben. Der Stein war nicht mehr so, wie ich ihn in Erinnerung gehabt hatte. Er hatte sich verändert, war weicher und poröser geworden, und ich konnte nur staunen, denn eine Erklärung fand ich nicht.

»Was machen wir jetzt?«, fragte der Inspektor.

Ich schritt um das fast zerstörte Ehrenmal herum, betrachtete die beiden Hälften des oberen Steines, die regelrecht gespalten worden waren, als hätte eine gewaltige Handkante auf die obere Seite geschlagen.

»Kein Kommentar.«

Suko lachte blechern. »Das höre ich gern.«

»Bist du schlauer?«

»Nein, verdammt, auch nicht. Es ist wirklich zum Heulen. Vielleicht war es das Gewitter.«

»Du meinst ein Blitz.«

»So ungefähr.«

Zuerst hatte ich grinsen wollen, aber der von Suko ausgesprochene Gedanke war nicht so unrealistisch, wie er im ersten Augenblick wirkte. Ein Blitz spaltete jahrhundertealte Bäume. Weshalb hätte er vor einem Grabstein Halt machen sollen, besonders dann, wenn dieser Stein der höchste Gegenstand auf dem Friedhof war.

Das musste man schon in Betracht ziehen.

»Nun?«, fragte Suko.

»Solange ich keine andere Erklärung habe, glaube ich dir, auch wenn in dem Ehrenmal die Magie gelauert hat.«

»Siehst du sie?«

»Witzbold.«

Ich war ärgerlich. So hatte ich mir unseren Besuch auf dem Friedhof nicht vorgestellt. Wir waren gekommen, um Spuren zu finden. Was entdeckten wir? Nichts. Nur eine für uns nicht erklärbare Zerstörung, und so etwas passte mir überhaupt nicht.

Wer hatte hier seine Hand im Spiel? Tatsächlich die Natur oder aber der Spuk, der diesen Weg in eine andere Dimension geschlossen hatte? Beide Möglichkeiten kamen in Betracht.

»Sollen wir wieder zurückfahren?«, fragte Suko, der keine Lust mehr hatte, länger zu bleiben.

»Gleich.«

»Und vorher?«

»Schaue ich mich ein wenig um.«

Suko verzog das Gesicht. »Sag nur nicht, auf diesem komischen Heldenfriedhof.«

»Doch.«

Der Inspektor schlenderte weiter. »Was willst du denn finden? Den Spuk? Oder noch einen Bri-Onya?«

»Quatsch. Vielleicht kann ich irgendwelche Spuren entdecken.«

»Das Gewitter wird alles weggeräumt haben.«

»Ich lasse mich durch deine Laune nicht anstecken«, erklärte ich. »Du kannst ja warten.«

»Das werde ich auch.« Demonstrativ setzte sich Suko auf den Kühlergrill des Bentley, und ich kam zum ersten Mal dazu, mir das Areal des Heldenfriedhofs genauer anzuschauen.

Es war ein Acker, mehr nicht. Niemand dachte daran, das Gebiet zu pflegen, so hatte die Natur im Laufe der Jahre wuchern können. Bäume und Sträucher sah ich nicht, dafür hohes Gras, in dem ich bis zu den Knien versank.

Der Wind hatte Blätter und Abfall herbeigeweht. Die Spuren der Zivilisation setzten sich aus Plastiktüten, Blechdosen und einem alten Fahrradschlauch zusammen.

Ich schaute mir die Gräber an, die noch nicht eingeebnet worden waren, konnte aber nicht viel erkennen. Das glich schon mehr einem Ratespiel. Wo noch Grabsteine aus dem Boden schauten, standen sie zumeist krumm und schief, als wollten sie jeden Moment umkippen.

Ein völlig normales Bild, wenn es da nicht etwas gegeben hätte, das ich mit dem Wort Riecher oder Gefühl umschreiben konnte.

Mir gefiel die Umgebung nicht. Das war nicht allein auf die

Erinnerung an Vergangenes zurückzuführen. Ich merkte jetzt genau, dass etwas nicht stimmte.

Auf meine Gefühle hatte ich mich bisher stets verlassen können. Sie bildeten so etwas wie den sechsten Sinn, und ich fühlte nach meinem Kreuz. Mit den Fingerspitzen strich ich über das geweihte Metall.

Hatte es sich erwärmt?

So kam es mir im ersten Augenblick vor. Ich blieb stehen, legte das Kreuz frei, entdeckte allerdings bei ihm keinerlei Reaktion, sodass ich es wieder verschwinden ließ.

Langsam schritt ich weiter.

Nicht weit entfernt stach mir ein Grabstein ins Auge, der die normalen überragte. Er war zwar nicht sehr hoch, ließ keinen Vergleich mit dem Ehrenmal zu, aber in seiner Größe fiel er doch auf.

Und er war mein Ziel.

Der Stein sah aus wie alle anderen. Eine viereckige Platte, die senkrecht aus dem Boden schaute und schon verwittert war. Aber es gelang mir trotzdem, die Schriftzüge zu entziffern, die jemand in den Stein gemeißelt hatte.

Ein General war hier begraben worden!

Der Name des Mannes lautete Albert T. Hodson. Er musste ein hohes Tier gewesen sein, und ich wunderte mich, dass man ihm hier die letzte Ruhestätte gegeben hatte. Das musste seinen Grund gehabt haben.

Über zehn Jahre lag der Mann bereits in der Erde, das entnahm ich dem Sterbedatum.

Ich wollte mich schon umdrehen, als mir etwas auffiel. Es war nicht der Name, über den ich ebenfalls nachdachte, denn ich hatte ihn schon mal gehört, nein, etwas anderes nahm meine Aufmerksamkeit in Anspruch.

Das Grab selbst.

Ich schaute nach unten und entdeckte, dass die Erde aufgewühlt war, als hätten Hände von unten her Erde hochgeschaufelt. Zu beiden Seiten des Grabes waren die Brocken herabgerollt und liegen geblieben. Als ich mit dem Fuß auf die Erde trat, spürte ich deren Nachgiebigkeit überdeutlich.

»John!« Sukos Stimme riss mich aus meinen trüben Gedanken.

»Ja, hier.«

»Willst du nicht zurück?«

»Komm du.«

»Hast du etwas entdeckt?«

»Ja.«

Mehr sagte ich nicht, wartete, bis mein Partner kam und wies auf das Grab. »Schau es dir an.«

Suko umrundete es einmal, wobei er den Blick nach unten gerichtet hielt. »Wen hat man denn hier verscharrt?«

»Einen General!«

»Ach so.«

»Das ist es nicht, was ich meine. Fällt dir denn nichts auf?«

»Ja, die aufgewühlte Erde.«

»Richtig. Und was sagt dir das?«

Suko hatte seine Wanderung unterbrochen, stemmte die Arme in die Hüften und schüttelte den Kopf. »John, du willst doch damit nicht andeuten, dass hier jemand sein Grab verlassen hat?«

»Das meine ich.«

Danach war Suko sprachlos. Auch ich redete nicht. Wir beide mussten uns zunächst einmal mit diesen Tatsachen abfinden. Der Inspektor kratzte sich nachdenklich am Hals.

»Wer sein Grab so verlässt, wie du es vermutet hast, kann nur ein Zombie sein.«

»In diesem Fall ein Zombie-General.«

»Und wann soll er es verlassen haben?«

»Keine Ahnung«, erwiderte ich leise. »Das sieht mir noch alles ziemlich frisch aus. Vielleicht während des Gewitters.«

»Kurz vor unserer Ankunft also.«

»Richtig.«

»Und wieso?«

»Das müssten wir herausfinden. Ich werde dafür sorgen, dass man das Grab aufschaufelt. Finden wir die Leiche nicht, wissen wir ja Bescheid.«

»Falls es dann nicht schon zu spät ist.«

»Das will ich nicht hoffen.«

Ein wenig niedergeschlagen gingen wir zurück zu meinem Bentley. Das Land war sehr flach. Trotz der Dämmerung konnten wir ziemlich weit schauen. Besonders dorthin, wo der Brand aufgeflackert war. Da hatte sich der Himmel gerötet. Wenn wir genauer hinsahen, erkannten wir auch das Zucken der Flammen.

»Die scheinen ihn nur schwer unter Kontrolle zu bekommen«, meinte mein Freund.

»Ja, das werden wir uns ansehen.«

»Ich dachte, du wolltest dich um das Grab kümmern?«

»Werde ich auch. Nur können uns die Kollegen da drüben vielleicht helfen. Sie haben Schaufeln und Spaten. Damit machen wir uns selbst an die Arbeit und sehen nach. Alles klar?«

»Was tut man nicht alles für sein karges Gehalt«, murrte Suko. »Wenn man mich beim Yard mal feuert, werde ich Totengräber. Bei den vielen Gräbern, die ich schon aufgeschaufelt habe, bringe ich viel Erfahrung mit.«

Ich saß schon hinter dem Lenkrad. »Immer daran denken, Alter. Lieber ein Kilo Erde, als ein Kilo Watt ...«

Suko hatte an diesem Abend eine so miese Laune, dass er über diesen Spruch nicht einmal grinste.

Auch mir war danach nicht zumute. Mich hatte eine unnatürliche Nervosität erfasst. Irgendetwas rollte da auf uns zu, über das wir nicht Bescheid wussten.

Und das war nicht gut ...

Er hatte das Grab verlassen!

Früher, in seinem normalen Leben, war der General bekannt für seinen exakten Stechschritt gewesen. Jetzt konnte er nicht mehr so laufen. Als Zombie bewegte er sich breitbeinig, hatte Mühe mit dem Gleichgewicht bekommen und musste erst noch üben, bevor es ihm gelang, wieder einigermaßen normal zu laufen.

Der Heldenfriedhof lag bereits hinter ihm.

Zombies sind normalerweise tumbe Gestalten, die nur eines wollen: Menschen töten!

So erging es auch dem General, nur war er ein vom Teufel geführtes Wesen, und der Satan hatte ihm etwas eingegeben, das man mit dem Begriff Rache umschreiben konnte.

Albert T. Hodson wollte sich an denen rächen, die ihn in den letzten Tagen seines Lebens ihre gesamte Verachtung gezeigt hatten, sodass ihm nichts anderes übrig geblieben war, als sich selbst eine Kugel in den Schädel zu jagen, um einen militärischen und würdevollen Abgang zu haben. Sie hatten ihn begraben, waren froh gewesen, aber sie rechneten nicht mit seiner Rückkehr.

Und er würde kommen, das stand fest. Wie ein Sturmwind wollte er über sie herfallen und sie vernichten.

Zuvor jedoch musste er sie erreichen.

Der Weg war weit, sehr weit …

Es gibt verschiedene Waffen, die einen Zombie vernich ten können. Dazu gehörten geweihte Silberkugeln und Schüsse in den Kopf. Grausame Methoden, in der Tat, aber die Gesetze der schwarzen Magie sind eben nichts für schwache Menschen.

Wer aber ohne geladene Waffen einem Zombie gegenübersteht, kann sich auch noch anders helfen. Vorausgesetzt, er hat die Nerven dafür.

Feuer tötet Untote ebenfalls.

Und vor Flammen haben die Zombies eine gewisse Urangst. Bei dem General war das nicht anders, dennoch hatte er sich ein Ziel ausgesucht, das für ihn zumindest ungewöhnlich war.

Die brennenden Lager.

Er sah das Feuer, er sah den fetten, dicken Qualm, der in den Himmel stieg, und er wusste eines.

Wo es brannte, wurde gelöscht. Und so etwas übernahmen die Männer der Feuerwehr, diese Menschen wollte er haben. Töten würde sie ein gelenkter Untoter. Er selbst hatte etwas anderes vor. Um den Brandherd zu erreichen, kamen die Menschen nicht zu Fuß. Sie fuhren mit Autos oder ließen sich bringen. Wenn es dem General gelang, einen Wagen zu stehlen und damit zu verschwinden, konnte er sein Ziel sehr rasch erreichen.

Die Verwandtschaft würde sich wundern, wenn er zurückkam und sie alle niedermachte.

So bewegte er sich auf den Brandherd zu und sah schon bald die ersten Mitglieder der Löschmannschaft. Die in blauen Uniformen steckenden Männer hielten lange Schläuche in den Händen, aus deren Düsen dicke Schaum- und Wasserstrahlen in das lodernde Feuer spritzten.

Was dort alles brannte, wusste der untote General natürlich nicht. Jedenfalls war ein mitten im Gelände stehender Hallenkomplex erwischt worden, und in den Hallen musste ein Zeug lagern, das nicht gerade zu den harmlosen Mitteln gehört, denn der Qualm schimmerte schwefelgelb, war träge und breitete sich tuchartig aus.

Die Männer der Löschmannschaften trugen Masken, um sich vor dem Rauch zu schützen.

Zum Glück für den General stand der Wind so günstig, dass er den fetten Rauch in Richtung des langsam näher kommenden Zombies trieb und ihn schützte wie eine Wand.

Ein karges Grinsen zuckte über das Gesicht der Bestie. Wenn ihm der Rauch weiterhin diese gute Deckung gab, würde es ihm keine Schwierigkeiten bereiten, seinen Plan durchzuführen.

Er wankte weiter.

Niemand kümmerte sich um ihn. Das Feuer brauste und knatterte. Hin und wieder explodierte auch etwas, sodass noch aus den Qualmwolken lange Feuerzungen in die Höhe schossen.

Obwohl die Flammen einen brausenden Lärm verursachten, vernahm der Zombie-General eine harte Stimme. Sie kam über Lautsprecher.

Inzwischen war er so weit vorgegangen, dass ihn die Qualmschleier voll und ganz erfassten. Sie hüllten ihn ein, gaben ihm die nötige Deckung, sodass er sich von den anderen kaum abhob, denn auch die Feuerwehrmänner waren in diesem Inferno nur mehr schemenhafte Gestalten, deren Umrisse durch die sich bildenden Hitzeschleier zu schemenhaften und manchmal bizarren Figuren wurden.

Der Untote wollte töten, das stand fest. Zuvor jedoch brauchte er ein Fahrzeug.

Keinen der großen Löschwagen, das würde auffallen. Nein, es gab auch noch einige rot lackierte Personenwagen, mit denen die Chefs der Löschmannschaften fuhren.

Einen davon wollte er stehlen.

Zum Glück standen diese Autos abseits, während die großen Fahrzeuge näher an den Brandherd herangefahren worden waren.

Einmal wäre er fast gegen einen Feuerwehrmann gelaufen. Der andere erschien wie ein Geist aus dem Qualm, und der General hatte bereits seine völlig verschmutzten Pranken ausgestreckt, um nach dem anderen zu greifen, doch dieser Mann hatte keinen Blick für ihn. Er war damit beschäftigt, im Laufen seine Atemmaske noch fester zu zurren. Für seine unmittelbare Umgebung hatte er keinen Blick.

Der Mann verschwand ebenso schnell, wie er aufgetaucht war.

Freie Bahn für den Zombie-General!

Er ging weiter. Dabei schlug er die Richtung ein, die weg vom Feuer lag und wo die normalen Wagen parkten.

Schon bald sah er sie.

Es waren zwei.

Und keiner von ihnen schien besetzt zu sein, auch wenn er nichts Genaues erkennen konnte.

Für welchen sollte er sich entscheiden?

Der Zombie nahm den, der ihm am nächsten stand. Er hoffte, dass das Fahrzeug nicht abgeschlossen war, und näherte sich vorsichtig und auch geduckt seinem Ziel.

Albert T. Hodson hatte Glück. Er kam in die Nähe des Fahrzeugs, ohne von einer anderen Person entdeckt zu werden. Hier war der Rauch etwas dünner, und als er den Türgriff in der Hand hielt, lachte er zum ersten Mal auf.

Das Fahrzeug war nicht abgeschlossen. Die Tür schwang dem Zombie entgegen, er konnte in das Fahrzeug hineinschauen, sah das Lenkrad, die leeren Sitze und vor dem Beifahrersitz etwas auf dem Boden liegen, das seine Augen leuchten ließ.

Es war eine kleine Axt!

An sich nichts Brandgefährliches, denn die Männer der Feuerwehr benutzten sie, um Türen oder Fenster einzuschlagen. In der Hand eines Zombies konnte das kleine Beil jedoch zu einem Mordinstrument werden.

Und daran dachte der Zombie.

Bevor er in den Wagen stieg, streckte er seine Hand aus, nahm das Beil an sich und steckte es mit dem Griff zuerst in den Gürtel.

Jetzt fühlte er sich wohler …

Zwar hatte er zu Lebzeiten stets einen Fahrer gehabt, dennoch konnte er auch selbst ein Auto lenken. Und verlernt hatte er nichts, denn sein Mentor, der Teufel, hatte dafür gesorgt, dass ihm die Erinnerung an gewisse Dinge blieb.

Das Glück stand dem Untoten auch weiterhin zur Seite, denn der Zündschlüssel steckte.

Dies war bewusst so gehalten worden, denn es konnte sein, dass auch die Männer der Löschtrupps schnell abrücken mussten, da wollte man nicht lange nach einem Schlüssel suchen.

Außerdem, wer stahl schon einen so auffälligen Wagen?

Mit einem aus dem Grab Zurückgekehrten konnte natürlich niemand rechnen.

Der General hatte einige Jahre in der Erde gelegen. Inzwischen war die Zeit nicht stehen geblieben. Es ging immer weiter voran, die Entwicklung potenzierte sich, und so war es auch mit den Fahrzeugen. Immer neue Marken kamen auf den Markt, aber im Prinzip waren die Autos gleich geblieben, auch wenn sie mehr Komfort boten und einige technische Feinheiten, die das Fahren angenehmer machten.

Die untersuchte der Zombie, und er erkannte deshalb nicht, dass sich jemand näherte.

Es war ein Uniformierter. Sein Chef hatte ihn geschickt, um Hilfe zu holen, denn im Wagen war ein Telefon.

Endlich hatte der Zombie genug gesehen. Er richtete sich wieder auf, nahm den Zündschlüssel in die rechte Pranke, wollte schon starten, als er den Mensch sah. Mit der Atemmaske vor dem Gesicht wirkte er wie eine Gestalt von einer fremden Welt. Erst als er sie abgenommen hatte, kam sein normales Gesicht zum Vorschein.

Dennoch war es rußgeschwärzt und verschwitzt. Es war dem Mann anzusehen, wie schwer es für ihn gewesen war, unter der Maske Luft zu bekommen und gleichzeitig zu arbeiten.

Bevor er einstieg, schüttelte er den Kopf, wischte durch sein verklebtes Haar und stützte sich am Türholm ab.

Den anderen Fahrgast hatte er noch nicht gesehen, dazu war er einfach zu sehr mit sich selbst beschäftigt. Doch er dachte an seinen Auftrag, bückte sich, zog die Tür auf – und schrie!

Der Schreck ließ ihn so reagieren, und er saß auch wie eingemeißelt in seinen Gliedern. Das Gesicht erstarrte innerhalb einer kurzen Zeitspanne zu einer steinernen Maske, seine Augen wirkten auf einmal gläsern, und dann wurde sein Gesichtsfeld plötzlich von einem ihm übergroß vorkommenden Gegenstand verdunkelt.

Es war die Faust des Zombies!

Sie traf ihn voll.

Plötzlich war er verschwunden. Dieser harte Hieb schleuderte ihn zurück auf den Boden. Mit dem Rücken zuerst schlug er auf, aus der Nase lief Blut, aber der junge Mann war nicht bewusstlos, er wälzte sich schmerzgepeinigt und schwerfällig zur Seite, um wieder auf die Füße zu kommen.

Der Zombie-General wurde plötzlich schnell. Ihn hielt nichts mehr hinter dem Lenkrad. Alles konnte er gebrauchen, nur keinen Zeugen.

Als er den Wagenschlag so weit wie möglich aufstieß, kam der junge Feuerwehrmann gerade in die Höhe.

Die aufspringende Tür traf ihn im Rücken. Es war ein harter Schlag, der ihn wieder nach vorn schleuderte, sodass er auf das Gesicht fiel und dem Zombie den Rücken zuwandte.

Gnade kannte dieses von der Hölle gelenkte Wesen nicht. Ebenso wenig wie Menschlichkeit. Ihm kam es nur auf den Erfolg an, und da räumte er jedes Hindernis aus dem Weg.

Er stürzte aus dem Wagen. Den rechten Arm hielt er hoch. Inmitten der Rauchschleier wirkte er wie ein Gespenst, das sich blitzschnell bewegte, als das Beil nach unten raste.

Der junge Mann hatte keine Chance.

Er starb schnell, und der Zombie-General zog die Klinge wieder zurück. Er wollte wieder in den Wagen steigen, drückte sich auch schon zurück, als ihm etwas einfiel. Mit der Axt in der Hand schlich er um das Fahrzeug herum und zerhackte dort in Sekundenschnelle die vier Reifen des zweiten Autos.

Erst jetzt war er zufrieden.

Niemand hinderte ihn mehr daran, in das Feuerwehrauto zu steigen und zu starten.

Es fiel auch nicht auf, als der Wagen in den treibenden Rauchschleiern verschwand, als hätte es ihn nie zuvor gegeben …

Mein Freund Suko zog ein bedenkliches Gesicht und sagte: »Das sieht schlimmer aus als bei unserer Ankunft.«

Ich nickte. In der Tat hatte sich der Brand ausgebreitet, und es war nicht nur ein Gebäude von den Flammen erfasst worden, gleich mehrere loderten. Der gesamte Komplex war in Brand geraten, und für die Männer der Löschmannschaften sah die Lage gar nicht gut aus, wie sogar wir beurteilen konnten.

»Willst du hin?«, fragte Suko.

»Natürlich. Denk an Spaten und Schaufeln.«

»Vielleicht brauchen sie die selbst.«

Ich schüttelte den Kopf. »Wohl kaum. Um das Zeug zu löschen, musst du mit Schaum und Wasser ran.«

»All right!«, stöhnte mein Partner, der an diesem Abend überhaupt nicht in Form war. Vielleicht wollte er auch bei seiner Freundin Shao sein. Ich hätte mir ebenfalls etwas

Besseres vorstellen können, als hier durch die Gegend zu fahren.

Aber Job ist Job, und vielleicht sah in zwei Stunden die Welt schon wieder ganz anders aus.

Wir hatten den normalen Pfad verlassen, um auf schnellstem Wege das Ziel zu erreichen. Deshalb lenkte ich den Wagen quer über das flache Gelände, und schon bald trieben uns die ersten Qualmschwaden entgegen, die wie dünne Fahnen außen an der Karosserie vorbeiflatterten.

Noch wurde unsere Sicht zum Glück nicht allzu sehr verdunkelt. Wir kamen auch weiterhin gut voran und näherten uns dem Zentrum des Brandes.

Es war schlimm.

Das Feuer musste in den Lagerräumen eine ideale Nahrung gefunden haben, wahrscheinlich Chemikalien oder anderes Zeug, das wie Zunder brannte und den dicken, dichten und manchmal hellgelben Qualm abgab, der wie eine düstere Glocke über dem Gelände lag.

»Da kommen wir nicht bis ans Zentrum heran«, befürchtete ich laut.

»Es sei denn, wir leihen uns Atemmasken.«

Nach diesen Worten schlug ich das Lenkrad ein, denn ich wollte parallel weiterfahren.

Wir sahen auch die Feuerwehrmänner. Um sich vor dem Qualm zu schützen, trugen sie Atemmasken, die von ihren Gesichtern so gut wie nichts erkennen ließen.

Wir waren bereits aufgefallen. Zwei Männer lösten sich aus der Löschfront und rannten uns winkend entgegen, wobei sie uns auch den Weg versperrten. Ich fuhr bereits weg vom eigentlichen Brandherd, rollte noch ein Stück weiter und bremste sanft ab.

An dieser Stelle war der Rauch nicht so dick, dennoch hatte er sich durch die Lüftung einen Weg in unseren Wagen verschafft. Wenn wir atmeten, spürten wir ihn im Hals. Es kratzte, ich hüstelte, und Suko erging es nicht anders.

»Jetzt werden wir einen Anschiss bekommen«, sagte Suko, als jemand die Fahrertür aufriss und hineinschaute.

Wir blickten in ein verschwitztes und leicht verzerrtes Gesicht. In den Augen des Mannes leuchtete der Ärger. An den Schulterbisen erkannten wir, dass vor uns ein Oberbrandmeister stand.

»Sind Sie eigentlich wahnsinnig!«, fuhr er uns an. »Sie können nicht diesen Weg nehmen. Sie begeben sich in Lebensgefahr. In dieser Lagerhalle befinden sich Chemikalien, zum Teil hochexplosive Stoffe. Es wird gleich Katastrophenalarm ausgelöst …«

Ich hatte meinen Ausweis gezogen und hielt dem Mann das Dokument entgegen. Er las, schüttelte den Kopf und nickte. »Sind Sie tatsächlich vom Yard?«

»Ja.«

»Spezialisten für Brandbekämpfung?«

»Nein, wir wollten an sich nur etwas ausleihen.«

»Was?«

»Schaufeln und Spaten.«

Der andere verzog das Gesicht. »Wenn Sie uns helfen wollen, dann nicht auf diese Art.«

»Sie haben meinen Kollegen nicht verstanden«, sagte Suko. »Hier haben wir nichts zu tun. Uns interessiert etwas anderes. Und zwar der Heldenfriedhof …«

»Ach so.«

»Leihen Sie uns Schaufeln und Spaten?«

»Mal sehen. Warten Sie.«

»Danke.« Ich hatte etwas gepresst gesprochen, denn der verdammte Qualm fand den Weg in unseren Bentley. Deshalb startete ich und fuhr in einem großen Halbkreis zu einem Personenwagen der Feuerwehr.

Im rechten Winkel zu ihm ließ ich den Silbergrauen ausrollen. Hier war die Luft ein wenig besser, auch wenn es bei jedem Atemzug in unserem Hals kratzte.

»Ich steige mal aus«, sagte Suko.

»Und dann?«

»Wenn wir die Geräte in den Kofferraum verstauen, müssen wir sowieso aussteigen.«

Gegen diese Logik kam ich nicht an. Aus dem Wagen

beobachtete ich meinen Freund, der auf den Brandherd starrte.

Ich dachte an das Grab auf dem Friedhof. War dort jemand herausgeklettert, oder hatten Tiere die Erde aufgewühlt? In spätestens neunzig Minuten würden wir es wissen.

Suko ging auf und ab. Einmal schaute er zur Uhr. Er trat auch an den zweiten Wagen heran und hatte ihn noch nicht erreicht, als ein plötzlicher Ruck durch seine Gestalt lief, er dann stehen blieb, kurz in die Knie ging, wieder hochkam und mir heftig zuwinkte.

Was er entdeckt hatte, wusste ich nicht, aber ich ahnte, dass es nichts Gutes war.

Mich hielt auch nichts mehr in meinem Silbergrauen. Ich lief auf Suko zu und hörte ihn schon sprechen, bevor ich ihn noch erreicht hatte. »Ein Toter, John.«

Zwei Sekunden später konnte ich mich selbst davon überzeugen. Ich starrte auf die am Boden liegende Gestalt in der Kleidung eines Feuerwehrmanns. Und ich wurde allmählich bleich, denn ich hatte auch die schreckliche Wunde auf seinem Kopf gesehen.

»Das war ein Beil!« Leider hatten Suko und ich Erfahrung in solchen Dingen, deshalb gab ich meinem Partner auch Recht.

»Und wer?«, fragte er.

»Der Zombie!«

Suko ballte die linke Hand. »Mit dieser Antwort gibst du praktisch zu, dass ein gewisser General Albert T. Hodson sein Grab verlassen hat und als Untoter herumirrt.«

»So ist es.«

»Noch bin ich nicht überzeugt.«

Ich hob die Schultern und presste die Lippen hart zusammen. Sollte Suko denken, was er wollte, ich jedenfalls blieb bei meiner Meinung. Weiterhin machte ich mir darüber keine Gedanken mehr, denn ich hörte Schritte hinter mir und drehte mich um.

Der Mann, mit dem wir gesprochen hatten, kam. Er hatte sich einen Helfer geschnappt, der zwei Schaufeln trug. Der Feuerwehrmann hatte sich mit zwei Spaten »bewaffnet«.

»Da haben Sie die Dinge, Mr. Sinclair. Ich …«

Als er in mein Gesicht sah, sprach er nicht mehr weiter. Ich trat zur Seite und deutete dorthin, wo der Tote lag. Er kam langsam vor. Er wurde auf einmal totenbleich, sodass die rauchgeschwärzten Stellen in seinem Gesicht noch deutlicher zum Vorschein kamen als sonst.

»Mein Gott, das ist ja Earl Mayne.«

»Ja, und man hat ihn getötet. Erschlagen. Wahrscheinlich mit einer Axt, einem Beil oder einem großen Messer.«

Wir hörten kaum, dass die Geräte polternd zu Boden fielen, die dem jüngeren Mann aus den Händen gerutscht waren. Uns interessierte einzig und allein der Tote.

Der Beamte schaute sich die Wunde an. Er schluckte einige Male, ohne etwas zu sagen. Dann kam er aus seiner gebückten Haltung wieder hoch, schaute sich um, und ich entdeckte in seinen Augen den irritierten Ausdruck.

»Was haben Sie?«

»Es fehlt ein Wagen.«

»Wie bitte?«

»Ja, hier haben zwei Wagen geparkt. Der Mörder muss mit einem davongefahren sein.«

Nach diesen Worten wurde es still. Auch in meinem Innern zerbrachen einige Hoffnungen. Ich hatte damit gerechnet, den Zombie noch irgendwo in der Nähe zu finden. Das konnte ich mir nun abschminken. Wenn der untote General tatsächlich der Mörder gewesen war – und vieles sprach dafür –, war es ihm tatsächlich gelungen, einen Wagen zu organisieren und damit zu verschwinden. Ziele gab es genug. Vor allen Dingen in London, denn die Stadt lag in der unmittelbaren Nähe. Und dort gab es für ein Wesen wie diesen Zombie-General Hunderte von Versteckmöglichkeiten.

Falls er London erreichte und wir ihn nicht zuvor noch stoppen konnten. Vielmehr seinen Wagen.

»Und die Reifen sind auch hin.« Den Satz hatte der junge Feuerwehrmann gesprochen.

Wir brauchten erst gar nicht nachzuschauen, wichtig waren andere Dinge. Ich wandte mich an den Offizier. »Wissen Sie das Kennzeichen Ihres gestohlenen Fahrzeugs?«

Er sagte es mir.

Suko hatte mitgehört, saß schon im Bentley und hielt den Hörer in der Hand. Gewählt hatte er bereits, als mir etwas einfiel, ich mich zu ihm in den Wagen beugte und die Verbindung unterbrach, bevor sie richtig zu Stande gekommen war.

»Was ist denn?«

»Lass es sein. Wir nehmen die Verfolgung auf.«

»John, der kann einen großen Vorsprung haben.«

»Bestimmt sogar, aber willst du Kollegen in Gefahr bringen? Stell dir vor, die schaffen es tatsächlich, den Wagen zu stoppen. Der Zombie steigt aus, ist bewaffnet und greift die Leute an. Sie haben doch keine Chance gegen dieses Monster.«

»Stimmt«, gab Suko zu. »Wir könnten die Kollegen auch dementsprechend vorwarnen.«

»Mal sehen.«

»Sie wollen also weg?« Der Offizier hatte mich dies gefragt.

»Ja. Der Mord an einem Ihrer Leute hat nichts mit dem Brand zu tun, das kann ich Ihnen versprechen.«

»Sie reden so, als würden Sie den Mörder bereits kennen.«

»Das ist auch der Fall.«

»Wollen Sie ihn stellen?«

Ich lächelte kalt. »Natürlich.« Im nächsten Augenblick warf ich schon den Wagenschlag zu.

Als wir starteten, blieben die beiden Männer zurück. Sie wirkten wie versteinert. Schlagartig hatte sie das kalte Grauen überfallen. Wir aber wussten nun, wozu dieser Zombie-General fähig war.

Und plötzlich hatte mein Partner eine Idee. »John, ich weiß, wie wir es machen.«

Ich erhöhte die Geschwindigkeit. »Und?«

»Wir müssen ihn aus der Luft stoppen lassen. Ich denke da an einen Hubschrauber. Mit entsprechender Bewaffnung kann der über dem Feuerwehrwagen fliegen und auf ihn schießen. Einem Feuer widersteht auch ein Zombie nicht, und wenn er tausendmal in seinem früheren Leben General gewesen ist …«

Albert T. Hodson hatte es geschafft!

Der Wagen gehörte ihm, und es hatte ihn nicht viel Mühe gekostet, das Fahrzeug beherrschen zu lernen. Zu lange hatte er nicht in der Erde gelegen, im Prinzip war alles gleich geblieben.

Nur etwas störte ihn. Das Funkgerät, mit dem der Wagen ausgestattet war. In einem Anfall von Wut ballte er die linke Hand und drosch das Gerät mit einem Schlag entzwei. Er lachte sogar noch röchelnd, als ihm die Splitter um die Ohren flogen.

Dann fuhr er weiter. Querrillen schüttelten den Zombie-General. Er berührte einige Male mit dem Schädel die Innenverkleidung des Daches und hätte beinahe das Lenkrad losgelassen.

Deshalb änderte er die Richtung und fuhr auf die normale Straße zu. Eine graue Asphaltbahn, die sich zunächst schnurgerade und später, als sie an einem kleinen Ort vorbeiführte, in Kurven weiterwand.

Jetzt konnte der General auch das Tempo steigern. Sein klotziger Fuß drückte das Gaspedal immer tiefer nach unten. Die Geschwindigkeit erhöhte sich rapide. Es war lebensgefährlich, auf diesem engen Straßenband dahinzurasen, aber was machte das schon einem lebenden Toten aus?

Gar nichts …

Und so jagte er weiter.

London lockte!

Diese Riesenstadt mit ihren unzähligen Menschen, die für den Zombie willkommene und vor allen Dingen ahnungslose Opfer waren.

Wie auch die, die er sich besonders aufs Korn genommen hatte.

Seine Familie …

Auch sie war ahnungslos. Die gesamte Verwandtschaft glaubte ihn in der kalten Erde seines Grabes.

Besucht hatten sie ihn nie, nicht mal sein Bruder.

Auch seine alten Kameraden wollten nichts mehr von ihm wissen. Zur Beerdigung waren sie noch erschienen, danach nicht mehr.

Aus, vorbei …

Ja, für die anderen, aber nicht für ihn, den General. Erst kam die Verwandtschaft an die Reihe, dann die anderen. Und keiner dieser Gruppen hatte ihm je geglaubt, wenn er von seinem Beschützer, dem Teufel, redete. Sie hatten ihn zuerst ausgelacht und sich dann die Diskussion über den Herrscher der Hölle verbeten.

Aber Asmodis hatte ihn nicht im Stich gelassen. Der Zombie-General gehörte zu der großen Gruppe von Wesen, die praktisch das stille Reserveheer des Teufels bildeten.

In der Spionage nannte man sie die Schläfer. Sie wurden erst dann geweckt, wenn man sie brauchte, und der Teufel benötigte den General. Hätte er ihn sonst gerufen?

Dass es eine andere, eine noch fremdere Magie gewesen war, die den Untoten aus der Erde geholt hatte, daran dachte er nicht. Es wäre ihm auch gar nicht in den Sinn gekommen, für ihn zählte nur der Satan.

So fuhr er weiter.

Bei vielen Zombies ist der Blick starr, auch tumb, ohne irgendein Gefühl.

Darin unterschied sich der General abermals von seinen Artgenossen. In dem linken Auge stand der Wille, es immer zu versuchen und nicht aufzugeben.

Da wirkte er wie ein Lebender.

Nur das rechte Auge blieb tot. Ein Kreis aus Splittern, die manchmal sogar farbig leuchteten.

Er starrte nach vorn.

London war noch nicht zu sehen, aber in der Dunkelheit zeichnete sich am Himmel ein hellerer Schein ab. Genau dort musste die Millionenstadt liegen.

Die Lichter strahlten in die Höhe. Sie spiegelten sich nicht am Himmel wider, aber sie zeigten an, wo sein Ziel lag. Noch einige Meilen Fahrt, dann hatte er sicherlich die ersten Vorstädte des Molochs London erreicht.

Der Motor drehte übertourig. Er wurde regelrecht geprügelt. Das Spiel mit Gas und Bremse war dem Zombie nicht neu. Je länger er fuhr, umso besser beherrschte er es.

Aber was tat der rote Punkt da in der Luft?

Weil Hodson so auf sein Ziel fixiert gewesen war und es nicht aus dem Auge ließ, war ihm auch das Objekt aufgefallen, dass sich in der Luft befand und über der Stadt schwebte.

Es sah zunächst so aus, als würde es sich nicht fortbewegen. Das erwies sich als ein Irrtum, denn sehr schnell erkannte der untote General das Gegenteil.

Der Punkt flog näher.

Als alter Soldat wusste er sofort Bescheid, um was es sich hierbei handelte. Um ein Flugzeug oder zumindest um einen flugfähigen Apparat, der sich vom Zentrum der Stadt löste und ihn aufs Korn nahm.

Ein breites Grinsen spaltete das Maul des Untoten. Obwohl es längst nicht sicher war, glaubte er mit einem wahrhaft tierischen Instinkt daran, dass es dieser von Menschen gelenkte Flugkörper allein auf ihn abgesehen hatte.

Waren es Freunde oder Feinde? Wusste man bereits Bescheid, dass er sein Grab verlassen hatte? Hatte ihm der Herr der Hölle etwa Gleichgesinnte geschickt?

Diese Möglichkeit bestand durchaus. Deshalb wollte er auch nicht weiterjagen und verringerte das Tempo.

Entgegengekommen war ihm kaum ein Wagen. Selbst in der Nähe der Londoner Vororte herrschte kaum Verkehr. Die Fahrer, die nach London hineinwollten, hielten sich nicht an die Nebenstrecken, sie nahmen die Hauptrouten, um schneller zu sein.

Im Laufe der Zeit hatte sich auch der Himmel verändert. Die Dunkelheit überzog langsam das Land.

Man konnte sie als dunkelgrau bezeichnen, mit einigen helleren Streifen dazwischen, wo sich dicke Wolkenfelder gebildet hatten. Sterne waren nicht zu sehen. Die Landschaft lag unter dieser düsteren Decke, und selbst die Lichter wirkten in diesem Grau kalt und abweisend, wie auch das Scheinwerferpaar des Feuerwehrwagens, das seine langen Lichtarme in die Nacht schickte und auch die Vegetation rechts und links der Straße geisterhaft blass aussehen ließ.

Die Maschine musste ihr Ziel anvisiert haben, denn die Distanz zwischen ihr und dem fahrenden Wagen schrumpfte von Sekunde zu Sekunde. Der Zombie kurbelte das Seitenfenster nach unten. Scharf, zuerst jaulend, dann brausend pfiff der Fahrtwind in den Wagen, wobei das Geräusch abnahm, je mehr Tempo er verlor.

Dafür vernahm der Untote ein anderes Geräusch.

Es war das Flappern der Rotorblätter und das Dröhnen eines Hubschraubermotors.

Den also hatten sie ihm geschickt.

Er fuhr noch langsamer. Nicht mal zehn Meilen die Stunde und stoppte, als unter dem Hubschrauber ein schwenkbarer Suchscheinwerfer aufflammte und seinen breiten Strahl in die Tiefe schickte, wo er auch die Straße erfasste.

Sein eigentliches Ziel hatte er noch nicht im Visier. Zudem flog der Copter weiter und musste erst drehen.

Über dem Baum wurde die Maschine in einen Halbkreis gelegt. Der Zombie-General hatte den Wagenschlag aufgestoßen und starrte hoch.

Er sah die Positionsleuchten der Maschine und stellte fest, dass sie plötzlich tiefer ging, dann in der Luft verharrte, während der Suchscheinwerfer geschwenkt wurde.

Er wanderte über die karge Vegetation am Straßenrand, erfasste mit seinem Lichtkegel wenig später die Asphaltdecke.

Wagen und Zombie wurden jetzt angestrahlt. Auch das Gesicht des Untoten wurde getroffen, damit auch das nur noch aus Splittern bestehende und wie ein Mosaik wirkende Monokel. Durch die Lichtbrechung funkelte es an einigen Stellen in zahlreichen Farben auf.

Ein Mensch wäre geblendet worden, der Zombie nicht. Mit

seinem gesunden Auge starrte er in die Lichtfülle. Das Dröhnen des Hubschraubers hörte sich aus dieser Nähe wie ein kleiner Weltuntergang an.

Was hatten sie vor?

Wieder veränderte sich die Richtung des hellen Kegels. Er glitt ein wenig nach links, sodass ein heller Kreis auf das Wagendach gemalt wurde.

Und plötzlich sprachen die Waffen!

Das harte Belfern der Maschinenpistolen überdeckte den Lärm des Hubschraubers. Im Gegenlicht des Mündungsfeuers zeichneten sich zwei Gestalten ab, die dicht hinter der offenen Einstiegsluke hockten, die Waffen im Anschlag hielten und schossen.

Sie trafen auch.

Garben klatschten gegen die Karosserie des Autos, durchschlugen sie, als bestünde der Aufbau aus billiger Pappe. Im nächsten Moment wurden die Scheiben getroffen. Das Glas platzte weg, zerbröselte, und die Geschosse hatten freie Bahn, das Innere des Autos zu erreichen.

Sie sägten in die Polster. Mit klatschenden Geräuschen schlugen sie in die Lehnen, durchhieben sie, blieben auch stecken und zerstörten selbst die Verkleidung der Tür.

Schon nach den ersten Schüssen hatte der Zombie reagiert. Er war zusammengesackt und hatte noch die Tür aufgestoßen, die einen rechten Winkel zum Wagen bildete.

Noch war er nicht getroffen worden.

Wütende Geräusche drangen aus seinem Maul. Der General hatte damit gerechnet, auf die eine oder andere Art und Weise empfangen zu werden, aber mit diesem Angriff hatte er nicht gerechnet.

Die Männer schossen weiter.

Sie ließen ihre Finger kaum von den Abzügen der Waffen und machten den Wagen zu einem Sieb.

Hodson lag schon daneben. Hart presste er sich auf den Boden. Seine Finger rutschten über den rauen Asphalt, der Mund stand offen, das Auge funkelte, und er konzentrierte sich auf die klatschenden Einschläge der Kugeln.

Bis er noch ein anderes Geräusch vernahm.

Es war ein Gluckern …

Kein Bach befand sich in der Nähe. Dass er dieses Geräusch dennoch vernahm, dafür gab es nur eine Erklärung.

Auslaufendes Benzin, das sehr leicht in Brand geraten konnte, denn die gegen die Fahrbahn gezielten Kugeln erzeugten bei ihrem Aufschlag Funkenspuren.

Diese Funken reichten aus.

Es gab ein Puffen, dann ein Knattern, und plötzlich stand das Benzin in Flammen.

Im Nu war auch der gesamte Wagen vom Feuer erfasst worden, und der Zombie wusste, dass es für ihn Zeit wurde. Zum Glück brannte die linke Seite stärker als die rechte. Noch hatte er eine kurze Galgenfrist, zudem bewegte sich der Hubschrauber wieder und flog näher an das Ziel heran. Damit veränderte sich auch der Einfallswinkel des Scheinwerferstrahls.

Hodson musste sich bewegen wie zu seiner Rekrutenzeit, die schon lange zurücklag. Er robbte über den Boden, gelangte an den Straßenrand und dort in einen flachen Graben, der ihm einigermaßen Deckung bot.

Hinter ihm brannte der Wagen.

Die Flammen wirkten wie ein zuckendes, fauchendes, bläulich rot schimmerndes Gefängnis, das jeden Augenblick explodieren konnte. Die Schüsse waren verstummt. Der Copter flog in sicherer Entfernung. Wenn das Fahrzeug in die Luft flog, wollte keiner der Männer von den in die Höhe schießenden Feuerlohen erwischt werden.

Hodson wartete. Auch als Zombie kam er sich wehrlos vor. Seine breite Hand fuhr an einer Seite herab und tastete über den rauen Drillichstoff, bis er einige Löcher fühlte.

Kugeln hatten sie hinterlassen. Er war getroffen worden, aber nicht verletzt oder behindert. Einem Zombie konnte niemand etwas mit normalen Bleigeschossen anhaben.

Wieder wanderte der Scheinwerfer. Wie ein großes, gewaltiges Glotzauge wirkte er, das überall hinschauen wollte, um auch ein kleines Ziel anzuleuchten.

Dicht an der Mulde wanderte der Kreis vorbei, schwenkte und kam auf dem gleichen Weg zurück.

Das nahm der General wahr. Er wusste auch, dass ihn der Lichtstrahl erwischen würde, doch der Zufall kam ihm zu Hilfe.

Der Wagen explodierte.

Das Fauchen der Flammenwand wurde von einem mörderischen Krach übertönt. Ein strahlender, feuriger Ball bildete sich, der in die Höhe stieg und für einen Moment einer Sonne glich, in deren Innern die Explosionen stattfanden und brennendes Benzin in die Luft schleuderten, das als Glutregen wieder zurückfiel.

Auf der Straße landete das Zeug ebenso wie rechts der Fahrbahn, wo der Untote lag. Kleinere Feuer flackerten auf, die allerdings schnell wieder zusammensanken. Ihr Widerschein strich auch über die Gestalt des Zombies, der unbeweglich auf dem Bauch lag und darauf wartete, dass er ungeschoren davonkam.

Es gelang ihm.

Kein Glutregen fiel auf seinen Körper, und auch die Flammen auf der Straße sanken allmählich zusammen, sodass nur ein letztes flackerndes Licht zurückblieb, das mit seinem fahlen Widerschein von dem erzählte, was auf dieser Straße geschehen war.

In der Luft stand nach wie vor der Copter. Aus sicherer Entfernung hatten die Männer in der Maschine die Geschehnisse beobachtet. Ob sie die genauen Vorgänge mitbekommen hatten, war fraglich gewesen. Jedenfalls warteten sie noch ab, bis die Feuerzungen fast in sich zusammengesunken waren.

Die Maschine ging tiefer.

Das sah und hörte auch der Untote. Er hatte sich in seiner Mulde liegend gedreht, schaute schräg in die Höhe und erkannte den großen Vogel aus Metall, wie er mit den breiten Kufen die Straße berührte. Die Rotorblätter drehten sich immer langsamer.

Im Eingang des Copters erschien bald eine Gestalt. Sie wollte etwas sagen.

Der Zombie erhob sich.
Er stand nicht auf, blieb in der Hocke und stellte fest, dass er von der Straße her nicht gesehen werden konnte, wenn die Männer nicht direkt in seine Richtung blickten.
Das taten sie auch nicht.
Ihr Interesse galt dem ausgebrannten Fahrzeug. Wahrscheinlich vermuteten sie den Zombie in dem Blechklumpen.
Sie waren auf der Hut und hielten ihre Maschinenpistolen schussbereit, als sie sich ihrem Ziel näherten, um es zu untersuchen.
Der Zombie-General grinste kalt und böse. So wie sich die beiden bewegten, das passte genau in seine Rechnung. Sie schienen nichts zu ahnen und vermuteten ihn wahrscheinlich als verkohltes Stück Fleisch unter dem Blech.
Der Zombie stemmte sich weiter in die Höhe. Als er geduckt stehen blieb, bewegte sich seine rechte Hand dorthin, wo er das Beil im Gürtel stecken hatte.
Seine mächtige Rechte umklammerte den Griff. Die Hand war so breit, dass der Beilgriff unter den Fingern verschwand. Als er die Waffe hervorzog, wirkte sie wie ein kleines Spielzeug. Kaum etwas deutete darauf hin, wie gefährlich sie tatsächlich war.
Der Zombie-General drehte sich um. Längst hatte er sich entschlossen, die beiden Männer zu töten. Sie waren gekommen, um ihn zu vernichten, er wollte den Spieß umdrehen.
Sie standen günstig.
Der eine untersuchte den Wagen, der zweite, der Kleidung nach ein Pilot, stand zwischen dem Wrack und seiner Maschine mit schussbereiter MPi in den Händen. Er deckte seinem Kollegen den Rücken.
»Verdammt, das Zeug glüht noch«, sagte der Mann am Wagen. »Ich komme da nicht weiter.«
»Siehst du ihn denn?«
»Nein!«
Der Pilot bewegte den Kopf. Er wollte auch das Areal zu beiden Seiten des Fahrbahnrands absuchen. Zuerst schaute er

nach rechts. Dort stand der Untote nicht. So bekam der Zombie-General Zeit, sich zu verstecken.

»Vielleicht ist ihm die Flucht gelungen«, vermutete der Pilot. »Ich werde mal nachschauen.«

»Wo?«

»Hier in der Umgebung.«

»Auf keinen Fall. Du weißt, was man uns durchgegeben hat. Dieser Untote ist grauenhaft und unberechenbar. Nein, wir werden zurückfliegen und zuvor melden, dass der Wagen zerstört ist.«

»Gut, das mache ich.«

»Meinetwegen.«

Besser hätte es für den Untoten nicht laufen können. Wenn sich die beiden trennten, stiegen seine Chancen gewaltig.

Der Pilot schritt zu seiner Maschine. Er ging rückwärts, bewegte den Kopf und schaute, ob sich der Zombie zeigen würde.

Der blieb noch versteckt.

Eiskalt und ruhig wartete er ab, bis der Pilot den Copter geentert hatte. Sein Schatten war durch die Verglasung zu sehen. Er hatte sich hingesetzt und nahm Verbindung mit irgendeiner Zentrale auf.

Für den Zombie wurde es Zeit.

Er schaute sich noch einmal den zweiten Mann an, sah, dass dieser sich noch immer für das Wrack interessierte und sich auch gebückt hatte, um durch die Öffnungen zu schauen, die einmal Fenster gewesen waren.

Er war abgelenkt.

Das nutzte der General aus.

Ein jeder hätte sich wahrscheinlich darüber gewundert, wie lautlos sich die Gestalt bewegen konnte. Kaum ein Geräusch war zu hören, als sie über den Boden glitt, die Straße erreichte und damit auch das ausgebrannte Wrack.

Da erst wurde der Mann am Autowrack aufmerksam. Er schaute hoch, sah seinen Gegner als düstere, unheimlich wirkende Gestalt, und wollte die Maschinenpistole zur Seite schwenken, damit er ein Ziel bekam.

Es gelang ihm nicht mehr.

Die hart und zielsicher geschleuderte Axt war wesentlich schneller. Sie traf den anderen tödlich.

Ohne einen Laut von sich zu geben, sackte der Mann zusammen. Nur seine Waffe schepperte, als sie den Boden berührte.

Der Zombie verlor keine Zeit. Einen hatte er ausgeschaltet, der zweite musste folgen. Und ihn wollte er so umbringen, dass auf dieser Leiche ein Fluch liegen würde.

Jeder Mensch, der von den Händen eines Zombies getötet wurde, war nicht tot, er wurde selbst zu einem lebenden Toten, der sich seine Opfer suchte.

Eine Verkettung grauenhafter Umstände, die kaum durchbrochen werden konnte.

Albert T. Hodson wollte den Beginn dieser Kette setzen. Das Beil ließ er, wo es war. Die Entfernung zum Hubschrauber musste er überbrücken, ohne gesehen zu werden.

Er schwang seinen schweren Körper vor. Die Sprünge wirkten dabei ungelenk, bei jeder Berührung mit der Asphaltdecke stampften seine Füße auf, und er sah die Maschine vor seinem Auge hochwachsen.

Und auch der Pilot entdeckte ihn.

Es war ein Zufall. Der Mann sprach noch mit der Zentrale, als er den heranspringenden Schatten erkannte.

»Nein!« Dem Wort folgte ein Ächzlaut. Mit Schrecken stellte er fest, dass dieser Untote den Copter in den nächsten Sekunden erreichen würde. Es blieb dem Piloten zudem keine Zeit mehr, die MPi an sich zu reißen und zu feuern, und er sah nur noch eine Chance.

Als er sich vorwarf, sah es so aus, als wollte er dem lebenden Toten entgegenhechten. Das allerdings hatte er nicht vor. Ihn interessierte allein die Tür, deren Griff er zu packen bekam, sich durch die hastige Bewegung fast noch einen Fingernagel abbrach und den Einstieg zuknallte.

Albert T. Hodson hatte sich abgestoßen, um mit einem Sprung den Copter zu entern.

Sein gewaltiger Körper krachte gegen die Tür. Die gesamte

Maschine wurde durchgeschüttelt. Auch mit dem Gesicht klatschte der Untote dagegen. Es wurde dabei zusammengedrückt, das zersplitterte Monokel zuckte in seinem Auge, und die Gegenkraft schleuderte ihn wieder zurück.

Der Pilot hatte den Schock seines Lebens bekommen. In den ersten Sekunden nach diesem Vorfall war er unfähig, sich zu bewegen. Er saß mit schreckensbleichem Gesicht auf dem Fleck, spürte das Zucken seiner Mundwinkel und stellte fest, dass seine Augen tränten, ohne dass er es überhaupt wollte.

Eine grauenhafte Angst überwältigte ihn und lähmte auch seine körperlichen Reaktionen.

Der Zombie-General hatte sich nicht mehr auf den Beinen halten können. Doch er stand wieder auf. Dabei schwang er seine Arme, als wollte er den Copter mit bloßen Händen auseinander nehmen.

Zum Glück hatte der Pilot daran gedacht, den Einstieg von innen zu verriegeln. Bevor der andere die Tür würde öffnen können, verging Zeit.

Die musste genutzt werden.

Der Mann war ein ausgezeichneter Flieger. Er konnte auch schnell starten, wenn es darauf ankam. Und das musste er in diesem Augenblick. Seine zahlreichen Flugstunden machten sich jetzt bezahlt.

Als sich die Rotorblätter schon zu drehen anfingen, atmete er zum ersten Mal auf, schreckte auch gleichzeitig zusammen, als er die dumpfen Schläge vernahm, denn der Zombie hämmerte gegen den Einstieg.

Er kam nicht rein!

Plötzlich musste der Pilot lachen. Es war ein irres Gelächter der Befreiung. Er hatte es geschafft, er war dem Grauen entronnen. Da wurde er plötzlich geblendet, jemand kam …

Ich war von Sukos Plan nicht restlos begeistert gewesen. Auch mein Partner selbst hatte sich sehr schwer getan, doch es war die beste Lösung. Ein Hubschrauberpilot würde die größte Chance haben, den flüchtenden Wagen zu erwischen.

»Wenn der Pilot vernünftig reagiert«, sagte Suko, »kann ihm der andere nichts.«

»Das meine ich auch.«

Wir mussten aufholen. Dementsprechend schnell rasten wir auch dahin. Der Wagen schien über die schmale Straße zu fliegen. Durch das eingeschaltete Fernlicht wurde uns eine weite Sicht gestattet, denn über der grauen Fahrbahn breitete sich ein weißgelber Teppich aus, der sich irgendwann einmal an den Rändern verlor.

Wir hatten nur schätzen können, welchen Vorsprung sich unser Gegner ungefähr herausgefahren hatte. Dass er dabei ebenfalls auf das Gaspedal drücken würde, war uns klar, und so schmolz die Chance dahin, den Wagen einzuholen.

Einen Hubschrauber entdeckten wir nicht am dunklen Himmel. Zumindest seine Positionsleuchten hätten wir sehen müssen, da tat sich nichts. »Er muss aber gestartet sein«, meinte Suko.

»Wir haben zu viel Zeit verloren.«

»Leider.«

Danach schwiegen wir. Die brennenden Lagerhallen waren längst hinter uns zurückgeblieben. Wenn wir in die Rückspiegel schauten, sahen wir nur einen schwachen roten Schein am Himmel.

Das gleiche unruhige Flackern entstand auch vor uns. Zwar noch weit entfernt, dennoch gut zu erkennen, und dieser Schein befand sich mit uns auf einer Höhe.

»Da brennt unter Umständen ein Wagen!«, sagte Suko.

»Ja …«

Ich drückte das Gaspedal noch tiefer und schaute auf den langen Lichtschein der Scheinwerfer, die lautlos über die graue Asphaltdecke krochen und einen gespenstischen, unnatürlichen Schein verbreiteten, der wesentlich heller war als das Feuer.

Die Entfernung schmolz. Mir kam es rasend schnell vor, und plötzlich erfassten die Ausläufer der Bentleyaugen bereits einen auf der Straße stehenden klumpigen Gegenstand, der, das sahen wir auch, einmal ein Auto gewesen war.

Jetzt hatten wir ein ausgebranntes Wrack vor uns, über das nur noch an einer Stelle kleine bläuliche Feuerzungen tanzten, die sich wie Finger bewegten.

Ich bremste. Um nicht zu schleudern, intervallweise. Wir verloren rasch an Tempo, kamen trotzdem näher heran und entdeckten beide im Licht der Lampen einen wuchtigen Gegenstand, der sich anschickte, vom Boden hochzusteigen.

Ein Hubschrauber!

Und auf ihn lief eine Gestalt zu. Sie hatte sich geduckt, wir sahen sogar die Uniform und wussten Bescheid.

Das war der Zombie-General!

Suko zog bereits seine Waffe, löste den Sicherheitsgurt und griff zum Türhebel.

Ich trat ein letztes Mal auf die Bremse. Unser Bentley stellte sich für einen Moment störrisch an, bevor die Reifen jaulende Geräusche verursachten, als sie über den glatten Asphalt rutschten.

Dann standen wir.

Und der Copter hob ab.

Deutlich zu sehen im hellen Schein der Lichtaugen. Aber wir erkannten auch die Gestalt des Zombies, der nicht aufgegeben hatte und alles auf eine Karte setzte.

Es war wie verhext. Torkelnd näherte sich der Untote seinem Ziel und stieß sich plötzlich mit einem wuchtigen Sprung ab.

Er hatte alles exakt berechnet. Vielleicht stand ihm auch das Glück zur Seite, jedenfalls gelang es ihm, sich so weit in die Höhe zu wuchten, um mit der rechten Hand eine der beiden Kufen zu packen und sich an den startenden Copter zu hängen.

Der gewann schnell an Höhe.

Keiner von uns wusste, ob der Pilot etwas von seinem blinden Passagier bemerkt hatte, jedenfalls traf er keinerlei Anstalten, wieder zu einer Landung anzusetzen.

Auch ich hatte den Wagen verlassen. Wir standen zu beiden Seiten, hielten die Berettas in den Händen und suchten unser Ziel, das allmählich immer höher schwebte.

Dann schossen wir.
Es gab keine andere Chance, den Zombie zu erwischen.
Drei Dinge sprachen dagegen.
Erstens der schnell steigende Copter, zweitens die Dunkelheit und drittens der von einer Seite zur anderen schwankende Körper, der nie für eine gewisse Zeit in einer bestimmten Ruhestellung blieb, sodass er kaum ein Ziel bot.
Wir schossen trotzdem.
Bleich stach das Mündungslicht von unseren Waffen, doch der Copter gewann rasch an Höhe, und der Untote pendelte noch immer unter den Kufen.
Mit einem »Verdammt!« auf den Lippen ließ ich meine Waffe sinken. Suko tat das Gleiche, und uns blieb nichts Weiteres übrig, als zuzuschauen, wie der Zombie entschwand.
Er wurde von der Finsternis verschluckt, ebenso wie die Maschine, von der wir zuletzt nur noch die Positionsleuchten sahen.
Ich stieß die Luft aus. Suko hatte sich zu mir herumgedreht. Auch in seinen Zügen las ich die Enttäuschung.
»Und jetzt?«, fragte er.
Ich riss den Wagenschlag auf und hob den Hörer des Autotelefons ab. Einen Vorteil hatten wir. Der Hubschrauber war natürlich leichter zu finden als irgendein Wagen im Verkehrsgewühl der Londoner City. Zudem besaß die Polizei ebenfalls eine Hubschrauberstaffel, die wollte ich alarmieren.
Ich bekam unseren Einsatzleiter. Schon dem Klang meiner Stimme entnahm er, unter welchem Druck ich stand. Schweigend hörte er zu.
»Das ist natürlich hart«, sagte er.
»Wir müssen es machen.«
»Soll ich mich rückversichern?«
»Meinetwegen bei Sir James. Erst nach dem Alarm. Ich melde mich sowieso wieder.«
»Geht klar.«
Kaum hatte ich die Verbindung unterbrochen, als ich wieder aus dem Wagen stieg. Suko war in der Zwischenzeit zum Wrack gegangen und hatte es untersucht.

Jetzt kam er zurück.

Auf den Armen hielt er einen Toten. Beine und Kopf des Mannes pendelten im Rhythmus der Schritte. Das Gesicht meines Freundes war maskenhaft, als er den Toten neben dem offenen Wagenschlag des Bentley zu Boden legte.

»Ich fand ihn neben dem Wrack.«

»Und nicht verkohlt?«

»Nein, aber du kannst dir denken, wer er ist?«

»Ja, er muss der zweite Mann im Hubschrauber gewesen sein.« Man hatte ihn grausam getötet. Die Mordwaffe steckte noch in seinem Körper. Es war ein kleines Beil.

»Erst der junge Feuerwehrmann, jetzt er«, murmelte Suko. »Wer wird das nächste Opfer sein?«

Ich hob die Schultern. »Keine Ahnung, Alter. Das ist so verflucht schwierig, und wir hängen drin. Es hilft uns keiner raus. Tut mir Leid. Wenn ich daran denke, gegen welche Feinde wir schon angetreten sind und wie groß deren Macht gewesen ist, hätten wir über den Zombie hier eigentlich nur mehr lachen können.«

»Manchmal ist so ein Typ schlauer als andere«, erwiderte mein Freund.

»Nein, Suko, nicht schlauer. Die Umstände waren gegen uns. Die verfluchten Umstände.«

»Ich frage mich die ganze Zeit, welches Ziel der Zombie-General haben könnte. Der steigt doch nicht einfach aus seinem Grab und läuft wie tumb durch die Gegend. Es steckt etwas dahinter, glaub mir.«

»Wir kriegen es raus«, versprach ich und nahm wieder im Bentley Platz, weil ich die Mordkommission rufen wollte. Die Leiche musste abtransportiert, Spuren aufgenommen werden.

Routinearbeit der Kollegen, nichts für uns.

Ich zündete mir eine Zigarette an und blies den grauen Rauch in die Dunkelheit.

»Wie lange willst du noch warten?«, fragte Suko.

Ich starrte dem Rauch hinterher und auch in den Himmel. »Nur Minuten«, erwiderte ich, »dann fahren wir.«

»Nach London?«
»Sehr richtig.«

Geschafft, ich habe es geschafft!
Diese Gedanken schossen dem Piloten Jeff Green durch den Kopf. Rasch hatte er eine große Höhe erreicht.
Jetzt, wo die große, drängende und unmittelbare Gefahr vorbei war, ging es ihm wieder besser. Sein Nervenflattern wurde zurückgedrängt, die Finger zitterten nicht mehr, und beim Luftholen schmerzten auch seine Lungenflügel nicht mehr.
Er hatte ein furchtbares Erlebnis hinter sich. Einen Menschen gesehen, der die Uniform eines Generals trug, der kein Mensch war, sondern nur so aussah.
Ein Zombie.
Das schreckliche Gesicht würde Jeff nie vergessen. Er dachte wieder daran, wie dieser Untote gegen den Hubschrauber gefallen und sein Gesicht zerquetscht worden war. Gerade dieses letzte Bild vor dem Start war für ihn wie ein Albtraum gewesen, und er konnte es nur schwer aus seinem Gedächtnis verbannen.
In der ersten Aufregung hatte er kaum bemerkt, in welche Richtung er geflogen war. Ein Blick auf die Kompassnadel zeigte ihm, dass er genau entgegengesetzt flog, da er eigentlich wieder zurück nach London wollte.
Deshalb setzte er zu einem großen Kreis an. Noch einmal schaute er in die Tiefe. Viel war in der Dunkelheit nicht zu sehen, aber der Ort des Geschehens war von einem Wagen erreicht worden, der dicht hinter dem Wrack geparkt stand.
Jeff sah die Scheinwerfer wie zwei kleine Augen, und er glaubte auch, die beiden Gestalten erkennen zu können, die sich durch die Lichtstrahlen bewegten.
Dann flog er weiter, denn er hatte den gewollten Kurs mittlerweile erreicht.
Seine kleinen grauen Gehirnzellen begannen wieder logisch zu denken. Allein wollte er nichts auf seine Kappe nehmen

und verantworten. Die nächsten Schritte mussten mit der Zentrale abgesprochen werden, wo man sicherlich schon auf seinen Bericht wartete.

Über Funk nahm er Kontakt auf. Aus den beiden Lautsprechern der Kopfhörer vernahm er die Stimme seines Einsatzleiters. Als Jeff seinen Namen und ein Kennwort gesagt hatte, atmete der andere auf.

»Gut, dass du dich meldest.«

Der Pilot lachte kratzend. »Ich wundere mich auch selbst, dass ich noch lebe.« Anschließend berichtete er von seinen schrecklichen Erlebnissen und erklärte, dass der zweite Mann tot war.

»Das ist uns bekannt.«

»Wieso?« Jeff starrte in den dunklen Himmel, als er dem Bericht des Mannes aus der Zentrale lauschte. So erfuhr er, dass ein Oberinspektor Sinclair den Tatort erreicht und einen ersten Lagebericht abgegeben hatte.

»Dann gehört ihm der Wagen.«

»Du hast ihn gesehen?«

»Ja, da befand ich mich schon in der Luft. Ich werde auf jeden Fall zurückkehren. Mir reicht es.«

»Roger, alter Junge. Halt dich tapfer.«

Jeff lachte nur krächzend. Er unterbrach die Verbindung und bemerkte zum zweiten Mal den Stoß. Eigentlich war es ja ein Ruck, der den Copter ein wenig nach rechts zog, als würde an der rechten Kufe ein Gewicht hängen, das dort nicht hingehörte.

Jeff Green war ein alter Hase in diesem Geschäft. In seiner Flugpraxis hatte er viel mitgemacht, und er war auch Überraschungen gewohnt, zu diesem Zeitpunkt allerdings bekam er eine Gänsehaut, und er dachte daran, dass er während des Starts und auch später seinen Feind nicht gesehen hatte.

Abermals verspürte er den Ruck, und der Helikopter bekam diesen Schlag sogar zweimal mit. Das war der Moment, in dem sich der an der Kufe hängende Zombie entschlossen hatte, einen Platzwechsel vorzunehmen.

Er wollte in die Maschine!

Längst hielt er sich mit beiden Pranken fest. Der Flugwind erfasste ihn, schüttelte seinen Körper durch und ließ ihn so manches Mal schwingen wie eine Glocke.

Ein Mensch hätte sicherlich aufgegeben. Der harte Kufenstahl schnitt auch in die Handflächen des Untoten, aber er spürte keinen Schmerz, auch wenn die trockene Haut dabei aufriss.

Er hangelte sich weiter, damit er ungefähr die Höhe des Einstiegs erreichte. Wenn er diese Strecke schon einmal geschafft hatte, war für ihn viel gewonnen.

Sein Körper schwang, der Hubschrauber ebenfalls, aber der untote General hielt eisern fest.

Seinem Ziel kam er immer näher, während sich über der Maschine die Rotorblätter drehten und das Geräusch des Motors alle anderen Laute übertönte.

Auf so etwas achtete der untote General nicht. Sein Ziel war wichtiger. Der Mensch lockte. Ihn wollte er in seine Gewalt bekommen, und deswegen nahm er auch die schwere Kletterei auf sich.

Durch ein letztes Vorgreifen erreichte er das Ende der rechten Kufe. Der Flugwind erfasste ihn auch hier mit aller Gewalt. Er kam von vorn und drückte seinen Körper immer wieder zurück, sodass der Untote nachgreifen musste, um die Stellung zu halten.

Der Teufel hatte ihm nicht nur die Macht gegeben, auch die Kraft. Und so zog er sich plötzlich mit einem Klimmzug in die Höhe. Zwar störte ihn der steife Flugwind, aber er war stärker. Es gelang ihm, sich trotz aller Widrigkeiten auf die Kufe zu hocken und sich an dem über ihm befindlichen Gestänge festzuhalten.

Die erste Hürde war genommen.

Er schaute nach vorn und rollte mit dem linken Auge. Sie näherten sich allmählich der Millionenstadt. Auch unter ihnen glänzten hin und wieder Lichter, sodass sie bereits die Häuser der ersten Vorstädte überflogen.

Weiter vorn entdeckte er ein breites Band, das einen grauen

Schimmer hatte, auf dessen Oberfläche es hin und wieder heller aufleuchtete.

Das Band war die berühmteste Wasserstraße Englands, die Themse, und das Blitzen wurde durch die sich überrollenden Wellen verursacht. Zudem glitt hin und wieder der Lichtschein eines Patrouillenbootes über die Wasserfläche, sodass sie ein beinahe goldenes Aussehen bekam.

Der Pilot steuerte den Hubschrauber auf den Fluss zu, denn er musste auf die andere Seite, um seinen Landeplatz auf dem Polizeigebäude zu erreichen. Unter der Maschine huschte das Häusermeer der Millionenstadt hinweg. Manchmal überflog sie einen Lichtteppich, wenn sich besonders viele Lokale an einem bestimmten Ort befanden. Es gab auch dunkle Flecke, das waren einige der zahlreichen Parks, die London aufzuweisen hatte.

Niemand gönnte dem Copter einen Blick. Ein Hubschrauber war etwas völlig Normales.

Jeff Green, der Pilot, hatte den lebenden Toten zwar noch nicht zu Gesicht bekommen, doch er wusste inzwischen, was geschehen war, und sein Gesicht zeigte eine noch stärkere Blässe. Es war nicht jedermanns Sache, mit einem solchen Begleiter zu fliegen. Er spürte den Druck der Aufregung und hatte das Gefühl, jede Schweißperle auf seiner Stirn einzeln zählen zu können. Der Mund stand offen. Scharf drang sein Atem über die Lippen.

Green war konzentriert. Er hatte anhand der Bewegungen auch den Weg des Monstrums verfolgen können und wusste genau, dass sich der andere schon nahe des Einstiegs befand.

Wo blieben die anderen Hubschrauber?

Die Staffel war alarmiert worden. Sie musste längst aufgestiegen sein.

Sein Blick glitt weit nach vorn. Er sah das Wasser der Themse, den dunklen Himmel, auf dem sich die Lichter widerspiegelten, aber Hilfe konnte er keine entdecken.

Jeff hatte das Gefühl, auf einem Schleudersitz zu hocken, der jeden Augenblick in die Höhe schießen konnte. In seiner Not nahm er Verbindung mit der Zentrale auf.

Sofort meldete er sich mit einem Hilferuf. »Verdammt, ich habe hier den Zombie am Hubschrauber …«

»Das wissen wir!«, klang die ruhige Stimme des Kollegen auf.

Jeffs Augen wurden groß. »Was?«, schrie er. »Ihr habt alles gewusst?«

»Ja.«

»Und weshalb habt ihr mir nichts gesagt, verdammt?«

»Wir wollten dich nicht beunruhigen.«

Er lachte auf. »Verdammt, nicht beunruhigen. Das habt ihr aber jetzt geschafft, ihr Hundesöhne!«

»Halt die Stellung, Jeff! Die Maschinen sind unterwegs. Die Leute werden dir den Zombie von den Kufen schießen, darauf kannst du dich verlassen. Bleib nur ruhig.«

»Ihr habt gut reden …«

»Im Moment starten sie. Wir haben auch deine Position. Ich schätze, dass du nur noch die Themse überfliegen musst, dann bist du in Sicherheit, alter Junge. Good luck …«

»Ach, leck mich!«

Green unterbrach die Verbindung. Er stand wie unter Strom. Sein Gesicht glänzte. Der Schweiß drang ihm aus allen Poren, die Kleidung klebte schon am Körper, und er riskierte einen Blick dorthin, wo sich der Ausstieg befand.

Da sah er ihn.

Wo sich der untote General festhielt, war nicht zu erkennen. Aber er hatte es geschafft. Als klebte er außen an der Scheibe, starrte er in den Helikopter, während das zersplitterte Monokel schimmerte.

»Hau ab!«, brüllte Jeff.

Auch wenn der Zombie-General es gehört hätte, danach gerichtet hätte er sich nicht. Er versuchte sogar, von außen die Tür zu öffnen. Das aber gelang ihm nicht, sie war verriegelt.

Green bekam etwas von den Bemühungen mit. Sein Lachen klang wild und triumphierend. »Nein, nein!«, keuchte er. »Du nicht, du verfluchter Hundesohn. Niemals!«

Er rechnete damit, dass der Zombie aufgeben würde, aber

ein Untoter blieb immer am Ball. Erst durch die Vernichtung konnte er gestoppt werden.

Erst jetzt erinnerte sich Green daran, dass er ein guter Pilot war und die Maschine ihm gehorchte. Vielleicht hatte er einen Fehler insofern begangen, dass er bisher relativ ruhig geflogen war.

Das änderte er von einem Augenblick zum anderen.

Wegkippen nannten sie das, wenn der Copter plötzlich und unerwartet in die Tiefe sackte. Green war innerlich darauf vorbereitet, der Zombie nicht. Der Pilot stemmte sich in seinen Sitz, schielte dabei zum Ausstieg hin und sah, dass die Horrorgestalt in Bewegung geriet und plötzlich verschwand.

Jeff lachte schrill. Er wäre gern noch tiefer geflogen, das war leider nicht möglich, da er sich noch nicht über dem Fluss befand und Angst haben musste, gegen ein Hausdach zu krachen.

Er befand sich bereits tiefer als einige der hohen, neuen Bauten, auch Wohnsilos genannt. Die Spitze eines Kirchturms erschien gefährlich nahe, und Green musste sich etwas einfallen lassen.

Er zog die Maschine hoch und huschte am Kirchturm vorbei.

Das war noch einmal gut gegangen.

Und der Zombie?

Diese Bestie hatte es bestimmt nicht geschafft. Green atmete auf und flog direkt auf den Fluss zu.

Wind peitschte ihm plötzlich ins Gesicht. Etwas wurde gegen seine Haut geschleudert, verursachte Schmerzen, brannte. Blut quoll aus kleinen Wunden. Jeff verlor die Übersicht, schaute aber trotzdem nach rechts und sah ihn.

Der Zombie grinste ihn an. Mit einem Schlag seiner mächtigen Faust war es ihm gelungen, den Einstieg zu zertrümmern. Jetzt konnte er den Riegel lösen und in die Kanzel steigen.

Er versuchte es auch.

Entsetzt schaute Jeff zu. Er dachte nicht mehr an seinen Vogel, befand sich schon über dem Fluss, sah nur dieses kantige, schreckliche Gesicht und entdeckte auch den schmalen Blutfaden, der aus der Nase rann.

Der Zombie wollte in die Kanzel!

Die Hälfte des Weges hatte er bereits hinter sich gelassen. Auch den Rest würde er schaffen.

Und er packte es. Dabei brachte er das Kunststück fertig, trotz der nach außen schwingenden Tür in die Kanzel zu klettern und sich dem Piloten entgegenzuwerfen.

Jeff Green schrie.

Es war ein Ausdruck höchster Panik. Er hatte beide Arme ausgestreckt, die Hände gespreizt und schaffte es auch, die Finger in das Gesicht des Untoten zu stoßen. Dabei hatte er das Gefühl, in Teig zu fassen. Er spürte gleichzeitig den Druck, mit dem der andere ihn anging.

Dem konnte Green nichts entgegenstemmen.

Dass der Copter wegtrudelte, bekam er nicht mit, auch nicht die Rotte der anderen Copter, die aufgestiegen war und viel zu spät kam. Da stürzte der Hubschrauber bereits ab.

Die anderen Piloten sahen einen sich drehenden, laut heulenden Copter, der in die Tiefe raste und durch nichts mehr aufzuhalten war.

Er stürzte in die Themse.

Es war ein Fall wie auf Beton, so hart wirkte die Oberfläche des Wassers. Das sich noch immer drehende Rotorgewinde schaufelte mit seinen Blättern das dunkle Wasser zu einem quirligen Schaum hoch, bevor nachrollende Wellen wie gierige Mäuler über den abgestürzten Copter schwappten und ihn in die Tiefe drückten.

Von den beiden Insassen sahen die Suchmaschinen nichts mehr. Die Themse schien sie für alle Zeiten verschluckt zu haben …

Wir hatten London erreicht, und das war auch alles. Wohin wir uns wenden sollten, war weder Suko noch mir klar, zudem war uns der Hubschrauber nicht mehr zu Gesicht gekommen. Die Dunkelheit schien ihn aufgesaugt zu haben.

Dem war allerdings nicht so. Durch den Kontakt zu unserer Zentrale waren wir über die Aktivitäten des Piloten informiert. Wir wussten ungefähr, welchen Kurs er flog.

Das war Nordwest, und er führte auf das breite Band der Themse zu. Um sein Ziel zu erreichen, musste er über den Fluss hinweg. Ich wunderte mich sowieso schon, dass der Zombie den Piloten so weit hatte fliegen lassen.

Wir hatten bereits den Stadtteil Kennington erreicht, fuhren die breite Kennington Lane entlang und würden irgendwann auf die Vauxhall Bridge treffen.

»Wenn das mal gut geht«, flüsterte Suko. »Ich kann einfach nicht daran glauben.«

»Vielleicht hat er den General abschütteln können.«

»Glaubst du an den Weihnachtsmann, John?«

»Nein, eigentlich nicht.«

»Dann halt dich auch zurück. Ich bin der Ansicht …« Jemand wollte etwas von uns. Der Apparat meldete sich, Suko hob ab und hörte zu. Ich schielte zu ihm rüber.

Das Gesicht meines Freundes verkantete sich. »Ja«, sagte er zum Schluss. »Ja, ich danke Ihnen.«

»Was ist geschehen?«

»Der Copter ist in den Fluss gestürzt. Soeben kam die Meldung durch. Beide waren an Bord.«

Der Klumpen in meinem Magen vergrößerte sich. »Weißt du, wo das geschehen ist?«

»Zwischen Lambeth und Vauxhall Bridge.«

Ich hatte es plötzlich eilig. Suko reagierte sofort und stellte die Magnetsirene auf das Autodach. Wahrscheinlich waren wir die Einzigen, die exakt etwas über die Gefahr wussten, die dennoch drohte.

Für einen Zombie war es eine Kleinigkeit, den Absturz zu überleben. Der konnte sich leicht aus den Wassermassen befreien und wieder zurückkehren. Damit würde kaum einer rechnen. Aus diesem Grunde mussten wir uns so beeilen.

Die Straße war zum Glück breit genug. Ich huschte rechts an den anderen Fahrzeugen vorbei und ließ sie als Schatten zurück. Auf direktem Weg ging es in Richtung Fluss.

Am Granada-Kino nahmen wir die Black Prince Road, die geradewegs in die breite Uferstraße am Fluss mündete. Zwischen den beiden Brücken hieß das Teilstück Albert Embankment.

Suko hatte sich vorgebeugt, um gegen den Himmel schauen zu können. Wenn die Suchstaffel gestartet war, musste sie auch von uns zu sehen sein. Das bekam ich sehr schnell bestätigt.

»Ich sehe die Hubschrauber«, erklärte mein Freund.

»Landen sie?«

»Nein, sie kreisen. Das sieht mir ganz so aus, als würden sie über der Themse ...«

»Dann ist etwas passiert!«

Suko widersprach meiner Annahme. Er blieb so lange ruhig, bis wir den Fluss erreicht hatten.

Im Uferbereich konnten wir bis dicht an das Wasser heranfahren und sahen auch die am Ufer wartenden Polizeiwagen. Die Hubschrauber hielten sich über dem Fluss auf. Ihr Lärm machte eine Verständigung fast unmöglich, und wie helle Arme glitten die Strahlen der Suchscheinwerfer über die Wasserfläche.

Ich war ausgestiegen, hämmerte die Tür zu und lief auf die Kollegen zu. Von der Straße her konnten wir über eine Treppe an die unmittelbare Uferregion herangehen. Dort standen auch die Kollegen, schauten den suchenden Coptern zu und gaben sich ansonsten ziemlich ratlos, wobei einige hin und wieder auf das Wasser deuteten.

Wir fragten den Einsatzleiter. Es war ein Mann, den ich kannte. Ein besonnener, älterer Beamter, dem man so leicht nichts vormachen konnte. »Ah, Sinclair, Sie mal wieder?«

»Nun, Mr. Healy, irgendwann trifft es auch Sie.«

»Ja, so mancher Kollege berichtete mir von seinem Zusammentreffen mit Ihnen.« Healy rauchte eine Zigarre. Sie klemmte zwischen seinen Fingern. Mit der weißen Spitze deutete er auf das Wasser. »Der Copter ist abgestürzt, Sinclair.«

»Hat man etwas über den Grund erfahren?«

»Nein, wo denken Sie hin! Wir müssen ihn erst bergen lassen. Das kann dauern.«

»Weiß man etwas über den Piloten?«

Healy hob die Schultern. »Ich gebe ihm keine Chance. Wir haben Taucher angefordert. Die Kollegen in den Coptern suchen inzwischen die Oberfläche ab.«

»Das ist gut.«

Auch Suko und ich schauten auf das Wasser. Wir sahen die Strömung, die so harmlos aussah, aber letztendlich sehr gefährlich für den wurde, der einmal hineingeriet.

Ich wusste nicht, wie der Pilot hieß, doch Chancen gab ich ihm nicht mehr. Dieser Meinung schloss sich auch Suko an.

»Fragt sich nur, was mit diesem Zombie-General ist.«

»Den kein fließendes Wasser tötet«, fügte ich noch hinzu.

»Genau.«

Wenn ich recht darüber nachdachte, standen die Chancen für den Untoten ziemlich gut. Er würde einen solchen Sturz überleben und irgendwann einmal das Wasser verlassen. Da gab es nichts, den Ort dazu konnte er sich aussuchen.

»Sieht nicht gut aus, wie?«

Ich lachte. »Da sagst du was. Bisher sind wir nur hinterhergelaufen.« Ich warf einen Blick in die Höhe. Die Copter kreisten noch immer. Trotz der nächtlichen Stunde hatten sich an der Uferstraße Menschen angesammelt und schauten zu. Sie standen dort, wo auch die Polizeiwagen geparkt waren. Wind fuhr in unsere Gesichter. Das Wasser roch faulig. Manchmal wehte uns sogar ein regelrechter Gestank entgegen.

Healy kam zu uns. In seinem Schlepptau befand sich ein zweiter Beamter. Laut musste der Einsatzleiter sprechen. Seine Stimme drang aus der Rauchwolke, die von der Zigarre produziert wurde. »Die Copter werden sich zurückziehen. Soeben kam die Meldung durch. Das hat alles keinen Sinn. Wir müssen auf die Taucher warten.«

Der Ansicht war ich ebenfalls. »Ist es denn die Stelle?«, fragte ich laut und gegen den Lärm der Maschinen an.

»Ja, die und keine andere.«

»Wollen wir auch runter?« Suko hatte die Frage gestellt, wobei ich zugeben musste, dass mir dieser Gedanke nicht so abwegig erschien. Ich hob die Schultern.

»Wenn alle Stricke reißen.«

»Das wird noch dauern.«

Zunächst flogen die Maschinen weg. Sie verschwanden wie Rieseninsekten im Dunkeln des Himmels. Allmählich verglühten auch ihre Positionsleuchten. Der Lärm verschwand ebenfalls, sodass wir uns wieder normal unterhalten konnten.

»Um was geht es eigentlich?«, wollte Healy wissen.

Ich winkte ab. »Um einen Flüchtling.«

»Der etwas Besonderes ist, nehme ich an.«

»Gewissermaßen.«

Healy merkte, dass ich nicht mit der vollen Wahrheit herausrücken wollte, verstand dies und hielt den Mund. Ich aber dachte nach. Sollten wir so lange bleiben, bis die Taucher etwas erreicht hatten, oder sollten wir uns zurückziehen und Nachforschungen anstellen?

Auf die kam es mir an. Ich rechnete fest damit, dass dieser verdammte General ein Motiv gehabt hatte, um sein Grab zu verlassen. Der tat das nicht aus Spaß an der Freude. Irgendwo würde ihn sein Weg hinführen. Irgendetwas musste es geben, dessen Wurzeln möglicherweise tief in der Vergangenheit lagen.

Das Wasser sah schwarz aus. Flussaufwärts fuhr ein größeres Boot und kam näher. Ich kannte die Schiffe. Sie gehörten der Wasserschutzpolizei. Taucher waren an Bord.

Das ging schneller, als ich gedacht hatte. Wer den Einsatz im Hintergrund leitete, musste verdammt viel Druck gemacht haben. Ich konnte mir vorstellen, dass es sich dabei um Sir James handelte.

Die Taucher in ihren schwarzen Neoprenanzügen hatten ihre Geräte bereits umgeschnallt.

»Die werden uns weiterbringen«, meinte Healy.

»Wir müssen damit rechnen, dass die Leiche abgetrieben worden ist«, sagte Suko. »Oder wie schätzen Sie die Strömung hier ein, Kollege?«

»Nicht günstig für uns.«
»Das meine ich auch.«
Ich hatte einen anderen Verdacht. Einen verdammt schlimmen. Doch den sprach ich nicht aus. Außerdem wollte ich die Taucher nicht an ihrem Job hindern.
Sie sprangen in das fließende Wasser der Themse.
Healy schleuderte seine Zigarre weg. Die Glut verlosch zischend. »Dabei könnte ich jetzt zu Hause sein«, beschwerte er sich.
»Das ist Polizistenjob.«
»Damit wollte sich meine Frau nicht abfinden.«
»Wieso?«
»Sie hat sich schon nach fünf Jahren scheiden lassen.«
»Manchmal bringen die Frauen wenig Verständnis auf.«
»Da sagen Sie was, Sinclair. Sind Sie eigentlich verheiratet?«, wollte er wissen.
»Nein, nein.«
»Dann lassen Sie es auch bleiben oder setzen sich den Tag über in irgendein muffiges Büro.«
»Da hocken wir oft genug«, meinte Suko.
Ich schaute auf das Wasser. Von den beiden Tauchern war nichts mehr zu sehen. Die Tiefe hatte sie verschluckt und würde sie auch so schnell nicht entlassen.
Zwar hatte man den Frühling angesagt. Er war auch gekommen, aber die Nächte brachten auch weiterhin Temperaturen, die mich frösteln ließen. Ich zündete mir eine Zigarette an und drehte mein Gesicht dem Wind zu.
»Ich komme gleich wieder«, sagte Suko. »Muss mal eben telefonieren.«
»Mit Sir James?«
»Auch.«
»Bestell einen schönen Gruß.«
Mein Freund lachte und verschwand.
Ich wartete weiter und sah, dass sich in Ufernähe etwas Dunkles aus den anrollenden Wellen schob. Zwei Körper kraulten dem Ufer entgegen. Es waren die beiden Taucher.
Ich war auf ihre Meldung gespannt. Mit behäbigen

Schritten kletterten sie aus dem Wasser und wateten ans Ufer. Als sie die Atemgeräte abnahmen, sah ich, dass es junge Kollegen waren.

»Und?«, fragte Healy.

»Nichts, Sir.«

»Wie? Habt ihr den Copter nicht gefunden?«

»Den schon, aber keine Spur von dem Piloten.«

Diese Antwort hatte mich natürlich hellhörig gemacht. »Er war also nicht da. Und auch nicht der zweite?«

»Welcher?«

Ich winkte ab. »Schon gut. Wie sah denn der Copter aus? War er sehr zerstört?«

Die beiden hoben die Schultern. »Viel konnten wir trotz unserer Lampen nicht erkennen, aber gut sah er nicht aus, das kann ich Ihnen sagen. Da war einiges verbogen und zersplittert.«

Ich nickte. Klar, es hätte auch ein Wunder sein müssen, wenn wir irgendwelche Spuren entdeckt hätten.

»Sie wollen also nicht noch einmal runter?«, fragte Healy.

»Nein, die Leiche ist abgetrieben worden. Wir werden die Fließgeschwindigkeit nachhalten und sie mit der Zeit vergleichen, als der Hubschrauber abstürzte. Vielleicht finden wir den Toten dann weiter flussabwärts.«

»Ja, tun Sie das.«

Die beiden Polizeitaucher grüßten noch, drehten sich auf der Stelle und verschwanden wieder im Wasser. Sie schwammen zu ihrem auf der Flussmitte dümpelnden Schiff zurück.

Ich blieb. Für Healey war der Einsatz ebenfalls beendet. »Eigentlich haben wir hier nichts mehr zu suchen«, meinte er und drehte sich um, weil er Schritte gehört hatte.

Es war Suko, der zurückkam. »Sir James hat noch mal Druck gemacht«, meldete er. »Deshalb dieser schnelle Einsatz.«

»Und wir hatten keinen Erfolg.«

»Wieso?«

Ich hob die Schultern. »Die Taucher haben die abgestürzte

Maschine zwar gefunden, aber keine Spur von dem Piloten entdeckt. Der muss abgetrieben worden sein.«

»Was ist mit dem anderen?«

»Auch nicht da.«

Suko schüttelte den Kopf. »Das gefällt mir nicht, John. Überhaupt nicht.«

»Denkst du mir?«

»Was ist denn überhaupt los?«, fragte Healy, der noch immer bei uns stand.

»Wir suchen einen Mann«, erklärte ich. »Er ist mit dem abgestürzten Hubschrauber geflogen und auch verschwunden.«

»Was hat er verbrochen?«

Ich winkte ab. »So einiges, aber lassen wir das. Wahrscheinlich werden wir woanders suchen müssen.«

»Das glaube ich kaum«, sagte Suko. »Schau dir das mal an, John.«

Mein Freund hatte zum Wasser hin günstiger gestanden. Ich musste mich erst drehen.

Meine Augen wurden groß. Überraschung zeichnete meine Züge. Was da aus dem Wasser stieg, war eine männliche Person.

Ein Mann, der eine Lederjacke trug, eben die typische Kleidung des Piloten.

Er ließ sich von den anrollenden Wellen an das Ufer treiben, um das Wasser zu verlassen.

Healy lachte. »Der lebt ja doch noch«, sagte er und wollte hinlaufen.

Ich hielt ihn an der Schulter fest. »Lassen Sie mal, Kollege. Er soll allein kommen.«

»Sinclair!« Healy regte sich auf. »Was glauben Sie, was dieser Mensch hinter sich hat. Wir müssen ihm helfen.«

Ich blieb hart. »Das letzte Stück kann er auch noch allein gehen. Man soll nichts übertreiben.«

Suko mischte sich nicht ein. Er verstand meine Gedankengänge, die für Healy unbegreifbar waren.

Der Pilot hatte mittlerweile das Ufer erreicht. Er ging auf

Händen und Füßen, richtete sich dann auf. Seine Knöchel wurden von den auslaufenden, schaumigen Wellen noch umspielt.

Er nahm uns wahr, blieb stehen und hätte jetzt auf uns zulaufen müssen. Wenigstens wäre das normal gewesen. Stattdessen hob er den Kopf und schaute uns wie witternd an.

Sein Gesicht war nass. Aus den Haaren floss das Wasser. Es rann in fingerdicken Bächen an seiner Haut entlang nach unten und verwischte die festen Umrisse des Kopfes.

Dennoch erkannten wir, dass sein Gesicht bleich war. Eigentlich unnatürlich bleich, und als er den Kopf nach links drehte, sahen wir am Hals eine klaffende Wunde, als hätte ihm dort jemand die Haut abgerissen.

Der Mann war tot und lebte trotzdem.

Ich wusste Bescheid.

Langsam zog ich meine Beretta …

»Verdammt, was tun Sie!« Healys Worte unterbrachen meine Tätigkeit. Er hielt sogar meinen rechten Arm fest. »Wollen Sie vielleicht auf den Mann schießen?«

»Ja.«

Healy holte tief Luft. Er schüttelte den Kopf. »Sind Sie durchgedreht?«, fuhr er mich an und baute sich zwischen mir und dem Piloten auf.

»Machen Sie keinen Unsinn, Healy! Das ist kein Mensch mehr. Schauen Sie ihn sich an. Wir haben es hier mit einem Zombie zu tun. Begreifen Sie, mit einem lebenden Toten!«

»Nein!«

Der Kollege war nicht zu belehren. Ich konnte an ihm vorbeiblicken und sah, dass sich der Zombie in Bewegung setzte. Er ging so, wie ich die normalen Zombies kannte. Breitbeinig und immer darauf bedacht, das Gleichgewicht zu halten, was ihm schwer fiel, denn er stolperte über einen im Weg liegenden Stein und wäre fast gegen Healy gefallen.

Ich war es leid und schleuderte den Mann zur Seite.

Da fiel der Schuss.

Nicht ich hatte abgedrückt, sondern Suko. Aus einer solchen Entfernung war die Gestalt einfach nicht zu verfehlen. Die Kugel schlug in das Zentrum ein, und der Vorwärtsdrang des Untoten wurde gestoppt. Noch blieb er stehen, schwankte schließlich von einer Seite auf die andere, bevor er nach vorn kippte und vor unseren Füßen schwer zu Boden fiel. Ohne sich zu rühren, blieb er liegen.

»Das war's dann wohl«, sagte Suko und steckte seine Waffe ein.

Healy nickte. »Ja, verdammt, das war es, Mister. Und das war auch Mord, sage ich Ihnen. Mord vor meinen Augen. Sie sind nicht angegriffen worden. Der Mann hat Ihnen nichts getan ...«

»Hören Sie auf!«, unterbrach ich ihn. »Er war ein lebender Toter.«

»Die gibt es doch nicht.«

Als er meinen Blick sah, wurde er still. Der Ausdruck meiner Augen musste ihm wohl nicht gefallen haben. »Kommen Sie mal«, forderte ich ihn auf.

»Was ist denn?«

Ich bückte mich, packte die Gestalt an den Schultern und drehte sie auf den Rücken. »Schauen Sie sich den jetzt endgültig Toten mal genauer an, Kollege.«

»Und?«

»Sehen Sie hin.«

»Das tue ich ja, und ich werde beschwören, dass Sie ihn erschossen haben.«

»Er war schon tot und lebte trotzdem. Oder könnten Sie mit einer solchen Wunde am Hals weiterleben. Die stammt von einem Biss. Er hätte normalerweise tot sein müssen, Healy.«

Der Kollege nickte. »Und weshalb war er nicht richtig tot?«

»Weil ihn ein ebenfalls Untoter gekillt hat. Wenn das geschieht, überträgt sich der Keim dieser höllischen Kreatur auch auf das Opfer, es verwandelt sich dann ebenfalls in einen Zombie. Alles verstanden?«

»Ja, aber nicht begriffen.«

»Das ist auch nicht Ihr Job.«

Healy fuhr über sein Haar. »Ehrlich, Sinclair, ich habe ja schon einiges über Sie und Ihren Job gehört. So recht glauben konnte ich es nie, aber jetzt sind mir Zweifel gekommen. Wer könnte ihn denn umgebracht haben?«

»Sein unfreiwilliger Passagier.«

»Dann muss der ebenfalls ein Zombie gewesen sein.«

»So sieht es aus.«

Healy schüttelte sich. »Ehrlich gesagt, bin ich froh, dass ich mit dem Kram nichts zu tun habe.«

»Das können Sie auch.«

»Und was geschieht jetzt mit ihm?«

»Ganz einfach«, erwiderte ich. »Sie können ihn so behandeln wie einen normalen Toten. Lassen Sie ihn wegschaffen und in ein Grab legen. Die Gefahr ist vorbei.«

»Sie werden vermutlich diesen zweiten Zombie suchen?«

»In der Tat.«

»Wo beginnen Sie damit?«

Suko und ich hoben zur gleichen Zeit die Schultern. »Noch haben wir keine konkrete Spur, aber wir werden ihn finden, darauf können Sie sich verlassen ...«

Selbst die Strömung hatte es nicht geschafft, das mosaikartige Monokel aus dem Auge des Zombies zu spülen. Es klebte regelrecht fest.

Und der General ließ sich treiben.

Er war ein untotes Wesen. Im Prinzip gehörte er in den großen Kreis der Höllengeschöpfe, zu denen auch die Vampire zählten. Nur wurden diese durch fließendes Wasser vernichtet.

Das war bei der lebenden Leiche nicht der Fall. Das Flusswasser konnte sie nicht töten, es wurde sogar noch zu einem Helfer für den lebenden Toten. Was mit seinem Opfer, dem Piloten, geschah, interessierte ihn nicht. Er war ebenfalls zu einer lebenden Leiche geworden und würde sich schon von allein seinen Weg suchen.

Für Albert T. Hodson zählte allein seine persönliche Rache, die er zu Ende bringen wollte.

Und davon sollte ihn keiner abbringen. Manchmal bewegte er die Arme, weil er die Richtung zu ändern versuchte, denn es war nicht gut, zu weit abgetrieben zu werden.

Ein Mensch wäre schon längst ertrunken, denn die Strömung drückte ihn tiefer in das Wasser. Als er in einen Strudel geriet, wurde er zu einem regelrechten Spielball, sodass er schon mit seinen ausgestreckten Armen den Grund erreichte, die Hände im Schlamm verschwanden und auch sein Kopf hineingedrückt wurde.

Wenig später trieb es ihn wieder hoch. Die Strömung erfasste ihn abermals und transportierte ihn in die Ufernähe. Das Wasser wurde flacher. Er spürte bereits unter seinen schweren Stiefeln den weichen Grund, bekam Halt, stellte sich auf, wurde aber wieder weggetrieben, denn die kräftige Strömung packte seine Beine und sorgte dafür, dass er wieder flach lag und in dieser Haltung auf das Ufer zugeschwemmt wurde.

Er richtete sich auf. Kühler Wind traf sein Gesicht, das spürte er überhaupt nicht, denn ein lebender Toter hatte keine Gefühle. Er konnte höchstens wittern. Sein linkes Auge hatte er weit geöffnet. Auf dem zersplitterten Monokel saß die Flüssigkeit und verzerrte das Glas noch mehr, sodass es wie eine Linse wirkte.

Nicht weit entfernt entdeckte er ein Boot. Es war nicht sehr groß, mehr ein alter Lastkahn, an dessen Backbordseite er auch eine Leiter entdeckte. Die kam ihm wie gerufen. Der Zombie geriet wieder in tieferes Wasser und sorgte durch schwerfällig wirkende Schwimmbewegungen dafür, dass er auf den Kahn zugetrieben wurde.

Das gelang ihm auch, und er konnte ebenfalls mit seinen Pranken die Leiter umfassen.

So kletterte er an Bord. Triefend nass enterte er das Schiff und duckte sich sofort, weil von der Uferstraße her die Lichter zweier Scheinwerfer über das Deck strichen und auch ihn berührt hätten. Der Wagen fuhr vorbei.

Im Schatten der Reling näherte sich der Zombie-General dem Steuerhaus. Noch wusste er nicht, ob sich jemand auf dem Schiff aufhielt. Das Steuerhaus lag am Heck, die schmale Tür war nicht verschlossen. Geduckt betrat der lebende Tote die Kabine.

Sie war leer.

Überall lag Staub. In den Bauch des Schiffes führte ein schmaler Niedergang, den er hinabpolterte, die Schlafkojen und eine kleine Kombüse entdeckte er, aber keine Menschen.

Leider auch keine Waffen, bis auf eine handliche Eisenstange, die er an sich nahm und in den Gürtel steckte. Er hätte gern noch das Beil besessen, doch das hatte er zurücklassen müssen.

Vor Wut zertrümmerte er einen kleinen Tisch. Danach ging er zurück. Auf dem Schiff wollte er zwar nicht bleiben, aber er wusste instinktiv, dass es ein besseres Versteck für ihn eigentlich nicht geben konnte. Zu viel Zeit war vergangen, er wollte den folgenden Tag abwarten und erst in der nächsten Nacht weiterziehen.

Mit diesem festen Vorsatz suchte er sich ein passendes Versteck. Er fand es im schmutzigen Laderaum. Auf einigen Kohlesäcken hatte er sein Lager. Dort rollte er sich zusammen, starrte in die Finsternis und wartete ab.

Sie würden ihm nicht entkommen. Vernichten wollte er die Familie, die so ahnungslos war …

Einer weiteren Suchaktion hatte ich noch halbherzig zugestimmt, obwohl ich ziemlich genau wusste, dass sie keinen Sinn haben würde. So leicht ließ sich dieser Zombie-General nicht einfangen, zudem es zahlreiche Verstecke gab, in denen er sich verbergen konnte.

In dieser Nacht kam ich kaum ins Bett. Gegen vier Uhr brachen wir die Suchaktion ab, kehrten in unser Büro zurück und merkten, wie schwer uns die Augen geworden waren. Jetzt brauchten wir beide eine Mütze voll Schlaf.

Die fanden wir im Bereitschaftsraum auf den ach so bequemen Feldbetten, wo wir uns mit den kratzigen Militärdecken zudeckten. Ich hatte befürchtet, nicht einschlafen zu können, doch die Natur verlangte ihr Recht, und ich konnte drei Stunden fest schlafen. Das war nicht viel, aber besser als nichts.

Einen zweiten Rasierapparat hatte ich schon seit Jahren in der Firma liegen. Ebenso wie eine Zahnbürste. Im Waschraum machten wir beide uns frisch, zusammen mit anderen Kollegen, die die Nachtschicht hinter sich hatten und nach Hause gingen.

Einige wünschten uns noch einen schönen Tag, was wir als Hohn empfanden.

Frühstück gab es auch. Maschinenkaffee, ein Sandwich aus dem Automaten und Kekse. Alles konnte man vergessen. Der Kaffee schmeckte wie ein Laternenpfahl ganz unten, die Kekse erinnerten mich an die NATO-Verpflegung der Soldaten, wo sie auch Panzerplatten genannt wurden, und das Sandwich hatte Ähnlichkeit mit einem Bierdeckel, so faserig und trocken war das Zeug.

Wir hockten uns am Schreibtisch gegenüber und schauten uns an. Einen Plan hatten wir noch nicht zurechtgelegt, über den wollten wir nach dem tollen Frühstück diskutieren.

»Es geht um General Albert T. Hodson, einen Zombie, eine Kreatur der Hölle, einen Untoten …«

»Hör auf, John! Sag lieber, wo man ihn erwischen kann.«

»Ich weiß es nicht.«

»Aber seine ehemalige Dienststelle …«

Daran hatte ich auch gedacht und griff schon zum Telefon. Zum Glück war der General in London stationiert gewesen. Ich musste einige Male herumtelefonieren, bis man mir eine Auskunft erteilte.

Der General war im Verteidigungsministerium tätig gewesen. Wenigstens in den letzten Jahren vor seiner Pensionierung.

Und da erwischte ich einen Colonel Stratford, der lange Zeit mit Hodson zusammengearbeitet hatte.

Ich berichtete noch nichts von dem eigentlichen Fall, bat aber um eine dringende Unterredung. Zwar zierte sich der Mann ein wenig, stimmte letztendlich doch zu, sodass sich Suko und ich auf die Socken machen konnten.

Als Glenda kam, waren wir schon in der Halle. »Soll ich den Kaffee warm halten?«, fragte sie. »Ihr seht so aus, als ob ihr einen guten Schluck vertragen könntet.«

»Ja, tu das.«

»Und wann kommt ihr zurück?«

»Weiß ich noch nicht.«

Wir quälten uns mit dem Bentley durch die wie immer viel zu volle City und erreichten schließlich ein altes Gebäude, an dessen Rückseite sich ein bewachter Parkplatz befand, auf den wir durch eine schmale Einfahrt und erst nach zweimaliger Kontrolle fahren durften.

In dem Bau selbst wurden wir abermals kontrolliert und mussten sogar die Waffen abgeben.

Um keinen Ärger zu bekommen, ließen wir alles mit uns geschehen, wurden zu einer Sitzgruppe komplimentiert und konnten dort bequemer warten, während man mit dem Vorzimmer des Colonels telefonierte.

Eine hohe Decke lag über uns. An den Wänden hingen Bilder, die vom Krieg erzählten. Alte Gemälde wechselten sich mit neuen ab. Überall standen Wachen.

Die Knaben sahen aus, als wären sie aus Wachs. Sie rührten sich überhaupt nicht und bewegten höchstens mal die Augen. Hier herrschte eine Atmosphäre, die mir überhaupt nicht gefiel.

Schließlich kam aus dem Hintergrund der Halle ein Uniformierter auf uns zu.

Es war ein Captain, der zackig grüßte und sich als persönlicher Adjutant des Colonels vorstellte.

»Stehn Sie bequem und rühren Sie sich im Glied.« Ich konnte mir eine Bemerkung nicht verkneifen, als ich mich in die Höhe drückte. Dieses zackige Gehabe der Militärs ging mir immer quer.

Der Captain zeigte sich irritiert. So etwas hatte wohl kaum jemand gewagt, ihm zu sagen. Er enthielt sich einer Bemerkung und bat darum, vorgehen zu dürfen.

»Tun Sie das«, meinte Suko.

Wir schlenderten hinter ihm her. Eine große Glastür wurde

aufgestoßen, wir gerieten in einen weiten Flur, wo sich auch die Aufzüge befanden.

Unser Begleiter stand steif wie ein Ladestock und hatte die Hände auf dem Rücken verschränkt. Sein Mützenschirm war so weit in die Stirn gezogen, dass er kaum etwas sehen konnte. Ich war drauf und dran, ihm das Ding höher zu schieben, hielt mich jedoch zurück, weil ich es nicht auf die Spitze treiben wollte.

Im sechsten Stock befand sich unser Ziel. Durch einen breiten Gang mussten wir schreiten und passierten die wuchtigen Holztüren, die zu den einzelnen Büroräumen führten. Wenn hier gearbeitet wurde, war jedenfalls nichts zu hören. Das Holz schluckte den Schall.

Der Captain ging vor. Er schritt so aus, als wäre er auf einem Kasernenhof. Mein Gott, musste dieser Knabe seinen Job verbissen sehen! Neben den Türen standen die Namensschilder der hier arbeitenden Beamten. Bei so vielen Dienstgraden konnte einem normalen Menschen schwindlig werden, ich nahm es locker.

Wenn uns jemand begegnete, wurde scheu gegrüßt, und der Captain gab den Gruß stets überaus zackig zurück.

An der vorletzten Tür stoppten wir. Sie wurde uns geöffnet, und wir konnten über die Schwelle in das Vorzimmer des eigentlichen Büros treten. Es war ziemlich groß. Da passte unser Office mehr als zweimal hinein. *Jedem das Seine,* dachte ich.

Eine Tür führte zum eigentlichen Heiligtum. »Einen Moment bitte«, bat der Captain, klopfte zweimal an, wartete einen Moment und öffnete. »Sir, die beiden Gentlemen …«

»Lassen Sie die Männer hereinkommen, Captain.« Die aus dem Zimmer schallende Stimme klang jovial und nicht so wie die des Adjutanten. Das machte mir den Colonel schon sympathisch.

»Bitte sehr«, sagte der Captain.

Als wir an ihm vorbeigingen, konnte ich mich einfach nicht mehr beherrschen und schob seinen Mützenschirm in die Höhe. »So können Sie besser sehen, Meister.«

Der Mann bekam einen roten Kopf, erwiderte aber nichts.

Erst als wir die Tür geschlossen hatten, begann Colonel Stratford zu lachen. »Ja, das war gut. Er ist ein wenig dienstgeil, wie wir immer sagen. Aber den Ausdruck werden Sie ja auch kennen.«

Wir gaben uns die Hand und stellten uns noch einmal vor. Von dem Colonel war ich angenehm überrascht. Vor uns stand kein Kommisskopf, sondern ein älterer Mann mit weißem Haar, einer schmalen Brille und einem sonnenbraunen Gesicht, in dem die Augen von Lachfältchen umgeben wurden.

Wir setzten uns in die Besucherecke und wurden gefragt, ob wir etwas trinken wollten.

»Mineralwasser«, sagte Suko.

»Ich ebenfalls.«

»Dann möchte ich nicht aus der Reihe tanzen«, erklärte uns der Offizier.

Lange Floskeln wechselten wir nicht. Ich kam sehr schnell zum Thema. »Es geht um Ihren Kollegen, General Albert T. Hodson.«

»Das deuteten Sie bereits am Telefon an.« Der Colonel nickte. »Aber der General ist tot. Bei allem Verständnis für Ihre Lage, möchte ich vorausschicken, dass ich über Verstorbene nichts Nachteiliges sagen werde. Ich hoffe, Sie akzeptieren dies.« Er schaute uns beide an, und Suko gab die nächste Antwort.

»Wenn der General tot wäre«, sagte er.

»Moment.« Der Colonel zog die Brauen zusammen. »Das verstehe ich leider nicht.«

Suko erklärte es ihm, während ich seine Worte hin und wieder durch ein Nicken unterstützte. Der Colonel zog ein Gesicht, in dem Unglauben stand. Es war auch schwer für ihn, unseren Bericht zu akzeptieren. Er war Soldat und in erster Linie Realist. Solche Dinge, von denen wir berichteten, waren ihm mehr als suspekt.

»Sie binden mir auch keinen Bären auf?«, fragte er nach Sukos Bericht.

»Nein, Sir.«

Ich übernahm wieder das Wort. »Möglicherweise haben Sie sich in der Zwischenzeit über uns erkundigt ...«

»Ja, das habe ich.«

»Dann werden Sie wissen, mit welchen Fällen wir uns auseinander setzen.«

»Ihr Chef hat es mir berichtet. Ich kenne Sir James und glaube ihm auch. Es ist trotzdem schwer für mich.«

»Das kann ich verstehen. Ich möchte Sie nur bitten, Colonel, die Rückkehr der Leiche zu akzeptieren. Sie sollen auch nicht direkt in den Fall eingreifen, das übernehmen wir. Von Ihnen möchten wir nur etwas mehr über das Motiv wissen.«

»Wie soll ich ...?«

»Moment, Sir.« Ich hatte eine Hand erhoben. »Auch bei Zombies geschieht nichts ohne Motiv. Und dieses Motiv muss im Leben des Generals zu finden sein.«

»Sie meinen den Grund seiner Rückkehr?«

»So ist es.«

Der Offizier hob die Schultern. »Was soll ich Ihnen da sagen? Wir haben zwar zusammengearbeitet, aber ...«

»Bitte jetzt keine Rücksicht mehr. Soviel wir in Erfahrung bringen konnten, hatte Hodson keinen sehr guten Ruf.«

Der Colonel wiegte den Kopf. »Die Menschen sind verschieden. Der General war ein harter Knochen, das stimmt. Er kam nicht mit jedem zurecht. Manche behaupteten, dass er unmenschlich gewesen sei ...«

»Und seine Folterungen?«

»Das habe ich auch gehört, ihn aber nie darauf angesprochen.«

»Haben Sie überhaupt über private Dinge mit ihm gesprochen?«, fragte Suko.

»Wie meinen Sie?«

»Ich denke da an seine Familie, die Hobbys und so weiter.«

»Nur sehr wenig.«

Die Antwort klang für meinen Geschmack zu reserviert. Ich rechnete damit, dass uns der Colonel etwas verschwieg. Deshalb wies ich ihn noch einmal darauf hin, dass er auf das

Andenken des Toten keine Rücksicht zu nehmen brauche. »Dieser Mann ist durch seine Rückkehr zu einer permanenten Gefahr geworden.«

»Gefahr? Für wen?«

»Für alle.«

»Das kann ich nicht glauben. Er geht doch nicht umher und mordet aus lauter Lust ...«

»Nein, aber er hat einen inneren Trieb, den er nicht abstellen kann. Eine höllische Kraft leitet ihn, sie treibt ihn voran, und diese Kraft möchte ich mit dem Begriff *Teufel* umschreiben.«

Der Colonel dachte nach. Er nahm sein Glas, trank einen Schluck und fragte, als er es auf die braune Tischplatte zurückstellte: »Teufel sagten Sie, Mr. Sinclair?«

»Ja.«

Er atmete durch die Nase ein. »General Hodson hat stets viel vom Teufel gehalten.«

»Ach.«

Der Colonel griff meine Bemerkung auf, um weiterzureden. »Ja, er war diesen Kräften sehr zugetan. Bei einem Umtrunk hat er einmal mit mir darüber gesprochen. Er glaubte nicht an Gott, dafür an den Teufel, und er war fest davon überzeugt, dass dieses Wesen existiert. Er wollte sogar den Beweis dafür antreten.«

»Haben Sie sich darauf eingelassen?«

»Nein. Ich lachte darüber.«

»Wie reagierte er?«

»Hodson blieb bei seiner Meinung. Er sprach auch von einem ewigen Leben, aber anders als im christlichen Sinne. Er war fest davon überzeugt, dass ihn der Teufel nie im Stich lassen würde, auch nicht nach seinem Ende.« Stratford hob die Schultern. »Wenn ich Ihre Fragen höre, muss ich eingestehen, dass er wohl Recht gehabt hatte.«

»Leider«, gab ich zu.

»Ich habe das Thema auch nicht mehr angesprochen«, fuhr der Offizier fort. »Aber ich konnte manche seiner Reaktionen nicht verstehen. Diese unmenschliche Härte seinen Untergebenen gegenüber. Sie war nicht normal.«

»Besuchte er schwarze Messen?«

»Das kann ich Ihnen nicht sagen, Mr. Sinclair.«

Suko stellte die nächste Frage und gab dem Gespräch eine entscheidende Wende. »Wie ist dieser General Albert T. Hodson eigentlich gestorben?«

Der Colonel rückte seine Brille höher und blickte uns überrascht an. »Das wissen Sie nicht?«

»Nein.«

Er hob die Schultern. »Es gibt zwei Versionen, da bin ich ehrlich. Die offizielle lautet auf Gehirnschlag, die andere, von der nur wenige Kenntnis haben, ist die wahrscheinlichere. General Albert T. Hodson starb durch Selbstmord!«

Das überraschte uns sehr. Suko und ich schauten uns an. Mein Partner räusperte sich. »Alle Achtung, damit haben wir nicht gerechnet. Wie kann ein Mensch, der dem Teufel so zugetan ist, Selbstmord verüben.«

»Es spielten familiäre Dinge eine Rolle.«

»Und welche?«

»Mr. Sinclair«, begann der Colonel. »Müssen wir das jetzt alles hier ausbreiten?«

»Es wäre wichtig.«

»Also gut, ich will es Ihnen sagen, Sie sind schließlich auch zum Schweigen verpflichtet. Der General hatte eine weitere Leidenschaft: Frauen. Sehr junge Frauen, Mädchen, würde ich sagen. Einigen Leuten war dies bekannt. Unter anderem auch mir. In seiner Familie gab es ein junges Mädchen, das seine Nichte war. Janet hieß die Kleine oder heißt sie. An sie hat sich der General herangemacht.«

»Wie alt war sie?«

»Siebzehn, glaube ich.«

Ich räusperte mich und holte tief Luft. Mit einer solchen Wendung des Falles hatte ich nicht gerechnet.

»Und wie ging es weiter?«, fragte ich.

»Nun, er hatte sich an das Mädchen herangemacht, das natürlich entsetzt war und nicht wollte. Der General gebrauchte Gewalt. Er zwang Janet nieder, aber er wurde von seinem Bruder überrascht. Es kam zu einem Kampf, den der

General verlor. Der Bruder stellte ihn vor die Wahl. Entweder Selbstmord oder Anzeige. Albert entschied sich für den Selbstmord. Das ist bei manchen Offizieren noch immer so.« Ein tiefer Atemzug drang über die Lippen des Colonels. »Jetzt wissen Sie alles. Mir oblag es, eine andere Version zu verbreiten, das habe ich auch geschafft. Der General wurde mit allen militärischen Ehren begraben.«

Wir schwiegen. Ich konnte nur den Kopf schütteln, auch Suko war blass geworden.

Wieder einmal hatten wir menschliche Abgründe erlebt, die bis tief in die Seele hineinreichten. Dieser Mann war fast sechzig gewesen, das Mädchen erst siebzehn.

»Dann könnten wir ja wahrscheinlich davon ausgehen, dass sich der Zombie-General eine bestimmte Familie aussucht«, fasste Suko zusammen und erntete auch meine Zustimmung.

»Meinen Sie denn, der kehrt zurück?«, fragte Stratford.

»Ja.«

Der Colonel strich über sein Haar. »Mein lieber Mann«, flüsterte er, »das kann ein Chaos geben.«

»Wenn wir nicht schnell genug sind«, erklärte ich.

»Ich hatte mit der Familie keinen Kontakt mehr nach dem Tode des Generals. Das wollten die Leute auch nicht.«

»Wo leben Sie?«

»Die Hodsons besitzen ein Landgut in der Nähe Londons. Sie sind wohlhabend. Henry Hodson ist in der Holzbranche tätig und produziert auch Papier. Eine sehr angesehene Familie. Sie werden Sie bestimmt kennen lernen.«

»Das ist sicher.«

»Wenn Sie hinfahren, Gentlemen, würden Sie mir einen Gefallen tun?«

»Gern«, sagte Suko.

»Erwähnen Sie bitte nicht, dass ich Ihnen die Informationen gegeben habe.«

»Geht in Ordnung, Sir.«

Ich hatte noch eine Frage. »Wie haben Sie zu dem General gestanden? Wie war Ihr persönliches Verhältnis? Gespannt, freundschaftlich …?«

»Dienstlich. Weshalb fragen Sie?«

»Man kann diesem Zombie nicht trauen. Er wird versuchen, all die aus dem Wege zu räumen, die ihm in seinem normalen Leben einmal Böses getan haben. Deshalb.«

»Dann könnte ich auch in Gefahr schweben?«

»Das wäre möglich.«

Der Colonel lächelte. »Ich werde mich auf Sie verlassen. Sie haben die entsprechende Erfahrung.«

Damit war unser Gespräch auch beendet. Wir bedankten uns noch einmal, denn diese Unterredung war fruchtbarer gewesen, als wir überhaupt angenommen hatten.

»Packen Sie ihn!«, sagte der Colonel zum Abschied. »Und machen Sie ihn nieder. Er hat es verdient.«

Mit diesen Worten hatte er uns entlassen. Im Vorzimmer sprang der Captain wie ein Gummimännchen in die Höhe, als wir die Tür öffneten. Er hatte Order bekommen, uns wieder zum Ausgang zu begleiten, und tat dies mit unbewegtem Gesicht. Seine Mütze hatte er wieder in die alte Lage gerückt. Von den Augen sahen wir nichts.

In der Halle bekamen wir die Waffen zurück. Der Captain grüßte und eilte fast fluchtartig davon.

Suko griente mich an. »Der hat Angst, dass du ihn noch einmal auf den Arm nimmst.«

Ich winkte ab. »So leicht ist er ja auch nicht.«

Dann gingen wir. Die Luft war herrlich. Am Himmel stand eine helle Frühlingssonne. Der lange Winter war endgültig vorbei. Sogar die Autos schienen mit weniger Abgasen zu fahren.

Es war das richtige Wetter für einen Ausflug. Den würden wir auch machen. Allerdings nicht zu unserem Vergnügen …

Er hatte lange Zeit im Bauch des Schiffes verbracht. Wenn man schon unter der Erde gelegen hatte, spielte es keine Rolle, ob Stunden oder Tage vergingen. So etwas war relativ geworden. Irgendwann einmal kam der Punkt, wo alles eskalierte.

Da die Sonne auf das Deck schien, wurde es im Laderaum warm. Davon merkte der Untote nichts. Er hockte da und wartete. Hin und wieder nur bewegte er die Lippen, immer dann, wenn er an seinen Mentor, den Teufel, dachte, dessen böse Gedankenströme hin und wieder sein Gehirn trafen und ihm Mut machten.

Der Satan sollte nicht enttäuscht werden.

Irgendwann stand der lebende Tote auf. Seine Knochen knackten dabei, als er sich in die Höhe drückte. Er wusste, wo die Familie wohnte, und er würde Zeit brauchen, um dort hinzukommen. Außerdem durfte er nicht auffallen, aber für solche Dinge hatte er längst vorgesorgt. Wer mit einer so großen Brutalität und Rücksichtslosigkeit vorging, der kannte keine Hemmungen. Am Nachmittag verließ er sein Versteck und war sicher, dass er nicht gesehen wurde.

Am Ufer schlenderte er entlang, bis er eine Treppe fand, die ihn auf die Promenade brachte, wo zahlreiche Menschen auf den Bänken saßen und sich von der Sonne bescheinen ließen.

Der untote General fiel deshalb nicht auf, weil genug bunt gemischtes Volk umherlief und sich im Freien produzierte. Das begann bei den Musikern, ging über die Punker und Freaks, sogar Artisten waren da, zeigten ihre Kunststücke und hofften auf ein paar Münzen, die ihnen die Zuschauer in den Hut warfen.

Der Zombie suchte einen Wagen.

Auffällig sollte er nicht sein, auch nicht zu groß oder zu klein.

Der General entschied sich für einen grauen Nissan, der auf einer nicht bewachten Parkinsel stand. Zwar war der Wagen abgeschlossen, doch dieses Hindernis überwand der andere schnell. Er schlug kurzerhand die Scheibe ein.

Der Rest war ein Kinderspiel. Die Tankanzeige beruhigte ihn auch, und so ordnete er sich in den fließenden Verkehr ein.

Eine lebende Leiche, die Auto fuhr. Wann hatte es das schon mal gegeben?

Wir waren noch nicht losgefahren, sondern ins Büro zurückgekehrt, wo wir tatsächlich einen Kaffee bekamen. Die Fahndung nach Albert T. Hodson lief auch weiterhin, aber sie hatte keinen Erfolg gehabt. Den Kaffee nahmen wir mit zu Sir James, der uns endlich sprechen wollte.

»Ist es so schlimm?«, fragte er.

»Leider.«

Er schaute Suko an, der auch weitersprach und von unserem Besuch bei Stratford berichtete. Auch Sir James wurde bleich, als er die wahren Umstände des Todes erfuhr.

»Das hätte ich nicht für möglich gehalten«, flüsterte er. »Ich kannte Hodson. Er war mir nicht sympathisch, das brauchte er auch nicht zu sein, aber so etwas hätte ich von ihm nicht angenommen.«

»Wer schaut schon in die Psyche eines Menschen, Sir?«

»Da haben Sie leider Recht, John. Etwas anderes. Was meinen Sie? Welch einem Umstand kann er seine Rückkehr verdanken? Was ist dort auf dem Friedhof geschehen? Zombies kommen ja nicht, wann sie wollen, auch wenn der Teufel Regie führt. Da muss schon etwas vorgefallen sein, wie ich meine. Oder nicht?«

Der Ansicht waren wir auch. »Natürlich, Sir«, sagte ich. »Da hat es sicherlich ein bestimmtes Ereignis gegeben, dass ich mit der Entstehung des Dimensionstores in Verbindung bringe.«

»Dahinter steckte der Spuk ...«

»Ja.«

»Er und der Teufel sind verschiedene Dämonen und sich auch sonst nicht gerade grün.«

»Auch, Sir. Wenn es jedoch ums Ganze geht, das heißt, gegen die Menschheit, dann halten sie alle zusammen.«

»Das kaufe ich Ihnen ab. Haben Sie sich eigentlich schon mit der Familie in Verbindung gesetzt?«

»Nein, noch nicht.«

Sir James beugte sich vor und faltete die Hände. »Ich kenne die Familie Hodson«, sagte er. »Zwar nicht sehr gut, aber ich weiß über ihren Ruf Bescheid. Der General war ein harter Typ. So etwas liegt in der Familie, wenn Sie verstehen. Sie beide werden Mühe haben, die Leute zu überzeugen. Henry Hodson regiert da ebenfalls wie ein General über seinen Clan.«

»Hat er außer Janet noch weitere Kinder?«

»Ja, zwei Söhne, die ebenfalls in der Firma tätig sind. Ralph und Adam. Dabei sind Landgut und Firma nicht weit voneinander getrennt. Beide Komplexe stehen auf einem Grundstück, getrennt durch einen Wald, durch den eine Privatstraße führt. Wie viele Leute er beschäftigt, kann ich Ihnen nicht sagen, aber seien Sie versichert, dass diese voll und ganz auf der Seite des Unternehmers stehen.«

Wir waren froh, die Informationen bekommen zu haben. Sir James ging sogar noch weiter. »Wenn Sie wollen, kann ich bei den Hodsons anrufen und Sie avisieren …«

»Nein, lassen Sie mal. Die Überraschung ist besser.«

»Wie Sie meinen. Wann wollen Sie fahren?«

»Nach dem Mittag.«

Sir James lächelte. »Sie lassen sich viel Zeit. Das wundert mich, ehrlich gesagt.«

»Ich rechne nicht damit, Sir, dass dieser untote General tagsüber erscheinen wird, obwohl ihm das Sonnenlicht nichts ausmacht. Aber diese Typen benutzen schon instinktiv die Finsternis.«

»Ich verlasse mich darauf.« Sir James erhob sich und reichte uns die Hand.

Die Kaffeetassen nahmen wir mit. Glenda befand sich nicht mehr im Büro. Sie war bereits in die Pause gegangen. Auch ich verspürte Hunger, wollte aber nicht weit gehen und setzte mich mit Suko in die Kantine.

Das Lammgulasch, das sie da servierten, hätte mancher Hund nicht gefressen, so konnte es mir keiner verübeln, dass ich den halb leeren Teller zur Seite schob.

»Du darfst auch nicht so viel essen«, meinte Suko.

»Wieso?«

Seine Antwort klang makaber. »Mit vollem Magen stirbt man nicht …«

Davon hatte der Zombie nichts. Er brauchte weder etwas zu essen noch zu trinken. Tote sind eben satt. Zweimal hatte er sich verfahren, den richtigen Weg dann gefunden, und er rollte bereits auf das Grundstück seiner Verwandtschaft zu. Niemand würde merken, dass er sich anschlich. Keiner dachte daran, welch ein Grauen er verbreiten konnte, wenn er einmal zugeschlagen hatte, und darauf freute er sich besonders. Sie würden vor Angst zittern und vergehen. Sie würden betteln, jammern und flehen, aber er wollte keine Gnade kennen.

Schilder wiesen bereits auf die Fabrik hin. Rechts lag die Themse, hin und wieder war ihr graues Wasserband zu sehen, wenn der Weg über einen höher gelegenen Damm führte.

Der Wagen lief gut. Auch der Motor war nicht laut, sodass Hodson die Sirene hörte, deren Klang ihm entgegenschallte. Zuerst wunderte er sich, bis ihm einfiel, dass durch diesen Ton der Feierabend eingeläutet wurde. Dann leerten sich die langen Fabrikbaracken, waren nicht mehr besetzt und konnten auch als ideales Versteck benutzt werden.

Schon bald verdichtete sich der Verkehr. Die Arbeiter und Angestellten strebten ihren Wohnungen zu und einem verdienten Feierabend entgegen. Nur wenige fuhren mit dem Auto. Die meisten waren mit Fahrrädern oder Mopeds unterwegs.

Für den ihnen entgegenkommenden Wagen hatten sie keinen Blick, auch den Zombie interessierten die Menschen nicht. Er strebte einem anderen Ziel entgegen.

Wie ein dunkler Schatten erschien das lang gezogene Waldstück, durch das die Privatstraße zum Haus der Familie führte. Sie verband den Betrieb mit dem Refugium der Hodsons.

Der Zombie rollte vorbei. Er wusste noch nicht, ob er diesen Weg später fahren würde, möglich war alles. Zunächst einmal wollte er in den Betrieb. Dort konnte er sich besser verbergen und auch für den gestohlenen Wagen einen Platz finden.

Nach einer Kurve erschienen die Gebäude. Noch war es

hell. Die Sonne stand aber schon tiefer, hatte ihre Farbe verändert, und das dunkle Rot warf seine Strahlen über die flachen Dächer der Gebäude. Es betupfte auch einen Schornstein in der mittleren Hälfte. Sogar in den Wagen drang es, erwischte das Monokelglas und ließ es farbig aufleuchten.

Das andere, noch normale Auge blickte starr und gleichzeitig düster. Tief im Innern des Pupillenschachts loderte ein böses Feuer. Es war die Glut der Rache, das Zeichen des Teufels. Er hatte noch nicht sterben wollen, sein eigener Bruder hatte ihn zu dieser Tat gezwungen und den Satan in Zugzwang gebracht.

So etwas durfte sich kein Mensch erlauben. Dafür musste er einfach büßen. Und Henry würde büßen. Schreien sollte er, wimmern und jaulen, aber Gnade konnte er nicht erwarten.

Die breitere Zufahrt erschien. Es war noch alles so geblieben wie zuvor, wie Albert T. Hodson es von früher her kannte. Wenn er sich rechts hielt, konnte er die beiden großen Fertigungshallen umfahren und landete dort, wo sich die Rampen befanden und auch ein genügend großer Parkplatz.

In den länger werdenden Schatten der Wände rollte er weiter. Jetzt vorsichtiger. Zwei Männer mit Aktentaschen kamen ihm entgegen, warfen dem Wagen einen kurzen Blick zu und gingen weiter.

Ein Schild wies auf die Rampenzufahrt am Ende der Halle hin. Wieder musste der Zombie nach rechts fahren, einen Stoß mit großen Papierrollen umrunden und konnte sich erst dann nach links wenden, als er das Ende der Halle erreichte, wo sich auch die Rampe befand.

In deren Schatten stellte er den Nissan ab.

Es herrschte kein Betrieb mehr. Allerdings sah er die drei großen Trucks auf dem Platz stehen. Sie gaben ihm und seinem eigenen Fahrzeug die nötige Deckung.

Der Zombie-General stieg aus. Vorsichtig drückte er den Wagenschlag an, schaute sich kurz um und sprang mit einem geschmeidigen Satz auf die Rampe, die parallel zu einer Hallenseite lief.

Er bewegte sich auf der erhöhten Rampe weiter und

passierte auch einige grau gestrichene Rolltore, die allesamt verschlossen waren. Man hatte eben Feierabend gemacht.

Plötzlich blieb er stehen. Im Schatten des Rampenvordachs zog er sich zurück. Der Untote war mittlerweile so weit gelaufen, dass er an den geparkten Trucks vorbeischauen und einen Wagen erkennen konnte, dessen flaschengrüne Farbe ihm bekannt vorkam.

Auch wenn sich das Modell verändert hatte, sein Bruder war schon immer ein Fan der Automarke Jaguar gewesen. Und dieser neue Zwölfzylinder, der da stand wie ein zum Sprung geducktes Raubtier, konnte nur Henry gehören.

Demnach hielt er sich noch im Betrieb auf. Und Albert wusste auch, wo sein Büro lag. Am Ende der zweiten Halle, praktisch in einem kleinen Anbau versteckt.

Der Untote musste nun Acht geben. Er durfte zuvor nicht gesehen werden und ging auch nicht weiter, als die Tür des noch entfernt liegenden Anbaus aufgestoßen wurde und ein Mann heraustrat, der Papiere in der Hand hielt, sie wegsteckte, zu einem der Trucks ging, einstieg und donnernd abfuhr. Den unheimlichen Besucher sah er nicht. Der wartete, bis der Wagen verschwunden war, bevor er sich auf leisen Sohlen weiterbewegte.

Er musste es einfach schaffen.

Die Tür des Anbaus war wieder verschlossen worden. Ungesehen erreichte der Zombie sie, blieb einen Moment stehen und schaute sich noch einmal um, bevor er die Hand auf die Klinke legte.

Langsam drückte er sie nach unten.

Er hörte kein Geräusch. Das vernahm er erst, als er die Tür aufgezogen hatte, denn die Stimme eines Mannes drang an sein Ohr. Sie kam ihm sehr bekannt vor, auch wenn er sie seit einigen Jahren nicht mehr gehört hatte.

Sein Bruder Henry sprach.

Allerdings nicht mit ihm oder mit sich selbst, sondern in einen Telefonhörer hinein. Er stand so, dass er der Tür den Rücken zudrehte, und hatte sich dabei noch über den Schreibtisch gebeugt.

Sein Büro war zur Fabrikhalle hin durch eine große Glasscheibe abgetrennt. Hodson gehörte noch zu den Chefs, die »ihre« Leute gern arbeiten sahen. Er zog die Kontrolle dem Vertrauen vor.

Der Zombie schob sich durch den Spalt. Es war schon bemerkenswert, wie lautlos er sich bewegen konnte, und auch sein Bruder bemerkte ihn nicht, da ihn das Telefongespräch einfach zu sehr mitnahm und er sich stark engagierte.

Es ging um Preise. Da konnte Henry, wenn er musste, handeln wie ein levantinischer Andenkenverkäufer.

»Okay«, sagte er in dem Augenblick, als Albert den ersten Schritt nach vorn tat. »Die Sache regeln wir so und nicht anders. Sie können es sich noch einmal überlegen. Ich warte auf Ihren Anruf genau bis morgen zwölf Uhr.«

Eine Antwort wartete er nicht ab, sondern warf den Hörer mit einem wütenden Kommentar auf die Gabel.

Dann richtete er sich aus seiner gebückten Haltung auf, und sein Blick fiel dabei auch auf die große Trennscheibe.

In der Halle brannten keine Lichter mehr, bis auf die Notbeleuchtung. Durch zwei Anbaufenster fiel Licht, erwischte auch die Scheibe, sodass der Betrachter auch Bewegungen darin erkennen konnte.

Er sah die Gestalt!

Für einen Moment rührte sich Henry Hodson nicht vom Fleck. Er schüttelte leicht den Kopf. Sein rötlich blondes Haar geriet dabei in zitternde Bewegungen. Vielleicht glaubte er auch an eine Täuschung, dann aber wirbelte er auf der Stelle herum.

Albert T. Hodson starrte seinen Bruder an.

Er sagte nichts, weidete sich an dem Schrecken in Henrys Gesicht und grinste diabolisch.

»Du?«, ächzte der Fabrikant.

Der Zombie-General nickte nur …

Es war schon prächtig, dieses Gut, das der Familie Hodson gehörte. Ein sehr gepflegt wirkendes altes Haus mit Sprossenfenstern, deren Rahmen schneeweiß gestrichen waren und im Licht einer schon tiefer stehenden Sonne noch heller glänzten. Die an den Mauern wuchernden Efeuranken hatten auch den harten Winter gut überstanden, nur bei den anderen Gewächsen schien dies nicht so zu sein, denn ein Gärtner war dabei, einige von ihnen auszurupfen.

Den Bentley stellte ich neben einem Rover ab und ging die paar Schritte zum Eingang.

Auch die Tür war mit Sprossenfenstern versehen. Kleine Rechtecke. Nach dem Klingeln hatte ich Zeit, sie zu zählen, und kam auf zwanzig.

Natürlich öffnete ein Butler. Er machte einen sehr snobistischen Eindruck, trug steife Kleidung und auch Handschuhe.

»Sir?«, fragte er. »Sie wünschen?«

»Dass Sie uns einlassen.«

»Sind Sie angemeldet?«

»Nein.«

»Dann tut es mir Leid. Ich kann ...«

»Sie können«, sagte Suko, schob den Knaben zur Seite, und ich zeigte ihm meinen Ausweis.

Seine Gesichtszüge entgleisten, er schnappte nach Luft, wollte etwas sagen, doch die passenden Worte fielen ihm nicht ein. Außerdem fragte ich zuerst. »Wo finde ich Mr. Hodson?«

»Er ist nicht da.«

Gelogen war dies bestimmt nicht.

»Wer von der Familie befindet sich im Haus?«

»Mrs. Hodson ...«

»Holen Sie die Lady her! Und zwar hurtig.«

»Keine Sorge, Mister, ich bin bereits hier, um mir anzuschauen, wie wenig Benehmen Sie an den Tag legen.«

Es war wie im Kino.

Die Lady stand auf den Stufen einer nach oben führenden Treppe, hatte eine Hand auf dem Geländer liegen, trug ein elegantes, dunkles Hauskleid und schaute uns so scharf an, als wollte sie uns mit ihrem Blick sezieren. Ihr Alter war schwer zu schätzen, da die Hilfsmittel der modernen Kosmetik ihrem Gesicht die Falten genommen hatten.

»Madam«, regte sich der Butler auf. »Ich konnte nichts tun. Diese, diese Personen haben mich überrumpelt.«

»Ich sah es, George.«

»Dann sehen Sie mal zu, dass Sie Zeit für eine Unterhaltung finden, Mrs. Hodson.«

»Nein, mit Ihnen nicht.«

»Es geht um Leben und Tod.«

Sie lächelte kalt. »Auf solche Dinge falle ich nicht rein. Da müssen Sie sich schon etwas Originelleres einfallen lassen.«

»Wir sind Yard-Beamte«, klärte ich sie auf. »Und wir wollen mit Ihnen reden.«

»Ich aber nicht mit Ihnen.«

»Es geht um Ihren Schwager, den General, um Ihren Mann und um Ihre Tochter. Muss ich noch deutlicher werden?«

Sie zögerte. »Was soll das? Mein Schwager ist tot, mein Mann befindet sich im Betrieb, und Janet ist auch nicht im Haus. Also wüsste ich nicht …«

»Lassen Sie uns reden!« Ich schritt auf die Treppe zu. Mein Ton war hart geworden, und diese Härte ließ auch Mrs. Hodson nicht unbeeindruckt. »Gut«, stimmte sie zu. »Fünf Minuten.«

»Das wird reichen.« Ich zeigte auf den Butler. »Schicken Sie ihn bitte weg.«

»Weshalb?«

»Ich will mit Ihnen unter sechs Augen reden.«

»George. Wenn ich Sie brauche, rufe ich.«

»Sehr wohl, Mylady.« Der Butler verschwand.

Lautlos …

Lady Madeleine Hodson kam die Treppe herunter. Sie schritt wie eine Adelige. Der Gesichtsausdruck war nicht vornehm, sondern arrogant. Diese Frauen schmeckten mir nicht, aber ich wollte sie nicht heiraten, sondern nur mit einer von ihnen reden.

Einen Platz bot sie uns nicht an. Vor uns blieb sie stehen, verschränkte die Arme und fragte: »Um was geht es?«

»Im Prinzip um den General.«

»Der tot ist.«

»Natürlich. Zunächst einmal.« Ich hob die Hand, als ich sah, dass sie etwas sagen wollte. »Gehen Sie zunächst einmal davon aus, dass wir darüber informiert sind, was in Ihrer Familie geschehen ist. General Albert T. Hodson wollte ihre Tochter vergewaltigen. Ihr Mann kam zufällig hinzu und stellte ihn vor die Wahl. Ihr Schwager zog den Selbstmord vor. Ist das korrekt, Lady?«

Sie war bei meiner Zusammenfassung blass geworden. Jetzt nickte sie.

»Aber nicht alles, was man für tot hält, ist es auch«, sprach ich weiter. »Kannten Sie Ihren Schwager gut?«

»Ein wenig nur.«

»Okay, er beschäftigte sich mit schwarzer Magie, glaubte an den Teufel, und der hat ihm tatsächlich geholfen. General Albert T. Hodson, Ihr Schwager, ist wieder aus seinem Grab in die Welt der Lebenden zurückgekehrt, und zwar als Zombie, als lebender Toter.«

Die Sätze knallte ich ihr entgegen, und sie wurde immer blasser. Plötzlich schwankte sie. Fehlte nur noch, dass sie in Ohnmacht fiel. Suko sprang hin und stützte sie.

Zum Glück wurde die Frau nicht ohnmächtig. Sie schaute uns an, und wir brachten sie zu einem Sessel. »Was haben Sie da gesagt?«, fragte sie schwer atmend.

»Der General ist wieder da.«

»Als Toter?«

»Ja.«

»Wie geht das?«

»Es geht«, erwiderte ich. »Wieso und warum, das spielt jetzt keine Rolle. Wichtig ist, dass er nichts vergessen hat. Vor allen Dingen nicht Sie und Ihre Familie. Er ist auf dem Weg zu Ihnen und will sich rächen. Das heißt, er wird Sie umbringen wollen.«

Sie wollte hochspringen, doch wir drückten sie wieder zurück. »Es ist so«, sagte ich. »Deshalb müssen wir wissen, wo sich Ihr Mann befindet.«

»Im Betrieb …«

»Der ist hier in der Nähe?«

»Ja!«, flüsterte sie. »Ein Weg führt durch den Wald. Ihn müssen Sie nehmen …«

»Und Ihre beiden Söhne? Wo befinden sich die?«, fragte mein Freund Suko.

»Nicht da!«, lautete die schwache Antwort.

»Im Haus oder …«

»Sie sind geschäftlich unterwegs.«

»Kommen Sie an diesem Abend oder vielmehr noch am Nachmittag zurück?«, wollte ich wissen.

»Damit ist nicht zu rechnen.« Sie wischte sich über die Stirn. »Gütiger Himmel, wenn das alles zutrifft, was Sie mir da erzählt haben …« Sie schüttelte den Kopf. »Nein, das kann ich nicht glauben, das will einfach nicht in meinen Schädel hinein.«

»Sie bleiben im Haus!«, riet ich ihr. »Öffnen Sie keinem, den Sie nicht kennen.«

Madeleine Hodson setzte sich aufrecht hin. »Rechnen Sie denn damit, dass er kommt?«

»Das ist anzunehmen, wenn auch nicht wahrscheinlich. Es war schließlich Ihr Mann, der ihn gezwungen hat, sich zu erschießen – oder?«

»So war es.«

»Sehen Sie, dann wird er sich auch Ihren Mann zuerst vornehmen. Wer befindet sich noch alles im Betrieb?«

Sie begann nach meiner Frage zu lachen. Es klang schrill. Verdammt unecht. »Niemand mehr. Es ist Feierabend. Überstunden werden nicht gemacht. Und die beiden Nachtwächter kommen erst gegen zwanzig Uhr.«

Das sah natürlich nicht gut aus. Idealere Bedingungen hätte der Zombie, wenn er den anderen tatsächlich besuchte, gar nicht finden können. Davon sagten wir der Frau nichts.

Wir warfen uns nur einen Blick zu. Gesagt worden war alles, den Weg durch den Wald würden wir sicherlich finden. Jetzt hieß es nur, schneller zu sein als der seelenlose Zombie-Killer …

Vor Henry Hodson stand eine Bestie!

Der Bruder des Generals war fassungslos. Er schaute den anderen an, sein Mund stand offen, die Nasenflügel bewegten sich zitternd, leiser Atem drang über seine Lippen, und er spürte, wie ihn allmählich das namenlose Grauen beschlich.

Das war kein Trick!

Dieser eine Satz hämmerte in seinem Kopf. Henry Hodson wusste das, und er nahm dabei einen Geruch wahr, den er eigentlich noch nie so intensiv gerochen hatte.

Es stank alt, modrig, nach Grab und Abfall.

Totengeruch ...

Reden konnte er nicht. Das Schweigen war ebenfalls schlimm. Es lastete zwischen ihnen, und der normale Mensch hatte das Gefühl, dass es mit jeder Sekunde, die verging, wärmer in dem Zimmer wurde.

Sehr genau schaute er sich seinen Bruder an. Er wollte es eigentlich nicht, aber die Situation zwang ihn dazu. Er sah das kantige Gesicht unter der Mütze mit dem breiten Schirm. Sogar Haare quollen noch an den Seitenrändern hervor, nur sahen sie wesentlich strähniger und auch fahler aus, als er sie früher getragen hatte.

Das Monokel klemmte vor seinem rechten Auge. Ein zersplittertes Glas, das trotzdem zusammengehalten wurde, und Henry wusste auch genau, was mit diesem Auge geschehen war.

Das andere Auge glotzte ihn an.

Grausam, stechend, wobei tief in den Schächten eine unheimliche Glut loderte.

Dann die Nase. Sie erinnerte Henry Hodson an einen fauligen Klumpen, denn sie war an einigen Stellen grauer geworden, als hätte man sie dort ausgebleicht.

Aus dem rechten Nasenloch sickerte ein feiner Streifen. Er schimmerte dunkelrot, so sah nur Blut aus. Die Lippen lagen aufeinander. Sie kamen dem Betrachter vor wie zwei Schläuche.

Henry Hodson stand da und wusste nicht, was er sagen sollte. Es fiel ihm schwer, den Arm zu heben und sich über die

Stirn zu wischen. Die gesamte, ihm so vertraute Umgebung war plötzlich fremd, kalt und leer. Sie passte einfach nicht zu ihm und seinem Bruder, der aus dem Grab zurückgekehrt war, so wie er es versprochen hatte.

Urplötzlich erinnerte sich Henry wieder daran. Es waren damals die Worte gewesen, über die er innerlich gelacht hatte. Nun sah er sie bestätigt.

Ja, damals. Da hatte er eine schreckliche Wut auf den General gehabt. Einen unbezähmbaren Hass, als dieser Mann versucht hatte, seine Nichte zu vergewaltigen und Henry im letzten Augenblick dazwischengekommen war. Sie hatten sich nie gemocht, im Prinzip waren sie sich einfach zu gleich gewesen, trotz aller Unterschiede, die es zwischen ihnen gab. Keiner von ihnen wollte nachgeben oder einen Schritt zurückweichen.

Das Telefon schrillte.

Obwohl der Fabrikant in der unmittelbaren Nähe des Apparats stand, kam ihm das Schellen vor, als wäre es Meilen entfernt. Es dauerte seine Zeit, bis er die Hand nach dem Hörer ausstreckte, doch der General hatte etwas dagegen.

Er sprach nicht, schüttelte nur den Kopf.

Das reichte aus.

Henrys Hand zuckte zurück. Er presste die Fläche gegen seine Kleidung und wischte die Feuchtigkeit ab.

Irgendwann verstummte das Klingeln. Die Ruhe kam ihm bedrückend vor. Er wollte nicht mehr in dieser Stille stehen, den ersten Schock hatte er überwunden, sodass er auch nachdenken konnte.

Er musste hier weg, aber das ging nicht so einfach. Albert würde einen Riegel davorschieben wollen, deshalb musste er sich andere Möglichkeiten einfallen lassen.

Nur was?

Ablenken, wenn es ging. Ja, den anderen auf eine falsche Spur locken und dann verschwinden.

Das wäre gut. Ob er es auch schaffen würde, war die Frage.

Bisher hatte der lebende Tote noch kein Wort gesprochen. Vielleicht konnte sich das ändern, wenn man ihm gezielte

Fragen stellte, und Henry überwand sich auch. Er erkannte seine Stimme kaum wieder, so anders klang sie, als er die Worte sprach.

»Was willst du, Al?«

Der Zombie gab keine Antwort.

»Bitte, sag es. Weshalb bist du zurückgekehrt? Wie ist das überhaupt möglich?« Henry schüttelte bei dieser Frage den Kopf, und sein Mund verzog sich dabei, als wollte er weinen.

Albert T. Hodson sprach noch immer nicht. Er gab auf eine andere Art und Weise die Antwort. Ruckartig hob er den rechten Arm und führte die Hand in die Nähe des Gesichts.

Henry wusste nicht, was er damit beabsichtigte. Er erfuhr es wenig später, als sich der Tote das Monokel aus dem Auge nahm.

Henry erstarrte vor Angst. Jetzt konnte er das Auge sehen, in das sich sein Bruder die Kugel hineingejagt hatte. Ein leerer, langer Schacht, so kam es Henry vor. Er irrte sich, denn in diesem Schacht bewegte sich etwas.

Zunächst tiefer im Kopf, sodass nichts zu erkennen war. Aber es drängte oder quoll von Sekunde zu Sekunde näher, sodass es schon sehr bald sichtbar wurde.

Das war eine quellende, schiebende und trotzdem wimmelnde Masse, die sich da ihren Weg bahnte.

Bis sie den Rand erreicht hatte und hervorkroch.

Henry Hodson glaubte, seinen Augen nicht trauen zu können. Was sich dort hervorschob, durfte einfach nicht wahr sein. Es waren zuckende, braune Würmer, die ihren Weg durch die Augenöffnung fanden und ins Freie krochen.

Ein widerlicher, Ekel erregender Anblick. Auch Henry Hodson sah dies so, sein Gesicht verzog sich vor Übelkeit, er stierte auf die kleinen Würmer, die immer mehr wurden und aus dem Auge quollen, wobei sie an der rechten Gesichtsseite des Zombies nach unten rannen.

Würmer …

Ein Zeichen für den Lebenden. Denn er würde auch ihnen bald begegnen, wenn er gestorben war.

Henry atmete immer schneller. Der Atem flog über den

Schreibtisch und in das Gesicht des untoten Bruders, der überhaupt keine Anstalten traf, sich zu regen.

Er stand nur da.

Einsam, wie ein Denkmal, das unüberwindbar erschien, und aus dessen rechtem Auge noch immer die Würmer hervorquollen, die stromartig an seiner Wange nach unten liefen.

Getan hatte er noch nichts. Nur geschockt, aber nicht angegriffen oder getötet …

So dachte Henry Hodson, und er dachte weiterhin darüber nach, wie er aus dieser Lage entkommen konnte.

Er musste durch die Tür. Leider versperrte ihm sein Bruder den Weg, zum Telefon kam er auch nicht, um Hilfe herbeizuholen, deshalb wollte er es auf die seichte Tour versuchen.

Obwohl der Druck in seinem Innern übermächtig geworden war und von der Angst noch weiter in die Höhe gepeitscht wurde, sah er inzwischen klarer und schaffte es sogar, ein Lächeln auf sein Gesicht zu zaubern. »All right, Bruder, du bist gekommen, so wie du es damals versprochen hast. Aus dem Grab bist du gestiegen, um mich zu besuchen. Ich weiß nicht, was du von mir willst, aber eines ist klar. Die Sache von damals ist für mich vergessen. Okay …«

Bei den letzten Worten hatte der Sprecher seinen Platz verlassen und war um den Schreibtisch herumgegangen. Es fiel ihm schwer, den Gelassenen und Lockeren zu spielen, anders aber konnte er sich nicht aus dieser lebensgefährlichen Lage befreien.

Jedenfalls hatte er die Richtung verändert und konnte jetzt auf direktem Weg die Tür erreichen.

Ein Vorteil.

Sein Bruder schien nichts zu bemerken. Er stand wie ein Fels in dem kleinen Büro, in dem es nicht allein nach Moder roch, auch nach dem Schweiß, den der Mensch vergossen hatte.

»Einverstanden?«, fragte Henry. »Vergessen wir die Sache, Junge. Komm, erzähl mir, wie du es geschafft hast, den Tod zu überlisten. Ich habe dir damals nicht glauben wollen, jetzt weiß ich besser Bescheid. Du bist besser als der Tod …«

Er redete und redete. Dabei bewegte er sich zentimeterweise vor und hoffte, dass der Bruder nichts von seiner Absicht merkte. Henry sprach weiter. Ihm fiel in seiner Not auch immer etwas ein, auch wenn es der größte Quatsch war.

»Also gut, Bruder. Wenn du keine Antwort gibst, fasse ich das als Zustimmung auf. Alles klar? Zustimmung! Verstehst du?« Henry war stehen geblieben, hatte den Kopf vorgeschoben, ein fragendes Lächeln aufgelegt und die Arme ausgebreitet. »Zustimmung?«

Der Zombie blieb starr. Selbst die Würmer krochen nicht mehr aus dem leeren Auge. Bis zum Kinn hingen sie bereits.

Vielleicht hört der mich gar nicht, dachte Henry. *Lebende Tote müssen einfach anders sein als Menschen. Du redest dich hier irre und hättest ebenso gegen eine Wand sprechen können.*

Möglicherweise will er nichts von dir und ist nur gekommen, um dich zu erschrecken. Ja, das kann sein …

Zahlreiche Gedanken dieser und ähnlicher Art wirbelten durch den Kopf des Fabrikanten, ohne irgendwie in die richtige Reihenfolge gebracht werden zu können.

Er war einfach zu durcheinander, die Nervosität bekam er nicht unter Kontrolle, bis zu einem bestimmten Punkt.

Der war erreicht.

Jetzt musst du es machen!, sagte er sich.

Plötzlich sprang er. Henry hatte zuvor noch ein paar Worte geredet, ohne zu wissen, was er sagte, nur ablenken wollte er den anderen von seinem eigentlichen Vorsatz.

Er kam vorbei.

Jubeln wollte er schon, bis sich der Zombie plötzlich bewegte. Nur das rechte Bein streckte er aus, und der in dem Stiefel steckende Fuß wurde für Henry zur Falle.

Er stolperte.

Den Arm warf er noch hoch, er bekam auch noch mit, dass sich der Fuß zwischen seinen Waden verhakte, da raste schon der Boden des Büros auf ihn zu.

Der Schlag ließ sich nicht mehr vermeiden. Henry hätte vor Schmerz und Wut schreien können, dazu kam er allerdings nicht, denn sein untoter Bruder hatte sich nicht allein gedreht, auch gleichzeitig gebückt, und seine beiden Pranken kamen wie die Greifzangen eines Krans von oben nach unten.

Eisern packten sie zu.

Sie hämmerten hart in Henrys Rücken, umklammerten den Stoff, knüllten ihn zusammen und rissen den Mann in die Höhe, als wäre er ein Leichtgewicht oder eine Puppe.

So genau kam sich Henry Hodson vor, als er gedreht wurde, waagerecht lag und die gläserne Trennscheibe des Büros in sein Blickfeld geriet. Eine Wahnsinnsidee zuckte durch seinen Kopf, auf einmal spürte er wieder die Angst, und im nächsten Moment ließ ihn der andere einfach los.

Henry fiel nicht zu Boden. Er flog auf die Scheibe zu, denn seine schreckliche Vorstellung war zur Tatsache geworden.

Der Aufprall. Kurz nur, dann der Krach, das Splittern. Glasteile trafen seinen Körper und ließen auch das Gesicht nicht aus.

Und dann war er durch.

Irgendwo in der Halle prallte er zu Boden, überschlug sich, drückte die Scherbenreste tiefer in Stoff und Haut, hörte auch welche brechen und wünschte sich, ohnmächtig zu werden, weil er die Schmerzen nicht mehr ertragen konnte.

An den Augen war er glücklicherweise nicht erwischt worden. Er konnte noch sehen, nur nahm er seine unmittelbare Umgebung durch einen roten Schleier wahr. Blut!

Er wälzte sich auf den Rücken. Stöhnende Laute drangen über seine Lippen, sein Mund bewegte sich, die Hände schlugen auf den Boden. Als er sich über die Augen wischte, sodass sich sein Blick etwas klärte, drückte er sich unbeabsichtigt die kleinen Splitter noch tiefer in die Haut. Doch das merkte er nicht.

Der Zombie kam.

Er befand sich noch im Büro. Eine unheimliche Gestalt, die Henry diesmal noch schlimmer und breiter erschien.

Der Untote wollte durch die zerstörte Scheibe. Es störte ihn nicht, dass der Schreibtisch im Weg stand. Mit einem wütenden Tritt schleuderte er ihn zur Seite.

Freie Bahn.

Und er kam.

Nichts hielt ihn auf. Es gab keinen Gegenstand mehr und auch keine Person, die diese lebende Leiche stoppen konnte.

Henry wusste das. Und er wusste es trotz seiner Schmerzen, die überall waren. Aber es gibt auch den berühmten Lebenswillen, der in jedem Menschen steckte. Der wurde bei ihm mobilisiert.

Gab es noch eine Chance?

Er versuchte es. Er wollte weg und machte sich auf den Weg. *Wie ein Tier krieche ich davon,* schoss es ihm durch den Kopf. *Wie ein Tier …*

Auf allen vieren schob er sich über den Boden. Hinter ihm hatte der Zombie das Büro verlassen. Für einen Moment blieb er stehen, schaute nach vorn, und in seinem normalen Auge leuchtete es für einen kurzen Moment auf, als wäre diese Pupille so etwas wie ein Sensor.

Der andere konnte ihm nicht entkommen, auch wenn er es versuchte und jetzt in einen schmalen Gang kroch, der sich zwischen zwei großen Maschinen befand, auf denen gewaltige Papierrollen lagen, die, wenn sich die Maschine in Bewegung befand, über Walzen geführt wurden, um irgendwann von einem langen automatischen Messer aufgeschnitten zu werden.

Sogar einen Führerstand hatte die Maschine, und der war nicht weit von dem davonkriechenden Henry Hodson entfernt. Er wusste dies, kroch darauf zu und sah die Trittleiter dicht vor seinem Gesicht. Ächzend streckte er die Arme aus. Seine Bewegungen waren lahm, müde, abgespannt, und er fühlte sich erledigt.

Was er hier tat, würde ihm nicht mehr viel helfen, dennoch konnte er nicht anders und machte weiter.

Er schaffte es, sich an den eisernen Stufen der Treppe festzuhalten und in die Höhe zu ziehen. Aufrecht stehen konnte er nicht. Die Schwäche war zu groß. Deshalb stützte er sich auch mit seinen Kniescheiben ab, als er den Weg hochging. Sein blutendes Gesicht hatte einen verbissenen Ausdruck angenommen, die Augen hatte er weit aufgerissen, sie blickten starr, schon wie tot, und er sah über sich die gerade Rückwand des Führerhauses.

Der andere kam …

Er hörte die Schritte seines Bruders.

So gleichförmig, so zielsicher, so grauenhaft monoton …

Dem entkam er nicht.

Der Zombie erwischte ihn. Wieder streckte der untote General den rechten Arm aus. Die Hand hatte er zur Klaue gekrümmt, und er hieb sie in den Nacken des Menschen.

Eisern drückte er zu.

Zum ersten Mal reagierte Henry Hodson so, wie es ein normaler Mensch schon längst getan hätte.

Er brüllte auf …

Die Reifen jaulten über den grauen Asphalt, als ich den Bentley in eine Kurve riss und auf das Werksgelände fuhr, nachdem die durch den Wald führende Straße hinter uns lag.

Verschiedene Hallen standen zur Auswahl. Wir konnten sie uns aussuchen, aber die Frau hatte uns noch etwas von einem Büro nachgerufen, das sich in einem Anbau befinden sollte.

Würden wir es noch rechtzeitig genug schaffen?

Oft genug waren wir in ähnliche Situationen verstrickt gewesen. Manchmal hatten wir es packen können und die Menschen aus einer schrecklichen Gefahr gerettet.

Oft genug war es auch danebengegangen. Die Chancen standen fünfzig zu fünfzig.

»Verdammt, wo ist denn dieser Anbau?«, fragte ich und hatte den Wagen gestoppt, wobei ich mich auf dem Sitz drehte und umschaute.

»Fahr mal an der einen Halle hier vorbei«, sagte Suko und deutete nach links.

»Und dann?«

»Fahren wir herum.«

»Okay.« Einen besseren Vorschlag hatte auch ich nicht. So startete ich wieder und beschleunigte sehr schnell. An der linken Seite huschte die lange Hallenwand vorbei. In der oberen Hälfte befanden sich einige Fenster. Bei dieser Geschwindigkeit waren sie nicht mehr einzeln zu unterscheiden und wurden zu einer gläsernen Front, die bereits von den ersten Schatten der Dämmerung getroffen wurde.

Wieder jaulten die Pneus, als ich meinen Fuß auf das Pedal der Bremse nagelte, da wir das Ende der Halle erreicht hatten, ich den Wagen in eine Linkskurve legte und wir auf einen großen Platz fuhren, der ebenfalls als Ladestelle diente. Eine lange Rampe an der Rückseite der Halle war vorhanden.

Und wir entdeckten noch mehr.

Außer den beiden Lastwagen fiel uns ein flaschengrüner Jaguar ins Auge und ein japanischer Kleinwagen.

Wem der gehörte, wussten wir nicht. Wir konnten uns aber vorstellen, dass der Jaguar dem Fabrikanten gehörte.

Zudem parkte er vor einem kleinen Anbau. Das hatte auch Suko gesehen. »Da muss es sein, John!«

Ich nickte verbissen, beschleunigte noch einmal und bremste dicht vor dem Ziel.

Wir hieben auf die Gurtschlösser. Die Riemen fuhren zurück, und gemeinsam stürzten wir an zwei verschiedenen Seiten aus dem Wagen. Suko war noch schneller als ich, erreichte auch als Erster die graue Metalltür und hebelte sie auf.

Gemeinsam und mit gezogenen Waffen betraten wir das Büro, von dem auch Mrs. Hodson gesprochen hatte.

Sofort sahen wir das Chaos. Die zersplitterte Scheibe, das Blut an den Glaskanten, den umgekippten Schreibtisch, aber keine Spur von einem Zombie und dessen Bruder.

Suko schüttelte den Kopf. »Ob schon alles vorbei ist?«, fragte er flüsternd und mit bang klingender Stimme.

Ich wollte es nicht glauben, ging vor, hörte das Knirschen der Scherben unter meinen Sohlen und warf einen Blick in die Halle, durch die genau in diesem Moment ein gellender Schrei hallte.

Er traf uns schockartig.

»Komm!«, rief ich nur.

Dann nahmen wir den gleichen Weg, wie vorhin die beiden so unterschiedlichen Brüder …

Henry Hodson war wehrlos!

Sein Bruder hob ihn mühelos hoch, als wäre er kein Mensch, sondern nur irgendein Spielzeug, das man so einfach wegtragen konnte.

So kam sich der andere auch vor.

Wie ein Spielzeug, das trotzdem lebte, Angst verspürte und auch die fürchterlichen Schmerzen.

Der Zombie-General hielt den rechten Arm waagerecht, während er ging. Ein Schaukeln blieb dabei nicht aus, und diese Bewegungen übertrugen sich auch auf den Körper des Fabrikanten, der hin und wieder mit den Schuhspitzen gegen die harte Metallkante einer Stufe stieß, bevor er weitergeschoben wurde.

Das kleine Steuerhaus, ebenfalls ein höher stehender Kasten aus Metall und mit einer Tür an der Rückseite versehen, erschien vor dem Gesicht des Fabrikanten. Dessen Wahrnehmungsvermögen war getrübt. Er sah den Kasten zwar, leider war es ihm nicht möglich, die Umrisse der Tür wahrzunehmen, da zusätzlich das Tränenwasser seinen Blick verschleierte. Der Zombie wuchtete ihn gegen die Tür.

Mit dem rechten Ellbogen schlug Henry noch auf die Klinke, drückte sie nach unten, sodass sein Gewicht die Tür aufstieß. Sie schwang nach innen und gab dem Fabrikanten den Blick in das kleine Steuerhaus frei.

Er wurde durch einen Stoß hineinkatapultiert und stolperte bis gegen das kleine Kontrollpult mit den zahlreichen Hebeln, Schaltern und Knöpfen.

In seiner Höhe schloss das Kontrollpult mit der Sichtscheibe ab, durch die der Blick frei auf das Band mit den zahlreichen Papierrollen fiel.

Alles war genau ausgetüftelt. Henry selbst hatte daran mitgearbeitet, und jetzt starrte er durch die Scheibe auf die Rollen mit dem Band, das ihm in seiner Lage so schrecklich verändert vorkam, als würde es seine Last direkt in die Hölle transportieren.

Furchtbar …

Der Zombie stand hinter ihm. Henry nahm wieder den Leichengeruch wahr. Er wollte es zwar nicht, aber ein heftiges Zittern rann durch seinen Körper, und er konnte sich nicht mehr auf den Beinen halten.

Henry Hodson sackte zusammen.

Unwillkürlich fiel er dabei nach vorn, zudem tat der Zombie-General nichts, um ihn aufzuhalten, und so ließ es sich nicht vermeiden, dass er genau auf das Pult krachte. Festhalten konnte er sich dort auch nicht, er rutschte zurück, die ausgestreckten Arme machten die Bewegung automatisch mit und berührten dabei zwangsläufig einen der Hebel.

Und auch den Schalter, der die Maschine ein- beziehungsweise ausschaltete.

Sie wurde eingeschaltet.

Das Band begann zu laufen.

Plötzlich bewegte sich die graue Schlange, durch die Rollen lief ein Zittern, der erste, untere, tonnenschwere Papierkoloss landete auf dem Band.

Für einen Moment blieb er in seiner Halterung, bis die Mechanik ihn weitertransportierte.

Das alles kannte der Fabrikant, es gehörte zu seinem täglichen Leben, wie auch die ratternden Geräusche, die das Band verursachte, aber diesmal hatte er eine schreckliche Angst davor.

Sie war berechtigt, denn der Zombie machte weiter.

Schon einmal hatte er seinen Weg durch eine zersplitterte Scheibe gefunden, diesmal wollte er es ebenso machen, und er zog deshalb die Eisenstange aus seinem Gürtel, die er noch vom Schiff her bei sich trug.

Henry Hodson nahm wohl die Bewegung rechts neben sich wahr, er konnte sich aber erst einen Reim darauf machen, als die Eisenstange bereits die Scheibe durchschlug, auf eine Papierrolle tickte und von dort neben das Band geschleudert wurde.

Auch ein Regen aus Splittern fiel nach außen, traf das Band, wurde weitertransportiert, und Henry spürte plötzlich die klauenartigen Hände des Untoten an seiner Hüfte.

Einen Herzschlag später wurde er hochgehoben. Es dauerte nicht mal eine Sekunde, um ihm klar zu machen, was sein Bruder mit ihm vorhatte und auf welch grauenvolle Art und Weise er sich rächen wollte.

Er würde Henry auf das Band schleudern, sodass mit ihm, dem Menschen, das Gleiche geschah wie mit den Papierrollen.

»Neiiinnnn!«, schrie er. Verzweifelt wehrte er sich, aber gegen den starken Griff des Zombies kam er nicht an. Die Hölle hatte dieses Wesen mit einer kaum erklärbaren Kraft versehen.

Noch ein Stück höher wurde er gewuchtet und dabei schräg nach vorn gedrückt, sodass er auch über dem Steuerpult lag. Es war für den Zombie-General ein Kinderspiel, ihn durch die zerstörte Scheibe auf das Band zu schleudern.

In diesem Moment erschien neben dem laufenden Transportband ein blonder Mann …

Das war ich!

Suko und ich hatten uns nach dem alarmierenden Schrei getrennt. Die Halle war zwar sehr groß, aber durch mächtige Maschinen ausgefüllt, sodass nicht viele Winkel und Ecken zur Verfügung standen, in denen man sich verstecken konnte.

Und wir hatten auch festgestellt, aus welcher Richtung der Schrei gekommen war.

Am Ende oder am Beginn einer Maschine war er erklungen. Etwas hinderte unsere Suche.

Nur die schwache Notbeleuchtung brannte, sodass es uns schwer fiel, die Orientierung zu behalten.

Nun wussten wir Bescheid. Zudem war das Transportband eingeschaltet worden. Ich hatte die erste dicke Rolle fallen sehen und bekam mit, wie sie weitergeschoben wurde.

Das aber lenkte mich nicht von dem eigentlichen

Geschehen ab. Und dies lief innerhalb des Führerhauses über der Bühne. Dorthin war dieser Zombie mit seinem Opfer gegangen. Er hatte es gepackt, hochgehoben, und ich musste die Beretta sinken lassen, denn der Mensch diente dem Zombie-General als Deckung.

Hätte ich geschossen, wäre unter Umständen zuerst Henry Hodson getroffen worden.

Meine Hoffnung blieb Suko. Er wollte sich in den Rücken dieses Monstrums schleichen.

Ob Suko dies gelungen war, wusste ich nicht. Ich jedenfalls konzentrierte mich auf die beiden, die sich nicht rührten und regelrecht festgewachsen zu sein schienen.

Den Zombie-General hatte ich bisher noch nicht richtig zu Gesicht bekommen. Wir hatten ihn zwar gesehen, doch es war nie die Zeit geblieben, sich mit seiner Gestalt vertraut zu machen.

Auch jetzt konnte ich ihn nicht genau erkennen. Ich sah ihn nur als eine schattenhafte Gestalt, die ihre Arme hochgerissen hatte und mit den Klauenhänden die Geisel festhielt.

Die lebende Leiche tat nichts, ich konnte nichts unternehmen. Beide waren wir zur Untätigkeit verdammt.

Sekunden verrannen …

Neben mir ratterte die Maschine und transportierte die Papierrolle weiter bis zu dem großen Messer, wo die Stücke abgetrennt wurden. Ich wusste auch, was der Untote vorhatte. Er wollte seinen eigenen Bruder auf das Transportband schleudern und ihm einen grausamen Tod bereiten.

Das tat er auch.

Ohne dass er mich oder den anderen zuvor durch eine Reaktion gewarnt hätte, wuchtete er den Menschen durch das zerstörte Fenster. In einem Kreisbogen fiel er nach draußen. Ich hatte das Gefühl, als würde er gegen mich geschleudert werden, doch er prallte auf das Transportband, wurde in die Höhe gedrückt und dann von den mechanischen Kräften weiterbewegt.

Seinem Ende zu?

Ich schoss.

Der Zombie bewegte sich ausgerechnet in dem Moment, sodass meine geweihte Silberkugel fehlte.

Was tun?

Hodson war am Ende. Der Fabrikant lag auf dem Band, er konnte sich kaum rühren, hatte nur den Kopf erhoben, starrte mich zufällig an, und ich las in seinen Zügen die schreckliche Qual, die er durchmachte.

Das war schon Todesangst …

Ich musste ihn wegholen und dabei auf den Zombie verzichten. Als ich dies dachte und auf das Transportband klettern wollte, warf ich noch einen letzten Blick in das Steuerhaus.

Im Rücken des Untoten öffnete sich die Tür.

Suko erschien!

Der Inspektor hatte es geschafft, die Treppe beinahe lautlos hinter sich zu lassen. Jedenfalls war er von dem Zombie nicht gehört worden, und der Inspektor zögerte auch, das kleine Steuerhaus zu betreten. Von seinem Freund John hatte er nichts gehört, er hoffte nur, dass es der Geisterjäger geschafft hatte, sich so anzuschleichen, wie es abgesprochen war.

Suko öffnete die Tür.

Er hörte den erstickten Schrei des Mannes, als dieser von dem Zombie-General durch die zerstörte Sichtscheibe auf das Transportband geschleudert wurde. Dass es jetzt um jede Sekunde ging, war dem Chinesen klar. Er setzte mit einem Sprung über die Schwelle und wurde natürlich gehört.

Suko wunderte sich darüber, wie schnell der untote General herumwirbelte.

Die beiden starrten sich an.

Es war vielleicht nur eine Sekunde, die wurde für den Inspektor zu einer kleinen Ewigkeit, da er den Anblick der lebenden Leiche genau aufnehmen konnte.

Er sah das eine Auge, auch das zerstörte, aus dem die zahlreichen Würmer gekrochen waren und ein Band gebildet hatten, und er entdeckte den eingetrockneten Blutstreifen dicht unter dem rechten Nasenloch.

Ein Gesicht, das Grauen abstrahlte, obwohl der General die Gestalt eines Menschen hatte.

Er wollte Suko packen.

Dieser hielt die Beretta schon in der Rechten. Zweimal drückte er ab. Er hatte auf die breite Brust der lebenden Leiche gezielt, und beide Kugeln drangen über die zupackenden Hände hinweg in den Leib des Unheimlichen.

Der riss sein Maul weit auf. Plötzlich lief ein Zittern durch seine Gestalt. Er wankte zurück, die Würmer quollen wieder aus dem Auge, altes Blut stürzte aus beiden Nasenlöchern, die Arme schlugen um sich, und die gesamte Gestalt kippte zurück.

Sie fiel auf das Pult, besaß noch die Kraft, darüber hinwegzurollen, und verschwand plötzlich durch die zerstörte Scheibe aus dem Blickfeld des Chinesen.

Suko hörte den Aufschlag, lief ebenfalls vor und sah nicht allein den untoten General auf dem Transportband, auch zwei andere Personen.

Henry Hodson und John Sinclair!

Ich hatte das Ding erklettert, weil ich den Fabrikanten aus dieser tödlichen Gefahr retten musste. Auch ich wurde weitergeschoben und hatte mich gebückt, um den Mann zu packen, als der schwere Körper des Zombies aus dem Fenster kippte und ebenfalls auf das Band schlug.

Die Schüsse hatte ich vernommen, wusste aber nicht, ob Suko getroffen hatte. In meiner geduckten Stellung blieb ich, hob nur den Kopf ein wenig an, während ich meine Hände bereits unter die Achseln des Mannes geschoben hatte.

Der Zombie lag halb auf dem Bauch und zur Hälfte auf der Seite. Er stützte sich mit der linken Hand ab und hielt seinen Körper so in einer Haltung, dass er auch nach vorn schauen konnte.

Er sah uns.

Ich sah ihn.

Und mir fiel gleichzeitig ein Stein vom Herzen, denn ich

kannte die Wesen, wusste, wie sie aussahen, wenn sie von einer geweihten Silberkugel erwischt worden waren.

Mit dieser Bestie ging es zu Ende …

Er war stark, immens stark sogar, denn er wollte partout nicht sterben und kämpfte gegen sein Ende an. Es gelang ihm auch, seine Hand zu öffnen und zu schließen, als wollte er nach uns greifen, aber die Kraft verließ ihn mehr und mehr.

Der Zombie-General sackte zusammen.

Ich hörte ein donnerndes Geräusch, schaute zurück und sah, dass die Papierrolle bereits verschwunden war und das Blitzen einer langen automatischen Messerklinge, die in die Höhe schwang und anschließend wieder nach unten fiel.

Sie durfte uns auf keinen Fall erwischen. Ich riss den Körper hoch, vernahm das Stöhnen des Mannes, das für mich zu einer Antriebsfeder wurde, und warf ihn kurzerhand vom Band.

Auch ich sprang.

Neben ihm landete ich. Er lag auf dem Rücken und wimmerte. In seinem Gesicht klebte das Blut und hatte sich mit den Glasresten der Scheibe vermischt.

Mochte er noch so große Schmerzen haben, das alles spielte jetzt keine Rolle, er würde leben, darauf kam es an. Kein Zombie konnte ihm noch etwas tun.

Ich hörte die Schritte meines Freundes, kam auch wieder hoch und sah Suko winken.

»Was ist denn?«

»Er ist verschwunden.«

Ich war durcheinander und dachte schon, er hätte sich aufgelöst. Aber so hatte es Suko nicht gemeint. Der Zombie-General war ebenso verschwunden wie die Papierrolle. Er musste dort sein, wo sich auch das Messer befand.

Ich schaute hin. Suko ebenfalls, und beide wurden wir plötzlich grau in den Gesichtern und konnten auch eine Gänsehaut nicht vermeiden. Wir schwiegen uns an, bis Suko die Schultern hob.

»Wir werden trotzdem nachsehen müssen.«

Ich hatte nichts dagegen, ließ Suko aber den Vortritt. Er erreichte als Erster das Ende des Transportbandes. Eine automatisch laufende Weiche führte die dicke Papierrolle gegen ein Gitter. Da sahen wir auf einmal Stoffreste einer olivfarbenen Uniform auf dem Papier.

Den Zombie hatte es erwischt!

»Wenn du noch mehr sehen willst, musst du hinter die Walzen gehen«, sagte Suko.

Ich nickte. Diesmal war ich der Erste, und Suko folgte mir.

Die nächsten Sekunden waren furchtbar und gleichzeitig auch überraschend. Wir hatten mit vielem gerechnet, aber nicht mit dem, was wir tatsächlich zu sehen bekamen.

Der sich in der Auflösung befindliche Zombie hatte alles mitbekommen. Das Messer und auch die Walzen. Er war in zwei Hälften geteilt worden, doch er hatte sich trotzdem noch verändert.

Vor uns lag kein Gemisch aus Knochen und Haut, sondern zwei flache Spiegel, die fast die Umrisse eines menschlichen Körpers hatten. Die Fläche war grau, erinnerte mich an Quecksilber, und ich hörte Suko flüstern.

»Die Spiegel des Spuks, John …«

Er hatte Recht. Der Zombie-General war dort aus dem Grab gestiegen, wo wir den Spiegel im Ehrenmal gesehen, anschließend gesucht und nicht gefunden hatten. Dennoch musste er die magische Kraft besessen haben, um den Toten aus der Erde zu holen.

Schlimm …

Vielleicht war es die letzte Tat dieses ungewöhnlichen Spiegels gewesen, und für uns beide gab es nur eine Lösung. Wir holten uns Schlagwerkzeuge und zertrümmerten das Zeug. Nur Staub blieb übrig, zwischen dem hin und wieder kleine Spiegelsplitter glänzten. Suko besorgte noch einen Schlauch, stellte den Wasserkran an und spülte die Reste weg.

So also sah der endgültige Abgang des Zombie-Generals aus, und wir waren verdammt froh …

Den Verletzten hatten wir in unseren Wagen geladen und waren zum Haus zurückgefahren. Lady Hodson stand auf der Treppe. Ängstlich schaute sie uns entgegen.

»Er lebt!«, rief ich ihr beim Aussteigen zu. »Aber rufen Sie einen Arzt. Er braucht ihn dringend.«

Sie verschwand im Haus, während ich mich wieder in den Wagen setzte und zum Telefonhörer griff. Schließlich musste unser Chef, Sir James, über das glückliche Ende des Falles informiert werden …

ENDE

Masken-Terror

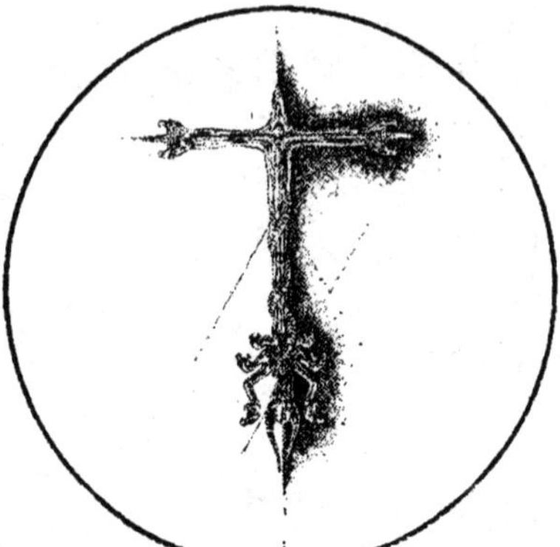

Kommissar Mallmann wusste eines mit hundertprozentiger Sicherheit. Wenn ihm dieser Mann abermals entkam, würde er töten. Deshalb war es so wichtig, dass Harry Helmbrecht gestellt wurde, und der Kommissar vom BKA hatte die Aufgabe übernommen.

Wer dieser Helmbrecht genau war, hatte man bei den zuständigen Behörden auch nicht herausfinden können. Von einigen wurde er als Killer bezeichnet, andere sahen in ihm einen Terroristen der zweiten Generation. Wieder andere hielten ihn für einen Scharlatan mit übersinnlichen Kräften.

Will Mallmann ging die Sache cool an. Ihn konnte so leicht nichts umwerfen, denn er hatte schon einiges hinter sich, auch was Dinge anging, die normalerweise in den Bereich des Horrors, der Fabel oder Legende fielen.

Mit einer ihm typischen Akribie hatte er es geschafft, die Spur dieses Helmbrechts aufzunehmen. Sie hatte ihn quer durch Deutschland geführt, bis zu einer alten Burg im Frankenwald, wo Helmbrecht sich angeblich hin und wieder versteckt halten sollte.

Die Burg war durchsucht worden. Spuren hatte man nicht gefunden, aber Mallmann gab nicht auf. Er war noch einmal allein zurückgefahren, saß nun in guter Deckung nahe der Burg und wartete schon seit fast zwei Stunden.

Den Flecken als romantisch zu bezeichnen wäre zu viel gewesen. Von den Höhen wehte ein unangenehm kühler Aprilwind und trieb auch die zerfaserten Wolkenteile über den grau wirkenden Nachthimmel.

Versteckt hatte der Kommissar auch seinen Opel Manta, den er, zum Spott einiger, noch immer fuhr. Der Wagen stand in einem schmalen Hohlweg zwischen den Büschen und war nur zu entdecken, wenn man sehr genau hinschaute.

Wie zum Beispiel auch den Kommissar mit dem schütteren Haar und der markanten Römernase. Er hockte hinter einem Steinwall der alten Mauer und konnte von diesem Platz aus den serpentinenartigen Weg erkennen, der hinunter ins Tal führte und in die Bundesstraße mündete, über die man nach Nürnberg gelangte.

Sollte ein Fahrzeug vom Tal her die Strecke hochfahren, würde Will Mallmann es sehen, er selbst würde unbeobachtet bleiben. Bis jetzt war es dunkel geblieben. Kein Autofahrer zeigte Interesse daran, in der Nacht dieser einsamen Burgruine einen Besuch abzustatten.

Ab und zu musste sich der Kommissar bewegen, wenn seine Beine einzuschlafen drohten. Dann schritt er ein paar Kreise, führte auch gymnastische Übungen durch, um sich anschließend wieder auf seinem Stammplatz niederzulassen.

Die Einsamkeit dieser Landschaft machte ihn nicht traurig. Seit dem Tode seiner jungen Frau – sie war an ihrem Hochzeitstag vom Schwarzen Tod umgebracht worden –, war der Kommissar stiller geworden. Ein sehr nachdenklicher Mensch, der mit einem verbissenen Eifer daranging, seine Fälle zu lösen.

Das hatte ihm bei seinen Vorgesetzten großes Ansehen eingebracht und auch einen entsprechenden Freiraum.

Noch mehr Zeit verging.

Hin und wieder wurde es regelrecht unheimlich, wenn irgendwo aus den dichten Wäldern der Schrei eines Käuzchens erklang oder ein sich bewegender Schatten durch die Luft huschte und auf Beutejagd ging.

Eulen und Uhus waren Nachttiere. Zum Glück gab es sie noch, trotz der miesen Umwelt, die allmählich durch die Dummheit der Menschen immer mehr zerstört wurde.

Wieder einmal schaute der Kommissar ins Tal. Den Weg konnte er nur an seinem Beginn hier oben erkennen. Sehr schnell wurde die Serpentinenstraße von der Finsternis verschluckt, die auch dort wie ein dicker Schatten lag, wo er in die Straße mündete.

Und genau dort sah er die beiden Lichter.

Will wurde nicht nervös. Er hatte oft genug ein Scheinwerferpaar da unten entdeckt. Die Wagen waren stets vorbeigefahren. Diesmal änderte sich das Bild.

Zwar verschwanden die Lichter für etwa zehn Sekunden, aber sie tauchten wieder auf. Nur nicht an der Bundesstraße, sondern auf dem Serpentinenweg.

Das Fahrzeug fuhr ihn hoch!

Will Mallmann wurde nicht etwa nervös oder zittrig. Er blieb sehr gelassen und zog dabei nur seine Walther-Pistole hervor, um das Magazin zu überprüfen.

Alles klar. Es war komplett gefüllt. Er würde sich wehren können, wenn es darauf ankam.

Mallmann tauchte wieder in Deckung und dachte über diesen Harry Helmbrecht nach. Auf die Spur gekommen war man ihm durch einen Zufall. Er hatte sich immer dort aufgehalten, wo etwas los war. Bei nicht gemeldeten und erlaubten Demos, an Schauplätzen von Verbrechen ebenso wie in gewissen Vierteln, die von Polizeistreifen in der Nacht durchsucht wurden.

Bei der Auswertung geschossener Fotos war es den Tüftlern nicht entgangen, dass jedes Mal dieser Mann auf den Fotos zu sehen war. Aber immer nur verschwommen.

Seltsam war dies schon, denn alle in seiner Nähe stehenden Personen waren stets scharf abgelichtet worden.

Da stimmte etwas nicht.

So jedenfalls dachte auch Will Mallmann. Er hatte herausgefunden, dass der Mann Harry Helmbrecht hieß, nur wenige Freunde hatte, kaum Bekannte, und wer ihn kannte, wusste über ihn nur zu sagen, dass er immer auf der Suche nach etwas Bestimmtem war.

Dies allerdings erst seit einigen Wochen. Um welchen Gegenstand es sich dabei handelte, wusste niemand. Da war Will Mallmann mit seinen Fragen auf Granit gestoßen.

Wenn Helmbrecht allerdings jetzt kam, würde er ihm die Fragen schon stellen, darauf konnte sich der andere verlassen.

Der Kommissar verfolgte den Weg der beiden Lichter sehr genau. Mal waren sie deutlich zu sehen, dann wiederum verschwanden sie hinter dichtem Unterholz und den sehr eng zusammenstehenden Bäumen, die eine regelrechte Mauer bildeten.

Dennoch gab es keinen Zweifel, dass nur die Burg das Ziel des Wagens sein konnte, da der Weg hier endete. Zudem war die Gegend für Liebespaare nicht geeignet, wie sich der Kommissar erklären ließ. Den jungen Leuten war die alte Burg zu unheimlich. Wohl weniger den männlichen als den weiblichen Personen.

Die Hälfte der Strecke lag bereits hinter dem Fahrer. Wenn der so weiterfuhr, musste er sein Ziel in ungefähr fünf Minuten erreicht haben. Will richtete sich darauf ein.

Noch blieb er in Deckung. Er wollte erst aus ihr hervorkommen, wenn der Wagen stand und der Fahrer ihn verlassen hatte.

Der Wind kam in Böen. Das heißt, er blies nie permanent über den Bergkamm, sondern legte Pausen ein. Dann verstummte auch das Rauschen, und Will Mallmann hockte inmitten der Stille.

Deshalb vernahm er bereits das Motorengeräusch, obwohl der Wagen noch relativ weit entfernt war.

Mit Autos kannte sich der Kommissar aus. Der da ankam, fuhr einen VW-Käfer.

Auch in Will wuchs die Spannung, da er bereits die Ausläufer des Scheinwerferlichts sah, die über den Platz vor der Burg strichen und auch seine Deckung nicht ausließen, wobei sie dem Gestein einen geisterhaft blassen Touch gaben.

Der Kommissar rechnete nach. Noch zwei Kurven, dann musste der Käfer am Ziel sein.

Will tauchte weg. Hinter der Mauer blieb er hocken, lauschte und stellte fest, dass sich das Geräusch des Motors von Sekunde zu Sekunde steigerte. Er hörte den Wagen auf den unebenen Platz fahren und vernahm auch das Ächzen und Quietschen der Stoßdämpfer, da der Käfer ziemlich durchgeschüttelt wurde.

Bis zur Abbremsung. Der Motor lief noch ein wenig nach, bevor er sich nicht mehr rührte.

Danach lief ein normaler Vorgang ab. Das Öffnen der Wagentür, das Zuschlagen, erste Schritte.

In der herrschenden Stille überlaut zu vernehmen, und Will hoffte, dass der Fahrer nicht ausgerechnet auf die Mauer zuging, hinter der er Deckung gefunden hatte.

Der Kommissar hatte das Glück des Tüchtigen, denn die Schritte entfernten sich von ihm.

Beruhigt atmete er durch. Er schob sich langsam und dicht an der Mauer aus dem Gras. Als er den Rand erreichte, wurde er noch vorsichtiger. Er peilte darüber hinweg in Richtung Burggemäuer und sah die einsame Gestalt auf den alten Bau zueilen.

Leider wandte sie ihm den Rücken zu. So wusste Mallmann nicht, ob diese Person auch tatsächlich Harry Helmbrecht war. Er prägte sich den Gang des Mannes ein.

Er lief etwas steif, fast hölzern, dafür mit großen, raumgreifenden Schritten, als könnte er nicht früh genug an sein Ziel gelangen.

Will ließ ihn gehen. Er wartete, bis die alte Burg den Mann verschluckt hatte.

Dann erst folgte er ihm.

Noch immer blieb der Kommissar überaus vorsichtig, auch als er durch das hohe Gras schritt. Er wollte jedes Geräusch vermeiden.

Auch sein Ziel war die alte Burg. Sie besaß nicht einmal einen offiziellen Namen, war einfach vergessen worden. Man hielt sie nicht mehr für wichtig, historisch uninteressant, außerdem war sie verfallen, und niemand wohnte mehr darin.

Die Temperaturen lagen zwischen fünf und zehn Grad. Vor den Lippen des Kommissars dampfte der Atem.

Je näher er seinem Ziel kam, umso vorsichtiger wurde er. Es war eine natürliche Warnanlage, die in seinem Innern aufflackerte, denn er dachte in diesem Augenblick wieder an die geschossenen Fotos.

Nie war dieser Harry Helmbrecht scharf darauf zu sehen gewesen. Das musste einen Grund gehabt haben. An den Apparaten hatte es nicht gelegen, die waren in Ordnung gewesen, also existierte dafür ein anderer Grund.

Will hatte darüber sehr lange nachgedacht. Zu einem Ergebnis war er nicht gekommen, aber er vermutete etwas Bestimmtes, sagte es jedoch nicht den Kollegen, die hätten ihn unter Umständen ausgelacht oder verspottet.

Harry Helmbrecht konnte ein Dämon sein!

Aus Erfahrung wusste der Kommissar, dass es normalerweise unmöglich war, Dämonen oder dämonenartige Wesen auf ein Foto zu bannen. Das ging einfach nicht. Über die technischen Gründe hatte er sich nicht den Kopf zerbrochen. Der Kommissar ging davon aus, dass dieses Phänomen mit der Ausstrahlung zusammenhing, die jeder Dämon von sich gab.

Er schlich an alten Fragmenten vorbei, die der Zeit widerstanden hatten. Reste der ehemaligen Mauer, die an eine Geschichte erinnerten, die längst vorbei war.

Den Eingang gab es noch. Früher hatte die Burg sicherlich ein stolzes Portal gehabt. Davon war jetzt nichts mehr zu sehen.

Der Eingang in die halb zerstörte Burg glich mehr einer Höhle. Wegen der niedrigen Decke musste sich der Kommissar bücken, und er betrat ein regelrechtes Loch, in dem es muffig und feucht stank. Zu sehen war so gut wie nichts, doch Will hörte die Schritte des anderen.

Irgendwo in der Finsternis vor ihm waren sie aufgeklungen, und sie klangen hallend, als hätte Harry Helmbrecht ein großes Gewölbe betreten. Will Mallmann hatte dieser Burg zusammen mit anderen Kollegen bereits einen Besuch abgestattet. Er versuchte sich zu erinnern, wo der Verfolgte sich unter Umständen aufhalten konnte.

Wenn er weiterging, würde er in einen Saal gelangen, das stimmte schon. Möglicherweise hatten dort früher einmal die Ritter getafelt. In der heutigen Zeit war er leer, und durch die offenen Spitzbogenfenster pfiff der Wind.

Die Augen des Kommissars hatten sich mittlerweile an die Lichtverhältnisse gewöhnt. So finster, wie es den Anschein gehabt hatte, war es nicht. Allmählich schälten sich aus dem dunklen Grau die ersten Umrisse hervor.

Es waren Nischen und Mauervorsprünge. Auch einige Fenster, wie Mallmann erkannte. Auch weiter vorn, wo sich der andere eigentlich hätte aufhalten müssen.

Doch Helmbrecht war nicht zu sehen.

Will schlich weiter. Da er sich nicht traute, seine Taschenlampe einzuschalten, musste er überaus vorsichtig sein. Er setzte die Schritte nur behutsam, tastete die Stellen, wo er hinging, zuvor genau ab, bevor er sich weiterbewegte.

Plötzlich blieb er stehen. Will hatte etwas gehört, und es klang so wie das Murmeln einer Stimme.

Helmbrecht sprach …

Da Mallmann in den letzten beiden Stunden keine andere Person in die verfallene Burg hatte hineingehen sehen, musste der andere einfach mit sich selbst reden. Und das tat er bestimmt nicht ohne einen triftigen Grund. Der Kommissar wurde immer gespannter. Selbst in der Dunkelheit nahm sein Gesicht einen lauernden Ausdruck an. Er ging auch nicht weiter. Ein Gefühl sagte ihm, erst einmal abzuwarten.

So vergingen Minuten.

Die Stimme blieb.

Sie sprach flüsternde Worte. Manchmal lauter, dann wieder leiser und zischend. Auch vernahm der Kommissar in einigen Sprechpausen ein tiefes Stöhnen, als würde der andere unter einer seelischen Qual zu leiden haben.

Will musste näher heran.

Trotz der Kühle spürte er den Schweiß auf der Stirn. Das innere Fieber peitschte ihn auf. Er wusste mit Sicherheit nun, dass er dicht vor der Lösung des Rätsels Helmbrecht stand. Dieser Mensch hatte diese alte Burg im Frankenwald nicht ohne Grund besucht.

Der Kommissar hatte sich jetzt geduckt. Er atmete mit offenem Mund, um sich durch nichts zu verraten. Manchmal drang ihm auch alter Staub in die Nase. Das kitzelte fürchterlich, doch Mallmann schaffte es, den Niesreiz zu unterdrücken.

Das Zischen überraschte ihn.

Es hatte sich angehört, als wäre der Kopf eines Zündholzes über eine Reibfläche gezogen worden.

In der Tat flackerte ein Licht auf.

Man konnte es nicht als hell bezeichnen. Es war mehr ein Schattenlicht, das geisterhaft über den Boden huschte und sich in unregelmäßigen Formen verlief, die Gestalt des anderen jedoch traf und auch ziemlich deutlich nachzeichnete.

Will stand im Finstern. Starr schaute er auf den Rücken des hockenden Mannes. Er wartete ab, denn er wollte auf keinen Fall zu früh entdeckt werden.

In seinem Kopf formulierten sich allmählich die Gedanken. Was der andere da tat, erinnerte an etwas Verbotenes, an ein magisches Ritual …

Das Feuer brannte auf dem Boden. Zwar flackerten die Flammen, aber sie breiteten sich nicht aus, sondern blieben in einem Kreis, der sich vor der hockenden Gestalt gebildet hatte.

Noch saß sie regungslos, bis zu dem Moment, als sie sich vorbeugte und ihr Gesicht den Flammen zurückte.

Will Mallmann erschrak. Er wollte hin, den Mann zurückreißen und ihn aus dem Feuer holen, doch eine innere Stimme sagte ihm, dass Harry Helmbrecht so etwas nicht ohne Grund tat.

Also wartete Will.

Helmbrecht hatte sein Gesicht in das Feuer gedrückt. Zu beiden Seiten schlugen die grünlichen Zungen hoch und vereinigten sich über dem Kopf des Mannes zu einer Glocke. Spätestens zu diesem Zeitpunkt hätte er Feuer fangen müssen. Da dies nicht eintrat, wusste der Kommissar mit endgültiger Bestimmtheit, dass er es bei Harry Helmbrecht nicht mit einem normalen Menschen zu tun hatte.

War er ein Dämon?

Es fiel Will Mallmann sehr schwer. Er wartete auch weiterhin ab und hoffte darauf, dass irgendetwas passierte. Die Flammen mussten eine magische Bedeutung haben, der andere hatte das Feuer schließlich nicht umsonst angezündet.

So war es auch.

Langsam richtete er sich auf. Er blieb noch auf den Knien, bewegte den ausgestreckten Körper leicht schwankend von einer Seite auf die andere, um das Gleichgewicht zu finden.

Dann stand er mit einem Ruck auf.

Das geschah sehr schnell. Will Mallmann erschrak, als der

Mann plötzlich auf den Beinen stand, für einen Moment so blieb und sich dann auf der Stelle drehte.

Er starrte den Kommissar an.

Und dieser ihn.

Beide waren sie erstaunt.

Will Mallmann noch mehr als Helmbrecht, denn dieser hatte kein Gesicht mehr. Stattdessen war aus dem vorderen Teil des Gesichts eine schreckliche silberfarbene Maske geworden …

Erst grinste er mich spöttisch an, dann leckte er über seine Lippen, und anschließend nahm sein Gesicht einen lauernden Ausdruck an. »Was wollen Sie in meinem Zimmer, Mister?«

»Mit Ihnen reden.«

»Nein.«

»Es wäre aber besser für Sie!«

Er sagte nichts, ging zum Bett, hob die schwarze Jacke hoch, die dort lag, und streifte sie über. »Wieso wäre es besser für mich, mit Ihnen zu sprechen?«

»Ich könnte Ihnen vielleicht helfen.«

Er lachte. »Sie mir? Nein, uns trennen in diesem Hotel Welten. Sie sind Gast, Mister, ich bin Oberkellner. Ich habe höflich zu den Gästen zu sein, auch zuvorkommend, soll Ihnen Wünsche von den Augen ablesen, aber nicht in einen privaten Kontakt treten. Das ist uns sogar verboten, wenn Sie verstehen.«

»Ich verstehe.«

»Dann muss ich Sie bitten, mein Zimmer zu verlassen. Mich erwarten das Dinner und die Gäste.«

»Wir werden noch reden«, verkündete ich.

»Meinen Sie?«

»Klar.«

»Mal sehen.« Er blieb stehen und deutete auf die Zimmertür. Ein höflicher Mensch war der Ober sicherlich, er sah auch gut aus mit seinem dunklen, leicht welligen Haar und der künstlichen Sonnenbräune. Mitte Zwanzig war er und der Typ, auf den die weiblichen Gäste flogen.

Mit vollem Namen hieß er Edwin Crockett, wurde von den Gästen aber zumeist Eddy gerufen.

Auch ich wohnte seit zwei Tagen in dem eleganten Schuppen und sagte ebenfalls nur Eddy zu ihm.

»Dann bis später, Eddy.«

Er verneigte sich sogar. Mir kam diese Geste spöttisch vor. »Natürlich, Sir, wir sehen uns noch.«

Damit war ich entlassen und auch mit meinem Frust und meiner großen Wut allein.

Hier waren die Vorzeichen verkehrt gesetzt worden. Ich kam mir als Gast vor wie ein dummer Junge, den man vor die Tür gesetzt hatte, und so etwas passte mir überhaupt nicht. Zunächst einmal musste ich mich zurückhalten, denn ich hatte keine Beweise gegen Eddy, und ich wohnte praktisch nur aufgrund einer Vermutung in diesem Schuppen.

Auf dem Gang zündete ich mir eine Zigarette an. Leichte Schritte ließen mich aufhorchen. Eines der Zimmermädchen kam. Die Kleine hatte die dunkle Haut einer Südeuropäerin. Ihr Lächeln wirkte echt, und sie grüßte höflich. Einen Staubsauger zog sie hinter sich her. Das Gerät lief auf Rollen und war auf dem Teppich kaum zu hören. Ich schaute dem Mädchen nach, das heißt, ich wollte den Kopf drehen, als ich das zischende Geräusch hörte.

Sofort fuhr ich herum.

Aus dem Staubsauger schlugen Blitze und Flammen. Das Mädchen war zurückgegangen, hatte beide Hände gegen ihr Gesicht gepresst und war bleich geworden.

Bevor ich einen Feuerlöscher fand und einsetzen konnte, waren die Flammen schon wieder erloschen. Stinkender Qualm zog träge durch den Flur.

Neben dem Gerät blieb ich stehen und schüttelte den Kopf. »War es nicht in Ordnung?«, fragte ich das Zimmermädchen.

»Doch, Sir. Es war okay.«

»Und trotzdem flog es fast in die Luft.«

»Ja …«

Ich kniete mich und schaute mir den Sauger an. Nun, ich bin kein Elektriker, und in dem Wirrwarr aus verschmortem

Kunststoff fand ich mich erst recht nicht zurecht. Der Qualm drehte mir bei der Arbeit noch den Magen um.

Ich hob die Schultern und kam gleichzeitig wieder hoch. »Da weiß ich mir auch keinen Rat.«

»Hätte ich sterben können?«, fragte das Mädchen.

»Kaum«, beruhigte ich sie.

Sie schüttelte sich. »Es ist so furchtbar. Ich habe Angst.«

»Wovor?«

»Es stimmt etwas nicht. Ich fühle es, ehrlich. Ich kann mir nicht helfen, aber es hängt über uns wie eine große Bedrohung, eine unsichtbare, dunkle Wolke ...«

»Wieso?«

»Das kann ich nicht sagen ...«

»Meinen Sie vielleicht Eddy damit?«

Sie schaute erst zu Boden, bevor sie ruckartig den Kopf in die Höhe hob und mich anblickte. »Wie kommen Sie auf Eddy?«

»Nur so.«

Wie fröstelnd zog sie die Schultern hoch. Das Mädchen hatte ein kleines Puppengesicht, war ziemlich rundlich und reichte mir nicht mal bis zur Schulter. »Er ist manchmal komisch.«

»Stellt er Ihnen nach?«

»Nein, nein, aber er ist so komisch.«

Damit konnte ich nichts anfangen. Ich wollte Genaueres wissen, doch sie antwortete nicht, entschuldigte sich nur und zog die Reste des Saugers hinter sich her.

Nachdenklich blickte ich auf ihren Rücken. Dieses alte, aber luxuriöse Hotel in Brighton schien tatsächlich einige Geheimnisse zu bergen, von denen ich bisher nur einen Zipfel in den Händen hielt.

Aus Spaß wohnte ich nicht hier. Von Myxin hatte ich einen Tip bekommen, mich um einen gewissen Eddy zu kümmern. Der kleine Magier und seine Partnerin Kara hatten in der letzten Zeit eine nahezu hektische Aktivität entwickelt, ohne mich direkt daran zu beteiligen. Erst seit dem vergangenen Tag wohnte ich hier und wollte mich um Eddy kümmern. Er war die Schlüsselfigur.

Suko hatte ich nicht mitgenommen. Er hielt in London die Stellung. Auch auf Anraten des Magiers hin. Dafür wohnten die beiden Conollys mit mir unter einem Dach. Sheila war allerdings vor zwei Stunden wieder gefahren. Sie hatte schließlich einen schulpflichtigen Sohn, um den sie sich kümmern musste, und ihre Mutterpflichten vernachlässigte sie nicht, da konnte kommen, was wollte.

Ihr Mann war geblieben, denn Bill wollte noch seine goldene Pistole von Myxin zurückbekommen, die dieser sich »ausgeliehen« hatte. Dies beinhaltete, dass auch die beiden in diesem alten, großen Kasten bald erscheinen würden.

Wann das war, wussten wir nicht. Jedenfalls wohnten wir hier, um den Ober Eddy unter Kontrolle halten zu können.

Dass er ein wenig seltsam war, hatte ich ja erlebt, und ich war gespannt darauf, wie sich die Sache noch entwickeln würde. Die Spur war gelegt, der Verdacht vorhanden, jetzt musste die andere Seite kommen. Eddy würde sicherlich ahnen oder wissen, dass in diesem Kasten jemand wohnte, der sich um ihn kümmern wollte.

Es war Dinnerzeit, und ich hatte mich mit Bill in der geräumigen Bar verabredet.

Ich ging nach unten. In diesem Hotel verzichtete ich auf den Fahrstuhl. Man musste den Weg einfach genießen: die breiten Treppen, die Teppiche, die Bilder an den Wänden, das weiß lackierte Holz, die großen Scheiben, die einen Blick auf das Meer gestatteten. So kam man sich als normaler Gast vor wie jemand, der aus der modernen Gegenwart in die Belle Epoque zurückgefallen war, eine Zeit, über die noch viel geredet und geschrieben wurde.

Die Gäste waren dementsprechend. Wer hier wohnte, gehörte zum älteren Geldadel. Manchmal wirkte es grotesk, wie sich die Menschen benahmen, wie sie geschminkt waren, jedenfalls die Ladys. Mit aller Macht suchten sie ihr wahres Alter durch Schminke und Rouge zu vertuschen.

Manche sahen dabei aus wie Zombies.

Ich erreichte die Bar. Eine hohe Tür wurde mir aufgehalten. Der junge Page stellte ein unbewegtes Gesicht zur Schau.

Dennoch hatte ich das Gefühl, als könnte er sich ein Grinsen nicht verbeißen und würde selbst mich mitleidig anschauen, dass ich überhaupt in einem solchen Hotel abstieg. Freiwillig hätte ich das auch nicht getan.

Ich ging an ihm vorbei, blinzelte ihm zu, und er erschrak wie ein ertappter Sünder.

Bill saß schon in der Bar, die mir überhaupt nicht gefiel. Ich hielt den hellen Marmor für unpassend, und die großen Kübel mit den blühenden Blumen entsprachen auch nicht meinem Geschmack.

Die Bar zog sich an einer Seite dieses großen Raumes hin. Sie lag sogar etwas erhöht. Um sie zu erreichen, musste ich zwei Stufen hoch. Bill saß als Einziger auf einem der zahlreichen Hocker, während andere Gäste an den Tischen Platz genommen hatten und dort vor dem Essen noch etwas tranken. Wenn Wind durch den großen Raum wehte, klingelte über uns an der Decke ein gewaltiger Lüster.

Ich schaute hoch, sah diesen kugelartigen Rest aus vergangener Zeit und schüttelte den Kopf. Wenn der mal runterfiel, wollte ich nicht dort stehen.

Bill hatte meinen Blick gesehen und nickte. »John, am besten schüttelst du den Kopf.«

»Wieso?«

»In diesem Laden kann man nichts anderes machen. Der ist ja so etwas von furchtbar, dass ich mir vorkomme wie lebendig begraben, trotz der hohen Fenster und der Helligkeit.«

Ich hob die Schultern. »Was willst du? Anderen gefällt es. Schau dir nur die Gäste an.«

»Ja, die gehören zu den Typen, die sich von einem Butler noch den Tee zum Strand bringen lassen.

»Ich weiß gar nicht, was du dich aufregst. Schließlich wohnst du freiwillig hier.«

»Du nicht?«

Ich schüttelte den Kopf und bestellte bei dem sehr snobistisch aussehenden Mixer das Gleiche wie Bill. Einen Whisky. Als er vor mir stand und ich den ersten Schluck genommen hatte, bekam der Reporter von mir eine Antwort. »Ich bin auf Myxins Rat hergezogen.«

»Dein Freund hat sich noch nicht gezeigt.«

»Das kann noch kommen. Wir hatten keine Zeit ausgemacht.«

Bill lachte. »Du bist gut, John, ehrlich. Wie dem auch sei, ich werde gleich zum Essen gehen.«

»Angezogen bist du ja dafür.«

In der Tat trug Bill ein weißes Dinnerjackett. So etwas oder ähnliche Kleidung war in diesem Kasten Vorschrift, wenn man dinierte. Ich dagegen war nicht passend angezogen. Am Strand wäre ich in meiner Aufmachung dagegen nicht aufgefallen.

»Willst du nicht mitkommen, John?«

»Nein, ich werde hier an der Bar eine Kleinigkeit essen.«

»Dann bleibe ich auch hier.«

Ich grinste. »Ist auch besser, als auf die verstohlenen Blicke der alten Ladys zu achten.«

»Recht hast du, aber nichts erreicht, wie?«

Ich drehte mich meinem Freund zu und schob mit dem Ellbogen eine Blumenschale ein Stück zur Seite, die meines Erachtens nichts auf der Theke zu suchen hatte.

»Doch, ich habe etwas erreicht.«

»Und was?«

Ich schaute auf meinen Whisky im Glas. »Eddy muss wohl etwas bemerkt haben. Als ich ihm entsprechende Fragen stellte, reagierte er ziemlich sauer. Ich habe ihn in seinem Zimmer besucht.«

»Da wäre ich auch nicht von begeistert gewesen«, erklärte Bill.

»Schon, doch du hättest es anders gemacht, aber lassen wir das. Ich finde, Eddy ist eine heiße Spur, und die zweite Spur habe ich ebenfalls schon entdeckt.«

»Welche?«

»Das war ein Staubsauger.«

Bill schaute mich an, als wäre ich geistesgestört. »Wieso Staubsauger? Bist du …?«

»Nein, nein, ich bin nicht verrückt. Aber es stimmt.« Ich berichtete die Sache mit dem Zimmermädchen.

Bill winkte ab. »Ein technischer Defekt. Mehr nicht.«

»Möglich ...«

»Und sonst?«

»Dann bin ich in die Bar gekommen.« Hinter uns wurde es lauter. Wir vernahmen das Rücken der Stühle. Dort standen die Gäste auf, um das Dinner einzunehmen. Auf der Karte hatte ich gelesen, dass es als Hauptgericht Fisch gab.

Darauf hatte ich sowieso keinen Appetit. Dafür bestellte ich mir Sodawasser und einen zweiten Whisky.

»Sie wollen nicht speisen?«, fragte der Mixer.

»Ja, aber an der Bar«, erklärte Bill.

Der Mann blickte uns an, als hätten wir eine Todsünde begangen.

»Ja, mein Lieber. Wir können doch sicherlich eine Kleinigkeit bekommen. In einem Haus wie dem Ihren ...«

»Ich gebe Ihnen die Karte.«

»Na bitte.« Bill grinste.

Ich fügte noch etwas hinzu. So laut, dass der andere es hören konnte. »Hoffentlich gibt es hier auch einen Hamburger!«

Der Mixer hatte es verstanden, sich umgedreht und mich so angeschaut, als hätte ich bei ihm bis zur nächsten Eiszeit verschissen.

Den Hamburger bekamen wir nicht. Ich entschied mich für eine Fischsuppe. Bill nahm irgendetwas Kartoffelartiges, und der Mixer gab die Bestellung weiter.

»Wie geht es Sheila?«, fragte ich.

»Sie ist gut in London angekommen. Und ich bin gespannt, wie es hier weitergeht.«

»Ich auch.«

Zunächst einmal kriegten wir Besuch. Die Frau, die in die Bar kam, trug die lässige Kleidung eines italienischen Modeschöpfers. So der erste Eindruck. Wir wussten es besser, denn die dunkelhaarige Person hatte sich die Sachen selbst geschneidert.

Kara erregte normalerweise Aufsehen. In diesem Fall nicht. Die beiden Männer, die noch an einem Tisch saßen, starrten in ihre Zeitungen, sodass Kara nur von uns wahrgenommen wurde und von dem Mixer. Der allerdings hielt sich vornehm zurück.

»Schön, dass ihr anwesend seid«, sagte Kara zur Begrüßung.

»Das war ja abgemacht.«

»Du bist sauer, John?«

»Wieso?«

»Ich hörte es aus deiner Stimme.«

»Sagen wir so. Ich habe mich schon einmal wohler gefühlt, wenn du verstehst. Das Umfeld gefällt mir nicht so recht. Mir bereitet das Hotel Unbehagen.«

Kara nickte und zupfte einige Falten ihres weit geschwungenen Kleides zurecht. Die Farben Rot und Blau wechselten sich darin ab. An den Ärmeln hatte es weiße Aufsätze. »Ich hätte es euch gern erspart, aber dieser Eddy arbeitet nun mal hier.«

Bevor Kara weitersprach, fragte Bill: »Hast du nicht etwas vergessen?«

»Wieso?«

»Dein Schwert oder die Pistole?«

»Ich habe beide Dinge nicht mit, aber du kriegst sie schon zurück. Keine Sorge.«

»Dann ist es gut.«

»Weshalb bist du allein gekommen?«

»Weil Myxin die Stellung bei den Flaming stones halten will«, erklärte mir Kara und schaute zu, wie ich mir eine Zigarette anzündete.

»Mehr nicht?«

»Nein, John, das reicht.« Kara bestellte sich einen Saft. Er wurde sehr schnell gebracht. Bill und ich warteten darauf, endlich eine Erklärung für unseren Aufenthalt zu bekommen, aber die Schöne aus dem Totenreich ließ sich noch Zeit.

Zunächst nahm sie einen Schluck. Dann fragte sie: »Du hast diesen Eddy schon gesehen oder kennen gelernt?«

»Das habe ich.«

»Und?«

»Er macht nicht gerade den besten Eindruck auf mich. Ich möchte sagen, dass er etwas seltsam ist.«

»Nicht gefährlich?«

»Das kann auch sein.« Ich berichtete von der Sache mit dem Staubsauger. Bill hatte es einem technischen Defekt zugeschrieben, Kara dachte anders darüber.

»Nein, das ist sein Werk.«

»Du schreibst Eddy derartige Kräfte zu?«, fragte ich erstaunt.

»Ihm und noch fünf anderen.«

»Wieso das?«

»Es sind sechs Leute, die sich aufgemacht haben, um den Würfel zu finden.«

Mit dieser Antwort erstaunte Kara uns beide. Bill räusperte sich. »Meinst du den Würfel des Unheils?«

»Wen sonst?«

»Aber den hat der Spuk«, sagte ich.

»So sieht es aus, so ist es auch. Aber den Würfel wollen die sechs gar nicht.«

Kara sprach noch mehr in Rätseln. »Welchen dann?«

Sie drehte sich erst Bill zu, dann mir, bevor sie sich zurücklehnte. »Das kann ich euch sagen«, erwiderte sie leise. »Es gibt nicht nur einen Würfel, sondern zwei …«

Grünes Feuer, ein Mensch mit einer silberfarbenen Maske vor dem Gesicht, das sah dem guten Kommissar nach einer ihm unbekannten Magie aus. Er war überrascht, geschockt, stand auf der Stelle und kam sich vor, als wäre er in einer alten Gruft eingeschlossen, in der sich die schaurigen Gruselszenen abspielten.

Es war auch klar, dass man ihn entdeckt hatte, und dass der andere möglicherweise keine Zeugen gebrauchen konnte. Aber Will Mallmann tat nichts, um sich dagegen zu wehren. Er schaute auf die silberfarbene Maske, die das Gesicht des

Mannes völlig verdeckte, und er spürte im Hals das leichte Würgen.

War das Harry Helmbrecht?

Der Kommissar rührte sich nicht. Was sich vor seinen Augen abspielte, war ungeheuerlich, denn die Maske über dem Gesicht des Mannes begann zu schmelzen. Sie verteilte ihr Silber auf dem Schädel, sodass von ihm nichts mehr zu sehen war.

Vor dem Kommissar stand jemand mit einem silberfarbenen Gesicht, das eine wesentlich andere Form angenommen hatte, denn die Maske war gebaut wie ein Dreieck.

Oben breiter, lief sie zum Kinn hin spitz zu, hatte schräge Augenschlitze und einen offenen Mund. Die Maske und der Mensch waren eine Verbindung eingegangen, und dies konnte man mit den Gesetzen der Physik nicht erklären. Das wusste auch der Kommissar.

Er hatte sich noch immer nicht gerührt, stand auf dem Fleck und nahm die Atmosphäre in sich auf, die ihn umgab. Sie war anders, sie war grauenhafter, böser, hatte sich verdichtet, und Will wusste, dass er hier einem gefährlichen Phänomen gegenüberstand.

Noch brannte das grüne Feuer. Es schuf mehr Schatten als Licht, verzerrte Perspektiven. Da wurden die Wände zu tanzenden Gegenständen, da war die Gestalt wie ein wirbelnder Schatten, und das Böse, das sie abstrahlte, konzentrierte sich auf ihr Gesicht.

Die Maske ließ Will nicht aus dem Blick!

Und auch der Kommissar konnte einfach nicht zur Seite schauen. Der andere bannte ihn. Dort war ihm ein Gegner erwachsen, der über ihm stand, und der Kommissar hatte das Gefühl, lächerlich zu wirken, als er an seine Pistole dachte.

Harry Helmbrecht war durch die Beschwörung zu einem anderen geworden. Er kam auf Mallmann zu. Einen Arm streckte er aus, schüttelte den Kopf, und Will ließ es zu, dass ihn die Hand auf seiner rechten Schulter berührte.

»Warum bist du hier?«

Es war eine flüsternde, dennoch gut zu verstehende

Stimme, die der Kommissar vernahm. Gleichzeitig spürte er ein Gefühl in seinem Körper wie noch nie, denn das unnatürliche Rieseln begann in den Schultern und pflanzte sich bis zu den Füßen fort.

»Ich bin dir gefolgt …« Mallmann wollte es nicht, aber er konnte nicht anders. Die Antwort musste er einfach geben.

»Weshalb?«

»Du bist uns aufgefallen.«

»Was habe ich getan?«

»Du warst überall dabei …« Mallmann verriet alles. So etwas war ihm noch nie passiert. Er erzählte dem Gegner Geheimnisse, die er eigentlich hätte für sich behalten müssen, und der andere hörte genau zu. Nie riss der Kontakt während des Gesprächs ab, und Will schaute dabei in das silberfarbene, ihm weich vorkommende Gesicht des Veränderten.

Erst nachdem er alles gesagt hatte, kam der Kommissar dazu, Luft zu holen, und Harry Helmbrecht zog seinen Arm zurück. »Von der Polizei bist du«, flüsterte er. »Das ist lächerlich. Du hast hier etwas erlebt, das viel tiefer geht. Ich habe einen Ruf empfangen, und dieser Ruf wird nicht nur mich erreichen, auch andere, die darauf gewartet haben. Wir kommen zusammen und werden unsere Aufgabe sehr ernst nehmen. Wir sind Ausgesuchte, hast du begriffen? Ausgesuchte Personen, die sich in seine Dienste stellen.«

»Wem dient ihr denn?«, fragte Will. Dabei stellte er fest, wie schwer ihm die Worte über die Lippen drangen.

»Es ist ein Mächtiger, ein Großer, das darf ich dir verraten. Mehr nicht. Ich werde jetzt gehen, und du kannst mich nicht daran hindern. Großes wartet auf uns …«

Der Kommissar schaute fassungslos zu, wie sich Harry Helmbrecht einfach umdrehte und davonschritt.

Um Will Mallmann kümmerte er sich dabei nicht. Der Kommissar stand da wie ein Ölgötze, konnte nicht fassen, dass er noch lebte, und schaute zu, wie der andere von der Dunkelheit verschluckt wurde.

Will war allein.

Mit sich, mit dem Feuer, mit dem alten Mauerwerk und der

unheimlichen Atmosphäre, die nicht mit dem Weggang Harry Helmbrechts verflogen war. Nach wie vor lauerte sie in der alten Burg, und der Kommissar kam endlich dazu, den Kopf zu drehen.

Er starrte in die Flammen.

Sie brannten, tanzten und zuckten. Ein grüner Widerschein leuchtete auf und malte Schatten an die Wände, die dem Kommissar so seltsam verkrümmt vorkamen, als würden sie ein geheimnisvolles Leben in sich bergen.

Er hatte etwas erlebt, das er sich nicht erklären konnte. Einer magischen Verwandlung hatte er zuschauen müssen, und er fragte sich, was dieser Harry Helmbrecht vorhatte und wem er diente.

Es fiel dem Kommissar nicht leicht, den Arm zu heben und über sein Gesicht zu tasten. Er fühlte an seinen Fingern die klebrige Feuchtigkeit, und auf einmal war es ihm viel zu heiß in diesem alten Gemäuer.

Er musste raus.

Ja, weg, wenn er den anderen vielleicht noch erwischen wollte. Ihn verfolgen, denn es gab nur einen Weg, den er nehmen konnte. Die Straße hinunter und dann ...

Mallmann zuckte zurück, denn etwas hatte ihn berührt. Es war wie ein Hauch, der über seinen Körper glitt und trotzdem ein Brennen auf der Haut hinterließ.

Als Will nachschaute, sah er die Flammen. Sie machten sich selbstständig, denn sie kamen plötzlich von allen Seiten auf ihn zu. Wie Schlangen, die auf dem Boden umherkrochen. Zunächst noch langsam, sodass der Kommissar ausweichen konnte. Wo immer er auch hinsprang, eine der Flammen war bereits da und wollte nach ihm greifen, sodass er sich vorkam, wie von zahlreichen Fingern eingekreist, die ihn nicht mehr freilassen wollten.

Für einen Moment blieb Will Mallmann stehen. Plötzlich wusste er, dass die Gefahr nicht vorbei war. Er hatte sie nur unterschätzt gehabt und musste sich nun zusammenreißen, wenn er aus diesem Gemäuer lebend herauskommen wollte.

Mallmann startete.

Dass die Flammen noch länger wurden, störte ihn nicht. Auch nicht der Kontakt mit dem Feuer, das so anders als andere war. Viel kribbeliger, schon fast an einen Säuresprüh erinnernd. Auch vor dem Kommissar hatte sich jetzt die Flammenwand aufgebaut, und Mallmanns Gesicht verzog sich, als ihn die Angst packte, er sie jedoch überwand und voranstürmte.

Er musste durch!

Sein Sprung war geschmeidig. Der Kommissar befand sich im Training, deshalb konnte er es auch mit Jüngeren aufnehmen. Auch jetzt kam er durch das Feuer, obwohl im Moment seines Sprunges die Feuerzungen wieder aufflackerten und in die Höhe schnellten, damit sie nach ihm greifen konnten. Sie fassten auch zu. Mallmann spürte den heißen, brennenden Hauch an seinem Kinn, warf noch im Sprung den Kopf hoch und war durch. Er befand sich innerhalb des Ganges, kam mit beiden Beinen zuerst auf und konnte sich trotzdem nicht halten.

Der Schwung schleuderte ihn zu Boden. Er prallte noch gegen die Wand, drehte sich, blieb liegen und schaute zurück.

Das Feuer brannte, aber er hatte es hinter sich gelassen, sodass ihm ein Stein vom Herzen fiel.

Die Stelle, wo das grüne Flackern über den Boden und in die Höhe huschte, kam ihm vor wie in einer anderen Welt, die zum Glück hinter ihm lag.

Der Kommissar richtete sich mühsam auf und blieb breitbeinig stehen, schwankte von einer Seite auf die andere, hielt den Mund weit offen und war froh darüber, dass er durchatmen konnte, denn das Grauen steckte noch wie eine Klammer in seinem Körper. Diese Flammen hätten seinem Leben ein Ende bereiten können. Er wäre in dieser einsamen Burg gestorben, und irgendwann hätte man ihn einmal gefunden.

Es sprach für den Kommissar, dass er nicht mehr an sich dachte, sondern an diesen Harry Helmbrecht, der ihn zuerst reingelegt hatte und danach entwischt war.

Wo er sich jetzt herumtrieb, wusste Will nicht. Vielleicht

war er schon weggefahren, aber der Kommissar hatte keinen Motor gehört. Dieser Laut wäre ihm trotz aller schwierigen Umstände aufgefallen.

Er taumelte ins Freie und war froh, die kalte Luft atmen zu können. Im ersten Moment schwindelte ihm, der Boden und die Umgebung tanzten vor seinen Augen. Wenig später hatte er sich wieder gefangen und schaute dorthin, wo der VW stand.

Tatsächlich hob seine Karosse wie der Buckel eines Käfers vom dunklen Untergrund ab. Dem anderen war also noch nicht die Flucht gelungen.

War Helmbrecht vielleicht zu Fuß geflohen?

Der Kommissar schaute sich um: Wie ein Verschwörer kam er sich vor. Er stand auf der Bergkuppe, über ihm türmten sich die dunklen Wolken, vom Wind vorangepeitscht, und er suchte vergeblich nach dem Mann mit der Maske.

Hatte er sich versteckt?

Mallmann blieb weiterhin vorsichtig, auch als er auf seinen eigenen Wagen zuging.

Der Manta hatte neue Stoßdämpfer und Hinterreifen bekommen. Er wollte ihn noch ein Jahr fahren, da konnten die anderen noch so spotten. Er fuhr aus der Deckung und den Serpentinenweg hinab.

Den Motor hatte er ausgestellt. Will ging vorsichtig mit dem Gas um, tippte des Öfteren auf die Bremse, da er den Wagen nicht zu schnell werden lassen wollte.

Rechts und links wuchs der Wald. Manchmal sehr nahe an den Manta heran, sodass die Zweige die Karosserie berührten und wie Hände darüber kratzten. Will schaute immer wieder in den Lichtteppich der Scheinwerfer hinein, der geisterhaft und bleich über das Unterholz strich.

Auch wenn ihm manche Baumstämme vorkamen wie Menschenleiber, so entdeckte er Harry Helmbrecht nicht. Sollte er sich tatsächlich in der Nähe aufhalten, musste er ein verdammt gutes Versteck gefunden haben.

Trotz seiner großen Konzentration dachte der Kommissar daran, dass er sein Erlebnis auf keinen Fall für sich behalten konnte. Was er erlebt hatte, war Magie in höchster Potenz gewesen, und da musste er seinen englischen Freund und Kollegen John Sinclair einweihen.

Es bahnte sich etwas Großes an, das möglicherweise weltumspannend sein konnte. Da musste man schnell reagieren.

Das wusste auch der Kommissar.

Er rollte weiter. Auf der Hinfahrt hatte er sich den Verlauf der Strecke ungefähr gemerkt, und er wusste, dass bald die schwierigste Kurve vor ihm auftauchen würde.

Sie war ziemlich eng und schien kein Ende zu besitzen. So etwas war der Schrecken der Autofahrer, und der Kommissar fuhr dementsprechend vorsichtig.

Er kam gut heran, erreichte den Scheitelpunkt der Kurve und trat hastig auf das Bremspedal.

Mitten auf dem Weg stand er.

Harry Helmbrecht!

Er hatte sich nicht verändert, sich breitbeinig aufgebaut und die Arme ausgestreckt, als wollte er ein Auto anhalten.

Nach wie vor trug er seine Maske. Sie bedeckte den gesamten Kopf, bildete auf dem Gesicht ein silbernes Dreieck, das leuchtete, sodass Will das Gefühl hatte, der untere Körper würde mit den dunklen Schatten der Nacht verschmelzen.

Hätte es Will nicht besser gewusst, er wäre bei diesem Anblick an eine makabre Vogelscheuche erinnert worden. Doch das war nicht der Fall. Diese Figur lebte, sie war echt und hatte mit einer Vogelscheuche nichts zu tun.

Der Kommissar dachte daran, einfach weiterzufahren. Er hätte nicht mal ein schlechtes Gewissen beim Gasgeben gehabt. Den anderen einfach überrollen, das wäre das Beste gewesen. Stattdessen saß der Kommissar hinter dem Lenkrad und wirkte selbst wie eine Puppe, so sehr hatte er sich innerlich verkrampft.

Dieser Helmbrecht verfolgte einen bestimmten Plan, und Will Mallmann rechnete auch damit, dass dieses unnatürliche Feuer wieder aufflackern würde, stattdessen geschah etwas anderes.

Die Kälte kam.

Keine natürliche Kälte, es war eine andere, eine magische und gefährliche.

Sie kroch immer näher, berührte zuerst Wills Rücken, als würden zahlreiche Finger über seine Haut fahren, und der Kommissar setzte sich automatisch steif hin.

Noch konnte er sich bewegen. Dennoch traute er sich nicht, den Wagen zu verlassen.

Dann verstummte der Motor!

Mallmann, der sich auf die Geräusche des Leerlaufs konzentriert hatte, bekam einen nicht gelinden Schrecken, als ihn urplötzlich die Stimme umgab.

Sie war da, auch fühlbar und drückte von allen Seiten gegen ihn.

Er war gezwungen, einfach sitzen zu bleiben und durch die Scheibe zu starren, wo ein Mensch in der Lichtinsel der Scheinwerfer stand und sich nicht rührte.

Eine Erklärung dafür, dass das Licht brannte, hatte der Kommissar auch nicht. Er musste abwarten.

In die helle Lichtinsel fiel der dunkle Schatten hinein.

Er war wie eine Wolke, und er kam von vier verschiedenen Seiten, auch aus der Luft.

Der Kommissar hatte nie etwas so Finsteres gesehen, denn diese Wolke beinhaltete eine totale Schwärze. Sie erfasste die Umgebung, hüllte die Gestalt mit der Silbermaske ein und »löschte« das Licht, obwohl die Scheinwerfer noch brannten.

Die Schwärze legte sich auf den Wagen.

Der Kommissar bekam Angst.

Es war für ihn ein schreckliches Gefühl, die Beklemmung konnte er kaum beschreiben. Er atmete, obwohl er das Gefühl hatte, überhaupt keine Luft mehr zu bekommen. Er hatte den Mund weit aufgerissen, röchelte, ächzte dabei noch und spürte auch wieder die grausame Kälte, die sich allmählich im Inneren des Wagens ausbreitete.

Will sah nichts mehr.

Weder das Armaturenbrett noch das Lenkrad sowie seine eigenen Hände. Diese Schwärze war absolut.

Er dachte an den Schacht des Todes, der ihn nie mehr

loslassen würde. So musste es sein, wenn man von der diesseitigen Welt hinüber in das Jenseits rutschte.

Nur gab es hier für ihn keinen Hoffnungsschimmer, keinen helleren Streifen, nicht den schwächsten Lichtfunken. Der Kommissar war ein Gefangener der Schwärze.

Die Kälte strömte in seinen Mund, weil er ihn geöffnet hielt. Er schmeckte sie auf der Zunge. Sie drang in die Kehle hinein, breitete sich in seinen Eingeweiden aus, und er hörte das Brausen, das in seinen Ohren entstanden war.

Bis alles vorbei war.

Keine Dunkelheit mehr, auch keine Kälte, dafür brannte wieder das Scheinwerferlicht. Es schuf die helle Insel und fiel dorthin, wo die Gestalt mit der Silbermaske gestanden hatte.

Die Stelle war leer!

Will sah keinen mehr, die Dunkelheit schien den anderen aufgesaugt zu haben.

Der Kommissar schüttelte den Kopf. Als er den Wagenschlag aufstieß, stellte er fest, wie sehr er zitterte. Er musste sich sogar auf dem flachen Dach seines Wagens abstützen, um nicht in die Knie zu sacken. Was er eben erlebt hatte, war furchtbar gewesen. Diese grauenhafte Angst hatte ihn regelrecht durchgepeitscht.

Nun war alles wieder normal …

Minuten vergingen, bevor der Kommissar einen klaren Gedanken fassen konnte und die letzten unheimlichen Vorgänge analysierte.

Seiner Meinung nach hatte er hier so etwas wie eine magische Abholung erlebt. Deutlich erinnerte er sich an die Worte Harry Helmbrechts, der ihm in der alten Burg berichtet hatte, dass es jemanden gab, der sein Meister war.

Hatte er ihn gesehen?

Will schaute auf die dunkle Stelle, wo einmal die Wolke gewesen war. Davon war nun nichts mehr zu sehen. Dieser absolut dunkle Schatten hatte alles verschluckt, und Will Mallmann wusste, dass es ein Dämon gewesen war.

Dieser Dämon besaß sogar einen Namen: Spuk.

Dem Kommissar war dies bereits klar geworden, als er

noch im Wagen gesessen hatte, und jetzt lief eine Gänsehaut über seinen Rücken. Er wunderte sich darüber, dass man ihn am Leben gelassen hatte, denn der Spuk gehörte zu den ganz Mächtigen. Er stand in der Hierarchie weit oben, sogar mit an der Spitze. Das wusste Will Mallmann von seinem Freund John Sinclair, dem es bisher auch noch nicht gelungen war, den Spuk auszuschalten, obwohl er es immer wieder versucht hatte.

Aber dieses amorphe Wesen war einfach nicht zu packen. In der Gestalt der Wolke war er nahezu unangreifbar, obwohl die Gefährten um den Geisterjäger schon alles versucht hatten.

Mallmann räusperte sich. Plötzlich fühlte er sich wie befreit. Er dachte daran, dass ihm sein Leben soeben zum zweiten Mal geschenkt worden war. Der Spuk hätte ihn auch vernichten können. Warum er das nicht getan hatte, blieb dem Kommissar ein Rätsel.

Es hatte auch keinen Sinn, lange herumzustehen. Er musste sich den Tatsachen stellen, und er musste vor allen Dingen eines tun. Wieder in sein Hotel fahren und von dort aus London anrufen, um die Freunde in England zu warnen.

Der schwierigste Teil der Strecke lag hinter dem Kommissar. Schneller als zu Beginn rollte er den Serpentinenweg hinab, dem Tal und damit auch der Straße entgegen.

Dort fuhr um diese Zeit niemand mehr. Als dunkles Band lag sie vor ihm, und der Kommissar gab Gas. Er gehörte zu den schnellen Fahrern. Mit achtzig sauste er dahin. Seine Gedanken beschäftigten sich mit der nahen Zukunft. Er wurde das Gefühl nicht los, den Beginn eines roten Fadens erwischt zu haben, den er verfolgen musste.

Was sich an dessen Ende befand, darüber wagte er nicht mal zu spekulieren …

Ich schaute auf das geschliffene Kristall des Glases, sah den goldbraunen Whisky darin, spürte meine Kehle trocken werden und war nicht mal in der Lage, ein vernünftiges Wort hervorzubringen. Zu sehr hatten mich die Ereignisse geschockt.

Neben Kara saß Bill Conolly. Ich hörte ihn schwer atmen und hatte selbst die Luft angehalten.

Der Whisky zitterte etwas. Im Ascher daneben verqualmte meine Zigarette. Ich selbst kam mir vor wie auf einer Wolke, nicht wie auf einem Hocker.

Aber ich schwebte nicht weg, ich blieb sitzen, bis die Realität wieder zurückkehrte.

»Was hast du gesagt?«, fragte ich leise, wobei ich meine Stimme kaum mehr erkannte.

»Es gibt zwei Würfel!«

Ich verzog den Mund. »Ja, es gibt viele Würfel«, murmelte ich.

»Aber die sind anders als die beiden Würfel des Unheils, John.«

Ich richtete mich wieder auf. Dass ich nach dem Glas fasste, merkte ich kaum. Die Innenfläche meiner rechten Hand war feucht geworden, sodass ich schon sehr fest zugreifen musste, um das Glas überhaupt halten zu können.

»Zwei Würfel!«, flüsterte ich. »Verdammt …«

»Ich habe dich nicht belogen, John. Wir hätten es dir schon früher sagen sollen, John …«

»Und warum habt ihr es nicht getan?«, fragte ich, ohne Kara dabei anzuschauen.

»Es ergab sich nicht die Gelegenheit. Außerdem hat Myxin es für sich behalten.«

»Gab es dafür Gründe?«

»Ich weiß es nicht.«

Der Geschmack des Whiskys lag mir noch auf der Zunge. Ich hob das Glas an, führte es an meine Lippen und trank. Ebenso hätte ich Wasser zu mir nehmen können. Ich war in einer Stimmung, die man mit »Am Boden zerstört« umschreiben konnte. Ich hätte mich am liebsten voll laufen lassen, aber das war nicht der Sinn der Sache.

Kara berührte mich. Ihre Hand glitt über meinen Rücken. Leise sprach sie mich an. »Ich weiß, John, dass es ein Schock für dich gewesen sein muss, aber du kannst die Augen vor den Tatsachen nicht verschließen. Finde dich damit ab, dass es zwei Würfel gibt.«

»Okay, das habe ich schon. Wobei ich mich nur frage, wo sich der zweite Würfel befindet.«

»Das genau möchte der Spuk auch wissen.«

»Ach.«

»Ja«, bestätigte Kara. »Der Spuk sucht den zweiten Würfel ebenfalls. Er muss ihn haben.«

»Und wieso?«, fragte Bill Conolly.

»Weil er weiß, dass der zweite Würfel die Kräfte und Fähigkeiten des ersten auflösen kann. Wenn die beiden Würfel gegeneinander stehen, kommt es zu einem Patt.«

»Und wer hat den zweiten Würfel erschaffen oder geformt?«

»Es tut mir Leid, Bill, darüber hat sich Myxin nicht näher ausgelassen. Sein Erschaffen hängt allerdings mit den stummen Göttern zusammen, wie er andeutete.«

»Die waren auch beim ersten beteiligt«, sagte ich.

»Das stimmt.«

Und Bill meinte: »Jetzt müsste man ihn nur noch finden.«

»Genau das ist das Problem«, erklärte Kara. »Niemand weiß, wo sich der Würfel befindet. Das kann in unserer Welt sein, der kann in einer Parallelwelt liegen oder in der Vergangenheit verschollen sein. Niemand weiß etwas darüber.«

Ich widersprach. »Und was ist mit den stummen Göttern?«

»Die haben ihn erschaffen.«

»Dann müssten sie auch wissen, wo sich der Würfel befindet.«

»Nicht unbedingt, John. Er kann geraubt und verschleppt worden sein, wir wissen es nicht.«

»Könnte der Eiserne darüber informiert sein?«, fragte Bill. »Schließlich ist er der Sohn der Götter.«

»Ich habe keine Ahnung. Myxin hat davon nichts gesagt. Es steht jedenfalls fest, dass es einen zweiten Würfel gibt und dass der Spuk alles unternehmen wird, um ihn zu finden.«

»Wie wir«, fügte ich hinzu.

»Ja, du bist bereits dabei.«

»Wie meinst du das denn?«

»Denk an Myxins Tip. Hat er dich nicht auf die Spur dieses Eddys gebracht, der hier arbeitet?«

Ich runzelte die Stirn. »Eddy? Was hat er mit dem Würfel des Unheils zu tun?«

»Das solltest du herausfinden.«

Ich hatte bisher ziemlich krumm gesessen, richtete mich nun auf und bemerkte den Blick des Mixers, der mich fragend und etwas blasiert anschaute. »Wenn es stimmt, müsste Eddy auch Kontakt zum Spuk haben. Oder nicht?«

»Das könnte sein.«

»Was ich nicht glaube«, mischte sich Bill ein.

»Wieso?«

»Wird sich der Spuk mit solchen Typen abgeben? Das ist doch eine Witzfigur.«

Ich schüttelte den Kopf. »Wenn ja, dann eine sehr gefährliche, mein lieber Bill. Ich habe die Sache mit dem Staubsauger nicht vergessen und auch nicht Eddys Blick. Er ist brandgefährlich, das kann ich dir sagen. So etwas spüre ich.«

»Dann hol ihn dir.«

»Ohne ihm etwas beweisen zu können?«, fragte ich.

Kara rutschte vom Hocker. »Ich jedenfalls habe euch Bescheid gegeben. Macht, was ihr wollt. Versucht, Spuren aufzunehmen. Ich werde jetzt gehen.«

»Du lässt uns im Stich?«

»Nicht im Stich, John, nur allein. Auch wir haben es verflucht schwer. Der Spuk kämpft. Denk an seine Spiegel! Einer ist nur zerstört. Wer weiß, wie viele er noch besitzt. Der Würfel macht es möglich. Er öffnete ihm die Tore, daran solltest du denken. Myxin und ich werden versuchen, den Fall von einer anderen Seite her anzugehen.«

»Ja, viel Glück.«

»Ich bringe dich noch zur Tür.« Bill spielte den Kavalier. Ich hatte daran nicht gedacht, weil ich einfach zu sehr mit meinen Gedanken beschäftigt gewesen war.

Wenn ich mit vielem gerechnet hatte, damit jedoch nicht.

Für mich war in den letzten Minuten zwar keine Welt zusammengebrochen, aber mein Weltbild stand auf der Kippe. Zwei Würfel mit mächtigen Kräften, wobei der eine die Macht oder Kraft des anderen aufhob. Was hatten sich die stummen Götter nur dabei gedacht, so etwas zu schaffen? Für mich war es unbegreiflich. Wollten sie eine Sicherung einbauen? Hatten sie damals, vor Tausenden von Jahren, schon in die Zukunft sehen können?

Diese Fragen standen im Raum, und ich wusste noch keine Lösung.

»Möchten Sie noch etwas trinken, Sir?«, fragte der Mixer.

Ich schaute irritiert hoch. »Ja, gern.«

»Wieder einen Whisky?«

»Nein, geben Sie mir bitte ein Mineralwasser.«

»Sehr wohl, Sir.«

Der Mann tat nur seine Pflicht, dennoch fiel er mir auf den Wecker. Ich bekam das Glas halb voll eingeschenkt und auch eine halbe Zitronenscheibe hineingelegt.

Mit einem Kopfnicken bedankte ich mich, nahm den ersten langen Schluck und rutschte seitlich vom Hocker, denn mir war aufgefallen, wie verschwitzt ich mich fühlte.

Zudem musste ich zur Toilette. Ich glitt vom Hocker und schaute in die leere Bar. Auf einem Podest, natürlich auch aus Marmor bestehend, stand ein Flügel. Gegen 21 Uhr würde hier ein Klavierspieler erscheinen und die Gäste unterhalten.

Die Decke war hoch, ebenfalls die Fenster. Dieses Hotel hatte etwa achtzig Jahre auf dem Buckel, war zwischendurch immer mal wieder renoviert worden, ohne jedoch das Flair des Miefigen zu verlieren. Hier kam ich mir noch vor wie zur Kolonialzeit.

Vom langen Sitzen ein wenig steif, machte ich mich auf den Weg zur Ausgangstür, die genau in diesem Moment aufgestoßen wurde und eine Gestalt entließ, die dicht vor der Tür stehen blieb.

Es war Eddy.

Er sah mich, ich sah ihn.

Und er lächelte. Es war ein kaltes, beinahe grausames

Lächeln. Ich sah auch die zu Spalten verengten Augen, den schmalen Mund und das Wissen in den Pupillen.

Nein, der war nicht harmlos.

Was er wollte, wusste ich nicht. Vielleicht war sein Dienst beendet, ich wusste es nicht. Aber ich vernahm über mir ein seltsames Klingeln, das so gar nicht in diese Atmosphäre hineinpassen wollte. Im ersten Augenblick wusste ich nicht, wohin es gehörte, da ich weiterhin den Ober beobachtete, der sich auf der Stelle drehte und ging.

Das Klingeln blieb.

»Sir!«

Die Stimme des Barmixers klang plötzlich schrill, als wollte mich der Mann vor einer Gefahr warnen.

Und die war da.

Klingeln und Knirschen vereinten sich zu einem Laut. Ich schaute nicht mehr nach oben, sondern hechtete mit einem gewaltigen Sprung zur Seite, fiel auf einen Tisch, riss ihn mit zu Boden. Zwei Stühle kippten ebenfalls, und ich lag noch nicht richtig, als hinter mir eine Hölle losbrach.

Der gewaltige Kronleuchter hatte sich von der Decke gelöst. Mit einer elementaren Wucht krachte er zu Boden. Nichts hielt mehr. Splitter rasten wie bei einer Explosion nach allen Seiten weg. Ich hatte den Kopf eingezogen und in den Armen vergraben.

Dennoch bekam ich einige der zahlreichen Scherben mit, die vom Boden hochspritzten.

Auf dem glatten Marmorboden rutschten die kleinen Teile quer durch den großen Barraum.

Als ich mich hochdrückte, dabei Glasscherben von meiner Kleidung abschüttelte und gegen die Decke schaute, verließen die ersten Gäste den Speiseraum.

Auf der Türschwelle zur Bar blieben sie stehen. Bestürzung zeichnete ihre Gesichter. Ober drängten sich vor, auch sie waren kalkbleich geworden, denn sie konnten es nicht fassen und blickten, wie ich, auf die herabhängenden Strippen und auf den Haken, von dem sich der gewaltige Kronleuchter aus unerklärlichen Gründen gelöst hatte.

Der Barmixer hatte ebenfalls seinen Platz verlassen, gab nicht Acht und rutschte auf den glatten Scherben aus. Über seine Bauchlandung konnte ich nicht mal grinsen, denn ich dachte daran, dass ich soeben einem Mordanschlag entgangen war.

Der fallende Kronleuchter hatte mich treffen und unter sich begraben sollen. Das hätte ich nicht überlebt.

Ich stand wieder und spürte in den Knien das Zittern. Der Schock folgte. Zwei Ober kamen und erkundigten sich nach meinem Befinden.

»Nein, es geht schon wieder.«

Ihren Kollegen Eddy sah ich nicht unter den Zuschauern. Aber dicht vor dem Fall hatte ich ihn an der Tür entdeckt und auch sein wissendes Grinsen auf dem Gesicht.

Das Unglück mit dem Kronleuchter war kein Zufall gewesen, sondern Berechnung. Wahrscheinlich ausgelöst durch Kräfte, die in einem Mann namens Eddy schlummerten.

»Bist du okay, John?« Bill war auf einmal da. In seinen Augen flackerte es. Er konnte sich keinen Reim darauf machen.

»Ja, Alter, ich bin okay.« Ich deutete gegen die Decke. »Fast hätte er mich erwischt.«

»Und wieso?«

Ich hob die Schultern, während das Personal nach einer Erklärung suchte. Noch nie war in diesem Hause ein ähnliches Unglück geschehen. Keiner konnte eine Erklärung für den Vorfall geben.

Ich hatte aber eine, und die behielt ich für mich. Geglaubt hätte mir sowieso niemand etwas.

Die ersten Handwerker trafen ein. Man wollte aufräumen. Ich zog mich mit Bill zurück, noch immer unter Beobachtung der anderen, die sich darüber wunderten, dass ich noch lebte.

Wir verließen das Hotel. Draußen konnten wir uns ungehindert unterhalten. Den Haupteingang hatten wir nicht genommen, dafür einen zum Garten, in dem bei schönem Wetter das Frühstück eingenommen wurde. Neben einem Sonnenschirm blieben wir stehen. Über eine Hecke schaute ich hinweg, sah den dunklen Himmel und vernahm das Rauschen des Atlantiks, der hinter den weiten Dünen lag. Die Luft war sauber. Der Geruch von Salz durchzog sie, die Brise erfrischte mich, und das tiefe Einatmen tat gut.

»Ein glatter Mordversuch war das«, sagte ich zu meinem Freund.

»Meinst du?«

»Ja. Der löst sich nicht von allein. Außerdem stand ich genau darunter. Denk mal nach. Hätte dieses Zeug nicht geklingelt und wäre nicht der Warnruf des Mixers ertönt, ich würde jetzt erschlagen auf dem Marmorboden liegen.«

»Ja, du hast Recht. Und wer?«

»Eddy.«

Bill begriff nicht. »Wieso? Hat er den Leuchter gelockert?«

»Nein, mein Lieber, so kannst du das nicht sehen. Erst der Staubsauger als Warnung, jetzt der Lüster. Das Letzte war schon, wie ich eben sagte, ein Mordversuch.«

»Und was willst du tun?«

»Meinen Freund unter Kontrolle halten.«

Bill Conolly lachte los. »Das glaubst du doch nicht allein. Der wird fliehen oder geflohen sein.«

»Nein, er hat andere Aufgaben, da möchte ich wetten. Dieser Eddy dient einem mächtigen Dämon. Ich bin fest davon überzeugt, und er muss etwas mit dem zweiten Würfel zu tun haben, sonst hätte uns Myxin nicht auf seine Spur gesetzt.«

»Das kann sein.« Bill schaute auf die Uhr. »Willst du ihn dir jetzt vornehmen?«

»Das wäre am besten.«

»Er hat Dienst.«

»Ist mir egal. Wer auf mich mit einem Mordversuch zielt, kriegt es zurück. Darauf kannst du dich verlassen.« Ich war bei der Erinnerung an die Vorfälle bleich geworden. Über meinen Rücken rann noch immer eine Gänsehaut, als ich wieder zum Hotel zurückging.

»Sir, ist doch klar, dass ich in deiner Nähe bleibe«, erklärte Bill Conolly.

»Tu, was du nicht lassen kannst. Vielleicht ist es sogar gut, wenn du mir den Rücken deckst, aber lass dich auf nichts ein und rechne mit dem Schlimmsten.«

Der Reporter lachte. »Das tue ich doch immer, wenn ich mit dir zusammen bin …«

Erst hatten sie ihn einen Tag lang im Krankenhaus beobachtet, dann waren die Ärzte zu der Überzeugung gelangt, dass es Zeit wurde, ihm die Mandeln herauszunehmen.

Am Nachmittag hatte man es James Watt erklärt und um sein Einverständnis gebeten.

Er zögerte noch, bat sich Bedenkzeit aus, denn die Nachricht hatte ihn plötzlich erreicht.

Es war wie ein Blitz aus heiterem Himmel gekommen. Eigentlich hatte er es schon vergessen gehabt, aber der andere vergaß nichts. Das merkte James Watt, als seine Gedanken nicht mehr die eigenen waren und er nur noch geführt wurde.

Er stand auf.

Ein großer Mann mit braunroten Haaren, einem männlichen Gesicht und einer mächtigen Hakennase, die wie ein Erker hervorsprang.

Seine Bewegungen waren nicht mehr so geschmeidig wie sonst. Er ging zum Schrank, öffnete ihn und holte seine Sachen hervor. Jetzt kam es ihm zugute, dass er eine teure Versicherung abgeschlossen hatte und er demnach ein Einzelzimmer bekam.

Er holte seine Kleidung hervor und streifte sie über. Dabei hielt er sich nahe des Fensters auf, um hin und wieder einen Blick nach draußen in die Finsternis werfen zu können.

Da tat sich nichts.

Alles blieb ruhig. Keine drohende Wolke lag am Himmel. Sein großer Mentor war noch nicht erschienen.

Aber er hatte ihm etwas überlassen. Vor einer Stunde hatte es noch nicht an diesem Ort gelegen, nun griff James Watt blind in den Schrank und holte die kleine Tüte hervor. Ein

Lächeln zuckte über seine Lippen. In der Tüte befand sich genau das Pulver, das er für die Beschwörung benötigte.

Nur musste er sich einen Raum suchen, wo er allein und ungestört war.

Watt wusste, dass die Schwester bald ihren Rundgang machte und wieder vorbeischauen würde. Das gefiel ihm nicht, und er dachte über eine andere Möglichkeit nach.

Aus dem Fenster konnte er schlecht klettern. Sein Zimmer befand sich im vierten Stock, und die Fassade war glatt. Da kam er nicht runter. Durch den normalen Eingang würde man ihn auch nicht lassen. Es blieb nur der Raum hier.

James Watt, der nichts mit seinem berühmten Namensvetter, dem Erfinder der Dampfmaschine, zu tun hatte, setzte sich auf die Bettkante und wartete. Hin und wieder hörte er Schritte, die kamen und gingen wieder. Die kleine Tüte hatte er neben sich gelegt. Erst wenn die Schwester auch nach ihm geschaut hatte, würde er alles in die Wege leiten.

Sie kam.

Sehr vorsichtig drückte sie die Tür auf, da sie annahm, dass der Patient schlafen würde.

Es war nicht der Fall. Hellwach saß der Mann auf der Bettkante und wartete, bis die Schwester die Glimmleuchte eingeschaltet hatte. Dann sah sie ihn. Der Schreck malte sich auf ihrem rundlichen Gesicht ab und wurde zur Panik, als der Patient sich von der Bettkante erhob und auf sie zuschnellte. Sein Schlag war zielgenau.

Die Schwester hatte für einen Moment das Gefühl, als wäre ihr der Kopf von den Schultern gerissen worden, bevor sie zu Boden sackte und in den tiefen Schacht der Bewusstlosigkeit fiel.

James Watt hatte freie Bahn. Um die Schwester kümmerte er sich nicht weiter, ging in die Hocke, öffnete die Tüte und verstreute das rötliche Pulver auf dem Boden.

Streichhölzer steckten in seiner Jackentasche. Er zündete eines an, schirmte die Flamme ab, bevor er die Hand senkte und das flackernde Licht in die unmittelbare Nähe des Pulvers brachte, das nach dem ersten Kontakt Feuer fing.

Kleine Flammen zuckten auf. Sie waren nur fingerhoch und blutrot. Schnell wurden sie größer, schufen Schatten, die schwarzrot über die Wände, das Bett und den Schrank tanzten, wobei die an sich toten Gegenstände ein eigenes Leben bekamen.

So etwas wie der Odem einer anderen Welt erfüllte das Krankenzimmer. Es war unheimlich geworden. Das Feuer blieb auf einen Punkt beschränkt und bildete praktisch einen oben offenen Kelch.

Noch wartete James Watt. Seine Zungenspitze huschte über die Lippen, er bemerkte die Trockenheit in seinem Hals, und er fragte sich plötzlich, ob er alles richtig gemacht hatte.

Ja, das hatte er …

Und er konnte sich auf den verlassen, der ihn vor Jahren einmal besucht hatte.

Das Feuer brannte weiter, die Flammen schlugen höher. Als würden sie geleitet, so näherten sie sich auch dem Kopf des Mannes, der dieses Zeichen genau verstand und sein Gesicht dem Feuer entgegensenkte.

Jetzt kam der große Augenblick!

Es war keine Selbstverbrennung, wie es den Anschein hatte, sondern eine Erneuerung, das hatte man ihm deutlich genug gesagt und ihm jegliche Furcht genommen.

Er drückte sein Gesicht in die Flammen.

Freiwillig tat er es, sogar mit einem Lächeln auf den Zügen, das sich einen Moment später verzerrte, als er einen beißenden Schmerz spürte, der ihn fast brüllen ließ, aber so rasch wieder verschwand, wie er aufgeflammt war.

Das erste Hindernis war überwunden. Jetzt rahmten die Flammen seinen Kopf vollständig ein wie eine rote, blutende Haube, und sie begannen mit ihrem zerstörerischen Werk.

Das Feuer löste die Haut ab!

Es war ein unheimlicher Prozess, sogar ein Zuschauer hätte beim Hinsehen Schmerzen bekommen können, nur James Watt spürte nichts davon. Alles lief schmerzlos ab, auch das Zusammenziehen der Haut, das an der Stirn seinen Anfang nahm und das gesamte Gesicht erfasste. Es wirkte zunächst wie eine Gummimaske, die jemand zusammengeschoben hatte, dann löste sie sich auf. Wie Teig rann die gelöste Haut von der Stirn und den beiden Wangen her nach unten, näherte sich dem Kinn, pellte auch die Nase ab, ließ die Lippen verschmelzen, sodass dieses Gesicht zu einem grauenhaften Klumpen wurde, der nicht mal einen Tropfen Blut verlor.

James Watt blieb in seiner gebückten Haltung und bot seinen Kopf dem Feuer dar.

Innerlich war er aufgepeitscht. Er hatte das Gefühl, ein anderer zu werden und dass irgendeine für ihn nicht erklär- und fassbare Kraft dabei war, auch seine Seele auszutauschen.

Der Spuk wartete. Er gehörte jetzt ihm, und sein Gesicht begann sich zu regenerieren.

Diesmal startete der Vorgang am Kinn. Als hätte jemand eine neue Haut geholt, so schob sie sich an dem aufwärts, was einmal sein Gesicht gewesen war.

Das Gesicht hatte jetzt eine dreieckige Form und ähnelte stark einer Maske. Sie war rot wie das Blut eines Menschen, dabei von innen her glühend und schaurig anzusehen. Furchtbar in seinem äußeren Erscheinungsbild, dabei auf der oberen Seite matt glänzend und ebenfalls mit den Schlitzen für die Augen und den Mund versehen.

Die Maske blieb nicht auf den vorderen Teil des Kopfes beschränkt. Sie breitete sich aus, verdeckte auch die Haare des Mannes oder brannte sie weg. Das war so genau nicht zu erkennen, aber die dicke Flüssigkeit rann an der Rückseite des Schädels nach unten und dem Hals entgegen, während sie vorn schon allmählich eintrocknete.

Sie wirkte dort wie ein dicker Blutschwamm, war auch nicht völlig glatt, denn sie zeigte Erhöhungen und auch Vertiefungen, die wie Wellen wirkten.

Der Mann im Krankenzimmer war zu einer Gestalt des Schreckens geworden. Nur noch der Körper erinnerte an den, der er einmal gewesen war. Das Gesicht nicht mehr. Menschliche Züge waren ihm genommen und durch eine schreckliche, blutrote Maske ersetzt worden.

Ein schauriger Anblick, der kaum einem Menschen zugemutet werden konnte.

Aber das Spiel war noch nicht beendet. Mit beiden Händen strich James Watt über sein neues Gesicht. Er verteilte den Rest auch noch am Hinterkopf und fühlte sich erst danach richtig wohl.

Tief atmete er durch. Es war mehr ein Röcheln, das da über seine Lippen drang, und er schüttelte sich, als wollte er letzte Tropfen fortschleudern.

Das Feuer brannte noch immer. Nur zuckten die Flammen nicht mehr so hoch, denn sie hatten ihre Pflicht getan. Zudem breitete sich ein stechender Geruch aus, der träge durch das Zimmer zog.

Teil eins des Planes hatte geklappt. Jetzt wartete James Watt auf die Fortsetzung. Er selbst konnte nichts mehr tun, ein anderer war dafür zuständig, und dieser würde ihn nicht im Stich lassen.

Ein Fenster hatte das Krankenzimmer, darauf richtete der Veränderte seinen Blick.

Hinter den Augenschlitzen der Maske funkelten die Pupillen. Sie hatten einen bösen Ausdruck angenommen, als würde der Mann bereits völlig unter einem dämonischen Bann stehen.

Manchmal bewegte er auch die Lippen. Aus dem Mund drangen dann röchelnde und gurgelnde Laute, zwischendurch mit einem Stöhnen unterlegt.

Hinter der Fensterscheibe war es finster. Nur gegenüber, in einem anderen Krankenhausgebäude und durch einen Grünstreifen von dem ersten getrennt, brannte hinter einigen Scheiben Licht. Die hellen Inseln schienen aus der Ferne zu grüßen.

James Watt hatte sie bisher immer gesehen. Plötzlich aber verschwanden sie.

Ausgeknipst hatte das Licht niemand. Für das Verschwinden gab es eine andere Erklärung.

Er kam!

Es war der Spuk, der seinen Diener nicht vergessen hatte

und sich ihm näherte. Er schwebte herbei. Seine dunkle Wolke verschluckte auch den allerletzten Lichtschimmer, sodass sich vor der Fensterscheibe allein die Schwärze ballte.

Eine Düsternis, die aus einer anderen Welt stammte, denn auf der Erde gab es so etwas nicht.

Der Maskenmann lachte leise, als er auf das Fenster zuschritt. Er fasste an den Griff, drehte ihn, öffnete und streckte der heranquellenden Wolke sein blutrotes Maskengesicht entgegen.

Selbst die Kälte der Nacht war für ihn nicht mehr zu spüren. Stattdessen wurde er von einer anderen Kälte berührt, die nicht allein seine Haut traf, sondern tief nach innen drang, ihren Weg durch die Poren nahm und so wirkte, als wollte sie den Mann regelrecht einfrieren, denn er tat nichts, um sich überhaupt zu bewegen. Die Arme hielt er bereits ausgestreckt, als wollte er die Wolke umfangen.

Sie drang in den Raum. Pechschwarz, ohne einen Funken Licht und das Böse aller Zeiten verkörpernd, kam sie näher, umschlang den wartenden Diener und verschluckte ihn wie ein gieriger Schlund.

Im nächsten Augenblick zog sie sich zusammen. Sie wurde sehr klein, bekam die Größe eines Schranks, bevor sie mit ihrer »Beute« durch das offene Fenster verschwand und nicht mehr gesehen wurde.

Dafür blieb das Feuer!

Es tanzte, zuckte und bewegte sich in dem Raum. Dabei erinnerte es an etwas Lebendiges, das man zusammen mit einem Opfer irgendwo eingesperrt hatte.

Das Opfer war vorhanden.

Die Krankenschwester, die noch immer bewusstlos auf dem Boden lag und von den schaurigen Aktivitäten nichts mitbekommen hatte, sah auch nicht das blutrote Feuer, das seine Flammenarme in ihre Richtung ausstreckte und plötzlich zugriff.

Als würden sich die Zungen noch einmal kräftig strecken, so fuhren sie mit ihren Spitzen über das Gesicht der Krankenschwester und »bissen« in die Haut.

Der Schmerz holte die Frau zurück.

Plötzlich schrie sie.

Sie war radikal aus ihrer Bewusstlosigkeit erwacht, wusste im ersten Augenblick nicht, wo sie sich befand, nur ihr Schreien erfüllte den Raum und hallte auch durch das offene Fenster in die Nacht.

Und er wurde im Krankenhaus gehört. Zwei Schwestern und ein Arzt hatten ihn vernommen, rasten alarmiert los, fanden auch das Zimmer, rissen die Tür auf und sahen eine durch den Raum taumelnde Schwester, die von einem blutroten Feuerring umgeben war.

Die Frau hatte Glück, dass die anderen so schnell da gewesen waren und es schafften, die Flammen zu löschen. So konnte sie sofort behandelt werden und kam mit leichteren Verbrennungen im Gesicht davon.

Eine halbe Minute später wäre es aus gewesen. Auf das Geschehen konnte sich niemand einen Reim machen. Man diskutierte zwar über den Fall, doch Genaues wusste niemand zu sagen.

Auch nicht über die Flucht des Patienten.

Sicherheitshalber wurde die Polizei gerufen. Die Beamten waren ebenso ratlos wie Schwestern und Ärzte. Auf die Idee, Scotland Yard einzuschalten, kam allerdings niemand …

Einer dieser Männer, die im Range eines Inspektors für den Yard arbeiteten, hieß Suko, war ein Chinese und in dieser bewussten Nacht zu Hause in London geblieben.

Er hatte es nicht gern getan, denn er wusste, dass sein Freund und Kollege John Sinclair in Brighton war, um dort die Spur eines gewissen Eddy aufzunehmen.

John hatte den Tipp von Myxin erhalten, und so etwas reichte. Gleichzeitig hatte der kleine Magier auch darum gebeten, dass einer zurückblieb. Denn da war er sehr ehrlich, er hatte auch noch nicht den richtigen Durchblick und hatte nur von Aktivitäten gesprochen, die den Spuk und damit auch den Würfel betrafen.

Wenn es um diese beiden Tatsachen ging, reagierten John und seine Freunde allergisch.

Sie hatten die Macht des Spuks beziehungsweise des Würfels in den letzten Tagen kennen gelernt. Er brauchte nur an die Spiegel des Spuks zu denken. Aus einem von ihnen war eine Gestalt getreten, die mit den Waffen des Sinclair-Teams nicht zu besiegen gewesen war. Die goldene Pistole schließlich hatte es geschafft.

Und als der Spiegel schließlich zerstört wurde, hatte er noch so viel Kraft besessen, ein Wesen aus der Erde zu holen, das zwar seit einigen Jahren tot gewesen war, aber als Zombie-General einen grausamen Rachefeldzug hatte beginnen wollen.

Dieser General war zum Glück gestoppt worden. Wahrscheinlich aber hatte der Spuk noch mehr Überraschungen auf Lager.

Suko wartete zu Hause.

Er saß im Wohnzimmer, das Telefon stand in Griffweite, und Shao hockte ihm gegenüber.

»Wann willst du zu Bett gehen?«, fragte sie.

»In dieser Nacht nicht mehr.«

Die Chinesin hob überrascht die Augenbrauen. »Wieso? Glaubst du, dass etwas passieren wird?«

»Nicht hier, aber es muss sich was tun. Bei John vielleicht.«

»Sheila hat nichts gesagt.« Shao erinnerte ihren Freund durch diese Worte daran, dass Bills Frau zurückgekehrt war, ohne einen Erfolg vorweisen zu können.

Der Inspektor hob die Schultern. »Weißt du, mir ist das im Prinzip egal. Sheila war nur kurz in Brighton, John und Bill halten sich länger dort auf. Außerdem kann ich mir nicht vorstellen, dass Myxin gelogen haben soll.«

»Das vielleicht nicht. Er hätte sich auch irren können.«

»Nicht er!«

Shao hob die Schultern und griff wieder zu ihrem Strickzeug. »Ich weiß ja, dass ich dich nicht überzeugen kann, aber ich hoffe, dass sich Myxin geirrt hat.«

»Weshalb?«

»Weil ich dir einmal Ruhe gönnen möchte.«

Suko lachte leise und streckte die Beine noch weiter aus. »Dann hätte ich mir einen anderen Job suchen müssen.«

»Manchmal wünsche ich es mir.«

Der Inspektor warf seiner Partnerin einen schiefen Blick zu. »Das sagst ausgerechnet du.«

»Sicher …«

Suko schüttelte den Kopf. Natürlich kannte er die permanente Gefahr, in der sie beide lebten und auch leben mussten. Da gab es nichts herumzureden, sie konnten nicht so existieren, wie es andere Ehepaare taten. Sie mussten damit rechnen, angegriffen zu werden. Dämonen waren gnadenlos und nahmen keine Rücksicht.

Zudem stammte Shao von der Sonnengöttin Amaterasu ab. Deren Blut floss noch in ihren Adern, wie sie selbst immer zu sagen pflegte. Auch sie hatte des Öfteren der Gefahr ins Auge gesehen und sich nur mühsam aus tödlichen Umklammerungen befreien können.

Das alles wussten sie, und wenn es trotzdem zu einer normalen Verbindung gekommen war, konnte man es ihnen beiden gutschreiben, weil jeder auf den anderen Rücksicht nahm.

Suko hatte die Beine so weit vorgestreckt, dass Shao ihn berühren konnte. Ihre Waden lagen aneinander, jeder spürte die Wärme des anderen. Das gab ihnen ein gutes Gefühl.

Shao hatte bereits ihren Bademantel übergestreift. Sie war aus der Dusche gekommen. Das lange, gefönte Haar trug sie offen. Wie ein Vorhang fiel es auf ihre Schultern. Nur lose hatte sie den Gürtel des flauschigen, weißen Mantels geschlossen, sodass er nicht allein an den Beinen aufklaffte, sondern auch in Brusthöhe nicht geschlossen blieb und Suko das erkennen konnte, was ein Mann nun mal gern sah. Hinzu kam Shaos Lächeln, das einer Verheißung und Lockung glich.

Suko verstand die Gestik und fasste auch das leichte Bewegen der Frauenbeine richtig auf. Shao schabte ihre nackte Wade an Sukos Hosenstoff, verschränkte noch die Arme im

Nacken, lehnte sich zurück und hauchte: »Wir haben viel Zeit.«

Suko hob die Schultern. Sein Gesicht zeigte einen gequälten Ausdruck. »Das glaube ich nicht.«

»Wieso?«

»Ich habe mit John Sinclair vereinbart, dass er anruft. Verstehst du das nicht? Es kann jede Sekunde der Apparat klingeln, und so möchte ich nicht gerade unterbrochen werden. Du vielleicht?«

»Nein ...«

Shao hatte zwar ablehnend geantwortet, aber der Tonfall ihrer Stimme verriet das Gegenteil. Suko kannte sie. Er konnte in gewissen Situationen stark bleiben, wenn ihm Shao aber so kam wie jetzt, wankte er. Hinzu kam die Stimmung, das Zimmer, in dem nur zwei Lampen brannten, Shaos Ausstrahlung, ihr nach Badelotion duftender Körper, das machte auch einen Mann wie Suko an.

»Nun ja«, sagte er ...

Weiter kam er nicht. Denn in diesem Augenblick meldete sich tatsächlich das Telefon. Durch sein misstönendes Klingeln zerstörte es die Atmosphäre radikal.

Die Enttäuschung malte sich auf dem Gesicht der Chinesin ab. Sie raffte den aufgeklafften Bademantel wieder zusammen und sagte: »Tu, was du nicht lassen kannst, Suko.«

»Sorry, aber ...«

»Heb schon ab!« Sie hatte gesehen, dass Sukos Hand bereits auf dem Hörer lag.

Der Inspektor fasste zu und meldete sich mit einem knappen »Hallo.« Er hatte erwartet, John Sinclairs Stimme zu vernehmen, und dachte schon daran, dass das leise Rauschen im Hintergrund die Küstenbrandung war, weil John im Freien telefonierte. Aber die Stimme, die er letztendlich vernahm, gehörte einem Deutschen.

Kommissar Mallmann.

»Endlich erreiche ich einen von euch«, sagte der BKA-Mann. »Das wurde aber auch Zeit.«

»Du bist es«, sagte Suko enttäuscht.

»Wieso? Hast du jemand anderen erwartet?«

»Ja, ich rechnete mit einem Anruf von John, aber der treibt sich in Brighton herum.«

»Macht er Urlaub?«

»Nein.«

»Dann kannst du ihm einiges bestellen. Ich habe das Gefühl, vor dem Beginn eines großen Falles zu stehen.«

»Rede.«

Der Kommissar erzählte. Längst hatte sich der Chinese konzentriert. Der Zauber einer gewissen Stunde war bei ihm verflogen. Er lauschte den Worten des Inspektors und nickte einige Male.

Shao war inzwischen aufgestanden, in die Küche gegangen und hatte sich einen Martini eingeschenkt. Mit dem Glas kehrte sie in den Wohnraum zurück, als der Inspektor gerade den Hörer auflegte.

»Was war denn?«, fragte sie.

Suko behielt seinen Platz im Sessel. Er schaute von unten her seine Partnerin an. »Ich glaube, dass es einige Schwierigkeiten geben wird.«

»Mit wem?«

»Das sieht nach dem Spuk aus.«

»Was?« Shao schob vor Überraschung ihre Unterlippen nach unten. »Das darf doch nicht wahr sein. Nach dem Spuk?«

»Ja, so ist es.«

Sie holte tief Luft. »Um Himmels willen! Wieso denn das schon wieder? Der Spuk in Deutschland. Er …«

»Natürlich, er schlägt überall zu. Will hat ihn sogar gesehen. Er kann von Glück reden, dass er überlebt hat.« Suko begann mit seinem Bericht. Shao hörte fast atemlos zu.

»Du musst John informieren.«

»Sicher.« Suko nickte. Er wusste die Telefonnummer, und er erinnerte sich auch daran, was Myxin ihnen mitgeteilt hatte. Er hatte John in das Seebad geschickt, damit er sich um einen gewissen Eddy kümmern sollte. Der kleine Magier hatte auch hinzugefügt, dass hinter dem Fall eventuell der Spuk stecken könnte. Sicher war dies natürlich nicht, man musste jedoch mit allem rechnen.

Shao strich ihre Haarmähne zurück. »Und was willst du jetzt unternehmen?«, fragte sie.

»Ich weiß es noch nicht«, erklärte Suko. »Ich weiß es wirklich nicht. Soll ich John sofort warnen oder selbst nach Brighton fahren?«

»Ruf ihn an!«

Der Inspektor dachte einen Moment nach. »Ja«, meinte er, »das mache ich. Ich werde ihm Bescheid sagen.«

Er hatte sich die Nummer des Hotels notiert, bekam auch Verbindung, doch es wurde ihm gesagt, dass John Sinclair das Haus verlassen habe.

»Und Mr. Conolly?«

»Er ist ebenfalls nicht bei uns, Sir.«

Suko legte auf, nachdem er sich für die Auskünfte bedankt hatte. Nachdenklich schaute er auf das Telefon. »Da stimmt etwas nicht«, murmelte er. »Ich werde das Gefühl nicht los, dass sich über uns ein Netz zusammenzieht …«

»Was willst du machen?«, fragte Shao. Der Chinese hob nur die Schultern. »Abwarten«, sagte er leise. »Mehr kann ich nicht tun …«

Das Problem hieß Eddy!

Ich ärgerte mich jetzt, dass ich ihn bei der ersten Begegnung nicht härter angefasst hatte. Er war verschwunden und lachte sich wahrscheinlich ins Fäustchen.

Auch der Manager des Hotels wusste nicht, wo sich Eddy aufhielt. Er hätte eigentlich Dienst gehabt, aber in dem ganzen Trubel hatte er leicht verschwinden können.

Während in der großen Bar die Reste des Kronleuchters zusammengefegt wurden, machten wir uns auf den Weg zu Eddys Zimmer.

So groß und geräumig die Gänge dort angelegt worden waren, wo die normalen Gäste wohnten, so eng waren sie da, wo das Personal logierte.

Bill hielt sich an meiner Seite, als wir die Treppe hochstiegen. »Bist du sicher, dass er sich in seiner Bude aufhält?«, fragte der Reporter.

»So gut wie.«

»Und wenn nicht?«

»Haben wir Pech gehabt.«

Der Reporter lachte. »Du machst mir Spaß. Dann geht der ganze Mist wieder von vorn los.«

»So ungefähr.« Ich legte einen Finger auf die Lippen, denn die letzten Yards lagen vor uns. Diesmal begegnete mir kein Zimmermädchen. Ungesehen, so hoffte ich, kam ich an die entsprechende Tür heran und legte mein Ohr gegen das Holz.

Nach einigen Sekunden vernahm ich die Stimme meines Freundes Bill. »Hörst du was?«

»Ja ...«

»Und?«

»Es sind seltsame Geräusche. Ein Ächzen oder Stöhnen, was weiß ich. Jedenfalls keine Worte.« Ich richtete mich wieder auf.

»Gefahr?«, fragte Bill.

»So kann man es auslegen.«

»Dann brich die Tür auf!«

Das ist leicht gesagt: Wir brauchten schließlich eine gesetzliche Handhabe. Sicherheitshalber schaute ich noch durch das Schlüsselloch, ohne allerdings etwas erkennen zu können. Nur ein Luftzug traf mein Auge. Dies ließ auf ein offenes Fenster schließen.

Ich sprach mit Bill darüber.

»Dann besteht doch Fluchtgefahr!«, wisperte er.

Er hatte den Satz kaum ausgesprochen, als ich meine Hand auf die Klinke legte und sie nach unten drückte. Es wäre zu schön gewesen, ein offenes Zimmer zu finden. Leider standen wir vor einem verschlossenen, aber der andere hatte bemerkt, dass jemand an der Tür war, denn wir vernahmen seine Stimme. »Was ist?«

»Öffnen Sie, Eddy!«

»Sind Sie es?« Er meinte mich, ohne meinen Namen auszusprechen.

»Ja.«

»Fahren Sie zur Hölle!«

»Nein!«

Wir hörten noch ein Lachen, danach nichts mehr, außer einigen typischen Geräuschen, die darauf hindeuteten, dass der Mann in dem Raum herumwanderte.

Bill Conolly verzog den Mund. »Er will es nicht anders«, sagte er. »Wir sollten es mit Gewalt versuchen.«

Das war auch mein Plan. Ich schaute mir die Tür an. Sie sah ziemlich stabil aus. Wahrscheinlich brauchten wir mehrere Anläufe, um sie aufzukriegen.

Bill stand schon an der hinter uns liegenden Wand in sprungbereiter Haltung. Wenn der andere jetzt durch die Tür schoss, konnte er uns voll erwischen. Daran dachte er nicht. Als ich mich neben meinen Freund stellte, nahmen wir beide zur gleichen Zeit einen ungewöhnlichen Geruch wahr, der unter dem Türspalt herdrang und seinen Weg ebenfalls durch das Türschloss fand. Der Geruch passte einfach nicht hierher, er stank wie ein Dampf aus der Hölle. Ekel erregend.

»Fertig?«, fragte ich Bill.

»Ja, aber halte dir die Nase zu!«

Wir starteten zur gleichen Zeit und warfen uns auch gemeinsam gegen die Tür.

Für einen Moment hatte ich das Gefühl, durchzukommen. Ich sah, wie sich das Holz dicht vor meinen Augen bog, aber es hielt stand.

»Noch einmal.« Ich keuchte, rieb mir meine Schulter, die einiges abbekommen hatte.

Bills Gesicht war verzerrt. »Demnächst nehme ich den Schädel!«, keuchte er.

Aus dem Raum vernahmen wir keine Reaktion. Dafür machten wir uns wieder bereit.

Abermals jagten wir auf die Tür zu, wuchteten uns dagegen, hörten den Krach, das Splittern. Der Widerstand war plötzlich weg, und dann kippten wir zusammen mit der Tür nach vorn.

Zur gleichen Zeit fielen wir in den Raum hinein. Während ich nach vorn gedrückt wurde, nahm ich noch einen Eindruck in mir auf. Er war alles andere als normal, denn nahe des Fensters stand eine von Rauchschwaden umhüllte Gestalt, die nur der Ober Eddy sein konnte, auch wenn er kein menschliches Gesicht mehr besaß und sich auf erschreckende Art und Weise verändert hatte.

Zwischen uns und ihm trieben nicht allein Rauchschwaden zittrig und aufgewirbelt durch die Luft, auch Flammen zuckten über den Boden. Ich spürte beim Aufprall ihren heißen Hauch, der über die Haut in meinem Gesicht strich.

Gleichzeitig hörte ich Bill Conolly schreien.

Es waren keine Laute der Wut, so etwas hörte man einfach. Bill musste Schmerzen haben, und seine Rufe alarmierten mich, sodass ich mich nach rechts drehte, um ihn anzuschauen.

Er lag halb auf dem Rücken. Mit den Armen schlug er nach den Flammen, die wie zitternde, gierige Finger nach ihm fassen und ihn vernichten wollten.

»Fressen!«, schrie Eddy. »Fressen werden sie euch!«

Da konnte er Recht haben. Wenn ich nicht half, war mein Freund verloren. Ich ließ Eddy stehen und stürzte auf Bill zu. Auch ich spürte den heißen Hauch des Feuers, packte meinen Freund, hievte ihn hoch und schleuderte ihn zurück, während ich mich gleichzeitig umdrehte.

Bill hatte so viel Schwung, dass er die Türöffnung erreichte, hindurchtrudelte und erst im Gang liegen blieb, nachdem er gegen die Wand geschleudert worden war.

Ich hörte ihn stöhnen und schaute erst nach, was mit ihm geschehen war. Bill winkte ab. »Verdammt, John, das geht schon. Sieh zu, dass du diesen Kerl kriegst.«

Eddy war nicht geflohen, obwohl es fast den Anschein hatte, da er sich vor dem offenen Fenster aufhielt und so stand, als wollte er mit einem Satz hindurchhechten.

Zwischen ihm und mir brannten die Flammen. Obwohl sie

sich in einem mit brennbarem Material ausstaffierten Raum ausbreiteten, griffen sie nicht über.

Mich ließ diese Tatsache darauf schließen, dass ich es mit keinem natürlichen Brand zu tun hatte. Das Feuer war von Eddy gelegt worden, damit es einen bestimmten Zweck erfüllte, von dem ich bisher noch nichts wusste.

Eddy stand am Fenster. Er bot ein schauriges Bild, denn er hatte keinen normalen Kopf mehr.

An seiner Stelle saß jetzt eine Maske. Sie schimmerte in einem giftigen Grün. Das war im Licht der einzig brennenden Lampe deutlich zu erkennen, und sie sah aus wie ein Dreieck, das unten am Kinn spitz zulief. Ich entdeckte die Öffnung für Augen und Mund und sah die gebogene Hakennase am oberen Rand der Maske.

Es war einfach furchtbar!

Wieso hatte dieser Mann sich verändert? Wer trug daran die eigentliche Schuld?

Ich wollte Antworten auf die Fragen und sprach ihn an.

Unter der Maske flackerte das dumpfe Lachen auf. »Du wirst mich nicht hindern. Du nicht. Jeder, der es versucht, wird von uns vernichtet, das verspreche ich dir.«

»Uns?«

»Ja, wir sind mehrere.«

»Hier im Hotel?«

Da lachte er wieder und drehte sich plötzlich um, weil er durch das offene Fenster schauen wollte.

Ich bekam einen freien Blick auf seinen »Hinterkopf« und stellte fest, dass selbst von seinen Haaren nichts mehr zu entdecken war. Die Maske verdeckte alles bis zum Ansatz des Kragens.

Sie hielt ihn voll unter Kontrolle und hatte wahrscheinlich auch sein Seelenleben verändert. Vor mir stand kein Mensch mehr, sondern ein dämonischer Diener.

Nur – wem gehorchte er?

Trug das zwischen uns brennende Feuer daran die Schuld? Davon konnte ich ausgehen. Zumindest mussten die Flammen für diese unheimliche Verwandlung gesorgt haben.

Ich ging in das Zimmer.

Kaum hatte ich mich in Bewegung gesetzt, als die Flammen reagierten. Sie brannten nicht in einer breiten Reihe, doch als ich auf sie zuschritt, bewegten sie sich und beugten sich mir entgegen.

Ihre Spitzen wollten mich erfassen. Ich spürte ihren Hauch auf meiner Haut und stellte fest, dass er nicht allein dort auf der Oberfläche beschränkt blieb, sondern tiefer glitt, und zwar unter die Haut, als wollte er dort etwas verändern.

Das passte mir überhaupt nicht, und ich wusste, welch eine Gefahr das Feuer darstellte.

Deshalb nahm ich das Kreuz.

Kaum hielt ich es in der Hand, als der andere auflachte. »Es wird dir nichts nutzen!«, schrie er. »Ich bin stärker. Ich bin …«

Was er war, sagte er nicht mehr, denn ein anderer griff ein. Ich hatte an Eddy vorbei aus dem Fenster schauen können. Draußen war es dunkel. Die Nacht hatte den Tag längst abgelöst. Aber die andere Dunkelheit, die sich plötzlich hinter dem offenen Fenster ballte, hatte einen nicht natürlichen Ursprung. Diese Schwärze konnte man als absolut bezeichnen und war mit der des Weltraums zu vergleichen. Zudem kam sie mir auch bekannt vor. Und dies im negativen Sinne, denn einer meiner stärksten Gegner trat in dieser wolkenartigen Gestalt auf.

Der Spuk!

Ich dachte wieder an die Warnungen und Hinweise des kleinen Magiers. Er hatte mich auf Eddys Spur gehetzt, ohne mir genau zu erklären, welche Funktion dieser Mensch ausübte.

Jetzt wusste ich es.

Er war ein Diener des Spuks!

Ausgerechnet dieser Dämon besaß den Würfel des Unheils, den ich so gern gehabt hätte und dem ich so lange hinterhergejagt war. Bevor ich noch irgendetwas unternehmen und mich auf die neue Lage einstellen konnte, war die Wolke schon da.

Plötzlich drang sie in den Raum, und bevor ich mich versah, umhüllte sie den Maskenträger.

Sie saugte ihn auf …

Lautlos geschah dieser Vorgang. Das Kreuz in meiner Hand reagierte ebenfalls. Kleine Blitze schoss es ab. Es spürte die fremde, grauenhafte und unheimliche Magie, ohne dagegen jedoch voll ankommen zu können. Ich traute mich auch nicht, in die Wolke hineinzuspringen, denn der Spuk verfügte über Kräfte, denen ich kaum etwas entgegenzusetzen hatte.

Auf einmal fauchten die Flammen hoch.

So schnell und plötzlich, dass ich erschrocken zurückspringen musste, um nicht getroffen zu werden. Fast wäre ich dabei über Bill Conolly gestolpert.

Es vergingen wertvolle Sekunden, die der Spuk nutzte, um mit seinem Diener zu verschwinden.

Ich stand da und hatte das Nachsehen!

Natürlich kamen die Vorwürfe. Hätte ich eingreifen und mich stellen sollen? Wie wäre der Kampf dann ausgegangen? Gegen Eddy wäre ich sicherlich angekommen, aber gegen den Spuk?

Noch einmal bewegten sich die Flammen, formierten sich, wollten mich angreifen, und ich sprang in sie hinein, weil ich es endlich wissen wollte. Das Kreuz reagierte prächtig. Auch diesmal gelang es mir, durch seine Hilfe den magischen Brand zu löschen. Um mich herum hörte ich ein Zischen, das Ähnlichkeit mit den Schreien eines Menschen aufwies, der starke Schmerzen erleiden musste.

Dann sanken die Flammen zusammen. Zurück auf dem Fußboden blieben nur noch schwarze Flecken, die anzeigten, dass dieses unnatürliche Feuer dort gebrannt hatte.

Ich stand schon am Fenster. Das Zimmer war zwar nicht besonders groß, durch seine Höhe jedoch entschädigte es mit dem Ausblick über einen weiten Strand. Bis zu den Dünen und dem Meer konnte man schauen, dessen schaumgekränzte Wellen am Strand ausliefen.

Vom Spuk sah ich keine Spur mehr, natürlich auch nicht von dem Ober Eddy.

Ich hob die Schultern, drehte mich um und ging wieder zurück. Bill Conolly stand noch im Gang.

Er schaute mir entgegen, sah mein Schulterzucken und traute sich erst gar nicht mehr, eine Frage zu stellen.

»Das war der Spuk«, sagte ich.

Bill wischte über sein Gesicht. »Ich wollte es kaum glauben«, flüsterte er, »als ich ihn gesehen habe.«

»Nun ja«, sagte ich, »so ist das nun mal. Bist du denn verletzt?«

»Sieh mich an.« Er kam zu mir und trat ans Licht, damit ich ihn untersuchen konnte.

Die Flammen hatten ihn zwar erwischt, aber nicht so stark, dass sie Haut verbrannt hätten. Ich tastete über sein Gesicht, fragte, ob es schmerzte, doch Bill schüttelte den Kopf.

»Ist dir das Feuer nicht seltsam vorgekommen?«, wollte ich wissen.

Er lachte auf. »Und wie, mein Lieber. Das war so, als würde es nach innen dringen.«

»Das Gefühl hatte ich auch bei mir.«

»Und was schließt du daraus?«

Ich hob die Schultern. »Wir wollen hoffen, dass du keine anderen Verletzungen mitbekommen hast, aber das lassen wir mal dahingestellt sein. Wichtig ist Eddy. Wo kann er stecken?«

»Wenn der Spuk ihn hat, findest du ihn nie.«

Ich lehnte mich gegen die Wand neben der Tür. »Das würde ich nicht sagen.«

»Wieso nicht? Meiner Ansicht nach könnte er in eine andere Dimension entführt worden sein.«

Ich hatte die Bemerkung meines Freundes zwar gehört, ging aber nicht darauf ein und dachte weiter. »Gesetzt den Fall, der Spuk sucht den Würfel, wovon wir ja ausgehen können, so wird er dies nicht allein tun, denn er hat sich ja Diener geholt.«

»Wieso Diener?«

Ich winkte ab. »Eddy erklärte mir, dass er nicht der Einzige ist.«

»Das glaubst du?«

»Weshalb nicht?«

Bill hob die Schultern. »Stimmt auch wieder. Okay, der Spuk will also den Würfel und macht mobil.«

»Richtig, er macht mobil. Da kenne ich eigentlich nur einen Menschen, der voll auf seiner Seite steht.«

»Akim Samaran!«

Ich nickte. »Den meine ich. Akim Samaran, der einst dem Teufel diente und gewechselt hat. Ein Mensch mit Verbindungen, jemand, der sich auskennt. Ihn wird der Spuk ebenfalls in den Fall mit einbeziehen.«

Bill sprach nicht dagegen. »Nur wissen wir nicht, wo wir ihn finden können.«

»Das genau ist das Problem.«

»Ich möchte noch einmal auf die Maskenträger zurückkommen«, sagte mein Freund. »Wenn das mehrere sind, wo stecken sie dann? Wo müssen wir suchen, John?«

»Keine Ahnung.«

»Vielleicht gibt es schon Hinweise, die uns nicht bekannt sind, du solltest den Computer beim Yard befragen. Möglicherweise sind da Fälle registriert, über die wir nicht gestolpert sind und die uns Auskunft geben können.«

»Das wäre eine Möglichkeit.«

»Und die andere?«

»Die ist einfacher und hat mit einer Technik nichts zu tun. Wir könnten uns mal in der Umgebung umschauen.«

»Hier in Brighton?«

»Nicht unbedingt. Aber am Strand gibt es auch noch einsame Flecken, wenn du verstehst.«

»Klar, verstehe ich. Nur meine ich, dass uns das nicht viel bringen wird.«

»Das andere auch nicht.«

Bill hatte einen Vorschlag. »Oder wir fragen im Hotel nach, ob es hier jemanden gibt, der mit Eddy enger befreundet war und etwas über seine Gewohnheiten weiß. Vielleicht ist dieser Person, falls es sie gibt, etwas aufgefallen.«

»Das ist eine gute Idee.«

»Ja, hin und wieder schlage ich zu«, meinte Bill.

Wir verließen das Zimmer, fuhren mit dem Fahrstuhl nach unten und hatten ihn im Erdgeschoss kaum verlassen, als wir von dem Chefportier angesprochen wurden.

Der Mann sah in seinem schwarzen Anzug aus wie jemand, der zur Beerdigung will. Dazu trug auch das leichenblasse Gesicht bei, das er stets bot. »Sir, für Sie ist ein Anruf entgegengenommen worden.«

»Von wem, bitte?«

»Aus London, ein gewisser Mr. Suko oder so ähnlich. Er drückte sich nicht so konkret aus …«

»Danke, ich rufe zurück.«

»Was er wohl hat?«, fragte Bill, als wir uns auf dem Weg zum Telefon befanden.

»Das werden wir gleich haben.«

Ich drückte mich in eine Nische, um zu telefonieren. Bill blieb neben mir stehen und hörte zu. Suko schien neben dem Apparat gewartet zu haben, so schnell hob er ab.

Als er meine Stimme hörte, atmete er beruhigt und auch stöhnend auf. »Endlich, John.«

»Was ist denn los?«

»Bei mir und Shao nichts, dafür bei Will Mallmann.«

Ich verdrehte die Augen. Auch das noch. Wenn Will anrief, war immer etwas im Busch. Der Kommissar vom deutschen BKA machte nie ohne Grund die Pferde scheu. Doch in diesem Augenblick konnte ich ihn überhaupt nicht gebrauchen.

Zwei Minuten später sah ich die Sache anders. Plötzlich gab es Zusammenhänge zwischen Wills und unserem Fall. Auch der Kommissar hatte die Bekanntschaft mit einem Maskenmann gemacht und ebenfalls den Spuk gesehen.

»Kannst du dir darauf einen Reim machen?«, fragte mich Suko.

»Und wie.«

In Stichworten gab ich meinen Bericht. Natürlich fragte Suko, ob er kommen solle. Ich wehrte es noch ab. »Vielleicht später, dann sage ich dir Bescheid. Halte du zunächst mal die Stellung.«

»Wie ich mich darüber freue.«

Ich lachte. »Kann ich mir denken. Aber wir sind hier besser am Ball. Bis später dann.«

»Was war denn?« Bill hatte mich gefragt. Er bekam auch eine Antwort und wurde bleich.

»Dann hat dieser Eddy doch nicht geblufft oder gelogen. Es sind mehrere Personen.«

»So sieht es aus.«

»Und jetzt?«, fragte der Reporter.

»Machen wir uns auf die Suche nach einer Person, die uns eventuell weiterhelfen kann.«

Diese Person fanden wir. Es war ein Mädchen, das ebenfalls im Hotel arbeitete. In der Küche hatte sie einen Job bekommen und kümmerte sich dort um die kalten Speisen, die angerichtet wurden. Dort fanden wir sie auch. Der Chefportier hatte uns hingebracht und uns anschließend auch einen kleinen Raum zur Verfügung gestellt, wo wir uns ungestört unterhalten konnten. Ich hatte ihn über meinen Job aufgeklärt, und sein Gesicht war daraufhin noch blasser geworden.

»Von der Polizei sind Sie. Meine Güte, machen Sie nur, dass Sie … na ja, Sie wissen schon.«

Ich lächelte ihn an, wie J.R. einen Geschäftspartner, dem er gerade eins ausgewischt hatte. »Keine Sorge, wir werden uns entsprechend verhalten. Ihr Ruf gerät schon nicht in Gefahr.«

»Dann bin ich zufrieden.«

Der Raum war mit einigen Stühlen eingerichtet, die übereinander standen. Das kleine Fenster führte zur Rückseite, es roch muffig, und von dem Mädchen erfuhren wir, dass es sich um eine Abstellkammer handelte. Sie saß uns gegenüber, fühlte sich überhaupt nicht wohl, hatte die Hände im Schoß verschränkt und spielte mit den Fingern. Noch immer trug sie die helle Küchenkleidung und auf dem Kopf eine Haube, die ihr blondes Haar fast vollständig verbarg.

Sie hieß Ellen Gray und war zwanzig Jahre jung. Ihr Gesicht

zeigte zahlreiche Sommersprossen. Besonders fiel auch der herzförmig geschnittene Mund auf, dessen Lippen jetzt allerdings eine gewisse Blässe zeigten und hin und wieder zuckten.

Ich hatte ihr schon gesagt, dass es um Eddy ging.

»Sie waren also mit ihm zusammen«, stellte ich noch einmal fest.

Sie schüttelte den Kopf. »Wir waren befreundet.«

»Intim?«

Ellen wurde rot. Sie schluckte und meinte: »Muss ich das sagen?«

»Natürlich nicht. Fragen wir mal so: Kannten Sie Eddy gut?«

»Ja.«

»Und hat er Ihnen aus seinem Leben erzählt.«

»Das blieb nicht aus«, erklärte sie leise.

»Was denn?«

»Er war noch nicht lange hier im Hotel, denn er hatte bei der Army gekündigt.«

»Moment. Er war Soldat?«

»Ja. Er hat auch den Falkland-Krieg mitgemacht. Aber dort hat ihm einiges gestunken. Er ist später ausgeschieden. Ob freiwillig oder nicht, das hat er nie gesagt. Aber er ist nicht der Einzige gewesen. Da sind auch andere gegangen.«

»Und dann fing er hier an?«

»Genau.«

»Ist Ihnen an Eddy nichts aufgefallen?« Das war wieder eine Standardfrage.

»Wie meinen Sie das?«

»Hat er sich ungewöhnlich benommen, wenn Sie mal einen Vergleich zu anderen Bekannten ziehen.«

»Eigentlich nicht«, erwiderte sie nach kurzem Zögern.

»Im Prinzip aber doch.«

»Richtig.« Sie nickte. »Eddy sprach immer von einer großen Sache, die bald über die Bühne gehen würde.«

»Und welche war das?«

»Darüber hat er sich nicht näher ausgelassen. Es muss

allerdings schlimm gewesen sein oder nicht schlimm, ich bin mir da nicht so sicher, wissen Sie …«

»Können Sie nicht konkreter werden?«, fragte Bill.

»Er hat doch nichts gesagt.« Die Antwort des Mädchens klang gequält. »Sie müssen mir glauben.«

»Das tun wir auch«, beruhigte ich sie. »Aber unbewusst kann er einen Satz, ein Wort oder einen Hinweis fallen gelassen haben. Wenn Sie darüber nachdenken, wird Ihnen sicherlich etwas einfallen.«

»Das ist eine Qual.«

Ich gab darauf keine Antwort. Für mich war eine Qual etwas anderes. Ich wollte nur, dass sich Ellen auch Mühe gab. Sie überlegte stark, und sie kam dann mit einigen Dingen heraus, mit denen wir allerdings nicht viel anfangen konnten.

»Von einem Auftrag sprach er manchmal. Auch von einer Verwandlung, und dass es Dinge gibt, über die wir nachdenken sollten, auch wenn wir uns sie nicht vorstellen können …«

»Welche?«

»Magie und so.«

»Das haben Sie geglaubt?«, fragte ich.

»Nein, aber er redete vor zwei Tagen so direkt, dass ich Angst bekam. Da sprach er über das Hotel hier und darüber, dass sich noch alle wundern würden.«

»Nannte er keinen Grund?«

»Nicht direkt. Er redete nur von dieser gefährlichen Magie, die hier lauert.« Ich beschloss, der Kleinen reinen Wein einzuschenken. »Eddy ist verschwunden«, sagte ich. »Wir wollten mit ihm reden, doch er hat es vorgezogen, das Weite zu suchen. Könnten Sie sich vorstellen, wo er sich versteckt hat?«

»Versteckt?« Erstaunen zeichnete ihr Gesicht.

»So jedenfalls kam uns sein Abgang vor.«

»Der braucht sich doch nicht zu verstecken. Eddy verfügt über ein so großes Selbstbewusstsein, dass ich ihn immer bewundert habe. Was er in die Hand nahm, klappte.«

»Ist er denn nie ausgegangen, wenn er frei hatte?«, wollte Bill wissen.

»Schon.«
»Und wohin?«
Da lächelte sie. »Nicht nach Brighton«, erwiderte Ellen. »Das hat er ausgelassen. Nein, er war sehr naturverbunden. Zumeist ging er zum Strand, wo es noch einsam ist. Da hat er sich hingesetzt und auch die alten Bunker untersucht.«
Ich wurde aufmerksam. »Welche Bunker?«
»Das sind so Kavernen aus dem Krieg. Die sollten mal gesprengt werden, aber man hat sich anders entschlossen und wollte sie eines Tages sogar unter Denkmalschutz stellen, was ich nicht begreifen kann.«
»Können die besichtigt werden?«
»Nein, nicht.«
»Sondern?«
»Einheimische gehen hin. Auch mal Liebespaare, wenn die Nacht warm ist. Ansonsten sind die Bunker verlassen.«
»Aber Eddy war öfter da?«
»Ja.«
»Ist er nicht zu jung, um sich in einen Bunker zu setzen?«, fragte Bill. »Ich hätte mich in meiner Freizeit damals anders unterhalten, das kann ich Ihnen versprechen.«
»Eddy wollte eben allein sein.« Sie lächelte plötzlich. »Er war ein völlig anderer Typ. Ich glaube auch, dass ihn dieser widerliche Krieg gezeichnet hat.«
Da konnte sie sogar Recht haben, doch das war nicht unser Thema. Mich interessierte der Bunker, und ich bat das Mädchen, uns den Weg zu ihm zu beschreiben.
»Wollen Sie da wirklich hin?«
»Ja.«
»Wann denn?«
»Noch in dieser Nacht.«
Sie schüttelte den Kopf. »Ich bin sicher, dass Sie Eddy dort nicht finden werden.«
»Weshalb nicht?«
»Weil er bei Dunkelheit nie hingegangen ist. Das geschah nur immer tagsüber.«
»Ich versuche es trotzdem.«

Ellen fand sich damit ab und bat um einen Zettel und einen Kugelschreiber. Sie bekam beides von Bill. Dann zeichnete sie uns den Weg auf. Vom Hotel ausgehend malte sie die Strecke, die dicht am Strand entlangführte, bis hin zu den Dünen, wo sich die Bunkeranlagen befanden. »Es sind insgesamt drei«, sagte sie. »Aber es gibt nur einen Eingang, den Sie benützen können.«

»Und der auch leicht zu finden ist?«

»Natürlich.«

»Dann wäre alles klar.« Ich nahm den Zettel entgegen und steckte ihn ein. Es war ein Vorteil, dass dieses alte Hotel ziemlich einsam und allein stand. Bis Brighton musste man eine Viertelstunde stramm gehen. Natürlich gab es eine Straße, die den großen Kasten mit dem Seebad verband. Aber dennoch konnte man das Hotel als relativ einsam liegend bezeichnen und fernab vom Trubel, wobei die Gäste im warmen Hochsommer auch nicht mehr so verschont blieben.

»Ist noch etwas?«, fragte Ellen.

»Nein, danke, Miss Gray. Sie haben uns sehr geholfen.« Ich stand auf und reichte ihr die Hand. Sie hielt meine fest und fragte zum Schluss. »Sagen Sie mal, Sir, was wollen Sie eigentlich von Eddy? Sie sind von der Polizei, wie ich weiß. Hat er sich strafbar gemacht?«

Ich lachte und hoffte, dass es echt genug klang. »Nein, das ist es nicht, wir ermitteln in einem Fall, der schon länger zurückliegt. Da brauchen wir Ihren Bekannten als wichtigen Zeugen.«

»Tatsächlich?«, fragte sie skeptisch.

»So ungefähr.«

Ellen hob die Schultern und verließ das kleine Zimmer. Bill kratzte sich am Kopf. »Da hast du die Kleine aber gewaltig hinters Licht geführt«, meinte er.

»Übertreib mal nicht.«

»Okay, und wann gehen wir?«

»Wir?«

»Ja, ich will mit.«

»Nein, Bill, du bleibst hier.«

Der Reporter zog die Augenbrauen hoch. »Da musst du dir aber schon einen verdammt guten Grund einfallen lassen, mein Lieber.«

»Den habe ich auch, Bill. Wenn du dich erinnerst, hat Myxin auch von diesem Hotel gesprochen. Es muss irgendwie mit dem Fall zu tun haben. Deshalb möchte ich hier einen Stützpunkt wissen. Außerdem kannst du Suko Bescheid geben, er soll kommen.«

»Glaubst du daran, dass sich die Gefahr steigern wird?«

»Ja. Sobald der Spuk auftaucht, wird er gefährlich, das kann ich dir schriftlich geben. Und da wir von der Existenz eines zweiten Würfels wissen, können wir davon ausgehen, dass auch der Spuk informiert ist und alles daransetzen wird, den Würfel zu finden.«

»Noch bereitet er sich vor«, meinte Bill.

»Wer sagt dir das?«

»Mein Gefühl.«

»Wieso? Der zweite Würfel könnte sich ebenso gut hier in der Nähe befinden. Möglich ist alles. Bitte, Bill, tu mir den Gefallen! Halte hier die Augen offen. Ich habe das Gefühl, dass dieses Hotel eine größere Rolle spielt, als wir uns bisher haben vorstellen können.«

Der Reporter stöhnte auf. »Du bist fast noch besser als mein Weib. Aber gut, ich warte auf dich.«

»Danke.«

Wir verließen die Kammer und machten noch eine Zeit ab, wann ich ungefähr zurück sein wollte.

»Um Mitternacht?«, fragte Bill.

»Das kann sein.«

»Okay, mach's gut. Wenn nicht …«

Ich winkte ab. »Keine Sorge, ich komme zurück …«

Brighton lag links von mir in der Dunkelheit. Zwar kein Meer aus Lichtern, aber eine helle Fassade, die mich, und das gab ich ohne weiteres zu, beeindruckte.

Dunkle Flecken wechselten ab mit glänzenden Lichtinseln.

Hin und wieder zuckte auch eine bunte Reklame auf, die für irgendwelche Bars und Nachtclubs warb.

Ich kannte Brighton, denn hier hatten wir vor Jahren schon einen Fall erlebt, als es um den Rattenkönig ging. Diesmal konnte es noch gefährlicher werden.

Den Zettel hatte ich mitgenommen und hielt mich an die von Ellen aufgezeichnete Beschreibung. Ich marschierte über einen kleinen Weg, der deichähnlichen Charakter hatte, weil er über dem normalen Strand lag und praktisch schon zu den Dünen zählte.

Sie lagen noch vor mir. In der Dunkelheit wirkten sie wie die Buckel schlafender Tiere. Weit entfernt blinkte das Licht eines Leuchtturms. Rechts von mir befand sich der Strand. Auch das Meer schimmerte durch die tanzenden Schaumkronen der Wellen heller als die übrige Umgebung.

An der Küste weht ständig der Wind. Er fuhr in meine Haare hinein, stellte sie hoch oder drang wie mit langen Fingern unter meine Kleidung.

Es war kühl geworden, sogar kalt, und ich war an diesem Abend wohl der einzige Spaziergänger. Jedenfalls begegnete mir niemand, bis auf einen Radfahrer, der mir entgegenkam und dessen Scheinwerfer im Rhythmus seines Fahrstils auf- und abtanzte.

Der Mann grüßte, als er mich passierte. Ich gab den Gruß zurück. Wenig später hatte mich die Nacht wieder verschluckt.

Allmählich erreichte ich die Dünen. Der Weg war jetzt nicht mehr so flach. Ich musste steigen, ging auch in kleine Täler, wurde von dem hohen, sperrigen Gras gestreift, das irgendwann einmal den Namen Strandhafer bekommen hatte.

Trotz der Zeichnung war es nicht einfach, die Bunkeranlagen in der Dunkelheit zu finden. Eine lichtstarke Lampe trug ich zwar bei mir, schaltete sie allerdings so gut wie nicht ein, da man ihr Licht schon von weitem hätte erkennen können. Zudem sollte niemand vor meiner Ankunft gewarnt werden.

Um es kurz zu machen, ich verlief mich zweimal, bis ich

plötzlich und unerwartet vor meinem Ziel stand. Ich befand mich in einem kleinen Dünental, so tief, dass mich die seitwärts ansteigenden Hänge sogar von den Windböen schützten.

Vor mir sah ich den Eingang.

Man hatte den Bunker tatsächlich in die Dünen hineingebaut. Bei den Gegebenheiten nicht ganz einfach.

Vor dem Eingang blieb ich stehen. Früher hatte man ihn durch ein Eisentor verriegelt. Es war zwar noch vorhanden, aber völlig verrostet, zudem hing es schief in den Angeln.

Bevor ich den Bunker betrat, schaute ich mich noch einmal um. Zu sehen war nicht viel. In der kleinen Mulde befand ich mich als einziger Mensch.

Wenig später wagte ich es.

Ein wenig mulmig war mir schon zumute, als ich die ersten Schritte in den Bunker setzte. Mir kam es so vor, als würde sich über meinem Kopf eine gewaltige Glocke schließen, die mich gefangen nahm und nicht mehr loslassen wollte.

Mich fröstelte.

Der Schauer rann vom Hals bis zu den letzten Wirbeln. Unheimlich war es in der fast absoluten Finsternis, die mit tausend Armen nach mir greifen wollte.

Nach wenigen Schritten blieb ich stehen. Noch immer hatte ich nicht gewagt, die Lampe einzuschalten, drehte mich aber auf der Stelle und blickte zurück.

Nur schwach zeichnete sich der halbgeschlossene Eingang ab. Der graue Streifen fiel von oben nach unten in den Gang, malte das Muster auf den Boden und kam mir vor wie ein letzter Gruß der realen Welt.

Plötzlich bekam ich Bedenken. Ich wunderte mich selbst darüber, dass ich so reagierte, aber irgendwie war der Druck vorhanden. Angst, Todesfurcht, oder noch mehr?

Mensch, Alter, reiß dich zusammen!, sagte ich mir selbst. Sonst war ich längst nicht so nervös. Wenn ich daran dachte, was alles schon hinter mir lag, hätte ich über diese Sache hier eigentlich nur lachen können. Wie oft war ich schon durch finstere Tunnels oder Schächte geschritten und hatte dieses

Gefühl nicht gekannt, obwohl ich mir auch damals immer im Klaren darüber gewesen war, dass irgendwo vor mir Feinde lauerten und mich erwarteten.

Es gab zwei Würfel!

Abermals musste ich daran denken. Karas Erklärung hatte mein Weltbild praktisch umgeworfen, wenn nicht zerstört. Dies war einerseits furchtbar, andererseits gab es zu Hoffnungen Anlass, da der zweite Würfel die Kraft des ersten praktisch aufheben konnte.

Vorausgesetzt, ich fand ihn vor dem Spuk. Wenn er ihn hatte, würde er versuchen, ihn zu zerstören.

Sicherlich war es dieser Gedanke, der mich so furchtsam reagieren ließ, und so bewegte ich mich, vorsichtig einen Fuß vor den anderen setzend, tiefer in den Bunkerstollen hinein.

Der Boden war nicht glatt. Ein immer wehender Wind musste im Laufe der Zeit durch das offene Tor den Sand geweht haben, und dieses feine Zeug hatte sich auf dem Boden abgelagert, sodass es unter meinen Sohlen knirschte, wenn ich mich voranbewegte.

Je tiefer ich vordrang, umso mieser wurde die Luft. Der Sauerstoffgehalt nahm ab. Ich hatte schon bald das Gefühl, als würde ein alter Lappen in meinem Hals stecken.

Beim Eintritt hatte ich ungefähr die Mitte zwischen den beiden glatten Bunkerwänden gewählt. Das behielt ich auch bei, wollte mich allerdings noch überzeugen und schaltete zum ersten Mal die Taschenlampe ein. Ihren hellen Lichtschein schirmte ich mit der gekrümmten Handfläche ab, drehte die Lampe, ließ das Licht durch die Zwischenräume der Finger sickern und an den Wänden des Bunkers entlanggleiten.

Sie waren tatsächlich glatt, wenn auch schmutzig und beschmiert. Sogar alte Durchhalteparolen aus dem Zweiten Weltkrieg entdeckte ich noch. Meist markige Worte des damaligen Premiers Churchill, der sein Volk zum Widerstand aufgerufen hatte.

Von meinen Gegnern mit den Masken oder dem Spuk entdeckte ich keine Spur.

Aber der Bunker war tief. Wenn ich mir die Zeichnungen anschaute, würde er sich irgendwann auch verzweigen und in mehrere Teile oder Stollen auslaufen.

Ich löschte die Lampe wieder und ging weiter.

Die Stille zerrte an meinen Nerven. Manchmal war ich sogar froh, wenn ich meine eigenen Schritte vernahm. So seltsam es auch klang, dann kam ich mir wenigstens nicht so verlassen vor.

Obwohl die Zeit normal verging, kam sie mir doch ziemlich zähflüssig vor. Ich hatte das Gefühl, Minuten unterwegs zu sein, obwohl es tatsächlich nur Sekunden waren.

Später vernahm ich auch andere Geräusche.

Ein Rascheln und heftiges Tappen.

Schritte von Tieren.

Das konnten nur Ratten sein!

Abermals überlief es mich kalt, denn ich dachte an den Rattenkönig Rocky Koch, der vor Jahren hier gehaust und die gefährlichen Tierchen dressiert hatte.

Ich schaltete abermals die Lampe an und leuchtete schräg in die Tiefe, wobei ich den Strahl gleichzeitig so bewegte, dass er einen gewissen Kreis umschloss.

Da sah ich sie huschen.

Vier fette graubraune Körper mit langen, dünnen Schwänzen wischten an der Gangwand vorbei und waren so schnell, dass sie innerhalb von Sekunden meinen Blicken entschwunden waren.

Ich wusste Bescheid, dass ich keinem Irrtum erlegen war. Wenn das die zahlreichen Touristen gewusst hätten, die den Sommer über hier in der Nähe Urlaub machten, hätten sie bestimmt die Flucht ergriffen.

Ich floh nicht, ging weiter und kam genau vier Schritte weit, als ich abrupt stehen blieb.

Vor mir in der Finsternis tat sich etwas.

Ein Punkt erschien. Zuerst sah es aus, als hätte sich jemand eine Zigarette angezündet, so ähnlich wirkte er. Kaum zu erkennen, dabei rund und mich gleichzeitig an einen bemalten Stern erinnernd.

Der Punkt wanderte nicht. Er blieb an der Stelle stehen und vergrößerte sich nur.

Er nahm eine Form an.

Ein Dreieck!

Ich starrte genau hin, ob ich mich auch nicht getäuscht hatte, und musste zugeben, dass dies nicht so war.

Das Dreieck stand.

Und damit auch die Maske!

Ich hatte die erste gefunden!

In meinem Magen breitete sich plötzlich das drückende Gefühl aus. Auf einmal wusste ich Bescheid, dass ich voll ins Schwarze getroffen hatte. Hier versteckten sich die Diener des Spuks.

Ich rief mir wieder die Szene in Eddys Zimmer in Erinnerung zurück. Seine Maske hatte eine andere Farbe gehabt. Sie war nicht rot, sondern grün gewesen. Da ich eine rote entdeckte, wurde mir bewusst, dass ich den zweiten Diener vor mir sah.

Wie viele gab es noch?

Ich ging vorsichtig weiter. Diesmal berührte ich mit den Zehenspitzen zuerst den Boden, denn ich wollte jedes Geräusch vermeiden.

Und dann erschienen die anderen.

Ohne einen Laut abzugeben, waren sie plötzlich da, und sie schillerten in allen Farben. Ich konnte sogar erkennen, dass sie einen Halbkreis gebildet hatten. Automatisch zählte ich mit. Auf sechs kam ich.

Sechs Diener des Spuks. Sechs Masken, die ihren Psychoterror verbreiten konnten.

Rot, grün, silberfarben, gelb, violett und auch blassgrau schimmerten sie, wobei sie in den Augenhöhlen leuchteten. Eine Farbe im Grundton Rot, jedoch von einem gelben Schimmern unterlegt.

Ich ging nicht mehr weiter.

Die Masken waren von mir entfernt. Wie weit, das konnte ich nicht feststellen, denn in der Finsternis täuschte so manches. Ich war jedoch fest davon überzeugt, dass sie eine

Distanz, wenn sie es wollten, sehr rasch überbrücken konnten. Innerlich stellte ich mich bereits auf eine Attacke der Masken ein.

Sie blieben, wo sie waren.

Und sie wirkten so, als würden sie in der Luft schweben. Dabei war ich fest davon überzeugt, dass sie auch Körper hatten, nur waren diese in der Schwärze nicht zu erkennen.

Allein die Masken leuchteten und wiesen mir den weiteren Weg an.

Noch hatte ich mich nicht gerührt. Es zuckte mir in den Fingern, die Beretta zu ziehen und auf die verdammten Dinger zu schießen, aber was hätte ich damit erreicht?

Wahrscheinlich nichts. Ich hätte sie vielleicht nur wütender gemacht und zu vorschnellen Reaktionen gereizt. Dass sie etwas vorhatten, war mir längst klar geworden.

Mit der Waffe zielte ich zwar nicht auf sie, dafür nahm ich die Taschenlampe. Der breite Lichtarm zerschnitt die Düsternis und hätte eigentlich ein Ziel treffen müssen.

Das geschah nicht!

Er wurde auf dem Weg zu den Masken plötzlich verschluckt, als wäre er von einem Messer abgeschnitten worden.

Dafür gab es nur eine Erklärung.

Noch vor den Masken lauerte ein anderer.

Der Spuk!

Ich war nun froh, die Beretta nicht genommen zu haben. Hätte ich geschossen, wäre der Spuk gereizt worden, und so etwas hätte böse für mich enden können.

Ich löschte das Licht und tastete nach meinem Kreuz, das in der Jackentasche steckte. Der Spuk war zwar ein mächtiger Gegner, hatte auch zu den Großen Alten gehört, aber irgendwie musste er Furcht vor meinem Kreuz haben. Den Grund hatte ich bisher noch nicht erfahren, aber vor langer Zeit in New York hatte ich ihn einmal mit dem Kreuz bannen können, als mir die Horror-Cops begegnet waren.

Vernichten konnte ihn die Waffe leider nicht, und das bereitete mir Kopfzerbrechen.

Wir standen uns gegenüber. Die Masken leuchteten

weiterhin. Nur gaben sie dieses Licht nicht an ihre unmittelbare Umgebung ab. Die Anwesenheit der absolut finsteren Wolke verschluckte auch den geringsten Schein. Nur die sechs Dreiecke standen scharf konturiert über dem Boden und schienen auf meine Reaktionen zu lauern.

Was sollte ich tun?

Selbst die Initiative ergreifen und auf den Spuk zugehen? Eigentlich hätte ich es versuchen können, da mich das Kreuz ja doch einigermaßen schützte. Es konnte natürlich ins Auge gehen. Dann saugte mich der Spuk auf, der innerhalb einer winzigen Sekunde die Form und Gestalt wechseln konnte.

Also abwarten.

Der Spuk konnte reden. Auch ein Phänomen. Er hatte sogar, wenn er wollte, eine menschliche Stimme, und die dröhnte mir im nächsten Augenblick entgegen.

»Willkommen bei mir und meinen Dienern, Geisterjäger. Ich wusste, dass wir uns wiedersehen würden.«

»Das war mir auch klar.«

Er lachte hallend und dumpf. »Welcher Weg führte dich denn in den Stollen? Hast du etwa einiges über den zweiten Würfel gehört, der noch existiert?«

»Das habe ich in der Tat.«

»Und du willst ihn besitzen?«

»Auch das«, erklärte ich ihm. »Ich möchte ihn haben, so wie du ihn bekommen willst.«

»Ja, das stimmt.«

»Weißt du, wo er sich befindet?«

»Noch nicht.« Er legte eine kurze Pause ein. »Aber ich wette, dass du es ebenfalls nicht weißt, Geisterjäger.«

»Nein.«

»Aber ich könnte es herausfinden und dir zeigen. Dann beginnt ein Wettlauf zwischen uns beiden um den zweiten Würfel. Wäre das nicht eine Möglichkeit?«

Diesmal lachte ich. »Hätte mir ein anderer den Vorschlag gemacht, wäre ich darauf eingegangen. Aber nicht bei dir. Du bist mir zu flink, zu raffiniert. Du willst andere reinlegen, um dein Ziel zu erreichen.«

»Jeder kämpft eben mit seinen Mitteln.«

Ich wollte die Diskussion nicht ausufern lassen und kam wieder zur Sache. »Gut, wir wollen beide den Würfel. Angeblich weißt du ja schon, wo er sich befindet. Dann sag es mir.«

»Nein.«

»So wird es nie ein Wettstreit.«

Der Spuk lachte. »Was heißt hier sagen, John Sinclair? Ich kann es dir sogar zeigen.«

»Das ist ein Trick!«

»Nein, es ist echt. Ich erinnere mich daran, dass du durch den Spiegel gekommen und in einer Welt gelandet bist, die von mir beherrscht wurde. Nun, du hast einen starken Kämpfer töten können …«

»Nicht ich, sondern Myxin.«

»Was spielt das für eine Rolle? Ich hätte nicht gedacht, dass du meinen Diener geschafft hast. Aber ich will darüber nicht mehr reden. Die Spiegelwelt habe ich vorerst zurückgestellt. Ihre Tore sind verschlossen, mir kommt es auf den zweiten Würfel an, den die stummen Götter vor langer Zeit tatsächlich erschaffen haben. Deshalb holte ich mir die sechs Diener, die mir behilflich sind.«

»Nur sechs?«, höhnte ich. »Verlässt du dich nicht mehr auf Akim Samaran?«

»Auf ihn auch. Der ist das Zünglein an der Waage, wie ihr Menschen immer sagt. Nur weißt du nichts davon …« Er konnte sich nicht beherrschen und lachte wieder.

Mir gefiel diese letzte Reaktion überhaupt nicht. Damit meinte ich nicht mal das Lachen, das war ich von ihm gewohnt. Er hatte da einen Namen erwähnt und gleichzeitig bestätigt, der mir schwer im Magen lag.

Akim Samaran!

Ein Mensch, der kein Erbarmen kannte. Den man auf eine Stufe mit einem Dämon stellen konnte, der mir schon eine Henkersmahlzeit zubereitet und mich einmal im Würfel des Unheils hatte verschwinden lassen.

Er und der Spuk bildeten ein mörderisches Gespann, an dem ich leicht verzweifeln konnte. Bisher hatte ich von

Samaran nichts entdeckt, aber das wiederum war egal. Akim konnte sich im Hintergrund aufhalten und gewissermaßen dem Spuk als eine Notreserve dienen.

Ich musste mich beherrschen, um nicht weiter zu fragen, und kam wieder auf ein anderes Thema zurück.

»Du wolltest mir das Versteck des zweiten Würfels zeigen?«, erkundigte ich mich lauernd.

»Ja.«

»Wo ist es?«

»Nicht weit von hier.«

Mit dieser Antwort hatte ich nicht gerechnet, schaute den Spuk an und schüttelte langsam den Kopf. »Wieso nicht weit von hier?«, fragte ich. »Willst du mich …?«

»Nein, ich habe dich nicht getäuscht. Das Versteck des zweiten Würfels liegt tatsächlich in der Nähe. Nur sind Jahrtausende vergangen …«

»Da stand der Bunker noch nicht.«

»Du irrst dich abermals, wenn du den zweiten Würfel hier im Bunker suchen willst. So einfach ist es doch nicht. Ich kann ihn möglicherweise sehen, aber ich komme nicht an ihn heran. Noch nicht. So ehrlich bin ich zu dir. Erst muss ich den Weg finden.«

»Ohne Beweise glaube ich nichts«, erklärte ich dem Spuk.

»Das kann ich mir vorstellen, deshalb werde ich dir den Beweis auch bald liefern.«

»Bitte …«

»Einen Moment noch, Geisterjäger. Ich bestimme hier und nicht du. Gib genau Acht.«

Das tat ich auch. Die sechs Masken hatten sich nicht bewegt. Was den Spuk anging, war ich mir nicht so sicher, aber ich spürte plötzlich, dass sich der Standort der Wolke veränderte.

Sie musste einfach auf mich zukommen, obwohl ich sie nicht sah. Dafür spürte ich sie.

Die Aura kam.

Sie näherte sich mir auf eine erschreckende, lautlose Weise. Die Gefahr war vorhanden, ich wusste davon, und es gelang mir trotzdem nicht, sie zu stoppen.

Sie drängte mir entgegen. Weiter und stärker. Ich holte das Kreuz aus der Tasche, streckte meinen Arm aus, weil ich so versuchen wollte, dieses lautlos heranschleichende Grauen ein wenig zu reduzieren.

Mein Talisman reagierte auch.

Kurze Strahlen zuckten an seinen Enden auf, wo die Insignien der Erzengel in das geweihte Silber eingraviert waren. Sie schossen so weit vor, dass sie die Wolke getroffen hätten oder von ihr verschluckt worden wären.

Mit dem Grauen kam auch die Spannung. Wie einen körperlichen Druck fühlte ich sie. Meine Kehle wurde allmählich trocken. Ich unterdrückte nur mühsam das Husten und rechnete damit, dass die Wolke wie eine Decke über mich herfallen würde.

Noch hielt sie sich zurück. Aber sie füllte mein Gesichtsfeld völlig aus, denn urplötzlich waren auch die Masken verschwunden.

Direkt starrte ich in die Schwärze.

Hatte ich vorhin die Dunkelheit als stark und intensiv empfunden, so konnte ich darüber in diesem Moment nur lachen, denn die absolute Finsternis stand wandartig und undurchdringlich vor mir, ohne sich irgendwie zu bewegen oder zu zittern.

Und dennoch sah ich etwas.

Man konnte den Spuk nicht berechnen. Er war dimensionslos. Dieses Wesen war unendlich lang, ebenso breit oder tief. Und aus dieser nicht auslotbaren Tiefe löste sich etwas hervor.

Ich hatte den Eindruck, als würde es wie ein Stern aus der Schwärze des Weltalls kommen.

Ein farbiger Stern mit eckigen Konturen, die ein geometrisches Gebilde zeigten, das violett schimmerte und nicht mehr verspiegelt war wie noch vor kurzer Zeit.

Er sah wieder so aus wie früher.

Es war der Würfel des Unheils!

Bill Conolly fühlte sich überhaupt nicht wohl, dass John Sinclair ohne ihn gegangen war. Aber der Geisterjäger hatte im Prinzip Recht. Einer musste einfach die Stellung halten und vor allen Dingen Suko einweisen, mit dem der Reporter telefoniert hatte.

»Natürlich komme ich«, hatte der Inspektor zu verstehen gegeben. »Ich schwinge mich auf die Harley und düse ab.«

»Ja, und schalte den Nachbrenner ein.«

»Worauf du dich verlassen kannst«, erklärte Suko.

Bill hatte wieder eingehängt. Beruhigt war er trotz allem nicht. Ein Gefühl der Unsicherheit blieb, denn er glaubte, von zahlreichen nicht sichtbaren Feinden umgeben zu sein. Er musste immer wieder an die Vorgänge im Hotel denken und an die damit verbundene Kraft der Masken.

Bill hatte das Gefühl, einen regelrechten Masken-Terror zu erleben, und er fragte sich, wie das alles enden sollte. John war in den Bunker gegangen, der Weg des Reporters führte an die Bar, in der um diese Zeit mehr Betrieb herrschte.

Natürlich hatten die Menschen nur ein Gesprächsthema. Alles drehte sich um den herabgefallenen Kronleuchter. Alle glaubten an einen Zufall. Bill wusste es besser. Er war fest davon überzeugt, dass die Kräfte eines gewissen Eddy dafür gesorgt hatten.

An der Bar hatte er sich in eine Ecke gestellt, wo er auch von anderen nicht gestört wurde. Der Keeper brachte ihm den Whisky und eine kleine Flasche Soda.

»Ist es so recht, Sir?«

»Ja, danke.«

Der Reporter vermischte die beiden Flüssigkeiten. Normalerweise trank er den Whisky pur, diesmal wollte er ihn mit Soda genießen, obwohl dies schon einer Todsünde glich, denn er hatte sich einen zwölf Jahre alten Schluck bestellt.

Er schaute auf die Uhr.

London und Brighton sind durch eine Schnellstraße miteinander verbunden. Wenn Suko richtig aufdrehte, würde es nicht mal zwei Stunden dauern, bis er eintraf.

Bis dahin konnte allerdings viel geschehen, auch mit John Sinclair, der sich auf den Weg gemacht hatte.

Bill fiel ein blondes Mädchen auf, das mit einem gefüllten Tablett durch die Tischreihen schritt. In den langen Flötengläsern perlte bester Champagner. An einem runden Tisch saßen fünf Personen. Sie hatten die Getränke bestellt.

Bill kannte die Kleine. Sie hieß Ellen Gray. In der anderen Kleidung wirkte sie nur ein wenig fremd.

Als sie zurückkehrte, sah sie Bills Winken, blieb zögernd stehen, schaute sich um und kam erst, als der Reporter zum zweiten Mal gewinkt hatte.

»Sir, wir dürfen uns nicht mit den Gästen unterhalten, das ist verboten«, erklärte sie flüsternd.

Bill lächelte jungenhaft. »Bei mir werden immer Ausnahmen gemacht.«

»Ich weiß nicht ...« Sie hob die Schultern.

Conolly sah, dass sie ihr Haar lang trug, es aber im Nacken durch einige Spangen hochgesteckt hatte. »Möchten Sie einen Schluck mit mir trinken?«, lud er sie ein.

Ellen erschrak. »Um Himmels willen, nein! Das ist uns erst recht verboten. Die Sitten sind streng.«

»All right, machen wir es kurz. Haben Sie in der Zwischenzeit schon etwas von Eddy gehört?«

»Nein ...«, erwiderte sie erstaunt. »Wie kommen Sie denn darauf?«

»War nur eine Frage.«

Ellen ging einen Schritt zur Seite, weil jemand vorbeiwollte. »Ist Ihr Freund denn gegangen?«

»Ja, er sieht sich den Bunker an.«

Das Mädchen wurde bleich. »Nachts ist es dort noch gefährlicher als am Tage.«

»Wieso?«

»Da sind Ratten.«

Bill winkte ab. »Die sind auch tagsüber im Bunker. Außerdem finde ich die Tierchen nett. Sie schmecken nur nicht so gut. Ich war mal in Asien, da hat man mir Rattenfleisch serviert und ...«

»Bitte, hören Sie auf, Mister!«

»Schon gut. Ich will Sie auch nicht länger aufhalten.«

Ellen nickte Bill zu. Bevor sie ging, sagte sie noch etwas, das Bill unter die Haut ging. Dabei blitzten Tränen in ihren Augenwinkeln. »Ich glaube nicht, dass ich ihn noch einmal wiedersehe.«

»Wieso?«

Ellen presste die Lippen zusammen. Gequetscht klang auch ihre Antwort. »Gefühl«, flüsterte sie erstickt. Dann lief sie weg. Es sah schon fast wie eine Flucht aus.

Bill schaute ihr nach. Das Glas hielt er in der rechten Hand. Seine Haut war warm, und er hatte das Gefühl, als würde der Whisky, vermischt mit dem Sodawasser, anfangen zu kochen. Der Reporter hütete sich, über das Mädchen zu lachen. Er kannte ähnliche Ahnungen, und sie waren bei ihm manchmal eingetroffen.

Bill nahm einen langen Schluck. In der Bar hatte sich nichts getan. Keiner der älteren Gäste verließ den Raum. Es schien so zu sein, als würden sie auf irgendein Ereignis warten, das in einer nahen Zukunft noch eintreten sollte.

Die Gespräche wurden leise geführt. Man hörte nur noch das Murmeln der Stimmen, hin und wieder ein kurzes Lachen, mal rau, dann klangen Gläser gegeneinander, und das Lächeln der bedienenden Ober wirkte verkrampft.

Viele Gäste rauchten. Der dicke Qualm der Zigarren zog träge gegen die helle Decke, wo eine Notbeleuchtung angebracht worden war.

Bill Conolly beschloss, ein paar Schritte vor die Tür zu gehen. Sein Glas ließ er stehen. Er gab auch dem Keeper Bescheid, dass er bald zurück sein würde.

Dann nahm er den Weg nach draußen.

Er schritt durch die repräsentative Halle.

Die große Glastür ließ sich leicht bewegen. Als Bill sie geöffnet hatte und auf die vom Laternenschein angestrahlte kiesbestreute Einfahrt schaute, wehte ihm auch der Wind ins Gesicht. Er schaute zur Seite, dorthin, wo auch die Bunker lagen, in denen John Sinclair verschwunden war.

Obwohl Bill eigentlich hätte zufrieden sein können, fühlte er sich nicht wohl. Gern wäre er bei seinem Freund gewesen, den die Düsternis über dem Strand verschluckt hatte.

Die Stadt Brighton grüßte durch ihre glänzenden Lichtinseln. Obwohl sie in der Nähe lag, kam sie dem Reporter sehr weit entfernt vor, und er sah auch zwei Lichter, die sich in seine Richtung bewegten.

Dort kam ein Wagen.

In einem Hotel wie diesem trafen auch am Abend Gäste ein. Das war nichts Außergewöhnliches, und Bill war gespannt, ob das Fahrzeug in den zum Hotel führenden Weg einbog.

In der Tat schwenkten die Scheinwerfer nach rechts, und der Wagen fuhr auf den schmalen Streifen, der in eine mit Kies bestreute Auffahrt vor dem Hotel mündete.

Der Reporter trat zurück, sodass er in den Schatten des Eingangs geriet. Er wusste es selbst nicht, aus welchem Grunde er so reagiert hatte. Vielleicht lag es an seiner Neugierde, da er wissen wollte, wer um diese späte Zeit noch als Gast kam.

Das Licht der beiden Scheinwerfer überflutete für einen Moment den Bereich der Einfahrt, wo auch das Portal lag. Dann wurde der Wagen langsamer und schließlich gestoppt.

Er war lautlos ausgerollt, sodass Bill nur den Kies unter den Reifen hatte knirschen hören. Vom Motor, beim Rolls Royce war es eine Flüstermaschine, hatte er dagegen nichts gehört.

Bill stand gut, das Licht fiel günstig, und der Reporter erkannte trotz der abgedunkelten Scheiben, dass der teure Wagen mit zwei Personen besetzt war. Eine von ihnen stieg aus. An der Fahrerseite öffnete sich der Wagenschlag, die Gestalt drückte sich aus dem Fahrzeug. Am Eingang des Hotels erschien ein Boy, der noch abwartend stehen blieb und ebenso wie Bill Conolly zuschaute, wie der Fahrer um den Wagen herumging und die zweite Tür von außen öffnete.

Bill Conolly hatte den Knaben genau verfolgt. Der Typ gefiel ihm nicht. Seine Bewegungen waren geschmeidig, sie verrieten Energie, die er anscheinend nur mühsam zurückhalten konnte. Er war hochgewachsen, trug das Haar ziemlich lang und hatte die dunkelblonde Mähne dabei im Nacken zusammengebunden, sodass sie an einen Pferdeschwanz erinnerte. Das Gesicht war grobknochig, und dieser Eindruck lag nicht an den Schatten, die zusätzlich über Augen und Wangen fielen.

Der zweite Mann stieg aus, nachdem ihm sein Fahrer den Wagenschlag offen hielt und eine stramme Haltung angenommen hatte.

Um Bills Mundwinkel zuckte es. Er hatte Mühe, ein Grinsen zu unterdrücken, denn die beiden Männer waren in der Tat sehr unterschiedlich. Den zweiten konnte man als klein bezeichnen. Sein Haar war glatt gekämmt und dunkel. Vom Gesicht sah Bill Conolly nicht viel, da die Gestalt vom Körper des Größeren abgedeckt wurde.

»Fahr ihn auf den Parkplatz, Kamikaze«, hörte Bill den zweiten Typ sprechen.

»Ja, Sir.«

Der Reporter schüttelte den Kopf. Wie war der Blonde genannt worden? Kamikaze?

Ein seltsamer Name, in der Tat. Aber auch ein gefährlicher. Er deutete an, dass dieser Bursche, wenn es um gewisse Aufgaben oder Taten ging, auch keine Rücksicht auf sich selbst nehmen würde. Aber wer umgab sich schon mit solchen Leuten?

Bill wurde ungeduldig. Er wartete darauf, dass Kamikaze den Wagen wieder wegfuhr. Das geschah rasch. Zudem lag der Parkplatz in der Nähe.

Kaum war auch der Reporter aus dem Bereich der Scheinwerfer entschwunden, als er seine Deckung verließ und auf den Hoteleingang zulief, hinter dem der Gast bereits verschwunden war und sich schon der Rezeption näherte. Er ging sehr langsam, schaute sich dabei um, da er den ersten Eindruck des Hotels voll aufnehmen wollte.

Bill schob sich ebenfalls durch die Tür. Auch er näherte sich der Rezeption, ging aber dorthin, wo in einem Ständer Prospekte aufgebaut waren, nahm einen davon, blätterte darin und hatte gleichzeitig die Ohren gespitzt, damit er hören konnte, was der Neuankömmling redete.

Er hatte ein Zimmer bestellt. Sogar eine Suite. Also musste der Knabe Geld haben.

»Es ist alles nach Ihren Wünschen, Sir«, erklärte der Chefportier.

»Schön. Kann ich noch etwas essen?«

»Wir werden es ermöglichen, Sir.«

Die beiden redeten noch, sodass Bill Muße hatte, sich den Gast genauer anzuschauen.

Er machte einen harten Eindruck. In seinem Gesicht regte sich nichts, wenn er sprach. Hager waren die Wangen, ebenso der Hals, die Augen klein und dunkel, das Haar grauschwarz. Er trug einen blauen Anzug, ein getöntes Hemd und eine blasse Krawatte.

Hin und wieder nickte er, und als er den Schlüssel gereicht bekam, sprach der Portier die entscheidenden Worte. »Ich wünsche Ihnen einen angenehmen Aufenthalt bei uns, Mr. Samaran.«

Bill versteifte. Jetzt wusste er genau Bescheid: Akim Samaran also. Er hatte den Mann nie zuvor gesehen, aber genug von ihm gehört. John Sinclair hatte des Öfteren von ihm gesprochen, und die beiden waren sich wirklich nicht grün. Man konnte sie als Todfeinde bezeichnen. Samaran hatte schon mehrmals versucht, den Geisterjäger zu töten. Zudem stand diese Person in den Diensten des Spuks.

Da kam einiges zusammen.

Und jetzt war er hier im Hotel.

Natürlich grübelte Bill über den Grund nach, ohne zu einem Ergebnis zu kommen. Samaran drehte sich um. Er wartete noch einen Moment, bis sein Leibwächter kam.

Kamikaze ging lautlos. Er trug den Koffer selbst. Es war nur ein Gepäckstück.

Auch Bill löste sich und schlenderte quer durch die Halle, da er wieder zurück in die Bar wollte. Es blieb nicht aus, dass sich sein und Kamikazes Blicke begegneten. Ineinander bohrten sie sich. Bill sah das kurze Zucken der Augen, das Bewegen der Mundwinkel und den gnadenlosen Ausdruck in den Pupillen.

Ihn fröstelte …

Dieser Kerl, der Kamikaze genannt wurde, war aus einem Holz geschnitzt, aus dem man Killer machte.

Genau das war der richtige Ausdruck.

Samaran hatte sich mit einem Killer abgesichert!

In der Schwärze sah ich den Würfel!

Ein Phänomen, eine Wunschvorstellung, Realität? Ich glaube, hier kam alles zusammen, und ich dachte wieder daran, dass ich den Würfel sogar einmal besessen hatte, bevor er mir wieder abgenommen worden war.

Zum Greifen nahe kam er mir vor, und er hatte sich nicht verändert. Noch immer zeigte er eine rotviolette Farbe, die ihn von innen und auch von außen ausfüllte. Der Würfel war zwar durchsichtig, trotzdem kam mir sein Inneres ausgefüllt vor. Es lag nicht allein an der Farbe, sondern an den peitschenartigen, wurmförmigen, kleinen Schlieren, die sich träge bewegten.

Sie waren das Besondere an dem Würfel, denn jede Schliere glich einem kleinen Chip, der unzählig viele Informationen gespeichert hatte. So konnte ich den Würfel mit einem Gegenstand vergleichen, der Wissen gespeichert hatte.

Noch wusste ich nicht, was der Spuk vorhatte. Er hatte mir den Würfel nur vorgeführt. Ich sollte sehen, wie mächtig er war.

Mein Blick glitt zurück zu meinem Kreuz. Es war magisch aufgeladen, seine Energien steckten in ihm. Es strahlte an einigen Stellen kleine Blitze ab, die jedoch nicht in die Schwärze hineinfuhren, sondern im unmittelbaren Umkreis meiner Hand blieben.

»Das ist er!«, vernahm ich wieder die Stimme des Spuks. »Du kannst ihn dir genau ansehen.«

»Ja …«

»Und erinnere dich daran, was ich dir gesagt habe, Geisterjäger. Ich wollte dir zeigen und beweisen, dass es einen zweiten Würfel gibt. Durch den ersten wirst du es sehen.«

»Wie ist das möglich?«

»Magie macht Unmögliches real«, lautete seine Antwort. »Der Würfel des Unheils, der sich ja manipulieren lässt, je nachdem, auf welcher Seite sein Besitzer steht, hat das Wissen von Jahrtausenden in sich gespeichert. Die Einzelheiten stecken in ihm. Man muss nur einen Weg finden, sie hervorzuholen, und das ist mir in diesem Fall gelungen, da ich sehr mächtig bin. Er kann mir erzählen, wo sich der zweite Würfel befindet. Ich gebe zu, dass auch dieser Quader nicht vollkommen ist, da ich den genauen Ort des zweiten Würfels nicht kennen werde und ihn erst suchen muss, aber seine Umwelt wird mir bald bekannt sein. Und auch dir, Geisterjäger. Nur wirst du damit nichts anfangen können, weil ich schneller bin und du vernichtet wirst. Du sollst aber mit dem Gedanken sterben, dass es einen zweiten Würfel gibt und dass du es trotz aller Bemühungen nicht erreicht hast, beide zu bekommen. Wie gefällt dir das?«

»Ich an deiner Stelle würde nicht so viel reden, sondern endlich handeln«, erklärte ich.

»Keine Sorge, das mache ich. Wenn du etwas erkennen willst, schau genau hin. Sehr genau. Nur auf den Würfel, nicht auf mich, da wirst du alles erleben.«

Ich wusste, dass der Spuk nicht bluffte. Man konnte den Würfel des Unheils tatsächlich als ein zwitterartiges Phänomen bezeichnen. Er reagierte so, wie es sein Besitzer wollte! Dieser Würfel konnte deshalb alles zerstören. In meinem Besitz hätte er das natürlich nicht getan. An diesen Fall war aber leider nicht zu denken. Und so musste ich abwarten, was geschah.

Er veränderte sich.

Nicht äußerlich, seine Form blieb die eines Quaders, aber drinnen tat sich etwas. Es waren zunächst die Schlieren, die sich in Bewegung setzten und eine gewisse Geschwindigkeit bekamen. Zwar noch immer träge, aber jetzt kreisförmig liefen, und sie drehten sich innerhalb des Würfels.

Die Farbe verblasste ein wenig, blieb aber in ihrem Grundton, sodass sich ein Bild darüber schieben konnte.

Für mich war die eine Seite des Würfels so etwas Ähnliches wie eine kleine Leinwand, denn sie zeigte plötzlich ein Bild, das ich normalerweise nicht gesehen hätte.

Noch immer von einer rotvioletten Farbe überdeckt und deshalb ein wenig verschwommen, sah ich eine Szene, die eigentlich unter Wasser sein musste. Wellenbewegungen, auch Strömungen, die träge von einer Seite zur anderen wallten, konnte ich erkennen. Ich sah den welligen Meeresgrund, kleine Felsen und Unterwasserpflanzen.

Befand sich in dieser Szene der zweite Würfel?

Ich muss ehrlich gestehen, dass ich die Anwesenheit des Spuks völlig vergessen hatte. Mein Blick konzentrierte sich allein auf den Würfel des Unheils, der sich mir abermals von einer ganz anderen Seite zeigte. Ich hatte es während der kurzen Zeit meines Besitzerstolzes nicht geschafft, den Würfel so zu manipulieren, dass er mir seine Informationen preisgab. Der Spuk aber machte es mir vor.

Aus dem Würfel war ein kleines Kino geworden.

Ich spürte in meinem Magen den Druck. Die Aufregung zeichnete sich dafür verantwortlich, das Kratzen in meiner Kehle blieb. Ich schaute weiterhin starr auf den Quader und bekam auch mit, wie sich das Bild veränderte. Im Großen und Ganzen blieb es so, nur die Perspektive schob sich mehr zusammen, sodass man mir einen Ausschnitt präsentierte.

Ich erkannte einen Felsen. Und der Würfel holte den unter Wasser liegenden Felsen näher heran. Wie ein Kamerazoom.

Er wurde größer und schien vor meinen Augen zu wachsen, bis ich erkannte, dass auf dem Felsen etwas stand.

Zuerst dachte ich an einen zweiten und wunderte mich schon über die rötlich braune Farbe, bis ich den wahren Grund sah. Auf dem Stein stand eine Truhe! Eine kleine Truhe, die mit dem Gestein verwachsen zu sein schien.

Noch größer und auch deutlicher wurde das Bild. Ich sah den abgerundeten Deckel der Truhe, sogar die Verschlüsse, die an den Seiten glänzten und keinen Rost angesetzt hatten, was mich wiederum wunderte. Doch das alles war zweitrangig.

Für mich zählte der Inhalt.

Und das musste der zweite Würfel sein. Auch ohne dass mir der Spuk eine Erklärung abgegeben hatte, kam ich zu dieser Überzeugung. Er lieferte sie mir gleich nach, denn ich hörte ihn abermals sprechen. Diesmal flüsternd.

»John Sinclair«, sagte er, »wir beide wollen den Würfel. Ich will ihn vernichten, du willst ihn behalten, denn dieser zweite verfügt ebenfalls über gewaltige Kräfte, die dir den Weg zu anderen Welten ebnen können. Natürlich nur, wenn du ihn hast, aber davor stehe ich, und ich werde nicht zulassen, dass du ihn auch nur berührst. Ich habe dir nur beweisen wollen, dass es den Würfel gibt. Er befindet sich in dieser Truhe …«

Trotz allem konnte ich mir ein Lachen nicht verbeißen. »Wenn du so sicher bist, dann nimm ihn an dich.«

»Noch ist mir das nicht möglich.«

»Das heißt, du weißt nicht, wo er sich genau befindet.«

»Es stimmt.«

»Dann stehen die Chancen ja besser für mich.«

Ich bekam eine andere Antwort, als die, mit der ich gerechnet hatte. »Manchmal bewundere ich dich und deine Einstellung. Habe ich dir nicht erklärt, dass ich dir keine Chance gebe, den Würfel in deinen Besitz zu bekommen? Ich wollte dir nur beweisen, dass es ihn gibt …«

»Nein, ich habe ihn nicht gesehen. In der Truhe können Steine sein oder Sand. Ob sich tatsächlich ein Würfel darin befindet, ist nicht sicher. Du kannst auch geblufft haben.«

»Traust du mir so etwas zu?«, fragte der Spuk. Seine Stimme klang schon fast ein wenig beleidigt.

»Sicher«, erwiderte ich entgegen meiner Überzeugung. »Ich traue dir alles zu, wenn es dir nutzt.«

»Du brauchst keine Sorge zu haben, Sinclair. Der Würfel existiert. Ich muss nur noch seinen genauen Standort bestimmen.«

»Und der liegt hier?«

»Wir befinden uns an der Küste. Gewisse Anzeichen deuten darauf hin, dass er sich zumindest in der Nähe befinden muss. Aber das kann dir egal sein …«

Nach seinen letzten Worten änderte sich das Bild. Der innerhalb der Schwärze schwebende Würfel zog sich wieder zurück. Gleichzeitig verschwand auch das Bild, das er mir gezeigt hatte. Es wurde kleiner, zog sich immer weiter zurück, und zusammen mit dem Würfel tauchte es in die Schwärze der Wolke ein.

Ich schaute wieder gegen die unbewegliche, finstere Wand, die alles verschluckte, und auch die sechs farbigen Masken waren für mich nicht mehr zu sehen.

Innerhalb dieses alten Bunkers waren der Spuk und ich mutterseelenallein.

Es musste etwas passieren, das stand fest. Angedroht hatte es mir der Spuk, nur wusste ich nicht, was er jetzt tun würde. Okay, er wollte mich vernichten. Da gab es zahlreiche Möglichkeiten. Die beste für ihn war, wenn er über mich kam wie ein mörderisches Ungeheuer und dafür sorgte, dass mich die absolute Schwärze einfach verschlang.

Wieder einmal dachte ich an unsere zahlreichen Begegnungen, und abermals fiel mir ein, dass ich ihn nur mit einem Mittel stoppen konnte: mit dem Kreuz!

Ich hielt es in der Hand und merkte, dass meine Finger zitterten.

Dieses Gefühl verstärkte sich noch mehr, als sich der Spuk in Bewegung setzte.

Genau sah ich es nicht. Es war zu vergleichen mit dem lautlosen Heranrollen einer gefährlichen schwarzen Wand, die alles überschwemmen wollte, was sich ihr in den Weg stellte. Sie wollte mich vernichten; ich spürte die Anhäufung des Grauens. Das Gefühl der Angst in mir verstärkte sich immer mehr, der Druck nahm zu, ebenso das Klopfen in meiner Brust, denn der Herzschlag hatte sich verstärkt.

In meiner Kehle war es trocken geworden. Es war die Chance vorhanden, das Kreuz zu aktivieren. Dabei musste ich laut und deutlich sprechen, was mir kaum möglich war.

Der Spuk war nicht nur als reale Erscheinung brandgefährlich, er übte gleichzeitig auch einen immensen Druck aus, der sich bei mir psychisch bemerkbar machte.

Ich bekam Angst …

Und die Wolke rollte weiter.

Erschreckend lautlos. Ich hatte das Gefühl, als hätte sie sich nicht von der Stelle bewegt, denn ich konnte sie nicht erkennen und erst recht keine Entfernung abschätzen. Aber die Aura des Spuks hatte mich erreicht, und ich spürte sie so deutlich, als wäre ich schon selbst ein Teil dieser gewaltigen Wolke.

Ich musste etwas tun. Ich musste heraus aus diesem verdammten Grauen, und das konnte ich nur durch mein Kreuz.

Deshalb zwang ich mich selbst zur Beherrschung, ging sogar noch einen Schritt zurück und holte aus.

Mir war jetzt alles egal. Allein der Sieg oder das Entkommen zählte für mich.

Und ich sprach die Formel.

»Terra pestem teneto – Salus hic maneto!«

Das genau waren die Worte. Und gleichzeitig schleuderte ich das Kreuz in die Wolke …

Bill Conolly war wieder zurück in die Bar gegangen, wo die Gäste noch immer hockten und sich nicht von ihren Stühlen erhoben. Die Atmosphäre war die Gleiche geblieben. Irgendwie lag eine Erwartung über dem großen Raum. Jeder rechnete damit, dass noch etwas passieren würde, und schien es kaum abwarten zu können.

Die Getränke des Reporters standen noch bereit, und Bill vermengte den Rest des Sodawassers mit dem Whisky, wobei er beide Flüssigkeiten miteinander verquirlte.

Der Keeper stand in seiner Nähe. Aus seinem Gesicht war der blasierte Ausdruck verschwunden. Mit einem Tuch rieb er Longdrinkgläser trocken, schielte auch zu Bill hin und gab ihm Feuer, als sich der Reporter eine Zigarette zwischen die Lippen steckte.

»Ist hier immer so viel los?«, fragte Conolly.

»Nein, Sir, nur heute.«

»Wegen des Unfalls?«

»Wahrscheinlich.«

Bill schüttelte den Kopf. »Das begreife ich nicht.« Er hob die Schultern. »Dass die Leute so gierig auf Sensationen sind.«

»Deren Leben ist eben zu langweilig, Sir.«

»Das wird es wohl sein.«

»Bleiben Sie denn länger, Sir?«

»Mal sehen.«

»Es gefällt Ihnen nicht besonders bei uns, wie?«

Der Reporter lächelte. »Woher wissen Sie das?«

»Ich bin lange im Geschäft. Man sieht es den Gästen zumeist am Gesicht an, Sir.«

»Das glaube ich Ihnen. Vielleicht fühle ich mich für diese Gesellschaft noch zu jung.«

»Hierher kommen nur ältere Gäste. Einige schon seit zwanzig und mehr Jahren. Sie sitzen hier, verleben ihren Urlaub, der für mich voller Langeweile wäre, und sprechen anschließend davon, wie gut sie sich doch amüsiert haben.«

»Vielleicht denken wir später auch mal so.«

»Hoffentlich nicht, Sir.«

»Sonst ist Ihnen nichts aufgefallen – oder?«

Der Keeper wollte sich schon abwenden, blieb jetzt stehen und hob die Schultern. »Was soll mir aufgefallen sein?«

»Ungewöhnliche Vorgänge. Ich meine jetzt nicht den Verlust des Kronleuchters, vielleicht etwas anderes ...«

»Nein, nichts.«

Bill musste die Unterhaltung unterbrechen, denn jemand hatte gemixte Drinks bestellt, um die sich der Keeper kümmerte. Der Reporter schaute ihm zu, leerte auch sein Glas und blickte wieder auf die Uhr.

Suko musste bald erscheinen, aber von John Sinclair hatte er noch immer nichts gehört. Nun, der Bunker lag relativ weit vom Hotel entfernt, trotzdem machte sich der Reporter Sorgen. Vielleicht war es doch nicht so gut, dass er hier die Stellung gehalten hatte. Andererseits hätte er sonst nichts von Akim Samarans Ankunft bemerkt. Er wurde das Gefühl nicht los, dass sich der Fall auch in dieses Hotel verlagert hatte, sonst wäre Samaran nicht gekommen. Bill beschloss, diesem

Typ irgendwann einmal einen Besuch abzustatten oder ihn zumindest anzusprechen, denn er war Samaran nicht bekannt.

Der Keeper hatte seinen Job beendet und erkundigte sich, ob er noch etwas bringen könnte.

»Ja, ein Wasser.«

»Bitter Lemon?«

»All right.«

Bill bekam das Getränk und wiederholte seine letzte Frage. Der Keeper schaufelte Eiswürfel in ein großes Glas und schüttelte den Kopf. »Nein, mir ist nichts aufgefallen. Hier läuft das Leben ruhig ab. Deshalb bin ich noch hier. Totarbeite ich mich nicht. Der Betrieb an diesem späten Abend ist tatsächlich die berühmte Ausnahme.«

»Wie sind Sie eigentlich mit Eddy, dem Ober, zurechtgekommen?«

Bill erntete ein unsicheres Lächeln. »Wie kommen Sie gerade auf ihn, Sir?«

»Er fiel mir so ein.«

»Nun ja, relativ gut. Wir sind Kollegen, mehr auch nicht, wenn Sie verstehen.«

»Keine Freundschaft?«

»Nein, dazu sind wir zu verschieden.«

»Eddy hatte ein Hobby.«

»Welches?«

»Magie.«

Der Keeper winkte ab. »Ja, davon habe ich auch gehört. Aber nur gelacht. Ich glaube an so etwas nicht. Sie, Sir?«

Conolly wiegte den Kopf. Er wollte nicht mit einer direkten Antwort heraus, so blieb die Frage ohne Erwiderung. Zudem hatte der Mann wieder zu tun und ließ Bill allein.

Jemand betrat die Bar. Ein Mann, der zu den übrigen Gästen gar nicht passte, denn er trug noch seine Lederkleidung, die er auch auf der Harley angehabt hatte.

Suko war gekommen und wurde angestarrt wie ein Weltwunder, als er sich umschaute, Bill entdeckte und auf ihn zuging. Einige Gäste beschwerten sich über seinen Aufzug, der in einem Hotel wie diesem mehr als ungewöhnlich war.

Mit spitzer Stimme bemerkte eine Frau, als Suko sie passierte: »Seit wann beherbergt man hier Rocker? Wo sind die guten, alten Zeiten geblieben? Weg, alles weg …«

Suko blieb stehen. »Well, Madam«, sagte er. »Es ändert sich eben einiges.«

»Und noch ein Chinese«, sagte eine andere.

»Ich beschwere mich ja auch nicht, dass sie eine weiße und geliftete Haut haben«, konterte Suko, worauf die Frau aussah, als wollte sie in Ohnmacht fallen.

Bill erwartete den Freund grinsend. »Du bist aber schnell hier gewesen.«

»Die Harley konnte plötzlich fliegen.«

»Das möchte ich sehen.«

»Nun ja, ich habe sie ausgefahren.« Suko zog den Reißverschluss seiner Jacke auf und nahm neben dem Reporter Platz. Er bestellte das Gleiche wie Bill.

Auch der Keeper schaute ihn etwas scheu an, enthielt sich allerdings jeglicher Bemerkung.

Nachdem Suko den ersten Schluck genommen und das Glas wieder weggestellt hatte, begann er auch zu fragen. »Was ist geschehen? Ich sehe keinen John Sinclair. Ist er noch nicht zurück?«

»Leider nein.«

»Noch immer im Bunker?«

Bill nickte.

»Habt ihr eine Zeit ausgemacht?«

»Nicht direkt«, erwiderte der Reporter, »aber ich mache mir schon Sorgen. Wahrscheinlich wird er auf den getroffen sein, vor dem ihn Myxin gewarnt hat.«

»Du meinst den Spuk?«

»Genau.«

Suko schaute für einen Moment über die Bar hinweg. »Was könnte er denn vorhaben?«, fragte er murmelnd.

»Den zweiten Würfel finden.«

Diese Antwort schlug bei Suko wie eine Bombe ein. Vielleicht wäre ein anderer vom Hocker gerutscht, gefallen oder gesprungen. Suko aber blieb nur sitzen, schüttelte den Kopf und ballte die Hände zu Fäusten. »Ich habe mich nicht verhört?«

»Das hast du nicht.« Bill hielt mit einer Erklärung nicht lange hinter dem Berg und berichtete dem Inspektor, was ihm Kara erzählt hatte. Suko konnte es nicht fassen. Mehr als einmal schüttelte er den Kopf, und als Bill fragte, was er von der ganzen Sache halte, wusste er keine direkte Antwort zu geben.

»Was soll ich dazu alles sagen? Eigentlich nichts. Ich kann es einfach nicht fassen. Das klingt so unwahrscheinlich. Zuerst haben wir den ersten Würfel gesucht, jetzt existiert plötzlich ein zweiter. Oder soll existieren.«

»Ich glaube daran.« Bill nahm noch einen Schluck. »Welchen Grund sollte der Spuk gehabt haben, uns einen Bären aufzubinden? So etwas hat er nicht nötig.«

»Wenn man es so sieht, bestimmt. Und jetzt will John den zweiten Würfel finden?«

Der Reporter lachte. »Er bestimmt auch. Ebenfalls der Spuk, und der hat sich Diener zusammengeholt oder Leute, die für ihn arbeiten, wenn dir das besser gefällt.«

»Auch Akim Samaran?«

Bill lächelte schmal. »Du kennst ihn ja, nicht?«

»Und wie.«

»Dann wirst du dich freuen, wenn du ihm später gegenüberstehen kannst, mein lieber Suko.«

Das war die zweite Überraschung für den Chinesen innerhalb weniger Minuten. »Sag mal, willst du mich hier ärgern?«

»Nein, aber Samaran befindet sich hier im Hotel. Er ist vor kurzem erschienen. Nicht allein. Er hatte jemanden bei sich. Einen Leibwächter. Ein Typ, der selbst dir Schwierigkeiten bereiten könnte. Zudem hat er einen Namen, der auf einiges schließen lässt.«

»Wie heißt er denn?«

»Kamikaze!«

Suko lächelte nicht. Dazu war die Lage einfach zu angespannt. »Kamikaze ist in der Tat ein starker Mann, wobei ich mich frage, ob er wirklich so gut ist, wie er sich nennt.«

»Ich möchte gegen ihn nicht kämpfen«, sagte Bill.

»Ja, das kann ich verstehen.«

Einige Gäste zahlten, standen auf und verließen die Bar. Unter anderem auch die beiden, die sich über Sukos Auftreten und Aussehen beschwert hatten. Sie warfen noch schräge Blicke in Richtung Bar und verschwanden.

»Was kann er hier wollen?«, fragte der Chinese. »Ich kenne ihn, er ist gefährlich, und dieser Typ tut nie etwas ohne Grund. Wenn der irgendwo auftaucht, dann nicht, um Ferien zu machen.«

»Das sehe ich auch so.«

»Vielleicht wartet er auf den Spuk«, meinte Suko. »Beide zusammen, da muss man sich schon fürchten.«

»Hier im Hotel?« Bill lachte leise. »Es wäre ein schlechter Platz.«

»Das stimmt, aber weißt du, welche Pläne die beiden noch verfolgen? Ich nicht, und ich habe das Gefühl, dass wir drei zwischen die magischen Mühlsteine geraten sind.«

»Du zählst John mit?«

»Klar.«

»Widersprechen kann ich dir nicht. Ich frage mich auch, ob wir hier sitzen bleiben sollen oder uns auf die Suche nach ihm machen. Der Bunker liegt nicht weit entfernt.«

Suko dachte über den Vorschlag des Reporters nach. »Im Prinzip hätte ich nichts dagegen, aber etwas stört mich an der Sache.«

»Ich weiß, Samaran.«

»Eben. Wenn der hier bleibt, hat das einen Grund. Dann wird etwas geschehen.«

»Fragt sich nur, was?«, murmelte Bill und schaute unwillkürlich zum Eingang der Bar.

Er hatte Glück, vielleicht war es auch Zufall. Jedenfalls wurde in diesem Moment die Tür aufgestoßen, gehalten, sodass jemand die Bar betreten konnte.

Das war Akim Samaran!

Sein Leibwächter hatte ihm die Türe aufgehalten, und Bill machte Suko aufmerksam.

»Er kommt.«

Der Chinese reagierte ausgezeichnet. Er rückte noch zur Seite, sodass er von der Tür her nicht gesehen werden konnte, weil Bill ihn mit seinem Körper deckte. »Bleib so«, flüsterte er dem Freund zu. »Sie brauchen mich nicht sofort zu sehen.«

»Alles klar.«

Samaran betrat den Raum. Er war nicht groß, dennoch hatte er etwas an sich, dass sofort eine gewisse Kälte verbreitete. Eine Aura, die auch von den anderen Gästen bemerkt wurde, denn manche bewegten ihre Schultern, als würden sie frieren. Samarans Blicke, mit denen er die Gäste musterte, waren zudem gletscherkalt.

Der Leibwächter ließ die Tür wieder zuschwingen, drückte sich an seinem Boss vorbei und deutete auf einen kleinen, runden Zweiertisch. Samaran nickte.

Beide nahmen Platz.

»Sie sitzen«, berichtete Bill.

»Und weiter?«

»Jetzt geben sie eine Bestellung auf, und Samaran schaut sich um. Achtung, er blickt in unsere Richtung.«

Der Inspektor duckte sich noch weiter zusammen. »Sonst unternimmt er nichts?«

»Nein, aber er sieht sich jeden Winkel hier an. Ich werde das Gefühl nicht los, dass die beiden irgendetwas vorhaben.« Bill hatte sehr leise gesprochen, auch der Keeper sollte nichts mitbekommen.

»Das gefällt mir nicht«, murmelte Suko.

»Denkst du mir?«

»Wir halten uns jedenfalls zurück. Ich will erst wissen, was sie vorhaben. Irgendwann müssen sie reagieren.«

Zunächst tat sich nichts. Bill behielt die beiden im Blick, die ihre Getränke bekamen. Sie nippten daran, sprachen manchmal leise, und Kamikaze, der von den übrigen Gästen scheu gemustert wurde, beugte sich hin und wieder auf dem zerbrechlich wirkenden Stuhl vor, um den Worten seines Chefs zu lauschen.

»Sie unterhalten sich«, berichtete Bill. »Ich würde hundert Pfund zahlen, wenn ich wüsste, über was.«

Wieder verstrich Zeit. Allmählich hatten sich auch die anderen Gäste an die Neuen gewöhnt. Einige Leute zahlten und verließen die Bar. Ihrer Meinung nach geschah wohl nichts Aufregendes mehr, zudem war in einer Stunde schon Mitternacht.

Dann passierte doch etwas. Eine völlig harmlose Sache. Bill Conolly sah es anders. »Kamikaze steht auf und geht langsam zu einem der Fenster.«

»Was macht er da?«

»Der blickt nur nach draußen.«

»Das ist seltsam. Verstehe ich nicht. Man sieht nur irgendwo durch, wenn man etwas entdecken will.«

»Der Meinung bin ich auch«, murmelte Bill und beobachtete den anderen weiter. Kamikaze gab sich lässig, aber der Reporter ließ sich von diesem Eindruck nicht täuschen. Ihm kam der Mann vor, als stünde er auf dem Sprung.

Sie warteten.

Akim Samaran gab sich gelassen. Er schaute zwar hin, doch in seinem Gesicht regte sich nichts. Erst als sich Kamikaze umdrehte und sich wieder an den Tisch setzte, hob er fragend die Augenbrauen.

Bill Conolly rutschte noch ein Stück zur Seite, weil er die beiden Männer unter Kontrolle halten wollte. Auch sein Gesicht hatte jetzt einen gespannten Ausdruck angenommen.

Was die Männer miteinander flüsterten, konnte er nicht verstehen, aber er sah Akim Samarans Nicken. Und diese Reaktion drückte eine gewisse Zufriedenheit aus.

Bill berichtete seinem Freund davon.

»Das gefällt mir nicht«, murmelte Suko. »Überhaupt nicht, die haben irgendetwas vor, lass es dir gesagt sein ...«

Der Reporter nickte nur. Auch seine Sorgen wurden um keinen Deut weniger ...

Ich hatte das Kreuz in die Schwärze hineingeschleudert und seinen Weg verfolgen können. Es war ein silberner Pfeil, der plötzlich aufstrahlte, denn meine Worte hatten diesen für mich so wertvollen Talisman aktiviert.

Treffer!

Jetzt musste es sich entscheiden. Diese eine Sekunde war ungemein wichtig. Entweder schaffte ich es, den Spuk zurückzudrängen, oder ich ging dabei selbst drauf.

Helligkeit strömte plötzlich in die Wolke. Vier breite Strahlen sorgten dafür, schnitten wie weiße, breite Messer hinein, wobei die Helligkeit nicht die gesamte Düsternis verdrängen konnte, denn der Spuk kämpfte ebenfalls mit seiner Kraft gegen die andere Magie an.

Die Strahlen standen kreuzförmig, sie wurden dunkler, aber sie rissen dort, wo sie die Finsternis durchschnitten hatten, die Wolke so auf, dass etwas zu sehen war.

Eine grünlich schimmernde Echsen- oder Drachenhaut, und für diesen Moment kam mir ein fantastischer Gedanke.

Es lag schon Jahre zurück, und es war meine erste Begegnung mit dem Spuk gewesen, damals in New York, als es um das Horror-Taxi ging. Dort hatte ich ebenfalls einen Teil seiner Gestalt gesehen. Sein Körper war echsenhaft.

Konnte das Kreuz die Wolke zerstören? Würde es den Spuk endgültig vernichten.

Meine gesamte Hoffnung setzte ich darauf, dann hätte ich auch den Würfel bekommen, aber der Spuk war einfach zu mächtig.

Plötzlich war der Bunkergang von einem gewaltigen Pfeifen und Heulen erfüllt. Ein Sturmwind schien zwischen den Wänden einherzufegen, als wollte er mich von den Beinen reißen. Ich duckte mich unwillkürlich. Direkt vor mir tobten zwei gegensätzliche Magien. Ob sie gleich stark waren, wusste ich nicht. Jedenfalls sorgten sie für eine gewaltige Auseinandersetzung, und es war tatsächlich der Spuk, der einen Rückzieher machte. Die Wolke drückte sich zusammen. Sie wurde immer kleiner, während sie gleichzeitig nach hinten wegtauchte, um meinen Blicken endgültig zu entschwinden.

Tatsächlich war dies der Fall.
Der Spuk flüchtete.
Mein Kreuz hatte ihn zwar nicht erledigt, aber besiegt. Ich, der Sohn des Lichts.
Ein unbeschreibliches Gefühl durchströmte mich. Ich hätte mich am liebsten hingestellt und lauthals gelacht, so froh war ich in diesen Momenten, aber das brachte ich nicht fertig. Schließlich stand ich nach wie vor in einem Bunker und suchte außerdem diejenigen, die einen Masken-Terror verbreiteten.
Die sechs hatte ich nicht vergessen.
Sie mich auch nicht?
Ich schaute nach vorn. Da war nur die Finsternis, die ich nicht durchdringen konnte. Zum Glück war es eine normale Dunkelheit, nicht die Weltallschwärze des Spuks, sodass ich zum zweiten Mal aufatmen konnte. Der Spuk hatte sich verrechnet. Durch seine in der letzten Zeit errungenen Siege hatte er sich für unüberwindbar gehalten. Ein Fehler von ihm, der mir zugute gekommen war.
Ich hob mein Kreuz auf, das ein schwaches Strahlen zeigte. Gewissermaßen ein Nachleuchten. Mit der »Waffe« in der Hand blieb ich stehen und holte die Lampe hervor.
Diesmal schnitt der breite Strahl tief in die Finsternis hinein. Er wurde nicht von der grausamen Schwärze des Spuks verschluckt, aber ich sah auch kein Ziel, denn die Masken waren ebenfalls verschwunden. Der Spuk musste sie mitgenommen haben auf seinem so plötzlichen Rückzug.
Aber genau wusste ich das nicht und machte mir dementsprechende Gedanken.
Was konnte den Spuk dazu veranlasst haben, seine Diener mitzunehmen? Darüber zerbrach ich mir den Kopf. Der Spuk wollte mich vernichten. Er selbst hatte sich zurückgezogen. Für ihn wäre es demnach am besten gewesen, wenn er seine Diener im Bunker gelassen hätte.
Ich sah sie nicht, obwohl ich die Lampe schwenkte, dabei vorging, die Wände mit dem hellen Schein bestrich und nach ihnen suchte wie ein Ertrinkender den rettenden Balken.

Der Gang verbreiterte sich. Ich sah noch die alten Bänke, auf denen die Menschen damals gesessen hatten und die gefährlichen Angriffe abgewartet hatten.

Der größte Teil der Sitzmöbel war zerbrochen. Die einzelnen Stücke lagen auf dem Boden und waren verfault oder von den Ratten angefressen worden.

Sechs Masken suchte ich.

Keine war zu sehen, obwohl ich tiefer in den verdammten Bunker hineinschritt.

Plötzlich erwischte es mich.

Es war furchtbar und kam so überraschend, dass ich damit nicht gerechnet hatte.

Ein einziger Tritt reichte, um einen Kontakt herzustellen. Wer diese verfluchte Fallgrube gebaut hatte, wusste ich nicht zu sagen. Vielleicht der Spuk, möglicherweise auch die damaligen Erbauer des Bunkers. Jedenfalls wurde sie mir zum Verhängnis, als ich mich bereits auf der Siegerstraße befunden hatte.

Ich wollte mich noch zurückwerfen. Ein vergebliches Unterfangen, denn der eine Fehltritt hatte ausgereicht.

Wie ein Stein fiel ich in die Tiefe!

Ausgerechnet mit dem Rücken zuerst. Mir war klar geworden, dass ich mir sämtliche Knochen brechen würde, wenn ich so aufkam, und ich sah während des Fallens plötzlich die Masken, die meinen Weg begleiteten oder mich auslachten.

Ich musste mich drehen, und das schaffte ich auch. Wieder einmal war mir meine extreme Ausbildung zugute gekommen, obwohl sie den harten Aufprall auch nicht dämpfen konnte.

Das tat ein alter Teppich, der in dem Verlies ausgebreitet war.

Viel nutzte er aber auch nicht. Ich spürte den Aufprall von den Zehenspitzen bis zu den Haaren, rollte mich herum und wurde von einer Wand gestoppt.

Dort blieb ich zunächst liegen.

Stöhnend und schwer atmend, wobei ich meinen Körper abtastete und nach irgendwelchen Verletzungen forschte. Dann musste ich zusehen, dieses Gefängnis so schnell wie möglich wieder zu verlassen!

Zunächst stand ich auf. Meine Knie schmerzten furchtbar, wenn ich die Beine durchdrückte. Trotzdem tat ich es einige Male, vollführte auch gymnastische Übungen, konnte die Arme strecken, anwinkeln und war relativ zufrieden mit meiner körperlichen Verfassung.

Mit der anderen weniger.

Als ich in die Höhe schielte, sah ich erst, wie tief das Gefängnis lag. Ich war tatsächlich auf dem Boden eines im Bunker liegenden senkrechten Schachtes gelandet.

Aber noch etwas stellte ich fest.

Es waren die sechs Masken, die meinen Fall begleitet hatten und auch jetzt nicht verschwanden.

Welche Magie der Spuk beherrschte, war mir persönlich unbekannt. Deshalb glaubte ich auch nicht, dass es die echten Masken waren, die an der Schachtwand entlang nach unten hingen und an Spiralfedern befestigt waren, sodass sie auf- und niederschwangen.

Die Masken glühten von innen. Verschiedenfarbig waren die Spiralen, und es fehlte nur, dass sie lachten oder mich verhöhnten.

Das passierte nicht. Sie tanzten auf und nieder, strahlten ihr Licht ab, sodass der Schacht bunt erhellt wurde, als wollte hier jemand eine Party feiern.

Das würde es für mich sicherlich nicht werden. Eher ein gefährlicher Totentanz.

Hatte der Spuk letztendlich doch noch gewonnen?

Ich wollte daran nicht glauben, aber ich musste leider gestehen, dass alles auf diese eine Lösung hinauslief und ich diesmal trotz des relativen Sieges den Kürzeren gezogen hatte.

Wichtig war meine Befreiung.

Nur wusste ich nicht, wie ich es schaffen sollte. Der Rand

der Luke lag zu hoch. Auch wenn ich Weltmeister im Hochsprung gewesen wäre, ich hätte ihn nicht erreicht.

Die Masken pendelten in meine Nähe, das war auch alles. Sie kamen nie so weit, als dass ich sie hätte erreichen können.

Und sie glotzten böse auf mich nieder.

Es waren Blicke, die furchtbare Strömungen verursachten. So widerlich und triumphierend grausam verzogen wie die halbmondförmigen Mäuler der Masken.

Auch wenn ich hin und her überlegte, so kam ich nicht weiter. Da musste ich mir schon etwas anderes einfallen lassen. Ich suchte die Schachtwände ab, sehr schnell, weil ich das Gefühl hatte, die Zeit würde mir davoneilen.

Zwar waren die nicht glatt, dafür gemauert, aber ich hätte in den Fugen trotzdem keinen Halt finden können.

Da lief auch nichts.

Was konnte ich noch tun?

Ein wenig resignierend blieb ich ungefähr in der Schachtmitte stehen und schaute, ob ich wollte oder nicht, wieder auf die vom Rand der Luke herabschwingenden Spiralmasken. Wo die Spiralen befestigt waren, wusste ich nicht, aber auch für die Existenz dieser Zweitmasken hatte ich keine Erklärung.

Was also tun?

Ich war überfragt, und ich bekam plötzlich mit, wie sehr die Masken unter Kontrolle des Spuks standen, denn ihre Mäuler bewegten sich, und aus ihnen drangen Stimmen an meine Ohren, die eigentlich nur aus einer einzigen bestanden.

Aus der des Spuks!

»Ich grüße dich, Geisterjäger«, hörte ich ihn sprechen. »Und ich freue mich, dass du doch noch da bist. Wärst du gegangen, hätte ich nichts machen können, so aber bist du in die Falle gelaufen. Wie die anderen.«

»Von wem redest du?«

»Von den Gästen im Hotel.«

Ich erschrak. Dieses Gefühl musste sich auch auf meinem Gesicht abgezeichnet haben, denn der Spuk amüsierte sich darüber. »Ja, Sinclair, die Gäste im Hotel. Auch bei ihnen bin ich bald präsent. Dort erwartet mich jemand, den auch du kennst und der dich gern schon ins Jenseits geschickt hätte. Akim Samaran. Mit ihm zusammen werde ich den zweiten Würfel finden, während du hier ersäufst wie eine Ratte und ich durch die von mir doppelt geschaffenen Masken zuschauen werde. Dieser Schacht ist nicht umsonst angelegt worden. Er liegt dicht am Meer, wie du sicherlich weißt, und man kann ihn fluten. Hast du verstanden, Sinclair? Fluten!«

Ja, ich hatte ihn verstanden und musste ehrlich zugeben, dass es mir nicht gerade leichter ums Herz wurde. Er wollte mich ertränken, auch eine Möglichkeit.

»Wie gesagt, Geister …«

Da passierte es.

Ich hörte noch das Rauschen in meinem Rücken, drehte mich blitzschnell um und bekam noch mit, dass aus der Wand ein großes Viereck herausgedrückt worden war.

Es hatte Platz für den gewaltigen Wasserschwall geschaffen, der mich voll erwischte und durch seine immense Kraft wie Spielzeug zu Boden schleuderte …

Bill und Suko warteten noch immer. Der Mann hinter der Bar hatte bemerkt, dass die beiden keine Unterhaltung wünschten, dementsprechend hielt er sich auch zurück.

Die Unruhe der beiden Männer wuchs mit jeder Sekunde, die verstrich. Bill kaute auf der Unterlippe. Manchmal schüttelte er auch den Kopf, wenn er zum Tisch mit Samaran und dessen Leibwächter hinblickte.

»Mir gefällt das überhaupt nicht. Dieser Kamikaze hat nach draußen geschaut. Was hat er gesehen?«

»Wir müssten ebenfalls …«

»Das fiele auf.«

Suko schüttelte den Kopf. »So meine ich das nicht, Bill. Nach draußen gehen.«

»Ja, das wäre nicht schlecht.« Bill lachte leise. »Nur – wie willst du das anstellen, ohne von den beiden bemerkt zu werden?«

»Pass auf. Nichts ist ohne Risiko«, flüsterte der Chinese.

»Du gehst zuerst, ich halte mich in deinem Windschatten. Du wendest ihnen deine rechte Seite zu. Dabei sehen sie mich nicht, auch wenn sie zufällig zu uns herüberblicken sollten.«

»Ich weiß nicht so recht …«

»Siehst du eine bessere Möglichkeit. Außerdem möchte ich nicht immer hier geduckt hocken wie ein Kaninchen im Stall.«

»Okay, machen wir es.« Bill hatte sich entschlossen, zahlte, legte noch ein Trinkgeld hin, rutschte vom Hocker, und Suko tat es ihm nach. Dann gingen sie.

Der Reporter spürte die Schweißperlen auf der Stirn, als er den Raum an einer bestimmten Seite durchquerte. Suko hielt sich tatsächlich in seinem Windschatten, sogar die Schrittfolge glich er der des Reporters an. Einige Gäste schauten kurz auf.

Bill schielte nach rechts. Dort saßen Samaran und dessen Leibwächter. Sie sahen zum Glück nicht zu ihnen, weil sie miteinander redeten und sich ansonsten um nichts kümmerten.

Bill und Suko kamen sich vor wie Spießrutenläufer, wobei der Inspektor die besseren Nerven hatte. Er schwitzte längst nicht so wie sein Freund. Doppelt so lang kam Bill der Weg vor, und als sie die Tür erreichten, atmete er auf.

Er schob Suko als Ersten hindurch, der sofort in den toten Winkel an der Hallenwand tauchte.

Bill ging es jetzt besser. Er hatte sogar noch die Nerven, einen Blick zurückzuwerfen, und er sah den Leibwächter, wie dieser zum Eingang blickte.

Bill kannte er nicht, deshalb blieb der Blick auch normal. Kein Erkennen in den Augen.

Die Tür fiel hinter dem Reporter zu. Suko erwartete ihn lächelnd und sah, wie der Freund über die Stirn wischte und den Schweißfilm wegputzte. »Alles klar?«

»Jetzt ja.«

»Die beiden haben nichts bemerkt.«

»Nein.«

»Nerven muss man haben.«

Einer der Hotelangestellten kam auf sie zu. »Kann ich Ihnen irgendwie behilflich sein?«, wurden sie gefragt.

»Nein, danke«, wehrte Bill ab. »Wir finden uns schon allein zurecht.«

»Natürlich, Sir.« Der Mann bedachte Suko noch mit einem skeptischen Blick, enthielt sich allerdings eines Kommentars und sah den Freunden nach, wie sie zum Ausgang schritten.

Die Kühle tat nach der schlechten Luft in der Bar gut. Bill deutete in die Dunkelheit. Dabei schwenkte er seinen rechten Arm. »Irgendwo dort hat er hingeschaut.«

»Man könnte um das Haus herumgehen«, schlug Suko vor.

»Ja, die Bar liegt an der Seite. Und einen Weg gibt es auch.«

»Dann komm.«

Bill Conolly ging vor. Er wohnte länger hier und hatte auch schon das Gelände erkundet. Sie mussten um einen Erkeranbau herum, duckten sich auch unter den tief hängenden Zweigen einer Baumgruppe und erreichten wenig später den Platz, wo auch die Wagen der Hotelgäste abgestellt waren.

Schräg hinter ihnen befanden sich die erleuchteten Fenster der Bar. Sie konnten die Gäste erkennen, auch die beiden Männer, auf die es ihnen ankam. Sie erhoben sich jedoch in diesem Augenblick und verließen den Raum.

»Wahrscheinlich gehen sie auf ihre Zimmer«, meinte Bill.

»Da wäre ich nicht sicher.«

»Erwartest du sie hier?«

»Möglich ist alles.« Suko blieb nicht mehr stehen. Er überquerte den Parkplatz. Auch seine Harley stand dort. Nicht mal weit von dem Rolls Akim Samarans entfernt.

»Den Wagen hat er gefahren«, sagte Bill und deutete auf die dunkle Luxuskarosse.

»Dann muss er zu Geld gekommen sein.«

»Für Dämonendiener kein Problem«, antwortete Bill.

Suko war weitergegangen. Die abgestellten Fahrzeuge standen hinter ihm. Er gelangte an den Rand des Parkplatzes und blieb neben einer sorgfältig gestutzten Buschreihe stehen.

Von dieser Stelle aus hatten sie einen guten Blick über das flache Land, bis hin zur Lichtgrenze von Brighton.

Auch Bill hatte sich neben den Chinesen gestellt. Er meinte:

»Mich würde es wirklich mal interessieren, was die beiden von dem Fenster der Bar aus gesehen haben wollen.«

»Ich weiß es«, erwiderte Suko trocken.

»Und was?«

»Schau nach vorn. Dann sag mir, was du siehst.«

Bill folgte dem Rat, blickte über das flache Land und schluckte. »Stimmt das, was ich da sehe?«

»Wahrscheinlich.«

Der Reporter sagte nichts mehr, aber deutlich und klar erkannte er die farbigen Gegenstände, die sich in der Dunkelheit gestochen scharf von dem Hintergrund abhoben.

Es waren sechs schreckliche Masken!

Und sie näherten sich dem Hotel …

ENDE

Todesfalle unter Wasser

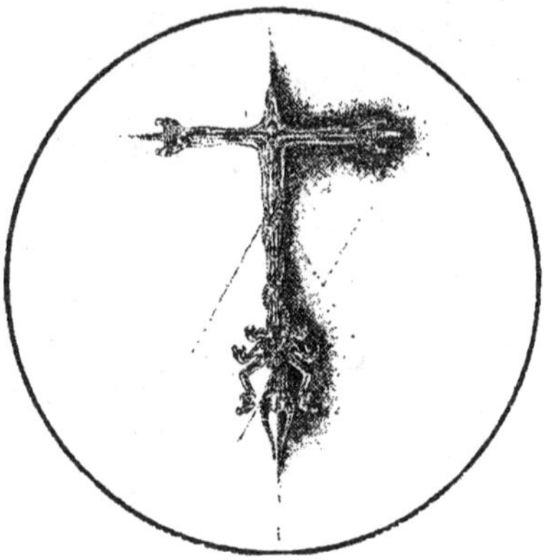

Ich sackte zusammen, als das Wasser abfloss, und wurde von einem neuen Schwall herumgewirbelt.

Ich wurde zu einem Spielball der schäumenden Wassermassen. In einer zweiten Reflexhandlung hatte ich die Hände vor das Gesicht gehalten, um unter anderem den Mund zu schützen.

Ich wollte einfach weg aus der unmittelbaren Gefahrenzone, stützte mich mit flachen Händen am Boden ab und versuchte, dem aus der viereckigen Öffnung schießenden Strahl zu entkommen.

Das schaffte ich unter großen Mühen, rutschte wenige »Schritte« weiter ab und stellte fest, dass ich ins Wasser gefallen war. Es hatte sich bereits auf dem Boden des viereckigen Schachtes angesammelt und stieg von Sekunde zu Sekunde.

Erst jetzt riss ich den Mund wieder auf.

Ich brauchte Luft!

Mein Magen protestierte gegen das Salzwasser. Ich hustete entsetzlich, aber ich war gerettet!

Jedenfalls für die nächsten Minuten, denn die hereinrauschenden Wassermassen hätten mich auch erschlagen können!

Die ganze Zeit über war ich beobachtet worden.

Sechs vor der Schachtöffnung an Spiralfedern hängende Masken schauten mich aus gelbrot und gefährlich glühenden Augen an. Es waren fürchterliche Gebilde, keine lebenden, aber trotzdem in der Lage zu reden, weil sie durch die Macht des Spuks geleitet wurden, der ihnen seinen unseligen Dämon-Atem eingehaucht hatte.

An der Schachtwand schwangen sie auf und ab.

Während ihres Tanzes verschmolzen die Masken optisch miteinander. Ich sah nur noch eine Fratze, aus mehreren Teilstücken zusammengesetzt. Ein buntes Kaleidoskop des Schreckens!

Erst als ich mir das verdammte Wasser aus den Augen gewischt hatte, sah ich wieder klarer und konnte meine Lage überdenken. Sie war mehr als bescheiden.

Von einem alten Luxushotel nahe der englischen Küste durch einen Bunker in einen Schacht hinein, so konnte man meinen Weg beschreiben, auf den mich Myxin, der kleine Magier, durch seine Warnung geführt hatte.

Bill Conolly und ich waren in dieses alte Strandhotel bei Brighton gefahren, um dort einen Ober namens Eddy zu beobachten. Dieser Mann sollte, laut Myxin, ein Dämonendiener sein, dabei auf der Seite des Spuks stehen und mehr über ihn und seine Pläne wissen.

Wir nahmen Kontakt mit Eddy auf, der sich sehr verschlossen und feindselig gab. Als wir ihn zu einem endgültigen Gespräch stellen wollten, erlebten wir ihn als Verwandelten. Da hatte sich die Haut auf seinem Gesicht praktisch ab- und aufgelöst, rann wie Teig an seinem Kopf herab und war stattdessen durch eine grüne, dreieckige Maske ersetzt worden.

Eddy entkam uns.

Durch eine Bedienstete erfuhren wir von einem alten Bunker, er lag unweit des Hotels in den Stranddünen. Den suchte ich auf, traf auf den Spuk, der mir hohnlachend das Gleiche erklärte wie Kara. Es gab angeblich einen zweiten Würfel, den er nur noch zu finden brauchte. Er zeigte mir den Würfel sogar, denn dieses Bild spiegelte sich im Originalwürfel, der in der pechschwarzen Wolke schwebte. Nur so zeigte sich der Spuk.

Er hatte vorgehabt, mich zu vernichten.

Mein Kreuz hielt dagegen. Es hatte den Spuk und auch seine im Hintergrund lauernden sechs Maskenhelfer vertrieben. Dadurch hatte ich wieder freie Bahn bekommen und war prompt in die zweite Falle gelaufen! Als sich der Boden blitzschnell unter meinen Füßen öffnete und mich in die Tiefe des Schachtes riss, landete ich hart auf dessen Boden. Dann erwischte der Wasserstrahl mich, und ein grausames Spiel auf Leben und Tod begann.

An einer Schachtwand hatten sich sechs andere, aber identische Masken gezeigt, die von oben nach unten durchhingen und wegen ihrer Spiralen auf- und niederpendelten.

Das Wasser strömte aus einer Öffnung in der mir schräg gegenüberliegenden Schachtwand. Das Loch hatte etwa die Größe eines Schreibtisches; der Wasserdruck war enorm.

Die Erbauer des Bunkers hatten auch an die Errichtung des senkrecht in die Tiefe führenden Schachtes gedacht. Welche Gründe dabei eine Rolle spielten, wussten wohl nur sie allein. Vielleicht war er als eine Falle gedacht, und die hielt mich nun gefangen.

Wie sollte ich hier wieder herauskommen? Das Wasser stieg immer schneller.

Mit ihm stieg auch meine Angst, und schon erste Anzeichen von Verzweiflung verunsicherten mich.

Durch das geheimnisvolle Leuchten der zuschauenden Masken war Licht vorhanden. Der bunte Wirrwarr spiegelte sich auf der schäumenden, kreisenden Oberfläche des Wassers wider, sodass ein farbiges Muster vor meinen Augen ablief, das ständig wechselte, je nachdem, welche Kreise die sprudelnde und immer mehr Nachschub bekommende Flüssigkeit drehte.

Ich saß noch auf dem Boden. Das konnte ich mir bald nicht mehr erlauben, denn schon jetzt erreichte das Wasser meine Brust. Zudem packte es mich manchmal und wollte mich von meinem Platz schwemmen.

Ich stand auf.

Die Kleidung klebte an meinem Körper. Allmählich begann ich auch zu frieren. Das Wasser war mittlerweile so hoch gestiegen, dass es bereits die viereckige Öffnung in der Schachtwand verdeckte.

Mein Blick fiel auf die Masken.

Zuerst waren sie mir grauenhaft und schrecklich vorgekommen. Jetzt eher hohnlachend, als wollten sie über mich triumphieren und auf irgendeine Art und Weise verdeutlichen, dass sie die eigentlichen Herren in diesem verdammten Schacht waren.

Das stimmte auch. Zudem standen sie unter der Kontrolle des Spuks, und dieser Dämon würde auch weiterhin dafür Sorge tragen, dass ich ihm nicht gefährlich werden konnte.

Das Wasser stieg weiter. Es hatte bereits meinen Hosengürtel erreicht. Ich konnte mir ausrechnen, wann die Fluten mein Kinn streiften, den Mund überfluteten und anschließend meinen gesamten Kopf bedeckten.

Mir musste etwas einfallen.

Wieder schielte ich zu den Masken hin. Ihr Tanz wurde durch nichts unterbrochen.

Auf und nieder – hoch und tief …

Dabei verströmten sie das rotgelbe Licht. Durch die Bewegungen wirkten sie noch verzerrter, als sie es tatsächlich schon waren. Auch die Spiralen, an denen sie hingen, glühten auf, und ich fragte mich, ob sie nicht irgendwann einmal reißen würden.

Dann zog ich meine Waffe.

Gegen den Spuk kam ich mit einer geweihten Silberkugel nicht an. Vielleicht schaffte ich es bei den Masken. Aber was war damit erreicht, wenn ich eine oder zwei von ihnen tatsächlich zerstörte?

Gar nichts. Ich hätte nur wertvolle Munition verschwendet, die ich später unter Umständen brauchte. Falls ich aus dieser verdammten Falle herauskam.

Da musste mir noch etwas einfallen.

Der Wasserspiegel hatte mittlerweile meine Brust erreicht. Durch das für mich nicht sichtbare Kreisen, Drehen und Rotieren der unter der Fläche wirbelnden Strudel gelang es mir kaum noch, auf den Beinen zu bleiben, denn das Wasser wollte mich wegschwemmen.

Automatisch machte ich Schwimmbewegungen. Sehr langsam, abwartend und mit einem großen Hindernis am Körper, meiner nassen Kleidung, die mich in die Tiefe zu zerren drohte.

Durch eine geschickte Rolle nach vorn tauchte ich unter und bewegte mich jetzt auf die Öffnung zu, durch die noch immer ein dicker Wasserstrahl hereinschoss.

Kaum geriet ich näher an sie heran, spürte ich bereits die immense Kraft des Wassers, gegen die ich auch mit heftigen Schwimmbewegungen nicht ankam. Ich musste auftauchen.

Den Plan, durch den Gang ins Freie zu gelangen – damit

meinte ich das Meer – konnte ich mir abschminken. Also versuchte ich es anders. Erst mal durch Schwimmen. Ich drehte ein paar Kreise, beobachtete dabei die Masken und stellte fest, dass sich ihre Springhöhe verändert hatte.

Zwar schwangen sie noch von oben nach unten, aber sie passten sich jedem neuen Wasserspiegel an, ohne das kalte Nass zu berühren. Je höher das Wasser stieg, umso mehr zogen sich auch die Masken zurück.

Das brachte mich auf eine Idee. Ich wollte mir den Wasserspiegel zunutze machen. Wenn er weiterhin so stieg, konnte ich mir ausrechnen, wann er den Schachtrand erreichte und ich aufs Trockene, das heißt, in den Bunkergang klettern konnte.

Ein Lächeln zuckte über meine Lippen. Verrechnet, Spuk, fügte ich in Gedanken hinzu. Der Dämon hatte nicht mit der Schläue eines Menschen gerechnet.

Nur war der Spuk raffinierter, als ich gedacht hatte. Ich ahnte, dass die Masken nicht von ungefähr an der Schachtwand hingen.

Ihnen fiel eine ganz bestimmte Aufgabe zu. Mir fiel es wie Schuppen von den Augen, ja, die Masken strömten Gas aus. Erste Schwaden trieben in meine Richtung.

Atmen musste ich ja, bekam das Zeug in den Hals und befürchtete, ersticken zu müssen! Teuflischer Spuk!

Sechs farbige Masken leuchteten in der Dunkelheit der Nacht, und es war kein Halloween oder ein anderer Spaß, sondern verdammter Ernst. Das wussten auch Suko und Bill Conolly, die am Rande des Hotelparkplatzes in der Dunkelheit standen und den Masken entgegenschauten.

»Das also haben die beiden gesucht«, sagte Bill leise.

»Bestimmt.«

Der Reporter und Suko waren gewissermaßen am Rande in den Fall mit hineingezogen worden. Bill hatte seinen Freund John zum Hotel begleitet und konnte sich nun als Eingeweihter bezeichnen. Er hatte auf Johns Geheiß hin Suko angerufen, und der wiederum war von einem deutschen Kommissar namens Will Mallmann über die Verwandlung eines Menschen in eine Maske informiert und weiterhin auch über das Auftreten des Spuks in der Nähe des Kommissars unterrichtet worden.

Es liefen aus verschiedenen Richtungen die Fäden zusammen, um sich an einem bestimmten Punkt zu treffen.

Das war dieses Hotel oder dessen unmittelbare Umgebung.

Es war still in der Finsternis. Nur vom Strand her hörten die beiden das ewige Rauschen des Meeres. Über ihnen spannte sich der weite, dunkle Himmel. Wenige Sterne nur waren zu sehen. Sie sahen aus wie kalte Diamantsplitter.

Die Masken waren sehr genau zu erkennen, obwohl sie ziemlich weit von den beiden Beobachtern entfernt standen. Verschiedene Farben wiesen sie auf: Gelb, Violett, Rot, Grau, Grün und eine silberne. Dabei von innen her leuchtend.

»Ich habe sechs Masken gezählt!«, flüsterte der Reporter scharf und rieb sich die Hände. »Fragt sich nur, ob an der anderen Seite noch mehr sind.«

»Glaube ich nicht.«

»Und wieso nicht?«

»Was will Samaran mit zwanzig oder noch mehr Helfern. Die stehen sich nur gegenseitig im Weg.«

Bill lachte leise. »Da kannst du durchaus Recht haben.«

Der Inspektor bewegte sich einen Schritt zur Seite und nahm hinter Bill Aufstellung. »Ja, du meinst die silberne.«

»Richtig. Als mich Will Mallmann anrief, hat er von einer Silbermaske gesprochen.«

»Dann muss dieser Typ aber sehr schnell auf unsere Insel gekommen sein«, erklärte Bill.

»Vergiss den Spuk und dessen Magie nicht.«

»Stimmt auch wieder.«

»Mich wundert es nur, dass sie sich nicht bewegen«, murmelte Suko. »Ich habe das Gefühl, die warten auf etwas. Vielleicht auf ein bestimmtes Ereignis.«

»Das wir forcieren könnten«, schlug Bill vor.

Suko hatte verstanden. »Willst du ihnen entgegengehen?«

»Im Prinzip ja. Je näher wir sie an das Hotel heranlassen, umso größer wird die Gefahr für die Hotelgäste.«

Da stimmte ihm Suko zu. Er stellte gleich eine prägnante Frage: »Wie bist du bewaffnet?«

»Leider nicht mit der goldenen Pistole. Die hat Myxin.«

»Aber du hast Silberkugeln?«

»Das schon.«

»Dann können wir es ...« Der Chinese stoppte mitten im Satz. Dafür huschte er zur Seite und kreiselte plötzlich herum. Er war wie ein Schatten. Bill bekam die Bewegung erst richtig mit, als Suko schon in die entgegengesetzte Richtung schaute.

»Was war denn?«, fragte der Reporter.

Der Chinese winkte ab. Selbst in der Finsternis erkannte Bill das angespannte Gesicht seines Freundes. Er musste raten, aber er glaubte daran, dass der Inspektor irgendetwas gehört hatte. Einen Laut, der nicht in die Umgebung hineinpasste.

Auch Bill hatte sich umgewandt. Wie sein Freund Suko schaute er über den Parkplatz, der eingebettet in der Dunkelheit lag. Nur am Eingang brannte eine Bogenleuchte. Ihr Licht schuf eine schwammige, helle Insel, erreichte kaum den Boden und fiel wie eine hauchdünne, helle Decke über einige Autodächer.

Die Wagen rührten sich nicht. Sie standen da wie stumme Ungeheuer aus Metall, deren Augen – die Scheinwerfer – aus Glas bestanden und die beiden Freunde starr anzuglotzen schienen.

Obwohl alles so normal wie zuvor aussah, wurde Bill Conolly das Gefühl nicht los, dass sich etwas verändert hatte. Es musste einfach an der Atmosphäre liegen. Sie war schlecht zu beschreiben, man konnte sie nicht fühlen, aber der Reporter spürte sie wie ein Kribbeln auf der Haut.

Auch Suko gefiel sie nicht. Er selbst schien sich zu einer Wachsfigur verändert zu haben. Manchmal bewegte er den Kopf und auch die Augen, wenn er wie ein Luchs nach der Beute suchte.

So verticken die Sekunden. »Das war wohl nichts«, flüsterte Bill. »Oder hast du etwas gesehen?«

»Nein.«

»Eine Täuschung.«

Suko hob die Schultern und entspannte sich. »Ich weiß nicht.« Er blieb skeptisch. »Ich hatte plötzlich das Gefühl, Schritte zu hören. Das wäre schließlich nicht ungewöhnlich gewesen.«

»Wenn du Samaran und diesen Killer meinst, den er bei sich hat …«

»Ja, die beiden.«

Akim Samaran, das wussten die Freunde, hatte zusammen mit einem Leibwächter namens Kamikaze das Hotel betreten. Sie waren sogar angemeldet gewesen, und normalerweise hätten sich die Freunde auch darum nicht gekümmert, wäre dieser Samaran nicht einer der Helfer des Spuks gewesen. Dieser mächtige Dämon hatte sich dabei den Richtigen ausgesucht. Einen vom Satan enttäuschten Menschen, der nach Abwechslung gierte und so an den Spuk geraten war.

Samaran tat alles, was man ihm befahl. Für ihn gab es keine Hindernisse. Er killte, Menschenleben waren nicht interessant, und sein Leibwächter schien ihm in nichts nachzustehen. Falls er nicht noch schlimmer war als der Chef selbst.

»Sollen wir bleiben oder im Hotel nachschauen?«, erkundigte sich Bill Conolly.

»Nein, wir müssen uns um die Masken kümmern.«

»Und Samaran?«

Suko drehte sich wieder um. »Wird uns schon über den Weg laufen. Da bin ich mir sicher.« Er deutete nach vorn. »Okay, Alter, machen wir uns auf die Maskensuche, die wird schwer genug.«

Damit war auch der Reporter einverstanden. Obwohl sie etwas vorhatten, blieben sie zunächst einmal sehr gelassen. Übergroße Nervosität konnte schaden. Bill suchte nach dem besten Weg, um die Masken direkt zu erreichen, als er ein leises Lachen hörte.

Sie standen mittlerweile wieder am Rande des Parkplatzes, und keiner von ihnen hatte das Lachen ausgestoßen.

Ein Dritter war da.

Das bedeutete Gefahr!

Suko kreiselte schneller herum als Bill, und beide entdeckten sie die Gestalt auf dem Platz.

Es war ein dunkel gekleideter Mann, der gemächlich auf sie zuschlenderte. Furcht schien er nicht zu haben. Er wirkte wie jemand, der von seiner Sache hundertprozentig überzeugt war. Und das konnte Akim Samaran auch sein, denn hinter ihm stand der Spuk. Er würde ihm stets die nötige Deckung geben.

Suko flüsterte Bill etwas zu. »Denk immer an diesen Kamikaze. Er muss sich irgendwo verborgen halten.«

»Okay …«

Samaran kannte den Reporter nicht, dafür Suko, und ihn blickte er kalt an. »Hallo, Schlitzauge«, sagte er zur Begrüßung. »Ich freue mich, dass wir uns wiedertreffen. In Schottland war es nicht so richtig der Fall. Aber hier …«

»Was wollen Sie?«

»Euch!«

»Auch mich?«, fragte Bill Conolly.

»Dich nehme ich gewissermaßen als Beigabe.«

Der Reporter regte sich innerlich auf. Er wollte auf Samaran losgehen, doch Suko hielt ihn am Arm fest. »Lass es lieber bleiben«, warnte er.

»Diesen Wicht sollte man unangespitzt in den Boden treiben«, sagte der Reporter.

»Du kannst es versuchen«, erklärte Samaran kalt. »Aber dann ist deine Uhr schon jetzt abgelaufen.«

»Und sonst?«

Er lächelte und führte mit seinem Arm eine halbkreisförmige Bewegung durch. »Ich weiß nicht, was ihr habt. Diese Masken sind nicht umsonst erschienen. Sie werden mir helfen, dieses Gebiet umzugestalten, so wie es der Spuk will. Ich verfolge einen Plan, und ich werde mich von niemandem aufhalten lassen, das zu tun, was ich für richtig halte. Haben wir uns verstanden?«

»Wie sieht dein Plan aus?«, wollte Suko wissen.

»Du weißt doch über den zweiten Würfel Bescheid, oder nicht?«

»Sicher.«

»Und den werde ich holen, damit er zerstört wird. Das ist alles. Ich wollte es euch nur gesagt haben, falls ihr euch später darüber wundert, was hier abläuft.«

»Und was?«, fragte Bill.

»Magie, Schnüffler. Reine Magie. Sie wird euch in ihrem Bann halten und die Zeiten vertauschen. Wenn ihr wollt, könnt ihr etwas Großes erleben, oder soll ich euch vorher umbringen lassen?« Samaran lachte. Er bog den Oberkörper nach hinten, und die beiden Männer wussten nicht, was sie von ihm halten sollten.

Dass die Reaktionen des Mannes nur einer Schauspielerei glichen, wurde ihnen klar, als Samaran noch immer lachte. Er übertönte damit ein anderes Geräusch: Schritte.

Den Schatten konnte er nicht wegwischen. Der wurde von Bill gesehen, und er wollte seinem Freund Suko noch eine Warnung zurufen, als es ihn erwischte.

Kamikaze war wie ein Geist aufgetaucht und handelte!

Bill Conolly sah den Schlag kommen. Es war eine huschende Bewegung, auf den Kopf des Reporters gezielt. Das schlechte Licht vergrößerte die Gestalt des Killers noch mehr, sodass sie zu einem regelrechten Monstrum wurde, das kein Erbarmen kannte und über Bill herfiel. Zum Glück hatte der Reporter noch die Arme hochreißen können, sonst hätte ihm der Hieb den Kopf vom Hals geschleudert.

So krachte die Handkante gegen seine Deckung und schleuderte ihn gleichzeitig zurück.

Genau auf Suko zu, der dem Reporter ebenfalls nicht ausweichen konnte, von ihm behindert wurde und Kamikaze somit Zeit bekam, sich auf eine neue Attacke vorzubereiten.

Diesmal trat er zu.

Suko hatte den Reporter zur Seite geschleudert. Er sah Bill fallen und gleichzeitig auch den Fuß. Zwar konnte er dem

Tritt durch ein rasches Zurückweichen die größte Wucht nehmen, trotzdem hämmerte der Fuß gegen seine Brust und drückte Suko zurück. Er fiel auf die Kühlerschnauze eines abgestellten Rolls, stöhnte vor Schmerzen und sah vor sich den Schatten des Leibwächters dieses Mannes. Ein blonder, knochiger Killer mit einem wüsten Narbengesicht und schiefer Nase. Das lange Haar hatte er im Nacken zu einem Pferdeschwanz zusammengebunden. Seine dunklen Augen blickten teilnahmslos, und dies empfand Suko als schlimm. Wer so schaute, dem war wohl alles egal. Ein Killer ohne Gefühl und ohne Gewissen. Einer, der jeden Befehl annahm und auch ausführte.

»Mach ihn nieder!«

Samarans Stimme klang eiskalt. Er stand da und schaute zu, während Bill Conolly am Boden kniete und noch unter dem ersten Treffer zu leiden hatte.

Suko wusste, was die Aufforderung bedeutete. Der andere würde ihn töten. Er war sich seiner Sache verdammt sicher, deshalb kam er nicht allzu schnell, und er kannte Suko noch nicht. Obwohl der Chinese nur schwer Luft bekam, rammte er sein rechtes Bein vor und traf eine verdammt empfindliche Stelle.

Kamikaze knickte zusammen. Sein Gesicht wurde regelrecht gelb. Er heulte dabei auf, presste die Hände gegen die Stelle, schüttelte den Kopf und bekam mit, dass sich Suko abstützte.

Er hob die Hand zum Schlag.

Da hörte er das Röcheln. Es war ein Laut des Schmerzes, dem ein harter Befehl folgte. »Lass es lieber!«

Samaran hatte gesprochen, und er konnte sich auf Sukos Passivität verlassen, denn Bill war mit einer Revolvermündung an der Wange wehrlos.

»Ich töte ihn, wenn du dich bewegst!«, sagte Samaran.

Suko nickte. Er spreizte die Arme vom Körper ab. »Okay, okay, ich werde deine Killermaschine nicht anrühren.«

Samaran grinste kalt. »Davor möchte ich dir auch abraten. Aber alle Achtung, so ist noch nie jemand mit Kamikaze umgesprungen! Die meisten machen sich vor Angst in die Hose, wenn sie ihn sehen. Nun ja, noch hat er seinen Meister nicht gefunden. Vielleicht trefft ihr noch einmal unter anderen Umständen zusammen. Dann wirst du es nicht einfach haben, das kann ich dir versprechen.«

Kamikaze stand noch immer gekrümmt, erholte sich aber langsam. Und dann richtete er sich sogar auf.

Das bewies Suko, wie viel dieser Mensch einstecken konnte. Er fragte sich, ob er tatsächlich aus einem normalen Körper bestand oder nicht schon längst irgendetwas Künstliches in sich hatte, denn dieser Treffer war hart gewesen.

Eigentlich zu hart.

Samaran hielt den Reporter noch immer in Schach. Der Druck der Mündung hatte um keinen Deut nachgelassen. Bill biss die Zähne zusammen.

Nur durch die Nase atmete er und sehr flach. »Okay, Suko!«, presste er hervor. »Nimm auf mich keine Rücksicht ...«

Samaran lachte bei diesen Worten. »Wie edel du doch sein kannst. So sind anscheinend alle aus dem Sinclair-Team, wie?«

»Ja, das können Typen wie Sie nicht verstehen.«

»Warte es ab.«

Samaran verließ sich auf Kamikaze, und daran tat er recht, denn der Killer hatte sich wieder einigermaßen gefangen.

In seinem knochigen Gesicht hatte sich nichts verändert. Es zeigte abermals kein Gefühl, nicht einmal Schmerz oder Wut. Nur in den Augen glitzerte es, als würden tief aus seinen Pupillenschächten kleine Eiskristalle hochsteigen.

Suko wusste, dass etwas auf ihn zukam. Und dass er sich nicht wehren konnte, wollte er das Leben seines Freundes nicht gefährden.

Vielleicht wollte ihn der Killer dort treffen, wo er ihn erwischt hatte.

Das wäre natürlich fatal gewesen. Der Chinese beobachtete den anderen genau, der nervös das rechte Bein bewegte und dann plötzlich zuschlug.

Zum Glück traf er nicht, aber die Handkante war ebenfalls

gefährlich genug. Es war Suko einfach nicht möglich, still stehen zu bleiben. Da reagierte sein Reflex! Er wich zur Seite, wurde deshalb nur gestreift, und die Handkante dröhnte auf das Blech des Rolls, das im Gegensatz zu dem anderer Fahrzeuge verdammt dick war, trotzdem jedoch eine gewaltige Delle bekam.

Und Suko kassierte den nächsten Treffer.

Ein Faustschlag, der ihn diesmal voll erwischte.

Die Explosion an seinem Kopf war zwar nicht so schlimm, aber Suko gab ihr trotzdem nach. Er kämpfte nicht gegen eine Ohnmacht an. Mit dem Rücken zuerst fiel er auf die lange Kühlerschnauze des Rolls. Er spürte auch den Druck der Kühlerfigur im Rücken, dieser kleinen Frau, die als Wahrzeichen der Marke unzählige Kilometer nackt im Wind verbrachte.

Dann rollte Suko zu Boden. Arme und Beine ausgestreckt, blieb er liegen, spürte die Wellen der Bewusstlosigkeit heranrollen, die über ihn schwappten, ihn aber nicht in den dunklen Schacht hineinrissen und Suko in einem Dämmerzustand ließen.

Kamikaze blieb neben ihm stehen. Er hatte einen Arm erhoben, war schlagbereit, schaute noch einmal zu Samaran hin und fragte: »Soll ich ihn in der Mitte durchbrechen?«

»Nein, das brauchst du nicht. Es reicht wohl.«

»Kann sein.«

»Sicher. Nimm ihm die Waffen ab!«

So etwas ließ sich Kamikaze nicht zweimal sagen. Er drehte den Chinesen auf den Rücken, tastete ihn ab, fand die Beretta, auch die Dämonenpeitsche und entdeckte sogar den von Buddha stammenden Stab, mit dem Suko, wenn er das Wort *Topar* rief, die Zeit anhalten konnte. Der Stab schaute aus Kamikazes Riesenfaust, und der Killer betrachtete ihn mit einem skeptischen Blick, denn er konnte damit nichts anfangen.

»Was ist das?«, fragte Samaran.

Der knochige Killer hob die Schultern. Er wurde aus diesem Gegenstand nicht schlau.

»Zeig her!«

Kamikaze legte die Beute flach auf seinen Handteller. Sein Chef schaute sich den Stab sehr genau an und schüttelte den Kopf. »Ich weiß es auch nicht. Du vielleicht?«

»Nein!«, ächzte Bill.

Für den Moment war Samaran unschlüssig. »Ein Messer ist es nicht«, murmelte er. »Ist egal, steckt das Ding wieder in seine Tasche. Wer weiß, wozu die Chinesen so ein Zeug gebrauchen. Vielleicht zünden sie es sogar noch an …«

Dem Reporter fiel ein Stein vom Herzen, als er die Worte hörte. Nicht auszudenken, was passiert wäre, hätte der Killer den so wertvollen Stab einfach zerbrochen.

Suko bekam ihn wieder, und der Mündungsdruck verschwand von Bill Conollys Wange. Akim Samaran fühlte sich sehr sicher. Er ging zwei Schritte zurück. Dabei ließ er es zu, dass Bill seine Wange rieb und so die schmerzende Stelle massierte.

»Ja«, sagte Samaran, wobei er nickte. »Das hätten wir. Wer uns Schwierigkeiten macht, wird erledigt.« Er wandte sich weiter an seinen Helfer. »Hast du noch den Draht bei dir?«

»Sicher.«

Samaran grinste kalt. »Dann bind ihn um ihre Gelenke.«

Das tat der Killer mit Vergnügen. Zuerst kam Suko an die Reihe, und schon jetzt zuckte Bill zusammen, als er sah, wie hart und fest der dünne Draht um die Handgelenke seines Freundes gewickelt wurde.

Danach kam Kamikaze zu ihm. Wie ein Berg aus Fleisch und Knochen tauchte er dicht vor dem Reporter auf und trat blitzschnell zu. Der Treffer erwischte Bill zwischen Hals und Schulter. Er wurde zu Boden geschleudert, blieb auf dem Rücken liegen und sah, wie Kamikaze sich bückte und den Draht um seine Gelenke wickelte.

Im nächsten Augenblick stöhnte Conolly auf. Kamikaze ging ebenso rau mit ihm um wie mit Suko. Bill hatte das Gefühl, als wäre der Draht eine Säge, die durch sein Fleisch schnitt, so eng zog der Knochige die Schlingen. Schließlich hatte er den Reporter so weit, dass dieser die Arme nicht mehr bewegen konnte. Zudem waren sie auf dem Rücken gefesselt worden, und Bill lag auf der Seite.

Samaran stellte ein zufriedenes Nicken zur Schau. »Ich glaube«, fügte er hinzu, »dass der Spuk auch mit unserer Leistung zufrieden sein wird. Er holt sich Sinclair, wir haben die anderen beiden bekommen. Besser kann es nicht laufen.«

»Noch habt ihr nicht gewonnen«, ächzte Bill.

Samaran winkte nur ab. Er ging von seinem Gefangenen weg und schaute dorthin, wo auch Bill und Suko die Masken gesehen hatten. Sie standen nicht mehr an der gleichen Stelle, hatten sich vorgebeugt und schon fast den Parkplatz erreicht.

Von vier verschiedenen Seiten erreichten sie das eigentliche Ziel. Sie brachen durch die Büsche. Bill hörte das Rascheln und manchmal auch das Knacken der Zweige. Auf dem Parkplatz schwebten plötzlich dreieckige, bunte Figuren, und er sah auch, dass zu den Masken Körper gehörten und sie nicht nur einfach so in der Luft schwebten.

Bill sah auch die grüne Maske. Eine böse, von innen leuchtende Fratze war es. Der Reporter erinnerte sich daran, dass er die Verwandlung zusammen mit John Sinclair erlebt hatte. Hinter dieser dämonisch wirkenden Larve steckte ein Mann, der auf den Namen Eddy hörte und als Ober in dem nahen Hotel gearbeitet hatte.

Sie standen nebeneinander in einer Reihe, vor ihnen Akim Samaran! Der sagte zwar nichts, schritt aber wie ein Captain bei den Soldaten die Front seiner Diener ab.

Jede Maske schaute er sich so genau an, als wollte er auch hinter sie blicken und prüfen, ob alle zu ihm standen. Die Menschen hatten sich verwandelt. Hauptsächlich ihre Köpfe.

Bill lag so, dass er ihn auch beobachten konnte. Er versuchte, die Schmerzen an den Gelenken zu ignorieren, was ihm allerdings schwer fiel, da er noch immer das Gefühl hatte, seine Hände wären in Säure getaucht worden. Das Gesicht hatte er verzogen, die Lippen waren zusammengepresst, und er dachte daran, dass einmal jemand gesagt hatte, man könnte sich an Schmerzen gewöhnen.

Das musste ein Fatalist gewesen sein, einer, der an die

Vorherbestimmung glaubt. Bill war dies jedenfalls nicht möglich.

Samaran war die Reihe abgegangen. Er drehte sich wieder um. Sein Blick streifte auch Kamikaze, der seinen Platz neben dem bewusstlosen Suko eingenommen hatte und dort wie ein Denkmal stand.

Doch Suko war nicht ausgeschaltet worden. Bei ihm hatte der Schmerz der Fesseln dafür gesorgt, dass er alles mitbekam, was um ihn herum vorging, und so hörte er auch die Erklärung Akim Samarans.

»Sechs Männer habe ich bekommen, denn sechs mussten es genau sein, um das durchführen zu können, was ich vorhatte. Etwas Großes wird geschehen, etwas Einmaliges. Ich werde eine Beschwörung vornehmen und durch die Magie in die Vergangenheit hineintauchen. Wir wollen den zweiten Würfel. Da wir nicht ganz genau wissen, wo er liegt, werden wir in die Vergangenheit hineintauchen und ihn dort zerstören. Was damals schon nicht war, wird auch in der Zukunft nicht sein.« Bei seiner Rede schritt Samaran auf und ab. Die Hände hatte er auf dem Rücken verschränkt.

»Weshalb sechs?«, fragte Bill ächzend. »Und wer sind diese verdammten Leute?«

»Sie gehören einem Söldnertrupp an. Es sind Männer verschiedener Nationalitäten. Deutschland ist ebenso vertreten wie England oder Frankreich. Sie alle haben auf der englischen Seite gestanden, als der Falkland-Krieg begann, und sie sind zusammen in eine schier ausweglose Lage geraten, aus der sie der Spuk durch seine Magie gerettet hat. Zuvor nahm er ihnen das Versprechen ab, dass sie später einmal ihren Dank ableisten würden. Die Männer stimmten natürlich zu, sie hätten sich in ihrer Lage auch mit dem Teufel verbündet. Nur wussten sie nicht, dass der Spuk möglicherweise noch schlimmer ist als der Höllenherrscher. Er rettete ihnen das Leben. Wenig später wurde ihre Stellung völlig zerfetzt, sie aber kehrten zurück in ihre normale Welt und in ihre normalen Berufe. Und so warteten sie auf die Nachricht des Spuks, die sie irgendwann einmal traf.

Der Deutsche hatte allerdings einen Fehler gemacht. Er trieb sich zu sehr in der gefährlichen Szene herum und fiel somit den Behörden auf. Nun, er konnte entkommen, auch ich half ihm weiter, und jetzt habe ich sie zusammen. Sie alle sind verwandelt, denn der Spuk hatte ihnen ein Pulver mitgegeben, das sie zu einer bestimmten Zeit an einem Ort, an dem sie allein waren, anzünden sollten. Dieses Pulver war eine konzentrierte Magie. Die Menschen veränderten sich, ihre Schädel wurden zu Masken, und so waren sie bereit für eine der größten Aufgaben, die je im Reich der Magie übernommen worden waren …«

»Dann willst du sie beschwören?«, fragte Bill.

»So ist es. Aber nicht sie direkt. Diese Masken sind nur die Helfer, sie halten die Verbindung aufrecht, doch ich werde euch beweisen und zeigen, wie es vor sich geht. Noch eins möchte ich sagen. Für uns liegt ein modernes Schiff bereit, mit dem wir die Vergangenheit bereisen. Kannst du dir das vorstellen?«

»Sicher.«

Mit dieser Antwort überraschte der Reporter seinen Feind, denn Samaran schüttelte irritiert den Kopf.

»Wieso?«

»Lassen wir das.« Bill hatte an seine Erlebnisse gedacht, als er und Sheila in der Hölle verschollen gewesen waren. Da hatte er ebenfalls Dinge erlebt, die zuvor für ihn als unmöglich galten.

Akim Samaran hatte kein Interesse mehr daran, noch weitere Erklärungen hinzuzufügen, aber Bill Conolly wollte noch etwas wissen.

»Was ist mit John Sinclair geschehen?«

Samaran stutzte für einen Moment. Dann lachte er leise und kalt. »Dieser Mensch wird nicht mehr leben. Er hat den Bunker betreten, konnte den Spuk zwar stoppen, aber die Falle war für ihn doppelt. Er ist in die zweite hineingetappt und wahrscheinlich längst ertrunken, wie eine Ratte, die nicht schwimmen kann.«

Bill war geschockt. Er hatte keinen Grund, den Aussagen

des Mannes nicht zu glauben. Aber war John Sinclair tatsächlich erledigt? Bill kannte seinen Freund. Der hatte schon das Unmögliche möglich gemacht, aber Samaran war sich seiner Sache so sicher gewesen, dass Bill allmählich anfing zu zweifeln.

Samaran kam sich vor wie ein Dirigent, der über ein Orchester herrscht. Seine Handbewegungen waren klar, und er unterstützte sie noch durch entsprechende Worte.

»Stellt euch auf!«

Das taten die Maskenträger. Sie gingen zu verschiedenen Stellen und hielten dort an.

Sechs waren es, und diese sechs bildeten auch ein Sechseck, in dessen Mitte sich Bill, Samaran, der Killer und auch Suko befanden. Es passte dem Reporter nicht, im Zentrum zu liegen, aber was sollte er tun? Er war gefesselt worden, und die so dünnen Drähte hatten es auch geschafft, die Haut aufzureißen, sodass warmes Blut aus den Wunden sickerte und an den Gelenken herablief.

»Warum sechs?«, fragte Bill.

Samaran hatte die Frage verstanden und unterbrach seine Vorbereitungen. »Sechs ist auch in der Magie eine günstige Zahl, in meinem Fall aber eine besondere. Es gibt viel, was mit dieser Zahl zusammenhängt. Ich könnte dir einiges aufzählen, aber ich will die Wichtigsten herausnehmen. Es gibt sechs Wandelsterne und analog dazu sechs böse Geister. Aber am wichtigsten sind die sechs Flächen.«

»Das verstehe ich nicht.«

Samaran amüsierte sich. »Denke nach, denn sechs Flächen hat der Würfel. Und der Würfel spielt in unserem Fall eine große Rolle, die wichtigste überhaupt. Sechs Diener, sechs Flächen des Würfels. Ein jeder Maskenträger wird mit einer Fläche des Würfels in Verbindung gebracht, sodass sie eine magische Zone bilden können.«

»Hast du den Würfel denn?«, fragte Bill.

Akim Samaran schüttelte den Kopf. »Ich nicht, ein anderer besitzt ihn. Du weißt, wer?«

»Der Spuk.«

»Richtig. Der Spuk wird erscheinen, den Würfel bringen und all das an sich reißen, was sich in der Nähe befindet und magisch aufgeladen ist.«

»Auch den Bunker?«

»Ja, denn dort hat er ebenfalls seine Magie hinterlassen. Sinclair wird sie gesehen haben.« Samaran begann zu lachen. »Es wird für euch vielleicht interessant sein, wenn ihr euren Freund John Sinclair als Toten in einer tiefen Vergangenheit findet. Das ist ein Spaß, auf den ich mich schon freue.« Samaran rieb sich die Hände. Das dabei entstehende trockene Geräusch hinterließ auf Bills Rücken eine Gänsehaut.

Er ließ sich die Erklärungen des Mannes noch einmal durch den Kopf gehen. Trotz seiner Schmerzen gelang es ihm, klar und logisch zu denken. Dieses Gebiet, in dem auch das Hotel stand, musste in der grauen Vorzeit von großer magischer Bedeutung gewesen sein. Im Laufe der langen Jahre war die Magie zugedeckt worden, hatte sich unter Umständen auch abgeschwächt, aber sie war noch vorhanden.

Bill beobachtete, was Samaran tat. Er blieb nicht stehen, setzte sich in Bewegung und ging auf den ersten Maskenträger zu, der in seiner Nähe stand. Vor seine Füße ließ er das Pulver fallen, von dem er schon gesprochen hatte.

Bei den anderen fünf geschah das Gleiche.

Schließlich trat er in die Mitte der geometrischen Figur, nickte zufrieden und fiel auf die Knie. Seinen Kopf legte er in den Nacken. Er schaute in den nachtdunklen Himmel, hob auch die Arme und begann mit seiner Beschwörung.

Bill hörte ihn sprechen.

Es waren Worte, die er nicht verstand. Sie klangen kehlig, manchmal abgehackt, dann wieder singend, als wollte ein Lied über die Lippen des Mannes dringen. Aber er suchte jemanden. Er rief ihn an, und plötzlich geschah es.

Die Worte hatten ihre Wirkung nicht verfehlt, das sah Bill an den plötzlichen Reaktionen des von Samaran ausgestreuten Pulvers.

Zur gleichen Zeit begann es an den sechs verschiedenen Stellen aufzuflammen.

Ein leises Puffen ertönte. Bill musste geblendet die Augen schließen, und plötzlich sah er das Feuer, das vor den Dienern in die Höhe zuckte. Magisches Licht flackerte durch das Rechteck, warf auch Schatten, die sich dämonisch verzogen und auch die beiden Freunde Bill und Suko erfasste.

Unheimlich sah es aus.

Die gesamte Gegend war in ein geisterhaftes Licht getaucht, und Samaran, im Zentrum stehend, hob beide Arme.

Er schrie seine Worte, flehte, und sein Bitten wurde erhört.

Der große Mentor und Dämon kam.

Es war der Spuk!

Bill Conolly sah ihn nicht, er spürte nur den Hauch des Grauens, das sich allmählich näherte und aus dem Unsichtbaren zu ihm vorstoßen wollte.

Erschreckend war es. Kalt, dämonisch, dennoch hitzeerfüllt, sodass Bill sich über das Wechselbad der Gefühle nicht klar werden konnte. Die Flammen tanzten weiter, aber ihre Spitzen reichten nicht mehr so hoch wie zu Beginn.

Eine Wand schien sie aufhalten zu wollen.

Und die gab es tatsächlich.

Es war die Wolke, die sich aus dem dunklen Himmel geschoben hatte und als absolute Schwärze immer tiefer drang, denn sie musste das Rechteck einnehmen.

Aber nicht allein die Schwärze konnte der Reporter erkennen. Auch etwas anderes, das sich in ihrem Mittelpunkt befand.

Der Würfel des Unheils!

Er wirkte so, als hätte man ihn aus der Schwärze herausgeschnitten oder hineingedrückt. Jedenfalls war er keine Täuschung; ihn musste man haben, als eine Art von Beschleuniger, um die Zeiten wechseln zu können, wie Samaran es vorhatte.

Bill Conolly bekam Ehrfurcht. Vielleicht war es auch die Stille, die daran die Schuld trug, denn niemand der anwesenden Personen bewegte sich.

Die sechs Maskenträger standen wie Säulen und bildeten die Grenzen des magischen Rechtecks. Von Flammen umspielt waren sie, Diener eines mächtigen Dämons, trotzdem nicht menschlich, sondern ebenfalls dämonisch aussehend. In ihnen steckte bereits der Keim des Unheimlichen. Sie hatten ihr Gesicht im wahrsten Sinne des Wortes verloren und waren nun diejenigen, die ihre Schuld abzutragen hatten.

Auch Kamikaze wartete.

Lauernd hielt er sich im Hintergrund auf. Sein Gesicht wurde vom Widerschein der Feuerzungen umschmeichelt und wirkte wie ein Stück Holz, das vor dem Kamin lag und darauf wartete, in das Feuer geworfen zu werden.

Er hatte nicht bemerkt, dass Suko seine Haltung verändert hatte. Das aber fiel Bill Conolly auf, denn sein Freund lag nun auf der Seite, und zwar so, dass er den Reporter anschauen konnte. Bill glaubte auch, das Zucken seiner Lippen zu sehen. Er konnte sich allerdings ebenfalls bei diesem unnatürlichen Licht getäuscht haben.

Die Sekunden verrannen.

Und mit jeder, die verging, stieg auch die Spannung in Bill Conolly. Was er hier erleben sollte, konnte man als einmalig oder phänomenal bezeichnen. Hier sollten Zeiten gemischt oder ausgetauscht werden. Aber war das so einfach? Klappte dies mit den normalen Beschwörungsformeln, die aus Samarans Mund gedrungen waren?

Daran wollte Bill nicht so recht glauben. Er hatte das Gefühl, dass noch etwas anderes passieren musste.

Und dieses Gefühl bewahrheitete sich, denn Akim Samaran setzte sich in Bewegung.

Gemessenen Schrittes ging er. In diesen Momenten kam er dem Reporter wie ein Hohepriester aus einer bekannten Verdi-Oper vor. Für nichts hatte er einen Blick. Seine Augen waren starr geradeaus gerichtet, und dort befand sich nicht nur die schwarze Wolke mit ihrer absoluten Finsternis, sondern auch der Würfel.

Er genau war das Ziel des Mannes!

Als Samaran dicht an ihm vorbeischritt, erkannte Bill das wie eingefroren wirkende Lächeln auf den Lippen des anderen, der sich dicht vor seinem Ziel sah und den Würfel anfassen durfte.

Jetzt stand er dicht an der Wolke. Nur die Arme brauchte er auszustrecken.

Jede Bewegung wurde genau kontrolliert, einen Fehler durfte sich Samaran nicht erlauben.

Über dem Schauplatz dieses geheimnisvollen Vorgangs lag das absolute Schweigen. Die normale Umwelt schien überhaupt nicht mehr zu existieren. Es zählte einzig und allein die Magie.

Zuerst erreichten die Hände des Mannes die Wolke. Sie befanden sich noch an ihrem Rand, doch Samaran führte sie in die Schwärze hinein, und plötzlich waren seine Hände verschwunden. Es sah für einen Zuschauer so aus, als wären sie abgehackt worden, dabei hatte sie nur die absolute Schwärze der Wolke verschluckt.

Der Mann konnte den Würfel nicht greifen, noch näher und tiefer musste er an die Wolke heran und hinein. Er vereinigte sich dadurch praktisch mit dem Spuk, seinem mächtigen Meister und Führer.

Bill sah nur noch einen Teil seines Körpers. Die Beine und die hintere Seite seines Rückens schauten aus der Wolke hervor, und weiter brauchte Samaran auch nicht in die Wolke hinein, denn nun gelang es ihm, den Würfel zu umfassen.

Bill sah zwar nicht, wie die Hände seine Seiten umfassten, aber er erkannte deutlich das Zittern des Quaders und wie dieser anschließend nach vorn gezogen wurde.

Akim Samaran holte ihn aus der Wolke. Er erschien ebenfalls wieder, hielt den Würfel des Unheils mit beiden Händen so fest, wie eine Mutter ihr kleines Kind.

Mit dieser Waffe in den Händen drehte er sich um, und ein Lächeln zuckte dabei über seine Lippen. Er bewegte sie auch, Worte stieß er nicht hervor.

Bill Conolly wurde immer aufgeregter. Die Entscheidung stand dicht bevor, was Samaran nicht durch Worte, sondern durch eine furchtbare Tat bestätigte.

Es war dem Reporter bekannt, dass der Würfel demjenigen gehorchte, der ihn in den Händen hielt. Der Quader konnte töten. Er konnte auch das Gegenteil davon, und Samaran setzte ihn so ein, wie Bill es von einem Dämon oder dessen Diener gewohnt war.

Er tötete!

Bill kannte genau den Blick eines Menschen, der so etwas vorhatte. Da glänzten seine Augen stets matt oder in wilder Vorfreude. Bei Samaran vereinigte sich beides.

Sollten sie jetzt vernichtet werden?

Die unsichtbare Zange war auf einmal da, und sie umklammerte Bill Conollys Leib, so dick saß plötzlich die Angst in seinem Innern. Was würde es Samaran schon ausmachen, ihn zu töten?

Er wollte nicht. Das gab er dem Reporter durch ein kaum erkennbares Kopfschütteln zu verstehen. Ihn interessierten andere Dinge, die vielleicht gar nichts mit dem eigentlichen Vorgang zu tun hatten und nur in seiner Fantasie geboren wurden.

Er wurde Herr über die Flammen! Sie gehorchten plötzlich seinem Willen und begannen sich zu bewegen.

Gleichzeitig erinnerte Samaran in seiner Haltung an eine Statue, und er hatte sich voll auf den Würfel konzentriert. Von oben herab schaute er auf seine Fläche, sah Bewegung in die Schlieren kommen. Als wollten sie fliehen und sich andere Plätze aussuchen.

Das Feuer stand voll unter seiner Kontrolle – und schlug zu!

Bill glaubte, seinen Augen nicht zu trauen, denn die Flammen erfassten die sechs Maskenträger …

Furchtbares spielte sich ab.

Bill vernahm die Schreie, die lauten Rufe der Angst und des Schmerzes. Keiner wurde mehr verändert, wie er es bei Eddy erlebt hatte, als dieser einen ersten Kontakt mit den Flammen bekam. Jetzt sorgten sie für die Vernichtung.

Und die sechs Diener hatten dem Feuer nichts mehr entgegenzusetzen. Auch der Spuk half ihnen nicht. Sie hatten ihre Pflicht getan, waren als magische Helfer benutzt worden und mussten nun einen grausamen Tribut zahlen.

Die Hölle rechnet immer ab. Jeder Mensch, der einen Pakt mit einem Dämon schließt, zieht letztendlich den Kürzeren.

So auch die sechs.

Einigen gelang es, durch die Flammen zu taumeln, aber da waren sie schon so erwischt worden, dass ein Weiterleben oder Existieren nicht mehr im Bereich des Möglichen lag.

Sie brachen zusammen.

Das Feuer höhlte sie aus, es zuckte auch über ihre Gestalten und verbrannte das, was noch übrig geblieben war.

Zurück blieb Asche.

Sie schwamm inmitten einer dicken, ölig wirkenden Flüssigkeit. Der Rest dieser schrecklichen Gesichter, die nichts Menschliches mehr an sich hatten.

Samaran hielt noch immer den Würfel fest. Er drehte sich dabei um die eigene Achse, sodass Bill wieder in sein Gesicht schauen konnte, auf dem ein verklärt wirkendes Lächeln lag, das so gar nicht zu dieser brutalen Person passen wollte.

»Er gehorcht mir«, flüsterte Samaran. »Ja, er gehorcht mir. Mir allein! Nur mir!«

Die letzten Worte hatte er laut gerufen, sein Triumph war unüberhörbar, und er fuhr blitzschnell herum, sodass er in die Wolke schauen konnte. »Jetzt bist du an der Reihe, Meister. Die Helfer haben ihre Pflicht getan und das magische Sechseck geschaffen. Wir brauchten sie nicht mehr, der Würfel hat sie vernichtet. Kann er auch die Zeiten wechseln?«

Samaran bekam eine Antwort. Die Wolke senkte sich tiefer, und aus ihr drang eine kratzige, flüsternde Stimme, die einen Befehl an Samaran gab.

»Wünsche es dir. Denke daran. Ich baue dir eine Brücke, ich werde dir zur Seite …«

Mehr konnten Bill und die anderen nicht verstehen, denn der Spuk kam über sie.

Er war plötzlich da, fiel von oben herab. Bill sah überhaupt nichts mehr, bis auf den Würfel, der sich wie ein Meilenstein auf der magischen Reise in der Dunkelheit abzeichnete.

Der Reporter ergab sich in sein Schicksal und hoffte, den Austausch der Zeiten zu überstehen …

Im nächsten Augenblick tat ich überhaupt nichts. Es war einfach der Schock, der mich so sprach- und reaktionslos machte. Das rächte sich, denn ich sank plötzlich unter Wasser, da ich ebenfalls vergessen hatte, Schwimmbewegungen durchzuführen.

Sehr schnell bewegte ich wieder meine Beine, strampelte mich hoch, drehte den Kopf zur Seite und holte Luft.

Ich konnte atmen!

Wenigstens hier, denn das Gas hatte sich noch nicht so sehr ausgebreitet. Ich drehte mich und schaute zu den Masken.

Die sechs waren kaum mehr zu erkennen. Wenigstens nicht klar. Sie verschwammen innerhalb der Nebelwolken, die aus ihren Öffnungen drangen und eine Farbe hatten, die zwischen Grau, Gelb und Grün lag.

In jeder Sekunde wurde ein weiterer Rauchpilz aus den Öffnungen gestoßen. Er breitete sich aus, schob auch die anderen Gaswolken vor, sodass sie immer mehr in meine Nähe gerieten.

Lange durfte ich nicht mehr warten.

Durch die Nase atmete ich vorsichtig ein und zuckte zusammen, als ich das Stechen spürte, das wie ein tiefer Riss in meine beiden Lungenflügel drang.

Noch vorsichtiger musste ich sein und auch etwas tun.

An den Masken kam ich nicht vorbei. Das Wasser stieg weiter. Jetzt kam es mir nicht mehr so schnell vor, obwohl ich mir die alte Geschwindigkeit zurückgewünscht hätte, weil sich dann umso rascher der Schacht bis zu seinem Ende gefüllt hätte.

Das war nicht möglich.

Und das giftige Gas, das einen Erstickungstod vorprogrammierte, breitete sich noch weiter aus. Es hatte bereits die Oberfläche des Wassers erreicht und lag auf ihr wie ein dünner Teppich. Die Schwaden zuckten, rollten und tanzten lautlos und gespensterhaft auf mich zu.

Vorhin war mir eingefallen, auf die Masken zu schießen. Diesen Vorsatz hatte ich fallen lassen. Jetzt blieb mir wohl nichts anderes mehr übrig, als mit geweihten Silberkugeln zu versuchen, die sechs magisch aufgeladenen Gegenstände zu vernichten, bevor mich ihr Gas tötete.

Gas breitet sich lautlos aus. Ich hasse es, denn es ist tückisch. Man sieht und hört es nicht. Das war zum Glück hier anders. Ich sah die graugelben Wolken, wie sie allmählich herankrochen und dabei dicht über der Oberfläche des Wasserspiegels blieben.

Mit leichten Paddelbewegungen schwamm ich so weit zurück, bis ich die Schachtwand hinter mir spürte. Und so wollte ich bleiben, deshalb trat ich auch Wasser. Mit der rechten Hand holte ich die Beretta hervor, während ich die linke kreisförmig bewegte.

Noch bekam ich hier Luft, aber die Schwaden rollten zitternd näher. Es war nur eine Frage der Zeit, bis ich nicht mehr konnte und sie mir die Luft geraubt hatten.

Die erste Maske nahm ich aufs Korn. Zwar pendelte sie noch auf und nieder, aber nicht mehr so tief und hoch. Dennoch war es nicht einfach, sie zu treffen. Vor allen Dingen in meiner Haltung.

Sechs Kugeln steckten im Magazin.

Jeder Schuss musste ein Treffer sein. Hinzu kam der Zeitdruck, eine fast unlösbare Aufgabe.

Ich steckte in der Klemme, und das im wahrsten Sinne des Wortes. Auch der heftig trommelnde Herzschlag konnte diesen harten Reif um meinen Brustkorb nicht sprengen.

Meine Beine arbeiteten ununterbrochen. Ich brachte den rechten Arm in eine andere Richtung, sodass die Mündung der Beretta jetzt auf die Maske wies, die einen Augenblick später schon wieder nach oben gezogen wurde. Sofort zuckte sie wieder zurück.

Ich schoss.

Und traf!

Mir fiel der erste Stein vom Herzen. Wo ich sie erwischt hatte, konnte ich nicht erkennen. Ob an der Seite oder im Zentrum, es war egal. Für mich zählte nur, dass sie in mehrere Fetzen auseinander flog und auch nicht mehr den beißenden Giftqualm aussandte.

Von der Hoffnung des ersten Erfolgs beflügelt, nahm ich mir die zweite Maske vor und zielte abermals.

Wieder ein Treffer.

Diesmal war die graue Maske zerstört worden. Beim ersten Mal war es die rote gewesen.

Mein Blick blieb konzentriert, als ich mir die dritte vornahm und sie ebenfalls erwischte.

Das lief besser, als ich dachte, und so wurde meine Hoffnung größer.

Die vierte verfehlte ich.

Es war die silberne gewesen. Vielleicht hatte ich zu sehr gezittert, jedenfalls jagte sie genau in dem Augenblick wieder in die Höhe, als die geweihte Silberkugel sie hätte treffen sollen. Stattdessen knallte das Geschoss gegen die Schachtwand und wurde zu einem Klumpen deformiert.

Die Verwünschung fuhr automatisch über meine Lippen. Bei einem erneuten Versuch erwischte ich die Maske.

Es waren noch zwei Masken übrig, und sie sandten auch weiterhin den verdammten Giftqualm aus. Die Giftwolke war größer und dichter geworden, und sie bewegte sich immer weiter auf mich zu.

Es wurde gefährlich.

Die ersten zitternden Qualmwolken befanden sich nur noch eine Armlänge von mir entfernt. Ich hätte sie greifen können, stattdessen unternahm ich einen weiteren Versuch.

Auch die fünfte Maske wurde zerstört. Es war die mit der violetten Farbe gewesen. Jetzt existierte nur noch eine, und zwar die gelbe, die mich als Letzte höhnisch und triumphierend anzustarren schien.

Das Magazin war leer. Ich musste nachladen. Es bereitete mir plötzlich große Mühe, diesen einfachen Vorgang in den Griff zu bekommen. Dabei trat ich weiterhin Wasser und bekam plötzlich Atembeschwerden.

Das kam urplötzlich über mich. Ich hatte das Magazin noch nicht gewechselt und warf in einem wilden Reflex den Kopf nach hinten, ohne allerdings weiterhin den Mund aufzureißen.

Für mich stand fest, dass es mich trotzdem erwischt hatte.

Der eine Fehlschuss konnte sich als tödlicher Irrtum erweisen. Dennoch wollte ich das Magazin wechseln und ließ mich in die Tiefe sinken, denn diesen Vorgang wollte ich unter Wasser beenden.

Es war eine Quälerei, zudem machte sich bei mir der Mangel an Luft immer stärker bemerkbar. Ich arbeitete verbissen, auch routiniert, da ich mich auskannte. Schließlich kam ich zu einem Ergebnis.

Das Magazin steckte.

Wieder tauchte ich auf.

Es wurde auch Zeit! Durch die Nase holte ich vorsichtig Luft, spürte wieder das Stechen und hatte auch die Augen weit geöffnet.

Der Qualm war da.

Er berührte mich fast, es war furchtbar. Er lag auf und über der Wasserfläche, bekam nur noch sehr wenig Nachschub, doch er reichte aus, um das gesamte Viereck auszufüllen.

Noch immer war die Maske nur ein auf- und niederzuckender gelber Schattenflecken. Wie ein tanzender Ballon kam er mir vor, und der Druck in meinem Innern wurde stärker und stärker.

Ich musste sie erwischen!

Es war egal, wo ich mich aufhielt, da sich dieses dämonische Giftgas überall befand. Also konnte ich auch näher an die verdammte Maske heranschwimmen.

Ich wühlte mich förmlich durch Wasser und Gas, das in meinen Augen brannte, sie reizte und entzündete.

Dann stieß ich gegen die Wand.

Mit dem Kopf zuerst, denn ich hatte nicht aufgepasst. Der Schmerz wühlte sich weiter. Ich wurde förmlich zurückgeworfen, fiel rücklings wieder in die Wasserfluten und riss den Mund auf, da ich meine Reaktionen einfach nicht mehr unter Kontrolle halten konnte.

Das Stechen in meinen Lungen war mörderisch. Kein Quentchen Atemluft bekam ich mehr mit, stattdessen würgte und keuchte ich. Ich wollte nicht ersticken und stand doch bereits auf der Schwelle.

Was mich dazu trieb, den Oberkörper noch einmal aus dem Wasser schnellen zu lassen. Woher ich die Kraft für diese Aktion nahm, wusste ich nicht. Jedenfalls durchstieß ich die Gasdecke und atmete heftig.

Gleichzeitig sah ich dicht vor meinen Augen die tanzende Maske als zuckenden gelben Fleck. Ich hielt darauf und drückte ab.

Ob ich die Maske nun getroffen hatte oder nicht, konnte ich nicht mehr sehen, denn ich fiel wieder zurück. Außerdem war es mir nicht gelungen, die Lukenkante zu umklammern. Meine Hand rutschte ab; ich riss mir noch die Haut auf und verschwand wieder in der Tiefe.

Das Wasser schlug über mir zusammen. Wie ein Balken aus Metall wurde ich in die Tiefe gestoßen. Den Mund hielt ich fest verschlossen, die Arme nach oben gestreckt wie ein Turner, der versucht, die rettende Reckstange zu erreichen.

Ich griff nur ins Wasser, und das hat bekanntlich keine Balken. Plötzlich erfasste mich wieder der harte Sog, denn noch immer strömte Wasser nach und schleuderte mich herum.

Jetzt hätte ich eigentlich auftauchen müssen, um wieder nach Luft zu schnappen. Kaum bekam ich mit, dass ich meine Waffe wegsteckte. Die Schwimmbewegungen der Arme waren ebenfalls viel langsamer geworden. Ich kam mir vor wie jemand, der immer wieder ins Leere fasste und trotzdem die Oberfläche erreichte.

Keine Maske war mehr da.

Aber das Gas.

Mein Gesicht verzerrte sich. Jeder Muskel darin schien einzufrieren. Urplötzlich übermannte mich die Verzweiflung, eingehüllt in eine wahnsinnige Angst vor dem Tod.

Nein, aus dieser Lage kam ich nicht heraus. Diesmal hatte mich der Spuk überlistet.

Aus meinen entzündeten Augen schaute ich nach vorn, sah nur diesen grauen Nebel, der sich vor mir bewegte, und alles in mir schrie nach dem erlösenden Sauerstoff.

Den bekam ich nicht.

Stattdessen wurde es noch schlimmer. Ich hatte das Gefühl, zu zerplatzen. Das Herz und die Lunge schienen die doppelte Größe angenommen zu haben und gegen alles andere zu drücken, ohne jedoch etwas aufnehmen zu können.

Die Herzschläge erinnerten mich an Paukenschläge. Der Schwindel war nicht mehr aufzuhalten und vereinigte sich mit den lautlos heranwehenden Wellen der beginnenden Ohnmacht.

Ich verlor völlig den Überblick. Meine Bewegungen wurden nicht nur matter, sie erstarben ganz.

Wieder fiel ich in das Wasser zurück, das mich nicht aufhielt, sodass ich in die Tiefe sank.

Noch einen letzten Eindruck nahm ich mit. Ein gewaltiges Brausen, ähnlich einem Sturmwind, in den hinein eine grelle Sonne schoss. Es entstand etwas Würfelförmiges.

Dann wusste ich nichts mehr …

»Also im Himmel bin ich nicht«, sagte Bill Conolly.

»Wieso?«

»Dann hätte ich dein Grunzen nicht gehört.«

Suko brummte wieder. »Dir scheint es ja nicht schlecht zu gehen, wenn du an solche Dinge denken kannst.«

»Es hält sich in Grenzen.«

Der Chinese lachte leise. »Das kannst du wohl sagen. Nur sind die Grenzen etwas verschoben.«

»Hast du alles mitbekommen?«

»So in etwa, denn ich glaubte, gehört zu haben, dass jemand von einem Zeitenwechsel gesprochen hat.«

»Das stimmt.«

»Demnach sind wir noch auf der Erde!«, stellte Suko fest.

»Und zwar in der Vergangenheit dieses hübschen Kontinents«, präzisierte Suko.

»Wie toll.«

»Willst du nicht aufstehen?«, fragte der Inspektor.

Bill begann zu lachen. »Scherzbold. Hat man dir etwa die Fesseln abgenommen?«

»Nein.«

»Mir auch nicht.«

»Bei dir kann ich es mir vorstellen. Wenn hübsche Mädchen in der Nähe sind, kann es schon für dich gefährlich werden, und natürlich auch für die anderen.«

»Möglich. Wenn sie uns auf eine Fraueninsel bringen. So etwas soll es ja in grauer Vorzeit gegeben haben.«

»Aber auch Männerklöster.« Suko nahm dem Freund den Wind aus den Segeln und wurde wieder ernst. »Sag mal, wo könnten wir uns befinden? Ich für meinen Teil glaube, an Bord eines Schiffes.«

»Mag sein.« Bill wollte noch nicht so ganz zustimmen, da er sich zunächst mit den Gegebenheiten vertraut machen musste. In der Tat lagen sie nicht ruhig. Sie hatten allerdings auch keine Fahrt aufgenommen, dennoch hörten sie die typischen Geräusche wie an Bord eines Schiffes. Das Klatschen der Wellen gegen die Außenbordwand, das sanfte Wiegen des Kahns, der Geruch von Wasser, Farbe und Öl. All dies deutete darauf hin, dass sie mit ihrer Spekulation Recht behielten.

»Allein werden wir auch nicht sein«, meinte der Reporter nach einer Weile.

»Wenn Samaran sein Versprechen eingehalten hat, bestimmt nicht.«

»Dann müsste er auch bei uns erscheinen.«

»Das ganz sicher.«

Bill schwieg nach dieser kurzen Unterhaltung. Er schaute sich in der Kajüte um. Sein Blick glitt gegen die Decke, wo er die Holztäfelung sah. Sie bestand aus einem hellen Material, war lackiert worden und wirkte an manchen Stellen so glatt wie ein Spiegel. Die beiden Kojen waren an den Seitenwänden angebracht worden und lagen sich praktisch gegenüber. Wenn Bill nach links schaute, konnte er Suko erkennen. Beide lagen sie auf dem Rücken, und sie drückten mit ihrem Körpergewicht auf die noch immer gefesselten Hände.

Erst jetzt, wo die Spannung allmählich nachließ, spürte auch der Reporter wieder die Schmerzen. Die Gelenke waren längst in Mitleidenschaft gezogen worden. Und dort, wo der Draht in das dünne Fleisch hineingeschnitten hatte, zeugten dicke Krusten von eingetrocknetem Blut.

Suko verstand den Gesichtsausdruck des Freundes. »Denk nicht daran«, sagte er.

»Du hast gut reden ...«

»Mir geht es nicht besser.«

»Ja, ich bewundere dich in diesen Dingen. Ihr Chinesen schafft es eben, Schmerzen besser zu ertragen als wir Europäer.«

»Denk doch mal an unsere Lage.«

»Das tue ich die ganze Zeit über.«

»So meine ich das nicht«, sagte der Inspektor. »Sieh mal, du bist Reporter und hast als Schreiberling die große Chance bekommen, in einer anderen Zeit zu leben und darüber zu berichten. Andere können nur spekulieren, du hast es erlebt. Ist das nicht irre?«

»Klar. Nur sprechen zwei Dinge dagegen. Erstens wissen wir nicht, ob wir hier jemals wieder verschwinden können, und zweitens würde mir niemand glauben.«

»Das darfst du nicht so eng sehen.«

»Ich kann aber nicht anders.«

Suko sah ein, dass es keinen Sinn hatte, den Reporter aufzumuntern. Bill musste so etwas wie eine Depression bekommen haben. Wenn er ehrlich gegen sich selbst war, so sah auch der Inspektor die Zukunftsaussichten nicht eben rosig. Obwohl sie sich bisher nicht beklagen konnten, was den Aufenthalt an Bord des Schiffes anging. Wenn nur die verfluchten Fesseln nicht gewesen wären.

Es war tatsächlich eine verwegene Vorstellung. Sie befanden sich mit einem modernen Boot weit in der Vergangenheit und würden, wenn sie an Deck kamen, vielleicht sogar erleben, wie dieses Land damals ausgesehen hatte.

So etwas Ähnliches war dem Reporter schon einmal widerfahren. Als es um Lupina und ihren Wolfsclan ging, war er in der Urzeit gelandet und hatte miterleben können, wie das Gebiet, auf dem jetzt London lag, damals ausgesehen hatte.

Aber so viele Millionen Jahre zurück würden sie wohl jetzt kaum zurückgeschleudert sein. Vielleicht in die Zeit, als es noch um Atlantis gegangen war.

Das konnten sich die beiden Freunde eher vorstellen.

Wahrscheinlich beschäftigten sie sich mit den gleichen Gedanken und wurden unterbrochen, als sie ein bekanntes Geräusch hörten.

Das Anlassen der Maschine.

Der Bootsmotor orgelte einige Male, bis er lief und man zufrieden sein konnte. Dann nahm das Schiff allmählich Fahrt auf.

»Es geht also los«, sagte Bill.

»Hast du was anderes erwartet?«

»Eigentlich nicht. Und nicht mal gehofft. Ich bin froh, dass etwas passiert.«

Und es passierte noch mehr, denn beide vernahmen die Schritte, die über einen Niedergang polterten.

»John wird das wohl nicht sein«, flüsterte Bill. Er gab damit kund, wie sehr ihm auch das Schicksal des Freundes am Herzen lag.

Suko enthielt sich eines Kommentars. Auch er hatte in den letzten Minuten an den Freund und Gefährten gedacht. Ob der noch lebte, war fraglich, wahrscheinlich nicht mehr.

Die Tür zur Kajüte stand offen. Durch die runden kleinen Bullaugen fiel Tageslicht in hellen Streifen. Draußen schien also die Sonne. Die Lichtfinger wichen einem Schatten, der sich konturenscharf abzeichnete. Aus dem Schatten wurde ein Mensch, der sich nicht mal zu bücken brauchte, um die Kajüte zu betreten.

Es war Akim Samaran!

Der Mann, der das Spiel zu gewinnen schien, und er zeigte ein breites Grinsen auf seinem fleckig wirkenden Gesicht mit den dunklen Augen. Sein Haar hatte er frisch gekämmt. Es glänzte noch vor Nässe, und in den Händen hielt er den Gegenstand, der ihm eine so große Macht verlieh. Es war der Würfel des Unheils.

Samaran trat näher. Er gab sich sehr gelassen, fast überheblich, und seine Blicke wanderten von einem Gefangenen zum anderen, bis er schließlich nickte.

»So weit, so gut«, erklärte er. »Wie gefällt es euch in dieser Welt oder Zeit?«

»Ich konnte noch keinen Unterschied feststellen«, sagte Suko.

»Nein?« Samaran ließ ein spöttisches Lachen hören. »Das ist auch nicht einfach, ich gebe es zu. Aber ihr werdet es sehen, wenn ihr an Deck gelangt. Außerdem muss ich noch einer großen Aufgabe nachkommen. Ich werde den zweiten Würfel zerstören.«

»Sie wissen, wo er sich befindet?«

»Ja.«

»Dann zeigen Sie ihn uns doch!«, verlangte Bill.

Akim Samaran schüttelte den Kopf. »Später werdet ihr ihn zu sehen bekommen. Jetzt noch nicht.«

»Hat das einen Grund?«

»Natürlich.«

»Und welchen?«

Samaran schaute die Freunde wieder an und dachte darüber nach, ob er eine Antwort geben sollte. »Die Legende berichtet davon, dass er bewacht wird. Das möchte ich herausfinden.«

»Da brauchen Sie nur zu tauchen!«, sagte Bill.

Samaran lächelte flach. Er ließ sich Zeit mit seiner Antwort. »Ich und tauchen?«, fragte er und schüttelte gleichzeitig den Kopf. »Nein, ich werde nicht tauchen. Das überlasse ich anderen. Wie wäre es, zum Beispiel, mit euch?«

Bill Conolly hatte bereits mit einer ähnlichen Antwort gerechnet und zog die Stirn kraus. Er tat so, als müsste er lange überlegen. »Wir sollen ins Wasser?«

»Weshalb nicht?«

»Meist ist es mir zu kalt.«

Samaran fühlte sich auf den Arm genommen. »Euch wird der Spott noch vergehen, aber nichtsdestotrotz. Ihr könnt euch erheben und an Deck kommen.«

»Wo geht die Fahrt eigentlich hin?«, wollte Suko wissen.

»Zu einem Ankerplatz. Wir werden dort liegen bleiben und tauchen. Das ist alles. Sonst noch Fragen?«

»Ja«, meinte Suko. »In welch einer Zeit sind wir nun tatsächlich gelandet? Vor Atlantis, nach Atlantis ...?«

»Während Atlantis' Blütezeit«, erklärte Samaran. »Beide Würfel sind bereits erschaffen worden.«

»Auch der, den Sie tragen?«

»Sicher.«

Bill meldete sich wieder. »Es ist verdammt schwer, das zu begreifen. Eigentlich müsste der erste Würfel doch an einem anderen Platz liegen, oder finden Sie nicht?«

Samaran hob die Schultern. »Bei einer Zeitverschiebung ist vieles möglich. Wir sind aus der Gegenwart gekommen. Für die Zeit hier ist es die Zukunft. Würdet ihr jetzt dort nachschauen, wo der Würfel eigentlich gelegen hat, würdet ihr ihn nicht finden. Sollten wir wieder zurückreisen, würde er dort liegen!«

»Aha ...«

Samaran lächelte überheblich, bevor er den beiden Männern ein Zeichen gab, sich zu erheben. »Los, steht auf! Noch habt ihr etwas Zeit. Ihr könnt euch umschauen, aber die Fesseln bleiben, das ist klar. Zudem möchte ich euch noch warnen. Kamikaze ist ebenfalls an Bord. Er steuert das Schiff. Dieser Mann ist mir treu ergeben. Ich habe ihn in den Slums von Paris aufgegabelt, in einem alten Söldnerheim gewissermaßen, und er hat noch nichts verlernt. Während der Kriege hat man ihm einen Spitznamen gegeben. Man nannte ihn den Genickbrecher. Er war Spezialist und ist es auch noch jetzt, wenn ihr versteht, was ich meine.«

»Das müssen wir wohl, nicht?«

»Sehr richtig.« Samaran wandte sich mit einem letzten Blick auf die beiden Männer ab und verließ die Kajüte.

»Schöne Scheiße!«, schimpfte der Reporter.

»Kannst du laut sagen.«

»Und wie kommen wir zurück?«

»Frag mich nicht, Bill. Aber wir hätten uns nach John erkundigen können.«

»Das holen wir nach, wenn wir an Deck sind«, erklärte der Reporter. »Ich will hier erst mal raus.« Bill drehte sich auf die linke Seite, zog die Beine an, streckte sie aus und schwang seinen Oberkörper in eine sitzende Stellung. Dabei verzog er das Gesicht. »Ich spüre meine Hände überhaupt nicht mehr.«

Suko lachte. »Mir geht es auch nicht besser. Aber sie haben uns ja noch die Beine gelassen.«

»Toll ausgedrückt.«

Auch der Inspektor rollte sich herum und sorgte dafür, Kontakt mit dem Boden zu bekommen. Ein paarmal atmete er tief durch, schaute Bill an und sah dessen Kopfschütteln. »Was hast du?«

»Nur mit den Beinen kommen wir hier nicht durch. Damit kriegst du Kamikaze nie.«

»Den will ich auch nicht.«

»Samaran?«

Suko nickte. »Genau. Vielleicht können wir ihn mit einem schnellen Tritt über Bord befördern. Wäre doch etwas – oder?«

»Und dann?«

»Müsste er schwimmen und ...«

Davon wollte Bill nichts wissen. »Nein, lass das lieber. Wenn Kamikaze das mitbekommt, würde er uns töten.«

Suko überlegte. So Unrecht hatte Bill nicht. Bevor sie sich jedoch fertig machen ließen, wollten sie zu diesen Mitteln greifen, das stand fest. »Ich gehe vor.«

Bill wartete, bis sein Freund den Niedergang erreicht hatte. Suko hielt sich noch gut. Obwohl auch sein Kreislauf durch die Fesseln beeinträchtigt gewesen sein musste, war von einem Schwindel bei ihm kaum etwas zu bemerken.

Anders bei Bill. Er fühlte sich hundeelend. Manchmal schwankte die Kabine vor seinen Augen, und das lag nicht allein am Seegang, auch an seiner eigenen Erschöpfung, die sich immer stärker ausbreitete. Er glaubte sogar, sein Blut in den Ohren rauschen zu hören, so sehr stand der Kreislauf unter Druck.

Bill wankte wie ein Betrunkener durch den Gang zwischen

den Kojen. Das Gesicht hatte er verzerrt, sein Mund war weit aufgerissen, und seine Gesichtsfarbe konnte man als superbleich bezeichnen. Es war dem Reporter anzusehen, wie er sich fühlte. Er glaubte zudem, sich jeden Augenblick übergeben zu müssen.

Auf dem Niedergang wäre er fast gestolpert, weil das Schiff in den Wellen schlingerte.

Suko hatte bereits das Deck erreicht. Der Reporter hörte ihn sprechen, und er vernahm auch Samarans Stimme. Was der Mann sagte, blieb ihm vorerst ein Rätsel.

Es ist nicht leicht, mit gefesselten Händen die Stufen einer Treppe hochzusteigen. Besonders dann nicht, wenn sich die Stufen in ihrer Gesamtheit noch bewegen, und so hatte auch Bill seine Mühe, den Weg zurückzulegen. Aber er schaffte es, wenn auch mit bleichgrünem Gesicht, und an Deck konnte er einfach nicht mehr.

Er musste sich übergeben.

Dabei fiel er auf die Knie, hörte das Fluchen des Schiffseigners und sah einen Schatten über sich fallen. Suko war zu ihm gekommen.

»Geht es wieder, Bill?«

Der Reporter nickte. Er holte tief Luft, um sprechen zu können. »Sorry«, sagte er, »aber ich reagiere eben menschlich. Bei einem Filmheld wäre das anders.«

»Komm wieder hoch.«

Der Reporter erhielt keine Unterstützung. Nach dem zweiten Versuch stand er und konnte sich an Deck umschauen.

Es war keine großartige Yacht, sondern ein Motorboot der gehobenen Klasse: Steuerhaus, Niedergang, Kabine mit zwei Schlafkojen. Die Reling war grün gestrichen, auf den Planken lag der Schmutz, überhaupt machte der Kahn einen ungepflegten Eindruck.

»Und wo befinden wir uns?«, fragte der Reporter.

»Schauen Sie zum Land, Meister.« Samaran stand schräg neben dem Reporter und amüsierte sich. »Wir sind noch immer an der englischen Küste, nur eben in der Vergangenheit.«

Da hatte er wohl nicht gelogen, obwohl sie sich auch hätten woanders befinden können, denn die Küste sah nicht so aus, wie Bill sie in Erinnerung hatte.

Da war nichts mehr zu sehen von einer Stadt wie Brighton. Er entdeckte stattdessen sogar weite Sandbänke, die aus dem Wasser schauten. Eine am Himmel stehende Sonne sandte warme Strahlen auf das Wasser, das noch den gleichen Farbton hatte wie Tausende von Jahren später. Graugrün dünte das Meer und schien am Horizont mit dem Himmel zu verschmelzen.

Bill blickte wieder dem Land entgegen. Das Schiff nahm Kurs auf das offene Meer. Der gewellte Streifen wurde immer schwächer. Auch der Wald oder das hohe Strandgras dahinter waren nur noch als dunkler Fleck zu erkennen. Menschen sah er nicht. Vielleicht war England um diese Zeit noch nicht bewohnt gewesen.

»Die Eiszeit ist jedenfalls vorbei«, erklärte Samaran und lachte wieder leise.

Bill drehte sich um, damit er Samaran ansehen konnte. Der Dämonendiener stand beinahe lässig vor ihm. Den Würfel des Unheils hielt er mit beiden Händen umklammert, und er deutete Bills Blick richtig.

»Wenn du es wagen solltest, mich anzugreifen, wird dich der Würfel vernichten. Er ist mein Helfer, an ihn kommt ihr nicht heran und auch nicht vorbei. Ist das klar?«

»Sie haben deutlich genug gesprochen.«

»Und wo befindet sich John Sinclair?« Bill lag diese Frage auch auf dem Herzen, gefragt aber hatte Suko, der auch eine Antwort bekam.

»Wahrscheinlich ist er tot, und seine Leiche treibt in dieser Zeit umher.«

»Wieso?«

»Das Gebiet, das unter meiner magischen Kontrolle stand, beschränkte sich nicht allein auf das Hotel. Auch den Bunker habe ich mit eingeplant. Er war zwar nicht das Zentrum, aber ich führte dort meine Helfer zusammen, um den Angriff vorzubereiten. Dieser Bunker eignet sich vorzüglich als Falle.

Sinclair ist hineingelaufen. Es hat ihn erwischt, wahrscheinlich treibt seine Leiche irgendwo in der Vergangenheit durch die Fluten. So hat sich auch sein Schicksal erfüllt.«

»Und wenn er nicht tot ist?«, fragte Bill.

»Das gibt es nicht.«

»Er könnte überlebt haben.«

»Dann werden wir ihn sicherlich finden, denn wir gehen in die Gegend, in der später der Bunker gebaut wird. Die Küste hat sich verändert. Vielleicht treffen wir auf eine treibende Leiche.«

»Boss!« Eine laute Stimme hallte über das Deck. Kamikaze hatte gerufen, das Ruder festgestellt und sich gedreht. Er streckte den Kopf aus dem Steuerhaus.

»Was ist denn?« Samarans Stimme klang unwillig.

»Ich habe etwas gesehen.«

»Und?«

»Einen Mann.«

Kamikaze war kein Typ großer Worte. Vielleicht hatte er auch nur einen geringen Wortschatz, aber was er erzählt hatte, reichte aus, um seinen Chef wütend zu machen. Bill und Suko sahen es an dessen Gesichtsausdruck. »Das ist doch nicht möglich!«, fuhr er Kamikaze an.

Dessen Knochengesicht zeigte keine Regung. »Doch, er sitzt auf einer Insel oder Sandbank.«

»Und wie sieht er aus?« Samaran ging schon auf das Ruderhaus zu.

»Normal. Wie wir oder – ja, ich weiß nicht.«

Suko und Bill tauschten einen etwas längeren Blick. Um beider Mundwinkel zuckte es.

»Ich werde das Gefühl nicht los«, meinte der Reporter, »dass wir den Dritten im Bunde gefunden haben.«

»John?«

»Möglich.«

Suko lachte. »Das wäre in der Tat ein Hammer, und mich würde interessieren, wie Samaran das verdaut.«

Dessen Stimme hallte zu ihnen rüber. »Kommen Sie her, aber keine Dummheiten.«

»Der hat Nerven«, murmelte Bill.

Die beiden bewegten sich auf das Ruderhaus zu. Sie hatten vorhin breitbeinig gestanden und gingen auch jetzt so. Bills Gesicht war noch immer leicht grün. Den Freunden gelang es nur mühsam, sich auf den Beinen zu halten. Zum Glück war die See ruhig. Und an die lange Dünung konnte man sich gewöhnen.

Samaran stand am Bug. Mit beiden Händen umklammerte er die waagerecht verlaufene Stange der Reling. In seinem Gesicht bewegte sich kein Muskel. Der Blick war starr nach vorn auf das Ziel gerichtet.

Bill und Suko blieben neben ihm stehen. In ihrem Rücken fühlten sie die gnadenlosen Blicke des Killers Kamikaze wie körperliche Berührungen. Ein Frösteln lief über ihre Haut.

Kamikaze hatte sich nicht getäuscht. In der Tat sahen sie die seltsame Insel. Wirklich nicht mehr als eine Sandbank, und das Boot steuerte direkt auf dieses Ziel zu.

Auf der Insel stand ein Mann.

Er sah ziemlich erschöpft aus, war wohl noch nass und hatte dunkelblondes Haar.

Das war er.

»Mensch, John!«, flüsterte Bill Conolly …

Mir ging es dreckig.

Aber immer noch besser, als tot zu sein. Normalerweise hatte ich ja mit meinem Leben abgeschlossen und eine fürchterliche Todesangst ausgestanden. Ich konnte in der Erinnerung jetzt jedem Menschen nachfühlen, was in ihm vorging, wenn er sich dicht am Rande des Todes bewegte. Auch mir war es furchtbar ergangen, aber das lag hinter mir.

Ein Wunder hatte mich gerettet.

Im ersten Moment sah es so aus, nur wenn ich näher darüber nachdachte, wollte ich das nicht so recht glauben. Ich war kein Mensch, der auf Wunder hoffte. Entweder nahm ich die Sache selbst in die Hand oder aber suchte nach einer Erklärung.

Das tat ich hier.

Das Wunder hakte ich ab, die Erklärung aber gab ich mir selbst. Und die hieß: schwarze Magie.

Eine andere Lösung konnte ich mir nicht vorstellen. Kurz bevor ich mein Leben hatte aushauchen können, musste es zu diesem »Wunder« gekommen sein. Der Kreislauf einer schwarzen Magie hatte mich erwischt und mit in seinen Strudel gezogen. Jetzt war ich wieder ausgespien worden, nur fragte ich mich, wo man mich hingeschafft hatte.

Auf eine Insel, das stand fest.

Nun gibt es auch bei Inseln Unterschiede. Nicht allein von der Größe her, auch von der Beschaffenheit. Ich war da mehr auf einer Sandbank gelandet, denn unter mir fühlte ich einen weichen, nachgiebigen Boden, der zudem noch feucht war. Ich hörte das Rauschen des Meeres, sah Wellen heranrollen, aber die Sandbank nicht überschwemmen, so weit schaute sie immerhin aus den Fluten.

Ziemlich sicher kam ich mir vor, aber was nutzte es mir, wenn der Strand und damit der feste Boden meilenweit entfernt lag und ich die Küste nur als einen langen, gräulich schimmernden Streifen erkennen konnte?

Warm war es ebenfalls. Viel wärmer als dort, wo ich hergekommen war. Zudem hatten wir nicht Nacht, sondern hohen Tag, und die Strahlen der Sonne taten mir gut.

Ich fühlte mich noch immer wie gerädert, legte mich zunächst auf den Rücken und ließ mich trocknen. Dabei tat es gut, den Körper den Sonnenstrahlen entgegenzurecken, und ich schloss sogar die Augen. Das Klatschen der Wellen, der sanfte Wind, das ewig monotone Rauschen des Meeres, diese Geräusche hüllten mich ein und sorgten auch dafür, dass ich schläfrig wurde. Meine Gedanken blieben nicht konzentriert, sie schweiften ab, sie gerieten in andere Sphären. Ich wollte nicht einschlafen oder träumen, sondern nachdenken.

Wo befand ich mich?

Okay, ich lag auf einer Sandbank, aber ich hatte eine Reise hinter mir, die man mit dem Begriff Dimensionsreise umschreiben konnte. Die Zeiten hatte ich dabei gewechselt.

Und ich konnte mir vorstellen, dass es auch Jahrhunderte oder Jahrtausende gewesen waren, denn die Magie des Spuks ermöglichte vieles. Der Gedanke daran, dass es tatsächlich so sein könnte, trieb mir eine Gänsehaut über den Rücken.

Jahrtausende zurück?

Das war eigentlich unmöglich, wenn nicht ein Unding. Ein lebender und denkender Mensch hätte bestimmt einen Lachanfall bekommen, ich dachte da anders.

Durch meine Erfahrungen und Fälle hatte ich bereits die tollsten Dinge erlebt. Auch Zeitsprünge lagen im Bereich des Möglichen, und ich ging davon aus, dass es auch bei mir so gewesen war.

Mit dieser Gewissheit öffnete ich wieder die Augen, wurde geblendet und drehte den Kopf zur Seite, sodass ich mit dem Ohr im feuchten Sand der kleinen Insel lag.

Ich dachte auch an die Gezeiten und nahm an, dass wir Ebbe hatten. Bei Flut war die Sandbank sicherlich nicht zu sehen. Das erinnerte mich an das nächste Problem.

Wenn die Flut kam, wurde die Sandbank überspült, und ich war verloren. Der Spuk hatte mich durch seine Magie ertränken wollen und es nicht geschafft. Vielleicht sorgte die Natur dafür, dass sein Plan dennoch in Erfüllung gehen würde.

Ich setzte mich hin. Der Sand klebte an meinem Rücken. Erst jetzt dachte ich an meine Waffen. Die Beretta hatte ich eingesteckt, daran konnte ich mich noch erinnern. Als ich nachfühlte, ertastete ich auch mein Kreuz. Es war also noch vorhanden.

Wehren konnte ich mich.

Die Pistole schaute ich mir näher an. Sie war bereits getrocknet. Anschließend glitt mein Blick über das Meer. Zuerst wollte ich es nicht glauben, als ich den Punkt auf den Wellen tanzen sah. Als ich mich hinstellte und die Augen mit der Hand vor den Sonnenstrahlen schützte, wurde meine Vermutung zur Gewissheit.

Da näherte sich tatsächlich ein Schiff. Wenn ich den Kurs richtig verfolgte, kam es direkt auf meine kleine Insel zu.

Wer war das?

Ich überlegte, fand zwar keine Lösung, stellte mich jedoch darauf ein, dass es sich nicht gerade um Freunde handelte, und schüttelte verwundert den Kopf.

Wenn ich tatsächlich in der fernen Vergangenheit gelandet war, müsste es sich bei diesem Schiff um ein Ruder- oder Segelboot handeln, was es aber nicht war, denn der Kahn hatte eine schnittige yachtähnliche Form und wurde durch Motorkraft angetrieben.

Demnach musste es auch ihn mitsamt der Besatzung in die Vergangenheit getrieben haben.

Das war ein Hammer!

Aber ich blieb vorsichtig. Mir fiel auf, dass ich noch immer die Beretta in der Hand hielt. Ich steckte sie weg. Nicht in die Halfter, sondern am Rücken hinter den Gürtel, so war sie weniger leicht zu entdecken. Dann wartete ich.

Das Boot näherte sich nur langsam. Die Motoren schienen gedrosselt worden zu sein. Der weiße Schaumbart, den das Schiff vor sich herschob, kam mir vor wie ein helles Dreieck ohne Grundseite. Es erinnerte mich wieder an die gefährlichen Masken, denen ich begegnet war.

Ich hatte sie zerstören können, aber was war mit den anderen sechs Männern, die sich zu dämonischen Dienern verändert hatten? Lebten sie noch? Wenn ja, befanden sie sich etwa auf dem Schiff?

Das gefiel mir gar nicht, aber ich hatte leider keine andere Wahl, als hier zunächst abzuwarten.

Die Wellen rollten gegen die Inseln an. Das Meer war längst nicht so verschmutzt. Seine Farbe schwankte zwischen Grün und Grau, und auf der weiten Oberfläche spiegelte sich das Sonnenlicht, wobei es manchmal blitzende Reflexe warf und kleinere Wellen wie eingestrahlte Glaskuppeln aussehen ließ.

Etwas passte nicht hinein.

Es war weiß, ziemlich lang und befand sich schon in Sandbanknähe. Ich hätte es auch nicht gesehen, wenn mein Blick nicht zufällig nach unten gefallen wäre.

So sah ich mir den Gegenstand genauer an.

Meine Augen wurden groß. Was da angeschwemmt wurde und wieder zurücktrieb, war ein Arm.

Ein skelettierter sogar!

Meine Augen wurden groß. Damit hatte ich nicht im Traum gerechnet. Und nicht allein der Arm wurde gegen die Insel geschwemmt, auch ein skelettierter Körper folgte. Der war sogar bewaffnet! Mit einer Art Lanze!

Ich war so geschockt oder überrascht, dass ich zunächst einmal nichts tat und dem Skelett die Initiative überließ. Der Knöcherne war von den Wellen erfasst worden und wurde auch angeschwemmt. Die Gestalt hüpfte förmlich auf die Sandbank zu, schaute mit seinem Schädel aus dem Wasser, wurde wieder zurückgedrückt und richtete sich plötzlich auf.

Obwohl die Sonne schien und wir hellen Tag hatten, sah dieses lebende Gerippe schaurig aus. Es bewegte sogar seine Kieferhälften, holte aus und schleuderte die Lanze.

Gezielt worden war sie auf mich. Mit einem blitzschnellen Sprung rettete ich mich, sodass die Waffe an mir vorbeihuschte, im Bogen über die Insel hinwegflog und an der anderen Seite im Wasser landete. Das Skelett selbst stieg auch nicht aus den Fluten. Es hatte sich zurückgezogen, denn ich sah seine Umrisse unter den gläsernen Wellen rasch verschwinden, sodass ich es mir sparen konnte, die Waffe zu ziehen und zu feuern.

Mir war ein wenig heiß geworden. Für mich war dies ein Beweis. Ich befand mich nicht mehr in der normalen Zeit, sondern in einer anderen, der Vergangenheit.

Und auf Überraschungen musste ich mich ebenfalls gefasst machen, das stand fest.

Wo *ein* Skelett sich aufhielt, konnte ein zweites auch nicht weit sein. Vielleicht sogar ein drittes. Ich umrundete die Insel, schaute dabei in die anlaufenden Wellen, ohne etwas von einem zweiten oder dritten Knochenmann zu sehen.

Auch die Lanze entdeckte ich nicht. Sie war in den Fluten verschwunden. Dafür sah ich das Boot, das sich immer mehr der Insel näherte, und ich erkannte auch die Leute an Deck.

Einer zumindest stach mir besonders ins Auge. Er hielt sich

am Bug des Schiffes auf, starrte der Insel entgegen und besaß einen Gegenstand, der rotviolett schimmerte.

Das war der Würfel des Unheils.

Und ich hatte auch den Mann erkannt. Sein Anblick versetzte mir einen Stich, denn Akim Samaran, einer meiner wildesten Todfeinde, hielt sich an Bord des Schiffes auf.

Ich war vom Regen in die Traufe geraten.

Wer das Boot steuerte, sah ich nicht. Der Mann stand im Ruderhaus, in dessen Scheiben sich das Sonnenlicht spiegelte und mich auch noch blendete. Seinen Kurs behielt das Boot bei. Wahrscheinlich wollte mich Samaran von der Insel abholen. Normalerweise eine nette Geste, wenn es nicht gerade diese Type gewesen wäre, die zudem noch Besuch bekam, denn rechts des Steuerhauses erschien die erste männliche Gestalt und hinter ihr die zweite.

Beide gingen schwankend und hielten die Arme auf dem Rücken verschränkt, was ich wiederum nicht verstand, denn bei diesem Seegang war es gar nicht einfach, über das Deck zu gehen.

Ich bekam große Augen, ein Lächeln zuckte über meine Mundwinkel, denn ich hatte die Männer erkannt.

Suko und Bill!

Die beiden Teufelskerle hatte es also auch erwischt. Kaum zu fassen, aber wahr. Mein Lächeln gefror in den nächsten Sekunden, als ich daran dachte, dass sich die beiden sicherlich nicht freiwillig auf dem Kahn aufhielten. Samaran musste sie in eine Falle gelockt haben, und die sollte auch bei mir zuschnappen.

Zu dritt schauten sie mir entgegen. Ihre Gesichter konnte ich nicht genau erkennen, da das Boot zu weit entfernt war. Ich wartete weitere Minuten ab, bis das Schiff in ein schon flacheres Gewässer geriet und wahrscheinlich beidrehen musste.

Das geschah auch.

Die Wellen trafen es an der Steuerbordseite, schaukelten es durch, und ich hörte Samarans Stimme, während ich gleichzeitig die Leiter an der Backbordseite entdeckte, und zwar in der Nähe des Hecks, wo auch das kleine Rettungsboot befestigt war und es einen Platz zum Sonnen gab.

»Komm an Deck, Sinclair! Wenn du nicht freiwillig kommst, schießen wir dich von der Insel. Mein Leibwächter ist bewaffnet.«

Das brauchte mir der Typ nicht erst zu beweisen, ich glaubte es auch so.

»Okay, Samaran!«, rief ich zurück. »Du hast mich überzeugt. Ich werde kommen.«

Er lachte laut. »Etwas anderes habe ich von dir auch nicht erwartet, Sinclair. Los, mach schon!«

Mir blieb nichts anderes übrig, und so stieg ich in das Wasser. Ich war gespannt, wie es weitergehen würde, und dachte auch an das Skelett, das ich entdeckt hatte …

Einige Schritte konnte ich gehen, hatte aber Mühe, meine Füße aus dem weichen Untergrund zu ziehen, der mich schon an Treibsand erinnerte.

Um zu dem Schiff zu gelangen, dessen Motor im Leerlauf tuckerte, musste ich schwimmen.

Wieder wurde ich nass, aber daran hatte ich mich ja schon gewöhnen können. Die Leiter erschien vor meinen Augen. Da sich das Schiff bewegte, tanzte auch sie im Rhythmus der anrollenden Wellen mit.

Ich streckte meine Arme vor und bekam eine der unteren Sprossen zu fassen.

Der Rest war ein Kinderspiel. Ich stieg an Deck und sah es schon den Gesichtern meiner Freunde an, dass etwas nicht stimmte. Sie schauten ziemlich ernst, wenn nicht gar belämmert aus der Wäsche. Nur Bill zwinkerte mir zu, während ich in Sukos Zügen überhaupt keine Regung entdeckte. Beide mühten sich ab, auf dem schwankenden Deck breitbeinig das Gleichgewicht zu halten.

Das hatte auch seinen Grund, denn die Hände meiner Freunde waren auf dem Rücken zusammengebunden.

Samaran hielt alle Trümpfe bei sich. Und einen davon sah

ich im Ruderhaus. Der Kerl stand in der Tür und hielt eine kurzläufige Maschinenpistole in seinen Pranken.

Gesehen hatte ich ihn noch nie.

Akim Samaran hatte meinen Blick bemerkt. Er kicherte und erklärte: »Das ist Kamikaze, ein Freund und Leibwächter. Man nennt ihn auch den Genickbrecher. Denk daran, Sinclair, bevor du irgendwelche Dummheiten versuchen willst.«

Ich grinste schief und schaute zu, wie das Wasser aus meiner Kleidung tropfte. »Ich habe die Nase voll. Der Typ kann seinen Engelmacher ruhig weglegen …«

»Nicht doch. Lieber gehe ich auf Nummer sicher.« Er schaute mich scharf an. »Du hast es also geschafft.«

»Ja, dabei muss mir jemand geholfen haben.«

Samaran bekam einen roten Kopf. Ich lächelte schief. »Danke«, sagte ich zu ihm.

Er wurde wütend. »Ich glaube nicht, dass dieser Dank gerechtfertigt ist. Schließlich habe ich dich wieder.«

»Sicher.«

»Und ich könnte dich sofort vernichten. Kamikaze brauchte nur den Finger zu krümmen.«

»Auch das stimmt.«

Meine Sicherheit machte ihn unruhig. »Worauf bildest du dir etwas ein, Sinclair?«

»Auf nichts, ich sehe den Tatsachen nur gelassen entgegen.«

»Und die sind?«

»Wenn ich mir so meine Freunde anschaue, muss ich leider feststellen, dass sie sich in einer miesen Lage befinden. Meine ist nicht besser, obwohl ich nicht gefesselt bin. Aber ich lebe und glaube zu wissen, dass du mit uns oder mir bestimmte Pläne verfolgst.«

»In der Tat.«

Ich schaute ihn so auffordernd an, dass er sich genötigt sah, seine Pläne zu erklären, was er auch tat. »Du weißt von der Existenz des zweiten Würfels?«

»Das ist mir bekannt.«

»Aber du kennst seine Lage nicht«, erklärte er mir triumphierend, wobei die Augen zusätzlich leuchteten.

»Stimmt auch wieder.«

Samaran lachte. »Wie war das noch, als du im Bunker in den Würfel hast schauen können? Der zweite liegt auf dem Grund des Meeres. Aber das Meer ist groß, es ist gewaltig, doch der Spuk ist fast allmächtig. Er hat herausgefunden, an welchem Ort sich der Würfel befindet. Wir schweben praktisch über ihm. Nicht weit von der Insel, auf der wir dich entdeckt haben, ist er entfernt. Eingepackt und verborgen in einer Truhe, sogar bewacht und magisch versiegelt. Der zweite Würfel hat ebenfalls die Zeiten überdauert, es gibt ihn also noch in unserer Gegenwart. Ich aber wollte in die Vergangenheit reisen, um ihn dort zu zerstören, so hat es ihn praktisch nie gegeben, verstehst du?«

»Auch klar.«

»Und du wirst ihn zerstören!«

Den letzten Satz hatte er mir entgegengezischt. Ich war nicht mal davon überrascht worden, aber ich wunderte mich, welch ein Vertrauen dieser Mensch in mich setzte. Wenn ich an den Würfel herankam, ihn holte, gab er mir praktisch eine Waffe in die Hand, die ebenso stark war wie der erste Würfel.

Akim Samaran, der aus Persien stammte, war ebenfalls nicht auf den Kopf gefallen. Er ahnte meine Folgerungen und machte mir sofort einen Strich durch die Rechnung. »Glaube nur nicht, dass du mit dem Würfel etwas anfangen kannst. Solange ich den ersten besitze, wird es dir nicht gelingen, den zweiten einzusetzen. Außerdem besitze ich deine Freunde als Geisel. Weiterhin ist es fraglich, ob du an den Würfel herankommst. Deine Chancen stehen also nicht so günstig.«

»Das habe ich mir inzwischen auch ausrechnen können«, erklärte ich ihm. »Was geschieht, wenn ich mit dem Würfel zurückkehre und ihn vor deinen Augen zerstört habe?«

»Werden wir weitersehen.«

Diese Antwort hätte ich mir auch selbst geben können. Aber so war Samaran. Wahrscheinlich würde er diesem Kamikaze den Befehl geben, das Problem mit der MPi aus der Welt zu schaffen. So etwas war ihm immer zuzutrauen.

»Alles klar?«, fragte er mich.

»Ja, ich habe begriffen.«

»Dann können wir.« Kamikaze bekam ein Zeichen. Er ließ den Motor wieder hochtouriger laufen. Ein Ruck ging durch den Kahn. Bill und Suko verloren das Gleichgewicht, konnten sich an der Reling fangen und blieben dort stehen. Ich hatte mich festgehalten und wartete darauf, bis wir den entscheidenden Punkt angelaufen hatten ...

Wir hatten die Chance bekommen, uns zu unterhalten. Flüsternd nur und stets unter Kontrolle, aber immerhin konnten wir einige Worte wechseln. Ich erfuhr, wie es Samaran und seinem Killer gelungen war, meine Freunde in die Gewalt zu bekommen.

Und ich hatte auch das eingetrocknete Blut an ihren Gelenken gesehen, das die ins Fleisch schneidenden Drahtfesseln verursacht hatten. Chancen sahen wir alle drei nicht. Unsere Gegner hielten das Heft fest in den Händen.

Zudem hatten sie sich abgelöst. Akim Samaran war im Ruderhaus verschwunden und steuerte das Schiff, während sich Kamikaze vor uns aufgebaut hatte und uns mit seiner MPi bedrohte.

Das war schon ein Bursche. Ein knochenharter, eiskalter Mensch, der ohne Rücksicht schießen würde, wenn wir uns falsch bewegten. Wind fuhr über das Deck. Er spielte mit unseren Haaren ebenso wie mit dem kleinen Pferdeschwanz des Killers.

Kamikaze hatte sich eine Zigarette angezündet. Im Mundwinkel ließ er sie zumeist qualmen. Nur ab und zu nahm er einen Zug, um den Rauch anschließend durch die breiten Nasenlöcher wieder ausströmen zu lassen.

Die Küste war hinter uns verschwunden. Nicht mal einen Streifen sahen wir noch. Um uns herum befand sich das wogende Wasser, dessen Wellenhügel oft sehr lang und hoch waren, sodass sie auch unser Boot erfassten und manchmal auf dem Kamm tanzen ließen.

»Siehst du eine Chance?«, fragte Bill wispernd.

Ich nickte.
»Und welche?«
»Warte es ab. Noch sind wir nicht erledigt.«
»Ja, wenn es uns gelänge, Kamikaze auszuschalten, während du unten bist, könnten wir … Ahhhggrrr…«
Bill hatte nicht mehr weiterflüstern können. Der Stoß mit dem MPi-Lauf raubte ihm Stimme und Luft. Er sackte zusammen, wurde grün im Gesicht, und Kamikaze, diese Killermaschine, war schon zurückgetreten. Gesprochen hatte er nicht. Er handelte nur.
Ich schaute ihn kalt an. Auch Suko richtete seinen Blick auf seinen Körper, als suchte er nach einer Stelle, die er irgendwann einmal treffen wollte.
Bill stöhnte und saß in der Hocke. Ich bückte mich, umfasste seine Schultern und wollte ihm auf die Beine helfen.
»John!«
Sukos Ruf warnte mich, auch der leichte Tritt des hinter mir auftauchenden Kamikaze.
Ich warf mich zur Seite, war versucht, meine Beretta zu ziehen, und sah plötzlich den Lauf der MPi auf mich gerichtet, als ich auf dem Rücken lag.
Kamikaze hatte ungemein schnell reagiert und die Waffe sofort wieder gedreht.
Würde er schießen?
»Okay, Junge«, sagte ich, »okay.« Wohl war mir nicht. Mein Herzschlag hämmerte, ich bekam Angst, aber Kamikaze hielt sich an die Regeln. Er schoss nicht.
»Was ist da los?« Aus dem Ruderhaus schrie Akim Samaran quer über das Deck.
»Sie wollten Widerstand leisten.«
Er kam selbst nach der Antwort seines Leibwächters. Das Ruder musste er festgestellt haben. Hochrot war er im Gesicht, die Augen sichelschmal. »Wirklich, Sinclair? Bist du so dumm …?«
»Nein, wir unterhielten uns nur.«
»Davon habe ich nichts gesagt.«
»Bitte.«

Bill hockte noch immer auf den Planken und schnappte nach Luft. Verdammt, er tat mir Leid, aber ich konnte in diesem Moment nichts für ihn tun und musste abwarten.

Samaran ging wieder, und an Deck übernahm Kamikaze das Kommando. Wir hielten uns jetzt an die entsprechenden Anweisungen, schwiegen, und nur Bill fluchte hin und wieder.

Die Sonne wanderte tiefer. Seltsam, sie hatte auch schon damals so ausgesehen wie in der Gegenwart. Nur wirkte das Meer wie leer gefegt. Kein anderes Schiff kreuzte unseren Kurs, demnach konnten wir auch nicht entdeckt werden.

Und so warteten wir weiter, bis wir plötzlich aufhorchten, denn das Tuckern des Schiffsmotors hörte schlagartig auf. Wir wurden zwar noch weiter getrieben, doch das Ziel hatten wir erreicht, und Samaran verließ geduckt das Ruderhaus.

Er schleppte etwas hinter sich her. Es war eine Taucherausrüstung. Sogar an Pressluftflaschen hatte er gedacht.

Ich wurde blass. Wenn ich das Zeug anziehen sollte, musste ich mich zuvor ausziehen, dann würde man meine im hinteren Hosengürtel steckende Beretta entdecken.

Samaran warf mir das Zeug vor die Füße. »Ich hoffe, du kannst schwimmen und tauchen.«

»Mal sehen.«

»Sonst ist es dein Pech. Los, zieh die Sachen aus und das andere über!« Auch jetzt hielt er den Würfel fest wie einen Anker. Er verlieh ihm die Macht, und durch den Besitz des Würfels fühlte er sich so gut wie unbesiegbar.

Mir blieb keine Wahl. Ich zog meine feuchte Jacke aus und stellte mich so hin, dass ich den beiden Männern die Frontseite zudrehte. Sie registrierten die leere Halfter. Um Samarans Mundwinkel zuckte es. »Hast du keine Kanone mehr, Sinclair?«

»Nein, die habe ich verloren.«

»Pech für dich.«

Ich löste die Halfter, schleuderte sie zu Boden und fuhr mit dem unfreiwilligen Striptease fort, indem ich mein Hemd langsam aufknöpfte, es zuerst an der Rückseite aus dem

Hosenbund zog und den Stoff wieder bis über den Gürtel fallen ließ, sodass er die aus dem Hosenbund schauende Waffe verdeckte.

Jetzt musste ich schnell sein. Als ich das Hemd ganz aus der Hose zog, drehte ich mich zur Seite, rutschte auch mit der Schulter hervor, knüllte den Stoff zusammen und auch meine Waffe, die ich blitzschnell hervorgeholt hatte, verschwand darunter.

Suko und Bill hatten mich beobachtet. Sie standen günstiger als meine Gegner, und ich hoffte stark, dass sie die Beretta auch gesehen hatten. Die anderen nicht. Eingepackt in den Hemdenstoff landete die Waffe am Boden. Langsam stieg ich aus der Hose. In Unterhemd und Unterhose stand ich schließlich auf dem Deck. Auch die Schuhe hatte ich ausgezogen, um die Schwimmflossen anlegen zu können.

Akim Samaran war zufrieden. Davon zeugte sein Gesichtsausdruck, zudem nickte er. »Alles klar«, sagte er. »Du kannst in den Neoprenanzug steigen. Er wird dir bestimmt passen.«

Das war nicht gerade der Fall. Ich hatte Mühe, auch den vorn liegenden Reißverschluss zu schließen, streckte mich deshalb. Das Kreuz hatte er seltsamerweise nicht haben wollen. Es hing wieder vor meiner Brust, und seine Umrisse malten sich unter der dünnen Haut des Taucheranzugs deutlich ab.

In die Schwimmflossen stieg ich zuletzt. Zwei Pressluftflaschen schulterte ich, klemmte mir das Mundstück zwischen die Zähne und atmete einige Male zur Probe.

Das klappte recht gut. Eigentlich hätte ich zufrieden sein können, aber vor mir standen die verdammten Killer und bewachten meine Freunde. Auch Samaran war für mich nicht mehr als ein widerlicher Mörder.

»Klar?«, fragte er.

»Ja.«

Er deutete mit einer Hand über die Reling. »Dann spring, Sinclair! Tauch unter! Der Würfel liegt auf dem Meeresgrund, und zwar dicht bei einigen Felsen. Such sie, öffne die Truhe und hole den Würfel hervor! Dann kommst du wieder hoch. Es hat keinen Sinn für dich, auf die Küste zuzuschwimmen.

Du hast für zwei Stunden Luft. Vielleicht könntest du sie erreichen, bestimmt sogar, aber deine Freunde müssten es büßen. Kamikaze schießt sofort.«

»Das weiß ich.«

»Dann spring.«

Ich trat zur Seite. Von Bill und Suko bekam ich letzte, aufmunternde Blicke zugeworfen, auch wenn sich der Reporter, dem es noch immer schlecht ging, ihn sich abquälen musste.

Ich kletterte auf das Gestänge. Für einen Moment stand ich bewegungslos. Dann sprang ich und verschwand …

Diejenigen, die den Würfel vor langer, langer Zeit erschaffen hatten, wussten, dass es einmal einen Kampf um ihn geben würde. Deshalb hatten sie Sicherheiten eingebaut und aus einer tiefen Gruft diejenigen hervorgeholt, deren Fleisch längst von den Körpern gefallen war.

Aber sie lebten noch, nachdem die stummen Götter ihre magischen Kräfte eingesetzt hatten und ihre ehemaligen Diener zu Wächtern des zweiten Würfels machten.

Im Wasser lebten sie weiter.

Sie hausten in der Felsenhöhle und wollten demjenigen, der sich dem Würfel näherte, eine Todesfalle stellen.

So war es abgesprochen, daran würden sie sich auch halten.

Hin und wieder verließen sie ihr Versteck, gaben sich der Unterwasserströmung hin und ließen sich durch die Tiefe treiben. Manchmal aber stiegen sie bis an die Oberfläche. Dann tauchten die kahlen Schädel dort auf, und aus den leeren Augenhöhlen glotzten sie über eine einsame, weite und wogende Fläche.

Sie spürten die Unruhe, die sie auch in der Tiefe erfasst hatte, denn sie wussten, dass jemand unterwegs war, um den zweiten Würfel zu stehlen. Er kam immer näher, und sie erinnerten sich daran, dass es galt, demjenigen, der den Würfel stehlen wollte, eine Todesfalle zu bereiten. Sie hatten ihn sogar gesehen, eine Waffe auf ihn geschleudert, doch der Mensch war schneller gewesen.

Im Wasser aber würden sie schneller sein.
Und so lauerten sie auf ihn …

Die Tiefe schluckte mich und damit auch eine andere, fremde, schweigende Welt.

Sie war nicht dunkel, aber auch nicht hell. Ich kam mir vor wie in einem Aquarium eingeschlossen und sah über mir den Kiel des Bootes allmählich zu einem Schatten zusammenschmelzen, bis er vollständig verschwunden war.

Die auf die Wasserfläche fallenden Sonnenstrahlen verloren immer mehr an Helligkeit. Und nach wenigen Yards bereits konnte ich auch diese Streifen nicht mehr sehen.

Ich war allein in einem gläsern wirkenden, unendlich weiten Gefängnis. Atmen konnte ich nur mehr durch das Mundstück. Wenn ich die Luft, die anders schmeckte, ausstieß, sah ich den Blasen und Perlen nach, die in die Höhe stiegen und längst zerplatzt waren, bevor sie die Oberfläche erreichten.

Herrlich klar war das Wasser. Konturenscharf konnte ich sehen, entdeckte zahlreiche Fische, die meinen Weg kreuzten, keine Angst zeigten und mich aus ihren Glotzaugen anstarrten.

Ich schwamm der Tiefe entgegen. In einem schrägen Winkel und nicht zu schnell.

Hoffentlich war der Atlantik an dieser Stelle nicht zu tief, denn der Wasserdruck auf meinem Körper verstärkte sich mit jedem Yard, den ich tiefer glitt.

Vor mehr als zehntausend Jahren hatte der Meeresboden sicherlich noch nicht so ausgesehen wie zu meiner Zeit. Die Sandbänke unter mir hatte es noch nicht gegeben.

Das Wasser wurde dunkler. Schatten erschienen in meiner Nähe. Es waren bereits die ersten Felsen, die meinen Weg wie stumme Zeugen begleiteten. Ich schwamm hin und wieder näher an sie heran und erkannte, dass sie nicht so glatt waren, wie sie aus der Ferne aussahen. Sie waren von zahlreichen Spalten, Rissen und Klüften durchsetzt. Auch Vorsprünge sah ich. Sie wirkten wie breite Nasen oder kleine Plattformen.

Über eine Plattform schwamm ich hinweg. Das Gestein war fest und dennoch porös. Ich schwebte weiter, erkannte ein Loch in der Felswand, hütete mich aber, hindurchzuschwimmen, und glitt weiter durch die herrliche Stille unter Wasser.

Jetzt konnte ich auch die Menschen verstehen, die für ihr Leben gern tauchten. Sie genossen es, in der Stille dahinzugleiten und eins zu sein mit der Weite des Meeres. Auch mich überkam eine stille Freude, die allerdings von dem Wissen um eine eventuelle Gefahr überschattet wurde.

Man hatte mir nicht umsonst diese verdammte Aufgabe übertragen. Wenn ich den zweiten Würfel tatsächlich fand, war es noch immer nicht sicher, dass ich ihn auch in die Hand bekam.

Der Felsen blieb zurück. Den Meeresgrund sah ich noch immer nicht und ließ mich nach vorn kippen, bewegte die Beine und stieß noch steiler in die Tiefe.

Es wurde auch dunkler. Leider hatte man mir keine Unterwasserlampe mitgegeben. Ich sah die Umgebung nur durch die Scheibe meiner Taucherbrille.

Wieder vergingen Minuten. Von der Truhe, in der der Würfel stecken musste, hatte ich bisher noch immer nichts gesehen.

Körperlich fühlte ich mich wohl. Mein Kreislauf war stabil, und er hatte sich auch an die anderen Verhältnisse gewöhnt. Nur im Kopf spürte ich den leichten Druck, der sich allerdings ertragen ließ.

Unter mir befand sich jetzt ein großer Schatten. So weit mein Blick reichte, lag er dort wie ein Teppich. Es gab nur eine Erklärung dafür. Ich sah den Meeresgrund.

Noch schneller tauchte ich, von einer Hoffnung beflügelt. Für einen Moment dachte ich an das Skelett, das mich hatte mit der Lanze töten wollen. Es war wieder im Meer verschwunden, und ich fragte mich, ob es mich ein zweites Mal angreifen würde. Nur hatten wir auf dem Boot eine gehörige Strecke zurückgelegt. Ob das Skelett sie schwimmend so rasch schaffte, daran wollte ich nicht glauben.

Ich erreichte den Grund. Da ich mich hingestellt hatte, verschwanden meine Schwimmflossen in dem weichen Sand und wirbelten ihn auch in die Höhe.

Die Wolken reichten mir bis an die Knie, bevor sie sich weiter verteilten.

Ich schwamm wieder. Dicht über dem Meeresboden glitt ich dahin. Er war nicht leer. Ich wurde wieder an das Bild im Würfel erinnert, als ich die zahlreichen Felsbrocken und Steine sah, die mir wie übergroße Köpfe vorkamen.

Auf einem dieser Steine hatte auch die Truhe gestanden, in der der Würfel liegen sollte.

Noch sah ich ihn nicht, auch wenn ich meinen Kopf von einer Seite auf die andere drehte. Dafür sah ich einige Seepflanzen, deren lange Arme sich in der Unterwasserströmung wie schläfrig wirkende Tentakel eines Riesenkraken bewegten.

Viel weiter wollte ich nicht schwimmen und nahm mir vor, einen großen Kreis zu drehen. Wenn ich die Truhe nicht in dieser Gegend fand, wollte ich die Suche aufgeben.

Lautlos glitt ich dahin. Einmal passierte ich einen regelrechten Wald aus Tang. Auch hier wiegten sich die langen Blätter in der Strömung.

Ich hütete mich, zu sehr in die Nähe des Tangwaldes zu gelangen, auch wenn sich die hohen Pflanzen lockend in meine Richtung neigten. Aber das war genau die Gefahr.

Den Wald passierte ich. Mein Blick wurde freier. Die Felsen waren hier nicht mehr so hoch, sondern lagen auf dem Grund verteilt. Keiner sah so aus wie der andere. Irgendwie unterschieden sie sich alle. Manche waren vom Wasser so geformt worden, dass sie schon an kleine Kunstwerke erinnerten.

Bis auf einen Felsen, der leuchtete.

Er befand sich vor mir, und ich glaubte schon an eine Täuschung, schwamm näher heran. Das Leuchten nahm zu, und plötzlich sah ich genau das Bild, das mir schon einmal der Würfel des Unheils gezeigt hatte.

Auf einem Stein stand die Truhe!

In ihrer Farbe stimmte sie fast mit der des Würfels überein, auch wenn ihr Rot mehr einen Stich ins Blutige zeigte. Wichtig für mich war, dass sie überhaupt existierte und damit wahrscheinlich auch der zweite Würfel in ihrem Innern lag.

Plötzlich klopfte mein Herz schneller. Es lag nicht an der Tiefe, sondern an der Aufregung, die mich gepackt hielt. Wäre ich nicht unter Wasser gewesen, hätte sicherlich Schweiß auf meiner Stirn gestanden, so aber zeichneten nur die Luftblasen meinen Weg, als ich waagerecht auf das Ziel zuschwamm.

Trotz meiner Freude über den Fund ließ ich die Vorsicht nicht außer Acht. Ich schaute mich um, konnte aber nichts erkennen, das auf eine Gefahr hingedeutet hätte. Mich umgab weiterhin eine schweigende, mir manchmal leer vorkommende Welt, die trotzdem einen gewissen Reiz besaß und auch, wenn ich genauer hinschaute, sehr interessant war.

Aber die Truhe überschattete alles. Sie barg dieses uralte Geheimnis, das ich lüften sollte.

Keiner konnte es mir verübeln, dass ich mich in diesen Augenblicken wie ein großer Entdecker fühlte, der dicht vor seinem Ziel stand, für das er jahrelang gearbeitet und geforscht hatte.

Ich hätte jubeln können, so aber hielt sich meine Freude in Grenzen, und mein Verstand begann logisch zu arbeiten. Wenn es mir gelang, den Würfel tatsächlich in den Besitz zu bekommen, sollte ich tatsächlich hochsteigen und ihn selbst zerstören, wie es von mir gefordert worden war?

Nein, auf keinen Fall. Ich überlegte mir schon jetzt einen Ausweg aus dieser Lage. Akim Samaran hatte bisher gewonnen. Er verließ sich zu sehr auf seinen Leibwächter Kamikaze, aber ich war schließlich noch da. Der zweite Würfel wäre durch den ersten neutralisiert worden, der erste durch den zweiten. Auf den Schiffsplanken lagen meine Sachen und unter ihnen die Beretta. Ich hoffte, dass diese noch da sein würden, wenn ich auftauchte.

Ein paar letzte Bewegungen mit den Beinen, dann hatte ich den Rest der Strecke überwunden.

Meine ausgestreckten Hände berührten bereits den Stein, auf dem die Truhe lag.

Nun sah ich aus nächster Nähe, dass von ihr ein gewisses Leuchten ausging. Es hielt auch den Stein erfasst, schimmerte dort allerdings nicht rot, sondern war durch die Farbe des Wassers verändert worden, sodass es auch einen grünlich gelben Farbton angenommen hatte, der seinen Schein auf den Stein legte.

Über mir stiegen gluckernd die Blasen hoch. Das alles interessierte mich nicht. Meine Hände wanderten höher, umfassten die Truhe, und mit den kalten Fingerspitzen suchte ich nach dem Schloss, das, als ich es vom Moos befreit hatte, messingfarben leuchtete.

Vielleicht war es verschlossen, aber ich sah keinen Schlitz, in den ein Schlüssel hineingepasst hätte. Wahrscheinlich brauchte ich nur die obere Seite des Schlosses in die Höhe zu drücken, um den Deckel abheben zu können.

Kein Problem …

Bis zu dem Augenblick, als ich rechts von mir und gewissermaßen aus dem Augenwinkel den sich bewegenden Schatten wahrnahm. Ich drehte ein wenig den Kopf, sah den hässlichen Totenschädel und auch den Speer, der sich bereits auf dem Weg zu mir befand …

Unter Wasser kann man nicht so schnell reagieren wie normal. Das ist ein Nachteil, der allerdings dadurch ausgeglichen wurde, dass es auch einem Gegner so ergeht.

Deshalb hatte ich das Gefühl, als würde der geworfene Speer in einem Zeitlupentempo auf mich zukommen, aber auch ich war kaum schneller. Zwar verdrehte ich meinen Körper, warf mich auch nach hinten, sah die blubbernden Luftblasen vor dem Sichtfenster und drückte mir selbst die Daumen.

Es half nichts.

Der verdammte Speer erwischte mich. Wahrscheinlich hatte er mich in den Rücken treffen sollen. Durch meine Drehung war ich ihm entgangen und wurde dafür in Bauchhöhe erwischt.

Die Lanzenspitze riss erst einen Streifen in den dünnen Neoprenanzug, bevor sie mit meiner Haut in Berührung kam, mich verletzte und eine blutige Schramme hinterließ.

Links neben mir verschwand die Waffe bis zur Hälfte im Sand des Meeresbodens.

Jetzt besaß das Skelett keine Waffe mehr. Ich achtete nicht auf meine Schmerzen und drehte mich so um, dass ich den Knöchernen anschauen konnte.

Unter Wasser wirkte sein Schädel nicht mehr hell oder bleich, sondern grünlich, wie von einer Schimmelschicht überdeckt.

Ich schwamm auf das Skelett zu, das sich komischerweise nicht von der Stelle rührte.

Gerade diese Haltung warnte mich.

Blitzschnell tauchte ich unter ihm weg, bevor mich ein Knochenfinger streifte. Daran hatte ich gut getan, denn nach der folgenden Drehung starrte ich in die entgegengesetzte Richtung und sah das Verhängnis.

Zu beiden Seiten der Truhe kamen die nächsten Skelette aus der Tiefe mit ihren Waffen …

Akim Samaran schaute nach, bis er von seinem Feind John Sinclair nichts mehr sah. Dann trat er von der Reling zurück, drehte sich um und starrte Bill und Suko an. Auf seinen dünnen Lippen lag dabei ein kalt wirkendes Lächeln.

»Er macht es«, sagte der Mann. »Er muss es einfach machen und den Würfel hochholen. Es sei denn, ihm ist euer Leben nichts mehr wert. Und das ist es doch – oder?«

»Ich weiß nicht«, erwiderte Suko.

Samaran schüttelte den Kopf. »Lüg mich nicht an, verdammt. Ich kenne Sinclair zwar noch nicht lange, aber dafür gut, das verspreche ich dir. Er tut alles für seine Freunde.« Samaran begann zu lachen. »Vielleicht fühlte er sich als letzter Held.« Auf einem Klappstuhl nahm er Platz. Den Würfel legte er auf seine Knie. Die Hände ließ er nicht von dem wertvollen Gegenstand. Sie umfassten ihn von zwei Seiten.

Bill war in der Hocke geblieben. Neben ihm lag John Sinclairs Kleiderbündel. Der Reporter hatte gesehen, was sich darunter befand, nur war es ihm mit seinen gefesselten Händen nicht möglich, an die Waffe heranzukommen.

Den Schlag hatte er verdaut, auch wenn sein Bauch an der Stelle noch ein wenig schmerzte. Mit einer Frage wandte er sich an Akim Samaran. »Was geschieht, wenn John Sinclair zurückkehrt?«

»Wird er den Würfel vor meinen Augen vernichten.«

»Und dann?«

»Schießt ihn Kamikaze in Stücke!« Bill verzog das Gesicht, als er die kalte Antwort gehört hatte. So konnte nur jemand reden, der zwar aussah wie ein Mensch, in seinem Innersten jedoch eine brutale Bestie war.

»Angst?«, fragte Samaran lauernd.

»Nicht unbedingt.«

»Solltest du aber haben. Ich bekomme nicht alle Tage die Chance, gleich drei Gegner auf einen Schlag auszulöschen.«

»Wenn es sieben gewesen wären, hätte ich dich das tapfere Schneiderlein genannt«, konterte Bill in einem Anflug von Galgenhumor, aber Spaß verstand Samaran nicht.

»Soll Kamikaze noch einmal zuschlagen? Dann ist dein Schädel an der Reihe, Hundesohn.«

»Danke, mir reicht's.«

Suko hielt sich heraus. Wenn er nicht gerade den Killer anschaute, glitt sein Blick über das Meer, dessen graugrüne Fläche etwas von einer gewissen Endlosigkeit an sich hatte. Soweit sein Blick auch reichte, er sah nur Wasser und verglich es mit einer nassen, lebensfeindlichen Wüste, aus der nicht einmal mehr die flachen Buckel einiger Sandbänke oder Inseln schauten.

Der Himmel bezog sich allmählich. Im Westen, aber noch sehr weit entfernt, zeigten sich erste dunkle Wolkenschatten, die das gesamte Sichtfeld des Inspektors in seiner Breite bedeckten.

Von John Sinclair entdeckte er keine Haarspitze. Er hatte schon damit gerechnet, dass der Geisterjäger schneller und überraschender auftauchen würde, als angenommen, doch da tat sich nichts. Der Geisterjäger blieb verschwunden, er würde seiner gestellten Aufgabe nachkommen.

Für zwei Stunden hatte er Luft.

Wie viel Zeit war vergangen? Suko hatte nicht auf die Uhr schauen können. Er musste jetzt schätzen und glaubte daran, dass möglicherweise eine halbe Stunde vorbei war.

Ein Viertel also ...

Das Schiff lag nie ruhig. Es wiegte sich in der langen Dünung und im Rhythmus der Wellen. Schlecht war es weder Suko noch Bill geworden, obgleich die Gesichtsfarbe des Reporters nach wie vor einen Stich ins Grünliche besaß.

»Jetzt müsste er ihn wohl gefunden haben«, sagte Samaran mehr zu sich selbst.

Bill gab trotzdem eine Antwort. »Und es sind keine Sicherheiten eingebaut worden?«

»Wieso?«

»Der Würfel ist sehr wertvoll. Wer ihn besitzt, kann Macht ausüben. Ich könnte mir auch vorstellen, dass seine Erschaffer dafür gesorgt haben, dass niemand so leicht an ihn herankommt ...«

»Wer weiß«, erwiderte Samaran orakelhaft.

Der Reporter war neugierig geworden. Er wollte Genaueres erfahren. »Was ist passiert?«, fragte er. »Was wird John Sinclair alles unter Wasser erwarten?«

»Er muss den Würfel finden.«

»Das wissen wir, doch ich glaube, dass jemand Sicherheiten eingebaut hat.«

Samaran warf Bill Conolly einen langen Blick zu. »Sicherheiten?«, wiederholte er. »Das kann stimmen.«

»Es kann nicht nur stimmen, es ist eine Tatsache, nicht wahr?«

Samaran nickte. »Ja, Sinclair wird erwartet. Die Geschichte erzählt von drei Aufpassern, die den Würfel behüten und beschützen. Sie halten sich in der Nähe auf, und sie werden jeden, der ankommt, genau unter die Lupe nehmen. Wenn Sinclair es schafft, diese Personen zu überwältigen, ist er wirklich gut. Wenn nicht ...« Samaran stieß ein leises Lachen aus. »Wird seine Leiche wohl irgendwann einmal hochtreiben.«

Bill bekam einen roten Kopf. Er fühlte sich auf einmal noch hilfloser, und auch Suko hatte dieser Bericht wahrhaftig keinen Spaß gemacht. Er sagte: »Davon haben Sie John Sinclair nichts gesagt.«

»Musste ich das?«

»Nein, sicherlich nicht. Aber wäre es nicht auch in Ihrem Interesse gewesen? Schließlich wollen auch Sie den zweiten Würfel besitzen.«

»Irrtum, ich will ihn zerstören.«

»Das ist im Prinzip das Gleiche. Sie müssen ihn zunächst einmal besitzen, um ihn zerstören zu können. Das ist nicht unser Problem.«

»Stimmt genau, Chinese. Euer Problem ist ein anderes. Ihr könnt euch allmählich damit abfinden, dass der Tod in nächster Zeit zuschlagen wird.«

Samaran wirkte wie jemand, der nicht mehr weiterreden wollte. Auch die beiden Freunde stellten keine Fragen. Sie konzentrierten sich auf mögliche Fluchtchancen. Solange man sie gefesselt ließ, war es unmöglich, von Bord zu gelangen.

Samaran beschäftigte sich mit seinem Würfel. Die Umwelt schien er vergessen zu haben. Er machte einen geistesabwesenden Eindruck, wobei er seinen Blick auf die Würfelfläche gerichtet hielt.

Um die beiden Gefangenen brauchte er sich nicht zu kümmern. So etwas erledigte Kamikaze. Er ließ Bill und Suko nicht aus den Augen. Auch die Mündung der MPi glotzte die Freunde an.

Es war Akim Samaran anzusehen, dass er versuchte, die Kräfte des Würfels einzusetzen. Er konzentrierte sich hart und stellte eine Verbindung zwischen sich und der magischen Waffe her.

Der Würfel ließ ihn nicht im Stich.

Er zeigte ein Bild.

Die beiden Gefesselten standen günstig. Auch Bill hatte sich mittlerweile wieder auf die Füße gequält, sodass er ebenfalls auf den Quader schauen konnte.

Es war phänomenal. Wie auf einem kleinen Monitor wurde eine Szene an die Oberfläche geholt, die sich unter Wasser abspielte. Schwache Wellenbewegungen waren zu erkennen, dunkle Flecken in der Flüssigkeit, wahrscheinlich die Felsen, und lange Schatten, von denen sich einer, der kleinste, bewegte.

Es war ein Schwimmer!

Und da kam nur einer in Betracht.

»Verdammt, das ist John!«, hauchte der Reporter. »Er ist unten. Kannst du den zweiten Würfel sehen?«

»Noch nicht«, gab Suko zurück.

Auch er war von dem kaum erklärbaren Vorgang fasziniert worden. Die Umgebung hatten beide vergessen. Ihr Augenmerk galt einzig und allein dem Würfel – und John Sinclair, der inzwischen den Meeresgrund erreicht hatte.

War er schon am Ziel?

Die Spannung wurde auf eine nicht allzu harte Probe gestellt, da sich der Geisterjäger Sekunden später einem Punkt näherte, der innerhalb der normalen Unterwasserfinsternis rötlich leuchtend hervortrat.

Es war nicht der zweite Würfel, dies konnten die beiden ziemlich deutlich erkennen. Was dort etwas erhöht auf einem Felsen stand, konnte man als einen Kasten oder eine Truhe bezeichnen.

Die Truhe war es.

Das bestätigte auch Samaran. Ohne einen der Anwesenden anzublicken, flüsterte er: »Sinclair hat ihn gefunden. Ja, er hat ihn. Jetzt wird es sich entscheiden.«

Damit hatte der Mann nicht gelogen. Das Schicksal entschied sich auch. Nur anders, als die drei gedacht hatten, denn von verschiedenen Seiten wurde der einsame Mensch angegriffen.

Drei Skelette schwammen auf ihn zu!

Den ersten Angriff hatte ich abwehren können, wenn auch mit einer leichten Blessur als Erbe. Wenigstens war der eine Knochenmann waffenlos. Auch traf er keine Anstalten, um mich herumzuschwimmen und seine verlorene Waffe zu suchen.

Dafür waren die beiden anderen noch bewaffnet, und sie bewegten sich auf mich zu.

Es wirkte grotesk, denn schwimmende Skelette konnten sich nicht so glatt und sicher bewegen wie Menschen. Hölzern kamen mir die Bewegungen vor, aber sie erreichten dennoch Vorteile mir gegenüber, denn sie schafften es, mehr Raum zwischen sich zu bringen, sodass sie mich in die Zange nehmen konnten.

Ich besaß keine Waffe, mit der ich mich hätte verteidigen können. Die Beretta konnte ich getrost vergessen, aber das Kreuz musste es eigentlich packen. Nur befand sich dieser Talisman unter der dünnen Schicht des Neoprenanzugs. Bis ich daran gekommen war, verging Zeit, die die anderen nutzen konnten.

Und so blieb mir nichts anderes übrig, als auf ihren ersten Angriff zu warten und möglichst zu versuchen, einer geschleuderten Lanze durch Körperdrehungen auszuweichen.

Dass ich auf diesen Angriff zu lange wartete, merkte ich leider zu spät. Da hatte es das dritte Skelett geschafft, lautlos in meinen Rücken und damit auch in meine Nähe zu gelangen.

Die Pressluftflaschen »warnten« mich. Der Knöcherne musste beim Schwimmen gegen sie gestoßen sein.

Gnadenlose Klauen, hart wie Granit, von denen eine auch über mein Gesicht fuhr und wahrscheinlich versuchen würde, das Mundstück zwischen meinen Lippen hervorzureißen, legten sich um meine Kehle.

Wenn dem Skelett dies gelang, war ich verloren. Deshalb setzte ich alles ein, schaufelte meine Hände hoch, sah die Knochenfratze dicht vor mir, die im nächsten Moment hinter den blubbernden Luftperlen verschwand, sodass ich leider mit der rechten Hand ins Leere griff.

Dafür hatte ich bei der anderen Glück. Ich erwischte den Schädel mit der linken Hand, die allerdings abrutschte, doch zwei meiner Finger verschwanden in den leeren Augenhöhlen.

Während dieses Kampfes wälzten wir uns durch das Wasser. Einer versuchte dabei, den anderen wegzudrücken, ich hatte Angst um die Luftversorgung und wollte gleichzeitig den Knöchernen besiegen.

Deshalb riss ich mit aller Kraft den Schädel, in dem meine Finger steckten, nach vorn.

Ein Knacken vernahm ich nicht. Es kam mir aber so vor, als wäre es mir gelungen, den Kopf zu lockern, und noch einmal machte ich den Versuch, auch wenn eine Klaue versuchte, den Schlauch zu packen und mir das Mundstück von den Lippen zu reißen.

So gut es möglich war, wuchtete ich bei dieser Attacke meinen Körper nach hinten, ließ die Finger weiterhin in den Augenhöhlen stecken, war von Blasen umgeben und spürte den Ruck, der sich auch durch meine Hand fortpflanzte. Mit dem Rücken berührte ich bereits den Grund, wo der Sand aufgewühlt wurde und an dem Felsstein wolkenartig in die Höhe quoll. Hastig drückte ich mich zur Seite, weil ich den Blick freihaben wollte. Und dann sah ich den Schädel.

Der abgerissene Totenkopf trudelte auf mich zu, während der übrige Knochenkörper von einer unteriridischen Strömung erfasst worden war und von mir weggetrieben wurde.

Ob der Knöcherne letztendlich erledigt war, wusste ich nicht. Der war mir auch egal, denn ich hatte die beiden anderen bewaffneten Skelette nicht vergessen.

In Grundnähe blieb ich, rollte mich dort herum und hatte Glück, dass ich die verlorene Lanze des Knöchernen fand. Sie rutschte mir praktisch in die rechte Hand.

Jetzt war auch ich bewaffnet, und das musste sein, denn gar nicht mal weit entfernt lauerte schon der Nächste. Sein Speer wies direkt auf mich. Vielleicht wollte er zustechen oder die Lanze schleudern. Ich jedenfalls tat etwas, das er wohl kaum erwartet hatte.

Ich schwamm auf ihn zu!

Meine Beine bewegten sich im Froschrhythmus. So schnell wie möglich wuchtete ich mich voran durch die unheimlich wirkende Düsternis der geheimnisvollen Unterwasserwelt.

Das andere Skelett entdeckte ich nicht. Aber das zweite wurde tatsächlich von mir überrascht. Als es den rechten Knochenarm hob, um mit der Lanze zuzustechen, war ich bereits da.

Mit dem Beutespeer wehrte ich seinen Stich ab. Ich drückte die Waffe noch nach links, machte die Bewegung zwangsläufig selbst mit, und auch das Skelett geriet aus der Kontrolle. Es rollte ebenfalls herum. Ich sah meine Chance, fasste den Lanzenschaft mit beiden Händen und rammte die Waffe nach unten.

Das Wort rammen stimmte nicht ganz. Das Wasser setzte mir schon Widerstand entgegen, aber auch mein knöcherner Feind kam nicht schnell genug weg. Die Spitze traf seinen Schädel. Die Schädelplatte wurde geteilt, weil ich den anderen auf der Stirn erwischt hatte. Knochenstücke fielen zur Seite. Sie waren so leicht, dass die Strömung sie erfasste und auch wegschwemmte.

Schnell schwamm ich woanders hin, denn noch lauerte der dritte Wächter.

Ich sah ihn nicht. Obwohl ich in einem ziemlich großen Bogen hineinglitt, bekam ich ihn nicht mehr zu Gesicht. Vielleicht hätte ich mit einer starken Unterwasserlampe mehr Glück gehabt, in diesem Fall machten mir die herrschenden Lichtverhältnisse einen Strich durch die Rechnung.

Während meiner Suche geriet ich auch an die höheren Unterwasserfelsen, die verschieden gewachsen waren und somit auch unterschiedliche Formationen besaßen.

In allen drei Dimensionen zeigten sich die Felsen jedes Mal anders. Eines jedoch hatten sie gemeinsam. Es gab zahlreiche Risse und Spalten, manchmal auch schmale Durchgänge zwischen zwei nebeneinander stehenden Blöcken, die sich ebenfalls hervorragend als Verstecke eigneten.

Deshalb war ich sehr wachsam.

Mein Schwimmen glich mehr einem abwartenden Schweben. Manchmal ließ ich mich auch nur tragen und nutzte dabei die Gunst der Strömung, die mich weiterdrückte.

Ich erweckte Neugierde. Kleine Fische kamen in regelrechten Schwärmen, die lautlos an mir vorbeiglitten.

Größere Fische lugten aus den zahlreichen Spalten und Einkerbungen der Felsen und glotzten auch den Luftperlen nach, wenn sie über mir in die Höhe stiegen.

Von dem dritten Gegner sah ich noch immer nichts. Rechts von mir befand sich der Felsen mit der Truhe. Sie schien mich locken zu wollen. Ihre rote Farbe glich einem Signal, doch ich war auf der Hut.

Noch einmal schwamm ich den Kreis, ohne auf den Knöchernen zu stoßen. An eine Flucht seinerseits wollte ich nicht glauben. Er war dazu eingesetzt worden, den Würfel zu behüten und zu bewachen. So etwas würde er durchhalten bis zu seinem bitteren Ende.

Der Schwarm kleiner Fische kehrte zurück. Trotz der Düsternis glänzte und glitzerte die Menge an Fischen, als würde sie aus zahlreichen Silberplättchen bestehen.

Sie kamen schnell näher. Ich will nicht gerade behaupten, dass ich Angst bekommen hätte. Normal war es für mich nicht, mich einem solchen Schwarm entgegenzustellen. Zum Ausweichen blieb mir einfach nicht die Zeit.

Ich tauchte unter ihm weg. Über mir befand sich plötzlich die zitternde Wand. Ich hatte den Grund erreicht, schaute noch einmal hoch und sah den längeren Schatten.

Es war das dritte Skelett.

Geschickt hatte es sich innerhalb des Fischschwarms verborgen gehalten und auf einen günstigen Augenblick gewartet. Der war jetzt gekommen, denn ich drehte dem Knöchernen die Seite zu. Für ihn eine günstige Angriffsposition. Auch die verdammte Lanze trug er noch. Ich sah ihre Spitze praktisch zwischen seinen beiden leeren Augenhöhlen, wie sie auf mich zielte.

Ich rollte mich zusammen, brachte vor allen Dingen den Kopf aus der Zielrichtung und schoss dann schräg hoch, hinein in den Fischschwarm, der sich irritiert zeigte, aus der Formation geriet und ich nichts mehr erkennen konnte, weil die kleinen, glitzernden Leiber um mich herumschwirrten. Durch den Schwarm schwamm ich. Heftig stieß ich mich dabei mit den Beinen ab, ließ den Schwarm auch hinter mir zurück, drehte mich und schaute schräg in die düstere Tiefe.

Das Skelett war noch da.

Leider hielt es sich an einem Platz auf, den eigentlich ich hatte einnehmen wollen.

Der Knöcherne befand sich direkt an dem Stein, auf dem auch die Truhe stand, und er war dabei, die kleine Kiste zu öffnen, wahrscheinlich, um den Würfel an sich zu nehmen.

Wenn das passierte, hatte ich verloren ...

In der ganzen Zeit unter Wasser war ich noch nie so schnell geschwommen, wie in den nächsten Sekunden. Ich musste den Knöchernen einfach erreichen, bevor es ihm gelang, die Truhe zu öffnen.

In der linken Klaue hielt er den Lanzenschaft. Mit den rechten Knochenfingern machte er sich am Verschluss zu schaffen, hatte ihn bereits losgehakt und schob ihn hoch.

Dann klappte er den Deckel auf.

Ich hatte inzwischen die Hälfte der Distanz zurückgelegt. Für einen sicheren Treffer mit der Lanze war die Entfernung noch zu groß. Das Wasser übte eine zu große Bremswirkung aus. So blieb mir nur noch eines übrig. Ich musste schneller schwimmen.

Schräg von oben kam ich und konnte deshalb auch in die offene Truhe schauen.

Etwas schimmerte in ihrem Innern. Es war der zweite Würfel. Man hatte mich also nicht angelogen, und die Knochenklaue des Skeletts tauchte in das Innere der Truhe.

Ich schleuderte meine Lanze.

Mir war es jetzt egal. Mein Arm wurde gestreckt, ich spürte die Anspannung der Muskulatur bis in meine Schulter hinein, verfolgte den Weg der Lanze und sah, dass sie traf.

Leider nur den Felsen.

Doch mein Gegner war irritiert. Er hielt in seinen Bemühungen inne, drehte den Knochenkopf und schaute mir entgegen.

Ich erreichte ihn.

Zwar waffenlos, aber auch der Knöcherne war nicht so schnell, als dass er mir seine Lanze hätte in den Leib rammen können. Mit beiden Händen bekam ich seinen Schädel zu fassen, riss die Gestalt herum, drückte sie gegen den Grund, hielt ihn dort nur mit einer Hand mehr fest, nahm die linke, packte sein rechtes Gelenk, wuchtete den Knochen gegen mein angezogenes Knie und brach den Arm mittendurch.

Das letzte Stück mit der Lanze fiel ab. Ich brauchte sie nur aus der Klaue zu ziehen.

Eine Sache von einer Sekunde.

Danach gab es für mich kein Zögern mehr. Dieser Kampf hatte mich schon zu viel Zeit gekostet. Ich wollte ihn endlich beenden, holte aus und jagte die Speerspitze direkt in den bleichen Schädel meines Gegners.

Er zersplitterte.

Mit den breiten Schwimmflossen trat ich die Reste zur Seite, die im aufgewühlten Sand versanken. Das war erledigt. Jetzt konnte ich mich um meine eigentliche Aufgabe kümmern.

Um den zweiten Würfel!

Der Knöcherne hatte gute Arbeit geleistet, da ich die Truhe nicht erst zu öffnen brauchte. Wieder einmal wurde ich von einem kaum erklärbaren Gefühl gepackt. Man konnte es als einen erhebenden Augenblick bezeichnen, denn ich befand mich dicht neben einem Wunder der Magie.

Schon den ersten Würfel hatte ich als Tatsache akzeptieren müssen, ohne seine Funktion je recht begreifen zu können. Und jetzt stand der zweite, der dem ersten aufs Haar glich, zum Greifen nahe vor mir. Ich brauchte nur noch zuzupacken.

Noch einen letzten Blick warf ich auf die Reste des dritten

Skeletts. Es waren tatsächlich Reste geblieben. Sie hatten sich nicht mehr auf magische Art und Weise zusammengefügt, sodass ich von dieser Seite her keine Gefahr mehr zu erwarten brauchte.

Der Felsblock, auf dem die Truhe ihren Platz gefunden hatte, war nicht sehr hoch. Wenn ich Kontakt mit dem Grund behielt, die Arme ausstreckte, die Hände dabei beugte, gelang es mir, in den Kasten hineinzufassen.

Ich umklammerte den Würfel.

Wäre ich nicht unter Wasser gewesen, ich hätte aufgestöhnt, denn wie lange hatte ich darauf verzichten müssen! Welche Hetzjagd hatte es nach dem ersten Würfel gegeben, der mir mal gehört hatte, nachdem Jane Collins gerettet worden war.

Das alles lag zurück. Der Spuk und sein Diener Akim Samaran hatten sich des Würfels bemächtigt und mir das Nachsehen gegeben. Nun besaß ich das Duplikat und fragte mich, ob es tatsächlich die gleichen Kräfte barg wie der Originalkörper.

Behutsam hob ich den Würfel aus der Truhe. Ob er gewichtsmäßig mit dem Original übereinstimmte, konnte ich nicht feststellen. Unter Wasser wurden die Gesetze der Physik zwar nicht aufgehoben, von mir jedoch anders empfunden.

Er kam mir leicht vor, beinahe schwerelos. Ich brachte ihn dicht an mein Sichtfenster, um ihn schon jetzt einer ersten, kurzen Prüfung zu unterziehen.

Einen direkten Unterschied stellte ich nicht fest. Zudem wurde das hier unten vorherrschende Restlicht noch so gebrochen, dass auch die Farbe nicht naturecht wirkte. Mich interessierten besonders die eingeschlossenen Schlieren. Selbst sie konnte ich kaum erkennen.

Wichtig war, dass ich den Würfel zunächst einmal hatte und mit ihm irgendwohin schwimmen musste. Ich klemmte ihn mir unter den linken Arm und tauchte vorsichtig auf. Ich musste langsam schwimmen und Pausen einlegen, um meinen Körper an den sich verändernden Wasserdruck anpassen zu lassen.

Fische umschwärmten mich.

Eine bunte Vielfalt hatte sich versammelt. Keine großen, gefährlichen Meeresräuber, aber auch keine so interessanten Fische, wie man sie in den Korallenmeeren findet. Wenn ich mir vorstellte, dass ich mich in einer vergangenen Zeit befand, konnte ich schon ein mulmiges Gefühl bekommen.

Ich dachte darüber nach, was ich unternehmen sollte. Okay, das große Ziel war erreicht. Ich hatte den zweiten Würfel gefunden. Gehorchte ich den Befehlen der anderen, musste ich nach dem Auftauchen den Würfel abgeben oder ihn selbst zerstören.

Zu keinem der beiden Dinge hatte ich Lust, deshalb suchte ich nach einer dritten Lösung, die auch für meine beiden Freunde und mich annehmbar war.

Zur Küste zu schwimmen, das hätte ich möglicherweise geschafft, nur wäre damit nichts gewonnen gewesen. Deshalb blieb mir nichts anderes übrig, als es darauf ankommen zu lassen. Das hieß, zurück auf das Schiff und es auskämpfen.

Gegen Samaran, Kamikaze und den echten Würfel des Unheils. Dabei war mir nicht mal bekannt, ob sein Doppelgänger ebenso funktionierte wie der eigentliche Würfel.

Während ich auftauchte, war es um mich herum heller geworden. Noch konnte ich den Schatten des Kiels nicht erkennen Meine Gedanken beschäftigten sich weiterhin mit dem Würfel und seiner Funktion.

Die Kräfte des ersten Würfels waren mir bekannt. Wenn ich mich auf ihn und seine Macht konzentrierte, konnte ich damit praktisch Berge versetzen. Würde mir der zweite Würfel auf eine ähnliche Art und Weise gehorchen? Noch hatte ich es nicht ausprobiert, doch das ließ sich nachholen. Ich legte beide Hände um den Quader und konzentrierte mich während meines langsamen Aufstiegs auf ihn.

Es war gefährlich, was ich da vorhatte. Schließlich befanden sich meine beiden Freunde auf dem Boot, aber ich wollte es auch nicht zerstören, sondern nur eine Funktion prüfen.

Mit dem Todesnebel hatte es eigentlich begonnen.

Der Nebel sorgte dafür, dass Menschen, die mit ihm in Berührung kamen, zu Skeletten wurden, wobei sich ihre

Kleidung und das Fleisch vor den Augen des Zuschauers auflösten.

Auch hier wollte ich es mit dem Nebel probieren. Wenn der zweite Würfel das Gegenstück zum ersten war und ebenfalls immense Kräfte produzierte, musste er auch in der Lage sein, den Nebel zu produzieren. Und dies ebenfalls unter Wasser.

Also dachte ich an den Nebel.

Es war ein Versuch, ich wollte auch nichts damit zerstören, dachte nicht mehr an meine unnatürliche Umgebung, bewegte die Beine automatisch und konzentrierte mich einzig und allein auf den Würfel.

Bisher hatte ich diesem Gegenstand ziemlich neutral gegenübergestanden. Nun war ich dabei, mit ihm eine Verbindung einzugehen.

An das unnatürliche Atmen hatte ich mich längst gewöhnt. Auch an die absolute Stille unter Wasser. Letzteres kam mir sogar für meine Pläne entgegen. Fast körperlich spürte ich den Strom, der sich zwischen uns beiden aufgebaut hatte.

Es war ein Kribbeln, das durch meine Arme rann. Den Würfel trug ich weiterhin zwischen beiden Händen, und zwar dicht vor der Sichtscheibe meiner Taucherbrille. Ich wollte ihn sehen, wenn ich damit begann, seine Kraft auszuspielen.

Es tat sich etwas.

In seinen Flächen bewegten sich die feinen Schlieren. Ein kurzes Zucken nur, mehr geschah nicht, aber es zeigte mir an, dass seine Kräfte noch vorhanden waren.

Diese Schlieren nahmen meine Informationen auf. Gedankliche Befehle, die sie in die Tat umsetzen sollten, und ich wartete gespannt auf das Erscheinen des Todesnebels.

Noch war das Wasser klar. Keine Wolken quollen aus dem Würfel, um sich auszubreiten. Der Nebel hielt sich zurück, obwohl ich ihn herbeiwünschte. Mir kam es vor, als stünde eine gewaltige Kraft dagegen. Eine Kraft, die ebenso groß war wie die meines Würfels.

Ich versuchte es mit mehreren Anläufen.

Nichts gelang.

Der Würfel wollte mir gehorchen, aber er schaffte es einfach nicht. Man hatte ihn neutralisiert.

Ich konnte mir vorstellen, wem ich das verdankte. Über mir hockten Samaran und Kamikaze in dem Boot. Sie würden schon dafür sorgen, dass ich nicht eingreifen konnte.

So ließ ich es bleiben.

Meine Gedankenströme flachten ab. Sekundenlang spürte ich eine Leere in meinem Kopf. Möglicherweise ein Zeichen der Depression. Ich hatte mir eben zu viel vorgenommen. Samaran war nicht zu unterschätzen, aber ich hatte feststellen können, dass dieser Würfel, den ich in der Truhe gefunden hatte, durchaus seine Macht und Kraft hatte.

Ich ließ die Arme sinken. Für einen Moment war ich versucht, den Quader einfach fallen zu lassen, doch diese kurze Spanne der Depression ging vorbei. Mein Kampfeswille breitete sich wieder aus. Wenn nicht so, dann eben anders, sagte ich mir und näherte mich dem Schiff.

Seinen Kiel entdeckte ich noch immer nicht über mir, obwohl das Wasser schon ziemlich hell geworden war. Ein Zeichen, dass ich mich nahe der Oberfläche befand und sie bald erreicht haben würde.

Noch wenige Stöße mit den Beinen, dann war es geschafft. Ich hielt dicht vor dem Auftauchen noch einmal inne. Vorsichtig steckte ich den Kopf aus dem Wasser, hatte Glück, dass meine Gegner nicht in meine Richtung schauten, und legte mich auf den Rücken. Dabei stellte ich fest, dass die Sonne wieder ein Stück weitergewandert war. Ihre Strahlen fielen in einem anderen Winkel auf das Wasser und blendeten mich.

Wasser tretend drehte ich mich.

Über das Sichtfenster der Tauchermaske rannen Tropfen nach unten. Die Wärme der Sonnenstrahlen spürte ich auf meinem Gesicht. Es hätte alles wunderbar sein können, wäre nicht das Schiff gewesen, das ich links von mir sah.

Es lag dort wiegend auf der langen Wellenmündung und befand sich ziemlich weit von mir entfernt. Jedenfalls würde man von Bord des Kahns aus Mühe haben, mich überhaupt zu sehen.

Ich wollte an Bord.

Mein Plan stand fest. Wenn ich es schon in der Hand hatte, wollte ich nicht nur einen, sondern gleich zwei Würfel erobern. Damit waren alle Probleme aus der Welt geschafft.

Ein gewagtes Unternehmen, dessen Chancen nicht gut standen, da auch die Gegenseite sehr aufmerksam sein würde. Aber immer noch besser, als an Bord zu klettern und mich gefangen nehmen zu lassen.

Also tauchte ich wieder.

Die Richtung hatte ich mir gemerkt. Zum Glück war die Strömung in diesem Teil der See nicht so groß, als dass ich nicht hätte gegen sie anschwimmen können. Ich tauchte nicht sehr tief. Aber man würde mich auch von Bord des Schiffes schlecht erkennen können. Das Risiko waren die Luftblasen. Wenn sie an der Oberfläche zerplatzten, war das mit einem geübten Auge schon zu sehen.

Darauf konnte ich keine Rücksicht nehmen. Mit einer leichten Beklemmung in der Brustgegend schwamm ich meinem Ziel entgegen …

An Bord war es in den letzten Minuten ruhig geworden. Selbst Kamikaze wurde es leid. Er wollte nicht mehr und nahm auf einem kleinen Hocker Platz. Die MPi hatte er schräg über seine Oberschenkel gelegt, den Finger am Abzug haltend.

Dieser Mann hatte die Geduld eines Engels. Er hatte Suko und Bill bisher nicht aus den Augen gelassen und gab sich auch bei seiner bequemen Haltung nicht lässiger.

Samaran konnte sich auf ihn verlassen. Und das musste er, da er für die Gefangenen keinen Blick übrig hatte.

Ihm ging es um den Würfel.

Auch er stand nicht mehr. Gebannt starrte er auf die Fläche. Seine Lippen zuckten, in den Augen lag ein Leuchten, das man nur mit dem Wort fanatisch umschreiben konnte.

Die beiden Freunde hatten sich einige Male bestimmte Blicke zugeworfen. Sie sprachen zwar nicht miteinander, aber sie verständigten sich auch ohne Worte.

Beide dachten das Gleiche.

Samaran musste Kontakt zum ersten Würfel, aber auch zu John Sinclair haben, der ihn gefunden hatte.

Leider verriet der Mann nichts von dem, was er innerhalb seines Würfels entdeckte. Zwar bewegten sich hin und wieder seine Lippen, Worte verstanden Suko und Bill nicht.

Über das Gesicht des Reporters zuckte hin und wieder ein Ausdruck, der von dem Schmerz zeugte, den Bill empfand. Seine Gelenke waren durch den harten Draht zusammengebunden. Das Fleisch spürte er bereits nicht mehr. Es schien abgefallen zu sein.

Doch die Schmerzen blieben. Und die konnte der Reporter nicht so gut kaschieren und unter Kontrolle halten wie Suko.

Der Chinese merkte, was seinen Freund quälte. So leise, dass nur Bill etwas verstand, sagte er: »Halte durch, Tiger! Wir schaffen es. Zudem ist John auch noch da.«

»Hoffentlich.«

»Da brauchst du dir doch nur Samaran anzusehen. So wie er reagiert, muss er etwas entdeckt haben.«

»Meinst du?«

»Klar.«

Sie schwiegen, denn Kamikaze hatte etwas gehört. Er schaute sie noch schärfer an, wollte sich erheben, als Samaran ihm unbewusst einen Strich durch die Rechnung machte.

»Ja, ja, er hat ihn! Er hat es geschafft. Glückwunsch, Sinclair. Verdammter Glückwunsch …«

Bill konnte den Mund nicht halten. »Und die drei Skelette?«, fragte er.

»Sind nicht mehr da. Euer Freund hat sie vernichtet. Ich habe doch auf den richtigen Mann gesetzt.« Samaran leckte über seine Lippen. Die Zungenspitze sah grau aus. »Nur stehen wir auf verschiedenen Seiten. Was würde wohl geschehen, wenn wir zusammenarbeiteten?« Er lachte krächzend. »Wir würden die Welt aus den Angeln heben. Diese verdammte Welt würde uns gehören, und wir könnten all die vernichten, die uns im Wege stehen. Herrscher eines Planeten, das ist mein Ziel …«

Wer ihn so reden hörte, hätte ihn für übergeschnappt halten können. Das war Samaran nicht. Durch den Würfel war ihm ein Machtinstrument in die Hand gegeben worden, das es ihm tatsächlich ermöglichte, diese Dinge durchzuführen.

Ihm konnte die Welt gehören, wenn man ihn ließ. Ihm und auch seinem Meister, dem Spuk.

Ein hohes Kichern ließ die drei anderen Männer aufmerksam werden. Samaran sah mehr als sie. Sosehr sich die Freunde auch den Hals verrenkten, erkennen konnten sie nichts.

»Ob John Ärger hat?«, hauchte Bill.

»Kann schon möglich sein«, bekam er zur Antwort.

»Ja, er hat Ärger!« Samaran hatte die Frage vernommen, sprang auf und starrte die beiden an.

Suko, beileibe kein ängstlicher Mensch, bekam so etwas wie eine Gänsehaut, als er in das Gesicht Akim Samarans blickte. Es zeigte eine erschreckende Gnadenlosigkeit, und aus den Augen strömte ein unwahrscheinlicher Hass.

»Was ist los?«, erkundigte sich der Inspektor, der unbedingt den Grund für diese Veränderung wissen wollte, denn in den Würfel konnte er nicht schauen.

»Sinclair ist verrückt!«, stieß Samaran hervor. »Er ist verrückt. Er kennt keine Grenzen mehr.«

»Das ist wohl eher bei Ihnen der Fall«, bemerkte Bill spöttisch.

»Halt die Schnauze, du Schmierer!« Samaran lachte kalt, kratzend und mit offenem Mund. »Euer Leben ist ihm nichts wert. Nein, er nimmt keine Rücksicht auf euch.«

»Wieso?«

Bill hatte die Frage gestellt und bekam auch eine Antwort. »Weil Sinclair tatsächlich versucht, den Würfel einzusetzen. Er will wissen, wie weit er gehen kann.«

»Und?«

»Ich spüre seine Kräfte, er will ihn testen, er will etwas herbeiholen, um zu sehen, ob es tatsächlich stimmt, dass der Würfel …« Samaran konnte es nicht fassen. Er schwieg mitten im Satz, schaute in den Originalkörper, schüttelte den Kopf und lachte leise und kichernd. »Nein, Sinclair, ich halte dagegen. Das bringst du nicht. Auf keinen Fall!«

Und er hielt dagegen.

Fast schien es so, als würde er den Würfel zerbrechen, so hart hielt er ihn zwischen den Händen. Die Flächen lagen hart gegen die Seiten gedrückt, sogar seine Knöchel waren zu erkennen, weil sie scharf hervortraten.

Akim Samaran war ein Mensch. Er reagierte auch menschlich. Schweiß trat auf seine Stirn, weil er zu sehr unter Druck stand. »Du wirst es nicht schaffen«, erklärte er. »Nein, Sinclair, niemals wirst du mich hintergehen können. Ich bin besser, ich bin schneller, ich werde dir einen Riegel vorschieben.«

Keiner wusste genau, was geschehen war. Das gefiel auch den beiden Gefangenen nicht, die sich fragende Blicke zuwarfen.

Sie mussten warten.

Und sie erlebten dabei Samaran in Aktion. Er flüsterte immer wieder das Gleiche, fluchte über Sinclair und die Versuche, alles zu seinen Gunsten zu drehen.

Er hielt dagegen.

Bill und Suko konnten erkennen, dass sich innerhalb des Würfels etwas tat. Zwar blieb die Farbe, aber die Schlieren lagen nicht mehr so still wie sonst.

Sie waren in peitschende Bewegungen geraten, und sie mussten den Kontakt zu Samaran und damit auch zu dem zweiten Würfel hergestellt haben. Der Helfer des Spuks strengte sich an. Sein Gesicht bekam eine hochrote Farbe. An der Stirn traten sogar Adern hervor, die Mundwinkel zuckten, der Schweiß nahm noch zu, als er gegen einen für alle noch unsichtbaren Gegner kämpfte.

Bis er zurückfiel.

Ein Stöhnlaut drang über seine Lippen. Er schüttelte den Kopf, lachte plötzlich und senkte sein Gesicht dem Würfel entgegen, als wollte er ihn küssen.

In dieser Haltung blieb er. Die Gefangenen verstanden ihn nicht. Kamikaze erging es ebenso. Dieser Mann war unsicher geworden. Er schaute einmal auf seinen Boss, dann wieder auf die Gefangenen. In seinem knochigen Killergesicht stand die Verblüffung. Er wusste nicht, ob er lachen oder weinen sollte.

Nur allmählich erholte sich Samaran wieder. Intervallweise und dabei zuckend drückte er seinen Oberkörper in die Senkrechte. Aus schmalen Augen starrte er über das Deck. Der Blick schien sich in einer nur für ihn sichtbaren Ferne zu verlieren.

Die Freunde warteten auf eine Erklärung. Sie musste auch kommen, aber er ließ sich Zeit. War das Gesicht vorhin noch hochrot gewesen, so hatte es sich nun geändert. Eine graue Farbe zeichnete die Haut. Samaran sah sehr alt aus, nur wirkte er nicht gebrochen, denn auf seinen Lippen lag das kalte Lächeln.

»Nein«, sagte er plötzlich. »Er hat es nicht geschafft. Er konnte es nicht schaffen. Versteht ihr?«

Suko und Bill verstanden nicht. Dementsprechend fragend waren auch ihre Blicke.

Samaran ließ sich zu einer weiteren Erklärung hinreißen. »Er versuchte, den Todesnebel zu produzieren. Er wollte sehen, ob sein Würfel ebenso reagiert wie meiner. Aber da hat er sich geschnitten. Ich merkte früh genug, was er wollte, und setzte dagegen. Keine Chance für ihn. Keine einzige Chance für diesen Hundesohn. Habt ihr gehört? Keine Chance. Er packte es nicht, ich war besser.«

»Wie besser?«, fragte Bill.

»Ich hielt einfach dagegen«, erklärte Akim Samaran flüsternd. »Ich wollte nicht, dass der Nebel entstand, und ich brachte es fertig, den zweiten Würfel zu neutralisieren. Aber ich kann nicht überall sein. Ich kenne die Stärke. Deshalb ist es besser, wenn der Würfel zerstört wird, da ich nicht überall sein kann, wenn Sinclair versuchen würde, ihn gegen meine Pläne einzusetzen.«

»Und wo befindet er sich jetzt?«, fragte Suko.

Samaran hob die Augenbrauen und drehte sich auf der Stelle. Der Blick flog über das Wasser. »Ich weiß, dass er sich mit bösen Gedanken trägt, die unseren Abmachungen widersprechen. Er befindet sich auf dem Weg nach oben, Sinclair will auftauchen, aber anders, als wir es uns vorgestellt haben. Er kann ruhig kommen, ich mache ihm schon einen Strich durch die Rechnung. Allein der Gedanke daran, dass er sich nicht an unsere Abmachungen halten wollte, empfinde ich als eine Provokation, die mich handeln lässt.« Sein Gesicht nahm einen lauernden Ausdruck an. »Wer von euch meldet sich freiwillig?«

»Wozu?«, fragte Bill.

»Bist du so dumm, oder tust du nur so? Zum Sterben natürlich! Vernichtet werdet ihr so oder so. Dabei spielen Minuten keine Rolle mehr.« Der Zynismus dieses Mannes war nicht zu übertreffen.

»Da wirst du wohl keinen Freiwilligen finden«, meinte Suko.

»O doch, ich habe ihn bereits.«

»Wen denn?«

»Kamikaze«, wandte sich Samaran an seinen Leibwächter. »Mach mit dem Schlitzauge den Anfang. Erschieße ihn!«

Suko war ein Mensch, der sich beherrschen konnte. Auch als das Todesurteil über ihn gesprochen wurde, zuckte in seinem Gesicht kein Muskel. Allein Bill Conolly sah sich genötigt, rettend einzugreifen. Er wollte es wenigstens versuchen.

»Hör zu, Samaran«, sagte er. »Noch ist nicht bewiesen, dass sich Sinclair nicht an die Abmachungen hält. Verstehst du?«

»Ja, ich verstehe. Ich kenne auch deine Rettungsaktion. Aber ich habe genau gespürt, dass er uns reinlegen wollte. Auf euch nahm er nicht einmal Rücksicht. Er wollte den Würfel gegen mich einsetzen. Begreifst du das? Gegen mich!«

»Es war ein Versuch, ein Test, den hättest du auch gemacht!«

»Was es gewesen war oder nicht, spielt keine Rolle. Für mich steht fest, dass er mich hatte hintergehen wollen, und so etwas zahle ich ihm gnadenlos zurück. Ich weiß, wie ich ihn am härtesten treffen kann. Und zwar durch euch. Sollte er tatsächlich kommen und den Chinesen, von Kugeln durchlöchert, auf den Planken liegen sehen, wird er zur Vernunft kommen.« Samaran sprach voller Hass. Bei jedem Wort, das über seine Lippen kam, sprühte Speichel aus dem Mund. In seinen Augen leuchteten die nackte Wut und der blanke Hass.

Dagegen konnte Bill nicht an. Er wusste, dass Worte zwecklos waren, und Kamikaze hatte sich bereits erhoben. Er stand wieder breitbeinig, um das lange Schaukeln des Bootes auf der Dünung auszugleichen. Die kurzläufige MPi wirkte in seinen Pranken wie ein Rieseninsekt, das schwarzblau schimmerte.

Suko starrte ihn an.

Auch sein Blick war kalt. Er sah mit harten Augen dem Tod ins Auge und rührte sich auch nicht, als Kamikaze die Waffe um eine Wenigkeit abhob, weil er genau Maß nehmen wollte.

Auch Bill wusste, dass es nichts gab, das den anderen von einem Mord abhalten konnte.

Verzweifelt suchte der Reporter nach einem Ausweg. Seine Gedanken schlugen in den nächsten beiden Sekunden Purzelbäume, und plötzlich hatte er eine Wahnsinnsidee. Er hoffte nur, dass er sich auf Suko verlassen konnte, aber er kannte auch die Reaktionsschnelligkeit des Freundes.

Wenn er jetzt noch zögerte, bedeutete das für Suko den Tod. Deshalb sagte er laut, auch mit etwas Überraschung und Panik in der Stimme: »Da kommt John!«

Es war die Sekunde, die alle überraschte. Und Bill Conolly hatte fantastisch geschauspielert, denn es war ihm gelungen, Samaran als auch Kamikaze abzulenken.

Der Diener des Spuks fuhr herum. Er wollte Sinclair sehen, auch Kamikaze zögerte mit den Schüssen. Er war ebenfalls abgelenkt, wobei er sich nicht so in der Gewalt hatte, wie es bei ihm eigentlich hätte sein sollen.

Eine halbe Drehung führte auch er durch, wobei er zusätzlich noch einen kleinen Schritt zurücktrat.

Das hatten Bill und Suko gewollt. Der Reporter sah, wie gut ihn der Freund verstanden hatte.

Der Inspektor »explodierte« aus dem Stand. Seine Arme

konnte er nicht bewegen. Dafür die Beine, und die waren auch nicht steif geworden, denn Suko setzte zu einem mörderischen Karatetritt an, und sein Fuß wuchtete haargenau in den Leib des Killers, wobei die Spitze noch unter den Lauf der schussbereiten MPi schlug und die Mündung in die Höhe schleuderte.

Kamikaze drückte noch ab. Die Garbe fuhr in den Himmel, ohne Schaden anzurichten.

Dann rammte ihn der nächste Tritt, und dieser harte Treffer riss den Killer von den Füßen und schleuderte ihn schräg über das Deck des Schiffes.

Kamikaze machte dabei eine etwas unglückliche Figur. Ohne es zu wollen, schlug er um sich und wurde erst von der Wand des Steuerhauses aufgehalten.

Beide wussten genau, dass sie nur eine Galgenfrist erhalten hatten. Kamikaze würde sich wieder erholen. Der konnte mehr als andere Menschen einstecken.

Auch wenn er jetzt ein wenig groggy und überrascht vor dem Niedergang des Ruderhauses lag.

Alles war sehr schnell gegangen. Samaran, ebenfalls völlig perplex, wurde weiß im Gesicht, doch im nächsten Moment übermannte ihn der Hass.

Das sahen auch die Gefangenen.

»Weg!«, schrie Bill.

Da gab es nur eine Möglichkeit. Auf dem Schiff konnten sie sich nicht verstecken. Sie mussten mit gefesselten Händen über Bord hechten und versuchen, sich über Wasser zu halten und vor den Garben wegzutauchen.

Auch Kamikaze wollte sie haben. Sein Chef feuerte ihn an. Er brüllte etwas von Niederschießen und verschluckte sich mitten im Satz, denn etwas trat ein, mit dem er selbst wohl nicht gerechnet hatte.

Jemand kletterte an Bord.

Er hatte die Außenleiter benutzt und das Sichtfenster zurückgeschoben, sodass der Mann alles erkennen konnte.

»John!«, schrie Suko.

Auch Bill war von meinem Auftauchen so überrascht, dass er seinen Hechtsprung verzögerte, ausrutschte, gegen die Reling prallte, sich hart stieß und ein schmerzerfüllter Keuchlaut über seine Lippen drang, bevor er sich auf die Planken legte.

»Nicht schießen!«, brüllte ich.

Kamikaze kniete bereits. Er hatte die MPi wieder an sich gerissen. Sein Gesicht wirkte nicht mehr so hölzern, es zeigte sich verzerrt. Wahrscheinlich verspürte er Schmerzen.

Jedenfalls war er durch mein Auftauchen überrascht. Dennoch schwenkte er die Waffe, sodass die Mündung auf mich zeigte.

Samaran stand in Sicherheit. Er hielt den Würfel mit nur einer Hand und hatte den linken Arm erhoben. Vielleicht ein Stoppsignal für seinen Killer. Mir konnte es nur recht sein.

So kletterte ich an Bord. In meinen Augen brannte noch das Wasser; es trübte meinen Blick, und ich war auch nicht in bester Form. Das schnelle Schwimmen hatte Kraft gekostet, aber ich wollte den anderen beweisen, dass mit mir noch zu rechnen war.

Unter dem rechten angewinkelten Arm hatte ich den Würfel geklemmt. Mit der anderen Hand umklammerte ich die Leiter, um mich endgültig an Bord zu ziehen.

Waffenlos war ich im Prinzip. Nur den zweiten Würfel hielt ich fest, und er war mein großer Trumpf.

Ich sollte ihn vernichten, deshalb würde sich Samaran auch hüten, seinem Gorilla den Befehl zu geben, auf mich zu schießen.

Wir warteten …

Auch Suko war noch nicht gesprungen. Er stand jedoch so, als wollte er jeden Augenblick über Bord hechten, falls sich eine Chance dazu ergab.

»Ich habe mein Versprechen gehalten, Samaran!«, rief ich laut. »Hier ist der Würfel.«

Mein Feind nickte. »Das sehe ich.«

»Und du wolltest meine Freunde erschießen.«

»Ja, Sinclair, weil du dich nicht an die Abmachungen gehalten hast.«

»Ich bin doch hier!«

»Und was war auf dem Weg aus der Tiefe?«

»Wieso?«

»Tu nur nicht so unschuldig. Du hast versucht, den Würfel zu manipulieren. Du wolltest sehen, wie er reagiert, und den Todesnebel einsetzen. Du allein trägst die Schuld, wenn …«

»Hättest du das an meiner Stelle nicht getan?«

»Nicht wenn ich gewusst hätte, welcher Feind mir gegenübersteht.« Damit meinte er sich wohl selbst.

So Unrecht hatte er nicht. Die Lage war ziemlich bescheiden, wenn nicht noch schlimmer. Einen Vorteil hatten wir erreichen können. Suko und Bill befanden sich nach wie vor an Deck des Schiffes und schwammen nicht irgendwo verzweifelt in der See umher mit ihren gefesselten Händen.

Ich stand unter einer hohen Spannung. Zu vergleichen mit einem inneren Fieber, das mich zu verzehren drohte. Viel Zeit blieb uns nicht, aber die wollte ich nutzen.

Ich hatte nicht vergessen, dass unter meiner abgelegten Kleidung die Beretta lag. Um mich nicht zu verraten, hütete ich mich, meinen Blick in diese Richtung zu schicken. Hoffentlich behielten Bill und Suko ebenfalls die Nerven.

Zeit verstrich.

Von uns sprach niemand. Kamikaze hatte sich wieder auf die Beine gequält und seinen Rücken gegen die Kante des Ruderhauses gedrückt. Sein Gesicht war grau geworden. Suko musste alles in seinen Tritt hineingesetzt haben. Ein anderer als Kamikaze hätte längst flachgelegen.

Das Lächeln auf Samarans Gesicht war falsch wie Katzengold. Zudem hatte er seine Augen zu Schlitzen verengt und schaute mich lauernd an.

»Ja«, sprach er, »wenn ich es recht sehe, hast du meine Bedingungen erfüllt. Das, was von den stummen Göttern als Sicherheit geschaffen worden war, ist nicht mehr so sicher. Du, ausgerechnet du, Sinclair, hast den Würfel besorgt, ihn vom Meeresgrund her an die Oberfläche geholt und zu mir gebracht. Ich müsste dir dafür sehr dankbar sein, aber du hast noch nicht all meine Wünsche erfüllt …«

»Und die wären?«, fragte ich.

»Der Würfel muss zerstört werden, hast du gehört? Einfach zerstört. Vernichtet, zertrümmert ...«

»Soll ich ihn auf den Boden werfen?«, fragte ich.

»Hüte dich, Sinclair!«, warnte er mich. »Ich lasse mich nicht für dumm verkaufen.«

»Es war nur ein Vorschlag.«

»Nein, ein Trick. Ab jetzt tust du genau, was ich dir sage. Hast du verstanden?«

»Natürlich.«

Samaran hatte noch andere Pläne. Er wandte sich zunächst an meine beiden Freunde. »Ihr geht weg!«, befahl er ihnen, »und stellt euch so auf, dass ich euch im Auge behalte!«

»Wie denn?«

»Nach links. Backbord.«

Die beiden konnten nichts anderes tun, als den Befehlen zu gehorchen. Sie würdigten mich mit keinem Blick, denn sie ahnten, dass ich verzweifelt nach Möglichkeiten suchte, aus dieser verdammten Klemme wieder herauszukommen.

Noch ergaben sich keine. Ich blieb zunächst gelassen und auch abwartend, obwohl ich innerlich unter einer sehr großen Spannung stand, die ich nur mühsam verbergen konnte.

So wartete ich.

Erst als Suko und Bill ihr endgültiges Ziel erreicht hatten, war der andere zufrieden. »Jetzt zu dir, Sinclair«, sagte er. »Stell den Würfel weg!«

»Wohin?«

»Auf den kleinen Klappstuhl!«

Das war gut, denn diese Sitzgelegenheit befand sich nur eine Armlänge von meinem Kleiderbündel entfernt, unter dem die Beretta verborgen lag. Ich musste nur die Chance bekommen, dort auch zugreifen zu können. Das würde schwer werden.

Mit unsicher wirkenden Schritten ging ich zu meinem Ziel. Für einen Moment zögerte ich noch, bevor ich die Arme senkte und den Würfel abstellte.

Ich betrachtete ihn mir noch einmal.

Jetzt, bei Licht, erkannte ich es. Die beiden unterschieden sich tatsächlich in keinem Detail, und ich hatte nun die Chance, ein Gegengewicht zu dem Würfel des Unheils aufzubauen. Himmel, was wäre die Waffe für mich wichtig gewesen! Wie es aussah, würde ich auch an sie nicht herankommen, wie an den ersten Würfel.

Ich dachte wieder an Myxin und Kara. Die Schöne aus dem Totenreich hatte mir den Tipp gegeben. Weshalb, zum Henker, griff sie nicht ein? Durch die Flammenden Steine und deren Magie war es für sie ein Kinderspiel, Zeitreisen zu unternehmen.

Den ersten Befehl hatte ich erfüllt, richtete mich wieder auf und schob mich dann noch weiter an mein Kleiderbündel heran. Samaran nahm dies zwar zur Kenntnis, kommentierte es aber nicht. Sein Sinnen und Trachten war allein auf mich und den Würfel fixiert.

Er wollte sprechen und mir wahrscheinlich den nächsten Befehl geben, als ich ihm zuvorkam.

»Darf ich meine Pressluftflaschen ablegen?«

»Weshalb?«

»Sie behindern mich.«

Samaran überlegte. Ich vibrierte innerlich vor Spannung. In den folgenden Sekunden würde sich alles entscheiden. Mit bereits halb angewinkelten Armen schielte ich zu Samaran hin und wartete auf dessen Reaktion. Wenn er so handelte, wie ich es wollte, musste eigentlich alles glatt über die Bühne gehen.

»Ja, leg sie ab.«

Ich hätte jubeln können, so aber nickte ich und löste die Pressluftflaschen von meinem Rücken. Den Taucheranzug behielt ich an, auch die hinderlichen Schwimmflossen, aber man konnte nicht alles verlangen.

Obwohl ich weiterhin unter einer starken Nervenbelastung litt, ließ ich mir durch meine Bewegungen nichts anmerken. Ich drehte mich, während die Flaschen von meinem Rücken glitten.

Jetzt wandte ich Samaran den Rücken zu. Es ist ein

psychologischer Trick, dass sich jemand sicherer fühlt, wenn der andere ihm den Rücken zudreht. Ich hoffte nur, dass auch Samaran so reagierte, und tat zunächst einmal nichts, um dies zu ändern, denn gleichzeitig deckte ich durch meinen Körper auch seine Sicht auf das Kleiderbündel ab.

Schräg rutschten mir die Pressluftflaschen über die Schulter. Ich legte sie nicht auf die Planken, sondern auf das Kleiderbündel, wobei ich eine Hand darunter schob und plötzlich die Beretta fühlte.

»Komm wieder hoch, Sinclair!«

Samaran dauerte es zu lange, vielleicht war er auch misstrauisch geworden. Ich kam seinem Befehl nach. Bedächtig schraubte ich mich hoch, um plötzlich schnell zu werden und herumzuwirbeln.

Plötzlich wies die Mündung der Beretta genau auf Akim Samaran, und er hörte auch meine Stimme.

»Ab jetzt spielt hier die Musik, Hundesohn!«

Es war wie der berühmte Treffer in den Magen. Akim Samaran konnte es nicht fassen, dass sich die Szenerie schlagartig verändert hatte.

Die Chancen standen auf einmal gleich. Kamikaze besaß zwar die Maschinenpistole und damit auch die gefährlichere Waffe, aber ich war ebenfalls mit einem Schießeisen ausgerüstet, und dessen Mündung wies unmissverständlich auf den Diener des Spuks.

»Meine Kugel ist ebenso schnell wie die aus einer MPi!«, erklärte ich ihm.

Er nickte, obwohl er es wohl kaum so meinte. Auf seinem Gesicht zeigten sich die Gefühle, die ihn durchtobten. Wut, Angst und auch Überraschung las ich darin, und aus dem Hintergrund vernahmen wir das zischende Atmen des Killers.

Das Blatt hatte sich gewendet. Der Besitz zweier Würfel war plötzlich nicht mehr so utopisch geworden. Ich brauchte nur die Nerven zu behalten.

Zum Glück war ich kein Mensch, der zum Übermut neigte. Mit fast locker klingender Stimme sprach ich Samaran an. »Los, jetzt spielt hier die Musik. Leg den verdammten Würfel aus der Hand! Oder noch besser, bring ihn her!«

»Wohin?«

»Zu dem zweiten.«

»Das schaffst du nicht, Sinclair. Nein, das schaffst du nicht. Darauf nehme ich jede Wette.«

»Ich halte dagegen.« Er lachte nur hämisch, ansonsten tat er nichts.

Dafür schoss ich.

Alle erschraken, selbst Kamikaze, doch die Kugel klatschte nicht in Samarans Körper, sie fuhr dicht an seinem Kopf vorbei und verschwand in der Ferne.

»Reicht das?«

Er hatte den Kopf erhoben und nickte mir leicht zu. »Nicht schießen, Geisterjäger, ich komme.«

»Dann los!«

Er ging tatsächlich. Den Würfel hielt er zwischen seine Handflächen geklemmt, und eigentlich hätte alles normal sein können. Bis auf zwei Dinge, die mich gewaltig störten.

Es war der konzentrierte Gesichtsausdruck des Mannes und die leichten Bewegungen der Schlieren im Innern des Würfels. Sie zitterten nicht wegen der Bewegungen, die sein Träger vollführte. Es war ein anderer Grund, der sie reagieren ließ.

Sie wurden aktiviert und damit auch ihre Kräfte. Samaran hatte irgendetwas vor. Er wollte den Würfel einsetzen. Sein verzogener Mund deutete mir an, unter welch einer Nervenbelastung er litt.

»Ich werde es schaffen!«, flüsterte er. »Verdammt, ich werde es schaffen!«

»Lass es sein!«

Er ignorierte meinen Befehl, und ich konnte nicht gegen den Würfel halten, weil mir der Kontakt zum zweiten fehlte. Wenn ich ihn in die Hände nahm, musste ich die Beretta loslassen, so hatte ich praktisch mit meiner Aktion ein Eigentor geschossen.

»Brennen!«, flüsterte Samaran. »Brennen werdet ihr. Verbrennen im heißen Feuer der Magie!«

Er begann schauerlich zu lachen, während ich ihn noch einmal warnte. »Lass es, ich schieße!«

»Nein!«

Um der Sache und auch der Zukunft willen war ich in diesen Augenblicken fest entschlossen, auf Samaran zu feuern, denn es gab nur die Möglichkeit, ihn mit einer Kugel zu stoppen.

Mein Fehler, dass ich einfach zu große Hemmungen hatte und deshalb zögerte.

Der Würfel war schneller.

Nicht aus ihm schoss das Feuer, sondern aus den Planken. Ich sprang zurück, als sie plötzlich in die Höhe geschleudert wurden und der lange fauchende Flammenstrahl mich so sehr behinderte, dass er mir die Sicht auf alles andere nahm.

Schattenhaft sah ich, wie sich meine Freunde bewegten, und in das Lachen Akim Samarans hinein peitschte die erste Salve aus der Maschinenpistole über das Deck …

»Er ist kein Spiegel mehr, aber er ist brandgefährlich!«, sagte der kleine Magier in dem langen grünlichen Mantel, als er inmitten des Quadrats der Flammenden Steine stand, sie durch seine Magie aktiviert hatte, sodass er sich vorkam wie in einem goldenen Käfig.

Myxin trug die Totenmaske aus Atlantis.

Durch sie konnte er Dinge erkennen, die sich in der Vergangenheit ereigneten. Sie war gewissermaßen ein Fenster, und ihre fünf Augen leuchteten jeweils verschiedenfarbig auf.

Kara stand ebenfalls bei ihm. Die Schöne aus dem Totenreich hatte das Schwert mit der goldenen Klinge gezogen und stützte sein spitzes Ende gegen den Boden, wobei sie beide Hände um den Griff geklammert hatte und ihr Gesicht von einem starren Ausdruck beherrscht wurde.

Sie verstärkte die Magie.

Myxin, der die Maske trug, stöhnte. Er stand auch nicht

mehr still. Schwankend blieb er noch auf dem Fleck und kommentierte, was er durch die fünf »Augen« seiner Maske erkannte.

So erfuhr Kara vom Verschollensein der Freunde in der fernen Vergangenheit und auch von den Schwierigkeiten, die vor allen Dingen Suko und Bill durchmachen mussten. John Sinclair hatte man gezwungen, in die Tiefe zu tauchen und den zweiten Würfel zu holen.

Das alles konnte Myxin deshalb erkennen, weil er den magischen Kontakt aufrechterhielt. Nur Eingreifen konnte er nicht, da ihn etwas störte. Es war einfach die anders gepolte Magie des ersten Würfels, die eine zweite nicht zuließ.

So waren die beiden dazu verdammt, dem Kampf indirekt zuzuschauen, und so etwas ging auch an ihnen nicht spurlos vorbei.

Besonders Kara fühlte sich auf irgendeine Art und Weise schuldig. Sie hatte dafür gesorgt, dass sich der Geisterjäger auf die Spur des Würfels setzen konnte. Es war ihm gelungen, den Quader zu finden und mit ihm an die Oberfläche zu tauchen.

Das alles bekam Myxin mit. Er berichtete auch weiterhin davon, und Kara war gespannt, wie sich die Sache entwickelte.

»Vielleicht wird er ihn behalten!«, flüsterte der Magier. »Vielleicht schafft er es.«

»Und wie kommt er zurück?«

»Das müssten wir versuchen. Baue eine Brücke in die Vergangenheit, Kara. Es ist die einzige Chance, falls der Würfel sie nicht wieder zurückschafft. Aber das Risiko ist zu groß.«

»Es wird schwer sein …«

»Ich weiß.« Myxins Stimme hatte gepresst geklungen, sodass Kara aufmerksam geworden war.

»Ist etwas passiert?«

»Ja, das wird es gleich. John versuchte, sich aus der Affäre zu ziehen. Es wird verdammt schwer werden, aber er setzt alles auf eine Karte. Er ist gut.«

»Kann er es schaffen?«

»Ich weiß nicht ...« Myxin schwieg, sodass Kara nichts anderes übrig blieb, als weiterhin zu warten und auch zu versuchen, mit der Magie des Schwertes den Kreis zu schließen.

»Er hat seine Beretta!« Myxins nüchtern klingende Stimme unterbrach Karas Gedankengang.

»Setzt er sie ein?«

Myxin schwieg, bis er Sekunden später einen Kommentar gab. »Ja, er hat geschossen, aber nicht getroffen. Es war eine Warnung. Samaran geht jetzt auf ihn zu.«

»Trotz der Waffe?« Karas Stimme vibrierte.

Myxin gab keine direkte Antwort. Erst später flüsterte er: »Der hat etwas vor, verdammt! Samaran ist gefährlich, er wird keine Rücksicht kennen. Der Würfel, er setzt ihn ein!«

»Und John?«

»Verdammt, es geht los!«

Plötzlich drehte sich Myxin herum. In der Bewegung noch hatte er sich die Totenmaske vom Gesicht gerissen, dessen Haut nicht mehr grünlich schimmerte, sondern aschgrau wirkte. Sein Blick flackerte, sogar die dünnen Lippen zitterten.

»Was ist denn?!«, schrie Kara.

»Er kann es einfach nicht schaffen. Nein!!«

»Und wir?«

Für einen Moment zögerte der kleine Magier. Es schien, als wollte er sich auf die Zehenspitzen stellen. »Nimm dein Schwert, Kara, versuch es. Suche sie. Schlage die Brücke – oder ...« Die Stimme Myxins versagte, und er taumelte aus dem Quadrat ...

Der Killer-Kamikaze sah seine Chance. Bisher hatte er sich praktisch nicht bewegen dürfen! Jetzt wurde er zu einem schießwütigen Teufel, und seine Garbe peitschte schräg über das Deck, da er möglichst jeden erwischen wollte.

Suko und Bill hatten richtig reagiert und sich fallen lassen. Sie lagen verkrümmt da, aber ohne Deckung.

Vor mir fauchte das Feuer, und ich musste mit meiner, im

Vergleich zur MPi harmlosen Beretta gegen zwei Feinde angehen. Die Flammen, die sprühend und zischend aus dem Boden schlugen, bekamen immer neue Nahrung und fraßen sich blitzschnell weiter, und auch Samaran dachte nicht daran, sie zu stoppen.

Er hatte sie erschaffen und brauchte, da er sich im Besitz des Würfels befand, auch keine Furcht vor ihnen zu haben.

Deshalb trat er in die Feuersäule hinein.

Ich wollte und konnte mich in den folgenden Augenblicken nicht um ihn kümmern. Wichtiger war dieser schießwütige Killer, und der wusste genau, wie man eine Waffe handhabte und deren optimale Streuwirkung erzielte. Dass er noch keinen tödlich getroffen hatte, glich schon einem kleinen Wunder, doch in meine Richtung feuerte er nicht direkt, weil die Gefahr, seinen Boss zu treffen, einfach zu groß war.

Was ich hier so lange berichte, geschah innerhalb von Sekunden, nur kann man sich überstürzende Ereignisse nicht so schnell nachvollziehen.

Ich wechselte meinen Standort. Geduckt hastete ich quer über das Deck, hörte das harte Schlagen der Kugeln, kam für einen Moment aus dem unmittelbaren Blendbereich der Flammen und setzte meine Beretta ein.

Drei Schüsse feuerte ich ab, während ich mich dabei auf die Knie fallen ließ.

In die Mündungslichter hatte ich hineingezielt, mir sogar noch Ruhe gegeben, und was der Kerl mit seiner Ballerei bisher noch nicht geschafft hatte, brachte ich fertig.

Ich erwischte ihn.

Schreien hörte ich den Killer. Er sprang wie ein Hase zur Seite und war mindestens von einer Kugel erwischt worden, denn der Stoß hatte ihn bis vor die Reling getrieben.

Die MPi hielt er zwar noch krampfhaft fest, doch ihre Mündung wies schräg zu Boden, und dann knickte er auch mit dem Bein ein, sodass er flach auf die Planken fiel.

Tot war er nicht, nur angeschossen. Es gibt Tiere, die angeschossen gefährlicher sind als im Normalfall, und so ungefähr schätzte ich auch Kamikaze ein.

Aus dem Spiel war er noch nicht, aber ich brachte es auch nicht fertig, auf den Verletzten zu feuern. Ich bin kein Killer, bei mir funktionierte die Hemmschwelle.

Einen raschen Blick gönnte ich meinen Freunden. Sie hatten sich zum Glück aus dem Bereich der Flammen gewälzt und befanden sich in einer relativen Sicherheit.

Jetzt war Samaran wichtig – und auch der zweite Würfel. Ich hatte mich in den letzten Sekunden leider nicht um ihn kümmern können. Samaran wollte dessen Vernichtung. Wenn ich es nicht tat, würde er es übernehmen.

Also zurück.

Mit einem Tigersprung warf ich mich mitten in die Flammen hinein. Ich spürte ihre Hitze wie heiße Finger über meinen Körper gleiten und sah Samaran zum Greifen nahe vor mir, der ebenfalls von der Feuerwand umhüllt wurde und nicht verbrannte.

Ich ebenfalls nicht.

Und dann schrie ich die Formel.

»Terra pestum teneto – Salus hic maneto!«

Akim Samaran flog zurück. Die geballte Wucht einer weißen Magie hatte ihn und den Würfel getroffen. Er war nicht getötet worden, denn der Würfel des Unheils verfügte über eine so immense Stärke, dass er ihn auch vor der Kraft des aktivierten Kreuzes schützte. Aber er flog, wie vom Katapult geschleudert, aus der Flammenwand quer über das Deck, schlug irgendwo auf, und ich stand wieder im Freien, denn die Magie meines Kreuzes hatte es geschafft, das Feuer zu stoppen.

So wie es meinem Kreuz auch schon öfter gelungen war, sich dem Todesnebel entgegenzustemmen.

Ich stand wieder normal auf dem Deck, allerdings zeigte es sich an einigen Stellen verändert. Die Planken waren verkohlt, nur mehr schwarze Fragmente, die zum Glück meinem Gewicht standhielten.

Trotz seines gewaltigen Einsatzes hatte es Akim Samaran

nicht geschafft, an den Würfel heranzukommen. Der zweite, so wichtige Würfel wurde nun wieder meine Beute. Ich riss ihn an mich, hörte Bill Conolly erleichtert lachen und kümmerte mich nicht um die Freunde, so gern ich ihnen die Fesseln gelöst hätte.

Ich wollte Akim Samaran.

Die Wucht meiner Gegenattacke hatte ihn kampfunfähig gemacht. Leider nicht für so lange, wie ich es gern gewollt hätte, denn er war dabei, sich an den Querstreben der Reling hochzustemmen, um wieder auf die Beine zu kommen. Das gelang ihm auch, wobei er sich festklammerte und schwankend stehen blieb. Er sah erschöpft aus, aber er besaß noch den Würfel. Fest an sich gedrückt hielt er ihn, während ich den zweiten Würfel genommen hatte und auf Samaran zuging.

»Die Chancen stehen gleich!«, rief ich ihm zu. »Deinen Killer hat es erwischt, Samaran. Du bist mir einige Male entkommen. Jetzt hole ich dich!«

Meine Worte hatten zwar überzeugend geklungen, ich selbst war davon nicht so sehr angetan, denn Akim Samaran würde sich wehren. Das deutete er durch einen Ruck an. Der lief in seinen Körper hinein und schien ihm wieder Kraft gegeben zu haben, denn er spie mir seine Antwort entgegen.

»Versuch es nur, Sinclair, versuch es!«

Diesmal kannte ich kein Erbarmen. Ich konzentrierte mich auf den Würfel und auch auf den Todesnebel. Er war eine sichere Waffe, das hatte ich erlebt. Man soll nie Gleiches mit Gleichem vergelten. Ich hätte auch nicht gedacht, dass ich den Nebel selbst einmal einsetzen würde, da ich ihn hasste, doch in diesem Fall blieb mir nichts anderes übrig. Es gab einfach keine sichere Möglichkeit.

Meine eigenen Schritte hörte ich überlaut. Alle übrigen Geräusche waren nebensächlich geworden. Weder das Klatschen der Wellen noch das Schlagen des Wassers an die äußere Bordwand interessierten mich. Mein Blick galt einzig und allein diesem menschlichen Satan, der eine so gefährliche Waffe bei sich trug.

Er schaute mich mit flackernden Augen an. Aus seinem Mund zuckte die Zungenspitze, und er starrte plötzlich auf die Oberfläche des Würfels, wobei er sich gleichzeitig auf das konzentrierte, was auch ich vorhatte.

Akim Samaran wollte mit dem Todesnebel alles auslöschen.

Ich sah die ersten Schwaden bei ihm aus dem Würfel steigen. Bei meinem geschah das Gleiche, und schon jetzt bekam ich das Gefühl, erfolglos zu sein.

Wir schafften es beide nicht.

Die Kräfte der Würfel neutralisierten sich gegenseitig, sodass keiner als Sieger aus diesem noch nicht richtig angefangenen Kampf hervorgehen würde.

Als ich das wutverzerrte Gesicht Akim Samarans sah, musste ich einfach lachen und sagte danach: »Jetzt hole ich mir auch deinen Würfel, Akim. Als Mensch ohne magische Waffen und Helfer bist du mir überlegen. Ja, ich weiß jetzt, weshalb du den zweiten Würfel unbedingt zerstört haben wolltest, aber das ist ein Irrtum deinerseits gewesen. Ich habe ihn und werde ihn …«

»John, pass auf!«

Ich drehte mich um, als ich Bills Stimme hörte.

Es war wie ein Schattenmuster, das aus der Tiefe zu uns in die Höhe stieg und einen wolkenartigen Ring um das Boot gelegt hatte. Die Sonne war schon verdunkelt worden, eine tödliche Dämmerung zog über diesen Teil der See.

Dafür trug nur einer die Verantwortung.

Der Spuk!

Er war da, und er sollte zuschlagen. Da Samaran den Würfel des Unheils besaß, war er einfach zu wichtig für ihn geworden, als dass er ihn hätte im Stich lassen können. So griff er ein, wie man es von ihm gewohnt war. Lautlos, tückisch und gefährlich.

Auch Samaran hatte die Wolke bemerkt. Er begann plötzlich zu lachen, riss sein Maul weit auf, sodass in seinen Augen fast der Irrsinn flackerte.

Und der Spuk machte es hart.

Ich spürte zuerst das Vibrieren unter meinen Füßen. Gleichzeitig wurde Samaran vor meinen Augen in die Höhe geschleudert. Er trieb in die Wolke hinein, die sich veränderte, an einer Seite lang zog und einen Dimensionstunnel bildete, der Akim Samaran vor meinen Augen verschluckte. Das Gleiche geschah auch mit Kamikaze. Er wurde ebenfalls in den Tunnel hineingewirbelt und regelrecht fortgezerrt, wobei er auf mich wirkte wie eine Puppe, der man eine Maschinenpistole in die Hand gedrückt hatte, denn von seiner Waffe wollte er sich auf keinen Fall trennen.

Der große Rest der Wolke quoll über das Schiff. Er raubte uns ganz plötzlich die Luft. Auch Bill und Suko erwischte es, die mit verzerrten Gesichtern und weit aufgerissenen Mündern über Deck rollten, um dem Gefahrenbereich zu entfliehen.

Das war nicht mehr möglich, denn die Wolke schloss sich gleichzeitig über unseren Köpfen, drückte immer tiefer und sorgte dafür, dass die grausame Magie des Spuks das Boot umschloss.

Dann sprach er mit dröhnender Stimme. »Du hast zwar den Würfel, Sinclair, aber ich hole dich zu mir. Freude sollst du nicht an deinem Besitz bekommen. Ich werde deine Freunde und dich quälen, martern und zu Tode foltern, bis du mich darum bittest, den zweiten Würfel zu zerstören. Das habt ihr euch selbst zuzuschreiben …«

Im selben Augenblick zerbrach das Schiff.

Es geschah so schnell, als hätte ein Riese mit dem entsprechenden Schwert darauf geschlagen. Wir konnten uns nicht mehr halten, rutschten weg. Suko überrollte mich noch, und wir lagen plötzlich in den Wasserfluten. Hilflos, denn über uns ballte sich die Wolke noch konzentrierter zusammen, während um uns herum die gefährlichen Strudel entstanden, die ein Schiff zwangsläufig mit sich bringt, während es in der Tiefe versinkt.

Auch Bills Gesicht sah ich dicht vor mir. Die beiden Freunde waren gefesselt, sie würden kaum schwimmen können. Dann kam der Augenblick, als die Wolke plötzlich aufriss und uns ein anderer Sog erfasste.

An Wunder wollten wir nicht glauben. Und es war auch kein Wunder, wenn man sich so mit der Magie auskennt wie wir.

Kara und Myxin hatten die Brücke erschaffen. Der Weg zurück in die Gegenwart war frei.

Die Flaming stones, oft angegriffen, aber nie zerstört, hatten uns wieder einmal gerettet …

Und in der Gegenwart bekamen Suko und Bill ihre Fesseln gelöst. Der Reporter stöhnte vor Schmerzen, als das Blut wieder in die schon fast völlig abgestorbenen Adern schoss. Beide bekamen Verbände, doch das war jetzt nicht so wichtig.

Wir lebten, und wir besaßen etwas, das unsere Gegner auf keinen Fall unterschätzen durften.

Den zweiten Würfel!

Nur Bill Conolly moserte noch. Auch er wurde zufrieden gestellt, denn Myxin gab ihm später das zurück, was ihm gehörte.

Die goldene Pistole.

»Und jetzt«, sagte Bill, »können sie kommen. Denen werden wir schon zeigen, wer der Herr ist.«

Ich war da nicht so optimistisch, hoffte jedoch, dass ich mich irrte. Das allerdings musste die Zukunft erweisen …

ENDE

Ich und der Poltergeist

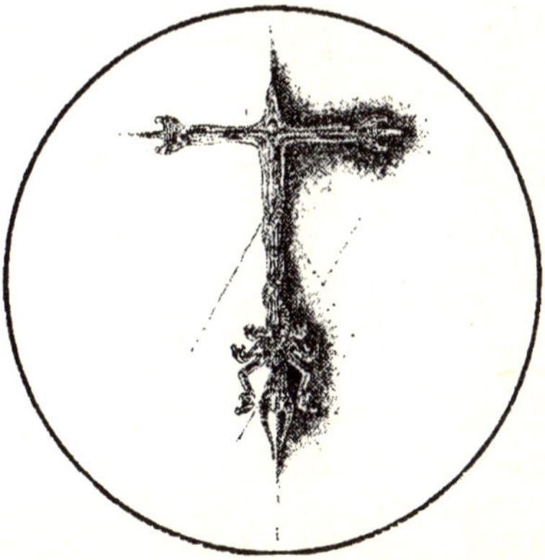

Die Hand kam, begleitet vom flüsternden Klang der Stimme, aus dem Halbdunkeln und legte sich auf meine rechte Schulter. »Hast du nichts gehört, John?«

»Nein.«

»Er war aber wieder da!«, behauptete Sarah Goldwyn.

»Dann kommt es sicherlich noch mal zurück.«

Lady Sarah seufzte. »Glaubst du mir überhaupt. John?«

»Ja.«

Die ältere Dame war noch nicht von meiner Antwort überzeugt. »Es sind also nicht die Spinnereien einer alten Frau?«

»Richtig.«

Sie lachte leise, um einen Moment später still zu sein. »Da!«, hauchte sie, »da war wieder etwas.«

Ich konzentrierte mich. Lady Sarah hatte sehr engagiert gesprochen. Ich glaubte ihr. Sie war keine Spinnerin. Nicht umsonst hatte sie mich zu sich gebeten.

Und nun hörte ich auch Geräusche. Wir standen im Erdgeschoss des Hauses und lauerten in der Finsternis. Durch die Dunkelheit grollte das Poltern. Ein unheimlicher Klang hallte durch das Haus, und mir trieb es, ebenso wie Lady Sarah, eine Gänsehaut über den Rücken.

»Na, habe ich gelogen?«, wisperte Sarah Goldwyn.

»Nein.«

»Da oben ist niemand, John. Wenigstens habe ich niemanden ins Haus gelassen. Seit einigen Tagen geht das so. Manchmal leiser, dann wieder lauter. Hin und wieder fürchte ich, dass sich dort oben tatsächlich jemand versteckt hält.«

»Und wenn du hinaufgehst?«

Im Dunkeln sah ich ihre abwinkende Handbewegung. »Das habe ich auch schon getan. Doch es war niemand anzutreffen. Alles scheint sich gegen mich verschworen zu haben, John.«

»Na ja. Jetzt bin ich da. Vielleicht finde ich ja diesen komischen Eindringling.«

»Das ist kein komischer Eindringling!«, hielt Lady Sarah dagegen.

»Sondern?«

»Ein Poltergeist. Ganz einfach, John. Ich habe in meinen

Büchern nachgeschaut. Wer so reagiert, ist ein Poltergeist. Darüber habe ich genug gelesen.«

»Wie gefährlich ist er denn?«, erkundigte ich mich.

»Das kann man nie so genau sagen. Der eine ist schlimmer, der andere harmloser. Ich hoffe, dass meiner, der sich hier im Haus aufhält, zu der harmlosen Sorte gehört.«

»Noch ist es nicht sicher«, widersprach ich.

»Lass es dir gesagt sein, mein Junge. Ich habe einen unangemeldeten Gast und möchte ihn wieder loswerden.«

»Deshalb bin ich hier.«

In der Tat hatte mich Sarah Goldwyn angerufen, einmal bei ihr vorbeizuschauen. Ich hatte sie einige Male vertrösten müssen, zudem bestand für die alte Dame keine unmittelbare Gefahr, und so waren vier Tage vergangen, bis ich endlich Zeit fand, mich um Lady Sarah zu kümmern. Sie hatte davon gesprochen, dass sich der Poltergeist am späten Abend bemerkbar machte. Deshalb war ich erst zum Abendessen gekommen. Wir hatten geplaudert und uns dann auf die Lauer gelegt.

Ich hatte mich ausfragen lassen und gern von unseren Erfolgen und weniger gern von den Misserfolgen berichtet. Erfolge waren zu verzeichnen gewesen, denn uns war es tatsächlich gelungen, den zweiten Würfel einzuheimsen.

Eine kaum glaubhafte Tatsache. Jetzt konnte mich der erste Würfel nicht mehr unter Druck setzen, denn das Duplikat versetzte mich in die Lage, die Kräfte des ersten zu neutralisieren.

Der Kampf stand wieder unentschieden.

Nun, der Würfel interessierte mich momentan nicht so sehr, wichtiger waren die komischen Geräusche, die in der Nacht durch das Haus der Lady Sarah hallten.

Ich selbst hatte sie schließlich auch gehört, obwohl ich noch nicht davon überzeugt war, dass es sich tatsächlich um einen Poltergeist handelte.

Lady Sarah stand neben mir. Ich merkte, dass sie zusammenzuckte, als sie abermals ein dumpfes Geräusch vernahm. Dieses hohle Echo kam von oben und schwebte die steile Treppe hinab in den Flur, wo wir beide uns aufhielten.

»Das ist doch nicht normal«, wisperte die alte Dame.

»Nein, das nicht.«

»Also müssen wir etwas unternehmen.«

Ich war ebenfalls dieser Ansicht und gab ihr ein Zeichen, im Flur zu bleiben.

»Willst du allein gehen?«

»Ja.«

»Das kann ich nicht zulassen. Bisher hat mir der Geist nichts getan. Ich werde mich ihm stellen. Du kannst mich ja beschützen, wenn du unbedingt willst.«

Sarah Goldwyn gehörte zwar nicht mehr zu den Jüngsten, aber sie hatte ihren eigenen Kopf. Ich wusste, dass ich ihr das Vorhaben nicht mehr ausreden konnte. Sie wollte mit mir gehen. Überstimmt willigte ich ein.

»Wenn ich nur wüsste, was er will!«, hauchte sie. »So ganz gefährlich scheint er ja nicht zu sein.«

»Wieso?«

»Dann hätte er mich doch umgebracht«, erwiderte sie mit einer nahezu entwaffnenden Offenheit.

»Wenn man es so sieht.«

»Das muss man so sehen, mein Junge. Aber jetzt zur Sache. Das Geräusch ist von oben gekommen. Wir werden uns die Treppe hochschleichen und in mein Archiv gehen. Da hält er sich auf. Der will da alles nur durcheinander bringen. Einige Male habe ich schon aufräumen müssen. Ich hatte aber das Gefühl, als würde er etwas suchen.«

»Was denn?«

»Keine Ahnung, John. Ich glaube aber nicht, dass er es gefunden hat, sonst wäre er ja nicht zurückgekehrt.«

Diese Logik war bestechend. Ich hob die Schultern und bat Lady Sarah, leise zu sein.

»Was denkst du von mir? Ich habe sogar meine Ketten abgenommen, falls dir das noch nicht aufgefallen ist.«

»Sorry.«

»Macht nichts. Ich kenne euch Männer ja.«

Noch wollte ich nicht gehen. »Hast du denn einen Verdacht, wer bei dir poltern könnte?«

Sie überlegte einen Moment. In der Düsternis erkannte ich, dass sie den Kopf schüttelte. »Keinen genauen, weißt du …«

»Aber doch einen.«

»Ja, so ungefähr. Bei dem Poltergeist könnte es sich um einen Gruß aus dem Jenseits handeln.«

Ich nickte. »Damit müssten wir rechnen. Fragt sich nur, um welchen Geist es sich da handelt.«

»Es wird einer sein, der mich kennt.«

»Bist du denn bei einigen bekannt?«

»Keine Ahnung. Aber ein Geist hält sich in meinem Haus auf. Und er ist auf der Suche nach etwas.«

Das war das Schlimme. Ich kannte Lady Sarah und ihren großen Sammlertick. Sie hortete alles, was mit Horror, Grusel und Grauen zu tun hatte. Dabei spielte es keine Rolle, ob es sich um populärwissenschaftliche Bücher handelte oder um einen neuen Streifen für ihre Videothek, die mehr als die Hälfte des geräumigen Dachbodens einnahm. Die andere Hälfte wurde von der Bücherei eingenommen, denn Literatur aller Art hatte die Horror-Oma, wie sie scherzhaft genannt wurde, ebenfalls dort oben aufbewahrt.

»Ich lasse dir den Vortritt«, flüsterte sie.

»Danke.«

An der Horror-Oma schob ich mich vorbei. Da ich dem Haus schon des Öfteren einen Besuch abgestattet hatte, kannte ich mich aus. Ich wusste auch, welche der alten Holzstufen knarrten, und verhielt mich entsprechend. Machte ich zu viel Lärm, war der Poltergeist gewarnt. Er war sowieso in der besseren Ausgangsposition. Er konnte mich oder uns am Ende der Treppe erwarten und auch angreifen.

Hinter mir vernahm ich die Schritte der Horror-Oma. Sie hielt sich in meiner Trittfolge, und so sah ich keinen Grund, schneller zu gehen.

Im Gegenteil, ich stoppte sogar noch, denn ich hatte abermals die Geräusche vernommen.

»Er ist noch da!«, sagte die Horror-Oma.

Und wie er da war! Diesmal vernahm ich die Laute sogar wesentlich hallender, als wäre über uns etwas umgekippt worden, und das Echo lag noch in der Luft, als wir beide schon ein böses Zischen vernahmen.

Ich griff unwillkürlich zur Beretta, obwohl es ja im Prinzip Unsinn war, denn einen Geist konnte ich mit einer Kugel nicht stoppen. Es war nur eine reine Schutz- oder Reflexbewegung gewesen.

»Weshalb gehst du nicht weiter?«, fragte Lady Sarah.

»Warte noch.«

»Das ist keine Antwort, Söhnchen.«

Wusste ich selbst, nur hatte ich das komische Gefühl, dass bald etwas passieren würde, und ich hatte mich nicht getäuscht, denn das hohle Pfeifen hatte keiner von uns ausgestoßen.

Das war aus dem Rachen oder Maul eines anderen gedrungen, den wir einen Lidschlag später sahen.

Er kam von oben.

Und er war schnell.

Die Dunkelheit schien an einer gewissen Stelle zu explodieren. Sie wurde regelrecht zerrissen, eine grüne Insel entstand, die sich gedankenschnell ausbreitete, zu einem Streifen wurde und blitzschnell auf uns zujagte …

Wie groß die Gefahr war, konnte ich nicht sagen, musste aber mit dem Schlimmsten rechnen, und hatte auch nicht viel Zeit, mir eine Gegenreaktion einfallen zu lassen.

Ich schaute die Stufen hoch, sah den grünen Schimmer, der ungewöhnlich schnell wurde und in einem Zickzackkurs über die Treppe hinweg nach unten raste.

Da war keine Chance für mich.

Ich warf mich noch nach rechts gegen das Geländer, hielt mich dort mit der linken Hand an einem der Querstäbe fest, während ich den rechten Arm nach hinten schleuderte und Lady Sarah zu fassen bekam, denn sie sollte auf keinen Fall nach unten stürzen.

Dann war der Geist vorbei.

Ein böses Fauchen vernahmen wir beide noch, bevor er uns

passierte, sich drehte und unten im Flur so verschwand oder sich auflöste, als hätte es ihn nie gegeben.

Ich stand da und wusste nicht, was ich sagen sollte.

Auch die Horror-Oma sprach kein Wort. Nur ihren schweren Atem vernahm ich, ansonsten enthielt sie sich eines Kommentars. Da ich noch immer ihren Arm festhielt, merkte ich schon, wie sehr sie zitterte. Dieser geisterhafte Überfall war ihr an die Nerven gegangen.

Schließlich sagte sie etwas, das mich überraschte. »Es ist nicht allein die Tatsache, dass der Geist da ist, sondern dass er sich in meinem Haus aufgehalten hat oder noch aufhält, wo ich doch sicher war, die Tür abgeschlossen zu haben.«

»Na ja, Geister denken eben anders.«

»Falls sie das können.«

»Stimmt auch wieder. Nur frage ich mich, weshalb er sich gerade dein Haus ausgesucht hat.«

»Vielleicht wollte er etwas nachlesen oder sich einen Film anschauen«, witzelte sie.

Ich war froh darüber, dass Lady Sarah ihren Humor nicht verloren hatte, aber bis sie eingeschüchtert war, dauerte es eine Weile, und da musste man schon härtere Kaliber auffahren. Die Horror-Oma war eine außergewöhnliche Person. Sie hatte schon einiges hinter sich und sogar gegen Zombies oder Werwölfe gekämpft.

Bisher hatte ich es vermieden, die Lampe einzuschalten. Das holte ich nun nach. Meine schmale Bleistiftleuchte zückte ich und knipste sie an.

Sehr dünn war der Strahl, nicht dicker als ein Finger, aber er reichte aus. Wir gingen vor, blieben auf dem Treppenabsatz stehen, und ich suchte den Boden ab, was Lady Sarah nicht verstand, sie schüttelte den Kopf.

»Was suchst du denn da?«

»Spuren.«

Sie lachte leise. »Von einem Geist?«

»Genau.«

»Aber die hinterlassen doch keine …«

»Weißt du das genau?«

Sie grummelte etwas, und ich machte weiter. Im Kreis schwenkte ich die kleine Lampe und sah nur das normale Holz, aber keine Spuren. Weder Schleim noch Tropfen oder andere Dinge, die auf ihn hingewiesen hätten. Der alte Treppenabsatz sah völlig normal aus.

»Achte nicht auf den Staub, meine Putzfrau liegt mit einer Grippe im Bett.«

»So etwas sehe ich gar nicht.«

»Wer kann's wissen?«

Es hatte keinen Sinn, sich weiterhin zu mühen. Uns blieb nur eines übrig: Wir mussten weiter hoch und unter dem Dach suchen. Dort hatte sich der Geist bestimmt aufgehalten.

Ich deutete die Treppe hinauf. »Dein Archiv wird ihn interessiert haben.«

»Und dann können wir alles aufräumen«, stöhnte Sarah Goldwyn. »Man weiß ja, wie das mit den Geistern ist. Die bringen viel durcheinander und nehmen keine Rücksicht auf eine alte Frau.«

Ich musste lachen und freute mich darüber, dass Lady Sarah ihren Humor nicht verloren hatte.

Ich musste daran denken, dass ich Ähnliches schon einmal erlebt hatte. Aber das lag lange zurück. Da hatte sich ein Werwolf im Haus der Sarah Goldwyn versteckt gehalten, und durch diese Bestie hatten wir beide uns praktisch kennen gelernt.

Nun war es ein Geist.

Irgendwas musste dieser alte Bau an sich haben, wenn er von solchen Geschöpfen heimgesucht wurde. Vielleicht stand er auf einem Gelände, das irgendwann einmal verflucht worden war. Man musste in meinem Job alle Möglichkeiten in Betracht ziehen.

Auch auf der nächsten Treppe blieb Lady Sarah hinter mir. Sie hätte das Treppenhaus umbauen lassen müssen, so wurde es, je höher wir gingen, immer enger.

Aber wir erreichten unangefochten unser Ziel, und ich sah auch den Schalter an der Wand. Ich machte Licht.

Sofort sah die Welt anders aus. Die Dunkelheit wurde

vertrieben. Es flutete zwar keine strahlende Helligkeit durch das Treppenhaus, doch es war so viel Leuchtkraft vorhanden, dass wir jede einzelne Stufe erkennen konnten.

Ich schaute einen Teil des Weges zurück. Auch jetzt entdeckte ich keinerlei Spuren.

»Los, zum Dach!« Die Horror-Oma konnte es kaum erwarten. Sie wirkte nervös, kein Wunder.

Ich musste sie sogar zurückhalten. »Warte, warte, da läuft dir schon keiner davon.«

»Sicher.«

Wir standen in einem kleinen Flur. Er war rechteckig angelegt. Eine Tür führte zum Dachboden, sie stand sperrangelweit offen. Ich schaute Lady Sarah fragend an. »Hast du sie so offen gelassen?«

»Nein.«

»Dann muss es der Geist gewesen sein.«

»Wenn du meinst …«

Nur wenige Schritte brauchte ich zu gehen, um den ausgebauten Dachraum zu erreichen. Die Handwerker hatten sich damals sehr viel Mühe gegeben. Sie hatten auch durch zwei vorspringende Gauben mehr Platz geschaffen, sodass die Horror-Oma ihre zahlreichen Regale hatte unterbringen können.

Es war gemütlich hier oben. Dafür sorgten auch eine Couch und zwei Sessel. Natürlich gab es einen Fernsehapparat und einen Rekorder. Diese Dinge sah ich, als ich das Licht einschaltete und selbst auf der Schwelle stehen blieb.

Mein Blick glitt durch den Dachraum, und ich sah zum ersten Mal, was da gepoltert hatte.

Auch Lady Sarah entdeckte es. Sie schaute über meine rechte Schulter hinweg. »Nein, das darf nicht wahr sein. Verflucht auch«, fügte sie ganz undamenhaft hinzu, »jetzt kann ich alles wieder einräumen.«

Damit hatte sie Recht.

Nicht nur der Inhalt eines Regals war umgekippt, die Bücher lagen verstreut auf dem Boden, auch eine Kommode war auf die Seite gefallen. Die Türen hatten sich bei dem Fall geöffnet. Zahlreiche Videokassetten waren aus den Fächern gerutscht. Sie bildeten vor der gefallenen Kommode einen regelrechten Wirrwarr.

Ich betrat das Zimmer. Das Licht hatte ich schon eingeschaltet. Einige Strahler warfen ihren direkten Schein senkrecht oder schräg in den Raum mit den schrägen Wänden hinein. Innerhalb ihrer Streifen schimmerten und zitterten zahlreiche Staubkörnchen. Sie waren wolkenartig aus dem Teppich gequollen.

Ich durchschritt den Raum. Lady Sarah war zwischen den Büchern und den zahlreichen Filmhüllen stehen geblieben. Sie hatte Tränen in den Augen. Ich wusste selbst, welche Mühe es ihr bereiten würde, das ganze Zeug wieder einzuräumen.

»Keine Sorge, Sarah«, beruhigte ich sie. »Ich werde dir dabei helfen.«

»Und wann?«

»Jetzt natürlich nicht.« Ich musste lächeln. Lady Sarah machte da keine Ausnahme. Wie alle Frauen wollte sie so rasch wie möglich Ordnung in ihrer Wohnung haben.

Während sie stehen blieb und sich ihre Gedanken um die Einräumarbeiten drehten, inspizierte ich das Dachgeschoss. Das Licht fiel auch in die Ecken, in die ich ebenfalls sehr genau hineinschaute, ohne allerdings etwas zu entdecken. Spuren hatte der Geist nicht hinterlassen.

Ich rief mir die Szene auf der Treppe noch einmal in Erinnerung. Gesehen hatten wir beide von ihm so gut wie nichts. Nur einen huschenden Streifen, der vorbeiwirbelte. Das war alles gewesen. Er hatte uns durch seine Taten genarrt und uns gleichzeitig klar gemacht, dass wir auf eine gewisse Art und Weise ihm gegenüber hilflos waren.

Vier Fenster hatte die ausgebaute Dachkammer. Zwei waren schräg, die anderen beiden befanden sich als Endziele innerhalb der vorspringenden Gauben. Ich stemmte eines der schrägen Fenster in die Höhe, beugte mich hinaus und schaute nach draußen.

Die Luft war kühl und nass. Ein warmer Tag lag hinter uns,

doch am Abend hatte es sich zugezogen gehabt, und wenig später waren die wolkenbruchartigen Regenfälle gekommen und auch ein knatterndes Frühjahrsgewitter. Jetzt hingen Dunstschleier zwischen den Hauswänden oder trieben dampfend über die Fahrbahnen. Sogar aus den Gullys krochen sie als geisterhafte Gebilde.

Ich schaute über einige Dächer hinweg, sah dunkle Baumkronen, auch höhere Häuser, aber ich entdeckte keinen grünen Schein über den Häusern oder am Himmel.

Entweder befand sich der Geist noch im Haus, oder er hatte sich ganz verzogen.

Ich schloss das Fenster wieder und sah Lady Sarah durch den Dachraum gehen, den Blick dabei zu Boden gerichtet.

»Suchst du etwas?«, fragte ich.

»Ja, ich möchte nachschauen, ob der Geist möglicherweise etwas mitgenommen hat.«

»Hast du einen Verdacht?«

»Noch nicht.«

Ich lächelte. »Weshalb hat er nur dieses eine Regal und nicht die anderen umgekippt? Sollte sich der Gegenstand, den er gesucht hat, möglicherweise in diesem Regal befunden haben?«

»Oder zwischen den Videofilmen.«

»Das kann auch sein.«

Ich war näher gekommen und neben den Büchern stehen geblieben. Mit dem ausgestreckten Zeigefinger deutete ich auf den Lesestoff. »Was kann darunter so Besonderes sein, dass sich ein Geist dafür interessiert?«

»Ich weiß es nicht.«

»Du hattest die Bücher doch geordnet. Welche Gebiete oder Sachthemen befanden sich in diesem Regal?«

Lady Sarah strich über ihre Stirn. Dann setzte sie ihre Brille auf, die an einem Band aus Leder um ihren Hals hing. Sie verzog die Mundwinkel, furchte die Stirn und strich über ihren schmalen Nasenrücken. »Eigentlich hatte ich in dem Regal mehr persönliche Bücher gestapelt, die wenig mit meinem Hobby zu tun haben.«

»Wie soll ich das verstehen?«

»John, du weißt, dass ich dreifache Witwe bin. Die Bücher sind gewissermaßen Erinnerungsstücke an meinen letzten Mann. Seine persönlichen Bücher, die er bevorzugt hatte. Klassiker befinden sich darunter. Goethe, Schiller, auch Shakespeare und Lessing. Die Klassiker der Weltliteratur. Schau du nur die Einbände an. Das ist noch alles Leder, wenn auch schon brüchig, aber die Bücher sind wertvoll geworden.«

»Und eventuell interessant für einen Geist.«

»Was ich wiederum nicht begreife.«

»Befinden sich denn nur Klassiker darunter?«

»Nein, auch andere Schriften.«

Ich bückte mich und wühlte den Stapel durch. Automatisch las ich dabei die auf den Bücherrücken stehenden Titel. Mit Geistern oder Dämonen hatten diese Bücher nichts zu tun. Es gab auch neue Literatur darunter, die Werke einiger Nobelpreisträger, Gedichtbände, Lyrik und nur hin und wieder ein Buch, dessen Inhalt sich mit übersinnlichen Dingen beschäftigte oder auf das Gebiet der Parapsychologie zurückgriff.

Achselzuckend erhob ich mich wieder. »Keine Spur. Wenigstens keine, die wir erkennen können.«

»Das ist für mich auch ein Rätsel.«

Ich strich über mein Haar. »Ob wir ihn zu sehr gestört haben?«, fragte ich leise.

»Das kann sein, aber weshalb hat er die Kommode mit den Kassetten umgekippt?«

Eine berechtigte Frage, das musste ich zugeben. »Stimmt auch wieder.« Ich ging in die Hocke, nahm einige Filmhüllen hoch und klappte sie auf. Es waren die bekannten Grusel- und Actionstreifen, die auch in den Kinos zu sehen gewesen waren.

Nicht diese grausamen Schocker, die in letzter Zeit Schlagzeilen gemacht hatten, wollte Lady Sarah sehen, sondern spannende Filme. Und mir erging es genauso.

»Wir haben ihn wohl gestört«, fasste Lady Sarah zusammen. »Daran glaube ich immer mehr.«

Ich ließ die letzte Hülle fallen. »Es gibt nur eins, wir müssen auf seine Rückkehr warten und ihn selbst fragen.«

»Das meinst du doch nicht im Ernst, John?«

»Doch.«

»Aber es ist unmöglich. Ich kann meinem Geist nicht befehlen, jetzt einfach zu kommen oder …«

»Stimmt, er ist uns voraus. Er kann agieren, während wir reagieren müssen.«

»Hast du denn keine Idee?«

Ich hob die Schultern. »Leider nicht.«

»Wir müssen noch einmal suchen«, schlug Lady Sarah vor, »und jedes einzelne Buch genau durchgehen.«

»Das wäre nicht schlecht, würde aber mindestens die folgende Nacht in Anspruch nehmen.«

»Wäre das sehr schlimm?« Die Horror-Oma hatte den Kopf schräg gelegt und schaute mich so bittend an, dass ich lachen musste und einfach nicht Nein sagen konnte.

»Okay, ich bin dabei.«

»Nicht, dass du wegen mir morgen Früh etwas im Büro versäumst oder dich dein Chef zur Schnecke macht.«

»Nein, das nicht.«

»Zur Not rufe ich ihn an.«

»Das wäre eine Idee«, erwiderte ich lächelnd. »Vor dir hat selbst Sir James Respekt.«

»Bitte keine Übertreibungen!«

»Und wie machen wir es?«

»Wir teilen«, erklärte Lady Sarah. »Du eine, ich eine. Da werden wir schon irgendwann auf eine Spur stoßen. Weshalb soll dieser komische Geist schlauer sein als wir?«

Eine berechtigte Frage, unter Minderwertigkeitskomplexen hatte Sarah Goldwyn noch nie gelitten.

»Und wie sieht es mit den Filmen aus? Ich habe erst einige Hüllen durchgeschaut. Es gibt bestimmt noch Streifen darunter, die für einen Geist interessant sein können.«

»Bis auf einige Ausnahmen sind das alles Spielfilme. Bevor es Video gab, hatte ich noch eine Schmalfilmkamera, davon sind auch noch einige Streifen vorhanden.«

»Auch Spielfilme!«

»Nein, Erbschaften meines letzten Mannes. Richard Emmerson Goldwyn. Er war ein Filmfreak und ist für sein Leben gern gereist. Besonders Asien hatte es ihm angetan. Von jeder Reise brachte er einen Film mit. Ich habe ihn nur selten begleitet, mir aber die Filme stets angesehen, die immer interessant waren.«

»Reine Kulturfilme?«

»Ja.«

»Was hat dein Mann von deinem Hobby gehalten? Du hattest dich doch schon damals damit beschäftigt.«

»Oh, er akzeptierte es nicht nur, er unterstützte mich, so gut er konnte. So manch kostbares Buch hat er mir von seinen Reisen mitgebracht. Er trieb sie in Hongkong oder Tokio auf. Darin war er gut, die Zeit hat er sich auch stets genommen.«

»Eine Verbindung zu den Büchern und dem Erscheinen des Geistes siehst du nicht?«

»Wieso?«

Ich hob die Arme. »Man muss eben alle Möglichkeiten ausschöpfen.«

»Das ist mir zu weit hergeholt, obwohl es ein Motiv geben muss. Aus lauter Spaß an der Freude ist der Geist sicherlich nicht hergekommen.«

Dem widersprach ich nicht.

Sarah Goldwyn steckte wieder voller Aktivitäten. Sie baute sich vor mir auf und stemmte die Hände in die Hüften. »Fangen wir mit der Suche an, John?«

»Was bleibt mir anderes übrig.«

Sie blickte mir scharf ins Gesicht. »Jetzt tust du so, als hättest du keine Lust.«

»Keine sehr große.«

»Was würdest du denn lieber machen?«

»Den Geist jagen.«

»Ich auch«, gab die Horror-Oma zu. Sie wollte noch etwas hinzufügen, kam aber nicht dazu, denn von einem Augenblick zum anderen änderte sich die Szenerie.

Plötzlich verlöschte das Licht!

Wir standen im Dunkeln, schauten uns an, ohne uns eigentlich zu sehen, bis sich die Augen an das schwache Licht gewöhnt hatten, das durch die grauen Vierecke der Fenster sickerte, sodass es auf dem Dachboden nicht völlig finster war.

Vor Überraschung war uns die Sprache weggeblieben, bis die Horror-Oma mir zuflüsterte: »Hast du das zu verantworten?«

»Was?«

»Die Dunkelheit?«

»Nein, ich habe das Licht nicht gelöscht.« Während der Antwort befand ich mich schon auf dem Weg zum Schalter, erreichte und drehte ihn herum, doch es blieb dunkel.

Lady Sarahs Lachen klang kratzig. »Da hat wohl jemand im Haus die Hauptsicherung herausgedreht.«

»Und wo befindet sich die?«

»Im Keller.«

Ich überlegte, ob ich hingehen und nachschauen sollte, aber das war wohl nicht der Sinn der Sache, denn ich konnte Lady Sarah unmöglich allein lassen.

Das sagte sie auch. »Bleib lieber hier, John. Es ist besser so.«

»Ja.« An der Tür hielt ich mich auf und war längst davon überzeugt, dass der geheimnisvolle Geist, von dem wir zuvor nur einen grünen Streifen gesehen hatten, für den Stromausfall verantwortlich war.

Hinter mir hörte ich Lady Sarahs behutsam gesetzte Schritte. Sie berührte mich. »Er muss es gewesen sein, nicht wahr?«

»Genau.«

»Dann hat er wahrscheinlich das Haus nicht verlassen und sich unten im Keller versteckt gehalten.«

»So sehe ich es ebenfalls. Nur – was kann er da finden? Hast du dort auch noch Bücher aufbewahrt?«

»Nein, nur Vorräte. Dosenobst und Konserven. Was man so im Haus hat.«

»Er wird ja wohl keine Pfirsiche oder Erdbeeren essen wollen.«

»Trau schau wem.«

Lady Sarah hatte auf alles eine Antwort. Die Gefahr hatte sich noch nicht verdichtet. Trotzdem wurde ich das unangenehme Gefühl nicht los, und ich dachte auch an die ältere Frau, die ich gern aus der Gefahrenzone bringen wollte. Nach unten konnte sie nicht, sie musste schon oben bleiben, nur sollte sie sich, wenn es eben möglich war, verstecken.

Ich schlug der Horror-Oma vor, sich zurückzuziehen.

»Und wohin?«

Die Frage war gut. Verstecke gab es auf dem Dachboden nicht. Mein Blick fiel auf den offenen Kamin. Dahinter konnte sie sich auch nicht verbergen und auch nicht hineingehen. Was also blieb noch?

Lady Sarah selbst kam auf die Idee. »Ich werde mich hinter die Truhe kauern.«

Der Vorschlag gefiel mir, denn die Truhe stand an der von der Tür am weitesten entfernten Stelle. Sie musste nur von der Wand weggerückt werden. Die Aufgabe übernahm ich.

Sarah Goldwyn klemmte sich in den Spalt zwischen Truhe und Wand. Sie spreizte einen Daumen ab. »Halt dich tapfer, John.«

»Danke, das werde ich.«

Sehr wohl war mir nicht, als ich wieder auf die Tür zuschlich. Sicherheitshalber hängte ich mein Kreuz nach außen, denn irgendwie musste ich den Geist ja stoppen.

So wartete ich.

Sekunden verstrichen und reihten sich zu Minuten zusammen. Ich hatte auf die Uhr geschaut.

Drei mal sechzig Sekunden waren vergangen. Gerührt hatte sich in dem Haus nichts.

Lady Sarahs fragende Stimme unterbrach die Stille. »Kannst du was hören, John?«

»Leider nein.«

»Aber er ist noch unten?«

»Höchstwahrscheinlich.« Ich wollte es ja nicht zugeben, aber die Horror-Oma konnte ich in diesen Augenblicken des langen Wartens auch als ein Hindernis ansehen. Normalerweise hätte ich versucht, den geheimnisvollen Geist irgendwo im Haus zu stellen. Das war nicht möglich, weil ich Lady Sarah nicht allein lassen durfte. Unser Gegner war einfach zu schnell. Bevor wir als Menschen noch reagieren konnten, war er schon da und an uns vorbeigehuscht.

Ich wartete. Konzentriert und lauschend, ob sich in der Tiefe des Treppenhauses möglicherweise etwas tat, aber da war kein Laut zu hören. Der Geist hielt sich zurück.

Narrte er mich? Wollte er ein Nervenspiel beginnen? Das Warten gefiel mir nicht, besonders nicht dieses stille, regungslose Stehen, und ich hörte Sarah Goldwyn wieder flüstern. Diesmal schimpfte sie sogar, denn ihr war ein Fuß eingeschlafen.

»Beweg die Zehen, dann klappt es wieder. Ich kenne mich da aus, weil ich es ebenso mache.«

»Okay, John.«

Ich hatte mich im schrägen Winkel zur offenen Tür aufgebaut, weil ich so in das Treppenhaus hineinblicken konnte. Leider gab es dort keine Fenster, sodass ich in der Dunkelheit die Umrisse der Stufen mehr ahnen als sehen konnte.

Wieder verging Zeit.

Der Geist hatte den Vorteil, sich lautlos bewegen zu können. Das Poltern hatte nicht von ihm gestammt. Es war entstanden, als eines der Regale umkippte.

Dann hörte ich doch etwas.

Es drang aus dem Treppenhaus hoch und war mit einem Säuseln zu umschreiben. Vielleicht auch ein geheimnisvolles Heulen oder Jaulen. Jedenfalls hörte es sich nicht allzu gefährlich an, aber es musste von dem Geist ausgestoßen worden sein.

Kam er?

Ich trat über die Schwelle in den kleinen Flur hinein, um ihn sehen zu können, wenn er die Treppe hochschoss, aber er ließ sich noch Zeit. Wollte mich wahrscheinlich nur hinhalten, um blitzschnell zuschlagen zu können, wenn ich nicht mehr damit rechnete.

Die unnatürlich klingenden Geräusche und Töne waren verstummt. Hatte sich der Geist eventuell zurückgezogen?

Das war möglich, wenn auch kaum glaubhaft.

Auf einmal spürte ich den Wind. Es war nur ein feiner Luftzug, der an meinem Gesicht vorbeistrich. Er warnte mich jedoch, und ich zuckte zusammen und ging wieder zurück.

Nichts war geschehen.

Lady Sarah musste trotz ihrer unbequemen Stellung meine Bewegung gesehen haben, denn ich hörte ihre geflüsterte Frage: »Was ist los, John? Hast du Kontakt?«

»Fast.«

»Soll ich …?«

»Nein, bleib du in deiner Deckung. Die Ruhe kann sich blitzschnell ins Gegenteil umkehren.«

»Wie du meinst.«

Ich hatte in das Zimmer hineingesprochen, drehte mich wieder um, blickte ins Treppenhaus und sah etwas aus dem Dunkeln und schräg über den Stufen der letzten Treppe heranhuschen.

Ein blitzendes, langes Messer!

Innerhalb der nächsten Sekunde musste ich mir etwas einfallen lassen, denn die Klinge war verdammt schnell …

Ich hechtete zur Seite.

Den Luftzug spürte ich nicht, dennoch zischte das Messer verflixt nahe an mir vorbei, und es schlug mit einem dumpf klingenden Laut in den Rahmen der Tür neben mir.

Zitternd blieb die Waffe dort stecken. Ich sah, dass es ein völlig normales Küchenmesser war. Es hatte sich selbstständig gemacht.

Nein, nicht selbstständig. Diese zweckentfremdete Klinge war von anderen Kräften geleitet worden. Von einer Kraft, die innerhalb des Geistes stecken musste, der sich bisher noch im Haus verborgen hielt. Und dieses Wesen beherrschte die Telekinese. Das Bewegen von Gegenständen durch Anwendung der reinen Geisteskraft.

Ich zog das Messer aus dem Holz hervor und mühte mich dabei, denn die Klinge war tief in den Rahmen gestoßen. Natürlich hatte auch Sarah Goldwyn etwas bemerkt, denn sie sprach mich flüsternd aus dem Hintergrund an.

»Was ist geschehen?«
»Er hat versucht, mich zu ermorden.«
Die Horror-Oma erschrak. »Großer Gott! Und wie?«
»Durch ein fliegendes Messer, das ich jetzt in der Hand halte.«
Es fiel mir immer schwerer, die Klinge in der Hand zu halten. Mein unbekannter Gegner setzte alles ein, um sie mir aus der Faust zu reißen.
Das gelang ihm auch. Plötzlich wirbelte das Messer davon. Auch beim Nachfassen erwischte ich es nicht, aber die Klinge jagte dafür durch die offene Tür in den Dachboden.
»Vorsicht, Sarah! Geh in Deckung!«
Diese Warnung war nötig gewesen, denn das Messer jagte ungefähr dorthin, wo auch die Truhe stehen musste.
Ich hörte den dumpfen Schlag des Aufpralls und auch den Fluch der Horror-Oma.
»Ist dir was passiert?«, fragte ich besorgt.
»Nein, mir nicht, aber der Truhe. Die Klinge steckt darin fast bis zum Griff. Sorry, John.«
»Ja, schon gut.« Mit dem Handrücken wischte ich Schweiß von der Stirn. Die Lage gefiel mir überhaupt nicht. Hier belauerte uns ein Gegner, der mit uns machen konnte, was er wollte, da er die gesamte Kontrolle über uns bekommen hatte.
In meinem Hals hatte sich ein Kloß gebildet, den ich hinunterschluckte. Es war zum Heulen. Der andere agierte, ich konnte nicht mal reagieren, höchstens abwehren. Ich fragte mich, welchen Gegenstand er mir als nächsten schicken würde.
Wenn der die Telekinese beherrschte, konnte er mir auch noch andere Gegenstände entgegenschicken, und darauf war ich nicht gerade erpicht. Ich wollte ihm selbst gegenüberstehen.
»Bist du noch da, John?«
»Ja. Aber ich gehe jetzt in den Flur. Nur damit du Bescheid weißt, Sarah.«
»Willst du bis nach unten?«, vernahm ich ihre flüsternde Frage.

»Nein, zunächst nicht. Es kann aber sein, dass ich mich tiefer bewegen muss.«

»Ich drücke dir die Daumen.«

Ein Lächeln glitt über meine Lippen. Wieder einmal bewunderte ich die Nervenkraft der Horror-Oma. Sie war ein Mensch, der sich nicht so leicht aus dem Konzept bringen ließ. Stur ging sie ihren Weg, nichts konnte sie schrecken.

Nahe der ersten Stufe blieb ich stehen. Sie und die beiden nächsten konnte ich soeben noch erkennen. Die restlichen verschwammen in der Finsternis. Sie wurden regelrecht von ihr verschluckt.

Als grünen Schatten hatte ich den Geist gesehen. Nichts hellte die Düsternis vor mir auf. Ich wollte nachschauen, ob es unten anders aussah, stellte mich dicht an das Geländer und schaute darüber hinweg in den tiefen Treppenschacht hinein.

Nein, da war auch nichts zu erkennen. Es blieb einfach finster. Ich konnte nichts machen.

Allmählich wurde mir der Kragen eng. Auf meinen Handflächen lag der kalte Schweiß. Dieses Warten, zusammen mit der Ungewissheit, passte mir überhaupt nicht.

Kam wieder etwas die Treppe hoch?

Ich hatte aus den beiden unteren Etagen ein leises Geräusch gehört. Zu vergleichen mit einem Poltern, als wäre jemand mit der Schuhspitze gegen eine Treppenstufe gestoßen.

Das war sicherlich nicht der Geist. Wahrscheinlich schickte er dank seiner telekinetischen Kräfte wieder einmal einen Gegenstand auf die Reise.

Ich wartete.

Da konnte alles kommen. Vom Stuhl über einen Besenstiel bis zum gefährlichen Messer.

Etwas klirrte.

Nicht in meiner Nähe, auch wieder unter mir. Das hatte sich angehört, als wäre Porzellan zerbrochen.

Mir wurde die Kehle noch enger. Auf einmal kam mir das Haus vor wie eine gigantische Falle, in deren Innern sich alles zusammenballte und verdichtete.

In diesem Haus lauerte etwas. Innerhalb der alten Mauern lebte ein Wesen, das ich nicht packen konnte und mich unter Beobachtung hielt. Zudem führte es einen reinen Nervenkrieg, und darin waren Geister den Menschen immer überlegen.

Noch tat sich nichts.

Ich achtete darauf, ob sich das Klirren wiederholte und eventuell lauter wurde. Dann hätte ich herausfinden können, ob sich der Gegenstand zu mir auf dem Weg befand.

Ich bewegte meine Finger, um sie geschmeidig zu halten, weil ich das Gefühl hatte, mein Blut wäre innerhalb der letzten Minuten wesentlich dicker geworden.

Der Krach kam überraschend.

Es war ein infernalisches Geräusch, das durch das Treppenhaus schallte. Etwas musste gebrochen sein. Ob es Stufen gewesen waren oder das Geländer, konnte ich nicht erkennen, aber ich sah den Schatten vor mir.

Es war eine fliegende Holzbank.

Ich kannte sie, denn sie stand auf dem unter mir liegenden Treppenpodest, und Lady Sarah hatte ihre Blumentöpfe darauf abgestellt. Sie flogen nicht mit, nur die Holzbank, die über die Stufen glitt und mit der schmalen Seite auf mich zuraste.

Ich musste ausweichen, duckte mich auch schon, hätte normalerweise der Bank und einem Anschlag entgehen können, aber das verdammte Ding drehte sich plötzlich.

Und der Flur war trotz seiner Enge breit genug, um dies zulassen zu können.

Zwar hatte ich wegtauchen können, aber der Kante auszuweichen, das war nicht drin.

Sie erwischte mich ausgerechnet am Kopf.

Es war wie der berühmte Hammerschlag. Ich sah plötzlich Sterne und bekam gleichzeitig weiche Knie, sodass ich Mühe hatte, mich auf den Beinen zu halten.

Trotz des Treffers und meiner eigenen Schwäche reagierte ich noch, streckte den rechten Arm aus, und mir gelang es, die Hand auf den halbrunden Geländerknauf zu legen und mich daran festzuklammern, sodass ich wenigstens nicht ganz zu Boden sank und in einer sitzenden Stellung blieb, während die verdammte Bank nicht stillstand und gegen die Türkanten zum Dachgeschosseingang hämmerte.

Danach krachte sie zu Boden. Ich hörte den dumpfen Aufschlag, und der riss mich wieder aus meiner Lethargie. Zudem dachte ich auch an Lady Sarah, die sich im Zimmer befand und überhaupt nicht wusste, welche Gefahr sich da genau zusammengebraut hatte.

Es kostete mich Kraft, wieder auf die Beine zu kommen. Und weitere Mühe kostete es mich, stehen zu bleiben.

Noch immer hielt ich mich am Geländer fest. Vor meinen Augen drehte sich der kleine Flur im Kreis. Einmal nach rechts, dann nach links, ein ewiges Wechselspiel, das mich umfangen hielt.

Nur allmählich bekam ich wieder einen Überblick. Das Schwanken nahm ab, ich konnte mich wieder konzentrieren, und es gelang mir auch, klar zu sehen.

Nach vorn schaute ich.

Die Bank schwebte nicht mehr in der Luft. Sie hatte sich, aus welchen Gründen auch immer, zwischen den beiden Pfosten der offenen Tür verkantet und war in dieser Lage geblieben.

Wenn ich in die Dachwohnung wollte, musste ich über die Bank hinwegsteigen.

Tief atmete ich durch. Der Kopf schmerzte besonders an der rechten Schläfe. Da hatte mich die verdammte Bank getroffen. Als ich darüber hinwegtastete, fühlte ich sehr genau die Beule unter meinen Fingerkuppen.

Natürlich hatte sich auch Sarah Goldwyn große Sorgen gemacht. Ich hörte ihre Frage, und diesmal klang ihre Stimme nicht mehr so forsch wie noch vor Minuten.

»John, was ist geschehen?«

»Da wirft jemand mit Holzbänken und hat mich erwischt.«

Ihren erschreckten Ruf hörte ich bis im Flur und auch die andere Antwort. »Warte, John, ich komme und helfe dir.«

»Nein, nicht nötig«, ächzte ich. »Das schaffe ich schon allein. Ich muss nur noch mal Luft holen, ich …«

Die weiteren Worte blieben mir im Hals stecken, denn der Horror fing jetzt erst richtig an.

Aus der Dachkammer hörte ich ein lautes Fauchen und gleichzeitig das Splittern einer Scheibe.

Da wusste ich, dass uns dieser unheimliche Poltergeist kalt erwischt hatte.

Zwar konnte ich meine Schmerzen nicht vergessen, ich musste sie zurückdrängen und in das Dachgeschoss, um diesen unheimlichen Teufel zu stoppen. Über die Bank kletterte ich hinweg, hörte Lady Sarahs Schreien und stellte selbst mit Erschrecken fest, was geschehen war.

Das ausgebaute Dachgeschoss hatte sich in eine magische Hölle verwandelt!

Vielleicht hätte ich eine halbe Minute gebraucht, um das Chaos überschauen zu können. Das jedoch konnte ich mir auf keinen Fall leisten, so verschaffte ich mir einen ersten Überblick innerhalb weniger Lidschläge.

Aus dem Kamin schlugen lange Flammen wie feurige Finger in das Zimmer hinein. Es war eine gewaltige Lohe, die um sich griff, aber nichts verbrannte und auf mich wirkte, als befände sie sich auf der Suche nach einer Person, die sie vernichten konnte.

Das Klirren hatte ich auch noch im Ohr, schaute nach rechts und sah das nahe dem Kamin liegende Fenster. Es hatte keine Scheibe mehr. Die an der linken Seite der Lohe tanzenden Flammen bogen sich in die Höhe, als wollten sie mit ihren langen Armen durch das Fenster huschen.

Das war noch nicht alles.

Die Kraft des Gegners hatte voll eingesetzt. Telekinese hieß das Schlagwort, denn auch die Möbelstücke tanzten.

Als Sitzgelegenheiten dienten nicht allein das Sofa und die beiden Sessel. Es standen mehrere Stühle an verschiedenen Stellen verteilt, und diese Sitzmöbel hatten sich selbstständig gemacht, denn sie jagten, von der Kraft des Poltergeistes geführt, auf ein Ziel zu.

Das war ich!

Mit der Blumenbank hatte ich bereits üble Erfahrungen gesammelt. Die sollten sich bei den verdammten Stühlen nicht wiederholen, und ich warf mich mit einem Hechtsprung zu Boden. Ich rollte mich ab, suchte nach einer Deckung und hörte es poltern, als zwei Stühle hinter mir gegen eine noch nicht mit Regalen bedeckte Wand krachten.

Lady Sarah hockte nach wie vor in ihrer Deckung. »John, sei vorsichtig! Er ist da! Und das ist verdammt kein Spaß mehr.«

Nein, es war keiner, denn der nächste Stuhl wirbelte herbei. Ich entging ihm durch schnelle Drehung, sah bereits einen weiteren kommen und konnte, auf dem Rücken liegend, noch soeben meine Arme in die Höhe reißen, bevor das Sitzmöbel dagegen flog und mir die Hände nach hinten riss.

Wenn das so weiterging, wurde ich irgendwann einmal getroffen. Das wollte ich auf keinen Fall. Deshalb rollte ich mich wieder herum und kroch aus der Gefahrenzone.

Die Stühle lagen irgendwo hinter mir. Der Tisch, an dem wir schon so manchen Tee getrunken hatten, vor mir.

Er machte sich selbstständig.

Nach rechts kippte er zur Seite weg, stand noch auf zwei Beinen und blieb auch für einen Moment so, bevor er sich drehte und schräg gekippt Kurs auf mich nahm.

Ich stand schon halb und katapultierte mich nach rechts weg, so konnte ich diesem verdammten Ding entgehen, das mich fast noch gestreift hätte.

Eine Handbreite über dem Boden schwebend und sich dabei drehend, jagte der Tisch auf die Trümmer zu, die von den Stühlen hinterlassen worden waren. Er krachte hinein und blieb ganz.

Wenigstens ihn brauchte sich Sarah Goldwyn nicht neu zu kaufen, falls es uns gelang, diesem Inferno zu entkommen.

Noch sah es nicht so aus. Nahe des brennenden Kamins stand in einem vasenähnlichen Ständer aus Eisen das Kaminbesteck. Dazu gehörte auch ein schwerer Feuerhaken.

Und der machte sich selbstständig.

Er stieß plötzlich in die Höhe, kippte zur Seite hin weg,

sodass er auf dem Boden lag. Dann drehte er sich. Das ging sehr schnell und wäre auch nicht tragisch gewesen, wenn dieser verdammte Schürhaken sich nicht ausgerechnet mich als Ziel ausgesucht hätte.

Sich rasend schnell um die eigene Achse drehend, wirbelte er auf mich zu. Ich lief ihm einen Schritt entgegen, bevor ich nach vorn und zu Boden tauchte, sodass er über Kopf und Rücken hinwegwirbeln konnte und ich nur den Luftzug spürte.

Das war knapp gewesen.

Und auch er schlug in die Stuhltrümmer ein. Sein Gewicht zerkleinerte das Holz noch mehr.

Einer fliegenden Eisenzange entging ich noch knapper, weil sie plötzlich auseinander fächerte. Ich stürzte vor eines der Regale und sah, dass die Bücher darin gefährlich anfingen zu wackeln.

Einige aus den oberen Fächern standen bereits auf der Kippe und fielen plötzlich nach vorn.

Ich musste mich zur Seite drehen, sonst hätten sie noch meinen Kopf erwischt. So etwas hätte meiner Beule an der Stirn bestimmt nicht gut getan.

Es sah übel aus.

Und noch immer brannten die verdammten Flammen. Die Lohe war nicht mehr so kompakt, sie hatte sich ein wenig geteilt, als wollte sie von zwei Seiten auf mich zukommen und verbrennen.

Zum Glück war Lady Sarah nicht angegriffen worden. Ich sah sie nach wie vor nahe der Truhe, aber sie hatte sich trotz der Gefahr aufgerichtet, was mir überhaupt nicht gefiel.

Ich wollte sie schon anbrüllen, sich wieder zu ducken, als sie ihren rechten Arm ausstreckte und schräg gegen die Decke wies, wo sie und die Wand zusammenstießen und einen rechten Winkel bildeten.

Dort hockte jemand.

Da ich ihrer Fingerrichtung gefolgt war, sah ich ihn ebenfalls.

Es war der Poltergeist!

In den nächsten Sekunden war ich zu überrascht und geschockt, um überhaupt Atem holen zu können. Dieser Geist da oben an der Decke bot ein nahezu lächerliches Bild. Dennoch hütete ich mich, über ihn zu lachen. Wie gefährlich er sein konnte, hatte er vor Minuten in einer Art Dauerangriff bewiesen.

Er sah aus wie ein plumper Götze. In seiner Sitzhaltung wies er eine gewisse Ähnlichkeit mit Buddha auf, nur hatte er seine dicken Arme nicht vor dem Kugelbauch verschränkt, sondern sie auf seine ebenfalls fetten Oberschenkel gelegt. Die Beine waren sehr lang und wirkten geschmeidig, der Oberkörper dafür gedrungen. Viel zu fett für einen Mann. Diese komische Figur hatte sogar Brüste, die ballonartig hervorstachen. Runde Schultern, die in die welligen Muskeln der Oberarme übergingen, hatte er ebenfalls. Der wuchtige Kopf schien direkt auf den Schultern zu sitzen. Das Gesicht hatte einen zynischen Ausdruck. Fast wirkte der Ausdruck des Gesichts wie der eines Kaspers, doch ich hütete mich, ihn zu unterschätzen.

Er hatte auch Haare. Sie allerdings waren hochgekämmt worden wie bei einem Punker und trafen sich in der Mitte des Schädels, wo sie eine Spitze bildeten, die fast so aussah wie ein Messer.

Der ganze Kerl oder Geist leuchtete in einem giftigen Grün, und sogar seine Augen strahlten dies ab.

Das Grinsen in seinem Gesicht wirkte wie eingefroren. Es strahlte etwas Böses, Gemeines und Teuflisches aus. Für mich ein Zeichen, dass dieser Geist noch längst nicht aufgegeben hatte.

Auch wenn er seine Kräfte momentan nicht einsetzte, unter der Decke hockte, abwartete und stumm beobachtete.

Schräg unter ihm loderten nach wie vor die Flammen aus dem Kamin. Ihr Widerschein reichte auch aus, um ihn zu erfassen. Er warf über die giftgrüne Gestalt ein zuckendes Muster, das in einem Spiel aus Licht und Schatten auslief.

So also sah ein Poltergeist aus.

Ich hatte in meiner schon ziemlich langen Laufbahn gegen

zahlreiche Feinde gekämpft. Die unterschiedlichsten Dämonenarten hatten sich darunter befunden. Geschöpfe aus fernen Welten, Zombies, Vampire, Werwölfe, wirklich alles Mögliche, nur einem Poltergeist hatte ich bisher noch nicht gegenübergestanden.

Das war neu.

Wie sollte ich ihn einstufen?

Okay, er war gefährlich, das hatte er bewiesen, obwohl wir keinen direkten Angriff von ihm befürchten mussten. Dafür beherrschte er die Telekinese, er konnte Gegenstände bewegen und sie auf uns zuschleudern. Es war ihm egal, ob es sich dabei um eine Lanze, ein Messer, einen Stuhl oder einen Tisch handelte.

Wichtig allein war der Erfolg!

Den hatte er bisher noch nicht gehabt. Wir lebten noch, und ich war gespannt, was er sich als Nächstes einfallen lassen würde.

Durch das Fenster wehte die kühle Nachtluft. Sie traf auch das Feuer und wirbelte die langen Zungen noch mehr durcheinander. Hin und wieder spürte ich einen Hitzehauch, der über meine Haut streifte, sodass ich zurückzuckte.

»John, kannst du ihn packen?«, vernahm ich die flüsternde Stimme der Horror-Oma.

»Ich weiß nicht.« Er schaute mir schräg von oben entgegen. Sein Blick traf mich also voll, und er musste sich auch auf dem Kreuz festsaugen, dass ich vor der Brust und sehr offen hängen hatte.

Wäre er ein Vampir, ein Werwolf oder Zombie gewesen, hätte ihn der geweihte Talisman sicherlich erschreckt. Nur war dieses Wesen ein Geist, es bestand aus keinem festen Körper. Ich hätte sicherlich hindurchgreifen können und wurde das Gefühl nicht los, dass ich mit meinem Kreuz nicht viel anrichtete, weil dieser komische Klumpen aus irgendeiner anderen Mythologie stammen musste.

Je mehr Zeit verstrich, umso enger wurde meine Kehle. Ich hatte Mühe, überhaupt richtig Luft zu bekommen, und ich wartete weiterhin ab, bis er sich regte.

Konnte er reden?

Wahrscheinlich nicht. Trotzdem sprach ich ihn an. Möglicherweise verstand er mich auch. »Was willst du?«

Seine Augen funkelten, so gab er mir Antwort, und es war ein böses Funkeln. Er öffnete auch sein breites Maul. Es kam mir vor wie das einer Kröte. Der folgende Zischlaut hörte sich verdammt gefährlich an. Ich trat unwillkürlich zurück und sah auch, wie ein Zittern durch den dicken, unförmigen Körper lief.

Plötzlich war er weg.

So schnell, dass ich mit den Augen kaum folgen konnte. Er jagte nicht an mir vorbei, sondern drehte sich auf der Stelle, wurde zu einem Streifen und nahm den Weg durch das offene Fenster, um sich über dem schrägen Dach zu einer Kugel zusammenzuballen und dort lauernd zu warten.

Gleichzeitig verlöschten auch die Flammen. Es erklang kein Zischen, sie fielen einfach ineinander, als hätte jemand eine Decke über die langen Feuerzungen gebreitet.

Schluss der Vorstellung …

Aber nicht für mich, denn nach wie vor hockte der Poltergeist so auf dem Dach, dass er durchs Fenster auf mich und in die Dachwohnung schauen konnte.

Seine Augen erinnerten mich dabei an giftgrüne Kugeln. Der Blick war starr auf mich gerichtet, und sogar die Zehen seiner nackten Füße bewegten sich. Okay, er hatte mich mit verdammt unangenehmen Waffen angegriffen, und ich reagierte immer sauer, wenn jemand Messer auf mich schleuderte. Da spielt es keine Rolle, ob es sich dabei um einen Menschen, einen Festkörper-Dämon oder einen Geist handelt.

Das wollte ich ihm zurückzahlen.

Diesmal zog ich bewusst die Silberkugel-Pistole. Lady Sarah hatte dies gesehen.

»Willst du auf ihn schießen, John?«

»Selbstverständlich.«

»Aber du wirst nichts erreichen.«

Ich lachte leise. »Das möchte ich ja herausfinden.« Zwei

Schritte brachten mich bis dicht an das Fenster, wo ich meinen Arm anhob und mit der Waffenmündung auf den Körper des giftgrünen Poltergeistes zielte. Er tat gar nichts, hockte da und bewegte nicht mal einen seiner dicken Finger, um einen Schuss zu verhindern.

Fürchtete er die Kugel nicht?

Ich drückte ab.

Die Flugbahn des Geschosses konnte ich nicht verfolgen, die Geschwindigkeit war einfach zu hoch, aber ich sah den Einschlag, denn genau an der Stelle blitzte es auf.

Als wäre in seinem durchsichtigen Körper eine Wunderkerze angezündet worden, so blitzte es auf. Der Sprüh verteilte sich innerhalb einer Sekunde, und ich rechnete schon damit, dass der Poltergeist zerrissen würde, aber das ganze Zeug fiel wieder zusammen, und auch der Geist selbst veränderte seine Gestalt.

Er wurde noch mehr zu einer Kugel. Das Gesicht verschwand, der Körper hatte ebenfalls keine Umrisse mehr. Ich hörte ein wütendes Zischen und vernahm auch sein wildes Heulen.

Im nächsten Moment wurde er zu einer Rakete und jagte weg in den dunklen Himmel. Auch die Rakete veränderte sich, sie nahm ein kometenhaftes Aussehen an, und als sehr breiter Strahl jagte der geheimnisvolle Poltergeist in den Himmel hinein, wo er von der Dunkelheit aufgesaugt wurde und meinen Blicken entschwand.

Das also war es gewesen.

Ich holte einige Male tief Luft, schaute auf das Dach und auch nach vorn, doch dieser Geist hatte keine Gesellschaft bekommen. Er war allein gewesen.

Ich ging wieder zurück.

Hinter der Truhe kam Sarah Goldwyn hervor. Sie zitterte und nicht nur in den Knien. Fragend schaute sie mich an.

Ich ging ihr entgegen. Unter meinen Sohlen knirschte das Glas der zerbrochenen Scheibe.

»War es das?«, fragte die Horror-Oma.

Ich holte tief Luft. »Für den Anfang ja.«

»Und wie soll es weitergehen?«

Ich hob die Schultern. Mit mehr als Ratlosigkeit konnte ich ihr nicht antworten …

Ich war in den Keller gegangen, hatte den Sicherungskasten gefunden und wieder für Ordnung gesorgt. Als ich den Weg durch das Treppenhaus hinaufstieg, brannte überall Licht. Die Helligkeit nahm dem Flur und den Räumen etwas von der unheimlichen Bedrohung, wie ich sie für eine Weile empfunden hatte.

Sarah Goldwyn war dabei, die noch heilen Stühle wieder aufzustellen. »Lass das doch«, sagte ich und schob sie sanft zur Seite.

»Traust du mir überhaupt nichts zu?«

»Schon. Aber so etwas ist Männersache.«

»Ja, das sagt ihr immer und beschwert euch, wenn die Frauen anders reagieren, als ihr wollt.«

Ich lächelte ihr zu und strich über ihre Wange. »Keine Sorge, Sarah, ich beschwere mich schon nicht.« Drei Stühle waren zerbrochen. Zwei davon konnten nicht mehr repariert werden. Der dritte brauchte nur ein neues Bein, dann konnte man darauf wieder sitzen.

Ich stellte auch den Tisch auf, rieb meine Hände gegeneinander und nickte. »Ist doch fast wieder wie sonst. Richtig gemütlich.«

Die Horror-Oma winkte ab. »Das kannst du mir nicht erzählen, John. Ich könnte mir etwas Gemütlicheres vorstellen.«

»Man muss das Beste aus seiner Lage machen.«

»Du auch?«

»Ja.«

»Und wie sieht es aus?«

Ich lachte. »Nicht besonders, Lady Sarah. Ich habe das Gefühl, als würden wir noch schweren Ärger bekommen. Es war der erste Angriff des Poltergeistes.« Ich schlug mit der flachen Hand auf die Tischplatte. »Wenn ich nur wüsste, was er damit bezweckt hat und aus welchem Grund er in dein Haus gekommen ist.«

»Darüber habe ich auch nachgedacht.«

»Und keinen Erfolg errungen.«

»Da bin ich mir nicht so sicher, mein Junge.«

Ich setzte mich steif hin, denn diese Worte hatten mich doch überrascht. »Was sagst du da?«

»Ja, ich habe nachgedacht und denke noch immer über diesen grünen Giftzwerg nach.«

»Mit Erfolg?«

»Teils, teils.«

Diese Erwiderung hatte mich noch neugieriger werden lassen. »Mach es doch nicht so spannend. Was hast du erfahren? Oder woran hast du gedacht, Sarah?«

»An den Poltergeist und daran, dass ich ihn kenne. Ich habe ihn irgendwo schon einmal gesehen, kann dir aber nicht auf Anhieb sagen, wo das gewesen ist.«

Staunend blickte ich sie an. »Und das bildest du dir nicht ein?«

»Nein, John, er ist mir schon einmal untergekommen.«

»Wo denn?«

»Das weiß ich eben nicht genau. Ich habe ihn irgendwo gesehen. Aber nicht so wie jetzt, einfach anders, verstehst du?«

»Nein.«

Lady Sarah schloss den Mund. Selten oder noch nie hatte ich sie so durcheinander gesehen wie in diesen Augenblicken. Sie überlegte, sie dachte scharf nach. Leider konnte ich ihr dabei nicht helfen. Sarah Goldwyn musste schon allein zurechtkommen.

»Kann ich dir irgendwelche Denkhilfen geben?«

»Das ist schwer. Wir kennen uns noch nicht so lange, John. Das mit dem Geist war vor deiner Zeit.«

»Da warst du noch verheiratet?«

»Klar, mit Richard Emmerson Goldwyn.«

»Hat es etwas mit ihm zu tun?« Diese Frage hatte ich so leicht dahingesagt, bemerkte das Zusammenzucken der Horror-Oma und glaubte, ins Schwarze getroffen zu haben.

Bevor ich nachhaken konnte, stand sie schon auf, trat an eines der noch gefüllten und heilen Regale, um eine rechteckige Klappe aufzuziehen. Aus dem kleinen Fach holte sie eine Flasche und zwei Gläser. Es war bester Whisky.

»Einen Schluck können wir jetzt vertragen.«

»Du und Whisky?«

»In Anbetracht der besonderen Lage schon. Ich habe nämlich die Lösung gefunden, glaube ich.« Sie ließ Whisky in die Gläser gluckern und schob mir eins zu.

»Cheerio, John!«

Wir tranken beide. Ich hockte natürlich da wie auf glühenden Kohlen, weil ich endlich eine Erklärung haben wollte, die mir Lady Sarah aber noch nicht gab. Sie stellte erst das Glas weg, überlegte noch und kam dann zur Sache.

»John, du hast vorhin meinen letzten Mann erwähnt. Erinnerst du dich daran?«

»Selbstverständlich.«

»Das, mein Lieber, war gewissermaßen die Initialzündung. Mir fiel plötzlich ein, wo ich diesen Poltergeist schon gesehen hatte!«

»Bei deinem Mann?«

»Ja und nein. Tu mir einen Gefallen, John, steh bitte auf! In der Truhe musst du nachschauen. Dort wirst du etwas finden, das der Poltergeist möglicherweise gesucht und nicht gefunden hat.«

Ich war noch gespannter, als ich mich erhob, auf die Truhe zuging und den Deckel in die Höhe hob. Es lagen keine Tücher oder alte Kleidungsstücke in der Truhe, sondern zahlreiche Souvenirs, die Mr. Goldwyn von seinen Reisen mitgebracht hatte.

Wertvolle Kleinkunstgegenstände aus Asien und Afrika. Kleine Masken, Figuren, und ich ahnte jetzt schon, weshalb mich Lady Sarah an diese Truhe geschickt hatte.

Ich räumte noch einige Gegenstände zur Seite und wurde plötzlich fündig. Die Figur sah auf den ersten Blick aus wie ein Buddha, war aber das genaue Abbild des Poltergeistes.

Das konnte ich trotz der Dunkelheit in der Truhe erkennen,

wollte es aber ganz genau wissen, holte die Figur hervor und brachte sie ans Licht.

Es war der Poltergeist!

Die gleiche Sitzhaltung, das gleiche Gesicht, die dicken, aufgebläht wirkenden Schenkel und Arme. Jedes Detail stimmte da, auch die Farbe.

Dieses giftige Grün, das mich irgendwie anwiderte und überhaupt keine Ähnlichkeit mit dem etwas wärmeren, dunklen Aibon-Grün aufwies. Ich drehte die Figur in der Hand, während ich wieder zu Sarah Goldwyn zurückkehrte, mich zu ihr an den Tisch setzte, die kleine Figur auf die Platte stellte und das Nicken der Horror-Oma sah.

»Ich habe es gewusst!«

Jetzt brauchte ich einen zweiten Schluck. Langsam setzte ich das Glas wieder ab. »Und du bist dir sicher, dass dieser Poltergeist nur wegen seines Ebenbildes erschienen ist?«

»Völlig!«

»Was aber ist der Grund?«

Sarah Goldwyn nippte an ihrem Glas, hob die Schultern und sagte: »Das weiß ich nicht.«

Ich konnte auch keine Antwort geben, kam aber auf die Vergangenheit zu sprechen und auf den Mann der Horror-Oma. »Er hat die Figur mitgebracht. Für dich als Geschenk.«

»Ja.«

»Hat er vielleicht etwas dazu gesagt, als er sie dir gab? Hat er über die Geschichte der Figur gesprochen? Vielleicht über ihre Herkunft oder auch Magie?«

»Nein, wenigstens kann ich mich nicht erinnern.«

Das war natürlich schlecht.

Noch einmal betrachtete ich die Figur von allen Seiten, um nach Unterschieden zu suchen, aber das war nicht möglich. Ich entdeckte kleine Differenzen zwischen dem echten Poltergeist und dieser kunstvoll hergestellten Nachbildung.

»Es wird schwer sein, da etwas aufzuklären«, sagte Sarah Goldwyn.

»Das meine ich auch. Wir müssten in der Vergangenheit suchen oder bei deinem verstorbenen Mann.«

»John, er ist tot.«

»Und woher hat er die Figur genau?«

»Das kann ich dir nicht sagen. Er brachte sie mir von einer Asien-Reise mit. Er kann sie in Hongkong, in Saigon, Tokio oder Manila gekauft haben. Das hat er mir nie so genau gesagt. Er brachte mir nur etwas mit, und dies freute mich stets über alle Maßen, wenn du verstehst.«

»Natürlich.«

Ich hatte zwar eine Spur oder einen Anhaltspunkt gefunden, die Probleme waren deswegen nicht weniger geworden. Irgendwie bekam ich sie nicht richtig in die Reihe.

»Es gibt auch nichts Schriftliches über die Figur«, erklärte Lady Sarah. »Ich weiß nur, dass sie aus dem asiatischen Raum stammt. China, Japan oder so ...«

»China«, murmelte ich.

»Möglich.«

Ich schnippte mit den Fingern. »Nein, ich meine etwas ganz anderes. Suko ist Chinese.«

Die Augen der Horror-Oma blitzten auf. »Klar, das ist die Lösung! Suko wird etwas wissen.«

Durch das Heben meines rechten Armes dämpfte ich ihren Optimismus. »Nicht so wild. Es ist bisher nur eine Vermutung. Noch wissen wir nichts Genaues. Ich rufe ihn an.«

Glücklicherweise besaß die Horror-Oma auch unter dem Dach einen Anschluss, so brauchte ich nicht erst nach unten zu tigern, und der Apparat hatte die Auseinandersetzung, ohne Schaden zu nehmen, überstanden.

Ich schaute auf die Uhr. Es war noch eine christliche Zeit. Kurz vor 22 Uhr. Da würden Suko und Shao noch nicht in den Federn liegen.

Die Chinesin nahm ab. »Du, John? Ich dachte, du wärst bei Sarah Goldwyn.«

»Von ihr rufe ich auch an.«

»Willst du Suko haben?« Shao hatte wohl am Klang meiner Stimme erkannt, dass mir der Sinn nicht nach Plaudern stand.

»Ja, gib ihn mir bitte.«

»Er steht unter der Dusche, sorry.«

Ich verdrehte die Augen und grinste gleichzeitig. Endlich hatte es auch mal Suko erwischt. Ansonsten war ich ständig der Gelackmeierte, der unter den Strahlen weggeholt wurde.

»Das ist sein Pech, ich brauche ihn trotzdem.«

»Jetzt am Telefon oder …«

»Nein, sag ihm bitte, er möchte zu Sarah Goldwyn kommen.«

»Wird es gefährlich?«, fragte Shao nach.

»Ich hoffe nicht. Die direkte Konfrontation habe ich bereits hinter mir. Es kann möglicherweise eine lange Nacht werden. Aber das muss sich ergeben.«

»Gut, ich sage ihm Bescheid.«

Noch einmal bedankte ich mich bei Shao und legte auf. Als ich mich umdrehte und wieder dem Tisch zuwandte, hatte Sarah Goldwyn die Figur in die Hand genommen und drehte sie zwischen den Fingern. Von allen Seiten schaute sie sich das Kleinod genau an, ohne allerdings etwas feststellen oder bemerken zu können.

Ich nahm wieder Platz. »Hast du etwas gefunden?«

»Nein, nichts.« Sie schüttelte den Kopf. »Es gibt keinen Hinweis darauf, dass die Figur magisch geladen sein könnte.«

»Das kann man auch so nicht sagen. Ich müsste sie höchstens in Kontakt mit meinem Kreuz bringen.«

»Und dann?«

»Nichts, Sarah. Das ist mir zu riskant. Stell dir vor, das Kreuz zerstört die Figur. Damit wäre auch unser letzter Hinweis und somit die einzige Spur zerstört.«

»Das stimmt.«

»Suko wird kommen. Wenn wir ihm die Figur zeigen, weiß er möglicherweise Bescheid.«

»Und wenn nicht?«

»Müssen wir uns anders behelfen.« Ich schlug die Beine übereinander. »Vielleicht finden wir etwas in der Literatur. Du bist ja sehr gut damit bestückt.«

Lady Sarah zog ein bedenkliches Gesicht. »Was meinst du, was das für eine Arbeit ist, all die Bücher durchzuwälzen, die sich mit asiatischer Magie beschäftigen.«

»Vielleicht kehrt auch der Poltergeist zurück.«

»Würde dir das gefallen?«

»Als letzte Chance schon. Es kann sein, dass er uns unter Beobachtung hält. Da wird er schnell wissen, was wir geschafft haben. Glaubst du nicht auch?«

»Das kann sein.«

Ich sah mir noch einmal die kleine Figur an. Sie war tatsächlich täuschend echt diesem Poltergeist nachempfunden. Für meinen Geschmack musste es einfach zwischen den beiden eine Verbindung geben.

Und die wollte ich herausfinden.

»Wie lange wird es dauern, bis Suko hier ist?« Lady Sarah unterbrach das Schweigen.

Ich hob die Schultern. »Wenn er sich rasch abtrocknet, kann er es gut schaffen.«

»Stand er unter der Dusche?«

»Genau.«

Sie lachte. »Das ist Pech.«

»Sonst trifft es mich immer.« Ich war unruhig, stand auf und suchte zwischen den Büchern, die sich mit der Mythologie des größten Erdteils beschäftigten. Die meisten waren sehr dick, trotzdem enthielten sie nur einen Bruchteil der Informationen über die Magie dieses fernen Orients. Mandra Korab, unser indischer Freund, war da in seiner Bücherei besser sortiert.

»Ob er tatsächlich nur an der Figur interessiert war?«, fragte Lady Sarah.

»Was sollte er sonst gesucht haben?« Ich blieb am Regal stehen und schlug das Buch auf. Es beschäftigte sich mit ostasiatischer Mythologie und war zweisprachig geschrieben. Zum einen sah ich japanische Schriftzeichen, zum anderen einen englischen Text. Der interessierte mich nicht. Wichtiger waren die zahlreichen Abbildungen zwischen den Texten. Zwar konnte ich nicht sehr intensiv suchen, aber die Abbildung des Poltergeistes entdeckte ich bei meinem schnellen Durchblättern nicht.

»So wird es uns auch ergehen, wenn wir die weiteren

Bücher durchsuchen«, sagte die Horror-Oma. Sie hatte mich die Zeit über genau beobachtet.

»Du bist so pessimistisch.«

»Das kann man hier auch werden.«

»Wieso?«

»Wenn ich daran denke, dass der Poltergeist in meine Wohnung gekommen ist, ohne dass ich es bemerkt habe, wird mir ganz anders.« Sie schüttelte sich, als hätte sie einen Regenguss mitbekommen.

»Warten wir es ab, Sarah.« Ich dachte wieder praktischer. »Wie ist das mit dem Fenster? Soll ich es provisorisch abdichten?«

»Nein, lass es mal sein. Ich rufe morgen einen Handwerker an, der sich um diese Dinge kümmern kann.«

Ich schaute auf die Uhr. Lange konnte Suko nicht mehr brauchen. Ich kannte seinen Fahrstil.

»Willst du ihn unten abholen?«

»Klar.« Ich war schon auf dem Weg und stieg durch ein normal erhelltes Treppenhaus, das plötzlich keinen unheimlichen Eindruck mehr machte. Die Beule war gewachsen und wurde von Suko auch sofort bemerkt, als ich ihm die Tür öffnete.

Mein Freund und Kollege grinste. »Hat Lady Sarah einmal mit dem Holzlöffel zugeschlagen?«, fragte er.

»Nein, es war eine Holzbank. Sie wollte fliegen lernen.«

»Hat sie es geschafft?«

»Ja, bis zu meinem Kopf.« Ich ließ Suko eintreten, der sich umschaute und bemerkte: »Das sieht nicht anders aus als sonst. Von wegen fliegende Bänke und so.«

»Du musst unters Dach.«

»Auch das noch.«

Ich ging hinter meinem Freund her. Er roch nach Duschgel. So frisch und anders. Als ich ihn darauf ansprach, winkte er ab. »Mach mich nicht sauer. Ich habe mich von Shao überreden lassen, so ein komisches Zeug zu nehmen, wo ich mich sonst nur mit Seife und Wasser einreibe. Jetzt rieche ich.«

»Nein, du stinkst.«

»Und wonach, bitte sehr?«

»Nach Freudenhaus.«

Suko drehte sich um. »Danke, ich habe verstanden, Mr. Sinclair.«

»Wer war im Freudenhaus? Du, Suko?« Lady Sarah rief es von oben herab. Sie hatte nur die Hälfte verstanden und wollte mehr wissen. Ich musste lachen.

»Keiner war dort, Lady Sarah. John Sinclair träumt nur mal davon.«

»Ja, ja, ihr Männer.«

Wir erreichten Lady Sarah, und Suko begrüßte sie. »Gut siehst du aus«, sagte er.

Sie winkte ab. »Erzähle doch nichts, Suko. Einer alten Frau macht man keine Komplimente.«

»Das ist kein Kompliment, sondern eine Tatsache.«

Ich hatte mich nach wie vor hinter Suko aufgehalten und blieb ebenfalls stehen, als er auf der Schwelle zum Dachzimmer stoppte und in den großen Raum schaute.

Er war sprachlos.

»Na, wie gefällt dir das?«, erkundigte ich mich.

»Überhaupt nicht. Und wer zeigt sich dafür verantwortlich?«

»Ein Poltergeist.«

»Ach nein ...«

»Doch, er war es. Dagegen haben wir bisher auch noch nicht gekämpft. Diesmal hat es uns erwischt.«

»Und weshalb?«

»Das wollen wir von *dir* wissen, Suko«, erklärte die Horror-Oma.

Ich drückte meine Hand in Sukos Rücken und stieß ihn über die Schwelle. »Geh rein und schau dir alles ganz genau an.«

Das tat mein Freund gern. Er nahm seine Wanderung auf, während sich Lady Sarah gesetzt hatte. Ich war neben dem Tisch stehen geblieben und schaute zu.

Der Chinese nickte. »In der Tat gewaltig«, gab er zu und hob gleichzeitig die Schultern. »Aber was habe ich damit zu tun? Wieso sollte ich euch helfen können?«

»Ist dir nichts aufgefallen?«, wollte ich wissen.
»Nein.«
»Hier steht eine Figur«, sagte die Horror-Oma. »Genau zwischen uns auf dem Tisch.«
Erst jetzt hatte der Inspektor sie gesehen. Er trat zögernd näher, nahm die Figur ebenso zögernd in die Hand und betrachtete sie von allen Seiten.
Ich beobachtete ihn gespannt. Auch Lady Sarah ließ ihn nicht aus den Augen. Wir beide sahen die Veränderung, die sich in Sukos Gesicht abspielte. Er stülpte die Unterlippe vor und stellte die Figur vorsichtig zurück auf die Tischplatte.
»Na?«, fragte ich.
»Woher habt ihr sie?«
Ich hob die Schultern. »Da musst du dich schon an Lady Sarah wenden.«
»Bitte, sag es!«, forderte mein Freund.
Er gefiel mir nicht, wirkte plötzlich angespannt und auch wie auf dem Sprung. Suko wusste mehr, das war mir klar. Lady Sarah konnte ihm nicht mehr sagen, als sie auch mir schon mitgeteilt hatte. Ihr zuletzt verstorbener Mann hatte ebenfalls nichts über die Figur gesagt.
»Und das ist wirklich alles?«, erkundigte sich Suko noch einmal.
»Ja.«
Er schabte über sein Kinn und verengte die Augen. »Das kann verdammt gefährlich werden.«
Jetzt erst mischte ich mich ein. »Rück schon mit der Sprache raus, Alter. Was ist mit dieser Figur los? Du scheinst sie zu kennen.«
»Sicher.«
Die Antwort hatte so lapidar geklungen, dass ich lachen musste. »Mehr sagst du nicht?«
»Doch, ich kann dir sogar ihren Namen nennen. Diese Figur stellt Piu Hang dar.«
»Und wer ist das?«
»Ein gefährlicher Geist, der seine mächtigen Kräfte auch einsetzt, wenn es darauf ankommt. Das habt ihr ja erlebt.«

»Natürlich. Er beherrscht die Telekinese.«

»Wenn es das nur wäre.«

»Los, was ist es noch?«

»Piu Hang ist ein Poltergeist. In Europa werden sie oft unterschätzt. Man nimmt sie nicht ernst. Piu Hang sollte man ernst nehmen. Er verfügt über Kräfte, die über die eines normalen Poltergeistes hinausgehen, denn er kann auch Leichen aus den Gräbern holen. Und dann sehen wir gut aus ...«

Natürlich waren wir sprachlos. Wenigstens Lady Sarah und ich. Mit dieser Eröffnung hatten wir beide nicht gerechnet. Es war nur schon mal gut, dass Suko diesen Geist kannte, und darauf sprach ich ihn auch an. »Okay, du kennst ihn. Wo hast du ihn kennen gelernt?«

»Das war während meiner Ausbildungszeit. Wir haben über viele Dinge gesprochen und diskutiert. Unter anderem auch über Dämonen und Geister. Da blieb Piu Hang nicht aus.«

»Was macht er?«

»Er ist ein Poltergeist. Erschreckt Menschen, eigentlich ein lustiger Knabe, nur gefällt es mir nicht, wenn er Leichen aus der Erde holt und mit ihnen spielt.«

»Zombies?«, fragte ich.

»Nein, normale Tote.«

»Aber ich verstehe nicht, weshalb er zu mir gekommen ist, um hier seine Kräfte auszuprobieren«, beschwerte sich Lady Sarah.

»Das müssen wir eben herausfinden.«

»Ist denn an der Figur etwas Besonderes?«, fragte ich. »Kann er sie gesucht haben?«

»Sie gleicht ihm aufs Haar.«

»Das habe ich ebenfalls schon festgestellt. Könnte die Figur möglicherweise ein Unikat sein?«

»Nein, kein Einzelstück. Es gab Menschen, die verehrten den dicken Piu Hang sogar und wünschten sich ihn als Hausgeist. Ich weiß nicht, ob Lady Sarah auch so gedacht hat ...«

»Nie, Suko, nie. Es war ein Geschenk von meinem Mann wie vieles andere auch.«

»Und der Mann ist tot.«

»Ja, das weißt du.«

»Hatte er Kontakt zu Piu Hang?«, fragte ich.

»Das kann alles gewesen sein, John. Nur weiß ich nichts davon. Auf seinen fernöstlichen Reisen habe ich ihn kaum begleitet. Das habe ich dir schon alles gesagt.«

»Dennoch müssen wir eine Stelle finden, wo wir ansetzen können.«

Suko gab mir Recht.

»Weißt du nichts? Ich meine, du hast doch tausend Vettern, die Piu Hang sicherlich auch kennen …«

Mein Freund winkte ab. »Ich weiß schon, auf was du hinauswillst. In die Szene rein und nachforschen.«

»Eben.«

»Dann wollt ihr die mitnehmen?«, fragte die Horror-Oma.

»Natürlich nur, wenn es dir nichts ausmacht.«

Sie winkte mit beiden Händen ab. »Nehmt sie mit, in Gottes Namen. Ich will sie nicht mehr sehen. Hätte nicht gedacht, dass mein Mann mir einen solchen Teufelsspuk hinterlässt. Der war doch sonst nicht so und eigentlich normal.«

Irgendetwas an dieser Antwort hatte mir nicht gefallen. Vielmehr hatte es mich auf eine Idee gebracht, die im Augenblick noch keine klare Gestalt angenommen hatte, aber sie drehte sich um diesen Richard Emmerson Goldwyn.

Ich zündete mir eine Zigarette an und deutete mit der Glutspitze auf die ältere Lady. »Ich komme einfach nicht von deinem dritten Mann los.«

»Er ist tot.« Sie beugte sich vor.

»Daran glaubst du doch, John?«

»Natürlich.«

»Kein Zombie? Nicht dass du damit rechnest, er würde als Zombie aus dem Grab steigen.«

»Ehrenwort, das meine ich nicht.«

»Ich hätte ihn auch nicht mehr sehen wollen«, erklärte die Horror-Oma entschieden.

»Das kann ich verstehen. Er böte keinen sehr angenehmen Anblick …«

»So meine ich das zwar auch, aber nicht so direkt. Ich, ich, sagen wir so, ich habe mich mit ihm nie so großartig verstanden, als dass ich Sehnsucht nach ihm gehabt hätte.«

»Kannst du näher darauf eingehen?«

»Ungern. Man gibt ja nicht freiwillig Fehler zu. Es war ein Fehler von mir, ihn geheiratet zu haben. Er gehörte zu den Typen der königlichen Indien-Offiziere, war sehr standesbewusst und hat mich oft allein gelassen. Nicht nur während seiner Reisen, nein, er ging auch sonst immer weg. Fast jeden Abend besuchte er seinen *British Indian Club*. Kurz BIC genannt. Da trafen sich die alten Kämpfer dann und diskutierten über die angeblich herrlichen Kolonialzeiten.«

»Und wie ist er gestorben?«

»Durch einen Herzschlag. Er kippte plötzlich um und war tot.«

»Wie hast du dabei reagiert?«

Lady Sarah lächelte. »Überhaupt nicht. Man rief mich vom Club aus an und erklärte mir den Vorfall. Dort haben sie ihn auch bis zur Beerdigung aufgebahrt. Nicht ich war der wichtigste Teil in seinem Leben, sondern der Club und die Reisen. Da ist er auch gestorben. Er kippte plötzlich weg. Herzschlag.« Sie hob die Schultern.

»Es war also nichts Ungewöhnliches an diesem Todesfall festzustellen?«, hakte ich nach.

»Nein. Offiziell nicht. Was inoffiziell geschehen ist, darüber möchte ich mich nicht äußern, weil ich es einfach nicht weiß.«

»Es könnte demnach etwas geschehen sein?«

»Keine Antwort, John. Ich möchte hier niemanden verdächtigen. Er ist tot und soll es auch bleiben. Ich habe ihn noch einmal kurz vor der Beerdigung im Sarg liegen sehen, das ist alles, Freunde.«

»Was sagst du, Suko?«

Der Chinese lächelte breit. »Ich würde meine Vettern mal aus dem Spiel lassen. Irgendwie habe ich das Gefühl, dass der Poltergeist etwas mit Lady Sarahs verstorbenem Mann zu tun hat. Da dieser sich oft im Club hat sehen lassen, sollte man da den Hebel ansetzen.«

Der Ansicht war ich auch. »Existiert der Club noch?«, fragte ich Lady Sarah. »Oder sind die alten Kämpen mittlerweile verstorben?«

»Er müsste noch existieren, allerdings mit reduzierter Mitgliederzahl. Die meisten starben sicherlich.«

»Wie?«

»Ich hörte hin und wieder auf irgendwelchen Tee-Einladungen davon. Die Mitglieder starben durch einen Herzschlag.«

Um sicher zu gehen, ob der Club noch aktiv war, wollte ich mich bei einem Kenner der Materie erkundigen. Das war Sir James. Um diese Zeit erwischte ich den Superintendenten nie zu Hause, sondern nur in seinem Club, der sehr vornehm war, aber nicht mein Geschmack.

Es dauerte eine Weile, bis ich den Alten an der Leitung hatte. »Was ist geschehen?«, fragte er sofort.

Ich erklärte ihm die Lage und stellte anschließend meine Fragen.

»Ja, ich kenne den *British Indian Club*. Zwar bin ich kein Mitglied dort, aber ich weiß von der Existenz.«

»Ist er sehr groß?«

»Nicht mehr. Im Laufe der Jahre starben viele der alten Kämpfer. Wenn ich mich recht erinnere, sind noch drei Mitglieder übrig geblieben.«

»Kennen Sie die Namen, Sir?«

»Nein, das wäre zu viel verlangt. Ich war nie in Indien, habe dort nicht gekämpft, und es interessiert mich auch nicht. Sehen Sie eine Verbindung zwischen dem Auftauchen dieses Geistes und dem Club?«

»Vielleicht existiert eine.«

»Sie jedenfalls wollen nachforschen.«

»Ja, Sir.«

»Tun Sie das. Noch etwas, John. Dieser Club gehört zu den kleinsten, aber traditionsreichsten. Sie wissen ja, dass die Mitglieder dieses Clubs nicht nur ihre Abende dort verbringen können, auch die Nächte. Wenn jemand Witwer oder Junggeselle ist, bietet ihm der Club so etwas wie eine zweite Heimat.«

»Danke, Sir, für die Information. Eine Frage hätte ich trotzdem noch. Wo liegt der Club?«

»In der Bond Street.«

»Sehr vornehm.«

»Das war er früher auch.«

»Ich bedanke mich. Noch einen angenehmen Abend, Sir.«

»Gleichfalls.«

Ich wandte mich wieder Suko und der Horror-Oma zu. »Der Club existiert noch, soll aber klein geworden sein.«

»Wie ich sagte«, meinte Lady Sarah.

»Sehen wir ihn uns an?«, fragte Suko.

»Sicher.«

»Und wann?«

»Noch in dieser Nacht. Wir müssen zur Bond Street. Dort können wir dann mit den älteren Gentlemen reden. Ich bin gespannt, was dabei alles herauskommt.«

Suko lachte. »Ich auch.«

»Vielleicht schaffen wir es, eine Verbindung zwischen dem Poltergeist und den Mitgliedern des Clubs aufzudecken. Ich habe das Gefühl, dass der Indien Club nicht ganz geheuer ist.«

»Weshalb eigentlich *British Indian Club?*«, fragte Suko die Horror-Oma. »War dein verstorbener Gatte nicht Asienexperte?«

»Das schon, aber es gab damals keinen Asienclub.«

»Ach so.«

Wir sahen Lady Sarah an, dass sie mitwollte. Wie abgesprochen, schüttelten wir die Köpfe. »Nein, Sarah, du bleibst hier. In die Clubs kommen sowieso keine Frauen hinein.«

»Vielleicht machen die bei mir eine Ausnahme.«

»Die möglicherweise, aber wir nicht.«

»Und ihr wollt Freunde sein«, beschwerte sie sich.

»Gerade deshalb, Sarah ...«

Der Odem des Todes streifte durch die Räume. Vermischt mit dem Atem oder dem Geruch des Grauens, der Vergänglichkeit und der großen Saga vom Sterben und Verfall.

Nicht allein das Haus strömte diesen Geruch aus, es waren auch das Innere und die Mitglieder des *British Indian Clubs*, die eine seltsame und ungewöhnliche Methode erfunden hatten, ihren Lebensabend zu verbringen.

Sie gingen nicht mehr nach draußen, sondern blieben zusammen.

Im Club wollten sie ihren letzten Atemzug tun …

Sie alle waren alt geworden. Indien lag längst hinter ihnen. Es war eine ferne Vergangenheit, die während ihrer Gespräche und Diskussionen jedoch immer wieder aufblühte. Dann erzählten sie mit krächzenden oder flüsternden Stimmen ihre gemeinsamen Abenteuer, die jeder schon kannte, auch George, der Butler, der angestellt war, um die letzten drei Männer zu bedienen. Auch er war mit Ihnen gealtert, aber noch am rüstigsten, wenn auch schon über sechzig.

Tag und Nacht war er für sie da. George kümmerte sich um alles. Er sorgte für die Lebensmittel, er bezog Betten, räumte die Zimmer auf und bediente die Gentlemen, wenn sie eine Zeitung oder etwas zu trinken wünschten.

Nur kochen konnte er nicht.

Die Verpflegung wurde jeden Tag vorbeigebracht. Sie stammte aus einer Großküche und schmeckte dementsprechend, aber die Gentlemen waren darin nicht verwöhnt. Sie aßen Fish and Chips ebenso lustlos wie ein Steak oder Hammelfleisch.

Wichtig war die Unterhaltung.

Längst hätten die Räume renoviert werden müssen. Die alten Tapeten hingen schon seit über vierzig Jahren an den Wänden. Zur Wetterseite des Hauses hin waren sie feucht geworden und fielen fast von den Wänden. Man konnte sie regelrecht aufrollen.

Die größeren Clubräume waren durch Schiebetüren miteinander verbunden. Da diese meist offen standen, bekam das Innere des alten Hauses einen Eindruck der Großzügigkeit, den es gar nicht verdiente. Die Schlafräume lagen eine Etage höher. Die kleine Empfangshalle für Besucher und die Bar befanden sich noch zu ebener Erde.

Drei Männer lebten noch, und zwei waren schon über achtzig.

Mit neunundsiebzig war Arthur Ollbright am jüngsten.

Die anderen beiden hießen Harold McDee und James Fallon. Wie Ollbright hatten auch sie in Indien gekämpft und später dort ihr eigenes Regiment als Führungsoffiziere gehabt.

Und von diesen Zeiten träumten sie. Doch die Träume waren von anderen Ereignissen zurückgedrängt worden, denn jeder von ihnen wusste, wer da unsichtbar als Vierter unter ihnen weilte.

Der Tod!

Eigentlich warteten sie auf ihn.

Gemeinsam wollten sie sterben, wenn es eben möglich war. Einen hatten sie bereits verloren. Am gestrigen Tag hatte es ihn erwischt. Herzschlag. Urplötzlich, wie ein Blitzschlag aus heiterem Himmel. Es war ihr Kamerad William Morris Campell gewesen, der seinen Lebensabend ebenfalls im Club hatte verbringen wollen.

Jetzt war er tot.

Und die letzten drei saßen zusammen und tranken auf ihren verstorbenen Freund.

George, der Butler, hatte eine gute Flasche Whisky besorgt, denn dieses alte Ritual musste von ihnen einfach eingehalten werden.

An einem runden Tisch saßen sie. Ein Stuhl war leer geblieben. Auf seiner Sitzfläche lag die Mütze, die ihr Kamerad William Campell zu seinen großen Zeiten als Offizier getragen hatte.

Wäre ein unvoreingenommener Beobachter in diesen Club gekommen, er hätte sicherlich sofort sämtliche Fenster aufgerissen, denn die Luft war mies und kaum zu atmen. Eine Mischung aus Tabaksqualm, Blütenduft und Verwesungsgeruch. Den Sarg ihres Freundes zu schließen kam für die drei Männer nicht in Frage. Sie würden ihn erst dann zuklappen, wenn sie es für richtig hielten. Und das dauerte noch.

So lange sollte der Verstorbene aus seinen kalten Augen an die Decke starren.

Harold McDee hatte eingeschenkt. In den alten Kristallgläsern schimmerte goldbraun der Whisky. McDee wirkte ebenfalls schon mehr tot als lebendig. In den letzten Monaten war er zu einem Greis geworden. Die Muskeln hatten an Kraft verloren, sie konnten den Körper nicht mehr stützen. Er ging nicht nur gebeugt, er saß auch nach vorn gekrümmt. Das schlohweiße Haar fiel ihm über die Ohren, sein Gesicht war eingefallen.

Die Hand mit der dünnen, fleckigen Haut schaute aus dem Ärmel des schon glänzenden schwarzen Anzugs hervor und griff wie eine zitternde Geierkralle nach dem Glas.

McDee hielt es fest.

Die anderen beiden fassten ebenfalls zu. Auch sie trugen dunkle Anzüge und wirkten mehr tot als lebendig.

McDee hielt sein Glas noch immer fest. Es begann das von ihnen erfundene, makabre Totenritual für einen verstorbenen Freund.

»Gentlemen«, sagte McDee mit krächzender Stimme. »Ein Kamerad ist von uns gegangen, und wir werden die Ehre haben, seine Totenwache zu halten, wie es sich für einen Offizier Ihrer Majestät geziemt. Auch uns hat schon die Knochenklaue des Sensenmanns berührt, obwohl es keiner von uns zugeben will, aber es ist so.« Er hustete, bevor er weitersprechen konnte. »Leider hat uns in den letzten Wochen ein Fluch eingeholt, den wir schon längst vergessen hatten. Mit dem Ableben unseres Freundes Richard Emmerson Goldwyn begann das große Sterben. Wir haben den Fluch nicht ernst genommen, und ich bin überzeugt davon, dass auch William daran gestorben ist. Machen wir uns darauf gefasst, dass es auch uns erwischen wird. Dem Fluch des Piu Hang kann niemand entgehen. Ihr selbst, meine Freunde, wart lange genug im fernen Asien, um ermessen zu können, was die alten Flüche bedeuten. Wir trinken auf den Verstorbenen. Ich habe George angewiesen, alles vorzubereiten. Er hat bereits einen Sarg hochfahren lassen. Cheerio!«

So gut es möglich war, hoben sie die Arme mit den Gläsern und prosteten sich zu.

Dann tranken sie.

Schlürfende Geräusche durchbrachen die Stille. Die Männer genossen und bewegten ihre Lippen.

Es war so Sitte, dass sie beim ersten Trunk die Gläser auf einen Zug leerten. Früher hatte jeder von ihnen eine Flasche Scotch vertragen können, heute, im Alter, sah es anders aus. Da warfen sie einige Schlucke Alkohol bereits aus der Bahn.

Arthur Ollbright setzte als Letzter das Glas ab. Er schob es über die blanke, runde Platte des Mahagonitisches und lehnte sich zurück. Mit dem Handrücken wischte er einen Tropfen von seinen Lippen und sah die Blicke der beiden anderen auf sich gerichtet.

»Was schaut ihr mich so an?«, fragte er leise. Ollbright flüsterte immer, da seine Stimmbänder nicht mehr richtig funktionierten.

Auf den Kasernenhöfen war er vor Jahren als großer Schreier bekannt gewesen. Das hatte sich nun gerächt.

James Fallon übernahm das Wort. »Wir fragen uns, wer wohl als Nächster an der Reihe sein wird?«

Ollbright nickte. »Einer von uns. Aber weshalb ich?«

»Das können wir ebenfalls sein.«

»Meine ich auch.«

McDee lachte krächzend. »Du bist aber am miesesten von uns dran, Ollbright.«

»Das sieht nur so aus.«

»Wir werden es bei der Totenwache in dieser Nacht erleben«, mischte sich James Fallon ein.

Nicht dass die drei ständig zusammenhockten, sie machten sich durch ihren Zynismus auch noch gegenseitig das Leben schwer. Es war keiner da, dem sie hätten Befehle erteilen können, und so ließen sie ihren Frust in der unmittelbaren Umgebung ab. Manchmal wurde das Leben im Club zu einer regelrechten Hölle.

»Auch euch wird der Fluch treffen«, sagte Ollbright. »Ihr habt es damals mitgetragen. Wir waren zu fünft, als wir die Eindringlinge niedermachten.«

»Stimmt. Zwei davon sind tot.«

»Richard Emmerson hat es zuerst erwischt«, murmelte McDee.

»Seine Witwe lebt noch«, warf Fallon ein.

McDee kicherte vor seiner Antwort. »Ja, dieses alte Weib ist wirklich zäh.«

»Und den guten Richard musste es erwischen.« James Fallon schüttelte den Kopf. Es sah so aus, als würde sein runder, haarloser Schädel jeden Moment von den Schultern kippen.

»Manchmal ist das Leben ungerecht«, meinte Ollbright. »Nehmen wir noch einen Schluck?«

»Ja.«

Ollbright hatte es vorgeschlagen und kümmerte sich auch um das Einschenken. Normalerweise sorgte George dafür. Er hatte andere Aufgaben zu erledigen, und Ollbright, nicht geübt, verschüttete einiges von der kostbaren Flüssigkeit.

»Gib doch Acht!«

»Es ist eben nicht einfach, wenn man älter wird.«

»Ja, die Jugend«, sagte McDee und lehnte sich zurück. Er schloss die Augen, als wollte er träumen. »Da hörte man auf uns. Da waren wir etwas. Indien, Hitze, die Armee, das Donnern der Geschütze, das Lachen der Weiber abends in den Casinos und die großen Besäufnisse. Zeiten waren das, Zeiten …« Er öffnete die Augen wieder, stemmte sich hoch und griff zu seinem Glas. Aus einem Traum war er erwacht.

»Cheerio!«

Die krächzenden Stimmen der drei Männer klangen gleichzeitig auf. Es hörte sich an, als würden Raben durch das Zimmer fliegen. Und wieder schütteten sie den Alkohol in die Kehle.

Sie lehnten sich in den Sesseln zurück. Früher hatten sie hineingepasst. Jetzt waren die Sitzmöbel viel zu groß geworden. Die schmalen Gestalten der Greise nahmen die

Sitzfläche nicht mal zur Hälfte ein. Nach dem zweiten Schluck mussten sie sich erholen. Obwohl es keiner von ihnen offen zugab, konnten sie längst nichts mehr vertragen. Sie alle drei waren leicht angeschlagen, aber sie hielten sich noch und warteten auf ihren Diener George.

Es war ruhig in dem Clubraum geworden. Die Atemzüge der Männer durchbrachen die Stille und ebenso das leise Ticken der alten, hohen Standuhr, deren oberes Teil fast bis an die Decke reichte.

Eine Viertelstunde verstrich.

Ollbrights Kopf fiel plötzlich zur Seite. Es sah im ersten Moment so aus, als wäre er tot, bis die pfeifenden Atemgeräusche über seine Lippen drangen. Sie waren vermischt mit dünnen, zerplatzten Speichelbläschen.

»Der schläft!«, stellte James Fallon fest.

»Ich sehe es!«, krächzte McDee. Er griff zu seinem Stock, der am Sessel gelehnt stand. Ein böses Grinsen umspielte seine Lippen, als er den Stab hochhob und ihn auf Ollbrights Oberschenkel schlug.

Arthur zuckte zusammen. Ein leiser Ruf drang aus seinem Mund, er hob den Kopf und schaute in die Runde. »Ist es schon so weit?«

»Du bist eingeschlafen«, stellte McDee fest.

James Fallon nickte dazu.

»Ich war auf einmal müde.«

»Dabei wirst du noch eine Totenwache halten müssen. Hast du das vergessen, Arthur?«

»Nein.«

»Dann reiß dich zusammen, verdammt! Wir sitzen hier nicht zum Spaß. Die Wache sind wir William schuldig. Das sollte auch dir allmählich klar sein, du Schläfer.«

»Ich werde mich zusammenreißen, Harold.«

»Hoffentlich.«

James Fallon legte eine Hand gegen sein Ohr und beugte sich zur Seite! Er hatte noch die besten Ohren von ihnen, nickte und flüsterte plötzlich: »Ich glaube, er kommt.«

Die beiden anderen Offiziere waren gespannt. Auch

Ollbright hatte seine Müdigkeit verloren. Sie kannten das Spiel. Es war immer gleich. Keiner von ihnen erhob sich oder wollte dem Diener entgegengehen. So etwas ziemte sich nicht.

George erschien. Er war noch etwas jünger, sah aber ebenso alt aus. Das Zusammenleben unter einem Dach mit diesen greisen Offizieren färbte eben ab.

Steif wie ein Ladestock stand er da. George sah aus wie eine Witzfigur. Lang und dünn war er, mit einer Halbglatze, dafür mit langen, bis zum Kinn reichenden Koteletten versehen. Er trug stets weiße Handschuhe und die typische Butler-Kleidung mit der gestreiften Weste.

McDee übernahm das Wort. »Was gibt es Neues, George?«

»Sir«, erwiderte der Butler mit nasal klingender Stimme. »Die Leiche ist angerichtet ...«

Ein normaler Mensch hätte über diesen Satz gelacht, nicht die drei Offiziere. Sie nahmen es eben sehr genau und achteten auf die Etikette.

Die Männer blieben noch sitzen. Sie machten den Eindruck, als würde es ihnen schwer fallen, sich aus den Sesseln zu stemmen.

Der Butler wartete zwei Schritte entfernt. In seinem Pferdegesicht regte sich nichts. Er hatte sich an die Launen der Offiziere gewöhnt und sie sich an ihn.

McDee machte den Beginn. »Dann wollen wir mal zur Totenwache schreiten«, sagte er. »George, kommen Sie.«

Der Butler kannte das Spiel. Er fasste McDees Arm und half mit, den Mann aus dem Sessel zu ziehen. Vor dem Sitzmöbel blieb der alte Offizier stehen. Er verlangte nach seinem Stock.

George drückte ihm die Krücke zwischen die Finger. Jetzt ging es McDee besser.

Die anderen beiden standen allein auf. Der Butler rückte nur mehr die Sessel zurecht. Auch Ollbright und Fallon mussten sich auf ihre Knotenstöcke stützen. Mit einer Hand zogen sie die abgewetzten und schon blanken Jacketts zurecht.

»Wir gehen«, sagte McDee im Kommandoton. Er machte

auf der Stelle kehrt, hob seinen Stock an und deutete in Richtung Tür.

Auch das Zeichen kannte George. Bevor sich noch einer der drei Offiziere in Bewegung setzte, schritt er los. In gerader Haltung, unnatürlich steif und den Blick geradeaus gerichtet. Seine Lippen lagen fest aufeinander. Er atmete nur durch die Nase.

Eine lächerliche Prozession durchquerte den Raum. Gleichzeitig hatte sie auch etwas Makabres an sich, als sie durch die offen stehende Schiebetür gingen, den kleinen Empfangssaal durchquerten und nur die Geräusche ihrer Schritte und der auf den Boden tackenden Stockspitzen zu hören waren. George hatte nur wenige Lampen eingeschaltet. Diejenigen, die ihr Licht verstreuten, waren an den Wandseiten angebracht und wirkten wie fleckige Inseln.

Wieder versperrte eine Schiebetür ihnen den Weg. Ihre beiden Hälften waren zusammengefahren.

George zog sie auf. »Sir, wenn Sie eintreten möchten. Ich bitte darum! Es ist alles so, wie Sie es gewünscht haben.«

»Danke, George!« Synchron sprachen die drei.

Sie gingen weiter, passierten George, der steif auf der Schwelle stehen geblieben war und über ihre Köpfe schaute, während die drei eine andere Welt betraten.

Es war der Totenraum …

So völlig anders und so kalt, bis auf einen makabren Gegenstand, der in der Mitte stand.

Es war der offene Sarg!

Flankiert wurde er von vier brennenden Kerzen, die in hölzernen Haltern steckten und jeweils an den beiden Enden der dunklen Totenkiste standen. Da in dieser Halle kein Durchzug herrschte, brannten die Kerzen sehr ruhig. Erst als die drei Offizier den Totenraum betraten, bewegten sich die Flammen leicht im entstandenen Zug.

Ihr wechselndes Spiel fuhr auch über das bleiche Gesicht des Toten und veränderte es zu einer schaurigen Grimasse, die so wirkte, als würde die Leiche grinsen.

Man hatte William Campell nicht ausgezogen. Er trug seine

alte Uniform, die ihm aber nicht mehr passte, weil er im Laufe der Zeit abgenommen hatte. Natürlich waren seine Orden und Ehrenabzeichen nicht vergessen worden. Zusammen mit der Mütze lagen sie auf einem Samtkissen auf seiner Brust.

Über allem lag ein Hauch von Leichengeruch, denn der Tote verweste allmählich.

Die Haut bekam an einigen Stellen, besonders im Gesicht, gelbliche Flecken, doch das störte die drei anderen nicht.

Sie hatten ihre Aufgabe und würden sie auch erfüllen. Totenwache für einen Kameraden. Mochte die Tradition noch so makaber sein, von den Männern wurde sie eingehalten.

Bevor sich die drei aufbauten, gaben sie dem Butler noch Anweisungen.

»George, lassen Sie uns bitte allein! Und sorgen Sie dafür, dass uns niemand stört.«

»Sehr wohl, Sir.«

Der Butler wusste, was er zu tun hatte. Lautlos zog er sich zurück und schloss die beiden Türhälften. Die Gentlemen wollten bei ihrer Totenwache allein bleiben, obwohl George ab und zu mal durch den Türspalt schaute, um zu sehen, wie es ihnen erging, da es leicht sein konnte, dass der eine oder andere nicht durchhielt und umkippte.

Fallon, Ollbright und McDee waren allein. Sie hatten sich so aufgestellt, dass sie sich gegenseitig anschauen konnten. Am Kopfende standen James Fallon und Arthur Ollbright.

McDee hatte sich hinter das Fußende des Sarges gestellt. Er blickte die beiden anderen an.

Sie stützten sich auf ihre Stöcke. Geredet wurde nicht. Manchmal schauten sie auf das Gesicht des Toten, und jeder von ihnen fragte sich, wann es ihn erwischen würde.

Lange würde es nicht mehr dauern.

Ihre Uhr war abgelaufen. Die Mitglieder des einst so stolzen Clubs waren der Reihe nach gestorben, bis auf diesen kläglichen Rest, bei dem man nicht wusste, ob man über ihn lachen oder weinen sollte. Sie lebten in ihrer eigenen, anderen Welt und auch in einer anderen Zeit. Das normale Leben war an ihnen vorbeigezogen.

Und doch wussten sie genau, dass es etwas gab, das wie ein gewaltiges Schwert über ihren Köpfen lag.

Dieser ungemein schreckliche Fluch des Piu Hang. Alle drei waren davon überzeugt, dass die Kraft des Fluches ihren Tod beinhaltete. Nur durch ihn war William Campell gestorben. Sie hatten damals Schuld auf sich geladen, obwohl sie es nicht zugeben wollten, aber erst später, viel später sogar, waren sie wieder an ihn erinnert worden, als ihnen ihr Kamerad Goldwyn etwas gezeigt hatte, das er anschließend seiner Frau schenkte, weil er sich selbst und seine Freunde in Sicherheit wissen wollte. Auf keinen Fall durfte einer von ihnen diese Statue behalten. Es wäre der frühe Tod gewesen.

Und so warteten sie.

Ein jeder hing seinen Gedanken nach. Von der Stille und dem süßlichen Verwesungsgeruch fühlten sie sich eingekreist. Zudem war es warm im Raum. Fenster gab es kaum. Nur unter der Decke, dazu sehr versteckt, eine kleine Klappe.

Der Fluch des Piu Hang schwebte über ihnen, ohne dass sie etwas dagegen tun konnten. Auch William hatte es nicht geschafft. Sein Herz stand plötzlich still, wie auch das von ihrem Kamerad Goldwyn stillgestanden hatte. Alles war als sehr ungewöhnlich zu bezeichnen, und es war stets George gewesen, der die Toten fand.

Es ging auf Mitternacht zu.

Die erste Ruhe der Totenwächter war vorbei. Sie mussten sich hin und wieder bewegen. Dann schabten nicht nur ihre Schuhe über den Boden, auch die Spitzen der Stöcke, auf die sie sich stützten.

James Fallon hatte ebenfalls Schwierigkeiten. Er verließ seinen Platz und ging auf und ab.

Das wäre früher einer Todsünde gleichgekommen, aber sie waren älter geworden.

»Ich muss einfach gehen«, sagte James. »Ich kann nicht mehr so lange warten. Unsere großen Zeiten sind vorbei, Kameraden.«

»Das wissen wir«, sagte McDee.

»Wen erwischt es als Nächsten?«

»Immer den, der fragt«, erwiderte Harold bissig.

Fallon lachte schrill. »Darauf würde ich nicht setzen, Harold. Vielleicht hat sich der Sensenmann längst dich ausgesucht. Du weißt es nur noch nicht.«

Arthur Ollbright gefiel die Unterhaltung nicht. »Was streitet ihr euch hier am Sarg eines Kameraden. Ihr solltet euch schämen, verdammt! Erweist man einem Offizier so die letzte Ehre?«

Die Streithähne schwiegen. Fallon nahm wieder seinen Platz ein. So warteten sie, und der Uhrzeiger näherte sich allmählich der mitternächtlichen Stunde.

Noch zwei Minuten …

Sie sprachen nicht mehr. Auch der Tote rührte sich nicht. Kalt und steif lag er in dem offenen Sarg, auf der Brust all seine Orden und Ehrenabzeichen.

Mitternacht – Tageswende!

Eine Uhr schlug.

Sie stand nicht in der »Leichenhalle«, sondern in einem andern Raum. Das Echo ihrer Schläge jedoch erreichte auch die Ohren der Totenwache haltenden Männer.

Und da passierte es.

Der letzte Schlag war kaum verklungen, als über ihren Köpfen ein Heulen erklang, und im nächsten Augenblick eine grüne, schattenhafte Gestalt zu sehen war, die aber gleich wieder verschwand wie ein Spuk.

Die Offiziere zuckten zusammen. Sie waren ratlos, wollten schon nach George rufen, als die unheimlichen Vorgänge begannen …

Als wir die Bond Street erreichten, wiesen die Zeiger der Uhr noch nicht mal auf Mitternacht. Wir waren einen guten Schnitt gefahren. Suko hatte seine Maschine bei Sarah Goldwyn stehen lassen und sich in meinen Bentley gesetzt.

Während des Tages herrscht auf dieser sehr bekannten Londoner Straße ein sagenhafter Verkehr. In der Nacht ist es wesentlich ruhiger. Das bekamen auch wir zu spüren, denn wir fanden sogar vor dem Haus einen Parkplatz. Um den Eingang zu erreichen, brauchten wir nur einige Schritte zu gehen.

Ein kühler Wind wehte. Eigentlich war es für Mai zu kalt, aber daran hatten sich die Menschen mittlerweile gewöhnt.

Wir blieben vor der Tür stehen. Daneben an der Hauswand entdeckten wir ein Messingschild mit schwarzen Lettern.

British Indian Club!

Suko ließ seine Blicke an der Fassade in die Höhe gleiten und schüttelte den Kopf.

»Was hast du?«

»Hier müsste mal jemand renovieren. Der alte Stuck und die Erker sehen so aus, als würden sie jeden Augenblick abfallen.«

»Für heute werden sie noch halten«, erwiderte ich voller Optimismus.

»Falls uns dein Poltergeist nicht über den Weg läuft.«

»Er ist nicht mein Geist.«

»Ich bin ihm noch nicht begegnet.«

»Freu dich!« Ich hatte mich vor die Tür gestellt und erkannte, dass sie in ihrem oberen Drittel eine Klappe besaß. Darunter befand sich eine Klingel. Der Knopf schimmerte hell. Ich drückte ihn mit dem Zeigefinger nach unten.

Trotz seines Alters schien das Haus sehr gut isoliert zu sein, denn wir vernahmen kein Echo. Möglicherweise war die Klingel auch abgestellt. Bevor wir zu anderen Maßnahmen griffen, versuchte ich es noch einmal, und diesmal hatten wir Glück.

Zwar mussten wir auch noch warten, aber die leisen Schritte deuteten darauf hin, da sich jemand der Tür näherte.

Plötzlich wurde die Klappe geöffnet. Da hinter der Tür auch Licht brannte, war das Gesicht sehr gut zu sehen, und ich musste mir ein Lachen verbeißen, weil ich den Eindruck hatte, dass mich ein Pferd anschauen würde.

Es war kein Gaul, nur ein Mensch, der eine gewisse Ähnlichkeit mit diesem Tier aufwies.

Auch als seine hochnäsige Stimme aufklang, konnte ich mir nur mühsam ein Grinsen verbeißen. »Sie wünschen, Sir?«

»Ich möchte mit einem Ihrer Clubmitglieder sprechen.«

»Bedaure, Sir, das ist nicht möglich.«

»Aber die Gentlemen sind anwesend.«

»Ja, Sir. Sie wünschen keine Störung. Zudem ist es sehr spät. Man hat sich bereits zur Ruhe begeben. Falls Sie etwas von den Gentlemen wünschen, melden Sie sich rechtzeitig genug an. Ich werde dann versuchen, es zu arrangieren. Gute Nacht, Sir!«

Patsch!

Die Klappe war zu, der Affe tot, und wir standen da wie die begossenen Pudel.

»Hast du das gehört?«, fragte ich meinen Freund.

»Bin ja nicht taub.«

»Der hat uns doch kalt abfahren lassen, ohne dass wir etwas dagegen unternehmen konnten.«

»Nicht uns, John, nur dich.«

»Danke.«

»Willst du noch mal …?«

»Aber wie!« Ich hatte die Antwort kaum gegeben, als ich abermals schellte. Diesmal brauchten wir nicht so lange warten. Nach relativ kurzer Zeit wurde die Klappe aufgezogen.

Wiederum schaute das Pferdegesicht hervor. Diesmal hatten sich die Augenbrauen drohend zusammengezogen, ohne jedoch den blasierten Ausdruck aus dem Gesicht wegschaffen zu können. »Ich habe Ihnen doch gesagt, Sir, dass es nicht möglich ist, die Gentlemen … Ohhh!«

Nach diesem letzten leisen Aufschrei, mit dem er den Satz unterbrochen hatte, veränderte sich der Ausdruck in seinem Gesicht. Er machte einer entsetzten Mimik Platz, denn der Butler und Türöffner schaute genau auf meine Dienstwaffe, die ich gezogen hatte und die fast seine Nase berührte.

»Ich an Ihrer Stelle würde nicht einmal mit den Augen klimpern«, sagte ich leise.

Er wurde immer bleicher. »Ist das eine Razzia?«

»Im Prinzip nicht. Wir möchten nur rein. Hast du verstanden, du Komiker?«

»Ja, natürlich. Ich öffne sofort. Warten Sie!«

»Irrtum, Meister. Du lässt die Klappe offen und reichst mir den Türschlüssel nach draußen.«

Für einen Moment sah es so aus, als wollte er widersprechen. Schließlich hob er seine eckigen Schultern und suchte in den Taschen seiner Kleidung nach dem Schlüssel.

Ich hätte normalerweise nicht zu einer solchen Methode gegriffen, aber dieser Butler sah mir so aus, als würde er auch die Polizei nicht in das Haus lassen. Der zeigte eine nahezu widerliche Sturheit, und das ärgerte mich.

Ich bekam den Schlüssel. Aus den langen, zitternden Fingern des Mannes nahm ich ihn entgegen. »Aufschließen können wir selbst.« Mit einer geschickten Drehung warf ich Suko den Schlüssel zu, der sich bückte und öffnete.

Erst als er es geschafft hatte, trat ich zur Seite, und der Butler konnte auch Suko erkennen. Sicherlich erschrak er. Wir konnten es nicht sehen, da Suko die Tür nach innen drückte und sie uns die Sicht auf den Mann nahm.

Wir betraten eine kleine Halle, und augenblicklich fiel uns der muffige Geruch auf, der hier herrschte. Ein widerlicher Gestank, der auch mir auf den Magen schlug, als ich vorging und auf den Butler zutrat. Meine Waffe hatte ich weggesteckt.

Der Mann ging zurück.

»Bleiben Sie stehen!«

Er gehorchte und schaute zu, wie ich in die Tasche griff, nicht die Pistole hervorholte, sondern meinen Ausweis, den ich ihm präsentierte. Der Butler war so durcheinander, dass er nicht begriff und auch keine Reaktion zeigte.

Suko war bereits zu den Sitzgelegenheiten vorgegangen und ließ sich in einen der Sessel fallen.

»Sie dürfen sich auch setzen«, sagte ich zu dem Butler.

Er war gut erzogen und wartete, bis ich meinen Platz gefunden hatte. Erst dann ließ er sich nieder und blieb mit durchgedrücktem Rücken auf der Kante hocken, während Suko und ich uns bequem nach hinten geflätzt hatten.

Ich schleuderte dem Diener meinen Ausweis zu. Er fing ihn auf, schaute ihn an, las ihn genau durch und flüsterte verblüfft: »Polizei?«

»Ja.«

»Sir, weshalb haben Sie das nicht gleich gesagt?«

»Hätten Sie uns dann reingelassen?« Ich nahm den Ausweis wieder an mich und stellte auch Suko namentlich vor.

»Das weiß ich nicht.«

»Eben, wir wussten es auch nicht. Deshalb mussten wir zu diesem Mittel greifen. Im Nachhinein möchte ich mich dafür entschuldigen, weil es sonst nicht meine Art ist, so in ein Haus einzudringen. Aber in diesem Falle heiligte der Zweck die Mittel.

Wir erfuhren, dass der Butler George gerufen wurde. Er legte seine Hände auf die Knie und schaute uns abwartend und fragend an.

»Sie ahnen nicht, weshalb wir gekommen sind?«, fragte ich.

»Nein, Sir.«

»Es geht eigentlich um einen Toten.«

»Oh!« George erbleichte. »Hat es sich denn herumgesprochen, dass William Campell von uns gegangen ist?«

Der Name war mir neu. Ich gab keine Antwort und nickte nur. »Ja, das tut mir Leid.«

»Es musste so kommen, Sir. Auch die anderen drei werden, mit Verlaub gesagt, nicht mehr lange unter uns weilen. Ich weiß nicht mal, ob sie die Totenwache durchstehen werden, die sie jetzt halten.«

»Für Campell?«

»So ist es, Sir. Er starb gestern. Den Sarg hatte ich schon zuvor besorgt. Für jeden der drei Gentlemen steht bereits der Sarg im Keller. William Campell erlag einem sehr plötzlich auftretenden Herzversagen.«

»Wie Richard Emmerson Goldwyn«, warf Suko ein.

»Sie kennen ihn, Sir?«

»Nicht persönlich, jedoch seine Witwe. Und sie hat uns hergeschickt, damit wir uns hier im Club einmal umsehen.«

Zum ersten Mal hörten wir den Butler lachen. Es klang sehr

unecht und passte einfach in diese auch nicht gerade natürliche Umgebung. »Wir sind ein sterbendes Haus, Sir. Hier lebt das Alter, der Moder. Wenn der Letzte gestorben ist, werde auch ich gehen, vorausgesetzt, ich überlebe ihn. Nein, hier werden Sie nichts finden.«

»Zumindest die drei Überlebenden«, sagte ich.

»Ja, sie halten die Wache. Es wäre nicht fair, sie zu stören. Das ist eine Tradition, Totenwache zu halten. Ich hoffe, Sie haben dafür Verständnis. Natürlich kann ich Sie nicht daran hindern, das zu tun, was Sie für richtig halten, doch ich denke an die Pietät, die irgendwie gewahrt bleiben sollte. Finden Sie nicht auch?«

»Im Normalfall schon«, antwortete ich. »Nur gibt es immer gewisse Ausnahmen von der Regel. Eine solche Ausnahme ist für uns gegeben. Wir sind nicht zum Spaß hergekommen, George. Es geht um wichtige Dinge. Möglicherweise um ein schweres Verbrechen.«

»Nein!«, rief er. »In diesem Haus?«

»Das wollen wir feststellen.«

»Wieso denn, Sir? Hier geschieht kein Verbrechen! Die Gentlemen leben sehr zurückgezogen ...«

»Vielleicht liegt der Grund tiefer«, bemerkte Suko. »Ich würde sogar sagen, in der Vergangenheit.«

»Wie darf ich das verstehen, Sir?«

Suko sprach den Namen langsam aus und ließ, ebenso wie ich, den Butler nicht aus den Augen. »Piu Hang!«

George zuckte zusammen. Er hatte sich zwar noch kontrollieren wollen, so ganz gelang es ihm nicht, und er kniff für einen winzigen Moment die Augen zu.

»Sie wissen Bescheid!«, stellte ich fest.

»Ja, nein. Ich ...« Er geriet aus der Fassung und wusste nicht, was er sagen sollte. Dabei verdrehte er die Augen, und in seinem langen Pferdegesicht zuckten die Muskeln.

»Was denn nun?«, fragte ich.

»Also ja.« George senkte seinen Kopf nach vorn. Er machte einen geknickten Eindruck.

Suko und ich lächelten uns an. Wir hatten also doch den

richtigen Riecher gehabt. Beim Eintreten waren wir etwas unfair gewesen. Jetzt blieben wir fair und warteten ab, was uns der Butler zu sagen hatte. Er presste noch einmal seine langen Hände gegen die Wangen, stöhnte richtig durch und setzte sich wieder gerade hin, um sich sofort für sein Benehmen zu entschuldigen.

»Das brauchen Sie nicht«, meinte Suko. »Es war menschlich. Wir haben für so etwas Verständnis.«

»Ja, natürlich. Ich war auch nur geschockt, weil Sie diesen Namen erwähnten.«

»Er ist also schlimm?«

Der Butler nickte Suko im Zeitlupentempo zu. »Sogar noch schlimmer, Sir. Dieser Name lastet wie ein gewaltiger Fluch über uns.«

»Haben Sie damit zu tun?«, fragte ich.

»Nein, Sir, nicht ich. Andere sind davon betroffen.«

»Die Mitglieder des Clubs?«

»Ja, so ist es. Sie fürchten ihn, denn sie haben alle in der Vergangenheit eine schwere Schuld auf sich geladen.«

»Auch Mr. Goldwyn?«

»Er ebenfalls, denn er gehörte in jungen Jahren zu ihnen und hat in Indien gedient.«

»Wissen Sie denn mehr darüber?«

»Es wurde mir erzählt, doch ich musste mich verpflichten, darüber zu schweigen.«

»Davon sind Sie jetzt entbunden, George. Unter Umständen geht es um Leben und Tod.«

»Ist es so schlimm?«

»Sonst wären wir nicht hier.«

Er nickte wieder sehr langsam und fing dann an zu erzählen. »Sie kennen unsere Geschichte. Sie wissen, dass wir Indien besetzt und zur Kolonie erklärt hatten?!«

»Das ist uns bekannt.«

»Die Mitglieder dieses Clubs gehören oder gehörten zu den alten Kolonialoffizieren. Sie sorgten in Indien für Ruhe, wie sie immer sagten, und scheuten auch nicht davor zurück, die Gesetze zu übertreten.«

»Es waren doch die eigenen, die der Krone«, warf ich ein.

»Die meinte ich nicht. Die Bevölkerung lebte nach den strengen Regeln ihrer Religion. Vieles war ihnen heilig. Sie glaubten an Götter und Dämonen. Deshalb bauten sie auch Tempel, die oft genug mit wertvollen Dingen bestückt waren.«

»Gold?«

»Auch. Desgleichen Kunstgegenstände, und die wollten die Offiziere unbedingt bekommen. Deshalb überfielen sie und einige Söldner einen großen Tempel, der dem ostasiatischen Dämonengott Piu Hang geweiht war. Der Angriff war verraten worden. Hunderte von Indern erwarteten die Engländer. Es kam zu einer Schlacht. Sie wurde von den Europäern gewonnen, ihre Waffen waren einfach besser. Durch das Blut der Gegner wateten sie in den Tempel, um ihn auszurauben. Sie fanden nichts mehr. Die Inder hatten zuvor heimlich alles weggeschafft. Bis auf eines. Das war die Statue des Piu Hang. Sie war sehr groß und aus einem grünen Marmorstein gehauen, der angeblich einmal gelebt haben soll. Unsere Landsleute waren so in Rage, dass sie nicht mehr an sich halten konnten und den Tempel zerstörten.

Für diese Tat wurden die Offiziere verflucht. Sie sollten irgendwann einmal Kontakt mit dem Geist des Götzen Piu Hang bekommen.«

»Geschah das?«, fragte ich.

»Ja, Sir. Aber erst viel später. Die Herren hatten den Überfall längst vergessen. Indien ging für die Krone verloren, es blieb nur mehr eine Erinnerung, die allmählich in den Hirnen der Männer verblasste. Bis zu dem Tag, als Richard Emmerson Goldwyn kam und eine kleine Statue mitbrachte, die er im Club zeigte. Er hatte sie auf einer seiner Reisen erworben. Da war alles wieder lebendig. Ich erinnere mich noch genau. Es herrschte ein großes Spektakel. Die Gentlemen waren furchtbar durcheinander. Sie zogen sich zurück, berieten sich und kamen zu dem Entschluss, dass man die Statue nicht behalten sollte. Nicht dass sie vor dem Fluch Angst gehabt hätten, sie wollten wohl nicht mehr an ihre frevelhaften Taten erinnert werden. Mr. Goldwyn versprach, die Statue zu verschenken. Er hat sie dann seiner Frau gegeben, soviel ich weiß.«

»Mehr wissen Sie nicht?«

»Nein, Sir.«

»Aber es kam zu Todesfällen«, nahm ich den Faden wieder auf.

»Sicher. Die Herren starben. Seltsamerweise alle im Club und an einem Herzschlag, wie der Arzt stets feststellte.«

»Eines natürlichen Todes?«, warf ich ein.

»Ja, sicher. Man hat auch nie die Polizei hinzugezogen, weil es auch keinen Grund dafür gab.«

Suko griff in die Tasche. Ich hatte ihm die Statue gegeben. Er holte sie hervor, ließ sie auf seiner offenen Handfläche liegen und präsentierte sie den Blicken des Butlers.

Der zuckte zusammen. »Ja!«, flüsterte er. »Ja, genau. Das ist sie. Das ist die Statue. So hat sie ausgesehen, so wurde sie wenigstens immer beschrieben.«

»Woher wissen Sie das?«

»Von den anderen, Sir. Die Gentlemen haben mit mir darüber gesprochen. Glauben Sie mir!«

Für mich war das Thema erledigt. Ein neues stand an. Ich erhob mich. »Gut, George, Sie haben uns sehr geholfen. Jetzt tun Sie uns noch einen Gefallen, und führen Sie uns hin zu den drei Clubmitgliedern.«

»Sie wollen die Herren bei der Totenwache stören?« Er fragte so, als hätte ich von ihm etwas Verbotenes verlangt.

»Ist das so schlimm?«

Die Uhr unterbrach den Diener. Zwölfmal schlug sie.

Genau Mitternacht …

Ihre schweren Gongschläge hallten durch die Räume. Der Butler bekam sogar eine leichte Gänsehaut. Wir schwiegen, aber ich spürte immer stärker, dass sich die Atmosphäre in diesem Haus verändert hatte. Die schlechte Luft war zwar geblieben, doch es war irgendetwas hinzugekommen, das ich nicht erklären konnte.

War es der Hauch des Bösen oder einer fremden, unheimlichen Mythologie, die sich ausbreitete?

Ich hatte keine Ahnung, aber sehr wohl war mir nicht bei der ganzen Sache.

Als der letzte Ton verklungen war, bedeutete ich dem Butler aufzustehen. »Kommen Sie, George, gehen wir das letzte Stück gemeinsam! Einverstanden?«

»Es bleibt mir wohl nichts übrig.«

»Das glaube ich auch.«

Wir wollten ihn nicht drängen. Für einen Mann wie George war eine völlig neue Lage eingetreten. Er warf alte Traditionszöpfe über Bord, und das zu verkraften, kostete Mühe.

Auch wirkte er um Jahre gealtert, als er sich endlich bequemte und in Richtung Tür schritt. Nach wenigen Schritten schon blieb er stehen. »Wenn wir dort sind, möchte ich die Gentlemen gern auf das Zusammentreffen mit Ihnen vorbereiten, wenn Sie erlauben.«

»Meinetwegen, aber gehen Sie jetzt.«

»Natürlich, Sir.«

Wir kamen nicht weit, denn zur gleichen Zeit vernahmen wir die dumpfen, hallenden Geräusche, und auch der Boden begann leicht zu zittern.

Wir wussten, was das bedeutete.

Der Poltergeist war da!

Zuerst rumorte es unter ihren Füßen!

Ein unheimliches Grollen schwang durch die Kellerräume des Hauses. Seine Schallwellen wurden durch das Mauerwerk weitergetragen. Sie erreichten die Ohren der drei Offiziere.

Noch behielten sie ihre steife Haltung bei, aber in ihren Augen begann es zu flackern. Ein jeder von ihnen wusste, dass etwas nicht stimmte, nur sie wagten nichts zu sagen.

Das Geräusch verstummte.

Harold McDee fand als Erster die Sprache wieder. »Aber ihr habt es auch gehört, nicht wahr?«, flüsterte er.

»Ja ...«

»Es war im Keller«, murmelte James Fallon.

»Vielleicht George?«, meinte Ollbright. »Er könnte dort ein Fass umgeworfen haben …«

Es war eine sehr schwache Erklärung, die ihm auch niemand so recht abnehmen wollte.

Der Mann bekam von seinen Kameraden auch keine Antwort. Steif wie die Ölgötzen standen sie am Sarg und schauten auf das flackernde Licht der Kerzenflammen.

Ein jeder von ihnen lauerte förmlich darauf, dass noch etwas geschehen würde und die anderen, für sie unerklärlichen Kräfte wieder eingriffen.

McDee erinnerte sich wieder an den grünen Schein. Er stützte sich noch härter auf seinen Knotenstock und drückte den Oberkörper nach vorn. »Habt ihr es auch gesehen? Dieses grüne Phantom, das plötzlich vorbeigezogen ist und zwischen uns herwischte. Sagt es! Habt ihr es gesehen? Und wenn ja, was ist eure Meinung?«

»Ja, wir sahen es!«, gab Fallon zu.

»Und?«

»Ich weiß nicht.«

»Was meinst du dazu, Arthur?«

Ollbright hob die Schultern. »Es war einfach zu schwer für mich, es genau festzuhalten. Ich habe wirklich keine Ahnung, wie es passiert sein kann. Es war da und fertig.«

Endlich traute sich McDee, das auszusprechen, was auch die anderen dachten. »Vielleicht ist es der Fluch gewesen, vor dem wir uns alle fürchten und der sich möglicherweise in dieser Nacht der Totenwache erfüllen wird.«

»Meinst du das im Ernst?«, erkundigte sich Fallon.

»Mit so etwas spaße ich nicht«, erwiderte McDee und stieß mit den Stock zweimal auf.

Es war so, als hätte er ein Zeichen gegeben, denn die unheimlichen Vorgänge, die bisher pausiert hatten, griffen wieder voll in das Geschehen ein und zogen es an sich.

Diesmal hatten sich die anderen Kräfte den alles beherrschenden Gegenstand ausgesucht.

Es war der Sarg!

Das Zittern lief nicht mehr durch den Boden. Er blieb

verschont. Dafür erfasste es den Sarg. Plötzlich wackelte er, das übertrug sich auf die in ihm liegende Leiche; auch die Orden und Ehrenabzeichen blieben nicht mehr ruhig. Sie klirrten gegeneinander, sodass sie den unerklärlichen Vorgang mit einer makaber klingenden Begleitmusik untermalten.

Die Kräfte verstärkten sich. Der Sarg begann zu schaukeln. Er schwankte von einer Seite auf die andere, sodass es nur mehr eine Frage der Zeit war, wann er kippen würde.

Die alten Offiziere standen sprachlos und ängstlich in der Nähe des Sarges. Ohne etwas dagegen unternehmen zu können, beobachteten sie den unheimlichen Vorgang weiter und mussten erleben, wie der Sarg an seinem Kopfende in die Höhe gerückt wurde.

Es waren keine Hände, die ihn hochschoben. Eine nicht erklärbare Macht sorgte dafür, dass das Kopfende immer höher stieg und die schwarze Totenkiste allmählich senkrecht hingestellt wurde. Was das bedeutete, war allen klar, ohne dass sie überhaupt darüber sprachen. Gleich würde der Sarg umkippen und die Leiche heraus- und in die Arme des dort stehenden McDee fallen.

In McDees Gesicht zuckte es nicht einmal. Er war starr vor Entsetzen, hatte nur noch Augen für den sich aufrichtenden Sarg. Die Leiche des Kameraden bewegte sich langsam nach vorn und drückte mit ihrem Gewicht gegen den Sargdeckel.

Nur vier Kerzen spendeten Licht. Sie gaben der Szenerie auch weiterhin eine schauerliche Untermalung.

»Harold!« Fallons Stimme klang erstickt bei der nächsten Frage. »Wirst du den Toten auffangen?«

»Hör auf!«

McDee wollte nicht. Er wollte eigentlich weg, aber seine Knochen waren plötzlich doppelt so schwer geworden. Irgendeine Kraft bannte ihn und ließ ihn nicht weiter.

So schaute er mit aufgerissenen Augen nach vorn und wartete, bis die Leiche kippte.

Schon bewegte sie sich.

Das Kissen mit den Orden war längst nach unten gerutscht. Es lag jetzt auf den Füßen.

Gleich musste es so weit sein!

Der alte Offizier, der so schwere Schuld auf sich geladen hatte, begann plötzlich zu zittern. Obwohl er sich auf seinem Stock abstützte, konnte er dies nicht vermeiden. Dieses dritte Bein zitterte mit, und das Gesicht des Mannes wurde zu einer Maske des Schreckens. Überdeutlich malte sich die Angst darin ab. Er hatte den Mund geöffnet, ohne jedoch einen Laut hervorstoßen zu können. Die Augen waren ebenfalls weit aufgerissen.

Dann kippte die Leiche!

Steif wie ein Brett fiel sie nach vorn. Nichts hielt sie mehr auf, und auch Harold McDee schaffte es nicht mehr, rechtzeitig genug zur Seite zu weichen. Außerdem war er zu alt. Als Greis hatten seine Knochen die Geschmeidigkeit längst verloren.

Voll bekam er den Toten mit.

Es war ein wuchtiger Schlag, der ihn nach hinten warf.

Harold McDee fiel auf den Rücken. Es entstand ein dumpfer Doppelklang, als er mit dem Hinterkopf auf dem Boden aufschlug und der Sarg wieder in seine alte Lage zurückglitt.

Der Tote aber lag auf ihm!

Er hielt seinen einstigen Kameraden umfangen, als wollte er ihn nie mehr loslassen und diesen mitreißen in das Meer der Ewigkeit. Mit der Stirn war die Leiche gegen den Kopf Harold McDees geprallt und danach abgerutscht, sodass der Schädel nun an der linken Seite lag.

Der übrige Körper drückte schräg auf den Liegenden, und eine Klaue des Toten berührte das Knie des noch lebenden Offiziers.

»Helft mir!«, ächzte der Greis. »Verdammt, so helft mir doch!« Die Worte waren kaum zu verstehen, sie gingen im Seufzen und Stöhnen unter.

Die anderen beiden waren zu geschockt. Auf ihre Stöcke gestützt, standen sie in gekrümmten Haltungen da und schauten dem unheimlichen Vorgang zu.

Harold McDee hatte nicht die Kraft, den kalten Körper

wegzudrücken, und so musste er zunächst einmal in der Haltung bleiben.

Zeit verstrich.

Die Sekunden kamen McDee so endlos lang vor. Er hörte seinen eigenen Atem, dieses Pfeifen, das so hohl klang und aus den Tiefen des Brustkastens zu dringen schien.

Endlich hatten auch seine Freunde begriffen, dass sie etwas tun mussten. Sie setzten sich in Bewegung. Am harten Tack-Tack der aufschlagenden Stöcke war zu hören, dass die beiden sich ihrem Kameraden näherten.

»Kommt schon, kommt!«, ächzte dieser. »Der Tote ist schwer. Ich kriege kaum noch Luft ...«

Fallon und Ollbright blieben stehen und hatten McDee eingekreist. Sich zu bücken wagten sie nicht, aus Angst, umzufallen und hilflos liegen zu bleiben.

Um den Toten vom Körper ihres Freundes zu schaffen, nahmen sie die Stöcke. Von zwei Seiten benutzten sie diese als Hebel und hievten den Toten von Harold McDee herunter.

Der stemmte sich hoch.

Es gelang ihm dabei, die Beine anzuziehen und der Leiche den letzten Schwung zu geben, damit sie endgültig herabrutschte und neben ihm auf dem Boden liegen blieb.

»Du bist frei!«, sagte James Fallon.

»Ja, du kannst aufstehen.«

McDee rollte sich zur Seite. Sehr ungelenk wirkten seine Bewegungen. Der Mund stand offen.

Das Geräusch hörten sie alle drei!

Wieder kam es urplötzlich über sie. Es war aber nicht in ihrem Raum aufgeklungen, sondern in einem anderen. Vielleicht nebenan, und jeder vernahm das heftige Krachen und Poltern, als wäre dort die Erde aufgerissen worden oder eine Mauer eingestürzt.

Fallon drehte sich. Er stand gebückt und starrte zur Tür. »Was war das?«, drang es flüsternd über seine rissigen Lippen.

»Weiß ich doch nicht!«, keuchte McDee. »Hilf mir lieber auf die Beine. Und du auch, Arthur!«

»Ja, ja, sofort.« Ollbright nickte. »Komm, James, wir müssen hier weg, glaube ich.«

Sie blieben neben ihrem Kameraden stehen, bückten sich auch und streckten ihre mageren Arme aus. Daran zog sich McDee hoch.

»Kannst du dich auf den Beinen halten?«

»Ja!«

Ollbright deutete mit seinem Stock auf die Tür. »Lasst uns endlich gehen! Hier sitzen wir in einer Rattenfalle!«

Keiner der beiden anderen hatte etwas dagegen. Und doch gab es jemanden, der dies nicht wollte.

»Ihr bleibt!«, dröhnte eine Stimme, die alle kannten.

Erschreckt fuhren sie herum.

Der Tote hatte gesprochen!

Sie wollten es nicht glauben, starrten sich an und bewegten die Köpfe. Sie heftig zu schütteln, dazu waren sie nicht in der Lage. McDee fand als Erster die Sprache zurück.

»Wer war das?«, hauchte er.

»William Campell!«, flüsterte Arthur scharf, stieß jedoch bei James Fallon auf Widerspruch.

»Nein, William ist tot. Wir haben ihn selbst eingesargt. Mich hält hier nichts mehr. Ich verschwinde!«

»Du bleibst, und ihr bleibt!«

Da war sie wieder, diese dröhnende Stimme des Toten. »Erst wenn ich es euch befehle, dürft ihr diesen Raum verlassen. Ob ihr ihn lebend verlasst, ist mehr als fraglich.«

McDee holte tief Luft. Ihn und den anderen beiden wurde es schlecht und schwindelig. Sie hatten William Campell lange genug gekannt, um sofort zu wissen, dass es seine Stimme gewesen war, mit der der Tote gesprochen hatte.

Demnach war er nicht tot!

»Er hat uns beobachtet!«, flüsterte Ollbright. »Er hat uns immer unter Kontrolle gehabt.« Arthur streckte seinen Arm aus und deutete auf die Leiche. »Nur er ist es gewesen.«

»Vielleicht ist er scheintot«, meinte James.

»Scheintot?« wiederholte Arthur. »Ja, das kann sein. Scheintot ist gut, sogar sehr gut, meine ich. Was sagt ihr dazu? Wir haben es hier nicht mit einer Leiche zu tun ...« Ollbright lachte krächzend und bewegte seine knochigen Finger.

»Jetzt will er sich bestimmt an uns rächen, weil wir ihn so lange in diesem Zustand zurückgelassen haben«, sagte James und erntete ein beifälliges Murmeln.

Nicht von McDee. Der widersprach heftig. »Er ist tot, verdammt! Der Arzt hat es festgestellt und ordnungsgemäß einen Totenschein ausgestellt. Begreift ihr das nicht?«

»Aber wir haben doch ...«

»Unsinn, Arthur! Da hat sich jemand einen Scherz erlaubt. Vielleicht ein Mikro, das hier irgendwo versteckt ist. Kann doch alles möglich sein, oder?«

Die drei wussten nicht, wie sie sich einigen sollten. Auf einen gemeinsamen Nenner kamen sie nicht. Bis McDee den Vorschlag machte, die Leiche wieder in den Sarg zu legen. »Das ist besser, als ihn hier auf dem Boden herumliegen zu lassen.«

Die anderen zwei waren auch dafür. Sie traten zu dritt an den Toten heran, bückten sich und fassten ihn unter. Es waren alte Männer, die jetzt erst feststellten, dass ihnen doch einiges an Kraft fehlte, um den leblosen Körper in die Höhe wuchten zu können. Es gelang ihnen, den Toten zum Sarg zu schleifen, doch auch diese Aktion wurde unterbrochen, weil sie abermals den grünen Schatten sahen und der Geist wie ein Phantom heranbrauste. Er huschte vor ihren Augen in die Höhe.

So rasch wie möglich ließen die drei Greise den Toten los, gingen zurück und bauten sich so auf, dass sie den Weg des Geistes verfolgen konnten. Sie sahen, dass er im Zimmer blieb und sich unter der Decke manifestiert hatte.

Dort hockte er! Den drei Greisen blieb vor Staunen der Mund offen. Sie sahen dieses Wesen, ihre Augen weiteten sich noch mehr, denn sie konnten kaum begreifen, wer da unter der Decke hockte.

Es war Piu Hang!

Bei jedem von ihnen kehrte die Erinnerung zurück. Auf

einmal sahen sie sich wieder in Indien. In ihren Hirnen gellten die Schreie der Verletzten wieder, und sie sahen auch die Toten, die durch ihre Befehle gestorben waren, nur weil sie den Tempel hatten ausrauben wollen.

Sie sahen das Blut, hörten das Jammern der Frauen und Kinder und sahen sich als herrschsüchtige, junge Offiziere durch das Grauen gehen und noch weitere Befehle geben.

Damals hatte keiner überlebt.

Die Männer waren allesamt den verbrecherischen Engländern zum Opfer gefallen.

Nur die Statue war zurückgeblieben. Sie hatte damals nicht zerstört werden können. Und nun, Jahre später, sahen sie unter der Decke ein Abbild dieses Götzen.

Piu Hang wollte Rache!

Er hockte dort wie ein zu allem entschlossener Kobold. Sein rundes, breites Gesicht war zu einem bösen Grinsen verzogen. Ein wenig glich sein Ausdruck dem eines Kaspers, aber davon ließen sich die drei alten Offiziere nicht täuschen.

Piu Hang war gefährlich!

Er rührte sich nicht. Unbeweglich hockte er unter der Decke, die kräftigen Hände hatte er auf seine Knie gelegt, den Kopf leicht gesenkt, so starrte er auch nach unten. Die Beine waren überkreuzt, und in seinen Augen lag ein Funkeln, von dem gleichzeitig Spott und Gefahr ausgingen.

»Ihr kommt nicht weg!«

Es waren vier Worte, die Piu Hang gesprochen hatte und die trotzdem nicht aus seinem Maul gekommen waren, sondern aus dem Mund des Toten. Er war der Übermittler. Durch ihn redete Piu Hang.

»Was haben wir dir getan?«, fragte McDee. Auch er hatte die Sprache zurückgefunden.

»Denkt an früher.«

»Ja, das haben wir. Aber wieso?«

»Die Rache wird euch treffen. Ihr habt schwere Schuld auf euch geladen. Das zahle ich nun zurück. Ich habe Zeit gehabt, ihr entkommt mir nicht mehr. Ich bin stärker, ich bin besser. Ihr werdet es erleben, wie …«

»Aber du sprichst nicht!«, rief McDee.

»Nein, ich nicht. Und trotzdem spreche ich, denn ich habe die Gewalt über den Toten bekommen. Ich bin derjenige, der durch ihn sich euch mitteilen kann. Und ich werde euch sagen, dass ich gekommen bin, um euch zu vernichten. Euer verstorbener Freund hat die kleine Statue gefunden und sie von einer Reise mitgebracht. Von diesem Zeitpunkt an wusste ich, dass meine Rache anlaufen würde. Nichts, aber auch gar nichts würde mich mehr daran hindern können. Ich bin derjenige, der sich geschworen hat, all diejenigen zu töten, die eine große Schuld auf sich geladen haben. Einer nach dem anderen kommt an die Reihe. Ihr seid übrig geblieben. Nicht mehr lange, es geht dem Ende zu.«

»Du willst uns töten?«, krächzte Ollbright.

»Ja.«

»Und wann?«

»Jetzt!«

Aus dem Keller war das dumpfe Poltern geklungen. Darüber waren Suko und ich uns einig, ohne großartig ein Wort darüber zu verlieren.

George, der Butler, war zu einer Salzsäule geworden. Er stand wie eingefroren auf dem Fleck. Alles an ihm war starr.

Ich lief auf den Mann zu. »Wo befindet sich die Tür oder der Eingang zum Keller?«

»Ich, ich …«

»Wo?«, fuhr ich George an.

»Ich zeige es Ihnen.«

»Okay, aber schnell.«

Suko wollte ebenfalls nicht länger oben warten und folgte. Dabei wäre es besser gewesen, wenn sich einer von uns um die anderen Etagen oder Räume gekümmert hätte. Aber hinterher ist man immer schlauer als zuvor. Wir jedenfalls machten uns auf den Weg zu unserem neuen Ziel, und voran ging ein zitternder George.

Das konnten wir ihm nicht mal verdenken. Er war kein

Held, er wusste aber über das Grauen Bescheid und wahrscheinlich auch über dessen schlimme Folgen.

Bisher hatten wir von dem Haus noch nichts weiter gesehen. Erst jetzt erkannten wir es. Meine Güte, hier hätte mal jemand putzen müssen! Da gab es Gänge und Türen, an denen der Dreck regelrecht klebte, doch ich sagte nichts und stand schließlich zusammen mit George und Suko vor einer nach unten führenden Steintreppe.

»Da geht es hinunter«, erklärte der Butler.

»Und Licht?«

»Müssen Sie unten einschalten, Sir. Sie finden den Schalter an der Wand.« Er räusperte sich. »Brauchen Sie mich denn noch?«

»Nein, Sie können gehen.«

George wollte schon verschwinden, aber mir fiel noch eine Frage ein: »Warten Sie einen Moment, mein Lieber. Wie sieht es unten tatsächlich aus? Gibt es viele Räume?«

»Nein, nicht sehr viele. Dafür sind die meisten ziemlich groß, wenn Sie verstehen!«

»Im Augenblick nicht.«

»Sie gehen ineinander über. Wir lagern dort hin und wieder Konserven.«

»Danke!«

George nickte mir zu und verschwand.

Suko und ich gingen über die breite Treppe. Je tiefer wir in den Gang kamen, umso dunkler wurde es. Den Schalter suchten wir noch.

Suko fand ihn. »Hier ist er, John!«

»Dann mach Licht.«

»Das versuche ich schon die ganze Zeit über.«

»Sag bloß …«

»Genau, es funktioniert nicht.«

Ich atmete durch die Nase ein. »Entweder hat George uns reingelegt oder man hat ihn …«

»Sei ruhig, John!«

Ich hörte Sukos Warnung und hielt den Mund. Mein Partner stand ziemlich günstig. Wahrscheinlich hatte er mehr gehört als ich, wobei ich überhaupt nichts vernommen hatte.

Vor uns lag ein großer Kellerraum. Ob von ihm noch andere abzweigten, war nicht zu erkennen.

»Es war ein Schleifen!«, flüsterte Suko. »Als hätte jemand etwas über den Boden gezogen.«

»Und was ist da wohl gepoltert?«

»Keine Ahnung!«

Die hatte ich auch nicht, aber wir wurden in unserem Dialog gestört, denn etwas bewegte sich auf uns zu. Es rollte über den Boden, und dabei entstanden knirschende Geräusche, als würde etwas zerbrechen.

Ich hielt es nicht mehr länger aus, griff in die Tasche und holte meine kleine Leuchte hervor. Auch Suko zückte seine Lampe. Zur gleichen Zeit knipsten wir sie an, und die beiden Strahlen vereinigten sich zu einem einzigen.

Sie trafen das Ziel.

Es war ein Fass!

Wie von Geisterhänden bewegt, rollte es auf uns zu.

»Das haben wir sicherlich unserem Freund zu verdanken«, sagte Suko. Seine Stimme klang locker. Er nahm das heranrollende Fass, das ihm in seiner Höhe bis dicht über die Knie reichte, nicht ernst und hatte bereits den Fuß gehoben, um es zu stoppen, als mit dem Fass etwas geschah.

Plötzlich wurde es schnell.

Und es rollte nicht nur, sondern hob vom Boden ab. Wir standen nicht so dicht beieinander, als dass es uns beide erwischt hätte. Suko wäre auf jeden Fall getroffen worden.

Er handelte sofort.

Gedankenschnell tauchte er zur Seite, berührte den Steinboden, überschlug sich dort, und ich schaute zu, wie das Fass über ihn hinwegflog und erst an der Treppe zur Ruhe kam, wo es gegen die untersten Stufen krachte.

Es musste schon morsch gewesen sein, denn die eisernen Reifen hielten nicht mehr, sodass es auseinander flog und sich die Fetzen und Splitter überall verteilten.

Mein Freund kam wieder auf die Beine. »Das war also der erste Gruß.« Seine Stimme klang ein wenig belegt.

Ich nickte. »Jetzt wirst du nicht mehr sagen können, dass der Poltergeist harmlos ist.«

»Wohl kaum.«

»Aber wir wissen Bescheid. Er muss hier irgendwo sein …«

Ich hatte die Worte kaum ausgesprochen, als wir das hässliche Lachen vernahmen. Wo es aufgeklungen war, konnten wir nicht herausbekommen. Das Gelächter schallte von allen Seiten auf uns nieder, und es dröhnte in unseren Ohren. Zudem wurde das Echo von den Wänden zurückgeworfen, sodass nicht herauszufinden war, aus welcher Ecke das Lachen stammte.

Zudem war Piu Hang auch nicht zu sehen. So ein grüner Kobold fiel sicherlich auf, aber er schien sich unsichtbar machen zu können.

»Suchen wir den Keller weiter ab?«, fragte Suko.

»Was sonst?«

Er nickte und schlug mir auf die Schulter. »Los, John, an die Arbeit! Ich will endlich den Geist zur Hölle schicken.«

»Moment noch.«

»Was ist denn?«

»Du hast doch die Figur, nicht wahr?«

»Ja.«

»Hol sie mal hervor.«

Mein Freund hob die Schultern, griff in die Tasche und zog das Geschenk des verstorbenen Richard Emmerson Goldwyn an seine Frau Sarah aus der Tasche.

Die Figur, das getreue Abbild des richtigen Dämons, hatte sich nicht verändert. Nach wie vor sah sie so harmlos aus, und das gerade wollte ich nicht glauben.

Es musste zwischen ihr und dem Geistkörper eine Verbindung geben. Davon war ich überzeugt.

»Ob man ihn damit locken kann?«, fragte ich.

»Man müsste es versuchen. Aber wie?«

»Wir müssen ihn auf uns konzentrieren. Er muss uns hassen können, um Fehler zu machen.«

»Gut, John. Aber wie?«

»Ich zerstöre die Figur.«

Suko schaute mich sprachlos an. »Du willst sie …?«

»Ja, dann haben wir ihn. Dieser Piu Hang wird es nicht auf sich sitzen lassen können, diejenigen am Leben zu lassen, die sein Ebenbild vernichtet haben. Er muss angreifen. Wir können uns auf einiges gefasst machen, wenn wir ihn aus der Reserve locken, aber ich sehe keine andere Möglichkeit, als ihn auf diese Art und Weise zu bekommen.«

Mein Freund war einverstanden. »Wenn du meinst. Ich habe nichts dagegen.« Suko deutete in die Runde. »Soll es hier geschehen, oder willst du wieder nach oben?«

»Hier im Keller.«

Mein Freund legte die Figur aus der Hand und stellte sie vor unseren Füßen auf den Boden. Dabei leuchtete er sie auch an, während ich meine Beretta hervorholte.

Ich drückte mich in die Knie, konnte sie genau erkennen und dachte daran, wie harmlos sie doch aussah.

Sehr bedächtig näherte ich die Mündung der Beretta dem Ziel. Ich rechnete damit, dass kaum etwas schief gehen würde, und hatte schon den Finger am Abzug, als mich Suko aus meiner Konzentration riss.

Warnend hatte er geklungen, trotzdem musste er den Satz ein zweites Mal wiederholen, bevor ich reagierte.

»John, schau nach oben!«

Ohne meine kniende Haltung zu verändern, hob ich den Kopf und sah, was mein Freund gemeint hatte.

Die Kellerdecke über uns war dabei, sich zu verändern. Sie wurde plötzlich durchsichtig wie Glas, und unseren Augen bot sich eine grauenvolle Szene …

Töten wollte er!

Das hatten die drei ehemaligen Offiziere gehört und waren für einen Moment noch blasser geworden. Doch sie hatten sich überraschend schnell wieder gefangen, denn ein jeder von ihnen wusste, dass ihr Leben dicht vor dem Ende stand.

Es war McDee, der wieder das Wort übernahm und anfing,

krächzend zu lachen. Dabei deutete er mit seinem ausgestreckten Zeigefinger schräg in die Höhe. »Nein, du kannst uns nicht schrecken. Wir hätten sowieso nicht mehr lange zu leben gehabt. Was spielt es da für eine Rolle, ob wir einen Tag früher oder später sterben?«

Die Leiche »antwortete«. »So würde ich es nicht sehen. Der Tod selbst kann euch möglicherweise nicht schrecken. Nur kommt es immer darauf an, wie man stirbt. Mit euren Kameraden habe ich es noch gnädig gemacht. Sie starben schnell, durch einen Herzschlag, aber bei euch werde ich nicht so human sein. Ihr sollt die Qualen erleben, die auch die Menschen durchgemacht haben, für deren Tod ihr euch verantwortlich zeigt. Ich weiß, dass zwei Männer im Haus sind, die mich vernichten wollen. Um sie werde ich mich später kümmern. Ich habe nur angedeutet, wie stark ich bin. Wenn sie eure Leichen zu Gesicht bekommen, denken sie sicherlich anders über all die Dinge, die nicht mehr in der Vergangenheit begraben liegen. Es war die kleine Statue, die mich wieder daran erinnert hat, dass die Zeit der Rache gekommen ist. Mich hat man einen Poltergeist genannt. Meist oder oft sind sie harmlos, aber ich werde alle vom Gegenteil überzeugen. Poltergeister können auch den Tod bringen.«

Wie grausam er war, bewies Piu Hang in den folgenden Sekunden. Er, der allein war, griff die drei alten Männer zur gleichen Zeit an. Sie stützten sich zwar noch auf ihren Stöcken ab, das jedoch nutzte ihnen nichts mehr, denn die Kraft des Poltergeistes kam mit urwüchsiger Kraft und sturmartig über sie.

Bevor sie sich dagegenstemmen konnten, waren sie schon erfasst worden. Sie wurden zu Boden gerissen, überschlugen sich dort, und ihre Schreie hallten durch den Raum.

Der Poltergeist spielte mit ihnen.

Er bewies ihnen seine Stärke, und er sorgte dafür, dass sie nicht liegen blieben, sondern wieder in die Höhe kamen und auch auf die Füße gestellt wurden.

So blieben sie.

Das Blut war aus ihren Gesichtern gewichen. Die Haut wies

Ähnlichkeit mit der des Toten auf, der neben dem Sarg lag und in seiner Haltung wie eingefroren wirkte.

Es war eine erste Demonstration gewesen und gleichzeitig ein Beweis ihrer Hilflosigkeit.

Piu Hang kicherte. Er war in seinem Element. Er verhöhnte die drei Männer, die genau wussten, dass sie sich in der Gewalt dieses Dämons befanden und dieser mit ihnen machen konnte, was er wollte.

Trotzdem gaben sie nicht auf. Vielleicht spielten die anderen mit dem Gedanken. James Fallon jedenfalls versuchte es, indem er sich drehte und auf die Tür zulief.

Es war mehr ein Wanken, er hielt die Arme ausgebreitet, weil er das Gleichgewicht behalten wollte. »Ich gehe!«, schrie er. »Ich will nicht mehr länger bleiben!«

Piu Hang ließ ihn. Er ließ ihn sogar so weit gehen, bis er die Hälfte der Strecke hinter sich gelassen hatte und schon so etwas wie Hoffnung schöpfte, denn nach zwei Schritten würde die Klinke in Griffnähe sein.

Er ging weiter.

Bis Piu Hang das Spiel nicht mehr mitmachte. Urplötzlich griff er ein und spielte seine gewaltige Kraft aus.

James Fallon wurde voll erwischt. Beim ersten Ansturm bog sich sein Körper noch durch. Er war plötzlich geschmeidig, denn der Rücken sah aus wie eine gespannte Sehne.

Noch stand er mit beiden Füßen auf dem Boden, bis auch dies dem anderen nicht mehr gefiel und James Fallon regelrecht abhob. Etwa in Kniehöhe über dem Boden blieb er stehen. Dann drehte er sich blitzschnell.

Nicht allein für ihn war es furchtbar, auch für die beiden zuschauenden Kameraden. Sie bekamen ein schreckliches Bild geboten, sahen hin und wieder das grauenhaft verzerrte Gesicht wie einen hellen Schatten vorbeihuschen und konnten auch nicht eingreifen, als sich die Kraft veränderte und den Mann quer durch den Raum schleuderte.

Mit dem Rücken krachte er gegen die Wand.

Für einen Moment sah es so aus, als würde er an der Wand kleben bleiben, bis ein Ruck durch seinen Körper ging. Der

Mann rutschte, berührte mit beiden Schuhen den Boden und sackte schließlich in die Knie. Er faltete sich zusammen und blieb regungslos liegen.

War das Piu Hangs erstes Opfer?

Der Geist hockte noch immer unter der Decke. Sein hässliches, meckerndes Lachen schallte durch den Raum. Er verspottete die letzten beiden, und wiederum war es die Leiche, die redete.

»Das erste Versprechen habe ich gehalten. Er ist vernichtet worden, und er hat bis zu seinem Tod innerhalb der kurzen Zeit Höllenqualen ausgestanden, das kann ich euch versprechen. Ich bin Piu Hang. Mir gehört dieses Haus. Es befindet sich unter meiner Kontrolle. So wie ihr damals den Tempel zerstört habt, so werde ich das Haus vernichten. Das ist ein Versprechen, und bisher habe ich jedes Versprechen gehalten!«

McDee und Ollbright glaubten dem Poltergeist aufs Wort. Und plötzlich waren sie so weit, dass sie bereuten. Sie dachten an die Vergangenheit und an ihr schändliches Tun, aber sie gaben es nicht zu, trotz ihrer großen Angst.

Auch nahmen sie es mittlerweile hin, dass ein Toter redete. Lange genug waren sie in einem fremden Erdteil gewesen, und sie wussten, dass es Dinge gab, die für einen Europäer unverständlich waren. In einem geheimnisvollen Land wie Indien hatte die Magie ihren Platz im Leben eines Menschen, und nicht alles war Humbug oder Scharlatanerie. Das wurde ihnen hier bewiesen, und sie mussten es dem Poltergeist voll abnehmen.

Noch lebten sie.

Aber ihre Uhr lief ab.

Sekunde für Sekunde.

Sie schauten sich gegenseitig an, sie rückten näher zusammen, ohne dass sie sich abgesprochen hatten. Ihr Atem klang pfeifend, die Angst ließ Schauer über den Rücken rieseln, aber Piu Hang beobachtete sie nur. Noch wollte er sie nicht töten.

Dafür bewies er ihnen, wie sehr er dieses Haus, ihren alten Club, unter Kontrolle hatte.

Der Boden unter ihren Füßen veränderte sich. Zuerst dachten sie an eine Täuschung, bis sie erkannten, dass er allmählich schwach durchsichtig wurde.

Er wurde zu grün schimmerndem Glas …

Der Keller war gar nicht leer!

Zur gleichen Zeit entdeckten sie die beiden Fremden und erinnerten sich daran, dass Piu Hang von ihnen berichtet hatte und dafür sorgen wollte, dass sie nach ihnen umgebracht wurden.

Ihre Aufmerksamkeit wurde wieder von Piu Hang eingenommen, denn er begann mit dem zweiten Teil seiner Rache.

Diesmal erwischte es Ollbright.

Der ehemalige Offizier spürte, dass etwas mit ihm geschah. Seltsamerweise begann es an seinen Füßen. Genau dort unter den Sohlen verspürte er den heftigen Zug, als würde er in einem Sumpf versinken.

»Harold …«

Er sprach fast jeden Buchstaben einzeln aus, drehte den Kopf und blickte den Kameraden Hilfe suchend an. Wie ein Gespenst malte sich plötzlich die Angst in seinem Gesicht ab, die Züge versteiften und erstarrten, gleichzeitig zitterte sein linker Arm, den er ausstreckte, damit McDee begriff und ihn festhalten konnte.

Harold ging zurück.

Auch er war entsetzt. Er schüttelte den Kopf, er hatte Angst, der Mann wollte einfach nicht.

»Harold, du musst mich halten! Ich versinke!«

»Ha, ja …« McDee schaute zu. Ratlosigkeit und Schrecken malten sich auf seinem Gesicht ab, denn die Füße des anderen versanken nicht nur, sie lösten sich gleichzeitig auch auf, und dieser Vorgang blieb nicht allein auf die Füße beschränkt, sondern griff auch auf die Beine über.

Sie lösten sich auf, als hätte man sie in eine Säure gestellt. Zu einer geleeartigen Masse wurden sie, die sich auf den Glasboden ausbreitete.

McDee schaute zu.

Auch wenn er geholfen hätte, es wäre ihm kein Erfolg

beschieden gewesen. Davon jedenfalls ging er aus, und so schaute er weiter zu, wie sich sein Kamerad auflöste.

Ollbright bekam Todesangst. Nichts mehr war von seinem Offiziersgehabe geblieben. »Stopp es!«, schrie er den Geist an. »Verdammt, stopp diesen Vorgang!«

»Nein!«

Laut dröhnte die Antwort aus dem offenen Mund der Leiche. »Niemals werde ich ihn stoppen. Ich weiß genau, dass du keine Gnade gekannt hast, so werde ich auch keine kennen. Ihr habt den Tempel gestürmt und grausam gewütet, dafür müsst ihr büßen. Du wirst einsinken und dich im Boden verteilen. Du wirst lange leben, bis sich auch der letzte Rest über deinem Kopf geschlossen hat. Danach wirst du den Tod als Gnade empfinden!«

Die drei Offiziere hatten lange genug in Asien gelebt, um einiges über die Mentalität der Menschen und auch deren Kultur zu wissen. So war ihnen bekannt, dass die Leute sehr gastfreundlich sein konnten, sie standen anderen, auch Fremden, positiv gegenüber. Doch wehe dem, der sie ausnutzte und sich ihrer Gastfreundschaft nicht würdig erwies. Er bekam all die Feindschaft und den kalten Hass voll zu spüren, der den Fremden bis in den Tod hinein begleitete.

Ollbright sackte weiter nach unten. Er hatte seinen Knotenstock längst fortgeschleudert, ruderte mit den Armen und bewegte sich dabei noch hektisch auf und nieder.

Was er fühlte, stand in seinem Gesicht zu lesen, und auch McDee war grau vor Angst geworden.

Es hatte keinen Sinn, um das Leben zu betteln, der Poltergeist würde kein Erbarmen kennen. Noch einmal wandte er sich an die beiden Offiziere. »Ich habe meinen Plan geändert, denn nun werde ich mich um andere kümmern. Meine Magie bleibt zurück, auch wenn ich verschwunden bin.«

Wieder vernahmen die beiden das Pfeifen, und gleichzeitig löste sich die Gestalt von der Decke zu einem dünnen, grünlich leuchtenden Streifen auf, bevor sie verschwand.

Beide Kameraden brauchten eine gewisse Zeit, um begreifen zu können, dass man sie allein gelassen hatte.

Arthur Ollbright konnte seinen Körper nicht drehen. Er steckte bereits zu tief in der weichen, zähen Masse. Aber er bat trotzdem um Hilfe, denn er drehte den linken Arm in McDees Richtung, um ihn anfassen zu können.

»Bitte, Harold, bitte ...«

»Nein!«

Es klang wie ein Schrei, McDee schüttelte den Kopf. »Ich kann es nicht!«

»Versuch es wenigstens!«

»Dann bin ich auch an der Reihe!«

»Du stirbst sowieso!«, schrie Ollbright. »Du wirst es nicht überleben, das schwöre ich dir ...«

Harold McDee lachte nur.

Es war kein normales Lachen mehr. Dazu hörte es sich einfach zu schrill an.

So lachte nur einer.

Jemand, der dem Irrsinn nahe war!

Wir konnten es nicht glauben, obwohl wir es mit den eigenen Augen sahen und auch weiterhin zuschauten, wie die Decke über uns immer mehr von ihrer alten Form verlor und durchsichtig wurde. Da verschwanden die dunklen Stellen, als hätte man sie weggeschoben. Dafür breitete sich die Glasmasse immer weiter aus und gestattete uns einen sehr guten Blick nach oben.

Verzerrt zwar, aber dennoch zu erkennen. Wir sahen die drei Männer, die Leiche, den offenen Sarg und auch den grünen Poltergeist dicht unter der Decke.

In seiner widerlichen Hässlichkeit hockte er dort oben und spielte seine Kraft aus.

Wir erlebten den Tod des ersten Mannes, ohne etwas dagegen unternehmen zu können.

Und wir sahen auch, dass der zweite, dessen Namen wir nicht einmal kannten, allmählich in der weichen Decke versank. Er wurde von ihr regelrecht verschluckt.

Ich riss meine Beretta hervor, weil ich es einfach wissen

wollte. In die weiche Decke schoss ich hinein, wobei ich damit rechnete, dass die Kugel stecken bleiben würde.

Den Gefallen tat sie mir nicht.

Sie prallte ab und sirrte als Querschläger davon, um noch in die Wand zu schlagen.

»So bekommst du sie nicht zerstört!«, rief mir Suko zu. »Wir müssen hier weg!«

Dagegen hatte ich nichts. Wir passierten die Reste des Fasses, erreichten die Treppe und hatten unseren Fuß noch nicht auf die erste Stufe gesetzt, als wir das Krachen hörten.

Sicherheitshalber blieben wir stehen, und das war verdammt gut so, denn vom Ende der Treppe her kam die Gefahr schnell wie ein gewaltiger Blitz. Sie jagte uns entgegen.

Diesmal war es kein Fass, der Poltergeist hatte sich etwas anderes ausgesucht.

Als wäre es nur eine Streichholzschachtel, so hatte er es durch seine Kraft geschafft, eine gewaltige Kommode in Bewegung zu setzen und sie die Stufen der Treppe hinabgeschleudert. Zudem nahm sie die gesamte Breite ein und krachte auf jede Stufenkante.

Da kamen wir nicht vorbei.

Suko stieß mich zur Seite. Ich hatte mich bereits auf dem Sprung befunden, sodass ich mich in Sicherheit katapultieren konnte, bevor das Möbelstück auch nur die Hälfte der Treppe hinter sich gelassen hatte. In zwei verschiedene Richtungen waren wir weggetaucht und schauten zu, wie die Kommode die Treppe hinter sich ließ, noch einmal hart aufprallte, wobei der Druck sie auseinander trieb.

Die Splitter flogen nach allen Seiten weg. Eine zur Hälfte zerstörte Schublade rutschte noch bis gegen meine Fußspitzen, wo sie schließlich gestoppt wurde.

Piu Hang, der Poltergeist, hatte sein Versprechen wahr gemacht. Er wollte auch uns vernichten.

Aber wir waren keine Greise und geübt im Umgang mit Dämonen und schwarzmagischen Wesen.

Suko deutete die Treppe hoch. »Los, John, es ist frei!« Er

startete als Erster. Die Stufen nahm er jeweils mit mehreren kraftvollen Sprüngen, katapultierte sich dem Ende der Treppe entgegen und hatte es kurz vor mir erreicht.

Wir blieben stehen, um uns einen Überblick verschaffen zu können.

Im Moment herrschte Ruhe. Leider wussten wir noch immer nicht, wo sich die Männer befanden, und auch George war nicht zu sehen. Aber der Raum lag über dem Keller. Es durfte keinerlei Schwierigkeiten bereiten, den Eingang zu finden.

Beide waren wir sehr vorsichtig geworden und bewegten uns auf Zehenspitzen und leisen Sohlen voran. Erst jetzt fiel uns auf, dass an den Wänden die Trophäen und Gegenstände hingen, die von den Engländern aus ihrer Kolonie mitgebracht worden waren.

Wir sahen einige Masken, auch Waffen und die langen Elfenbeinzähne eines Elefanten.

Da hatten unsere Landsleute ganz schön geräubert.

Wir mussten mit dem Schlimmsten rechnen, deshalb waren wir so vorsichtig. Das stellte sich als positiv heraus, denn plötzlich erlebten wir abermals die Magie des Piu Hang.

Es begann diesmal nicht mit einem lauten Poltern oder Krachen. Dafür vernahmen wir ein Vibrieren und Zittern. Das Mauerwerk wurde in Mitleidenschaft gezogen und auch das, was es schmückte.

Die Masken, die Souvenirs, die Waffen …

Suko verfolgte den gleichen Gedanken wie ich. »John!«, flüsterte er. »Piu Hang hat das verdammte Haus unter Kontrolle.«

»Das befürchte ich auch.«

»Sir! Sir!« Es war der gellende Angstruf des Butlers George, der uns erreichte. Er wollte noch ein drittes Mal rufen, diesmal jedoch hörten wir nur noch einen erstickten Schrei.

»Willst du?«, fragte Suko.

Ich rannte schon!

Schlagartig brach das Lachen ab, denn auch McDee hatte gespürt, dass ein anderer dabei war, die Kontrolle über seinen Körper zu bekommen. Während Ollbright immer tiefer in den veränderten Boden sank und sich selbst dabei auflöste, wurde er gepackt und steif in die Höhe geschleudert, sodass er schon fürchtete, mit der Schädelplatte gegen die Decke zu schlagen.

Dicht davor bremste er ab.

McDee schwebte in der Luft. Er sah die Szenerie aus der Vogelperspektive, konnte die Leichen erkennen, die ebenso wie der Sarg nicht in den Boden einsanken, und bekam auch mit, dass sich der Körper seines Freundes als weiche Masse und waagerecht liegend verteilte.

Wann war er an der Reihe? Gehörte das, was er erlebte, bereits zum Vorspiel für den Tod?

Er wusste es nicht, und es war auch keiner da, der ihm darauf hätte eine Antwort geben können. Der andere ließ ihn über dem Boden schweben und führte ihn erst nach einer geraumen Weile einem neuen Ziel zu.

Obwohl der Poltergeist selbst nicht zu sehen war, hatte er alles voll unter Kontrolle. Seine Kraft war permanent vorhanden und wurde von ihm gezielt eingesetzt.

Zum Beispiel gegen Harold McDee!

Die für ihn unerklärbare Kraft schob ihn plötzlich nach vorn und gleichzeitig schräg in die Tiefe.

McDee wusste zunächst nicht, was der andere mit ihm vorhatte, bis er plötzlich feststellen musste, dass ihn der andere auf ein neues Ziel geschickt hatte.

Es war der Sarg!

McDee wollte schreien, selbst das schaffte er nicht, weil er sich überhaupt nicht wehren konnte und voll unter dem Bann des anderen, für ihn unsichtbaren Feindes stand.

Sein Platz wurde der Sarg.

In ihm hatte William Campell gelegen. Dessen Orden lagen ebenso daneben wie die Mütze, so hatte McDee genügend Platz, um in die Totenkiste schweben zu können.

Es war schlimm.

Bäuchlings glitt er auf den Sarg zu. Er sah ihn größer werden, und er kam ihm vor wie ein rechteckiges Ungeheuer, das nur darauf wartete, seine Opfer fressen zu können.

Zwar versuchte McDee, sich dagegen zu wehren, das gelang ihm nicht. Er konnte die Arme nicht ausbreiten, sie »klebten« an seinem Körper, und bevor er in den Sarg eintauchte, wurde er noch gedreht.

Danach lag er auf dem Rücken.

Für einen Augenblick schwebte er genau über dem Sarg, bis er langsam in die Tiefe gedrückt wurde und auf der Polsterung zur Ruhe kam.

So blieb er auch!

Steif, allerdings nicht kalt, denn nach wie vor rann das Blut durch seine Adern, obwohl er sich so fühlte wie die neben dem Sarg liegende Leiche.

Innerlich zitternd wartete er ab.

Das Herz schlug rasend schnell. Er fror und schwitzte gleichzeitig. Die Haut brannte. Fieber- und Angstflecken zeichneten sein Gesicht, und er fragte sich, was der andere noch mit ihm vorhaben könnte.

Harold McDee sollte es sehr bald erfahren, denn plötzlich fiel ein Schatten über ihn.

Es war ein bestimmter Gegenstand, der diesen Schatten warf.

Der Sargdeckel!

Lautlos schwebte er herbei. Harold McDee wusste nun, für welche Todesart sich Piu Hang bei ihm entschieden hatte.

Eine schlimmere konnte es kaum geben.

Er sollte elendig ersticken!

Lebendig begraben, eingekerkert in einen Sarg, aus dem es kein Entrinnen mehr gab. Ein schlimmer Tod. In Indien hatte er »Heilige« erlebt, die sich lebendig begraben ließen und überlebten.

Das würde er nicht schaffen, dafür war der andere zu stark und er zu schwach.

Es war die perfekte Falle.

Und der Deckel senkte sich näher. Kein Laut entstand

dabei. Was Harold hörte, war das Jammern seines Freundes, der ebenfalls schon fürchterliche Qualen erlitt.

Um ihn konnte sich McDee nicht kümmern. Sein Blick saugte sich an der unteren Seite des Deckels fest, der bereits sein gesamtes Sichtfeld einnahm. Er konnte weder rechts noch links daran vorbeischauen. Nur diesen Deckel sah er.

Noch befand sich zwischen ihm und dem Sarg ein schmaler Spalt. Von Sekunde zu Sekunde wurde er kleiner, die Flammen der Kerzen wurden kleiner, und er dachte daran, dass sie seltsamerweise nicht umgekippt waren, sondern weiterhin brannten und der Szenerie einen unheimlichen Touch gaben. Bei Kerzenschein ins Jenseits!

Das war sein letzter klarer Gedanke. Von diesem Augenblick an konnte er nur noch schreien.

Und seine gellenden Angstschreie klangen plötzlich dumpf, als sich der Sargdeckel über ihm schloss …

Der Poltergeist drehte durch!

Dieser festen Meinung war ich, als ich mich auf dem Weg befand, um den Butler zu suchen. Piu Hang hielt sich nicht mehr an die Regeln. Er wollte seine Rache. Dabei war es ihm egal, ob Unschuldige mit in den Kreislauf hineingerieten oder nicht.

Ich war sehr schnell gelaufen, erreichte die kleine Empfangshalle, wo wir gesessen hatten, und stoppte dort blitzartig, denn ich sah mit Schrecken, was geschehen war.

Die schwere Couch stand nicht mehr an ihrem Platz. Sie schwebte in halber Höhe des Raumes, und direkt unter ihr wälzte sich der Butler mit blutendem Gesicht am Boden, denn er war von der Kante eines Tisches getroffen worden, der neben ihm lag.

Ich wollte zu ihm und ihn aus der Gefahrenzone reißen, als die Couch ihren neuen Gegner, nämlich mich, »erkannte«.

In der Luft drehte sie sich.

Und dann fiel sie.

Ohne Vorwarnung, ohne noch einmal zu rücken.

Ich sprang zurück. Es war ein mächtiger Satz, der mich nach hinten in Richtung Tür brachte, wobei die Couch mich zum Glück verfehlte und vor meinen Füßen zu Boden krachte.

Leider hatte ich im Rücken keine Augen. So hätte ich gesehen, dass sich die Tür plötzlich aus ihren Angeln löste und sich selbstständig machte. Vielleicht hatte es George gesehen. Er warnte mich nicht, denn er hatte nur Augen für den huschenden grünen Schatten, der durch den kleinen Saal wischte.

Er verschwand dort, wo ich Suko zurückgelassen hatte. Er musste sich also mit dem Poltergeist auseinander setzen, denn mich erwischte es voll.

Es war die Tür, die mir in den Rücken krachte. So überraschend, dass ich nach vorn geschleudert wurde, jeglichen Halt verlor und voll zu Boden fiel.

Auf den Bauch schlug ich, und das Gewicht der fallenden Tür hämmerte auf meinen Rücken, sodass ich das Gefühl hatte, mein Kreuz wäre auseinander gebrochen.

Ich weiß nicht, wer von Ihnen schon einmal unter einer Tür gelegen hat. Angenehm jedenfalls ist es nicht. Zum Glück ließ sich niemand blicken, der sich noch den makabren Scherz erlaubte und auf der Tür herumsprang. Aber ihr Gewicht allein reichte schon aus, um mich zunächst einmal außer Gefecht zu setzen.

Noch immer wälzte sich der Butler am Boden. Er jammerte. Ich versuchte indessen, mich aufzurichten und die verdammte Tür von meinem Rücken zu wuchten. Doch sie war zu schwer.

Ich japste nach Luft. Dabei stemmte ich mich noch mit den Handflächen ab.

Der Schweiß rann über mein Gesicht, das zu einer Grimasse geworden war und einzufrieren schien, als ich plötzlich einen gellenden Schrei vernahm.

Es war kein menschlicher Schrei, eher das hohe Kreischen eines Tieres oder Monstrums.

Es war genau an der Stelle aufgeklungen, wo sich mein Freund Suko befinden musste.

Im nächsten Augenblick sah ich ihn. Piu Hangs Kraft hatte den Inspektor voll erwischt.

Wie eine Rakete jagte er aus dem Gang in die kleine Halle hinein, wo ich wehrlos unter der Tür lag …

Der Chinese war zurückgeblieben, aber er wusste genau, dass er sich inmitten des kochenden Gefahrenherds befand. Deshalb ließ er seine Umgebung auch nicht aus den Augen.

Er schaute auf die Masken, die Bilder, er sah die Waffen an den Wänden und auch die beiden mächtigen Elfenbeinzähne der Elefanten.

All diese Dinge befanden sich in Bewegung. Sie hatten unter der Kraft des Dämons Piu Hang zu leiden, der sie in seinen Bann gezogen und zu Spielzeugen degradiert hatte.

Sie sollten und sie würden ihm gehorchen!

Mit Schrecken stellte Suko fest, dass sich die erste Waffe löste. Es war ein Krummschwert, dessen Klinge im Laufe der Zeit Rost angesetzt hatte. An einer Kette hatte es gehangen. Deren Glieder rissen mit einem peitschenden Knall auseinander, flogen in verschiedene Richtungen davon, klatschten noch gegen die Wand und gaben dem Schwert freie Bahn.

Die Kräfte des Dämons spielten mit der Waffe. Einmal drehte sie sich um sich selbst, um im nächsten Augenblick auf Suko zuzuwischen.

Der Chinese zog den Kopf ein und sprang zur Seite. Das Schwert verfehlte ihn, hämmerte gegen die Wand. Dafür hörte Suko hinter sich ein heftiges Zischen. Hastig drehte er sich um und sah aus dem Maul einer in seiner unmittelbaren Nähe hängenden Masken gelbgrünen Brodem dringen.

Sofort wechselte er die Stellung. Ihm war klar geworden, dass dieses gesamte Haus voll unter der Kontrolle des Dämons Piu Hang stand. Auch das Zittern der Decke deutete darauf hin. Es war die dritte Gefahrenquelle, die Suko erkannte, aber von einer weiteren voll in Anspruch genommen wurde, denn von der Wand hatte sich einer der nach oben hin gekrümmten und gewaltigen Stoßzähne gelöst.

Eine mörderische Waffe. Nicht allein bei einem Elefanten, auch jetzt, wo sich der Stoßzahn nicht mehr bei ihm befand. Er hatte sein Gewicht, das wusste auch Suko. Dennoch wirkte er so, als würde er mit einer nahezu spielerisch anmutenden Leichtigkeit bewegt.

Brandgefährlich war er!

Suko konzentrierte sich auf ihn. Die beiden standen sich gewissermaßen gegenüber. Den Krach der zusammenbrechenden Tür vernahm Suko nur wie nebenbei, er musste sich auf den Stoßzahn konzentrieren. Wenn der ihn erwischte, schlitzte er ihn ohne Mühe über die Länge des gesamten Körpers auf.

Völlig waffenlos war Suko nicht. Er besaß nicht allein die Beretta, auch die Dämonenpeitsche – und seinen Stab, mit dessen Hilfe er die Zeit anhalten konnte, wenn er ein bestimmtes Wort rief.

Ihn jetzt einzusetzen, hatte keinen Sinn, aber die Dämonenpeitsche würde ihm helfen können.

Nur kam Suko leider nicht dazu, sie hervorzuholen und einen Kreis über den Boden zu schlagen, denn der verdammte Stoßzahn machte seinem Namen alle Ehre.

Er griff an!

Wuchtig und mit einem gewaltigen Ruck brachte er sich in Sukos Nähe, und der Inspektor verdankte es allein seiner Reaktionsschnelligkeit, dass er ausweichen konnte. Er fiel gegen die Wand, riss dort Waffen herunter, die zu Boden fielen und sofort wieder in die Höhe schwebten, während sich auch der zweite Zahn von seinem Platz löste.

Jetzt wurde es kritisch.

Suko tauchte nach unten. Aus dieser Bewegung hervor zog er die Peitsche und wollte einen Kreis schlagen, als er das hohl klingende Pfeifen vernahm, den grünen Schatten sah und von dessen Schnelligkeit überrascht war, wie er in den Gang hineinjagte.

In der folgenden Sekunde bewegte sich außer dem grünen Schatten nichts mehr.

Und der quoll auf.

Ein grüner Quarkpudding schien für einen Augenblick in der Luft zu stehen, der sich dann rasend schnell veränderte und die giftgrüne Form des hockenden Dämons annahm.

Das breite Gesicht war zu einem kasperhaften Lächeln verzogen. In den Augen blitzten der Spott und eine gewisse Erbarmungslosigkeit, vor der sich auch Suko fürchtete.

Noch tat der andere nichts.

Er blieb dicht unter der Decke stehen und war eingerahmt von in der Luft schwebenden Waffen sowie dem Stoßzahn des Elefanten. Zwei Todfeinde belauerten sich, aber Suko wollte nicht zu einer Statue werden und warten, bis ihn der andere attackierte. Er griff zwar nicht selbst an, dafür schlug er mit dem Griff der Peitsche einmal einen Kreis über den Boden.

Aus dem vorn offenen Griff rutschten die drei Riemen hervor.

Jetzt war Suko kampfbereit und musste die Peitsche auch einsetzen, denn der Stoßzahn geriet wieder in Bewegung.

Zum Glück langsamer, sodass der Inspektor die Chance bekam, auf ihn zuzuspringen.

Mit einem Satz wuchtete er sich vor, hämmerte mit der Peitsche zu und traf genau.

Die Riemen wickelten sich ungemein schnell um den magisch beeinflussten Zahn des Elefanten, und Suko hörte ein Reißen innerhalb des Gefüges, das wie Musik in seinen Ohren klang.

Zersplitterte er jetzt?

Der Chinese hoffte es, sah über sich eine Bewegung und erkannte am Kopfschütteln des Poltergeistes, wie wütend der war.

Diese Wut bekam Suko zu spüren.

Plötzlich wurden ihm die Beine weggerissen, er schwebte, rollte sich instinktiv zusammen und kam sich dabei vor wie ein Ball.

Es hätte auch der Vergleich mit einer lebenden Kanonenkugel gestimmt, so wuchtig geschleudert jagte der Inspektor durch den Gang und den kleinen Saal hinein.

Die Wand hielt ihn auf.

Suko hatte das Gefühl, in seinem Körper würde alles zerrissen. Sogar er schrie, fiel zu Boden und kämpfte dort verbissen gegen die rasenden Schmerzen an.

Er sah nicht, dass sich der Butler George erhoben hatte und auf ihn zukroch.

Für Suko war die Welt zunächst einmal untergegangen …

Aber ich sah den Butler!

Trotz großer Mühen war es mir nicht gelungen, unter der verdammten Tür hinwegzukriechen. Sie drückte nach wie vor auf meinen Rücken, und ich bekam auch nicht allein um mich Angst, sondern auch um meinen Freund Suko, der in den Raum hineingejagt war und erst von der Wand gestoppt wurde!

Suko war danach wie ein Stein zu Boden gefallen und liegen geblieben. George kümmerte sich um ihn.

Ich trieb ihn an.

»George! George!« Meine Stimme schrillte durch die Halle. Hochrot war ich im Gesicht, das verzerrte Züge zeigte. Ein Abklatsch meiner ungeheuren Anstrengung.

Er hatte mich verstanden. Noch immer kniete er. Sogar dicht bei Suko. Nun drehte er sich um. Noch immer klebte Blut in seinem Gesicht. Er hatte es durch das Reiben verschmiert.

»George! Hören Sie mir zu!« Ich nahm alle Kraft zusammen, als ich schrie. Es kam tatsächlich auf Sekunden an, und nur George konnte zu unserem Retter werden.

Mit fiebernder, sich fast überschlagender Stimme erklärte ich ihm, was er tun sollte.

»Haben Sie verstanden?«, rief ich zum Schluss.

Er nickte.

Dann war ich aus dem Spiel. Aber George hielt sich verdammt tapfer. Er kümmerte sich um den abgeschlafften Suko, wühlte in dessen Taschen herum und fand auch das, was er hatte finden sollen.

Es war der Stab!

»Bringen Sie ihn her!«, rief ich laut, damit er mich auch nur verstand. »Kommen Sie! Ich brauche den Stab! Geben Sie ihn mir. Schnell! Beeilen Sie sich.«

Der Druck lastete schwer auf mir. Wenn George nicht rasch genug reagierte, war unser Lebensfaden abgeschnitten. Das stand für mich fest. Und er kam auch.

Sogar auf den Beinen hielt er sich. Er torkelte auf mich zu und drückte mir den Stab zwischen die Finger der rechten Hand. Ich bedankte mich keuchend und bat ihn noch einmal, sich um Suko zu kümmern.

»Bringen Sie ihn wieder zu sich! Schlagen Sie ihm ins Gesicht. Machen Sie, was Sie wollen, aber sorgen Sie dafür, dass er nicht bewusstlos bleibt!«

»Ja, Sir, ja …«

George taumelte zurück. Ich konnte nur hoffen, dass ich alles richtig gemacht hatte. Der Butler bemühte sich um meinen Freund. Er kniete neben ihm, tätschelte dessen Wangen und schlug auch fester gegen sie. Ich sah, dass Suko sich rührte. Wahrscheinlich würde er bald versuchen, sich aufzusetzen.

Aber ich sah noch mehr.

Er kam aus dem Gang und war gedankenschnell. Schattenhaft huschte er in die kleine Halle hinein, drehte seine Kreise und vermischte sich selbst mit der kühleren Nachtluft, die durch die zerstörte Tür drang. Ich hoffte nur stark, dass keine Neugierigen kamen, denn mein Rufen war sicherlich nicht ungehört verhallt.

Plötzlich stand er still.

Genau unter der Decke hatte er seinen Platz eingenommen. Den Kopf hielt er schräg. Wiederum war dieser kasperhafte Ausdruck auf seinem Gesicht zu sehen.

Das breite Grinsen, der Zynismus in seinen Augen, all die Widerlichkeit vereinigte sich bei ihm.

Der Poltergeist sagte nichts, doch ich erkannte an seinen Blicken, dass er zufrieden mit dieser Lage war.

Das konnte er auch.

Mein Blick schwang zwischen ihm und Suko. Ich musste den richtigen Zeitpunkt herausfinden, doch das alles traf nicht ein, denn der gesamte Fall bekam eine dramatische Wende.

Es begann mit den Schritten, die ich hinter mir vernahm und die dann rechts der Tür aufklangen.

Jemand war gekommen.

Es dauerte noch ein paar Sekunden, bis ich den Ankömmling erkennen konnte.

Für mich die Überraschung, denn damit hatte ich wirklich nicht gerechnet. Völlig furchtlos hatte die Person das Haus betreten und schritt quer durch die Halle.

Dabei sprach sie einen folgenschweren Satz. »Jetzt wird abgerechnet, Piu Hang!«

Und diese Worte hatte Sarah Goldwyn gesprochen, die Horror-Oma …

Hatte ich sie nicht gebeten, in ihrem Haus zu bleiben?

Natürlich, aber sie war manchmal störrisch wie ein Esel. Was sie sich in den Kopf gesetzt hatte, das führte sie auch durch.

So wie hier.

Unbeirrt schritt sie vor. Mir hatte sie nicht mal einen Blick gegönnt. Zudem wusste ich nicht, ob sie mich überhaupt sehen wollte, denn ihr Augenmerk galt Suko.

Kaum hatte sie ihn erreicht, als sie sich bückte und ihm mit einem Ruck die ausgefahrene Dämonenpeitsche aus den Fingern riss. Jetzt hielt die Horror-Oma sie schlagbereit. Sie baute sich schräg unter dem voluminösen Körper des Poltergeistes auf, legte den Kopf in den Nacken, damit sie ihn anschauen konnte, und begann zu reden.

»Ich bin gekommen, Piu Hang, um mit dir abzurechnen. Du hast den Tod meines Mannes auf dem Gewissen, das ist mir inzwischen klar geworden. Ich weiß nicht, was dir mein Mann getan hat, ich will es auch nicht mehr wissen, aber ich will nicht, dass du unschuldige Menschen in deine grausame

Rache mit hineinziehst. Das haben sie nicht verdient. Deshalb stehe ich hier, um dich zu vernichten!«

»Sarah!«, rief ich. Das heißt, ich wollte es, aber nur ein Krächzen drang aus meinem Mund. Für mich war es besser, zu schweigen und zu versuchen, unter der verdammten Tür hervorzukriechen. Auch Suko war noch nicht auf dem Damm. Er saß zwar jetzt, musste aber von George, dem Butler, gestützt werden.

»Hast du mich verstanden, Piu Hang?«

Die Horror-Oma bekam keine Antwort. Entweder wollte oder konnte der Geist nicht sprechen, jedenfalls hatte Sarah Goldwyn nicht vor, lange zu fackeln. Sie bot sich dem Dämon an.

»Komm schon, wenn du kämpfen willst!«

War es ein Zucken, das durch die Gestalt des Dämons glitt? Ich wusste es nicht. Für mich jedenfalls war es ein Zeichen, dass er unter der Decke nicht mehr ausharren wollte.

Er griff tatsächlich an.

Meine Güte, war er schnell!

Aber auch Sarah. Sie hatte den rechten Arm bereits erhoben gehabt und brauchte nur noch zuzuschlagen.

Das tat sie.

Die drei Riemen fächerten während des Falles auseinander, als wüssten sie genau, dass sie eine möglichst große Fläche treffen mussten. Und sie trafen auch.

In diese fette, geisterhafte Gestalt des Dämons jagten sie voll hinein. Dort, wo sie genau Kontakt bekommen hatten, sah ich das helle Sprühen, als wären an den Stellen zahlreiche Wunderkerzen angezündet worden.

Gleichzeitig begann das Schreien!

Es waren hohe, quietschende, jaulende Laute. So schrill und in einer Frequenz, dass sie schon in meinen Ohren schmerzten. Das alles ließ sich ertragen, denn ich schaute zu, wie dieser verfluchte Poltergeist vernichtet wurde.

Es löste sich auf.

Es waren nur Fetzen, Schattenreste gewissermaßen, die durch die Halle irrten. Irgendwo in dem hinteren Gang polterte einiges zu Boden. Die letzten Geräusche, für die sich der Geist verantwortlich zeigte, denn seine Existenz war beendet.

Er hatte sich buchstäblich durch die magische Kraft der Dämonenpeitsche in Luft aufgelöst oder sich mit ihr vermischt.

Lady Sarah aber stand da wie eine Siegerin, die Peitsche in der rechten Hand. Sie drehte sich langsam auf der Stelle und fragte mit einem nahezu lässigen Tonfall: »Na, ihr Helden? Habt ihr euch zu viel vorgenommen?« Dabei schüttelte sie den Kopf. »So etwas verstehe ich nicht.«

»Ich auch nicht!«, keuchte ich …

Polizisten waren durch das Schreien und die unheimlichen Geräusche angelockt worden. Sie befreiten mich aus meiner Lage. Laufen konnte ich kaum, es kostete mich schon eine gewaltige Energie, mich auf den Beinen zu halten, aber ich wollte nicht schlappmachen.

Suko lag auf der Couch. Ein Arzt wollte kommen und ihn untersuchen. Ich aber dachte an die Offiziere, und endlich kam George dazu, uns in den Raum zu führen, wo die drei Totenwache gehalten hatten.

Hier stand mir noch einmal ein makabres Erlebnis bevor.

Ich schaute auf drei Tote.

Mit kaum zu verstehender Stimme gab mir der Butler die Namen bekannt. »William Campell, James Fallon und der, dessen Kopf noch aus dem Boden schaut, ist Arthur Ollbright.«

Es war ein schlimmes Bild. Dieser Mann musste unwahrscheinlich gelitten haben.

Jetzt war er tot.

Die Polizisten, die mich begleitet hatten, wurden bleich. Einer ging wieder nach draußen. Er konnte einfach nicht in das Gesicht schauen. Ich aber rechnete nach.

»Fehlt da nicht noch jemand?«

»Ja, Sir. Harold McDee.«

»Wo kann er sein?«

Der Butler hob die Schultern.

Langer Rede kurzer Sinn, wir fanden ihn, als wir den Sarg öffneten. Der Greis lebte, aber er war dem Wahnsinn verfallen, der aus seinen Augen leuchtete. Dass er dabei ein Kinderlied summte, verschlimmerte die Szene noch mehr.

Ich wandte mich ab, denn ich wollte diesen verdammten Fall so rasch wie möglich vergessen …

ENDE

Die schwebenden Leichen von Prag

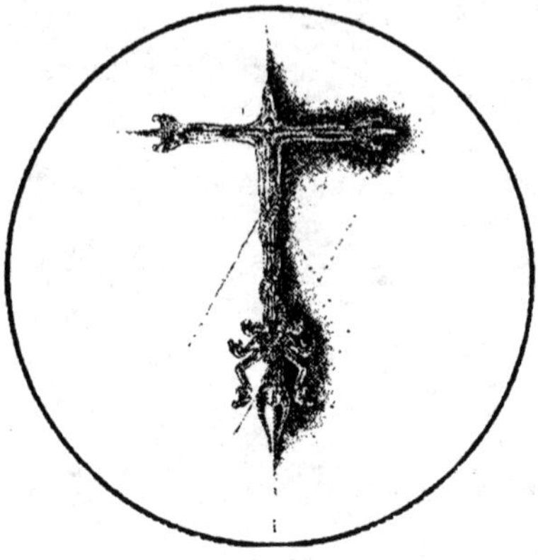

Es war eine Nacht, wie man sie nur selten erlebt. So lau, frühlingshaft, einfach wunderbar. Noch war die Wärme des vergangenen Tages überall zu spüren. Jedes Blatt, jede Blüte oder Blume schien sie aufgenommen zu haben, um sie für eine Weile speichern zu können, damit sie anschließend wieder abgegeben werden konnte und somit einsame Spaziergänger oder romantisch veranlagte Pärchen erfreute.

Endlich hatte der Sommer Einzug gehalten. Nach dem langen, schneereichen Winter war es Zeit geworden. Die Menschen in der Stadt atmeten wieder auf. Man holte die Sommerkleider hervor und nahm auch die persönlichen Einschränkungen, die ein kommunistisches System zwangsläufig mit sich bringt, nicht mehr als so tragisch, sondern viel gelassener hin. Selbst die Moldau, dieser viel besungene und beschriebene Fluss, stank nicht so wie an anderen Tagen.

Frühling lag über der Stadt, und auch der dunkelblaue Nachthimmel schien dies zu spüren, denn er sah aus wie fein gerippter Samt, auf dem zahlreiche kleine Steine lagen, die wie Diamanten blitzten und doch nur zu den weit entfernten Sternen zählten.

Kaum einer wäre auf die Idee gekommen, dass diese Nacht auch etwas anderes als den Frühling und die laue Nachtluft bereithielt. Wer dachte da schon an den Tod, an vermoderte Leichen oder alte Friedhöfe?

Doch nur Verrückte oder Menschen, die einen Sinn fürs Makabre hatten. Wie der junge Mann, der völlig normal aussah und über eine schmale Straße am Stadtrand von Prag schritt. Er zog einen beladenen Handwagen hinter sich her. Leider war die Ladung von einer Plane verdeckt.

Der junge Mann nannte sich Student, studierte aber nur selten. Normalerweise wartete er auf Jobs. Es war ihm auch egal, welcher Art diese Arbeit war. Er nahm alles an. Sogar Kurierdienste über die »grüne« Grenze nach Deutschland hatte er schon geleistet. Das war ihm dann doch zu heiß gewesen, auch wenn es viel Geld eingebracht hatte.

Geld brauchte er immer.

Nur durch ausländische Devisen konnte man sich in seinem

Land etwas leisten, deshalb hatte er auch nicht gezögert, als er eines Nachts in einem Prager Bierkeller von einem Unbekannten angesprochen und mit einem 100-Mark-Schein geködert wurde.

Das war viel Geld in der Tschechei.

Der Vorschlag des ihm fremden Mannes allerdings hatte ihn zunächst einmal vorsichtig werden lassen. Denn es wurde einiges von ihm verlangt, wenn es auch nicht schwierig war, aber er musste zunächst einmal eine gewisse innere Hemmschwelle überwinden.

Er sollte etwas stehlen.

Weder ein Auto, Geld noch Schmuck, ganz etwas anderes, was eigentlich schon tot war und womit sich wohl kaum jemand, außer seinem Auftraggeber, abgab.

Leichen sollte er stehlen!

Drei Tote aus dem Leichenhaus klauen. Das war ihm bisher auch noch nicht passiert.

Nach zwei weiteren Schnäpsen hatte er zugestimmt, sich den alten Handwagen besorgt und war eine Nacht später zu einem genau angegebenen Leichenhaus gefahren.

Alles hatte geklappt. Der Wächter der Leichenhalle hockte in seiner Kabine und war eingeschlafen.

Sechsmal war er an dem Mann vorbeigegangen. Dreimal hin und dreimal wieder zurück. Und er hatte es geschafft, die drei Leichen unbeobachtet aus der kühlen Totenkammer zu holen. Sie trugen noch ihre weißen, schmucklosen Totenhemden.

Es waren drei Männer.

Zwei ältere mit weißen Haaren und einer mittleren Alters, der eine spiegelblanke Glatze hatte. Sie lagen jetzt auf dem Wagen und waren gut von der Plane verborgen worden.

Den Namen seines Auftraggebers wusste der Student noch immer nicht. Dafür knisterte als Anzahlung die Hälfte seines Honorars in der rechten Hosentasche. Die zweite Hälfte würde er bekommen, wenn er die Leichen sicher ablieferte.

Ein Treffpunkt war ebenfalls ausgemacht worden. Er lag sehr einsam am Stadtrand von Prag, wo keine Häuser standen, sich dafür ausgedehnte Waldflächen hinzogen und nur hin und wieder ein Förster patrouillierte. Sicherlich nicht während der Nachtstunden.

Der Weg wurde noch enger. Bald verschwand auch die Asphaltschicht, sodass er mehr einer staubigen Schotterstraße glich, die mit zahlreichen Schlaglöchern und Querrinnen überdeckt war. Deshalb rumpelte der Wagen auch so, und manchmal sprang er regelrecht hoch, wenn er besonders heftig gezogen wurde.

Das störte höchstens den Studenten, die Toten nicht mehr. Sie brauchte nichts mehr zu kümmern.

Er hatte mit seinem Auftraggeber ein Zeichen abgemacht. Dreimal sollte eine Taschenlampe aufblitzen, dann konnte der Student sicher sein, dass der andere auf ihn wartete.

Noch war es nicht so weit. Noch musste er die drei Toten hinter sich herziehen, und das bei einem Weg, der nicht nur uneben war, sondern auch noch leicht anstieg!

Er dachte an das Geld und daran, was er sich alles von diesem Schein leisten konnte. Und so sah die Sache wieder rosiger für ihn aus.

Auch die längste Steigung hat mal ein Ende. So war es hier ebenfalls. Als der junge Mann die höchste Stelle erreicht hatte, blieb er für einen Moment stehen. Er holte tief Luft, wischte sich den Schweiß aus dem Gesicht und schaute nach vorn, wo sich in einer kaum erkennbaren Hügellandschaft Wald und Wiesenflächen abwechselten, wobei ihm die unregelmäßig gewachsenen Waldflächen stets wie dunkle Inseln in einem etwas heller wirkenden Ozean vorkamen.

Prag lag hinter ihm. Und damit auch der Widerschein der Großstadtlichter, die hin und wieder als hellerer Schein über den Nachthimmel geisterten. Dafür hätte der Student auch keinen Blick gehabt. Er wollte endlich die Leichen loswerden, denn bis zu seinem verabredeten Treffpunkt mit dem Auftraggeber konnte es nicht mehr weit sein.

Er schaute den Weg hinab. Menschen entdeckte er keine. Nur ein Nachtvogel schwebte mit weit ausgebreiteten Schwingen über seinen Kopf hinweg, bevor er von der Finsternis verschluckt wurde.

»Hättest mir auch entgegengehen können!«, murmelte er und setzte sich wieder in Bewegung.

Der Abstieg gestaltete sich nicht leichter als der Aufstieg. Der junge Mann musste sich dem Gewicht entgegenstemmen, um nicht von dem eigenen Leichenwagen überholt oder in den Rücken gestoßen zu werden.

Krampfhaft hielt er die Zugstange fest und glich durch heftiges Bewegen der Deichsel die Ausbruchsversuche des Karrens aus.

Endlich blitzte eine Lampe auf. Dreimal.

Für einen flüchtigen Moment zuckte ein Lächeln der Erleichterung über seine Lippen. Die große Anstrengung hatte zum Glück ein Ende gefunden, denn sein Auftraggeber hatte Wort gehalten.

Der Mann trat auf die Straße.

Er war wie ein Schatten, der sich aus den Büschen an der rechten Seite löste, stehen blieb und einen Arm hob, als wäre er ein kontrollierender Polizist oder Grenzbeamter. Doch bei ihm fehlte die Maschinenpistole. Er trug auch keine Uniform, dafür einen langen, glockenförmigen Mantel, der längst aus der Mode war. Er glich mehr einem Umhang, der unter dem Kinn durch eine Spange zusammengehalten wurde. Bei ihm störte auch der Schlapphut nicht. Er passte einfach zu dieser düsteren Gestalt, die zudem die Hutkrempe noch so tief in die Stirn gezogen hatte, dass sein Gesicht nicht zu sehen war. Dies sollte wohl auch Sinn der Sache sein. Selbst im Bierkeller hatte der Mann den Hut nicht abgenommen. Hätte der Student ihn beschreiben müssen, wäre ihm kaum etwas dazu eingefallen.

Dicht vor den Fußspitzen seines Auftraggebers stoppte er. Das Knirschen der mit Eisenreifen beschlagenen Räder verstummte. Stille trat ein. Der junge Mann warf einen Blick nach rechts, weil ihm dort etwas aufgefallen war. Er sah die Lichtung direkt am Wegrand und auch den hohen Kastenwagen, der dort parkte und Ähnlichkeit mit einem Gefangenentransporter aufwies.

»Du hast die Leichen?« Wie immer redete der andere

flüsternd und mit einer rau klingenden Stimme, die dem Studenten überhaupt nicht gefiel. Auch jetzt bekam er eine Gänsehaut.

»Ja, die habe ich.«

»Lass sie sehen!«

»Nein, erst das Geld.«

Der andere zögerte für einen Moment. Dann lachte er, ohne den Mund zu öffnen, und griff unter seinen Mantel. Er holte den Schein hervor und steckte ihn sofort wieder weg, als der Student nach ihm greifen wollte. »Erst will ich die Leichen sehen.«

»Bitte.«

Die hochgewachsene Gestalt in dem langen Mantel drückte sich an dem Studenten vorbei, und der hatte das Gefühl, als würde ihn ein Hauch von Moder streifen. Er schauderte noch mehr und bereute diesen Job bereits. Dabei dachte er daran, dass er nicht einmal den Namen des anderen wusste.

»Wie heißen Sie eigentlich?«, fragte er.

Der Mann blieb stehen. Er hatte den Karren jetzt erreicht. Gemächlich drehte er den Kopf. »Weshalb willst du das wissen?«

»Nur so.«

»Ich bin Petar Kopanek.«

Der Student nickte. »Gut, danke. Ich heiße übrigens Thomas Le …«

»Behalte ihn für dich«, sagte Kopanek. »Es spielt keine Rolle, wie jemand heißt. Auf die Taten kommt es an. Hast du verstanden? Nur auf die Taten, mein Freund.«

»Vielleicht.« Thomas sah ein, dass der andere keine Unterhaltung wollte.

Niemand störte die beiden. Es war eine ruhige, verlassene, beinahe unheimliche Gegend. Am Tage hielten sich hier Spaziergänger auf. Die Wälder um Prag waren ein Paradies für Erholungssuchende. In der Nacht aber schlief alles.

Hin und wieder fuhr ein Windstoß von den Hügeln herab, fand seinen Weg durch den Wald und ließ die Blätter der zahlreichen Zweige und Äste gegeneinander rascheln.

Es kam dem Studenten so vor, als würden ihm geheimnisvolle Stimmen etwas zuraunen. Eine Warnung vielleicht. Die Geister der Natur standen auf seiner Seite und nicht auf der des düsteren Mannes neben dem Karren, der gerade die Plane von dem Wagen entfernte.

Das Knattern des harten Stoffes durchbrach die Stille, als der Mann die Plane fortzurrte, um sie anschließend zusammenzufalten.

Dann erst schaute er nach.

Der Student stand mit zu Fäusten geballten Händen da und schaute dem anderen zu. Dessen zeitlupenhafte Bewegungen reizten ihn. Zudem sagte dieser Petar nichts, er schaute nur und nickte zufrieden, bis er damit begann, die erste Leiche abzuladen.

Er reagierte wie ein Prüfer, der sich genau über die Beschaffenheit eines Gegenstandes erkundigen will.

Es war der Tote mit der Glatze, unter dessen Achselhöhlen Kopanek seine Hände gelegt hatte. Der Tote hing wie eine Puppe in seinem Griff. Die Arme schaukelten, der Kopf fiel zur Seite. Der Wind spielte mit dem weiten Stoff des Totenhemdes wie mit einer Fahne.

Thomas ging einen Schritt näher. »Sind Sie zufrieden mit meiner Arbeit?«

»Bis jetzt ja.«

»Und sonst?«

»Warte es ab.«

Dieser Kopanek hat eine unangenehme Stimme, dachte Thomas. Schon beim ersten Kontakt war ihm dies aufgefallen, doch bisher hatte es ihn nicht gestört. Die Stimme klang so unehrlich rau.

Der Student suchte nach seinen Zigaretten. Es war eine ausländische Marke. Zwei Stäbchen befanden sich noch in der Packung. Die Finger zitterten, als er das erste hervorholte und es sich zwischen die Lippen steckte. Er wollte zum Feuerzeug greifen, als Kopanek, ohne sich umzudrehen, durch die Zähne einen Befehl zischte.

»Lass es sein!«

Thomas erschrak. Damit hatte er nicht gerechnet. Dieser Kerl schien am Rücken Augen zu haben. Widerstand keimte in ihm hoch. »Weshalb willst du mir das Rauchen verbieten?«

»Man raucht nicht im Wald!«

Der Student wollte lachen, das allerdings gefror ihm auf den Lippen. Es gab auch keinen Grund zur Heiterkeit. Dieser Wald war ihm durch das Herankarren der Leichen unheimlich geworden. Jeden Baum empfand er als eine Bedrohung gegen sich selbst. Zwischen den Stämmen lagen die Schatten dicht wie eine dicke Wand, aus der jeden Augenblick das Unheil hervorstoßen und zuschlagen konnte.

Petar Kopanek legte den Toten wieder zurück, um sich der nächsten Leiche zuzuwenden. Auch sie wurde von ihm genau geprüft, und er nickte wiederum zufrieden, weil alles nach seinen Vorstellungen gelaufen war.

Auch mit der dritten Leiche gab es keine Schwierigkeiten. Thomas wäre längst davongelaufen, hätte er nicht noch die zweite Hälfte des Salärs zu bekommen. So saß er da und wartete ab, wie sich die Dinge entwickelten.

»Es ist in Ordnung«, sagte der Mann im langen Mantel.

»Kann ich jetzt mein Geld haben?«

Kopanek lachte leise, was dem ewigen Studenten überhaupt nicht gefiel. Thomas hatte plötzlich das Gefühl, genarrt zu werden. Das Blut schoss ihm in den Kopf, als er einen Schritt auf seinen Jobgeber zuging und diesen hart anfuhr. »Hören Sie zu! Ich habe meinen Auftrag erfüllt. Und nicht nur das, Meister. Ich bin volles Risiko eingegangen, ich will deshalb mein Geld haben.«

»Du sollst deine Belohnung bekommen!«

»Das will ich auch meinen.« Thomas streckte die Rechte aus. Er traute sich durchaus zu, den anderen niederzuschlagen und zu verschwinden. Dann sollte der doch sehen …

Noch immer hatte er kaum etwas von Kopaneks Gesicht gesehen. Es blieb weiterhin im Schatten der Hutkrempe, und als er sich bückte, sah es so aus, als wollte er vor dem Studenten knien.

Dabei griff er nur in die Tasche seines langen Umhangs, in dem auch das Geld steckte.

»Hier ist es!«

Kopanek kam hoch. Er hielt etwas in der Hand. Thomas hatte sich darauf konzentriert, den Geldschein zu sehen. Er sah etwas blitzen, aber das war kein Geld, sondern Stahl.

Eine Messerklinge!

Ihm wurde es klar. Die Zeitspanne dauerte vielleicht zwei, drei Sekunden, und das war einfach zu lange. Kopanek nutzte sie eiskalt aus. Mit einer schlangengleich anmutenden Bewegung drückte er seinen Arm nach vorn, und die Klinge durchbohrte den Körper des Studenten oberhalb des Gürtelschlosses.

Alles war plötzlich so unwirklich geworden, so fremdartig, so anders. Wie in einem fürchterlichen Traum, der nicht enden wollte. Thomas' Gesicht zeigte einen erstaunten Ausdruck. Seine Augen hatte er weit aufgerissen. Er wollte kaum glauben, was er sah. Die Perspektive hatte sich verändert. Dieser Mann im Mantel wurde plötzlich so groß. Gleichzeitig schien er auf einem Halbkreis zu stehen, der von einer Seite zur anderen schwankte, und die Bäume des Waldes bewegten sich ebenfalls aufeinander zu, als wollten sie mit ihren Kronen zusammenwachsen.

Erst dann kam der Schmerz.

Radikal, grausam und gemein.

Thomas hatte das Gefühl, von innen zu verbrennen. Er wollte etwas sagen, aber es war nur ein Röcheln, das über seine Lippen drang.

Petar Kopanek stand vor ihm. Eine verzerrte Gestalt. Ein Monstrum, ein grausames Wesen, so irreal, aber gnadenlos.

Und der Schmerz wühlte sich weiter. Zur gleichen Zeit drang er in die Höhe und den Beinen entgegen. Er füllte sogar die Füße aus, alles wurde schwer und dennoch leicht. Thomas hatte das Gefühl, als könnte er schweben oder fliegen, wie er es sich als kleiner Junge immer gewünscht hatte. Die Baumkronen drehten sich, er sah sie über sich und hatte plötzlich den Eindruck, zwischen ihnen zu sein.

Dass er längst gefallen war und auf dem Rücken lag, merkte er nicht. Auch nicht den Druck der fremden Hände, die ihn gepackt hielten und an den Wegrand schleiften, wo sie ihn niederlegten.

Für den jungen Studenten gab es keine Rettung mehr. Nach jedem pumpenden Herzschlag sickerte mehr Leben aus der Messerwunde, sodass auf dem Boden eine rote Spur zurückblieb …

Thomas erlebte das Schweben zwischen Leben und Tod!

Noch hatte ihn der Sensenmann nicht in sein Reich geholt. Er zögerte noch, weil das Leben einfach stärker war, aber es verlor immer mehr an Kraft. Und so glich es nur einem letzten Aufbäumen, als es der junge Mann schaffte, die Augen zu öffnen.

Der Blick zeigte bereits an, wie es um ihn stand, aber er nahm noch auf, was in seiner unmittelbaren Umgebung geschah.

Jemand hatte ihn an den Wegrand geschleift. Ihm fiel der Name des anderen nicht ein. Thomas merkte nur, dass er an einer anderen Stelle lag und den Kopf so erhoben hatte, dass er über den schmalen Weg hinwegschauen konnte.

War es ein Weg oder ein Fluss?

Jedenfalls schwankte er auf und nieder. Es gab graue Wellenberge sowie Täler, und darauf oder darin stand dieser Karren mit den Leichen. Nein, die Leichen sah er nicht mehr.

Als hätte man einen Vorhang vorgezogen, so kam er sich plötzlich vor. Noch einmal sah er seine Umgebung mit einer nahezu überdeutlichen Schärfe.

Da kristallisierte sich alles so deutlich hervor, und er sah auch das bläulich schimmernde Licht über den Bäumen, das ihm so ungemein fremd vorkam, weil es seiner Ansicht nach keine natürliche Quelle hatte. Es schwebte über und zwischen den Bäumen und hatte sich pilzartig ausgebreitet.

Ein leerer Karren, die Leichen waren ebenso verschwunden wie sein Auftraggeber.

Und er lag sterbend am Wegrand.

Das allerdings war ihm egal. Er wusste zwar, dass ihn der Tod ereilen würde, aber er dachte nicht mehr darüber nach, denn er sah allein das blaue Licht über den Bäumen.

War es bereits der erste Gruß aus dem Jenseits? Wollte man ihn damit möglicherweise locken?

Thomas wusste es nicht. Zudem konnte er keinen klaren Gedanken fassen, denn hinter seiner Schädelplatte vernahm er das Rauschen seines eigenen Blutes. Es war wie ein Wasserfall, der durch seinen Körper strömte und dafür sorgte, dass dieser gefüllt wurde.

Furchtbar …

Und die Schmerzen waren da.

Urplötzlich kehrten sie zurück. Sie kündigten das Ende des Lebens an. Das wusste Thomas. Er war zweiundzwanzig geworden. In der Blüte seiner Jugend hatte ihn das Schicksal ereilt.

Seinen eigenen Atem vernahm er, und dieser kam ihm so unheimlich und fremd vor. Dann war da das Hämmern in seinem Kopf, und die Schmerzen waren noch einmal schlimmer geworden, als wollten sie ihn in den Wahnsinn treiben. Plötzlich wünschte er sich, endlich von diesem Leben Abschied zu nehmen, das doch für ihn keinen Sinn mehr hatte. Aber der Tod wartete noch. Er schien dem anderen etwas zeigen zu wollen, denn das Licht wurde noch intensiver, wobei sich in seinem Innern ein strahlender Kern hervorschälte. Ein weißes Zentrum entstand.

Darin sah er sie mit aller Deutlichkeit. Ein letztes Mal riss der Vorhang vor seinen allmählich brechenden Augen.

Er sah.

Und Thomas erkannte die drei Leichen!

Von ihm waren sie aus dem Leichenhaus geholt, auf den Karren geladen und an diesen Ort geschafft worden.

Jetzt schwebten sie!

Flach wie Bretter lagen sie in der Luft. Unsichtbare Hände schienen sie zu halten und zu führen, während sie durch das Licht glitten und allmählich deren äußeren Rand erreichten.

Das bekam Thomas nicht mehr mit.

Plötzlich kam der große Schatten über ihn. Verschwunden waren die Schmerzen. Ein ungemein starkes Glücksgefühl durchströmte ihn.

Der Tod hatte ihn erreicht ...

Dreimal schon hatte mir der Wind die Flamme des Feuerzeugs ausgeblasen, bevor eine zweite abdeckende Hand erschien, sodass ich beim vierten Versuch die Zigarette endlich anzünden konnte.

»Danke«, sagte ich nickend.

»Keine Ursache«, klang es in einem hart gesprochenen Englisch.

Der Mann, der diese Worte gesagt hatte, trug den Namen Josef Dinek. Er war derjenige, der mich in einer Nacht- und Nebelaktion über die »grüne« Grenze von Deutschland aus in die Tschechei geschafft hatte.

Dies allein ließ darauf schließen, dass man mich von London aus mit einem Geheimauftrag losgeschickt hatte. Hinter den Eisernen Vorhang führte mich dieser Job, den man als offiziell inoffiziell bezeichnen konnte. Das klingt kompliziert, ist es aber nicht. Hohe Beamte in beiden Ländern waren über meinen Einsatz informiert, und sie hatten unbürokratisch gehandelt.

Fast ein kleines Wunder.

Aber die Tschechen hatten Probleme, wie ich wusste, denn die schwebenden Leichen bereiteten ihnen Kummer.

Bisher hatten sie noch keinen Plan, wie sie diesem nicht erklärbaren Phänomen auf den Leib rücken konnten. Wie immer bei solchen Dingen, wurde der Geheimdienst eingeschaltet, und auch das über allem wachende Auge des KGB hatte davon erfahren.

Dort war man ebenfalls über den eigenen Schatten gesprungen und hatte sich des Mannes erinnert, der mal die Zombies auf dem Roten Platz gejagt hatte.

Ein gewisser John Sinclair, auch Geisterjäger genannt. So war mir also die Aufgabe zugefallen, mich um die schwebenden Leichen von Prag zu kümmern, und ich hatte natürlich nicht abgelehnt. Mein Partner Suko war in London geblieben, denn die Behörden zeigten sich nicht bereit, einen zweiten Mann einreisen zu lassen, was meinem Chef, Sir James, lieb gewesen war, da er einen von uns stets gern in seiner Nähe wusste.

Trotzdem stand ich nicht allein, da ich auch in der Tschechei jemanden neben mir wusste, der Land und Leute ausgezeichnet kannte.

Es war Josef Dinek. Ich hatte ihn kurz Jo genannt, und er hatte es mit einem breiten Grinsen quittiert.

Wer dieser Mann genau war, wusste ich nicht. Ob hoher Politoffizier oder Geheimdienstmann, das spielte auch keine Rolle. Jedenfalls schien er durchzublicken und auch über gewisse Vollmachten zu verfügen.

Er würde mich auch zu den Plätzen bringen, die wichtig waren. Er konnte mir alles zeigen; er hatte Ahnung, denn er kannte seine Landsleute genau, und er würde mir Steine aus dem Weg räumen, falls es Schwierigkeiten geben sollte.

In Prag hatten wir uns noch nicht blicken lassen. So war ich auch nicht dazu gekommen, das leckere Pils dort zu trinken. Das wollte ich auf jeden Fall nachholen, vorausgesetzt, ich überlebte den Fall.

Noch stand ich an die Dienstlimousine des Tschechen gelehnt und blies den Rauch in die Luft.

Der Tag lag hinter uns, die Nacht war gekommen. Dinek telefonierte im Wagen. Ich hörte seine Stimme durch das offene Fenster, verstand jedoch nicht, was er sagte, denn die tschechische Sprache war für mich ein Buch mit sieben Siegeln. Wenn wir beide uns unterhielten, dann in Englisch, das Dinek einigermaßen beherrschte.

Er stieg wieder aus.

Ich schaute ihn mir an. Jo war kleiner als ich, dafür breiter in den Schultern. Er trug eine weiche Lederjacke und eine dunkle Hose. Seine Füße steckten in den grünen Sportschuhen einer deutschen Firma. Die drei Streifen, das Markenzeichen der Firma, waren auch im Ostblock bekannt.

Irgendwie wies Jos Gesicht Ähnlichkeit mit dem des Schlagerstars Karel Gott auf. Beide hatten hochstehende Wangenknochen und einen weichen Mund. Jos Haar hatte dagegen eine andere Farbe. Es war grau und straff nach hinten gekämmt.

Vor mir blieb er stehen. »Und?«, fragte ich.

Er hob die Schultern. »Nichts, John. Ich habe mit der Zentrale zwar Verbindung bekommen, aber sie haben nichts herausgefunden.«

»Keine Spuren?«

»Nein!«

Bei der Spurensuche ging es um drei Leichen, die vor gut einer Woche gestohlen worden waren, und die zweimal, über der Stadt schwebend, von verschiedenen Zeugen gesehen worden waren. Bevor irgendjemand etwas unternehmen konnte, waren die Leichen verschwunden.

Jo Dinek holte ein Zigarillo hervor und zündete es an. Er schaute dabei in den Himmel. Dunkelblau lag er über uns. Eine herrliche Unendlichkeit, die mit einem Heer von Sternen übersät war. Die Nacht war fantastisch. Endlich hatte der Sommer Einzug gehalten, und auch die Nächte wurden wieder wärmer.

»Sind sie denn jede Nacht erschienen?«, fragte ich noch einmal nach.

»Bisher ja.«

»Dann werden wir sie ja vielleicht sehen.«

»Möglich.« Dinek zeigte sich nicht sehr optimistisch. Er war etwas nervös, zudem stand er unter Erfolgsdruck, was auch nicht immer gut ist.

Aber der Mann hatte Fantasie, das musste man ihm lassen, und dies machte ihn mir auch so sympathisch. Wir hatten uns einen wirklich tollen Plan ausgedacht.

Nicht weit entfernt wartete ein Mann auf uns, der einmal die tschechische Meisterschaft im Fesselballonfahren gewonnen hatte. Mit diesem Ballon wollten wir aufsteigen und – falls es möglich war –, den Leichen entgegenfliegen. Startzeit sollte eine halbe Stunde vor Mitternacht sein.

Noch warteten wir auf der Hügelkuppe, die nach Westen hin mit dichten Nadelbäumen bewachsen war, zur Gegenseite allerdings frei lag, sodass unser Blick in den freien Osten gleiten konnte.

Irgendwo lag Prag, aber von dieser Stadt sahen wir nicht mal den Widerschein des Lichts über den Himmel streifen.

Dinek rauchte schweigend. Er war nicht sehr gesprächig. Die Nervosität machte sich auch bei ihm bemerkbar. Dauernd schaute er auf seine Uhr.

»Was haben Sie?«, fragte ich ihn.

Er winkte ab. »Eigentlich nichts. Ich denke nur darüber nach, ob mein Plan wirklich so gut war.«

»Bestimmt.«

Er lachte leise. »Sie sind Optimist.«

»Das muss ich sein.«

»Und ich habe diese schwebenden Leichen nicht mal gesehen. Wenn ich nur wüsste, was dahinter steckt!«

Ich hob die Schultern. »Denken Sie mal an Ihre Hauptstadt. Prag hatte Geschichte gemacht. Schließlich stand hier die erste Universität der Welt. Sie war ein Zentrum von Lehre und Forschung, und auch, das gebe ich ehrlich zu, der Magie.«

»Wieso?«

»Erinnern Sie sich an den Rabbi Loew, der den Golem erfunden haben soll. Auch Goethe hat seinen Faust darauf aufgebaut.«

»Klar, da haben Sie Recht. Aber ich kann es nicht glauben. Auch die schwebenden Leichen sind mir suspekt. Das ist für mich einfach zu ungewöhnlich. Ich bin Realist.«

»Das bin ich auch.«

»Manchmal habe ich das Gefühl, als wären wir beide Spinner oder Fantasten. Ich habe schon viele Aufträge bekommen, aber dieser hier ...« Er schüttelte den Kopf. »Der geht mir über die Hutschnur.«

Ich wollte etwas antworten, als ein Piepton aus dem Funkgerät im Wagen drang.

»Moment«, sagte Dinek und tauchte wieder in seine Dienstlimousine. Es war ein russisches Fabrikat.

Er telefonierte nicht sehr lange, sagte auch nur wenig und nickte mehr. Als das Gespräch beendet war, blieb er auch im Wagen sitzen. Er winkte mir nur zu.

Ich setzte mich neben ihn. »Was ist?«

»Dvorak wartet.«

»Ist das der Ballonfahrer?«

»Ja.« Dinek startete den Wagen. Der Motor stotterte kurz nach dem Start. Die Ostblockfahrzeuge hatten eben nicht die Klasse der westlichen Limousinen.

»Wo starten wir?« Bisher war ich nicht mit vielen Informationen versorgt worden, deshalb musste ich so oft fragen.

»Wir bleiben in einer Höhe.«

»Und dann?«

»Werden Sie schon sehen. Es gibt da einen Landeplatz, den ich mir ausgesucht habe. Sehr günstig gelegen. Wir haben alles hinschaffen lassen. Das war kein Problem.«

Dies konnte ich mir vorstellen, denn organisieren konnten die Ostblockleute!

Da es keinen Weg oder Pfad gab, mussten wir quer durch das Gelände schaukeln. Die lang gezogenen Bodenwellen verlangten dem Wagen einiges ab, auch dem Fahrer, der das Lenkrad mit beiden Händen fest umklammert hielt.

Zudem begleitete uns die »Musik« der arg strapazierten Stoßdämpfer, und wenn wir durch Querrinnen schaukelten, machte ich unangenehme Bekanntschaft mit dem Wagendach, falls ich den Kopf nicht vorher einzog.

Ich versuchte, den Ballon zu erkennen, doch das Gelände nahm mir noch die Sicht.

Schließlich sah ich ihn.

Er war bereits gefüllt und schwebte wie ein überdimensionaler, sich nach unten verjüngender Ball in der Luft.

»Sie sind da!«, sagte Jo.

»Haben Sie mit dem Gegenteil gerechnet?«

»Hier weiß man nie.« Er erhöhte das Tempo, die Stöße wurden härter, und wir gelangten auf den Hügel, wo der Ballon angebracht worden war und um den herum einige

Männer standen. Ich sah auch zwei Wagen. Einen Lkw und eine dunkle Limousine.

Man sah uns und den schwankenden Scheinwerferstrahlen entgegen. Einer der Leute trat vor und winkte uns dorthin, wo Dinek den Wagen abstellen sollte.

Wenig später war ich ausgestiegen.

Wind fuhr in meine Haare. Ich wurde scharf gemustert, man nickte mir zu, und der Pilot sprach mit Jo Dinek. Er war ein kerniger Mann, schon älter, mit einem furchigen Gesicht, einer Schiebermütze auf dem Kopf und einem Händedruck, der sich gewaschen hatte.

Ich wurde vorgestellt und freute mich, dass der Pilot auch meine Sprache beherrschte. Bekleidet war er mit einem dicken Blouson und einer gefütterten Hose.

»Ist alles bereit?«, fragte ich ihn.

»Wir können starten.«

Ich trat an den Korb heran. Er war ziemlich groß. Da hätte noch jemand bequem Platz gehabt.

Einen Funker entdeckte ich in dem Korb, auch wetterfeste Regenmäntel, die in Deutschland Friesennerze genannt werden.

Dinek sprach noch mit den Männern des Begleitpersonals und gab letzte Anweisungen, während ich, mit dem Rücken gegen den Korb gelehnt, den gewaltigen Ball inspizierte. Die Hülle zeigte eine dunkle Farbe. Wir würden in der ebenfalls dunklen Nacht nicht so leicht auffallen.

Ein wenig Magendrücken spürte ich schon, wenn ich daran dachte, dass ich mich diesem Ballon und dem Korb anvertrauen sollte. Aber der Ballonfahrer verstand sein Handwerk, wie man mir versichert hatte.

Dvorak kam zu mir. »Angst?«, fragte er und grinste.

»Ein wenig.«

Er winkte ab. »Das gibt sich. Zuerst wird es Ihnen komisch vorkommen, später, wenn Sie sich daran gewöhnt haben, ist es herrlich. Für mich gibt es nichts Schöneres, als mit einem Ballon zu fahren. Das ist das Gefühl der Freiheit und der Genuss der absoluten Stille. Jemand hat mal gesagt, dass man als Ballonfahrer Gott erleben kann. Ich glaube fast, dass dieser Mann nicht gelogen hat.«

»Das will ich hoffen.«

Auch Jo Dinek trat zu uns. »Können wir starten?«, fragte er.

Weder der Ballonfahrer noch ich hatten etwas dagegen. Dvorak kletterte als Erster in den Korb. Ich schaute zu, wie er sich über den Rand hinwegschwang, und machte es ihm nach.

Dabei dachte ich an die schwebenden Leichen. Sie glitten lautlos durch die Luft, und ebenso lautlos wollten wir uns ihnen nähern.

Dinek deutete auf das Funkgerät. »Damit werden wir Kontakt halten.«

»Mit wem?«, fragte ich.

»Es gibt eine Dienststelle in Prag, die Bescheid wissen will.« Mehr Informationen gab er mir nicht. Er gab dem Bodenpersonal die Anweisung, die Leinen zu lösen.

Ich schaute den Männern dabei zu.

Der Korb schwankte bereits. Ich hatte für einen Augenblick das Gefühl, als würde der Korb unter meinen Füßen hinweggleiten, und dies verstärkte sich, nachdem die letzte Leine gelöst worden war.

Wir schwebten.

Der Ballon trieb hoch, während sich Dvorak um die anderen Leinen kümmerte. Er konnte damit steuern, und er überprüfte auch besonders sorgfältig die Ventilleine.

Wir stiegen auf.

Unter mir sah ich die Männer und die beiden Wagen kleiner werden. Ein Mann winkte uns noch zum Abschied zu. Es war die letzte Bewegung, die ich klar erkannte. Anschließend verschwanden Wagen und Männer im Grau der Dämmerung.

Durch die Nase holte ich Luft. Ich musste mich erst daran gewöhnen, unter mir nur den Boden des Korbes zu wissen und über mir den Himmel und die Ballonhülle.

Der Druck im Magen, den ich während des Starts verspürt hatte, verschwand allmählich. Der Pilot hatte Recht gehabt. Es war ein erhebendes Gefühl, mit einem Ballon zu fahren und die Welt des Schweigens zu erleben. Auch in der Nacht, denn wir hatten ein wunderbares Wetter, kein Wölkchen am Himmel.

Unter uns konnte ich schon keine Konturen mehr erkennen. Die Wald- und Wiesenflächen verschwammen. Ebenso die Hügel. Es war nicht mehr genau zu sehen, welche Form das Gelände besaß.

»Hier, nehmen Sie das.« Dinek war gekommen und reichte mir ein Fernglas, das ich mir umhängte.

»Ist es ein Nachtglas?«

»Ja.«

Ich schaute hindurch und war angenehm überrascht.

»Zufrieden?«

»Mehr als das.«

»Und wie fühlen Sie sich?«

»Jetzt wunderbar.«

Der Tscheche lachte. »Beim Start nicht?«

»Nein, es war schon komisch, aber wenn ich den Himmel sehe, seine Weite erkenne, die Ruhe erlebe, dann ist das schon etwas Einmaliges, und ich kann die Ballonfahrer verstehen, die sehr von ihrem Sport oder Hobby schwärmen.«

»Danke«, meldete sich der Pilot und kam ebenfalls zu uns. »So etwas hört man gern.«

»Es ist auch ehrlich gemeint.«

Er lachte und deutete in die Runde. »Gibt es eine größere Freiheit als hier?«, fragte er.

»Wohl kaum. Leider ist sie begrenzt. Stellen Sie sich vor, Sie werden zur Landesgrenze abgetrieben.« Diese Bemerkung konnte ich mir einfach nicht verkneifen.

»Dann sieht es in der Tat böse aus«, erwiderte Dvorak.

Dinek griff ein. »Übertreiben Sie mal nicht!«

Klar, dass er seine Regierung und dessen System verteidigen musste. Ich heizte die Diskussion auch nicht weiter an, schwieg und schaute in den Himmel.

Nach Osten blickte ich dabei, dort lag Prag, und dort waren auch die schwebenden Leichen erschienen. Ein Zeuge hatte behauptet, dass sie ungewöhnlich blauweiß leuchten würden, als wären sie von einer strahlenden Aura umgeben.

Was an diesen Aussagen stimmte, wollten wir herausfinden.

Und so glitten wir weiter. Hinein in die Weite dieses Landes, über dem wir schwebten. Wir stiegen auch nicht mehr. Dinek ging seiner Arbeit nach. Er hatte sich auf den Boden gehockt und das Funkgerät eingeschaltet. Mit Prag wollte er Verbindung aufnehmen. Er hatte sich einen Kopfhörer übergestreift, sprach ein Codewort und bekam schließlich Antwort. Dies erkannte ich an seinem heftigen Nicken.

Der Pilot sprach mich an. »Josef ist kein schlechter Mensch. Er steht nur auf der falschen Seite.«

»Wieso?«

»Die Partei, wissen Sie. Er kommt einfach nicht davon los. Das gefällt mir nicht.«

»Und Sie?«

»Ich bin parteilos.« Er hörte auf zu sprechen, weil sich Dinek erhoben hatte und die Kopfhörer abstreifte. »Ich hatte mit Prag Verbindung«, erklärte er. »Aber sie haben leider nichts feststellen können.«

»Also keine schwebenden Leichen?«, fragte ich.

»So ist es.«

»Und wenn wir sie in dieser Nacht nicht entdecken?«

Josef hob die Schultern. »Werden wir noch einmal aufsteigen.«

Ich zeigte auf die Sterne. »Wobei ich hoffe, dass sich das Wetter hält.«

»Die Berichte hörten sich jedenfalls gut an.«

»Gehen Sie danach?«

»Eigentlich nicht«, gab er zu. »Aber was wollen Sie machen?«

Ich schaute in die Tiefe. Dass wir eine Straße überflogen, war nur an dem wandernden Scheinwerferpaar eines fahrenden Autos zu erkennen. Von der Fahrbahn selbst sahen wir nichts. Auch die Scheinwerfer wirkten, von hier oben aus gesehen, nur wie zwei blasse Punkte.

Obwohl wir nach Osten flogen und uns der Hauptstadt näherten, sahen wir von ihr nichts. In London ist das anders.

Da lag auch nachts ein nie abreißender Widerschein am Himmel, es sei denn, der Strom fiel in der gesamten Stadt aus.

Ich drehte mich um und ließ mir den Nachtwind ins Gesicht wehen. Es war gut, eine Lederjacke zu tragen. Sie hielt den kalten Fahrtwind prima ab.

Eigentlich hätte ich die Reise im Ballon genießen können, wäre da nicht dieser Druck im Unterbewusstsein gewesen, der mich immer wieder an die schwebenden Leichen erinnerte.

Ich war fest davon überzeugt, dass wir keiner Halluzination der Zeugen erlegen waren. So etwas dachte man sich nicht aus, obwohl es so unwirklich war. Das musste man einfach erlebt haben.

Der Korb war nicht sehr groß. Ich nahm trotzdem meine Wanderung auf. Wer sagte mir überhaupt, dass die Leichen aus östlicher Richtung herangeweht würden?

Ich schaute in die anderen drei Himmelsrichtungen, doch es waren keine Toten zu sehen.

Dafür entdeckte sie Dvorak.

Er stand in meinem Rücken. Ich hörte seinen überraschten Ausruf, und auch Dinek drehte sich um.

»Was ist denn?«

»Da!«

Mehr brauchte der Pilot auch nicht zu sagen. Er deutete nach Osten. Noch sehr weit entfernt, dennoch zu erkennen, schwebte etwas zwischen Himmel und Erde.

Es waren die drei Leichen!

Während der Pilot und ich staunten, meldete sich das Funkgerät mit einem hohen Piepton.

Jo Dinek war sauer. »Ausgerechnet jetzt!«, beschwerte er sich, ging aber in die Hocke und nahm Kontakt auf.

Dvorak und ich schauten in die Richtung, aus der die Leichen herangeschwebt waren. Wo man sie hatte starten lassen, war für uns nicht zu erkennen gewesen. Jedenfalls befanden sie sich in der Luft. Auch ein Beweis, dass sich die

Zeugen nicht getäuscht und wir Glück gehabt hatten, sie bereits bei der ersten Reise zu entdecken.

Sie flogen sehr ruhig und in einer keilförmigen Formation. Ein unheimliches und auch ungewöhnliches Schauspiel, wenn ich daran dachte, dass es längst Verstorbene waren, die so lautlos durch die Luft glitten, als würden sie von Flügeln getragen. Die Gänsehaut auf meinem Rücken blieb. Daran konnte ich nichts ändern.

Selbst der hartgesottene Dvorak neben mir war nicht unbeeindruckt geblieben. Er schlug zwei hastige Kreuzzeichen und murmelte etwas in seiner Landessprache. Erst dann stellte er sich wieder den Problemen. »Was sollen wir machen?«

Ich hob die Schultern. »Man sollte versuchen, sie in der Luft zu treffen.«

Die Augen des Mannes weiteten sich. »Sie wollen nahe heran?«

»Deshalb bin ich hier.«

Der Fahrer holte tief Luft. »Na ja, das ist ja eigentlich völlig normal. Gut, ich werde versuchen, dass wir kollidieren.«

Er sagte auch Dinek Bescheid, der nur nickte, ansonsten den Kontakt mit Prag hielt.

Ich beobachtete die schwebenden Toten. Der Wind stand für uns ebenso günstig wie für sie. Flach wie Bretter lagen sie in der Luft. Dabei pendelten nicht mal ihre Arme. Sie blieben an die Körper gepresst, praktisch an den Seiten der Leichenhemden.

Dvorak hatte zu tun. Er setzte all seine Erfahrungen ein, um mit Hilfe der Steuertechnik dem Ballon eine andere Flugrichtung zu geben. Dabei geriet der Korb ein wenig ins Schwanken. Ich hielt mich unwillkürlich an dessen Rand fest.

Schaffte er es?

Ja, der Mann war gut. Er bekam den Kurs tatsächlich in den Griff, und so schwebten wir den drei Leichen entgegen.

Auch Dinek schaute zu. Er stand neben mir und schüttelte mehrere Male den Kopf.

»Was haben Sie?«, fragte ich.

»Es ist unbegreiflich. Ich hatte es nicht für möglich gehalten, aber ich sehe es nun mit eigenen Augen, und ich finde trotzdem keine Erklärung dafür.«

»Mir geht es ebenso.«

»Dabei sind Sie doch Spezialist.«

»Das sagt sich immer so leicht«, erwiderte ich schief lächelnd. »Auch für mich ist das neu.« Ich strich meine Haare nach hinten. »Was hat denn Prag gesagt?«

»Nicht viel. Dort hat man die Leichen noch nicht entdeckt. Zudem treiben sie nicht gerade auf die Innenstadt zu. Sie müssten meiner Ansicht nach am westlichen Rand zu sehen sein.«

»Sind sie denn auf den Radarschirmen Ihrer Abwehr zu sehen?«

»Nein, das ist es ja. Ein verdammt großes Problem, wie ich zugeben muss. Keine Chance für uns. Die Schirme bleiben dunkel. Ich kann das nicht fassen. Sie?«

»Wir haben es hier mit Magie zu tun«, erwiderte ich. »Und die reagiert nun mal anders als die Technik.«

»Wie denn?«

»Das kann ich Ihnen nicht genau erklären. Nehmen Sie es einfach hin, Josef.«

»Das erklären Sie mal meinem Vorgesetzten.«

»Vielleicht komme ich bald dazu.« Erst jetzt erinnerte ich mich an mein Nachtglas, setzte es vor die Augen, stellte die Schärfe ein und hatte die Toten schließlich im Blick.

Ziemlich deutlich konnte ich sie erkennen.

Zwei von ihnen hatten Haare, die ebenso weiß waren wie die Totenhemden. Die dritte Leiche war weder mit einer natürlichen noch einer unnatürlichen Kopfbedeckung versehen. Ihr Glatzenschädel glänzte.

Die Gesichter konnte ich nicht so genau erkennen, dazu war die Entfernung noch zu groß, aber ich entdeckte die helle Aura, die die Körper umgab.

Ein unnatürliches weißblaues Licht, das von einer normalen Quelle stammen konnte. Als ich das Glas sinken ließ, hob Dinek die Schultern. Mit dieser Geste zeigte er an, wie ratlos er war. Trotz der hier oben herrschenden kühlen Witterung hatte sich auf seinem Gesicht eine Schweißschicht abgesetzt, die er wegputzte.

»Was haben Sie?«

Er winkte ab. »Fragen Sie mich was Leichteres! Für mich ist das alles unbegreiflich. Ich drehe zwar nicht gerade durch, aber lieber würde ich irgendwo in einem Bunker sitzen.«

»Das hat auch keinen Sinn. Man muss sich den Problemen eben stellen.«

»Und dann?« Er hob seine Arme. »Was haben Sie mit den Leichen vor, Sinclair?«

»Ich bin bewaffnet.«

»Das bin ich auch.«

»Schießen Sie Silberkugeln ab?«

Er blickte mich erstaunt an und schüttelte den Kopf. »Was sagen Sie da? Silberkugeln?«

»Ja.«

»Aber das ist ein Märchen?«

»Nein.« Ich holte als Antwort meine Beretta hervor, richtete den Lauf über den Korbrand hinweg und erklärte dem Tschechen, dass in dem Magazin geweihte Silberkugeln steckten.

»Und damit haben Sie Erfolg?«, fragte er ungläubig wirkend.

»Ich hoffe es.«

»Genau wissen Sie es nicht?«

Da musste ich lachen. »Was, mein Lieber, meinen Sie, wie viele Gegner ich durch einen gezielten Schuss mit einer Silberkugel schon erledigt habe? Diese Geschosse sind ideal gegen Vampire, Werwölfe und lebende Leichen.«

Jo Dinek kam aus dem Staunen nicht heraus. »Und die gibt es?«

»Sicher doch. Sogar in der Sowjetunion. Ich habe dort mal Zombies gejagt. Vom Roten Platz bis nach Sibirien, das können Sie mir glauben.«

Er nickte. »Schon, Sinclair, schon. Ich glaube Ihnen alles. Man hat mir davon berichtet, aber es war trotzdem nicht einfach für mich, dies den Leuten abzunehmen. Jetzt, wo Sie direkt neben mir stehen, sehe ich das anders.«

Erklärungen hatte ich ihm genug gegeben. Die Beretta steckte ich nicht mehr weg und deutete mit der Mündung auf die schwebenden Toten. »Die Entfernung schmilzt zusammen. Nicht mehr lange, dann sind Sie auf Schussweite heran.«

»Und dann putzen Sie die Toten vom Himmel.«

»So ähnlich.«

»Sind es Zombies?« Nicht Dinek hatte gefragt, sondern der Pilot. Ihm war es gelungen, einen Großteil unseres Gesprächs zu belauschen.

Ich drehte mich ihm zu. Auch sein Gesicht hatte eine blasse Farbe angenommen. Das Lächeln auf seinen Lippen wirkte unecht und verzerrt.

»Ich bin mir nicht sicher«, erwiderte ich ehrlich. »Zombies sind lebende Tote, das da vorn sind schwebende …«

»Wobei das eine das andere nicht ausschließt«, meinte Dvorak.

»Da gebe ich Ihnen Recht.«

»Ich verstehe nur eines nicht«, sagte wieder Dinek. »Wie können die Leichen schweben? Von allein?«

»Das glaube ich nicht.«

»Wie dann?«

»Es muss eine Kraft dahinter stecken. Eine Magie, die allerdings von irgendjemandem geleitet und konzentriert wird. Verstehen Sie?«

»So halb.« Dinek war ehrlich, während Dvorak nur mehr die Schultern hob. Für ihn war das alles zu hoch und unwahrscheinlich. Einen Vorwurf konnte man ihm nicht machen. Auch ich, der ich einiges gewohnt war, hatte mich erst an die Tatsache der schwebenden Leichen gewöhnen müssen. Jetzt allerdings nahm ich sie als gegeben hin.

»Sie haben Erfahrung«, wandte ich mich an Dvorak. »Was meinen Sie? Wie weit sind sie noch von uns entfernt?«

»Wie nahe wollen Sie heran?«

»Auf Schussweite.«

Er wiegte den Kopf. »Da werden Sie noch etwas fahren müssen. Das ist bisher noch zu weit.«

Ich hob den rechten Arm und zielte mit dem Berettalauf über den Korbrand hinweg. Trotz der Dunkelheit waren die Toten schon mit bloßem Auge gut zu erkennen; die sie umgebende Aura sorgte dafür. Ich maß wieder die Distanz und schaute auch in die Tiefe. Mein Blick war dabei schräg nach Osten gewandert. Erst jetzt sah ich, dass wir uns in der Nähe von Prag befanden. Es brannten doch zahlreiche Lichter in dieser fantastischen Stadt. Deren Widerschein reichte auch in die Höhe und spiegelte sich am dunkelblauen Firmament wider.

Auch der Verkehr hatte zugenommen. Unter uns tat sich etwas auf den Straßen. Es herrschte mehr Verkehr. Wie würden die Fahrer wohl reagieren, wenn sie am Himmel die drei schwebenden Leichen sahen? Bestimmt würden sie an eine Halluzination oder einen Spuk glauben.

Für uns ging die Reise weiter. Wir näherten uns immer mehr den weiß gewandeten Toten.

Sogar die Aura war für uns deutlicher zu erkennen. Sie hüllte die Leichen ein wie ein Mantel.

»Jetzt könnten Sie es versuchen«, sagte Jo Dinek und hob einen Daumen als Zeichen des Sieges.

Ich maß die Entfernung.

Schräg näherten wir uns den drei Toten. Sie flogen noch immer in dieser pfeilförmigen Formation. Dabei spielte der Wind mit ihren Haaren. Da er nicht unbedingt streng aus der gleichen Richtung wehte, wirbelte er sie manchmal in die Höhe, um sie später wieder gegen die Köpfe zu pressen.

»Was zögern Sie?«, rief Dinek. Seine Stimme klang gepresst.

»Moment noch.«

Ich zielte genau. Es war nicht so einfach, denn erst jetzt wurde mir richtig bewusst, dass der Korb, in dem wir standen, auch schwankte. Ich stellte mich breitbeinig hin, um die Schwankungen ausgleichen und das Ziel anvisieren zu können.

Leider konnte ich mit einem Schuss nicht alle drei

erledigen. Eigentlich hätte ich sie der Reihe nach vom Himmel holen müssen, falls es überhaupt klappte.

Ich kam mir vor wie auf einer Insel zwischen Himmel und Erde. So ähnlich war es auch. Mein Zeigefinger berührte den Abzug.

Ich dachte daran, dass ich die Hand ruhig halten musste, nur nicht zucken, wenn ich abdrückte.

Dann schoss ich.

Ich sah noch für einen winzigen Moment die Flamme des Mündungsfeuers zucken, und ich war auch sicher, dass die geweihte Kugel getroffen hatte, aber sie holte den Toten nicht vom Himmel.

Stattdessen geschah etwas anderes. Als die Kugel in die Aura eintrat, sah ich das Aufsprühen, als wäre dort etwas explodiert. In der Tat konnte man die Vernichtung des Silbergeschosses als kleine Explosion bezeichnen, denn es löste sich auf, und nur geweihter Staub blieb von ihm zurück.

Das war alles.

Mein rechter Arm sank nach unten. Wie die beiden anderen, so schaute auch ich auf die drei Leichen, die sich nicht hatten stoppen lassen.

»Das gibt es doch nicht«, hauchte Dvorak.

Dinek lachte. »Hatten Sie nicht von geweihten Silberkugeln gesprochen, Sinclair?«

»In der Tat.«

»Und?«

Ich holte tief Luft. Die Antwort fiel mir nicht leicht, da ich vorhin noch so überzeugend von meiner Waffe gesprochen hatte. »Es tut mir Leid. Ich hatte Ihnen vergessen zu sagen, dass die Silberkugeln bei starken magischen Gegnern nichts erreichen.«

»Die haben wir also hier vor uns?«

»So sieht es aus.«

Der Tscheche rieb über sein Kinn. Er knetete es mit zwei Fingern. »Und was machen wir jetzt?« fragte er.

Auf diese Frage wusste auch ich keine Antwort und beschloss, zunächst einmal abzuwarten.

Dvorak war der große Realist in dieser Sekunde. Er sagte: »Wir schweben genau auf sie zu …«

Was sollte ich darauf antworten? Mir fiel nichts ein, auch Dinek sagte nichts. Beide mussten wir es als Tatsache akzeptieren.

»Können Sie nicht ausweichen?«, fragte ich.

»Schon. Ich müsste mich nur beeilen. Aber was bringt uns das? Wollten Sie nicht an die Leichen heran?«

Da hatte der Pilot auch wieder Recht. Verdammt, ich befand mich in einer Zwickmühle. Die schwebenden Toten waren durch geweihte Silberkugeln nicht zu vernichten. Sie besaßen eine gewisse Stärke, waren durch schwarze Magie aufgeladen und würden sich unter Umständen auch gegen uns wehren können. Ich konnte mich verteidigen, schließlich war ich gut bewaffnet, denn ich trug außer der Beretta noch mein Kreuz und den Bumerang bei mir. Aber wie sah es mit meinen beiden Begleitern aus?

»Jetzt müssten Sie sich schon entscheiden«, verlangte Dvorak.

Ich wollte antworten, als mir Jo Dinek zuvorkam. »Nein«, sagte er. »Wir werden es nicht riskieren!«

»Das heißt, abdrehen?«

»Ja, Dvorak!« Nach dieser Erwiderung warf mir der Mann einen scharfen und gleichzeitig fragenden Blick zu. Er wartete auf meine Einwände. Ich hatte keine, obwohl ich anders gehandelt hätte. Leider reichten meine Kompetenzen in diesem Land nicht so weit.

»Sie sind doch einverstanden, Sinclair – oder?«

»Im Prinzip ja.«

Dinek verzog die Mundwinkel. »Sie hätten es auf eine Kollision ankommen lassen?«

»Wahrscheinlich.«

»Verdammt, Ihre komischen Kugeln haben nichts erreicht. Sind Sie sich des Risikos bewusst? Irgendwann werden die Leichen mal landen. Dann schlagen wir zu.«

Ich schüttelte den Kopf. »Sie brauchen sich nicht zu verteidigen, Josef. Ich habe akzeptiert.«

»Dann übernehme ich auch die weitere Verantwortung.«

»Wie Sie wollen.«

Inzwischen hatte Dvorak das Ausweichmanöver eingeleitet. Durch das Ziehen an der Ventilleine hatte er etwas Gas abgelassen, sodass wir sanken. Wollten wir wieder steigen, mussten wir Ballast abwerfen.

Ich kam mir vor wie in einem sehr langsam fahrenden Lift. Über uns schwebten die Toten.

Und dann bewegten sich die Leichen!

Zuerst war es nur ein Zucken, und ich dachte mir auch nichts dabei, bis ich feststellte, dass sie zu einem zeitlupenartigen Sturzflug angesetzt hatten. Ihr Ziel war unser Ballon.

Das gefiel mir gar nicht. Ich sah sogar die Gesichter der Leichen, erkannte die totenstarren Züge und die glanzlosen Augen. Ihre Münder standen offen, die Haare flatterten, der Stoff der Totenhemden zitterte im Wind.

Von Sekunde zu Sekunde wuchs die Gefahr!

Und das merkten auch die beiden anderen. »Wir müssen noch tiefer«, rief Dvorak.

»Dann tun Sie es.«

Ich hatte es ihm zugerufen, während Jo am Boden des Korbes kniete und dabei versuchte, Kontakt mit Prag aufzunehmen, um von der neuen Lage zu berichten.

»Was haben Sie denn vor?«, fragte ich ihn.

Er schaute mich schräg von unten her an, während wir sanken. »Ich muss mit Prag reden! Die sollen einen Hubschrauber losschicken! Wir knallen die Leichen mit Maschinenpistolen ab!«

Plötzlich wurde es hektisch. Dvorak trug viel dazu bei, als er rief: »Zu spät, Freunde. Zu spät. Sie sind schon da!«

Ich schaute hoch.

Mein Herzschlag beschleunigte sich. Breitbeinig stand ich im Korb, hörte das Zischen des Luftventils und sah in dem Leinenwirrwarr zwischen Ballon und Korb eine der schwebenden Leichen.

Es war der Glatzkopf. Er war so nahe herangekommen, dass er sich in den Leinen verfangen hatte.

»Dir werde ich es zeigen!«, schrie Dinek und schnellte hoch.

»Nicht, nicht!«, brüllte ich, da ich erkannt hatte, was er vorhatte, und es für einen gefährlichen Fehler hielt.

Er kümmerte sich nicht darum. Die Arme hatte er ausgestreckt, die Hände zu Klauen geformt, und bevor ich ihn noch stoppen konnte, umfasste er die Hüfte des Toten.

Da passierte es!

Auf einmal brüllte er auf!

Er hielt die Leiche noch umfasst, aber er schrie wie am Spieß, und ich sah, dass sich die hellblaue Aura ausbreitete und auch vom Körper des Tschechen Besitz ergriff. Der Mann begann zu zittern, als hätte er Stromstöße erhalten. Er schrie unaufhörlich. Wie nebenbei bemerkte ich, dass sich uns auch die anderen beiden Leichen genähert hatten, aber die waren nicht wichtig.

Dvorak hockte auf dem Boden und hielt die Ventilleine fest. Mehr Gas strömte aus dem Ballon. Dementsprechend schneller sanken wir dem Boden entgegen.

Dies alles war für mich zweitrangig geworden, da ich Dinek helfen musste. Er brüllte verzweifelt.

»Ich verbrenne! Ich verbrenne!«

Wenn ich ihn anfasste, würde es mir wahrscheinlich ebenso ergehen. Deshalb griff ich zu einem anderen Mittel.

Dem Kreuz!

Blitzschnell hatte ich es über meinen Kopf gestreift. Noch in derselben Sekunde presste ich meinen geweihten, silbernen Talisman gegen den Körper des Tschechen, um die magische Aufladung bei ihm zu kompensieren.

Schaffte ich es?

Es war ein Risiko, da ich die Kraft dieser für mich fremden Magie noch nicht kannte. Zum Glück ließ mich das Kreuz nicht im Stich. Es half mir so, wie es mir schon oft genug geholfen hatte.

Durch seine weißmagische Kraft zerstörte es die anders gelagerte Aura um den Körper des Tschechen.

Er sackte zusammen, fiel auf die Knie, kippte nach hinten und damit gegen mich.

Ich fing ihn zwar noch ab, doch sein Gewicht reichte aus, um auch mich zu Boden zu drücken.

Wir lagen beide, ich hörte ihn stöhnen und wälzte ihn von mir. Erst dann konnte ich mich um die Toten kümmern.

Viel Platz hatten wir nicht mehr, denn die drei Leichen befanden sich in unmittelbarer Nähe, das heißt, ihre Körper hatten sich innerhalb des Leinenwirrwarrs verfangen. Dort hingen die steifen Körper fest. Der Glatzkopf lag schräg, die anderen beiden hatten ihre rückwärtige Lage beibehalten, und sie trieben mit uns schräg dem Boden entgegen.

Wenn ich realistisch darüber nachdachte, konnte ich es sogar als einen Vorteil ansehen. Wir hatten die drei Leichen auf gewisse Art und Weise gefangen, und sie würden mit uns zusammen aufsetzen. Das war nicht mal schlecht.

Aber es kam alles anders.

Bevor ich mir noch etwas hatte einfallen lassen, veränderte sich die Umgebung. Ein starker bläulicher Lichtschein, der vom Erdboden hochstach und sich, je höher er drang, pyramidenförmig verbreitete, hüllte uns ein wie ein Mantel.

Wir konnten nichts dagegen tun.

Dann vernahmen wir ein unerklärliches Knistern und Knattern, das sich in das Zischen der aus dem Ventil strömenden Luft vermischte. Leider konnte auch ich mich darum nicht kümmern. Ich merkte nur den plötzlichen Ruck, der mich zur Seite trieb. Auch die anderen beiden wurden davon nicht verschont, denn sie purzelten praktisch gegen mich.

Ich hörte Josef Dinek fluchen.

Die Regie hatte ein anderer übernommen. Bis zu dem Moment, als das blaue Licht verschwand.

Schlagartig geschah dies. So schnell, wie es auch über uns gekommen war. Die Umgebung zeigte sich wieder normal. Wir näherten uns dem Erdboden. Von den drei Toten war nichts mehr zu sehen, als wir in die Höhe schauten. Wir sahen dafür etwas anderes, das ebenso gefährlich war wie der zurückliegende Angriff.

Dvorak sprach es aus. »Verdammt, die Leinen sind los!«, schrie er. »Wir hängen nur noch an einer …«

Er hatte Recht!

Wir hingen tatsächlich nur noch an einer Leine. Die anderen vier flatterten uns um die Ohren. Der Korb hatte sich so stark nach links geneigt, dass wir plötzlich aufeinander lagen. Wir wunderten uns, dass wir nicht herausgefallen waren.

Auch Dvorak hatte die Lage erfasst. »Nicht rühren!«, schrie er. »Nur nicht bewegen! Bleibt so liegen!« Er fingerte nach der herunterhängenden Ventilleine.

Vergeblich.

Ich kam mir vor wie auf einer lebensgefährlichen Schaukel, die uns jeden Augenblick »abladen« konnte.

Vielleicht hätte ich es nicht mal als so schlimm empfunden, wenn dieser verdammte Korb nicht so geschwankt hätte. Unternehmen konnten wir gegen die Pendelbewegungen nichts. Wir lagen kreuz und quer übereinander in dem Korb und warteten nur darauf, endlich Bodenkontakt zu bekommen. Wir wollten die Landung heil und sicher überstehen!

Noch war es nicht so weit!

Ich sah die verzerrten Gesichter meiner Begleiter. Auch ihnen war verdammt unwohl. Selbst Dvorak schien so etwas noch nicht erlebt zu haben. Er lag gekrümmt da, seine Lippen bewegten sich. Ich verstand kein Wort, weil er erstens nur flüsterte und ihm zweitens Flugwind die tschechischen Laute von den Lippen riss.

Auf mir lag Josef Dinek. Er keuchte. Der warme Atem streifte mein Gesicht. Ich nahm den Geruch von Kümmel wahr. Seine Augen hatte er verdreht. Er starrte den flatternden Leinen entgegen, die über uns vom Wind gepeitscht wurden.

Ich hätte gern über den Korbrand hinweggeschaut, um zu

erfahren, wie weit wir uns noch vom Erdboden entfernt befanden. Das gelang mir nicht. Zudem durfte ich mich nicht bewegen, das hätte für uns eine Katastrophe bedeuten können.

Die schwebenden Leichen interessierten mich nicht mehr. Jetzt ging es allein um unser Leben und ob wir es schafften, den Aufschlag zu überstehen. Es war auch gut möglich, dass wir in irgendwelchen Baumkronen landeten und dort hängen blieben. Jedenfalls waren wir nicht mehr in der Lage, eine normale Landung einzuleiten.

Schatten erschienen plötzlich. Baumkronen! Ein Ruck stoppte meine Gedanken.

Plötzlich wurden wir durcheinander gewirbelt, rutschten, fielen und kippten. Wir hörten das Krachen und Brechen. Ein Ast peitschte in unseren Korb und schrammte über meine Wange.

Dass ich blutete, nahm ich nur am Rande wahr, denn um uns herum befand sich das reine Chaos. Ich wusste nicht mehr, wo oben und unten war. Die Welt stürzte förmlich zusammen. Es war ein mörderischer Trubel, das Krachen und Brechen der Äste wollte überhaupt kein Ende mehr nehmen. Wir bekamen die gnadenlosen und harten Schläge der Äste mit. Blätter streiften durch mein Gesicht, etwas rammte in meinen Magen. Ich musste würgen und merkte, dass mich eine nicht unter Kontrolle zu bekommende Kraft aus dem Korb kippte.

Ich fiel in das Geäst. Zum Glück nicht aus einer großen Höhe. Zwar brachen einige Zweige ab, andere bogen sich durch, aber ich bekam dennoch einen starken Ast zu fassen, an dem ich mich festklammern konnte. Zudem fanden meine trampelnden Füße auch den nötigen Halt, sodass ich zwar unbequem stand, aber stand.

So blieb ich auch. Die Augen hielt ich geschlossen, um der Verletzungsgefahr vorzubeugen.

Über mir sah ich die Krone. Sie hatte ein gewaltiges Loch bekommen, verursacht durch unser Gewicht.

Immer mehr Gas wich aus dem Ballon. Er schrumpfte.

Jo Dinek und ich hatten es überstanden.

Der Tscheche hing – ebenso wie ich – innerhalb der mächtigen Krone, aber ein Stück höher als ich. Zudem hielt er sich noch an einer Leine fest. Sein Gesicht sah ich durch den Blättervorhang als einen hellen Fleck schimmern.

Ich grinste ihm zu.

Ob er es gesehen hatte, wusste ich nicht. Jedenfalls sagte er: »Wir leben, Sinclair.«

»Das merke ich. Und wo steckt Dvorak?«

»Keine Ahnung.«

Ich machte mir Sorgen um den sympathischen Ballonfahrer. Zunächst jedoch musste ich mich aus meiner misslichen Lage befreien. Es klappte. Einige Äste und Zweige musste ich knicken, andere dienten mir als Treppe, und ich kam einigermaßen sicher am Boden an.

Dort blieb ich stehen.

Meine Knie zitterten. Es war der Schock, der mich voll getroffen hatte. So blieb ich stehen und schaute zu, wie Dinek hinunterkletterte.

Mit einem letzten Sprung kam er neben mir auf. Er setzte sich sofort, denn auch ihn hatte der Schock erwischt.

Er schwieg, als ich ihn ansprach. Meine Gedanken galten dem dritten Mann. Ihn musste ich unbedingt finden, wobei ich Dvorak die Daumen drückte, dass er es ebenso überstanden hatte wie Dinek und ich.

Einen Weg sah ich nicht. Wir waren inmitten eines stockfinsteren Waldgebietes gelandet. Viele Tiere hatten wir aufgeschreckt. Ich hörte das Kreischen und Piepen der Vögel. Sie wollten sich überhaupt nicht mehr beruhigen.

Ich rief nach Dvorak.

Keine Antwort. Dann überprüfte ich meine Taschen. Zum Glück hatte ich nichts verloren. Auch meine Waffen trug ich noch am Körper. Meine kleine Bleistiftleuchte steckte wie immer in der Jackentasche. Ich holte sie hervor und ließ ihren Strahl durch die Finsternis wandern. Der huschende Finger geisterte durch das Unterholz, traf Zweige, Äste und Baumstämme, aber leider nicht das Ziel, das ich mir gewünscht hätte.

Auch Jo war aufgestanden. Er wühlte sich durch den Wald und rief nach Dvorak.

Mir fiel schließlich auf, dass etwa fünf Schritte von mir entfernt Zweige abgerissen waren. Bestimmt nicht durch den Wind.

Ich leuchtete die Stelle an, ließ den Strahl nach unten wandern – und sah den gekrümmt daliegenden Körper.

Es war Dvorak!

Plötzlich zitterte meine Hand, und das übertrug sich auch auf das Lampenlicht. Sollte es diesen sympathischen Mann tatsächlich erwischt haben?

Vor Dinek war ich bei Dvorak und kniete mich neben ihm nieder. Auf den Rücken drehte ich den Verletzten und hörte sein gequältes Stöhnen, das dennoch bei mir ein Gefühl der Erleichterung hinterließ.

Er war nicht tot.

Ich leuchtete in sein Gesicht, hörte den Hustenanfall und dann seine Frage, die zeigte, dass er seinen Humor noch nicht verloren hatte. »Blenden mich die Engel im Himmel?«

»Nein, noch ist es eine Lampe.«

»Und ich hatte mich schon gefreut.«

Mein Lachen klang leise. »Wie geht es Ihnen?«

»Bescheiden. Irgendwas ist mit meinem rechten Fuß und auch dem rechten Arm. Ich bin vor euch rausgekippt, dann bekam ich den Schlag.«

»Wir helfen Ihnen gleich.«

Zunächst einmal stellten Dinek und ich fest, dass wir keinerlei Verletzungen oder Verstauchungen davongetragen hatten.

»Das ist ja schon ein kleines Wunder«, meinte der Tscheche.

»So ungefähr.«

»Wir sind auf uns allein angewiesen. Das Funkgerät ist zerstört worden. Jetzt müssen wir zu Fuß weiter.«

»Bis Prag schaffen wir es.«

»Fragt sich nur, was mit Dvorak passiert ist.«

Als wir versuchten, ihm aufzuhelfen, kippte er sofort wieder um. Der folgende Fluch passte auch zur Situation.

»Schaffen Sie es?«, fragte ich.
»Nein, ich kann das rechte Bein überhaupt nicht belasten.«
»Dann nehmen wir dich mit«, sagte ich.
»Unsinn. Lasst mich hier liegen. Schickt dann ein paar Leute. Ich bin nur Ballast für euch.«
»Wenn du das gewesen wärst, hätten wir dich vorher abwerfen können.« Ich duldete keinen Widerspruch. Wir hakten den Verletzten unter, indem wir seine Arme um unsere Schultern legten.
Obwohl wir zu zweit waren, wurde es ein mühsamer Marsch. Zudem war der Wald, in dem wir uns befanden, ziemlich dicht. Und wir fanden auch keinen Weg.
Das war schon fast urwaldartig.
Etwa eine halbe Stunde verging, bis wir das Glück hatten und auf einen Pfad stießen. In Kurven führte er weiter, bis er in einen Weg mündete, der schon straßenähnlichen Charakter angenommen hatte.
Dort blieben wir stehen.
»Setzt mich mal ab!«, forderte Dvorak.
Wir taten ihm den Gefallen. Mit dem Rücken hatte er sich gegen einen Baumstamm gelehnt. Er hielt den Mund offen. Der Atem drang pfeifend über seine Lippen. Auf dem Gesicht lag der blanke Schweiß wie eine dicke Schicht.
Erst jetzt holte auch Josef Dinek seine Taschenlampe hervor. Sie war lichtstärker als meine. Er leuchtete in die Runde. Ich wollte ihn schon ansprechen, als er den Arm hob.
»Was ist denn?«, fragte ich.
»Hier sind Spuren«, sagte er.
Ich ging näher. »Welcher Art?«
»Da muss ein Wagen hergefahren sein. Sogar ein ziemlich großer.«
Ich schaute mir die Spuren genauer an, Josef Dinek hatte sich nicht getäuscht. Hier musste ein relativ großes Fahrzeug hergerollt sein, dessen Spuren sich auch verfolgen ließen.
Ich ging ihnen nicht weiter nach und wandte mich an den tschechischen Beamten. »Sie oder Ihre Leute haben damit nichts zu tun – oder?«

»Nein!« Er bückte sich, um die Spur zu untersuchen. »Schon eingetrocknet«, murmelte er. »Vor dem letzten Regen war der Wagen noch nicht hier.«

Ich machte mir Gedanken darüber, was der Fahrer wohl gesucht haben konnte. »Wissen Sie, ob sich in der Nähe ein Haus oder eine Ortschaft befindet?«

»Da ist nichts, nur Wald.«

»Auch kein Forsthaus?«

Jo überlegte. Ich hatte ziemlich laut gesprochen und war von Dvorak gehört worden. »Natürlich gibt es hier ein Haus«, rief er. »Die alte Jägerhütte.«

»Die ist verfallen.«

»Na und? Wenn sich jemand dort verstecken will, schafft er es auch. Darauf können Sie sich verlassen.«

»Sehen wir uns die Hütte mal an«, schlug ich vor.

Dinek rieb über sein Kinn. »Das würde einen Umweg bedeuten«, hielt er mir entgegen. »Außerdem müssen wir Dvorak mitnehmen.«

»Mich könnt ihr derweil hier sitzen lassen. Wichtig ist, dass dieser Fall aufgeklärt wird, dem ich schließlich einige verstauchte Knochen verdanke. Los, geht schon!«

Im Prinzip hatte der Mann Recht. Auch Dinek sah dies ein und bedeutete dem Ballonfahrer noch, wachsam zu sein.

Der regte sich auf. »Du willst doch einem alten Profi nicht weismachen, wie er sich zu verhalten hat.«

»Schon gut, sei nicht beleidigt.«

Ich musste auf Dinek warten, da ich mich in dieser Gegend überhaupt nicht auskannte. Hinzu kam noch die Dunkelheit, die eine Orientierung so gut wie unmöglich machte.

»Kommen Sie, Sinclair«, sagte Dinek, »und halten Sie sich immer dicht bei mir. Ich muss Ihnen ehrlich sagen, dass ich mich hier auch nicht besonders auskenne.«

»Aber Sie wissen die Richtung?«

»Die ungefähre, da wir glücklicherweise auf die Straße gestoßen sind. Sonst hätte es übel ausgesehen.«

Wir gingen los. Es war ein halsbrecherisches Unternehmen, das uns quer durch den dichten Wald führte. Manchmal liefen wir fast blind weiter, erschreckten schlafende Tiere und kämpften uns durch zähes, oft sperriges Unterholz.

Auf einer Lichtung blieb der Tscheche stehen. Er wischte seine Stirn trocken und sagte: »Eigentlich müssten bereits die Suchtrupps unterwegs sein. Es war abgemacht, dass ich mich melde. Das ist nicht geschehen, also werden meine Leute nach uns forschen.«

»Wir leben ja zum Glück.«

Dinek nickte heftig. »Das war auch alles knapp genug. Ich verstehe nicht, dass drei, allem Anschein nach Tote so ohne weiteres durch die Luft fliegen können.«

»Diese Leichen werden durch Magie geleitet.«

»Hätten Sie mir das vor zwei Stunden gesagt«, erwiderte der Tscheche, »ich hätte Sie ausgelacht. So aber wird mir allmählich unwohl. Ich bekomme zwar keine Angst, aber ein komisches Gefühl bleibt trotzdem zurück.«

»Auch bei mir.«

»Hören Sie mal, Sinclair, haben Sie tatsächlich in der UdSSR Zombies gejagt, wie ich aus zuverlässigen Quellen hörte?«

»Das stimmt.«

Er schüttelte den Kopf, winkte ab und sagte nur: »Kommen Sie weiter, sonst verliere ich noch meinen Glauben an die Realität.«

»Schwarze Magie ist Realität«, erwiderte ich.

Der Tscheche zog die Stirn kraus und machte sich wieder auf den Weg. Ich blieb ihm auf den Fersen, hörte hin und wieder seinen Fluch, wenn das Unterholz allzu dick war, und sah den Strahl der Lampe wie ein altes Gespenst durch die Dunkelheit huschen.

Schließlich erreichten wir einen Pfad. Sehr sorgfältig suchte Jo Dinek ihn ab. Er fand eine schwache Spur. »Hier ist jemand hergegangen«, erklärte er.

Auch ich schaute nach und konnte Josef in seiner Meinung nur bestätigen.

Von jetzt an war es leicht. Der Pfad blieb auch nicht so schmal. Er wurde breiter, sodass wir nebeneinander herlaufen konnten.

Dann erreichten wir eine Hecke. Sie wuchs dort wie ein Wall.

»Ist das natürlich?«, fragte ich.

»Nein, aber ich habe darauf gewartet. Diese Hecke begrenzt den rückwärtigen Teil des Grundstücks. Wir sind also am Ziel. Wenn wir uns durchgewühlt oder sie überklettert haben ...«

»Ich suche lieber nach einem Tor.«

Zuerst ging ich nach rechts an der Hecke entlang. Da sie künstlich angelegt worden war, musste es meiner Ansicht nach einfach einen Ausgang geben.

Das Tor sah ich erst beim zweiten Hinsehen. Ich wäre fast daran vorbeigelaufen, weil es durch das Blattwerk und die Zweige der Hecke fast zugewuchert war.

»Kommen Sie, Jo.«

»Wieso? Haben Sie ...?«

»Ja, hier ist ein Tor.«

Er lachte, als er bei mir stand. »Ich habe das Gefühl, dass Sie sich hier besser auskennen als ich. Wie kommt das?«

Schon auf dem Weg in die Knie gab ich die Antwort. »Reiner Instinkt.«

»Also keine Magie?«

»Nein.«

»Dann bin ich beruhigt.«

Ein Schloss hatte ich finden wollen, entdeckte einen Riegel, der eingerostet war und sich nur mühsam bewegen ließ. Bei diesem Kraftakt knickte ich mir einen Fingernagel um, war ein komisches Gefühl. Schließlich war der Riegel zurückgeschoben. Ich konnte das Tor aufstoßen. Es quietschte erbärmlich in den Angeln. In der Stille waren die Geräusche überdeutlich zu hören.

»Wenn jetzt einer auf uns lauert, weiß er Bescheid, dass wir im Anmarsch sind«, flüsterte Josef.

»Das Risiko müssen wir eingehen.«

Wie Schatten bewegten wir uns durch die Nacht. Dabei hüteten wir uns, die Lampe einzuschalten. Licht wäre zu verräterisch gewesen. Wenn es Hindernisse gab, schoben wir sie behutsam aus dem Weg. Zumeist waren es Zweige, auch welche, deren Dornen wie kleine Messer vorstachen.

Später wurde es besser. Da wichen die sperrigen Hindernisse hohem Gras.

Endlich sahen wir die Hütte. Sie wirkte in der Düsternis größer, als sie es tatsächlich war. Licht entdeckten wir nicht. Auf uns beide machte sie einen unbewohnten Eindruck.

»Ich glaube, dass wir uns nicht mehr zu verstecken brauchen«, sagte der Tscheche, »da ist keiner.«

Ich hob die Schultern. Mir gefiel die Ruhe nicht.

Einen Grund dafür konnte ich nicht angeben, doch ich hatte das Gefühl, als wäre diese nächtliche Stille einfach zu unnatürlich. Im Verborgenen lauerte etwas, das irgendwann zuschlagen würde.

Dinek spürte mein Misstrauen. »Was ist denn, Sinclair? Trauen Sie dem Braten nicht?«

»So ähnlich.«

»Ich sehe keine fliegenden Leichen.«

»Zum Glück nicht«, gab ich zurück. »Bleiben Sie auf jeden Fall misstrauisch!«

Nach diesen Worten setzte ich meinen Weg fort. Dinek hielt sich an meiner Seite. Er war sehr gespannt und blieb erst stehen, als er eine Hintertür erreicht hatte.

»Da will ich rein«, flüsterte er mir zu, als ich neben ihm meine Schritte stoppte.

Ich hatte nichts dagegen. Abermals öffneten wir eine Tür, hörten das Knarren und blieben lauschend stehen, um abzuwarten, ob sich innerhalb des Hauses etwas tat.

Das war nicht der Fall.

Keine Leiche schwebte uns entgegen. Niemand schoss auf uns. Eine natürliche oder auch gefährliche Stille lastete über diesem Komplex. Meine Augen gewöhnten sich an die Finsternis. Ich machte Umrisse aus. So sah ich eine weitere Tür und auch eine Stiege, die in die erste Etage führte.

»Wohnt hier noch jemand?«, wisperte ich.

»Nein, überhaupt nicht. Wenigstens nicht fest. Das weiß ich.« Dinek schaltete seine Lampe ein. Er ließ den Strahl kreisen, der auch über den Boden wanderte und die sich dort abzeichnenden Fußspuren deutlich hervorriss.

»Also doch!«, sagte ich.

Josef Dinek nickte nur. Die Entdeckung der Fußspuren hatte ihn wortkarg gemacht. Auf dem Boden lag der dicke Staub. Deshalb waren die Abdrücke so deutlich zu sehen.

Wir waren gespannt. Wenn sich jemand diese Hütte als Versteck ausgesucht hatte, lag es durchaus im Rahmen des Möglichen, dass er hierher zurückkehrte oder schon auf uns wartete. Wenn ja, mit wem hatten wir es dann zu tun?

Vielleicht mit der Person, die für die schwebenden Leichen die Verantwortung trug?

»Am besten ist es, wenn wir das Haus durchsuchen«, schlug ich vor, und mein Begleiter hatte dagegen nichts einzuwenden. Er wollte sich die erste Etage vornehmen.

Damit war ich einverstanden.

So leise wie möglich schritt Dinek die Treppenstufen hoch. Dennoch hörte ich das Ächzen des Holzes. Bei jedem Schritt nahm es andere Geräusche an.

Mir blieben die unteren Räume. Als Hilfe diente mir meine Bleistiftleuchte. Ich ließ ihren Lichtstrahl wandern, denn mich interessierten besonders die Spuren.

Bis in den Nebenraum verfolgte ich sie.

Dort war es noch dunkler. Es kam daher, weil die Fensterläden von außen geschlossen worden waren, sodass nicht mal ein Grauschimmer hindurchdrang.

Von oben hörte ich die Schritte meines tschechischen Begleiters. Bisher hatte ich nicht viel getan, das änderte sich in den folgenden Sekunden. Es passierte nicht in der Hütte, sondern draußen. Dort musste das bläuliche Licht aufgestrahlt sein, das uns schon einmal aufgefallen war. Die Quelle entdeckte ich nicht, aber der Schein schimmerte durch die Ritzen der Rolläden.

Ich wollte Dinek warnen, als ich bereits seine Stimme hörte. Sie klang zittrig, als er in die untere Etage hineinrief. »Verdammt, Sinclair, ich sehe die Leichen …«

Ich hatte keinen Grund, ihm nicht zu glauben. Leider entdeckte ich sie nicht. Ich hatte meine Lampe nach vorn gerichtet. Der Strahl wanderte über eine Tür und dann nach links, als ich die Lampe bewegte. Das neue Ziel war ein Fenster.

»Sie schweben, Sinclair ...«

»Okay, bleiben Sie oben!«, rief ich zurück. »Oder greifen die Toten Sie an?«

»Nein, noch sind sie ruhig.«

Vor dem Fenster stand ich. Wenn ich mehr sehen wollte, musste ich die Läden öffnen. Die allerdings waren von außen angebracht worden, und so überlegte ich, ob ich mir nicht lieber die Tür vornehmen sollte.

»Jetzt ziehen sie ihre Kreise«, meldete der Tscheche.

»Abwarten ...«

»Das mache ich ja schon.«

Ich hatte mich entschlossen, es an der Tür zu versuchen. Die Klinke zeigte einen Rostfilm. Sie ließ sich nur schwer nach unten bewegen. Beim zweiten Versuch ging die Tür auf. Sie kratzte über den Boden. Spätestens jetzt wurden wir gehört. Deshalb huschte ich schnell durch den Türspalt und wartete zunächst einmal ab.

Das blaue Licht war da. Ein breiter und hoher Streifen umtanzte das Haus, aber von den fliegenden Leichen hatte ich nichts gesehen. Sie befanden sich wahrscheinlich in Höhe des Daches, sonst wären sie mir aufgefallen.

Ich wollte nach draußen laufen, um mich ihnen zu stellen, als ich den Schrei hörte.

»Sinclair!«

Danach das Krachen.

Der Schrei und das Splittern machten mich wach. Eine Gänsehaut rann über meinen Rücken. Ich wusste plötzlich, dass es rundging. Über mir war etwas passiert, und wahrscheinlich befand sich der Tscheche in Lebensgefahr.

»Sie haben mich!«

Die drei Worte hörten sich an wie ein Hilfeschrei. Ich wollte schon die Treppe hochrennen, um dem anderen zu Hilfe zu eilen, als ich das Platzen einer Scheibe vernahm.

Über mir war es aufgeklungen. Scherbenteile regneten vor der Tür zu Boden. Die Leichen waren eingedrungen, aber ich hatte die Idee, nach draußen zu laufen.

Geduckt sprang ich über die Schwelle. Meine Beretta hatte ich gezogen, blieb einige Schritte von der Eingangstür entfernt stehen, drehte mich und schaute in die Höhe.

Dort war tatsächlich ein Fenster zerstört. Ich sah ein großes Loch, und durch dieses schwebte die Leiche wieder aus dem Haus. Gleichzeitig blendete mich das weißblaue Licht. Ich spürte dessen Anwesenheit fast körperlich. Es war ein außergewöhnliches Gefühl, wie es über meinen Rücken strich und bei mir eine Gänsehaut verursachte.

Sie hatten den Tschechen tatsächlich gefangen. Zu zweit umklammerten sie ihn und schwebten mit ihrem Gefangenen aus dem Haus.

Ich konzentrierte mich auf Jo Dinek. Ich musste ihn aus der Luft holen. Das schaffte ich nur durch gezielte Schüsse. Zwar blendete mich dieser blauweiße Lichtkranz, aber die schwebenden Leichen gaben ein genügend großes Ziel ab, um sie auch trotz der miesen Lichtverhältnisse zu erwischen.

Die schwebenden Toten hielten Dinek von zwei Seiten fest. Sie hatten ihre Klauen um dessen Arme geklammert, sodass er sich nicht rühren konnte. Sicherlich stand er eine schreckliche Angst aus, und diese Leichen würden mit ihm auch kein Pardon kennen.

Ich zielte sehr genau.

Und bekam den Hieb in den Nacken.

Es war ein schmetternder Schlag, der mich überraschend traf. Damit hatte ich nicht gerechnet, war nicht darauf vorbereitet gewesen. Irgendjemand musste sich heimlich angeschlichen haben. Ich war nicht mal dazu gekommen, meine Muskeln anzuspannen.

Die nächsten Sekunden erlebte ich in einem verlangsamten Tempo. Meine Knie wurden weich, ich merkte das Zittern, das Licht vor meinen Augen strahlte noch heller. Dazwischen sah ich lautlose Explosionen, als würde ich in eine allmählich entstehende Galaxis schauen.

Dann war es so weit.

Meine Beine gaben nach. Etwas raste auf mich zu. Die verdammte Schwärze war es, die mich förmlich aufsaugte. Den Aufschlag spürte ich nicht. Stattdessen hatte ich das Gefühl, in eine endlose Tiefe zu fallen, in der es keinen Halt gab …

Petar Kopanek kam näher!

Er brauchte nur einen Schritt zu gehen, um die Gestalt zu erreichen, die er mit seinem Hieb erwischt hatte. Obwohl ihm dieser Mann unbekannt war, stufte er ihn sofort richtig ein. Es war ein gefährlicher Gegner, den er nun erledigt hatte.

Über ihm schwebten die Leichen. Sie umkreisten das Haus wie Planeten einen Mond. Ihren Gefangenen hielten sie dabei fest, er war für sie wie eine Garantie.

Kopanek bückte sich. Über sein Gesicht zuckte ein Grinsen. Neben dem Niedergeschlagenen blieb er hocken, tastete ihn mit seinen langen Fingern ab und zuckte plötzlich zurück, als er etwas erwischte, das er nun gar nicht mochte.

Es war ein Kreuz!

Plötzlich wurden seine Augen groß. Angst stahl sich darin und auch der Hass auf den Menschen. Kniend blieb er. Seine Hände zitterten, er bewegte die Lippen, ohne etwas zu sagen, denn das Kreuz hatte ihn aus seinem Siegestaumel gerissen.

Plötzlich wusste er, wer vor ihm lag.

John Sinclair!

Petar Kopanek wischte über sein Gesicht. Er zitterte. Es war der Hass, der ihn so reagieren ließ. Sinclair war ein Begriff, man hatte ihn gewarnt, besonders derjenige, der ihn auf die schwebenden Leichen aufmerksam gemacht hatte. Und Kopanek spürte, wie es in seiner Kehle trocken wurde. Sinclair war in Prag. Diese Tatsache gefährdete seinen großen Auftrag. Der Geisterjäger aus London konnte ihn vereiteln. Er würde dafür sorgen, dass eine Legende niemals wahr werden konnte.

Wenn er am Leben blieb.

Das sollte er auf keinen Fall.

Noch lag er regungslos vor ihm. Wer hatte schon die Chance, den bewusstlosen Feind wehrlos vor sich zu haben? Wohl niemand; er, Petar Kopanek, war der Einzige.

Plötzlich dachte er wieder an den Studenten, den er angeheuert hatte. Dieser Mann hatte seinen Lohn für den Auftrag bekommen.

Einen Messerstich in den Bauch.

Das Kichern aus dem Mund des Mannes klang böse und auch wissend, als er sich den Mann anschaute. Dabei rieb er sich die Hände, auf deren Innenfläche der Schweiß lag. Noch ein schneller Blick in die Höhe. Dort war alles klar. Die beiden schwebenden Leichen hielten den anderen fest. Sie umkreisten auch das Haus nicht mehr, sondern standen über ihm wie ein Raumschiff über einem fremden Planeten, das auf die Rückkehr seiner Passagiere wartete.

Petar Kopanek griff unter seine Jacke und zog das Messer hervor. Einmal waren sie ihm entkommen, ein zweites Mal sollte das nicht passieren. Er würde die Klinge in den Leib des Geisterjägers stoßen und dessen Leben ein für alle Mal auslöschen.

Der Mann hob den Arm! Er visierte die Brust des auf dem Rücken liegenden Mannes an. Wie gut, dass er ihn umgedreht hatte.

Für Sinclair gab es keine Chance mehr …

Da fiel der Schuss!

Überlaut klang das Geräusch des Abschusses durch die Stille des nächtlichen Waldes. Dieser Knall erschreckte nicht allein die schlafenden Tiere, auch Petar Kopanek, der sich voll und ganz auf seinen Mordversuch konzentriert hatte, wurde aus dem Vorsatz brutal herausgerissen.

Er erschreckte sich nicht allein über das Echo, auch eine andere Tatsache machte ihm zu schaffen. Die Kugel war so nah an seinem Kopf vorbeigezischt, dass er sogar den Luftzug spürte.

Plötzlich wirkte er wie eingefroren. Es saß da, hatte den

rechten Arm erhoben. Aus seiner Faust schaute die Klinge, deren Spitze nach unten wies und noch immer auf die Brust des bewusstlosen Geisterjägers zeigte. Aber Petar senkte den Arm nicht.

Er war schlau, denn er wusste genau, wo der Schuss aufgepeitscht war. Hinter ihm, in seinem Rücken. Die nächste Kugel würde treffen, das traute er dem für ihn unsichtbaren Schützen ohne weiteres zu.

So ging er auf Nummer sicher.

Nichts war zu hören, nachdem das Echo durch den Wald gerollt war. Keine Schritte, nicht das Knacken eines Gewehr- oder Revolverhahns. Es war die Stille, die ihn so nervös machte.

Der andere ließ noch einige Sekunden verstreichen, bevor er sich durch Worte meldete. »Rühr dich nicht, Kopanek! Sonst durchlöchere ich deinen Schädel.«

Der Tscheche gehorchte. Er blieb sitzen und lauschte dem Klang der Stimme, wobei er verzweifelt überlegte, wo er sie schon einmal gehört hatte. Es fiel ihm nicht ein. Dieser Mann hatte ihn zwar in seiner Heimatsprache angeredet, dennoch war sich Kopanek sicher, keinen Tschechen vor sich zu haben.

Mit einem solchen Akzent sprachen Russen …

Ja, das musste ein Russe sein, der dem Engländer das Leben gerettet hatte.

Die Lippen zuckten. Petar Kopanek gehörte nicht zur Partei. Er war ein Mann aus dem Volke und Patriot. Und ein jeder wusste, dass Tschechen und Russen es nicht gut miteinander konnten. Nicht erst seit dem Einmarsch der Russen 1968. Die Völker der Tschechoslowakei mochten keine Russen. Das zeigten sie ihnen durch Gesten und Taten deutlich genug, auch wenn ihnen immer vorgehalten wurde, was der große Bruder alles für sie tat.

Hier mischte auch ein Russe mit.

»Das Messer weg!«

Der Befehl klang scharf und hart. Daraus war ersichtlich, dass Kopanek nichts anderes übrig blieb. Er wollte den anderen auch nicht unbedingt reizen, drückte seinen rechten

Arm zur Seite, sodass er sich nicht mehr über dem Körper des Geisterjägers befand, und öffnete dann die Faust.

Das Messer fiel nach unten.

Die Spitze bohrte sich in den weichen Waldboden. Dort blieb die Waffe auch stecken.

»Steh auf!«

Petar Kopanek blieb weiterhin nichts anderes übrig, als zu gehorchen. Er wirkte steif, als er aufstand und dabei sicherheitshalber die Arme oben behielt.

Er stand genau im weißblauen Licht. Der andere lauerte hinter ihm, wartete auf eine unkontrollierte Bewegung des Tschechen, aber der tat ihm den Gefallen nicht, obwohl er noch längst nicht aufgegeben hatte und darüber nachdachte, wie er sich aus dieser verdammten Situation befreien konnte. Irgendetwas würde er tun, nur nicht jetzt, sondern etwas warten, den anderen in Sicherheit wiegen, denn Petar Kopanek besaß noch einen wichtigen Trumpf in der Hinterhand.

Es waren die schwebenden Leichen.

Zudem hatten sie eine Geisel. Er hoffte, sie gegen sein Leben austauschen zu können.

Noch immer drehte er seinem unsichtbaren Gegner den Rücken zu. Dort hatte sich die Haut zusammengezogen. Er spürte auch den kalten Schauer zwischen seinen Schulterblättern und die Trockenheit in seiner Kehle. Einiges passte ihm nicht. Die Lage hatte sich sehr zu seinen Ungunsten verändert, von einem dritten Mann war bisher nicht die Rede gewesen.

Seine Gedanken stockten, als er die Schritte hörte. Gesehen hatte er den anderen noch immer nicht. Er vernahm nur das Schleifen der Füße im Gras, hörte, wie der Mann näher kam, aber nicht bis dicht an ihn heran, sondern in gebührender Entfernung stehen blieb.

Er musste jetzt den Lichtschein erreicht haben. Stellte sich die Frage, ob er geblendet wurde oder nicht.

Hoffentlich …

»Du hast noch einen Gefangenen«, vernahm er die Stimme

des Russen. »Er schwebt über dem Haus. Ich will, dass du ihn herunterlässt.«

Kopanek atmete tief ein. »Das kann ich nicht!«

»Der nächste Schuss zerschmettert dir das Bein, die dritte Kugel setze ich dann in deine rechte Schulter, die vierte …«

»Schon gut, ich habe verstanden!«

»Dann los!«

Kopanek nickte. Der andere konnte sein Gesicht nicht sehen und deshalb auch nicht erkennen, dass ein flüchtiges Grinsen über die Lippen des Mannes huschte.

Er würde sich wundern. Gerade mit diesem letzten Befehl hatte er einen Fehler begangen, denn die drei schwebenden Leichen waren die Trümpfe in Kopaneks Hinterhand.

Zwischen ihnen und ihm existierte eine Verbindung. Ein unsichtbares magisches Band, das die drei Leichen nach seinen Befehlen leitete. Petar Kopanek schielte in die Höhe. Den Kopf bewegte er dabei nicht, er wollte sich keine Blöße geben, aber er schickte einen gedanklichen Befehl auf die Reise, von dem er hoffte, dass er auch verstanden wurde.

Und das traf ein!

Es ging blitzschnell, auch der Russe wurde überrascht, als die drei schwebenden Leichen den Tschechen plötzlich losließen.

Dineks Aufschrei war noch zu hören. Er fiel, prallte auf die alten Dachschindeln, die unter seinem Gewicht krachend zerbrachen.

Jo Dinek verschwand im Haus, und Petar Kopanek sprang zur Seite …

Er hatte richtig kalkuliert. Durch die plötzlich auftretenden Ereignisse war auch der Russe, der sich bisher so kühl und überlegen gezeigt hatte, überrascht worden.

Bevor er zum Schuss kommen konnte, war Petar Kopanek wie ein Wiesel aus der unmittelbaren Gefahrenzone gehuscht und hatte in den nahen Büschen Deckung gesucht.

Dennoch feuerte der andere. Die schwere Armeepistole spie

Feuer. Das Peitschen des Schusses ging in der Lärmkulisse der brechenden Dachschindeln unter. Die Kugel landete irgendwo im Unterholz, einen Treffer konnte der Mann nicht auf seinem Konto verbuchen.

Hässlich klang ihm das Lachen entgegen. Wieder feuerte er in die Richtung und traf abermals nicht.

Dann musste er sich auf die schwebenden Leichen konzentrieren. In die war Bewegung geraten, denn sie hatten sich aufgeteilt und einen großen Kreis gebildet, um den neuen Feind einschließen zu können.

Der Russe huschte zur Seite. Er hatte tatsächlich innerhalb des Lichtscheins gestanden und auch dieses ungewöhnliche Prickeln auf seiner Haut gespürt.

Jetzt wurde es Zeit, dass er sich in die Dunkelheit des nahen Waldes zurückzog.

Er wusste um die Gefahr. Schon oft genug in seinem Leben hatte er in brenzligen Situationen geschwebt, und mit einem geschmeidigen Sprung tauchte er in die Deckung dicht beieinander stehender Bäume, wo er flach auf dem Boden liegen blieb.

Dort wartete er ab.

Obwohl er sich selbst als einen kampferprobten und abgebrühten Burschen bezeichnete, spürte er, wie in seiner Brust das Herz bis zum Hals hoch klopfte. Was er hier erlebte, gehörte in den Bereich der Magie, aber er hütete sich, dies zu verlachen. Seit einiger Zeit wusste er genau, dass es Dinge gab, über die er früher gelacht hatte.

Der Russe wartete. Den rechten Arm hielt er vorgestreckt, auch angewinkelt und drückte seinen Ellbogen als Stütze gegen den Boden, denn er visierte die erste Leiche an.

Die beiden anderen konnte er im Augenblick nicht sehen. Sie hielten sich hinter dem Haus auf, aber der Tote, der gewissermaßen über dem Eingang schwebte, kam ihm gerade richtig.

Er sah schaurig aus und bewegte sich innerhalb der blauweißen Aura. Auch seine Gesichtszüge hatten diese Farbe angenommen, und die Arme lagen eng an den Körper gepresst.

Der musste doch mit einer Kugel aus der Luft zu holen sein!

Der Russe zielte. Einen Fehlschuss durfte er sich nicht leisten!

Von Kopanek war nichts zu sehen. Irgendwo hielt er sich verborgen, das dichte Unterholz schützte ihn vor forschenden und neugierigen Blicken. Der Russe atmete flach, sein Zeigefinger konnte mit einer knappen Bewegung den Druckpunkt überwinden.

Auf diesen einen Schuss kam alles an. Wenn er traf, würde der Russe genau sehen, wie weit er mit seiner Waffe oder mit normalen Kugeln kam und ob die Magie der anderen stärker war.

Er dachte an Zombies …

Da hatte er stets auf den Kopf gehalten, auch hier wollte er nicht gegen den Körper zielen.

Dann drückte er ab.

Äußerlich ein Eisblock, innerlich fieberte er, und dann zersprühte seine Hoffnung wie das Bleigeschoss, das in die Aura geriet.

Dem schwebenden Toten tat es nichts …

Der Russe hockte in der Deckung und spürte, wie das Blut allmählich zu kochen anfing. Er hatte mit Ähnlichem gerechnet, dennoch war er überrascht und auch geschockt, dass er diese fliegende Leiche nicht hatte stoppen können. Unbeirrt setzte sie ihren Weg fort, eingehüllt durch den Schutzmantel aus blauweißem Licht.

Auch Petar Kopanek hatte den Schuss vernommen. Er wusste genau, wo der andere hingezielt hatte, und sein hässliches Lachen erschallte aus sicherer Deckung über die kleine Lichtung vor der Hütte.

Der Russe hatte zwar gewonnen, im Endeffekt trotzdem verloren, da es ihm nicht gelungen war, die Leiche zu stoppen.

Und sie schwebte davon.

Ohne dass der Mann aus Russland etwas dagegen hätte unternehmen können, traf sie sich mit den beiden anderen Toten, sodass die drei eine Formation bilden konnten, die das Aussehen eines Pfeils besaß. Sie glitten schräg in die Höhe.

Ihr Ziel waren die Baumkronen; eingehüllt in die schützende Aura glitten sie darüber hinweg und waren den Blicken des Russen sehr bald entschwunden. Nur den sie begleitenden Lichtschein konnte er noch für eine Weile erkennen.

Und er vernahm das hässliche Gelächter seines Gegners. Der Tscheche hatte es gut. Er hockte in einer sicheren Deckung, war selbst nur durch einen Zufallstreffer zu erwischen. Das sehr bald auch nicht mehr. An den brechenden Geräuschen erkannte der Russe, dass es der Tscheche vorzog, das Weite zu suchen.

Er hatte sie genarrt.

Einen Erfolg konnte der Russe verbuchen. Es war ihm gelungen, das Leben des Geisterjägers zu retten. Da hatte ihn das Schicksal noch gerade rechtzeitig hergeführt.

Wichtig war auch Dinek. Er hatte sich nicht gemeldet, war durch das Dach gefallen, und es lag durchaus im Bereich des Möglichen, dass er sich Verletzungen zugezogen hatte.

Der Russe wollte nach ihm schauen.

An dem noch immer bewusstlosen John Sinclair lief er vorbei in das Haus hinein.

In der Finsternis konnte er sich nur mit Hilfe seiner Taschenlampe orientieren.

Er leuchtete nach links, sah die Treppe und lief rasch hoch.

Oben gab es zwei Zimmer. Als er die Tür zum ersten aufriss, spürte er bereits den Durchzug. Über ihm zeigte das Dach ein großes Loch. Der fallende Körper hatte nicht nur Schindeln zerfetzt, sondern auch ein Teil des Gebälks zerstört. Er selbst lag inmitten der Trümmer, die sich bis hin zur Tür verteilt hatten.

Mit dem Fuß kickte der Russe einige Hindernisse aus dem Weg und ging neben Dinek in die Knie.

Der Mann lebte.

Aber er hatte Schmerzen. Sein Gesicht war verzerrt, der Atem ging röchelnd. Aus nassen Augen starrte er den Russen an.

»Was ist los?«, fragte dieser.

»Mein Rücken ...«

»Kannst du dich bewegen?«

»Nein, ich muss mir etwas gebrochen oder verstaucht haben. Es schmerzt grausam.«

»Bleib liegen. Ich werde dafür sorgen, dass man dich abholt.« Der Mann aus Russland holte ein flaches Funkgerät hervor, zog die Antenne heraus und suchte nach einer Verbindung.

Er bekam Kontakt und schilderte in knappen Sätzen die Sache. Dann befahl er, einen Hubschrauber zu schicken. Er ordnete auch an, dass die Maschine auf der Lichtung vor dem Haus landen sollte. Wenn es möglich war, sollte auch ein Arzt an Bord sein.

Man versprach dem Mann, alles Menschenmögliche zu tun. Für den Russen war die Sache erledigt. Nicht allein um Dinek musste er sich kümmern, draußen lag auch John Sinclair.

»Bleib du liegen«, sagte er zu Josef. »Ich bin gleich wieder bei dir. Für Hilfe ist auch gesorgt.«

»Danke ...«

Der Russe lachte. »Wozu? Du hättest mit mir zusammenarbeiten sollen, dann wäre das nicht passiert. Aber ihr wolltet ja alles allein machen, ihr Ignoranten.«

»Tut mir Leid ...«

»Du solltest dir Leid tun.« Der Russe erhob sich und verließ den Raum. Er eilte nach unten, verließ die Jägerhütte und trat in die Dunkelheit auf der Lichtung.

Nichts war mehr von den drei Leichen zu sehen. Sie hatten sich längst verflüchtigt. Der Schein war von der Finsternis verschluckt worden. Neben Sinclair ging er in die Knie. Für Leute wie den Geisterjäger gab es nur eine Lösung, um sie aus der Bewusstlosigkeit zu holen. Die Radikalmethode nach Art des Hauses.

Wodka half bei allem.

Ein kleines Fläschchen trug der Russe ständig bei sich. Er holte es hervor, schraubte den Verschluss ab und setzte dem Geisterjäger die Öffnung gegen die Lippen. Zuvor hatte er ihm einige Male gegen die Wangen geschlagen. Er hörte das leise Stöhnen und brummelte. »Wer sagt's denn, auch die Engländer haben harte Schädel …«

In diesem Fall musste ich einen harten Nacken gehabt haben, denn ich hatte das Gefühl, als wäre er entweder überhaupt nicht mehr vorhanden oder um das Dreifache gewachsen, als ich mich allmählich aus den Tiefen der Bewusstlosigkeit löste.

Irgendjemand kippte mir Salzsäure in die Kehle. Jedenfalls brannte das Zeug in meinem Rachen. Obwohl ich es nicht mochte, schluckte ich es automatisch herunter, und ich vernahm eine dunkle Männerstimme, die mir den Befehl gab, noch einen Schluck zu trinken.

»Das ist die beste Medizin, John!«

So langsam kam mein Denkapparat wieder auf Touren. Parallel zu meiner Erinnerungsfähigkeit, und ich dachte wieder an die kurz zurückliegende Vergangenheit.

Da hatte man mich überwältigt. Der Schlag war für mich überraschend gekommen. Was dann während meiner Bewusstlosigkeit alles passiert war, entzog sich meiner Kenntnis.

Ich schluckte weiter. Auch dann noch, als man mir die Flasche entzog.

»He, Sinclair, es reicht.«

Die Stimme klang fremd. Bisher hatte ich die Augen noch nicht geöffnet, das holte ich nun nach und schaute in die Dunkelheit hinein, aus der sich nur schwach der Umriss eines helleren Gesichts abzeichnete.

Es war ein Männergesicht!

»Da bist du wieder, Towaritsch!«

Towaritsch? Das war Russisch und bedeutete so viel wie Freund. Aber ich befand mich nicht in Russland, sondern in der Tschechei, da redete man sich anders an.

Der Mann vor mir bewegte sich. Er nahm seine Taschenlampe und leuchtete sich selbst an, zudem so, dass ich nicht geblendet wurde und sein Gesicht erkennen konnte.

Das Gesicht war schmal. Seinen Schädel bedeckte das

flache, blonde, gescheitelte Haar, die leicht gekrümmte Nase, der schmale Mund, die hervorspringenden Wangenknochen. All das kam mir verdammt bekannt vor. Diesen Menschen kannte ich.

»Na?«, hörte ich ihn sprechen.

Ich ächzte, dachte an meinen Nacken und sagte mit leiser Stimme. »Helfen Sie mir auf die Sprünge.«

»Russland, Sinclair. Roter Platz, die Zombies in Sibirien, das Atomkraftwerk ...«

Da wusste ich Bescheid.

»Wladimir Golenkow«, flüsterte ich. »Verdammt, kann es denn möglich sein? Oder träume ich?«

»Ja, du hast Recht. Ich bin es.«

Ich war sprachlos. Damit hätte ich nicht gerechnet. Plötzlich stürzte einiges auf mich ein. Woher kam Golenkow? Was hatte er hier zu suchen? Wieso hockte er neben mir, und weshalb war von den schwebenden Leichen nichts mehr zu sehen?

»Was denken Sie jetzt?«, fragte der Russe.

»Wenn ich das wüsste ...«

Er lachte. »Jedenfalls können Sie es mir verdanken, dass Sie noch leben, Sinclair.«

»Wie das?«

Er berichtete, dass der Mann, dem die schwebenden Leichen gehorchten, mich hatte töten wollen. Mit einem Messer, das in meiner Brust stecken sollte.

»Ich konnte ihn davon abhalten«, sagte Golenkow.

»Danke!«, keuchte ich, setzte mich auf, ließ mir dabei helfen und spürte die Schmerzen durch meinen Nacken schießen. »Haben Sie ihn wenigstens bekommen?«

»Nein, er ist entwischt.«

»Dann werden wir ihn uns holen.« Ich fühlte über die Haut meines Nackens, sie war warm. »Aber sagen Sie mir nur eines: Wie kommen Sie hierher?«

Wladimir schaute mich schief an. »Raten Sie mal!«

»Ich weiß nicht.« Das war nicht gelogen. Klar, ich kannte Golenkow und wusste auch, welchen Job er ausübte. Er war das, was man einen hohen Geheimdienstoffizier nannte.

Golenkow arbeitete für den KGB. Er war auch maßgeblich an dem Beschluss beteiligt, Suko und mich um Hilfe zu bitten, damit wir mit dem Zombie-Spuk aufräumten, wobei sich Golenkow an unserer Seite gehalten und eisern mitgekämpft hatte.

Dass ich ihn hier traf, damit hätte ich im Leben nicht gerechnet. Aber ich wusste auch, dass Golenkow nicht ohne Grund gekommen war. Wenn er sich einmischte, brannte es zumeist lichterloh.

Er würde mir schon sagen, um was es ging, deshalb zielte meine nächste Frage auf Josef Dinek.

»Er ist verletzt. Die Leichen haben ihn fallen lassen. Er ist durch das Dach gestürzt und verletzt.«

»Schwer?«

»Es geht. Ich habe sicherheitshalber einen Hubschrauber angefordert, damit er ihn abtransportieren kann. Sie haben doch nicht mehr abbekommen – oder?«

»Nein.«

»Dann ist es gut.«

Noch saß ich. »Sagen Sie mal, Wladimir, wie haben Sie uns eigentlich gefunden? Und wieso mischen Sie überhaupt mit?«

Er lachte. »Das ist eine lange Geschichte.«

»Die ich trotzdem gern hören möchte.«

Golenkow nickte. »Sicher, ich habe keinen Grund, Sie Ihnen vorzuenthalten. Natürlich haben auch wir von den schwebenden Leichen erfahren, aber wir wollten uns nicht offiziell einmischen, denn die Tschechen zeigten sich ein wenig verstockt, weil sie den Fall allein lösen wollten. So etwas gefiel uns nicht. Wir mussten eingreifen und gaben zunächst einmal Ratschläge.«

Ich lachte auf. »Der große Bruder, wie?«

»So nennen Sie es, Sinclair. Doch es ist wichtig, stets informiert zu sein, denn die Tschechen zeigten sich ratlos. Wir boten indirekt unsere Hilfe an.«

Ich verstand. »Haben Sie mich praktisch engagiert?«

»So ist es, John. Die Verantwortlichen schlossen sich kurz. Man erinnerte sich an mich und an unsere ausgezeichnete

Zusammenarbeit in Sibirien. Also lag es auf der Hand, so etwas zu wiederholen. Allerdings, das muss ich zugeben, waren nur wenige Tschechen eingeweiht. Josef Dinek nicht, der ihr Kontaktmann hier war. Ich hielt mich im Hintergrund, wusste jedoch stets, was Sie vorhatten. Nur mit dem plötzlichen Start des Ballons haben Sie mich überrascht. Es dauerte eine Weile, bis ich Ihre Spur wieder aufnehmen konnte und auch den verletzten Piloten fand, der mir berichtete, wo Sie zu finden sind. Ich kam gerade noch rechtzeitig, um Ihnen das Leben zu retten. Das ist alles.«

Ich nickte und bedankte mich noch einmal. Aber so ganz glaubte ich dem Russen nicht. »War das tatsächlich alles?«, fragte ich.

»Ja.«

Mein Lächeln fiel hintergründig aus. »Golenkow, Sie können mir viel erzählen, aber nicht alles. Der KGB hat immer ein Eisen im Feuer. Auch hier, davon bin ich überzeugt.«

»Dann wissen Sie mehr als ich, Sinclair.«

»Sie können mich noch so treu anschauen. Mal ehrlich, Wladimir, was steckt dahinter?«

Er schüttelte langsam den Kopf. »Ich weiß es nicht. Tatsächlich, ich habe keine Ahnung. Es kann ungeheuer viel dahinter stecken, aber auch weniger.«

»Das ist keine Antwort.«

»Weiß ich selbst.«

»Wer befehligt die schwebenden Leichen? Wenn Sie sich um den Fall gekümmert haben …«

»Das haben wir nicht. Ich sah den anderen heute auch zum ersten Mal. Und fast nur seinen Rücken. Ich konnte ihm nicht ins Gesicht schauen. Das hätte ich gern, aber so …«

»Weshalb hat er sich gerade Prag ausgesucht?«

»Da fragen Sie mich zu viel. Vielleicht sucht er etwas oder will etwas ausprobieren.«

»Daran denke ich auch.«

Der Russe lachte. »Ich wette, dass wir es gemeinsam herausbekommen werden. Ab jetzt sind wir zu zweit. Dinek zählt nicht. Er muss in ein Krankenhaus, und wir werden uns um den Fall kümmern.«

»Helfen Sie mir mal hoch.« Ich streckte meinen Arm aus und wurde auf die Beine gezogen.

Ein wenig wacklig auf den Beinen war ich. Wie schon so oft spürte ich das Puddinggefühl in den Knien, machte die ersten, zögernden Schritte und stellte fest, dass es klappte. Besser sogar, als ich vermutet hatte.

»Okay?«, fragte mich der Russe, indem er ein amerikanisches Wort benutzte.

»Einigermaßen.«

»Wir werden mit dem Hubschrauber nach Prag fliegen und dort versuchen, die Spur erneut aufzunehmen.«

»Sie haben eine?«

»Nein«, erwiderte er zögernd. »Doch ich streckte meine Fühler bereits aus. Vielleicht haben wir Glück.«

»Das hoffe ich.« Golenkows letzte Worte hatten mir bewiesen, dass der KGB bereits am Ball war. Ob ich mich darüber freuen sollte oder nicht, das wusste ich nicht. Jedenfalls arbeitete Golenkow nicht gegen mich, das wusste ich von unserem ersten Fall aus Russland.

Ich wollte nicht undankbar sein und auch nach Josef Dinek schauen. Also ging ich in das Haus, stieg die Treppe hoch und fand ihn in einem der oberen Zimmer.

Sein Gesicht war verzerrt. Den Kopf hatte er ein wenig angehoben. »Du … du lebst?«, fragte er.

»Ja.«

»Ich auch. Aber verdammt, ich habe das Gefühl, als hätte man mich in der Mitte entzweigebrochen.«

»Das geht vorbei.«

»Ich weiß nicht. Es ist alles so beschissen. Die anderen sind besser, John. Sieh dich vor! Dieser Kerl ist unberechenbar! Ich habe ihn gesehen.«

Das war eine Überraschung. »Du kennst ihn?«

»Ja. Ich sage es dir, nicht dem Russen. Verdammt, ich mag die Brüder nicht. Hör genau zu, John! Er heißt Petar Kopanek. Als ich in der Luft schwebte, konnte ich ihn deutlich erkennen, weil er auch im Licht stand. Er befindet sich auf unserer Liste.«

»Moment mal«, sagte ich. »Was heißt Liste? Wird er als politischer Gegner gesucht?«

»Nein, kein Dissident. Damit hat er nichts zu tun. Aber er ist ein Spinner, ein Mann, der durch seine Theorien auffiel. Eigentlich ist er Historiker, doch er hat sich in den Schädel gesetzt, den Golem von Prag zu finden, den künstlichen Menschen ... Er wollte sich auf die Spuren des Rabbi Loew setzen, der angeblich den künstlichen Menschen erfunden haben soll, und von dem Goethe damals fasziniert gewesen ist, obwohl der Rabbi schon lange tot war. Dieser Kopanek hat immer behauptet, dass es den Golem gibt. Man muss ihn nur finden.«

»Bisher hatte er keinen Erfolg.«

»Nein, nur die schwebenden Leichen gehorchen ihm. Wie sie allerdings mit dem Golem in Verbindung zu bringen sind, kann ich dir auch nicht sagen. Das musst du herausfinden.«

»Ich werde es.«

»Und ich drücke dir die Daumen, Engländer. Weißt du, irgendwie mag ich dich.«

»Okay, du wirst es schaffen, alter Freund.« Ich nickte ihm zu und wurde abgelenkt durch das typische Geräusch eines heranfliegenden Hubschraubers. An der Tür grüßte ich noch einmal und ging nach unten.

Der Russe wartete vor der Tür. Erfasst wurde er vom hellen Lichtschein eines Scheinwerfers. Durch Zeichen gab Golenkow dem Piloten zu verstehen, wo er landen sollte.

Durch den Wind der Rotoren bewegten sich die Blätter der Bäume. Zweige schwangen in alle möglichen Richtungen. Und dann setzte die Maschine auf der Waldlichtung auf.

Zwei Soldaten stiegen mit einer Trage aus. Sie erkundigten sich nach dem Verletzten und wurden von uns in die erste Etage geschickt.

»Wie geht es ihm?«, fragte Wladimir.

»Den Umständen entsprechend. Er hat starke Schmerzen.«

Der Russe zog die Mundwinkel nach unten und verengte

die Augen. »Ich habe das Gefühl, dass es ihn böse erwischt hat. Die Symptome sind mir bekannt. Der kann bis zu seinem Lebensende gelähmt bleiben.«

Diese Antwort trieb mir den Schweiß auf die Stirn.

»Tja, so sieht es aus«, sagte der Russe und drehte sich wieder um. Er wollte mit dem Mann sprechen, der den Hubschrauber als Dritter verlassen hatte und eine Uniform trug. Es war ein tschechischer Offizier.

Ich wartete auf Dinek. Schon bald wurde er an mir vorbeigetragen. Als er mich sah, winkte er mir zu, und über seine Lippen huschte ein flüchtiges Lächeln.

Ich hielt seine Hand für einen Moment und drückte sie. »Kopf hoch, Kamerad, es wird schon wieder!«

»Das glaube ich nicht«, sagte er leise und wurde zum Hubschrauber getragen. Wahrscheinlich kannte er sein Schicksal schon.

Golenkow winkte mir zu. »Kommen Sie!«, rief er. »Wir werden gleich starten.«

Ich ging auf den Hubschrauber zu. Man hatte den Einstieg für mich geöffnet. Die Trage mit dem Verletzten war festgestellt worden. Der tschechische Offizier begrüßte mich korrekt.

Ich nickte zurück.

Der Russe kam auch und hämmerte den Einstieg zu. Er gab auch das Zeichen zum Start.

Während des Fluges war ich sehr schweigsam, aber meine Gedanken drehten sich nur um ein Thema: Um die schwebenden Leichen und diesen geheimnisvollen Golem, der bis jetzt noch eine Legende war …

Prag!

Was war über diese Stadt nicht alles geschrieben worden?! Man nannte sie auch das Goldene Prag. Und sicherlich erinnert sich jeder an ein Ereignis der Geschichte, das ihm irgendwann ein Pauker einzubläuen versucht hat.

Kaiser Karl der IV. gründete die erste Universität im Jahre

1348. 1618 gab es den berühmten Prager Fenstersturz, der den 30-jährigen Krieg praktisch einläutete. Weniger lange zurück liegt der Prager Frühling. Das Volk versuchte seinen Traum von der Freiheit zu verwirklichen. 1968 wurden diese Bestrebungen von den einmarschierenden Armeen der »sozialistischen« Brudervölker zertrampelt.

Berühmt ist Prag auch für seine Baudenkmäler. Für die hochherrschaftlichen Patrizierhäuser, die Kirchen und auch für seine Künstler und Musiker. Noch in der heutigen Zeit bringt die Tschechei immer wieder hochbegabte Dramatiker und Theaterschreiber hervor, die auch im Westen Anerkennung finden.

Nicht zuletzt denke ich auch an den weltberühmten Komponisten Smetana, der durch sein symphonisches Werk »Mein Vaterland« die Moldau, die durch Prag fließt, weltbekannt gemacht hatte. Auch »Die verkaufte Braut«, eine der meistgespielten Opern, stammt aus der Feder dieses genialen Komponisten.

Das alles konnte und musste ich vergessen, denn die Aufgabe, die mich in die Goldene Stadt geführt hatte, war hart genug. Ich dachte an den Golem, hatte trotzdem den Mund gehalten und den Russen nicht eingeweiht. Wir landeten in Prag auf einem abgeschirmten Militärgelände. Es war spät geworden, mir fehlte auch der Schlaf, und ich wäre gern zu meinem schon reservierten Zimmer ins Hotel gefahren, doch die Tschechen und auch Golenkow wollten es anders.

So verbrachte ich den Rest der Nacht im Lager auf einem harten Feldbett.

Am Morgen wurde ich früh geweckt, trank widerlich schmeckenden Militärkaffee und besprach mit Wladimir die Lage. Er saß mir gegenüber und schlürfte die heiße Brühe.

»Also, John, wir werden uns die Arbeit nicht teilen.«

»Wieso?«

»Sie bleiben am besten im Hotel, während ich einige Leute damit betraue. Das ist reine Schreibtischarbeit und Telefoniererei. Sollte etwas passieren, lasse ich Ihnen Bescheid geben.«

»Sie wollen mich an die Leine legen?«

»Nein, nicht unbedingt, aber wissen Sie mehr? Kennen Sie sich in der Stadt aus?«

»Leider nicht.«

»Das ist es.« Er lächelte. »Wir haben sehr gut zusammengearbeitet, damals in der UdSSR. Hier ist das etwas anders. Wir haben keinen, den wir jagen können.«

Ich leerte meine Tasse. »Okay, einverstanden. Ich warte dann im Hotel auf Sie.«

»Gut, ich fahre Sie hin. Mein Dienstwagen steht hier auf dem Gelände.« Er wischte sich die Lippen ab und stand auf. Das war auch ein Zeichen für mich, den Platz zu verlassen.

Ein herrlicher Tag erwartete uns. Über den Bergen stand die Sonne und verlieh den bewaldeten Spitzen und Graten einen wunderschönen Glanz. Aus den Tälern stiegen letzte Nebelschwaden. Selbst auf diesem Kasernengelände war der Duft des Frühsommers zu spüren.

Nur die scharfen Kommandos passten nicht dazu, die über den Platz hallten. Eine Gruppe von Soldaten marschierte im Stechschritt und mit geschulterten Gewehren. Die Gesichter unter den Stahlhelmen wirkten hart und verkniffen.

Ich mochte diesen Drill nicht. Ob im Westen oder im Osten. Am liebsten wäre mir ein Leben ohne Soldaten gewesen, aber das war wohl nicht zu machen, solange sich gewisse Politiker uneinsichtig zeigten.

»Kommen Sie, wir gehen zu meinem Wagen!«

Ich folgte dem Russen und war überrascht, dass wir neben einem älteren Mercedes stoppten. Ich hätte auf keinen Fall damit gerechnet, dass er ein solches Fabrikat fuhr.

»Überrascht?«, fragte er mich.

»Ja.«

»Es ist ein Diesel. Dafür bekomme ich immer Sprit.«

Die Polster waren schon durchgesessen, dementsprechend tief sank ich ein. Der Mercedes besaß eine besondere Ausrüstung. Zwischen den beiden vorderen Sitzen entdeckte ich ein Funkgerät. Golenkow grinste mich an, bevor er startete. »Sie wissen Bescheid, es bleibt bei dem Hotelaufenthalt.«

»Natürlich.«

Schon bald erreichten wir Prag und auch die Innenstadt. Ich schaute mir während der Fahrt die alten Gebäude an, sah auch den Verfall. Es wurde Zeit, dass man sie renovierte. Aber wer konnte das bezahlen?

Wir rollten an der Moldau entlang. Träge wirkte der Fluss, seine Wassermassen graubraun. Auf den Wellen spiegelte sich die Sonne.

Wir mussten auf die andere Seite des Flusses. Der Russe tat mir den Gefallen und fuhr mich über die berühmte Karlsbrücke. Im Hintergrund sah ich den türkisfarbenen Kuppelbau einer Kirche im Sonnenlicht schimmern, und wir waren auch nicht weit vom Wenzelsplatz entfernt.

In die Altstadt stachen wir hinein. Die Straßen wurden schmaler, die Hauswände rückten näher zusammen. Es gab kleine Geschäfte und auch Kneipen, wo das Pilsener Urquell ausgeschenkt wurde. Schon jetzt bekam ich eine trockene Zunge.

Golenkow konnte Gedanken erraten. »Vielleicht gönnen wir uns einen Zug durch die Gemeinde«, sagte er. »Natürlich nur, wenn wir es geschafft haben.«

»Sicher, ich bin dafür.«

Er musste bremsen, weil Kinder über die Straße rannten. Ihnen folgten zwei junge Mädchen, deren Röcke im Rhythmus ihrer Gehbewegungen wippten und dabei viel Bein zeigten. Es gab verdammt hübsche Mädchen in der Tschechei!

In einer Gasse, die leicht bergab führte und mit Kopfsteinpflaster ausgelegt war, fuhren wir. Hier herrschten die Schatten vor. Das Licht der Sonne drang kaum durch.

Das Hotel lag an einer Ecke, wo zwei schmale Straßen zusammentrafen. Die eine endete vor einer großen Treppe, die zu einer Kirche führte und von schmalen Hauswänden flankiert war. Im oberen Drittel zeigten die Häuser den goldenen Glanz der Sonne.

Einen Parkplatz hatte das Hotel nicht. Seine vordere Wand war gelb gestrichen. Kaisergelb, wie die Österreicher dazu sagen.

»Der Koffer ist bereits da«, erklärte mir Golenkow beim Aussteigen. »Das Haus ist zwar nicht sehr komfortabel, aber es lässt sich darin wohnen. Außerdem gibt es hier ein gutes Essen. Sie sollten mal die Pflaumenknödel probieren. Die Powidl…«

Ich lachte. »Lassen Sie mal. Den Namen kann ich auch nicht aussprechen.«

In der kleinen Rezeption kam ich mir vor wie im 19. Jahrhundert. Alles war so alt, so anders, irgendwie spießig und trotzdem herrschaftlich, als würde jeden Augenblick der Herzog von Böhmen mit seinem Gefolge eintreffen. Man roch noch den Glanz einer leider vergangenen Zeit, wie viele behaupteten.

Ein grauhaariger Portier, der mich in seiner Uniform mehr an eine Operettenfigur erinnerte, erwartete uns, verbeugte sich und begrüßte mich auf Deutsch.

Es war tatsächlich alles vorbereitet worden. Mein Zimmer lag im zweiten Stock, wie er mir erklärte.

In das Gästebuch brauchte ich mich nicht einzutragen. Golenkow hatte für alles gesorgt. Wieder einmal konnte ich feststellen, dass die Russen vieles unter Kontrolle hielten.

Wladimir verabschiedete sich von mir. »Ich rufe Sie an, falls ich eine Spur habe.«

»Ja, ist gut. Wo kann ich Sie erreichen?«

Er winkte ab. »Lassen wir es bei meinem Anruf. Das ist besser!«

»Machen Sie hier so auf geheim?«

Er hob die Schultern. »Ich habe meine Anweisungen. Nicht gegen Sie, Towaritsch, aber es ist nun mal so. Nehmen Sie es nicht persönlich. So war es nicht gemeint.«

»Schon gut.«

Der Russe ging. Ich blieb mit dem Portier allein in der Halle zurück. »Er ist Russe, nicht?«, sprach mich der Mann an.

»Ja, warum?«

»Ach, nur so. Kommen Sie, Mr. Sinclair, ich zeige Ihnen das Zimmer. Leider haben wir keinen Aufzug. Es macht Ihnen doch nichts aus, oder?«

»Nein, überhaupt nicht.«

Die Treppe war normal breit, bestand aus Stein und war mit einem Teppich belegt worden, der schon starke Verschleißerscheinungen zeigte. Was mir auffiel, waren die kleinen Fenster. Man konnte sie schon als Kunstwerke bezeichnen mit ihren schmalen Rundbögen und den zahlreichen Sprossen. Das Glas wurde im Sonnenlicht gebadet und hatte einen goldenen Schimmer bekommen.

Im zweiten Stock führte mich der Mann durch einen schmalen Gang. Rechts und links lagen die Zimmertüren.

Etwa in der Mitte lag mein Zimmer. Der Portier öffnete. Ich war von der Größe des Zimmers ebenso überrascht wie von der Einrichtung. Das war schon Jugendstil. Ein großes Bett, ein hoher Schrank, ein Tisch, zwei Sessel, aber keine Dusche und auch kein WC.

Beides befand sich am Ende des Ganges, wie mir der Portier erklärte. Ich drückte ihm ein Trinkgeld in die Hand, er bedankte sich und ging. Mir kam es so vor, als wollte er mir noch etwas sagen, aber das ließ er bleiben. Leise zog er die Tür hinter sich ins Schloss.

Wie so oft in fremden Hotels trat ich zunächst ans Fenster und schaute nach draußen.

Hinterhof! Aber er hatte ein gewisses Flair. Zwar war er im Karree gebaut, aber über eine Treppe konnte man den nächsten Hof oder eine Straße erreichen.

Auf den Stufen saßen vier junge Leute und ließen sich vom einfallenden Sonnenlicht bescheinen.

Die Atmosphäre der Ruhe übertrug sich auch auf mich. Ich merkte, dass ich mich allmählich entspannte, zog die Schuhe aus und legte mich auf das Bett.

Es war sehr breit. Ich fühlte mich sofort wohl und passte mich dieser Umgebung an.

Das hieß im Klartext: Mir fielen die Augen zu, sodass ich allmählich einschlief.

So etwas war mir selten passiert. Ein tiefer Schlaf hielt mich umfangen, und als ich erwachte, da war es ein Hochschrecken, gleichzeitig verbunden mit einem Blick auf die Uhr.

Schon später Nachmittag!

»Sinclair, du bist verrückt!«, murmelte ich, setzte mich auf die Bettkante und stützte meinen Kopf auf die Handflächen. Der Nacken war steif geworden. Auf ihm lastete ein starker Druck. Obwohl ich lange geschlafen hatte, fühlte ich mich irgendwie matt und zerschlagen. Ich reckte mich und sah dicht neben dem Bett eine Klingel, die ich drückte.

Wenig später wurde geklopft. Auf mein »Herein« erschien ein dunkelhaariges Zimmermädchen. Sie hatte Augen wie reife Kirschen. Die Kleine trug einen engen schwarzen Rock, einen dünnen Pullover mit halbrundem Ausschnitt und eine weiße Schürze. Ihre Figur war klasse. Da saß alles an den richtigen Stellen. Das Haar hatte sie kurz geschnitten.

In einem etwas holprig klingenden Deutsch fragte sie nach meinen Wünschen, und ich bestellte ein Pils.

»Sofort, der Herr!« Sie lächelte, drehte sich, sodass ich auf ihre wohlgerundete Kehrseite schauen konnte. Das Schwingen der Hüften war sicherlich Absicht gewesen.

In einer Ecke des Zimmers befand sich das Waschbecken. Wenigstens wollte ich mir die Müdigkeit aus dem Gesicht spülen. Der Wasserdruck war nicht besonders, dafür erfrischte mich die kalte Flüssigkeit. Als ich mir das Gesicht abtrocknete, klopfte es, und die Kleine betrat das Zimmer. Sie brachte ein frisch gezapftes Pilsener mit einer wunderschönen festen Schaumkrone.

Meine Augen begannen zu strahlen. Ich ging der Kleinen entgegen und nahm das Glas vom Tablett. In langen Zügen trank ich. Bis zur Neige leerte ich es, wobei mir das Mädchen aus seinen großen Augen zuschaute und staunte.

Aufatmend setzte ich das Glas ab. »Das hat gut getan«, sagte ich zu ihr.

»Möchten Sie noch eines?« Als ich verneinte, traf sie trotzdem keinerlei Anstalten das Zimmer zu verlassen. »Ist noch etwas?«, fragte ich.

Das Mädchen hob die Schultern.

Ich lachte. »Klar, ich muss noch bezahlen.« Ich zückte meine Börse und gab ihr außerdem noch ein Trinkgeld.

Sie bedankte sich und meinte dann: »Wieso wohnen Sie gerade hier?«

»Weshalb nicht?«

»Dieses Hotel ist sehr alt und hat keinen guten Ruf. Ich habe gesehen, wer Sie herbrachte. Es war ein Russe, nicht?«

»Ja.«

»Ihr Freund?«

»Das kann man nicht gerade sagen. Wir arbeiten beruflich zusammen.«

»Er sprach auch mit dem Besitzer. Das war vor drei Tagen.« Die Kleine nickte und hob die Schultern …

»Wieso? Was wollen Sie damit andeuten?«

»Man hat Sie bewusst hergeführt. Ich bekam zufällig einiges mit. Die beiden unterhielten sich über eine, ich weiß nicht, wie ich sagen soll, Sage oder so …«

»Welche?«

»Kennen Sie den Golem?«

Diese Frage überraschte mich. Ich schaute die Kleine an und deutete auf einen Stuhl. »Nehmen Sie mal Platz.«

Sie blickte sich ängstlich um. »Man weiß, wo ich bin. Ich habe nicht viel Zeit.«

»Ist es der Portier?«

»Nein, der nicht. Aber …«

»Keine Sorge, ich werde die Sache schon gerade biegen.«

»Wenn Sie meinen.« Sie ging auf den Stuhl zu und ließ sich vorsichtig auf dessen Kante nieder.

Auch ich setzte mich, allerdings so, dass ich von den schräg durch das Fenster fallenden Sonnenstrahlen nicht geblendet wurde. »Und nun berichten Sie mal.«

Sie senkte den Blick ihren Händen entgegen. »Viel kann ich Ihnen nicht sagen, aber dieses Hotel oder die Gegend hier hat keinen guten Ruf. Man spricht davon, dass früher hier dieser Rabbi Loew gelebt hat, der den künstlichen Menschen erschaffen wollte.«

»Davon weiß ich.«

Sie nickte heftig. »Und dann sagte man, dass es sich bis in die heutige Zeit erhalten hat. Ich hörte, dass man sogar

Leichen hat schweben sehen. Aber das kann ich nicht mit Gewissheit behaupten, die Leute munkelten davon, und die Offiziellen stritten es ab.«

»Haben Sie die Leichen denn gesehen?«, fragte ich das Mädchen.

»Nein, das nicht. Der Hoteldirektor sprach davon. Und zwar mit dem Mann, der Sie hergebracht hat.«

Ich nickte. »Das ist interessant, glaube ich. Danke, dass Sie mich informiert haben.«

Sie stand auf und bekam einen roten Kopf. »Ich, ich ...«, begann sie zu stottern, »ich hätte es ja eigentlich nicht getan. Aber auch ich habe Angst, wissen Sie? Vielleicht ist doch etwas an diesen alten Geschichten dran, und dann kann es Schwierigkeiten für uns alle geben.«

Ich legte ihr eine Hand auf die Schulter. »Beruhigen Sie sich, meine Liebe, es wird schon klappen.«

Sie lächelte zu mir hinauf. »Meinen Sie?«

»Ganz sicher.«

»Und Sie verraten mich auch nicht?«

»Nein, aber ich verspreche Ihnen, dass, wenn alles vorbei ist, Sie mich durch Prag führen. Machen Sie das?«

Ihre Augen strahlten plötzlich. »Gern, Herr Sinclair.«

»Und wie heißen Sie?«

»Katja.«

»Okay, Katja. Ich bin John.«

Sie wurde noch einmal rot und schloss die Tür leise hinter sich zu. Ich aber setzte mich wieder hin, holte eine Zigarette aus der Schachtel und dachte über das Gehörte nach.

Jetzt war mir auch klar, aus welch einem Grund sich Wladimir Golenkow so plötzlich verzogen hatte. Sicherlich befand er sich nicht in seiner Dienststelle und wartete in der Nähe ab, ob sich etwas tat. Er musste mehr wissen, als er hatte zugeben wollen, und es war ihm gelungen, mich als Köder einzuspannen.

Reingelegt hatte uns der Russe. Nicht allein mich, auch meinen Chef, Sir James. Aber ich sollte für ihn die Kastanien aus dem Feuer holen. Konnte ich ihm deshalb böse sein?

Im Prinzip nicht. Es war ja mein Job, Geister zu jagen. Mir gefiel nur die Art und Weise nicht, wie man mich vor den Karren gespannt hatte. Da hätte man mich schon einweihen können.

Ich rauchte, blies den Qualm gegen die Sonnenstrahlen und schaute ihm nach. Meine Gedanken waren in eine Richtung gelenkt. Sie galten einzig und allein diesem Petar Kopanek. Ich hatte dem Mädchen gegenüber den Namen nicht erwähnt. Die Kleine sollte nicht wissen, womit ich beschäftigt war. Sie hatte mich sicherlich nur gewarnt, weil ich ihr sympathisch war, und damit hatte sie auch ein großes Risiko auf sich genommen.

Ich ging wieder zum Fenster, öffnete es und lehnte mich hinaus. Nur mehr wenig Sonne fiel in den Hof. Die Strahlen malten einen letzten, hellen Schimmer auf die Hauswand. In wenigen Minuten würden sie völlig verschwunden sein.

Auch im Hof war es ruhig. Aus der Ferne hörte ich Geräusche. Da musste irgendwo eine der Hauptstraßen herlaufen, die die Altstadt von Prag umgeben, aber ich kam mir vor wie in einer anderen Welt. Hier hatte jeder Stein seine eigene Geschichte.

Mir war kein Blick in die Fenster der gegenüberliegenden Häuser gestattet. Entweder lagen sie zu ungünstig, oder die Bewohner hatten die Gardinen vorgezogen.

Auch die letzten Sonnenstrahlen verschwanden. Ins offene Fenster gelehnt, konnte ich zusehen, wie es immer düsterer auf dem Hinterhof wurde. Lange Schatten drückten sich lautlos hinein. Die Temperatur ging zurück.

Dabei hatte ich das unbestimmte Gefühl, keine natürliche Kälte zu erleben, sondern eine, die aus einer anderen Welt an die Oberfläche gekommen war, um von ihr Besitz zu ergreifen.

Waren die Schatten echt, oder gehörten sie bereits zu dieser gefährlichen unbekannten Magie, die all die langen Jahrhunderte überdauert hatte und durch welches Ereignis auch immer aus dem tiefen Schlummer erweckt worden war?

Ich fröstelte und zog mich wieder zurück. Das Fenster ließ

ich offen. Wenn jemand zu mir kommen wollte, würde ich ihm kein Hindernis in den Weg legen.

Auf die Bettkante setzte ich mich. Von dieser Stelle aus konnte ich das Fenster gut unter Kontrolle halten.

Keine Geräusche waren zu hören. Weder von draußen noch im Hotel. Diese Ruhe war unnatürlich. Ich hatte plötzlich das Gefühl, der einzige Gast zu sein.

Dann hörte ich Schritte auf dem Gang. Ich stand auf, schlich zur Tür und öffnete.

Der Portier war schon an meinem Zimmer vorbei, hatte das Geräusch vernommen und drehte sich um. In der rechten Hand trug er einen Besen. »Ist alles in Ordnung?«, fragte er mich.

»Sicher.«

»Sie haben sonst keinen Wunsch mehr? Vielleicht noch ein Pilsener?«

»Auch das nicht, danke.« Ich schnippte mit den Fingern. »Sagen Sie mal, bin ich der einzige Gast in diesem Hotel?«

Er schaute mich erstaunt an. »Wie kommen Sie darauf?«

»Ganz einfach. Ich habe keinen anderen gesehen und höre auch nichts von ihnen.«

Er winkte ab. »Das muss auch nicht sein, mein Herr. Wir sorgen dafür, dass die Gäste Ruhe haben. Es sind noch Mitglieder einer Reisegesellschaft einquartiert worden, aber die Leute machen am heutigen und morgigen Tag einen Ausflug. Sie bleiben auch über Nacht weg.«

»So ist das – danke.«

»Bitte, der Herr.«

Ich zog mich wieder zurück. Die Erklärung des Portiers hatte mich nicht überzeugt. Wahrscheinlich war ihm die Anweisung gegeben worden, so etwas zu sagen.

Wieder setzte ich mich auf das Bett. Mir gefiel die Sache überhaupt nicht. Obwohl das Fenster offen stand, kam ich mir wie eingeschlossen vor. Da war einiges schief und nicht nach meinen Wünschen gelaufen, und das wiederum bereitete mir Sorgen.

Auch Golenkow hatte nichts von sich hören lassen. Klar, er

wartete in sicherer Deckung ab, bis sich bei mir etwas tat, um dann zuschlagen zu können.

Wieder fiel mein Blick auf das Fenster. Obwohl sich dahinter nichts verändert hatte – das Bild war das Gleiche geblieben –, hatte ich das Gefühl, nicht mehr allein zu sein.

Ich sah zwar niemanden, trotzdem konnte ich mich auf meinen sechsten Sinn verlassen.

Langsam drückte ich mich in die Höhe. Mit sehr zögernden Schritten näherte ich mich dem Fenster. Meine Tritte dämpfte ich, sodass ich sogar das Summen einer sich im Raum befindlichen Fliege vernehmen konnte. Das Insekt flog seine Kurven und wurde plötzlich regelrecht bösartig, als es in einem Zickzackkurs dem Fenster entgegensegelte und dort blitzschnell ins Freie verschwand.

Als hätte die Fliege Angst gehabt …

Die hatte ich zwar nicht, dennoch konnte ich ein mulmiges Gefühl nicht abstreiten.

Dicht vor der schmalen Fensterbank blieb ich stehen und beugte mich nur sehr langsam vor.

Ich schaute in einen düster gewordenen leeren Hof. Auch auf der Treppe saß niemand mehr, aber ich spürte, dass jemand in der Nähe war. Über mir befanden sich noch weitere Etagen. So war es ganz natürlich, dass ich den Kopf drehte und hochschaute.

Da sah ich sie.

Sie schwebte schräg über mir, hatte die Arme ausgestreckt, und zwischen ihnen sah ich das kalkweiße Gesicht des fliegenden Toten …

Nur zwei Häuser weiter hockte der Russe auf einem harten Schreibtischstuhl und hielt einen Telefonhörer gegen sein Ohr gepresst. Vor ihm auf dem Tisch stand ein Gerät, dessen größtes Teil die Rundung eines Lautsprechers war.

Er hatte seine Funktion erfüllt, denn Golenkow war es gelungen, das mitzubekommen, was sich im Zimmer des Engländers abspielte und durch eine Wanze übertragen worden war.

Er hatte auch die Warnung des Stubenmädchens verstanden und sich sehr darüber geärgert. Allerdings wollte er keine Schritte gegen das Mädchen unternehmen, da er sich selbst nicht wohl in seiner Haut fühlte. Zwar gehörten das Lauschen und ähnliche Attacken zum Geschäft eines Geheimdienstlers, aber gleichzeitig war dieser Engländer ihm nicht unsympathisch. Wladimir dachte sehr oft daran, dass der Geisterjäger und er in Sibirien einiges erlebt hatten, doch Job war Job. Er hatte einen Eid geschworen, und den durfte er nicht brechen.

Auch ein Aschenbecher stand neben ihm, der vor Kippen fast überquoll. Es waren westliche Zigaretten. Wer in der Hierarchie so weit oben war wie er, konnte sich auch Zigaretten aus dem kapitalistischen Lager erlauben.

In der letzten Zeit hatte er öfter auf seine Uhr geschaut. Der Russe wurde das Gefühl nicht los, dass etwas passierte. Sofort nach dem ersten Auftauchen der schwebenden Leichen waren die beiden Geheimdienste aktiv geworden und hatten dafür gesorgt, dass die entsprechenden Fallen gestellt wurden.

Auch er kannte die Legende vom Rabbi Loew. Offizielle und höhere Stellen lachten zwar darüber, aber sie hatten auch damals über die Zombies gelacht, denn lebende Tote vertrugen sich einfach nicht mit der sowjetischen Ideologie.

Wieder zündete er sich eine Zigarette an. Kaum war die Flamme des Feuerzeugs verloschen, als er aus dem Lautsprecher Geräusche vernahm. Schritte, das Öffnen einer Tür, dann Stimmen.

Wladimir beugte sich vor. Er drehte an der Feineinstellung des Apparates und war ganz Ohr.

Sinclair sprach.

Seine Stimme war nicht so deutlich zu verstehen, wahrscheinlich war die Wanze nicht die beste, aber auch der zweite Mann war zu hören. Dem Klang der Stimme nach musste es der Portier sein, den sie ebenfalls nicht voll eingeweiht hatten.

Die beiden redeten über belanglose Dinge, sodass sich

Golenkow beruhigt zurücksinken lassen konnte. Bisher war nichts geschehen, aber der Abend war nahe, und bisher waren die schwebenden Leichen nur immer bei Dunkelheit aufgetaucht.

Im Zimmer war es wieder still geworden. Sinclair musste nahe der Wanze sitzen, selbst sein Atem war zu hören. Wieder schaute der Russe auf die Uhr.

Die verdammte Zeit wollte einfach nicht vorbeigehen. Er wurde immer nervöser. Dass der Fall ihn so viel Nerven kosten würde, damit hätte er nicht gerechnet.

Dann hörte er Schritte. Eine an sich harmlose Sache. Sicherlich war Sinclair nur im Zimmer hin und her gegangen. Entscheidend jedoch war, wie er ging. Das war nicht normal. Er bewegte sich schleichend, fast vorsichtig, zudem dämpfte der Teppich seine Tritte sehr stark, sodass sich Golenkow schon sehr konzentrieren musste, um überhaupt etwas zu hören.

Der Lauscher wollte sich schon beruhigt zurücklehnen, als er ein Geräusch hörte, das ihm überhaupt nicht gefiel. Es war der Klang in der Stimme des Geisterjägers.

Plötzlich stand Wladimir Golenkow wie unter Strom. Er wusste genau, dass es begonnen hatte …

Über mir befand sich die schwebende Leiche!

Ich war so überrascht, dass ich nicht allein zurücksprang, sondern ein erlösendes Wort ausstieß.

»Endlich!«

Und sie kam.

Der Tote hatte sich entschlossen, gegen mich zu kämpfen. Er war von einer unheimlichen Macht geschickt worden und drehte sich in dem Augenblick herum, als er sich mit dem Fenster in gleicher Höhe befand.

Jetzt schaute er mich an.

Ich wandte meinen Kopf nicht ab, sondern hielt seinem gefühllosen Blick stand.

Wir fixierten uns.

Meine Beretta ließ ich stecken, denn ich wusste genau, dass es keinen Sinn hatte. Die ihn auch jetzt umgebende Aura würde die Kugel radikal zerstören.

Wie von einem Luftstrom getragen, schwebte die Leiche näher. Sie wurde durch das offene Fenster und hinein in das Zimmer gedrückt. Ich war bis zu meinem Bett zurückgegangen. Ob die Leiche mich umbringen wollte oder etwas anderes mit mir vorhatte, wusste ich nicht. Deshalb wollte ich es darauf ankommen lassen.

Noch tat ich nichts. Ich ließ sie kommen und beobachtete ihr bleiches Gesicht. Es war der Tote ohne Haare. Sein blanker Schädel erinnerte mich an eine Kugel, die zwischen seinen Armen auf den Schultern saß.

Der Geruch von Moder und leichter Verwesung strömte mir entgegen, sodass ich unwillkürlich die Luft anhielt.

Man hatte mir den Namen Petar Kopanek gesagt. Deshalb war ich davon überzeugt, dass die schwebende Leiche in seinem Auftrag handelte. Mein Blick konzentrierte sich auf ihre Hände.

Sie waren bereit, um zupacken zu können.

Würgeklauen …

Mein Hals wurde trocken, als ich daran dachte. Gern wollte ich die Totenhände nicht an meiner Haut spüren. Es fiel mir nicht leicht, stehen zu bleiben und den Toten anzuschauen. Erst wenn sich die beiden Klauen dicht vor mir befanden, wollte ich etwas tun.

Sekunden vergingen.

Die Leiche schwebte näher …

Noch eine halbe Armlänge waren die Klauen von meinem Hals entfernt. Ich holte noch einmal tief Luft, und dann schien es so, als hätte mir ein Regisseur das Wort »Action« zugerufen.

Ich schüttelte meine Beklemmung kurzerhand ab, tauchte links an dem Toten vorbei, kam neben ihm wieder in die Höhe und griff mit beiden Händen nach seinem rechten Handgelenk, das ich festhielt, als befände es sich in einem Schraubstock.

Der Schwebeflug der Leiche wurde abrupt gestoppt!

Nur für einen Moment blieb ich in dieser Haltung, dann drehte ich mich, ohne das Gelenk loszulassen.

Ich brach ihr den Arm!

Bei einem Menschen hätte ich das nicht getan, aber dieses schwebende Wesen sah zwar aus wie ein Mensch, nur fühlte es nicht so und konnte auch nicht mehr so handeln. Es war eine Leiche. Vielleicht ein Zombie, zumindest aber ein ferngesteuerter Toter.

Die Haltung, die der Tote einmal angenommen hatte, war nun verändert worden. Da ich den rechten Arm erwischt hatte, hing er nach unten wie ein lebloses Stück Holz, das jemand mit irgendeinem Nagel am Gelenk befestigt hatte.

Nach wie vor bildete der linke Arm die Verlängerung seines Körpers. Ihn bekam ich ebenfalls zu fassen, brach ihn jedoch nicht, sondern zog den Toten vor, sodass er an mir vorbei auf das Bett zuschwebte. Er glitt darüber hinweg, und ich wartete, bis er ungefähr die Mitte der Liegestatt erreicht hatte.

Bisher gehorchte dieser ferngesteuerte Tote nicht mir, sondern einem anderen und fremden Gesetz. Diesen Bann wollte ich unter allen Umständen brechen, nahm dabei mein Kreuz und legte es auf die Körpermitte der schwebenden Leiche.

Dort blieb es liegen.

Ich hatte den Toten losgelassen, weil ich sehen wollte, wie der Talisman reagierte. Aktivieren wollte ich ihn noch nicht, aus Angst, dass ich alles zerstören konnte. Auch ohne Aktivierung besaß das Kreuz eine große weißmagische Kraft, die auch die schwebende Leiche zu spüren bekam, denn plötzlich fiel sie aufs Bett.

Der Tote landete auf den Kissen, drückte sie ein und blieb liegen, während ein Zucken durch seinen Körper rann.

Ich atmete auf.

Dieser kleine, aber entscheidende Vorgang bewies mir, dass es mir gelungen war, den Flug der Leiche zu stoppen. Mein Kreuz war stärker als die Kraft, die hinter dem Toten stand.

Es war nicht vom Körper gerutscht. So wie ich es auf den Toten gelegt hatte, blieb es auch liegen. Ein schwaches Leuchten lag über den Insignien der Erzengel an den Enden des Kreuzes. Sie hatten einen Bann oder eine Sperre aufgebaut, gegen die auch der Tote nicht ankam.

Ich hatte vor, den Toten genauer zu untersuchen. Vielleicht konnte ich durch eine Aktivierung des Kreuzes noch mehr erreichen, als etwas geschah, das mich fast von den Beinen riss.

In der Kreuzmitte und genau dort, wo vor einiger Zeit die noch unenträtselten Zeichen verschwunden waren, glühte etwas auf.

Es war ein Buchstabe, der Ähnlichkeit mit einem rechten Winkel aufwies.

Ein L!

Und ich wusste auch, was dieser Buchstabe bedeutete. Das L stand für Lilith, der ersten Hure des Himmels und jetzigen Partnerin des Höllenherrschers Luzifer …

Auf einmal wurde mein Hals trocken. Ich spürte das Kribbeln und den kalten Schauer auf meinem Rücken. Automatisch hob ich meinen Arm und fuhr mir durch die Haare. Mit allem hatte ich gerechnet, nur nicht damit, dass dieses L plötzlich erscheinen würde.

Wie damals, als ich mit meinem Freund Suko den Neubau durchstöbert hatte und wir auf die Frau im Feuer gestoßen waren, um anschließend die Bekanntschaft Liliths zu machen. Ihr war es tatsächlich gelungen, mein Kreuz zu manipulieren, indem sie ihm ihren Stempel aufgedrückt hatte.

Eine furchtbare Sache.

Ich hatte damals das Kreuz eigentlich wegwerfen wollen. Suko hatte mich zum Glück daran gehindert, und es war auch nichts weiter passiert, bis auf die Tatsache, dass die von mir noch nicht enträtselten Zeichen in der Mitte verschwunden waren.

In den weiteren Fällen hatte ich das Kreuz einsetzen können, ohne irgendwelche Belastungen oder Störungen. Es reagierte nach wie vor, erst jetzt entdeckte ich wieder dieses

L, dessen Auftauchen mir bewies, wie sehr noch eine andere gefährliche Kraft darüber wachte, dass vieles in ihrem Sinne geschah.

Meine Stimme versagte. Auch wenn ich es gewollt hätte, es wäre mir nicht gelungen, auch nur ein Wort hervorzubringen. Zu sehr hielt mich die Überraschung fest.

Lilith!

Was hatte sie, die auch die Große Mutter genannt wurde, mit diesem Fall zu tun. War sie vielleicht die Initiatorin der schwebenden Leichen? Hatte ich mich bisher auf die falschen Dinge konzentriert, wobei ich in Wirklichkeit nur gegen sie kämpfen musste.

Es waren wirre Gedanken, die meinen Kopf durchschossen und die ich zunächst einmal ordnen musste. Für mich zählte der schwebende, jetzt liegende Tote.

Er war der springende Punkt. Wenn ich ihn überwunden hatte, konnte ich auch an die Große Mutter herankommen, wie Lilith ja genannt wurde. Die Leiche musste allein unter ihrer Kontrolle stehen. Sie gehorchte ihren Gesetzen, die Große Mutter sorgte dafür, dass sie mir auf den Fersen blieb. Und wenn ich an sie dachte, fiel mir auch gleich der Teufel ein.

Er und die Große Mutter hatten einen Pakt geschlossen. Gewollt war er von dem obersten aller Höllenfürsten, von der Person oder dem Geist, der das absolut Böse seit Beginn der Zeiten in sich manifestierte.

Dafür gab es einen Namen.

LUZIFER

Ein Held für die Dämonen, für Menschen auch, die die Zerstörung der Welt wollten, den Untergang des Abendlandes, das absolute Chaos.

Schon immer hatte es diese Person gegeben, die Geschichte war voll davon, und gerade in Prag, der Goldenen Stadt an der Moldau, hatte jemand gelebt, der sich auch dem Teufel sehr verbunden fühlte, da er künstliches Leben erschaffen wollte. Ich dachte wieder an den Rabbi Loew und seinen Golem.

Er hatte in Prag gelebt und war für Johann Wolfgang von Goethe das Vorbild für den Dr. Faustus.

Lebte das Erbe des Rabbi noch?

Meine Handflächen wurden feucht, als ich mich mit diesem Gedanken beschäftigte. Wenn ja, konnte ich damit rechnen, einen künstlichen Menschen zu sehen.

War diese vor mir liegende Leiche bereits ein Meilenstein auf diesem blasphemischen Weg dorthin? So etwas war schwer zu glauben. Ich wollte es auch nicht ausschließen und erinnerte mich wieder an Goethes Faust, wo im zweiten Teil der Homunkulus, ein kleiner zierlicher Mensch, auf chemischem Wege und nach der Schrift des Paracelsus geschaffen worden war. Wenn es ein Erbe des Rabbi gab, stand ich ihm wahrscheinlich gegenüber, und es musste auch jemand da sein, der es übernommen hatte, und der mir bis dato noch unbekannt war.

Künstliches Leben!

Das durfte nicht sein. Das war die Herausforderung der Schöpfung. Das war wider alle Regeln und Gesetze. Ich beschloss, mit aller Macht dagegen anzugehen, auch wenn eine Person wie Lilith dahinter stand und von dem absolut Bösen, Luzifer, gestützt wurde.

Noch konnte ich nichts tun. Nur da stehen, schauen und warten, ob sich etwas ereignete.

Nach wie vor zeichnete sich das L auf meinem Kreuz ab. Ich wusste inzwischen, dass sich Lilith trotz allem überschätzt hatte, denn ihr war es nicht gelungen, das Kreuz so zu manipulieren, dass es ihren Gesetzen gehorchte.

Ich ließ das Kreuz liegen, beugte mich über den Toten und strich mit meinen Fingerspitzen über die Haut. Ich wollte sehen, wie weit sie schon einer Verwesung anheim gefallen war oder ob ein gewisses Leben in ihr steckte.

Sie fühlte sich glatt an und trotzdem wellig. An einigen Stellen war sie auch weich, sodass ich sie eindrücken konnte. Nein, dieser Tote war echt. Weshalb er durch die Luft geschwebt war, wusste ich nicht. Vielleicht würde ich dieses Rätsel auch nie lösen können.

Erst einmal konnte er mir nicht mehr gefährlich werden, auch wenn mein Kreuz sich so verändert hatte. Der Tote lag auf dem Bett, das Kreuz hatte seinen Platz ebenfalls gefunden, und ich dachte daran, dass es drei Leichen gab.

Wo befanden sich die beiden anderen?

Nach wie vor stand das Fenster offen. Die etwas kühlere Nachtluft fuhr in den Raum und fächerte auch in mein Gesicht, als ich mich dem Fenster näherte, hinauslehnte und in den Hof schaute.

Es überwogen die Schatten.

Wie lange Finger glitten sie an den Hauswänden hoch, bedeckten auch die Fenster und lagen ebenfalls auf dem Boden des Hinterhofs. Von den schwebenden Leichen sah ich nichts mehr.

Trotzdem konnte ich mir nicht vorstellen, dass sie sich zurückgezogen hatten. Die Toten mussten sich in meiner Nähe befinden, davon war ich fest überzeugt. Wenn nicht im Hof, dann möglicherweise woanders.

Ich trat wieder zurück. Die erste Leiche lag noch immer regungslos auf meinem Bett. Das Kreuz in einem falschen Rot. Sogar aus dieser Entfernung konnte ich das L erkennen, was mir wiederum überhaupt nicht gefiel. Aber ich würde es schon wegbekommen, das nahm ich mir vor.

Zur Tür ging ich. Die erste Leiche war durch ein offenes Fenster in mein Zimmer eingedrungen. Weshalb sollten sich dann die beiden anderen nicht auch im Hotel befinden. Schlupflöcher gab es sicherlich genug.

Ich war vorsichtig, als ich die Tür öffnete, da ich keine unliebsame Überraschung erleben wollte. Leider knarrte sie ein wenig, sodass es mir nicht gelang, sie lautlos aufzuziehen.

Schräg schob ich mich durch den Spalt, schaute zuerst nach rechts, dann nach links in den Flur.

An beiden Seiten entdeckte ich das Gleiche!

Es waren die schwebenden Leichen, die wie zwei Wächter über dem Flurboden standen …

Zuerst hatte ich mich zurückziehen wollen, dann überwand ich mich selbst und schaute die Leichen genauer an. Es waren die Toten mit den weißen Haaren und den kalkigen Gesichtern. Sie hatten ihre Arme ausgestreckt, die Hände gespreizt, als wollten sie ständig nach irgendeinem Gegner greifen, den sie würgen konnten.

Ich zog mich wieder zurück. Einen Fluchtversuch würden die lauernden Leichen sicherlich zu verhindern suchen. Bevor ich mich absetzte, musste ich aber erst das Geheimnis herausfinden, das mit dem Toten auf meinem Bett verbunden war.

Ich zog mich wieder zurück und schloss auch die Tür hinter mir zu. Auf halbem Weg zum Bett geschah etwas, womit ich nicht gerechnet hatte, obwohl es im Prinzip so banal war.

Das Telefon schrillte.

Es war noch ein alter Apparat, der mit seinem schrillen Geräusch an meinen Nerven zerrte. Bei dieser Lautstärke konnte man fast annehmen, das der Hörer von der Gabel springen wollte.

An einen Irrtum wollte ich nicht glauben, deshalb ging ich hin und hob nach dem dritten Klingeln ab.

Mit einem fragenden »Ja?« meldete ich mich.

»Sinclair?«

Es war eine mir unbekannte Stimme, die meinen Namen fragend ausgesprochen hatte. Erwartet hatte ich Wladimir Golenkow.

»Ja, Sinclair am Apparat.«

»Sinclair in Prag!«, flüsterte er. »Das habe ich mir immer gewünscht, weißt du das?«

»Jetzt ist dein Wunsch ja in Erfüllung gegangen. Sag mir, was du willst, dann sehen wir weiter.« Ich hatte mich nicht allein auf seine Worte konzentriert, auch auf die Aussprache. Sein Englisch klang sehr hart, wie bei den meisten Osteuropäern.

»Du bist in deinem Zimmer und kannst nicht raus. Ich habe dir die Leichen geschickt.«

»Das weiß ich.«

»Wie fühlt man sich denn als Gefangener?«

»Überhaupt nicht«, erwiderte ich. »Weil ich kein Gefangener bin. Aber ich möchte gern wissen, mit wem ich das zweifelhafte Vergnügen habe, ein Gespräch zu führen.«

Er lachte. »Was sind schon Namen? Wichtig ist doch nur einer. Der Name meines Herrschers, unser aller König …«

Ich hatte verstanden. »Meinst du Luzifer?«

»Richtig, Sinclair. Er steht hinter den Dingen.«

»Du brauchst deinen Namen nicht zu nennen. Ich kenne ihn auch so.«

»Dann sag ihn!«

»Petar Kopanek!«

Für einen Moment schwieg er. Für mich war es ein Schweigen der Überraschung. Ich war Gönner und ließ ihm Zeit, sich zu fangen.

»So, du hast schon von mir gehört?« Er fragte raffiniert. Wie jemand, der unbedingt noch etwas wissen will.

»Ja.« Ich ließ ihn zappeln.

»Hat sich mein Ruhm bis nach England herumgesprochen?«

Da schickte ich ihm ein Lachen durch die Leitung. »Das glaube ich kaum, Kopanek. So berühmt bist du nicht, auch wenn du auf die Kräfte der Hölle schwörst. Ich gebe zu, dass du in Prag bekannt und einigen Leuten aufgefallen bist …«

»Wem?«, unterbrach er mich.

»Oh, das ist doch uninteressant. Ich hatte dir nur sagen wollen, dass du mich nicht überraschen konntest. Außerdem kennst du mich. Du wirst von mir gehört haben, und ich kann dir sagen, vielleicht weißt du es auch, dass ich mich vor deinen Dienern nicht fürchte. Überhaupt habe ich vor der Hölle keine Angst. Wer sich mit ihr anlegt, darf sie nicht fürchten.«

Jetzt lachte er. »Große Worte, Engländer. Sehr große sogar. Aber irre dich nicht. Du bewegst dich hier auf einem Boden, der durch Magie gezeichnet worden ist.«

»Ja, das auslaufende Mittelalter hat zahlreiche Auswüchse mit sich gebracht.«

»Nennst du den Golem einen Auswuchs?«, höhnte er.

»Er ist eine Gestalt aus Ton. Ein Irrtum der Natur, eine Überschätzung des gewissen Teils einer menschlichen Kaste. Auswüchse der Kabbalah meinetwegen, aber kein …«

»Geschwätz«, entgegnete er und fuhr mir dabei in die

Parade. »Nur leeres Geschwätz. Ich werde dir beweisen, dass das Erbe des Rabbi Loew existiert. Ich habe es gefunden. Ich besitze den Stein der Weisen, den Schlüssel zum künstlichen Leben ...«

»Aber die Leichen sind, so paradox es sich anhört, tot.«

»Ja.«

»Wozu brauchst du sie dann?«

»Um dir zu zeigen, über welche Kräfte ich verfüge. Ich habe sie als Pfadfinder geholt. Sie sind bereit, mir den Weg zum endgültigen Schlüssel zu zeigen. Du hast keine Chance. Denk an die Macht, die allein hinter mir steht, die alles bisher überlebt hat.«

Damit war sein Gespräch beendet. Er legte auf, und auch ich ließ den Hörer auf die Gabel fallen.

Sekundenlang starrte ich auf den Apparat. Was man mir da mitgeteilt hatte, war harter Tobak. Wie der Dr. Faustus in Goethes Drama wollte er den Herrgott herausfordern.

Das ging nicht gut, das konnte nicht gut gehen, aber er konnte durch seine Taten etwas zerstören und andere Menschen mit in den Untergang reißen. Als ich darüber nachdachte, wurde mir mulmig zumute. Ich dachte an Wladimir Golenkow. Ob er überhaupt ahnte, was sich da zusammenbraute?

Mein Blick glitt nach links. Dort lag das Kreuz auf dem Toten. Das L leuchtete in einem blutigen Rot. Liliths Zeichen war einfach nicht auszuradieren.

Sie hatte einmal dadurch zu mir gesprochen. Würde sich das wiederholen? Eigentlich brauchte sie das nicht. Was es zu sagen gab, hatte mir Petar Kopanek mitgeteilt.

Ich wollte zum Bett gehen, als sich der Apparat zum zweiten Mal meldete.

Diesmal hob ich schneller ab, hörte einen scharfen Atemzug und die Stimme Wladimir Golenkows. »Endlich, Sinclair! Verdammt, mit wem haben Sie telefoniert?«

»Woher wissen Sie das?«

»Ich weiß es eben, und ich habe auch ihre Worte gehört. Sie wissen mehr, als Sie zugeben, Sinclair.«

»Das stimmt.«

»Wer war es also?«

Ich lachte leise. »Wenn Sie alles gehört haben, brauchen Sie ja von mir nichts mehr zu erfahren.«

»Hören Sie auf, Mann! Wir arbeiten zusammen. Denken Sie daran, wo Sie sind, John.«

»Ja, wir arbeiten zusammen. Ich für meinen Teil habe nichts dagegen. Ich wehre mich nur gegen Typen wie Sie, Wladimir. Sie haben mich bespitzeln lassen ...«

»Zu Ihrer eigenen Sicherheit.«

»Ach, das glauben Sie doch selbst nicht. Sie können doch denken und brauchen wirklich nicht auf die Versatzstücke ihrer kommunistischen Ideologie zurückzugreifen.«

»John, Sie sind undankbar!«, hielt er mir vor.

»Nein, ich ärgere mich nur, wenn der Partner mit verdeckten Karten spielt. Sie sind einfach nicht offen gewesen. Ich befinde mich im Hotel, zusammen mit drei Leichen ...«

»Das weiß ich. Deshalb will ich kommen!«

Ich lachte leise. »Trotz der drei Toten?«

»Natürlich.«

»Seien Sie vorsichtig, Wladimir. Das hier ist erst der Anfang. Wenn Sie das Gespräch durch ihre versteckte Wanze verfolgt haben, wissen Sie sicherlich, dass mehr hinter der Sache steckt, als bisher zu erkennen ist. Denken Sie an den Vergleich mit dem Eisberg. Bisher haben wir erst die Spitze gesehen.«

»Bis gleich.«

Bevor ich noch etwas antworten konnte, hatte er aufgelegt, und ich stand da wie ein dummer Junge. Wütend schüttelte ich den Kopf, legte wieder auf und wandte mich den aktuellen Problemen zu.

Die wichtigste Waffe für mich war nun mal das Kreuz. Es durfte auf keinen Fall so bleiben, wie es jetzt war. Deshalb tat ich das, womit vielleicht selbst Lilith nicht rechnete.

Ich sprach die Aktivierungsformel.

»Terra pestum teneto – Salus hic maneto!«

Und ich hatte Glück!

Es waren die Kräfte des Lichts, die sich dem Bösen widersetzen und mit ihren blendenden Lichtexplosionen dafür sorgten, dass das Zeichen des Guten siegte.

Nur für einen kurzen Moment kämpften die beiden Magien gegeneinander, dann hatte ich, das heißt, mein Kreuz, die Oberhand gewonnen.

Normal lag es vor mir.

Kein L war mehr zu sehen, aber auch nicht die geheimnisvollen Zeichen auf der Kreuzmitte. Es sah so aus wie sonst, und ich konnte es wieder an mich nehmen, was ich gern tat.

Kaum befand es sich in meiner Hand, als mit der auf dem Bett liegenden Leiche eine Veränderung vorging. Dass sie magisch beeinflusst war, hatte ich gewusst.

Jetzt zahlte sie den Preis!

Sie verging. Das Fleisch und die Haut trockneten aus. Jegliche Flüssigkeit entschwand, sie verdampfte regelrecht. Und die Gestalt, die einmal ein Mensch gewesen war, wurde ein bräunliches Skelett, umhüllt von einer Staubwolke.

So einfach war es also, die Leiche zu zerstören. Jetzt hatte ich es nur noch mit zwei schwebenden Toten zu tun, und so etwas ließ sich aushalten.

Ich steckte das Kreuz nicht weg, sondern hängte es mir offen vor die Brust.

Eigentlich hatte ich einen großen Fehler gemacht. Ich hätte den zweiten Würfel mitnehmen sollen, aber der befand sich in London, wo mein Freund Suko auf ihn Acht gab. Mit der Hilfe des Würfels hätte ich auch so manche dämonische Aktivität stoppen können.

Noch zwei Leichen!

Die Silberkugel hatte es nicht geschafft, sie aus dem Weg zu räumen. Für das Kreuz stellten sie kein Problem dar, vor allen Dingen dann nicht, wenn sie sich ohne Schutz präsentierten, wobei dann keine Aura mehr vorhanden war.

Wieder wurde ich gestört.

Es war ein hartes Klopfen an der Tür, das meinen Vorsatz stoppte. »Kommen Sie rein, Wladimir!«, rief ich, weil ich damit rechnete, den Russen gleich zu sehen.

Wuchtig wurde die Tür aufgestoßen. Nicht durch Golenkow, er war es nicht, der da stand. Ein anderer hielt sich auf der Schwelle auf, flankiert von zwei schwebenden Leichen.

Es war Petar Kopanek!

Obwohl ich ihn persönlich noch nie gesehen hatte, musste er dies einfach sein, denn wer kleidete sich schon so wie dieser unheimlich aussehende Mann?

Er trug einen langen Mantel, mehr einen Umhang, der fast seine schwarzen Schuhe berührte. Hinzu kam der breitkrempige, oben spitz zulaufende Hut, der mich an die Kopfbedeckung des auslaufenden Mittelalters erinnerte.

Er stand da und hatte den rechten Arm ausgebreitet. Mit seiner gespreizten Hand hatte er die zurückschwingende Tür gestoppt, sodass er sie in dieser Lage halten konnte.

Von seinem Gesicht sah ich eigentlich nur die untere Hälfte, da die andere im Schatten der tief nach unten gebogenen Krempe lag. Die Lippen fielen in der blassen Haut kaum auf, das Kinn sprang eckig hervor. Wenn mich nicht alles täuschte, hingen an seiner Spitze noch einige Barthaare nach unten.

Sie zitterten im Durchzug. Obwohl der Mann einen auf mich etwas lächerlichen Eindruck machte, hütete ich mich, ihn auszulachen. Ich hatte das Telefonat nicht vergessen, indem er sich als Erbe des Rabbi Loew vorgestellt hatte, und das konnte gefährlich genug werden.

Seinen Kopf bewegte er ein wenig nach links, so konnte er auf das Bett und den dort liegenden Staub mit den kleinen Knochenteilen schauen, der von dem Toten übrig geblieben war.

Eine Regung sah ich in seinem Gesicht nicht. Er hatte seine Gefühle gut unter Kontrolle, aber er war es, dem ich die Initiative überlassen wollte.

»Willst du nicht hereinkommen?«, fragte ich ihn.

Er blieb stehen. »Du hast ihn getötet«, sagte er mit zischender Stimme, aus der ich auch den Hass heraushörte.

»Er war schon tot.«

»Nicht in meinem Sinne.«

»Der interessiert mich nicht«, erklärte ich.

»Doch, er hat dich zu interessieren. Du bewegst dich auf einem magisch historischen Boden. Du gehst auf den Spuren eines Rabbi Loew oder Dr. Faustus, die versucht haben, künstliches Leben zu erschaffen. Es ist ihnen gelungen, Sinclair. Sie haben es geschafft, nur wollte es niemand glauben, und das Leben existiert.«

»Meinst du die Leichen?«, fragte ich.

»Nein, sie brauchte ich, damit ich das Versteck des eigentlichen Lebens finden konnte. Sie haben mich hingeführt. Sie schwebten über der Stadt und suchten es. Jetzt weiß ich, wo es ist. Ich habe es gefunden. Der Ort ist lokalisiert, Geisterjäger. Ich bin bereit, es an mich zu nehmen, das wollte ich dir sagen. Du hast immer nach den schwebenden Leichen gefragt, die sich in einer blauweißen Lichthülle der magischen Energie fortbewegten, jetzt weißt du es. Die schwebenden Leichen von Prag sind die Boten einer Vergangenheit.«

»Nicht mehr lange«, erwiderte ich. »Es ist einfach, deine Helfer zu töten. Soll ich es dir beweisen? Ein Toter hat sich durch die Kraft meines Kreuzes schon aufgelöst. Auch die beiden anderen werden mir keine Schwierigkeiten machen ...«

»Du kommst nicht mehr dazu«, erklärte der Mann. »Ich habe beschlossen, dich zu vernichten. Niemand kann mich aufhalten, ich werde dafür sorgen, dass die Vergangenheit und das Erbe wieder vollständig reaktiviert werden und auch zurückkehren. Der Golem lebt, Sinclair. Der Homunkulus, das Menschlein, lebt ebenfalls. Beide zusammen werden die Macht an sich reißen. In Prag beginnen wir, und keine Grenzen können uns stoppen. Sie werden den Namen des Satans in die Welt tragen, und die Hölle wird ihnen dankbar sein, wenn es ihnen gelingt, ihr die Menschen zu Füßen zu legen. Du bist stark, das gebe ich zu, aber gegen die Kräfte der Vergangenheit, gepaart mit denen des Teufels, kommst auch du nicht an. Noch in dieser Nacht werde ich am Ziel sein, denn ich brauche keine drei Leichen. Auch die beiden werden es schaffen ...«

Mit diesen Worten drehte er ab. Einen Augenblick später grinste er mich über die Schulter hinweg noch einmal an.

Da hatte ich mich bereits in Bewegung gesetzt. So schnell sollte mir dieser Typ nicht entwischen. Dem würde ich es zeigen, darauf konnte er sich verlassen.

Ich ging den ersten Schritt, auch den zweiten und erlebte im nächsten Moment die Magie des Petar Kopanek.

Wie von einer Sturmfaust gepackt, bewegte sich die Zimmertür und knallte, bevor ich sie noch fassen konnte, vor meinen Augen ins Schloss. Aus dem Gang hörte ich das Lachen Petar Kopaneks, auch seine Schritte, und ich stürzte mich auf die Klinke, um die Tür wieder aufzureißen.

Es ging nicht.

Fest verschlossen war sie, ohne dass jemand einen Schlüssel im Schloss gedreht hätte.

So schnell gab ich nicht auf, setzte dabei mehr Kraft ein. So hart ich auch riss und zog, ich bekam die Tür nicht auf. Sie blieb zu.

Da gab es nur eine Erklärung. Der Erbe des Rabbi hatte sie magisch verschlossen.

Was konnte ich tun?

Die Tür aufbrechen? Schlecht möglich, das Holz war sehr dick und stabil.

Mir blieb nur die Chance, aus dem Fenster zu klettern.

Ich wunderte mich allerdings darüber, dass es mir Petar Kopanek so leicht gemacht hatte. Okay, die Tür war verschlossen, aber es würde mir gelingen, sie auch irgendwann aufzustemmen, von einer großen Gefahr konnte da wohl kaum die Rede sein.

Was also stimmte da nicht?

Ich merkte es einen Herzschlag später. Nicht von der Tür her drang die Gefahr, auch nicht vom offenen Fenster, einem weiteren Fluchtweg. Nein, die Überreste der Leiche standen nach wie vor unter magischer Kontrolle und handelten entsprechend.

Ich hörte das puffende Geräusch und wirbelte sofort herum, um die Ursache herauszufinden.

Das Bett stand in hellen Flammen.

Innerhalb einer Sekunde hatte sich ein gewaltiges Feuer ausgebreitet, aus dessen Mitte sich ein grünschwarzer Qualm löste, der in dicken Schwaden träge durch das Zimmer zog.

Für wenige Augenblicke nahm mich dieser unheimlich wirkende Vorgang gefangen, da ich innerhalb des Qualms ein Gesicht zu erkennen glaubte, das Ähnlichkeit mit dem des Toten aufwies.

Noch in ihrer Vernichtung wollte sich die Leiche rächen.

Eine furchtbare Sache, denn ich stellte bereits fest, dass das Feuer der Luft Sauerstoff entzog. Das Atmen fiel mir plötzlich schwer. Wenn ich hier heil herauskommen wollte, musste ich sofort etwas tun und durfte nicht mehr zögern.

Ich eilte zum Fenster.

Verfolgt wurde ich von den Rauchschwaden, die mich an lange, gierige Arme erinnerten und mich unbedingt einholen wollten. Bevor ich noch das Fenster erreichte, sah ich sie links und rechts von mir herflattern. Bei den flachen Atemzügen drang das Stechen bis tief in meine Lungen. Darauf durfte ich einfach nicht achten. Die Flucht war jetzt wichtiger. Ich erreichte das Fenster, bevor der Qualm es schaffte, mir die Luft abzudrehen.

Das Zimmer lag im zweiten Stock.

Eine verflucht große Entfernung bis zum Hof. Wenn ich sprang, konnte ich mir das Genick brechen.

Und hinter mir brach auch einiges zusammen. Der Holzfußboden hatte Feuer gefangen. Ich vernahm noch das Brechen, Knacken und Knirschen. Dazwischen die krachenden Geräusche, als die Bohlen buchstäblich auseinander platzten. Gleichzeitig versuchten einige Flammenzungen, mich in Brand zu setzen.

Meine Chance war die Fensterbank. Ich kletterte hoch und stellte fest, dass sie verdammt schmal war. Eigentlich zu schmal, um darauf Halt zu finden.

Eingehüllt von dicken Rauchschwaden und im Rücken die

Hitze, hockte ich auf dem schmalen Rand und suchte nach einer Möglichkeit, in den Hof zu klettern.

Manchmal hat man Glück im Unglück.

So erging es auch mir, denn ich konnte froh sein, dass ich in einem so alten Hotel gelandet war, denn sowohl die Vorder- als auch die Rückwand waren nicht glatt, sondern mit viel Stuck verziert und mit Simsen verschönert.

Stellte sich nur die Frage, ob die Simse nicht wegbrachen.

Ich musste mich beeilen, denn die Flammen strömten eine fürchterliche Hitze aus.

Der nächste Sims lag zu weit weg, da entdeckte ich einen provisorischen Rettungsanker.

Eine Fahnenstange.

Schräg unter mir und an der rechten Seite stach sie aus der Wand. Zwar zeigte das Eisen eine Rostschicht, doch wählerisch konnte ich nicht sein. Ich hoffte nur, dass sie hielt.

Noch einmal nahm ich genau Maß, um danach mit Schwung in die Tiefe zu springen.

Ich fiel ins Leere.

Plötzlich bekam ich Angst, es nicht zu schaffen. Meine Arme konnte ich nicht mehr länger machen, sie waren schon gestreckt. Wenn ich ins Leere packte, war ich verloren.

Mit den Händen schlug ich auf die Fahnenstange.

Bevor ich abrutschen konnte, krümmte ich gedankenschnell die Finger und bekam das Rohr zu fassen. Obwohl ich hart zugegriffen hatte, rutschte ich trotzdem ab und stellte mit Entsetzen fest, dass sich die verdammte Stange durchbog.

Das konnte ins Auge gehen.

Meine Rutschpartie endete. Der Rost klebte auf meiner Haut. Die Handflächen verletzte ich mir. Das nahm ich in Kauf, wenn die Fahnenstange nur nicht brach.

Knacken hörte ich es nicht. Es war schlecht möglich, denn aus dem offenen Fenster schlugen die Flammen mit brausenden Geräuschen. Die Hitze verteilte sich ebenfalls. Wie mit langen Glutfingern schlug sie nach mir, streifte meinen Körper, drohte mich regelrecht zu grillen. Der Rauch trieb mir auch jetzt entgegen. Trotz der freien Luft bekam ich

Schwierigkeiten mit der Atmung. Aber ich hatte Glück, dass sich die Fahnenstange nicht weiter senkte und auch nicht abbrach.

Sie zeigte zwar nach unten, aber hielt.

Nicht herunterzufallen kostete eine wahnsinnige Kraft. Wenn ich den Mund öffnete, durchschüttelte mich Sekunden später ein Hustenanfall. Ich schaute zur Wand.

Zwischen einem Fenster und einem Sims konnte ich wählen.

Im Haus breitete sich das Feuer weiter aus. Einiges krachte dort zusammen. Weitere Fensterscheiben platzten. In der dritten Etage schlugen die Flammenzungen aus den Löchern und tanzten vor der Hauswand. In diesem alten Hotel war einfach zu viel Holz verwendet worden, das rächte sich nun auf schreckliche Art und Weise.

Von irgendwoher vernahm ich den Klang der Feuerwehrsirenen. Er hörte sich noch weit an. Ich glaubte nicht mehr daran, dass dieses Hotel noch gerettet werden konnte, und wahrscheinlich würde sich der Brand sogar so weit ausbreiten, dass er einen Teil der Altstadt erfasste und vernichtete.

Ich hing am Ende der Fahnenstange. Um näher an die Hauswand zu gelangen, musste ich mich weiter vorhangeln.

Das Feuer griff weiter um sich. Abermals platzten Scheiben, fielen Splitter in die Tiefe, auch auf mich. Ich spürte die scharfen Kanten auf dem Kopf, an den Händen und im Gesicht, machte jedoch verbissen weiter und kam ein Stück höher.

Das rechte Bein streckte ich aus und berührte mit der Fußspitze den schmalen Sims in der ersten Etage.

Ein wenig Hoffnung keimte in mir auf.

Die wiederum zerstört wurde, als ich feststellte, dass die Fahnenstange weiter knickte. Ich rutschte erneut. Dabei trieb mir der fette Qualm entgegen und raubte mir die Luft. Auch die Flammen schlugen aus den Fenstern. Sie hatten freie Bahn. Manchmal glaubte ich, dass sie mir die Haut abreißen wollten.

»John, verdammt!«

Die schreiende Stimme schien aus den Tiefen des Alls an meine Ohren zu dringen, aber Wladimir Golenkow befand sich nicht im All, sondern unter mir im Hof.

»Spring, John! Du musst es riskieren! Los, lass dich fallen, dann schaffst du es!«

Er hatte gut reden, denn er hing ja nicht an dieser verfluchten Fahnenstange. Doch im Prinzip hatte er Recht. Ich musste etwas riskieren. Lieber ein Ende mit Schrecken als ein Schrecken ohne Ende.

Zudem hörte ich wieder das laute Krachen aus dem Innern des Hotels. Ein mörderisches Geräusch, sogar die Hauswände begannen zu vibrieren. Was da zusammengebrochen war, konnte ich nicht sagen, es mussten tragende Teile oder Wände gewesen sein.

»Jetzt!«

Ich ließ einfach los, als ich den Befehl des Russen vernahm. Dabei konnte ich nur hoffen, dass ich auf dem Boden aufkam. Fiel ich auf eine Mülltonne, war ich geliefert.

Ich landete und rollte mich ab wie im Training.

Dennoch gab es einen Unterschied zwischen der Theorie und der Praxis. Im Camp schrie ich nie, hier musste ich einfach schreien, als die Wucht des Aufpralls durch meinen Körper strömte und dabei wie eine Glocke unter die Schädeldecke schlug.

Ich hatte das Gefühl, mein Gehirn würde in die Luft fliegen. Auf einmal waren da zwei kräftige Hände, die mich hielten, sodass ich nicht wie ein Ball über das Pflaster rollte. Zwar wurde auch Wladimir von der Wucht meines Aufpralls noch von den Beinen gerissen, er fluchte auch dementsprechend, aber wir schafften es beide und kamen auch wieder auf die Füße. Ich mit wesentlich zittrigeren Knien als er.

»Okay?«, fragte er mich.

»Ich glaube schon.«

Ja, ich war okay, konnte stehen, wenn ich auch das Gefühl hatte, jeden Augenblick wieder zusammenbrechen zu müssen und meine Sprunggelenke stark in Mitleidenschaft gezogen worden waren.

Der besorgte Blick des Russen traf mich. Ich hörte die Sirenen, das laute Schreien der Anwohner, sah die Flammen, den schwarzen, fettigen Rauch und kam zu der Erkenntnis, dass wir uns auch hier im Hof nicht in Sicherheit befanden.

Der Ansicht war der Russe ebenfalls.

»Nichts wie weg!«, rief er und packte mich an den Schultern.

»Wohin denn?«

»Komm!«

Ich ließ mich führen.

Es gab tatsächlich einen Ausweg. Zwischen zwei Hausfronten entdeckte ich eine schmale Einfahrt, durch die wir uns schlängelten. Ein Auto hätte nicht hindurchgepasst, höchstens ein Fahrrad.

Wir erreichten die Straße. Sämtliche Bewohner der umliegenden Häuser hatten sich versammelt. Auf ihren Gesichtern las ich den Schrecken und die Angst darüber, dass sich das Feuer ausbreiten und auch ihre Häuser erfassen konnte.

Einige waren dabei, wichtige Habe aus den Bauten zu schleppen. Erst jetzt trafen die Wagen der Feuerwehr ein. Sie hatten Mühe, in den engen Gassen voranzukommen. Man schuf ihnen Platz, und auch wir mussten zur Seite. Neben mir stand plötzlich das Zimmermädchen Katja. Mit ihren großen Kirschaugen schaute mich die Kleine an. Ihr Gesicht war vom Rauch geschwärzt. Ich sah wahrscheinlich ebenso aus.

»Sie haben es geschafft?«

»Ja.« Ich lächelte und strich über ihr Haar.

»Dann sind alle gerettet«, hauchte sie erleichtert.

»Auch der Portier?«, fragte ich.

»Er ebenfalls.«

»Das ist gut.«

»Kommen Sie weiter!«, drängte Golenkow, und ich sah den traurigen Blick des Mädchens.

»Unsere Tour ist nicht vergessen. Sie müssen mir noch die Pilskneipen zeigen. Wo kann ich Sie finden?«

Golenkow hatte uns gehört. »Ich kenne die Adresse. Das hat aber alles Zeit. Wir müssen verschwinden.«

Niemand hielt uns auf.

Golenkow führte mich einige Ecken weiter. Vor einem Haus sah ich seinen alten Benz stehen. Wir setzten uns nicht in den Wagen, sondern betraten einen kühlen Flur und gingen in einen karg eingerichteten Raum, wo er gesessen und abgehört hatte.

»Kann ich mich irgendwo waschen?«, fragte ich.

Er grinste mich an. »Sie sehen doch auch so gut aus. Richtig schwarz.«

»Für Witze bin ich nicht aufgelegt.«

»Ja, schon gut.« Er öffnete mir die Tür, zeigte schräg über den Flur auf eine Nische. »Da finden Sie ein Waschbecken.«

»Danke.«

Licht gab es nicht. Ich sah das Becken und schüttelte den Kopf. Das war schon eine Antiquität, das halbrunde Becken bestand aus Emaille. Aus dem Kran rann erfrischend kaltes Wasser, das ich in meine Hände laufen ließ und mir ins Gesicht schleuderte.

Mit dem Taschentuch wischte ich mir das Gesicht trocken. Handtuch gab es keins. Als ich in den Raum zurückkehrte, hockte der Russe vor dem Lautsprecher. »Hören Sie, Sinclair, das Knistern der Flammen ist …« Er verstummte. »Jetzt nicht mehr.«

»Da ist die Wanze wohl verschmort.«

»Kann sein.«

Ich ließ mich auf einem zweiten Stuhl nieder und schüttelte den Kopf. »Dass Sie immer zu so miesen Tricks greifen müssen, das verstehe ich nicht.«

Er lachte scharf. »Was heißt hier Tricks? Glauben Sie denn, dass Ihr Geheimdienst harmlos ist?«

»Das habe ich nicht behauptet. Nur sollten wir beide uns doch aus Russland kennen, Wladimir. Wären Sie bei mir in London, hätte ich so etwas nie getan.«

»Damit beschämen Sie mich nicht mal, John. Dazu ist dieser verfluchte Job viel zu hart.«

»Das weiß ich, aber es kommt immer auf den Einzelnen an. Ein wenig Vertrauen kann man sich auch in dem Geschäft bewahren, meine ich.«

Er winkte ab. »Was nutzt das große Lamentieren darüber? Ich sage Ihnen nur, dass wir jetzt andere Probleme haben. Einige hatte ich mitbekommen. Wie geht es weiter?«

Ich war noch immer sauer, deshalb klang meine Antwort auch leicht aggressiv. »Das wissen Sie nicht?«

»Nein. Woher auch?«

»Eine Leiche habe ich vernichtet.«

Der Russe spielte mit einem Bleistift und nickte dabei. »Kompliment, John.«

»Das hat aber nichts zu sagen. Vielleicht hätte ich sie am Leben lassen sollen, denn durch sie ist letztendlich das Feuer entstanden.«

Wladimir runzelte die Stirn. »Wieso das?«

Ich wollte ihm nichts mehr vormachen und auch nichts für mich behalten. Zudem befand ich mich hinter dem Eisernen Vorhang. Hier waren gewisse Kräfte sowieso stärker als ich. Gegen einen Parteiapparat, der auf Hochtouren geschaltet wurde, kam ich als Einzelgänger nicht an. Zudem war mir Wladimir eine große Hilfe, da er die Dinge besorgen konnte, an die ich nicht herankam.

Staunend hörte er mir zu, als ich davon berichtete, was mir Kopanek erzählt hatte. Von dem Erbe des Rabbi Loew, von einem Golem, von den schwebenden Toten, die ihn finden sollten, und von einem Homunkulus, auch Menschlein genannt.

»Das ist aber Literatur«, flüsterte er.

»Wissen wir es genau?«

»Natürlich, es ist Literatur. Goethe hat …«

»Auch er muss Quellen besessen haben, die sich möglicherweise erst jetzt richtig öffnen.«

»Wenn man es so sieht, können Sie recht haben. Ich will auch nicht dagegensprechen. Die Sache damals in Sibirien und Moskau hat mich vollends überzeugt, nur frage ich mich, wo wir den Hebel ansetzen sollen?«

»Bei Petar Kopanek!«

»Das will ich auch. Wissen Sie, wo er sich verborgen hat?«

»Nein.«

»Na bitte.«

»Nicht so voreilig, mein lieber Wladimir. Wir haben eine Spur. Das sind die beiden Leichen. Man kann sie gewissermaßen als die Pfadfinder bezeichnen. Wenn wir sie entdeckt haben, dürfte es uns keine Schwierigkeiten mehr bereiten, auch ihren Herrn und Meister zu finden. Er folgt ihnen, weil sie ihn zum Versteck bringen wollen.«

»Dort schlagen wir dann zu!«

»So ähnlich.«

»Hört sich leicht an«, meinte Golenkow, »obwohl ich dem Braten nicht traue.«

Da hatte er auch in meinem Sinn gesprochen. Alles war mir nicht über die Lippen geflossen. Die Veränderung des Kreuzes hatte ich ihm wohlweislich verschwiegen. Das waren Dinge, die einfach zu tief in die Magie und Geschichte, ja, in die Entstehung der Welt und des Lebens hineingriffen. Sollte sich Lilith noch einmal zeigen, war es früh genug, ihn über verschiedene Dinge zu informieren.

Wladimir hatte bereits die Hand auf dem dunklen Telefonhörer liegen, als er sagte: »Wenn die schwebenden Leichen unsere einzige Spur sind, müssen wir sie finden.«

»Sehr richtig.«

»Und auch verfolgen.« Er grinste breit. »Deshalb werde ich für uns einen Hubschrauber anfordern.«

»Die Idee ist gut.«

Während er telefonierte, dachte ich daran, dass es schon wieder in die Luft ging. Erst der Ballon, danach der Flug mit dem Hubschrauber, anschließend meine Übung an der Fahnenstange, und jetzt würde es wieder durch die Luft weitergehen. Ich war wirklich gespannt darauf, wie das alles noch enden sollte.

Golenkow, als hoher Geheimoffizier, bekam durch seine Stellung und seine Beziehungen alles, was er benötigte, in kurzer Zeit. Ich hatte das Gefühl, dass sogar die tschechischen Generäle vor ihm kuschten, wenn er die Anordnungen gab.

Bei einem Telefongespräch ließ er es nicht bewenden. Er sprach noch ein zweites Mal. Was er sagte, verstand ich nicht. Nach dem Gespräch erklärte er es mir, während er aufstand und zu einem schmalen Rollschrank ging, dessen Vorderteil zur Hälfte heruntergezogen war.

»Ich habe die entsprechenden Stellen informiert, dass man den Luftraum über und um Prag genau im Auge behalten soll. Wenn die Leichen wieder schweben, müssen wir Bescheid bekommen.«

»Darauf warte ich.«

»Und ich auf den Wodka.« Er hatte eine Flasche sowie zwei Gläser aus dem Schrank geholt. Kräftige Schlucke goss er ein, schob mir ein Glas rüber und sagte: »Also, Towaritsch. Ich heiße für dich ab sofort Wladimir. Einverstanden?«

Mein Grinsen fiel zweifelnd aus, weil ich noch überlegte. »Und wie sieht es mit der Überwachung aus?«

»Vergiss es, aber du kennst das System.«

»All right, keiner kann aus seiner Haut. Ich bin John.« Wir stießen an, tranken, und nach russischer Sitte gaben wir uns gegenseitig den Bruderkuss auf die Wange.

Wladimir machte es wie seine Vorväter. Das leere Glas schleuderte er über seine Schulter hinweg. Es krachte gegen die Wand und zersplitterte dort.

Ich ließ meines heil.

Dann warteten wir.

Allmählich legte sich die Dämmerung über die Stadt. Der Hubschrauber war ebenfalls gelandet. Er stand nicht weit vom Haus entfernt auf einem kleinen Platz, wie man uns gemeldet hatte. Dort wartete ein Pilot, der uns zu einem jetzt noch unbekannten Ziel bringen sollte.

»Geduld ist nicht meine starke Seite«, sagte der Russe und begann mit einer Wanderung durch das Zimmer.

»Manchmal kommt man ohne sie nicht aus.«

»Leider.«

Endlich meldete sich das Telefon. Wladimir hämmerte seine Hand auf den Hörer, riss ihn hoch und presste ihn an sein Ohr. Er sprach schnell, ich sah das Leuchten in seinen Augen und wusste Bescheid.

»Gefunden!«, rief er. »Verdammt, John, wir haben sie gefunden.«

Ich sprang auf. »Nichts wie hin!«

»Es geht los!« Golenkow eilte zur Tür. Ich konnte ihm kaum folgen, so schnell war er.

Auf der Straße nahmen wir den Brandgeruch wahr. Feine Rauchschwaden trieben uns entgegen. Rußteilchen lagen in der Luft und verteilten sich wie schwarzer Schnee.

Flammen sah ich nicht mehr. Die Männer der Feuerwehr hatten den Brand zum Glück unter Kontrolle bekommen.

Ich holte den Russen ein und hielt mich an dessen Seite. Sein Gesicht war hart, die Lippen zusammengepresst. Er machte den Eindruck eines Menschen, der unbedingt Erfolg haben musste, weil man das von ihm verlangte.

In nicht mal zwei Minuten hatten wir den Platz erreicht, wo der Hubschrauber wartete. Kinder umstanden und bestaunten ihn. Der Pilot gab geduldig Erklärungen ab und scheuchte die Halbwüchsigen erst weg, als er uns sah.

Natürlich nahm er Haltung an und wollte grüßen. Wladimir winkte ab. »Lassen Sie das und starten Sie.«

Wir kletterten in den Copter. Ich hatte hinter den beiden Vordersitzen meinen Platz gefunden. Es war eine kleine Notbank, und ich musste die Beine anziehen. Über meinem Kopf drehten sich langsam die Rotorblätter. Wenig später hoben wir ab.

Ich bekam wieder das Liftgefühl zu spüren, als wir dem dunkler werdenden Himmel entgegenschwebten. Wladimir hatte sich ein zweites Paar Kopfhörer übergestreift. Er sprach dabei in ein kleines Mikrofon und bekam auch Informationen.

Schon bald schwebten wir über den Dächern. Als ich nach unten schaute, sah ich das Hotel.

Ein schwarzer Rauchkranz bedeckte die noch glühenden Mauerreste. Dieser Brand lag hinter uns, er war Vergangenheit. Was die nahe Zukunft brachte, würde sich sehr bald zeigen …

ENDE

Höllen-Friedhof

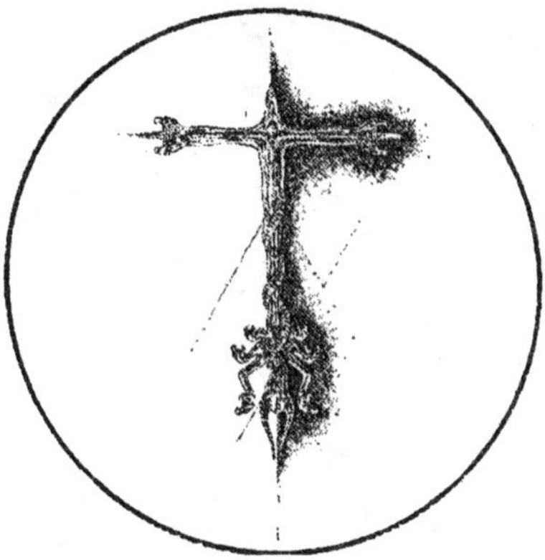

Nacht über Prag!

Unter uns lag die Goldene Stadt an der Moldau. Nur weit im Westen war noch ein grauer Streifen zu sehen, ein letzter Rest der allmählich entschwindenden Dämmerung. Die Nacht hatte den Tag besiegt, und wir flogen hinein in die blau schimmernde Dunkelheit, die sich über dem Häusermeer ausgebreitet hatte.

Es hätte ein herrlicher Flug werden können, aber Wladimir Golenkow und ich hockten nicht zu unserem Vergnügen in dem Hubschrauber und hielten Ausschau nach zwei schwebenden Leichen!

Die dritte hatte ich vernichten können, doch zwei waren noch übrig geblieben, und die sollten uns zu einem Ziel führen, von dem wir bisher noch nicht wussten, wo es lag.

Es herrschte ein »stiller« Alarm. Der Russe Golenkow hatte dafür gesorgt. Bisher hatte alles prima geklappt. Durch die Luftüberwachung war es gelungen, die Leichen ausfindig zu machen, und wir näherten uns immer mehr ihrem Stand- oder Flugort.

Wir waren wesentlich schneller als sie. In spätestens einer Minute hatten wir sie eingeholt.

Die Spannung in mir stieg. Hinter mir lag eine kleine Hölle. Was vor mir lag, konnte noch schlimmer werden, doch darüber machte ich mir momentan keine Gedanken. Meine Kleidung stank noch immer nach Rauch. Es war mir mit letzter Mühe gelungen, aus einem brennenden Hotel zu fliehen. Der Schweiß lag dick auf der Stirn, und ich roch bestimmt nach Wodka. Tief unter mir lag die berühmte Moldau. Sie mussten wir überqueren, um den Platz zu erreichen, wo die Leichen gesehen worden waren.

Über Kopfhörer stand Wladimir Golenkow mit einer mir unbekannten Zentrale in Verbindung, von der er laufend neue Informationen bekam, die er nur zum Teil an mich weitergab.

»Wo sind sie jetzt?«, rief ich laut.

Der Russe deutete nach vorn. »Siehst du den dunklen Fleck?«, schrie er gegen die Geräusche an. »Er liegt genau zwischen dem Häusermeer. Du kannst ihn erkennen.«

Ich beugte mich schräg zur Seite. Über den Fluss schaute ich hinweg. Unser Pilot ging tiefer. Um mir ein besseres Sichtfeld zu verschaffen, legte unser Mann den Copter in eine Kurve.

Die »Insel« im Häusermeer war groß. Von den zwei schwebenden Leichen sah ich aber nichts.

»Alles klar?«, rief mir der Russe zu.

»Fast.«

»Wieso?«

»Keine Spur von den Toten und …«

Er lachte so laut, dass ich verstummte. »Ja, keine Spur von den Toten«, wiederholte er, »aber der Platz da unten ist einfach ideal gewählt, kann ich dir sagen.«

»Was heißt das?«

»Es ist der größte Friedhof von Prag. Verstehst du nun, John Sinclair?«

Und ob ich verstand. Ich schlug mir sogar gegen die Stirn. Besser oder normaler hätte es gar nicht laufen können, denn wo fühlten sich Leichen wohl am besten geborgen?

Auf einem Friedhof natürlich!

»Und du meinst«, rief ich zurück, »dass dieser Friedhof ihr Ziel sein könnte?«

»Klar.«

Ich hob die Schultern. Plötzlich spürte ich wieder das Jagdfieber in mir. Wenn der Russe so sicher war, musste er auch die entsprechenden Informationen bekommen haben, die mir vorenthalten worden waren. Deshalb vertraute ich ihm auch, holte tief Luft und wartete darauf, dass die Sicht auf den Friedhof besser wurde.

Noch konnte ich keine Einzelheiten ausmachen, weil es zu dunkel war. Die zahlreichen, dicht belaubten Bäume bildeten gewissermaßen ein wallendes Meer, das mit Blicken nicht zu durchdringen war. Je näher wir heranflogen, umso mehr kristallisierte sich die Größe des Geländes hervor.

Das war schon ein gewaltiges Areal. Wenn der Russe von einem alten Friedhof gesprochen hatte, konnte ich davon ausgehen, dass dort Tote aus verschiedenen Jahrhunderten lagen. Meiner Ansicht nach sollten sie dort auch liegen bleiben, denn von Zombies hatte ich die Nase gestrichen voll.

Unmerklich fast ließ der Pilot die Maschine sinken.

Über uns lag der dunkelblau wirkende Sommerhimmel. Wolkenlos, denn das Heer der Sterne blitzte in einer fast kitschig zu nennenden Pracht. Es gibt solche Nächte, wo man das Gefühl hat, mit den ausgestreckten Händen nach den Sternen greifen zu können.

So ähnlich war es auch hier, und eigentlich hatte ich diese Szenerie nur in den Bergen erlebt.

Der Ruf des Russen zerstörte brutal meine romantischen Gedanken. »John, die Leichen!«

Knallhart war ich wieder in die Gegenwart zurückgerissen worden, und ich sah, dass der Mann nicht gelogen hatte. In der Tat schwebten zwei lange, silbrig blau glänzende Streifen über dem Rand des Areals. Woher sie so plötzlich erschienen waren, wusste ich nicht. Wahrscheinlich hatten sie die Deckung des um den Friedhof liegenden Häusermeers verlassen und suchten nun ihren Landeplatz.

Wladimir gab dem Piloten ein Zeichen, die Geschwindigkeit zu senken. Er wurde auch langsamer, aber nicht so, dass wir in der Luft stehen blieben.

Sehr viel langsamer näherten wir uns dem Ziel. Manchmal hatte ich das Gefühl, als würden wir über die Hausdächer hinweghüpfen. Zwar war der Copter mit einem Suchscheinwerfer ausgerüstet, den jedoch brauchten wir nicht, und näherten uns innerhalb der düsteren Nacht unserem Ziel, dessen Rand wir schon erreicht hatten.

Noch waren die schwebenden Leichen ziemlich weit entfernt, aber wir konnten sie mit bloßen Augen erkennen. Sie boten einen geisterhaften, unwirklichen Anblick, als sie steif wie Bretter und mit an den Körper gezogenen Armen in der Luft schwebten und sich für die Dauer einiger Sekunden nicht mehr rührten, bevor ein Ruck durch die steifen Körper zu gehen schien und sie allmählich nach unten sanken.

»Jetzt landen sie!«, rief der Russe.

Ich erwiderte nichts und verfolgte mit starren Blicken den Weg der schwebenden Toten.

Wenn mir das jemand erzählt hätte, es wäre mir schwer gefallen, dem Sprecher zu glauben. So aber sah ich mit eigenen Augen, wie sich die Leichen dem Areal des Friedhofs näherten und dabei wirkten, als wollen sie zwischen die Kronen der Bäume tauchen, um zu verschwinden wie in einem gewaltigen Meer.

Noch hatten sie die Kronen nicht erreicht. Ihre Flugbahn änderte sich auch wieder, der Winkel wurde flacher. Sie lagen auf dem Bauch, konnten also aus ihren toten, starren Augen in die Tiefe blicken, und möglicherweise entdeckten sie auch einen für sie idealen Landeplatz.

»Näher ran!«, rief Wladimir. Dann drehte er den Kopf, die nächste Frage galt mir. »Sollen wir sie vom Hubschrauber aus abschießen?«

»Auf keinen Fall«, erwiderte ich entschieden.

»Und wieso nicht?«

»Ist doch klar. Anscheinend sind sie unschlüssig, wo sie landen sollen. Sie haben wahrscheinlich ein bestimmtes Ziel, wenn du verstehst. Dort könnte dann Petar Kopanek warten.«

»Stimmt auch wieder.«

Wir flogen bereits über den Friedhof. Der Pilot gab sein Bestes. Er zog den Copter behutsam über die Kronen der Bäume hinweg, deren Blattwirrwarr durch den Rotorwind bereits in Bewegung geraten war und zu einem raschelnden Wellenmeer wurde.

Vielleicht hätten wir doch schneller sein müssen, jedenfalls spielten uns die schwebenden Leichen plötzlich einen Streich, indem sie nach vorn kippten, sich ihre Geschwindigkeit erhöhte und sie unseren Blicken entschwanden. Selbst der silbrige Schimmer wurde vom dichten Grün der Bäume aufgesaugt.

»Landen!«, rief Wladimir.

»Wo denn?«, schrie der Pilot zurück. »Das wird schwer sein. Wir müssen erst einen Platz finden.«

»Dann suche ihn.« Golenkow schickte noch einen russischen Fluch hinterher, der sich ziemlich hart anhörte.

Es war eigentlich so gekommen, wie wir es nicht hatten haben wollen. Die Leichen waren in die Finsternis des Friedhofs eingetaucht, während wir über den Bäumen kreisten und nach einem Landeplatz suchten.

Golenkow wurde nervös. Er schrie den Piloten an. »Schalten Sie den Scheinwerfer ein, sonst kreisen wir morgen Früh noch hier!«

Der Pilot, ein Tscheche, war wie die meisten seiner Landsleute den Russen nicht sehr zugetan. »So lange reicht unser Sprit nicht, Gospodin«, erwiderte er locker.

Ich musste lachen, und Wladimir schoss seine Wutpfeile deshalb auf mich ab. »Was erlaubst du dir, Mensch? Unterstützt du noch diese subversiven Elemente?«

»Ich wusste gar nicht, dass ihr Russen keinen Sinn mehr für gute Antworten habt.«

Er winkte ab. »Lass es!« Zum Glück gehörte Golenkow zu den Leuten, die schnell vergaßen, sonst hätte der Pilot noch Schwierigkeiten bekommen. Wir drei konzentrierten uns auf die Suche nach einem geeigneten Landeplatz.

Der Suchscheinwerfer unter dem Boden war schwenkbar. Er erhellte eine ziemlich große Fläche und drang dank seiner Lichtstärke durch den Wirrwarr der Blätter, Zweige und Äste. Natürlich gab es freie Flecken. Und zwar dort, wo das Licht die alten Grabsteine gespenstisch bleich aus der Finsternis riss. Leider lagen die Gräber zu dicht nebeneinander. Es gab einfach keine genügend große Fläche, auf der wir landen konnten.

Und es verging Zeit ...

»Wie steht es denn mit einer Strickleiter?«, rief ich laut. »Ist so etwas vorhanden?«

Golenkow musste erst schreien, bevor er von dem Piloten eine Antwort bekam.

»Ja, die gibt es.«

»Dann müssen wir eben so raus.«

»Noch nicht!«, rief Wladimir zurück. »Er weiß unter Umständen eine günstige Stelle, wo wir aufsetzen können.«

»Okay.«

Der Pilot ging so tief, dass die Kufen der Maschine fast die Kronen der Bäume rasierten. Der lange Strahl des Scheinwerfers riss eine gleichmäßige, uns begleitende Insel in die Finsternis, schreckte die Tiere aus ihrer Ruhe und gab den alten Gräbern und Steinen einen fahlen Glanz, der sie wie lebendig aussehen ließ.

Unter uns huschte ein unheimliches Meer hinweg, das sich auflockerte, denn wir erreichten eine viereckige Lichtung, die zwar von Bäumen umgeben war, aber noch so viel Platz bot, dass wir landen konnten, was der Pilot auch tat.

Der Rotorwind drückte das Gras dem Boden entgegen. An den Rändern der Lichtung standen aus einfachen Bohlen gefertigte Holzbänke, die zum Verweilen einluden.

Wir setzten auf.

Butterweich und sicher. Ein Beweis dafür, dass der Mann sein Handwerk verstand.

Als Erster stieg Wladimir Golenkow aus. Ich schlug dem Piloten noch als letzte Anerkennung auf die Schulter, bevor auch ich den Copter verließ und geduckt einige Schritte zur Seite lief, wo der Russe bereits auf mich wartete.

Unser Pilot hatte schon vor dem Abflug die Order bekommen, wieder zu starten. Er folgte dem Befehl, zog die Maschine in die Höhe, schaltete auch den Suchscheinwerfer aus, und wir sahen ihr so lange nach, bis die Dunkelheit sie verschluckt hatte und nur noch das Brummen des Motors als letztes Echo durch die Nacht klang.

Jetzt waren wir allein auf diesem düster wirkenden Totenacker, der die Leichen aus Jahrhunderten unter seiner Erde beherbergte, und wir mussten uns auf die Suche machen.

»Hast du dir die Richtung gemerkt?«, fragte mich Wladimir.

Ich deutete über die Schulter. »Dahin.«

»Genauer.«

»Tut mir Leid, Wladimir, da bin ich überfragt. Wir müssen den Acker schon absuchen und die entsprechende Geduld aufbringen.«

Er schüttelte den Kopf. »Geduld ist etwas, das ich nicht

habe oder haben will. Mir stinkt der ganze Fall sowieso. Ich habe das Gefühl, dass uns irgendwer an der Nase herumführt. Man sollte alles vergessen und einfach zuschlagen. Wie damals bei den Zombies im Atomkraftwerk.«

»Vergiss nicht, dass es hier anders aussieht.«

»Ja, ich weiß, welche Verhältnisse wir haben.« Er winkte ab. »Gut, durchkämmen wir den Friedhof.«

Ich wollte den Optimismus des Russen wieder ein wenig anfachen. »Dabei haben wir einen Vorteil. Die Leichen sind von dieser blauweißen Aura umgeben und schimmern in der Dunkelheit. Ich bin davon überzeugt, dass sie uns den Weg zeigen werden.«

»Und wenn sie sich versteckt halten?«

»Haben sie das nötig?«

Der Russe schüttelte den Kopf. »Eigentlich nicht.«

Die Diskussion war fruchtlos. Für uns zählte allein der Erfolg, und den erreichten wir nicht, wenn wir noch weiter herumstanden. Wir verließen die Lichtung, deren Gras gegen unsere Hosenbeine schleifte, so hoch war es gewachsen.

Sehr vorsichtig bewegten wir uns. Ich hatte das Gefühl, unter Kontrolle zu stehen. Dieser Friedhof war mir nicht geheuer. Zwar fürchtete ich mich nicht vor Friedhöfen, doch manchmal schon hatte ich auf diesen letzten Ruhestätten ein gewisses Flair erlebt, das mir überhaupt nicht passte. Es kam stets zusammen mit irgendeiner Vorahnung, die mich überfiel, und stets hatte sich diese bestätigt.

Auch hier in Prag war ich vorsichtig. Einen schmalen Weg erreichten wir, der direkt auf das uns am nächsten gelegene Gräberfeld zuführte. Es gab kaum einen Grabstein, der nicht zumindest die Höhe eines Menschen zeigte. Unwillkürlich blieb ich stehen, denn diese Grabreihen beeindruckten mich sehr.

Sie standen da wie steinerne Wächter für die Ewigkeit. Manche in Kreuzform auf einem Sockel in die Höhe ragend, andere flacher, dafür kompakter. Wieder andere zeigten Figuren.

Engel oder Heilige, die ihre Arme schützend über die

Gräber ausgebreitet hatten. Der Russe ließ den Strahl seiner Taschenlampe über die Gräber geistern. Wenn das Licht die Köpfe der Figuren traf, konnten wir die Gesichter deutlich erkennen. Sie zeigten zumeist einen irgendwie abwesenden Ausdruck. Weg vom Weltlichen.

Einige Gräber wiesen Schmuck auf. Frische Blumen, die am Tage hergebracht und in Bodenvasen gesteckt worden waren. Trotz des Alters wirkten die Grabstätten nie ungepflegt. Auch die kleinen Hecken, die manche Gräber umrandeten, waren sorgfältig gestutzt, und einige von ihnen blühten auch.

Es war sehr still auf dem Friedhof. Wir hörten nur unsere Schritte. Die nächsten Verkehrsgeräusche wurden von den den Friedhof umgebenden hohen Bäumen geschluckt, sodass wir uns vorkamen wie auf einer Insel des Schweigens.

An einer Wegkreuzung beschlossen wir, uns zu trennen. Ich ging geradeaus weiter, während sich der Russe nach links wandte. So konnten wir praktisch zwei verschiedene Gebiete unter Kontrolle halten. Ich wusste immer, wo sich Golenkow befand, da mir das Licht seiner Lampe den Standort anzeigte.

Die Luft war noch warm und feucht. Dies machte sich in schwachen Dunstschwaden bemerkbar, die über den Boden trieben und mich manchmal an dünne Gardinen erinnerten, wenn sie vom Nachtwind bewegt wurden, der ebenfalls über den alten Friedhof strich.

Ich hatte mich auf meine eigenen Schritte konzentriert, weil es die einzigen lauteren Geräusche waren, die mich begleiteten. Hin und wieder vernahm ich auch ein Rascheln, wenn ein Tier aus seiner Deckung über eines der Gräber huschte.

Manchmal bekam ich Gelegenheit, auch die Namen auf den Grabsteinen zu lesen. Die Geburts- und Sterbedaten stammten zumeist aus dem letzten Jahrhundert. Dieser Friedhof erzählte eine große Geschichte.

Von den schwebenden Leichen sah ich keine Spur. Ich ging davon aus, dass sie ein bestimmtes Ziel hatten und derjenige auf sie wartete, dem sie auch gehorchten.

Er hieß Petar Kopanek und fühlte sich als Erbe des Rabbi

Loew, der, so sprach es die Legende aus, den künstlichen Menschen, einen Golem, erfunden haben sollte. Was daran stimmte, konnte ich nicht sagen, auch Goethe hatte es nicht gewusst, als er Stoff für seinen Faust suchte, denn Dr. Faustus sollte Ähnlichkeit mit dem Rabbi Loew aufweisen. Jedenfalls war Petar Kopanek fest davon überzeugt, ewiges Leben schaffen zu können, und ich hütete mich, ihn dafür auszulachen, denn ich hatte festgestellt, dass hinter ihm ein großer Helfer oder eine Helferin stand.

Lilith!

In Prag angekommen, hatte ich die schwebenden Leichen verfolgt, ohne sie jedoch vernichten zu können. Die Silberkugeln wurden von der die Leichen umgebenden Aura kurzerhand zerstört. In einem Hotel schließlich war es mir gelungen, mit Hilfe meines Kreuzes eine der schwebenden Leichen zu vernichten, aber ich hatte auch entdeckt, dass Lilith, die Große Mutter, mit im Spiel war und mein Kreuz unter Kontrolle hielt, denn deutlich erinnerte ich mich noch an das große L in der Mitte meines Talismans. Es war die erste Warnung gewesen.

Nun, dem Hotel und auch diesem Petar Kopanek konnte ich entkommen, obwohl ich zeitweise von einer Flammenhölle eingeschlossen war. Aber auch er und seine beiden schwebenden Leichen entkamen. Wir hatten die Verfolgung aufgenommen, die uns zu diesem Friedhof führte, den wir jetzt zu zweit absuchten.

Bisher leider ohne Erfolg.

Ich dachte darüber nach, wo sich ein Mensch wie Kopanek mit seinen beiden Leichen wohl verstecken konnte. Natürlich gab es auf dem Gelände genügend natürliche Deckungsmöglichkeiten, aber der Tscheche war ein Mensch, und die suchten zumeist den Schutz irgendeines Hauses oder Gebäudes auf. Da kam für mich eigentlich nur eine Leichen- oder Trauerhalle in Frage. Auch auf unserem Flug hatte ich keines dieser Gebäude entdecken können, zumeist lagen diese Bauten auch am Rande eines Friedhofs. Bis wir den erreichten, konnte noch Zeit vergehen.

In meiner unmittelbaren Nähe hörte ich ein Geräusch. Sofort blieb ich stehen und schaute nach links. Zwischen zwei Grabsteinen und vom Dunst umwabert, kam der Russe auf mich zu. Sein Gesicht verriet nicht gerade Begeisterung.

»Keine Chance!«

»Bisher nicht.«

Golenkow zog den Mund schief. »Wir werden uns auch weiterhin die Füße wund laufen müssen.«

»Wo befindet sich hier die Leichenhalle?«

Erstaunt schaute er mich an. »Wie kommst du darauf?«

»Weil ich damit rechne, dass wir da unseren Freund finden können.«

»Das kann hinkommen. Leider besitze ich keinen Plan von diesem Friedhof hier. Überhaupt hasse ich so alte Totenäcker.« Er deutete auf mich. »Mein Vorschlag steht noch immer, John. Ich hole Verstärkung, und wir durchkämmen das Areal auf die harte Tour.«

»Ich bin dagegen.«

»Eigentlich hast du hier nichts zu sagen ...«

»Fang nicht schon wieder an, Wladimir, sonst verdrücke ich mich in Richtung Westen und lass dich hier allein.«

»Das bin ich gar nicht.« Bei dieser Antwort grinste er so breit und komisch, dass ich misstrauisch wurde.

»Wieso? Was meinst du damit?«

»Dreh dich mal um, John!«

Das tat ich. Im ersten Augenblick sah ich nichts. Mein direkter Blick fiel auf einen Grabstein, der die Form einer breiten Säule aufwies und in der Höhe etwas enger zulief.

An diesem Grabstein war nichts Besonderes, sah man einmal von der Form ab. Was das Misstrauen in uns beiden hochsteigen ließ, war eine andere Tatsache.

Hinter dem Grabstein sahen wir beide das blauweiße Schimmern, und dafür gab es nur eine Erklärung.

Dort wartete die Leiche!

Wenn das tatsächlich stimmte, schwebte sie nicht mehr, sondern musste auf dem Boden stehen. Ich warf meinem Partner aus Russland einen Blick zu. Wladimir hob die Schultern. »So ist das nun mal, John. Wir suchen sie, und dabei steht sie hinter uns.« Bei diesen Worten zog er mit einer glatten Bewegung eine schwere Armeepistole und sah gleichzeitig meine abwehrende Handbewegung.

»Was ist denn?«

»Noch nicht schießen.«

»Nein, ich wollte auch nur bereit sein.«

Ohne mich mit Golenkow abgesprochen zu haben, näherte ich mich dem säulenartigen Grabstein, hinter dem das Licht schimmerte. Seine Kontur zeichnete sich scharf ab. Ich sah jeden Riss im Gestein und erkannte auch, dass die Säule plötzlich anfing zu schwanken. Sie stieß für einen Moment nach vorn, kippte wieder zurück, kam noch einmal, diesmal sogar stärker, und ich schwebte plötzlich in Gefahr, denn das verdammte Ding fiel mir entgegen. Dabei löste sich noch die obere Hälfte, und die wurde schnell, als sie plötzlich fiel.

So rasch wie möglich drehte ich mich und sprang zur Seite, um von keinem Brocken getroffen zu werden. Den Luftzug spürte ich noch, das war zum Glück alles. Und Sekundenbruchteile später schlug die obere Steinhälfte mit einem dumpfen Knall auf der weichen Graberde auf. Direkt vor meinen Füßen. Ich hatte noch einmal Glück gehabt!

Ich wollte die Leiche sehen – und sah nichts!

Für einen Moment war ich so überrascht, dass ich das Atmen vergaß. Wir hatten das Licht gesehen, aus diesem Grund musste auch die Leiche in der Nähe sein, aber davon entdeckten wir nicht eine Fingerspitze.

Ich hörte den Russen kommen. Neben mir blieb er stehen. »Das ist fast ein Wahnsinn«, erklärte er.

»Meine ich auch.«

»Kannst du mir erklären, wer den Grabstein umgekippt hat?«, fragte er weiter.

»Nein.«

»Auf jeden Fall nicht die Leiche.«

Ich gab ihm keine Antwort mehr. Das Licht war verschwunden. Dunkelheit hüllte uns ein. Neben uns lag der Grabstein. Teile der oberen Hälfte waren abgeplatzt und bis auf den schmalen Weg gefallen, über den wir gekommen waren.

»Leuchte mal!«, wies ich den Russen an.

Er drehte sich um. »Wohin denn?«

»Da, wo der Grabstein gestanden hat. Vielleicht war er brüchig, und wir bekommen eine natürliche Erklärung für diesen Vorgang.«

»Daran will ich nicht glauben.«

Mir erging es ebenso, nur behielt ich dies für mich. Ich beobachtete den Russen, der seine Lampe eingeschaltet hatte und die Stelle absuchte, wo der Grabstein geknickt worden war. Um besser sehen zu können, ging ich ein paar Schritte vor. Mit meinen Blicken verfolgte ich den Verlauf des Lampenstrahls und entdeckte im selben Augenblick das Gleiche wie auch der Russe.

Es war eine Bewegung, dicht am Boden. Zuerst dachte ich an eine Ratte, auch an eine Katze, beides traf nicht zu.

Wladimir war ebenso irritiert wie ich. Der Lampenstrahl zog eine Zickzackbahn, ohne dieses Wesen jedoch genauer festhalten oder markieren zu können.

Es war einfach zu schnell, fand auch genügend Deckung und war plötzlich verschwunden.

Ein wenig ratlos standen wir beide herum. »Verstehst du das?«, flüsterte Golenkow.

»Bis jetzt nicht.«

»Verdammt, was war das?«

Ich hob die Schultern und stellte mich an den Rand der kleinen Kuhle, aus der der Grabstein gebrochen war. Zu erkennen war nichts mehr. Nur die aufgewühlte Erde sah ich. Die kleinen Lehmbrocken verteilten sich wie in einer flachen Schüssel.

Wladimir verfolgte die gleichen Gedanken wie ich und zählte auf. »Eine Katze war es nicht, eine Maus ebenfalls nicht, auch kein Fuchs …«

»Bevor du mir hier einen ganzen Zoo vorhältst, sag lieber, dass du es nicht weißt.«

»Genau. Du denn?«

»Nein.«

»Dann wäre ja alles klar, John. Wir haben es nicht allein mit den schwebenden Leichen zu tun, sondern zudem mit einem Wesen, das ebenfalls diese Lichtfülle abgibt. Vielleicht ein neues Friedhofsungeheuer.« Den letzten Satz meinte der Mann nicht mal spaßig.

»Woher soll es kommen?«

»Vielleicht lebt es schon seit dem Bau des Friedhofs hier. Wer kann das wissen?«

»Und wann wurde der Friedhof errichtet?«, fragte ich.

Golenkow hob den rechten Zeigefinger. »Machen wir mal Geschichte, John. Kannst du dich noch an den Prager Fenstersturz erinnern?«

»Da habe ich noch nicht gelebt.«

Er lachte. »So meine ich das nicht. Mit dem Prager Fenstersturz begann 1618 der Dreißigjährige Krieg. Und genau in diesem Jahr ist auch der Friedhof hier errichtet worden. Wusstest du das?«

»Bisher noch nicht.« Ich lächelte. »Obwohl es unwahrscheinlich klingt, dass ein Lebewesen, was immer es auch sein mag, so lange existiert, ohne entdeckt zu werden.«

»Wenn es ein dämonisches ist?«

»Da hast du Recht. Aber für mich sind das alles Spekulationen. Du hast es besser gesehen als ich, weil du näher an der Mulde gestanden hast. Wie sah es eigentlich aus?«

»Ich weiß ja nicht viel«, erwiderte der Russe mit gequälter Stimme. »Tut mir ehrlich Leid. Ich sah nur, dass es nicht sehr groß war und trotzdem Arme oder Pfoten hatte …«

»Auf jeden Fall ein Tier.«

Wladimir winkte ab. »Nicht mal darauf möchte ich mich festnageln lassen.«

»Dann bleibt ein Mensch übrig.«

Er starrte mich an. »Das sagst du doch nur so – oder?«

»Schlag mir eine andere Möglichkeit vor.«

»Ich weiß keine.«

Es war sinnlos, noch weiter zu diskutieren. Wir hatten ein neues Rätsel gestellt bekommen und mussten irgendwie eine Lösung finden. Mein Verdacht, dass der Bau des Friedhofs nicht mit normalen Maßstäben gemessen werden konnte, erhärtete sich immer mehr.

Im Mund hatte ich einen schalen Geschmack. Ich hatte auch das Gefühl, mich in einem Kreis zu bewegen, der von einem anderen kontrolliert wurde. Dahinter steckte Petar Kopanek.

Wladimir verfolgte ähnliche Gedankengänge wie ich, denn er schlug vor: »Suchen wir den großen Meister, dann werden wir auch die Leichen finden und vielleicht unser komisches Friedhofstier.« Er wechselte sprunghaft das Thema. »Sag mal, John, gibt es eigentlich Ghouls? Wesen, die auf einem Friedhof leben und sich von Toten ernähren? Du kennst ja die Geschichten.«

»Die existieren.«

»Dann könnte doch ...«

Ich schnitt ihm das Wort ab. »Keine Spekulationen, Wladimir. Es war kein Ghoul.«

»Was macht dich so sicher?«

»Dazu fehlt der typische Leichengeruch, den ein Ghoul ausströmt. Wir hätten ihn bemerken müssen.«

»Du bist der Fachmann, John.«

Noch einen letzten Blick warfen wir auf den umgekippten Säulengrabstein, bevor wir uns auf den weiteren Weg begaben, um den alten Friedhof zu erforschen und dessen Geheimnis zu enträtseln.

Leider gerieten wir in ein Gebiet, das verwildert war. Es musste der alte Teil des Friedhofs sein, vielleicht sogar der erste, der überhaupt angelegt worden war.

Grabsteine waren nur noch wenige vorhanden. Der Zahn der Zeit hatte an den meisten von ihnen genagt. Sie waren gekippt, oft zerstört, die Gräber flach und überhaupt nicht mehr zu erkennen. Unkraut, Unterholz und auch Bäume gaben uns das Gefühl, durch einen Wald zu laufen. Abermals hielt uns die Dunkelheit umfangen. Wenn wir etwas sehen wollten, mussten wir den Strahlen unserer Lampen folgen, die schließlich einen schmalen Weg fanden, der mehr ein Trampelpfad war.

Jetzt kamen wir besser voran.

Bei unseren Schritten raschelte das Gras. Wir bogen Zweige zur Seite, schaufelten Blätter aus dem Weg, starrten nach vorn und bekamen immer stärker das Gefühl, von einem Netz unbekannter Gefahren eingeschlossen zu sein.

Keiner von uns sah die Leichen. Bis zu dem Augenblick, als sich alles änderte.

Plötzlich entdeckten wir das Licht.

Ich hatte den Schein zuerst gesehen. Weder vor noch hinter uns, dafür in der Höhe, und das silbrigblaue Funkeln breitete sich über den Wipfeln der Bäume aus, wobei es das Blattwerk streifte und es mit einem matten Glanz anmalte.

»Das müssen sie sein!«, hauchte der Russe.

Wir waren stehen geblieben und schauten in die Höhe. Die Laubbäume nahmen uns einen Großteil der Sicht, deshalb entdeckten wir die zwei Körper nicht und mussten uns weiterhin auf die Aura verlassen, mit der sie sich umgaben.

Neben mir bewegte der Russe seinen rechten Arm. Mit der Pistolenmündung zielte er schräg in die Höhe, ich aber legte ihm eine Hand auf den Arm. »Lass es bleiben«, sagte ich.

»Wieso?«

»Es bietet sich kein Ziel.«

»Wir könnten ihnen zeigen, dass wir da sind.«

»Das werden sie auch so wissen. Komm weiter!«

Golenkow hob die Schultern. Diesmal übernahm ich die Führung. Ich hatte das Gefühl, dicht vor einer Teillösung dieses rätselhaften und unheimlichen Falles zu stehen.

Die schwebenden Leichen waren sicherlich nicht ohne Grund über den Bäumen erschienen. Sie wollten markieren, beobachten und unseren Weg verfolgen. Das geschah auch, denn der silbrige Schein über den Wipfeln bewegte sich in unsere Richtung.

Man hielt uns unter Kontrolle.

Das konnte seine Gründe haben. Wahrscheinlich näherten wir uns dem Ziel der ersten Etappe. Möglicherweise störten wir auch einen gewissen Petar Kopanek bei irgendwelchen magischen Vorbereitungen, aber darauf wollten wir keine Rücksicht nehmen.

Keiner von uns gab sich Mühe, leise zu sein. Wir räumten zur Seite, was zur Seite zu räumen war. Und wir freuten uns darüber, dass dieser dichte Wald endlich lichter wurde.

Das Gelände ähnelte wieder mehr einem Friedhof. Wir sahen auch alte Grabsteine aus dem Boden schauen. Sie bestanden aus modrigen, feuchten Gesteinsbrocken. Christliche Symbole entdeckte ich an diesem Ort überhaupt nicht.

»Das ist der unheimlichste Teil«, flüsterte der Russe hinter mir.

Ich schielte in die Höhe.

Der Schein begleitete uns. Leider sahen wir nichts von den schwebenden Leichen. Sie hielten sich sehr geschickt zurück, im Gegensatz zu dem Russen, der seine Kenntnisse unbedingt an den Mann bringen wollte.

»Ich habe mal gelesen, dass auf diesem Teil des Friedhofs der Teufel regiert haben soll. Das steht auch in der Legende des Rabbi Loew. Hier ist damals etwas Schreckliches passiert. Schau dir doch die Steine mal an, John. Sie sind grau, auch schwarz, und diese Farbe kommt nicht von ungefähr, das kannst du mir glauben.«

»Später ...«

»Ich wollte es dir nur gesagt haben.«

Zum Glück war Golenkow ruhig. So konnte ich mich auf den weiteren Weg konzentrieren, der rechts in eine Lichtung mündete. Den Eindruck jedenfalls hatte ich zuerst, bis ich meine Meinung revidieren musste.

Man konnte es nicht als Lichtung bezeichnen, was sich da vor uns auftat. Das war bereits ein großer Platz, der sich uns öffnete, und in seiner Mitte stand ein Bauwerk.

Wir blieben überrascht stehen. Im Hals spürte ich das trockene Gefühl, denn dieses Bauwerk machte mir genau den Eindruck einer alten Leichenhalle.

Die Steine waren im Laufe der Zeit nachgedunkelt. Das Dach zeigte offene Stellen. An den Seiten war es weit nach vorn gezogen. Auch die große Holztür hatte der langen Zeit Tribut zollen müssen. Sie bestand mehr aus Moder als aus einem festen Material.

Durch die schwebenden Leichen fiel der fahle Glanz bis gegen das Gemäuer und gab ihm ein unnatürliches Aussehen.

Auch in der Nähe des Gebäudes ragten noch die Grabsteine aus dem Boden. Sie erinnerten mich an breite, verbrannte, abgehackte Arme und kamen mir auch mahnend vor.

Noch standen wir in relativer Deckung der Bäume. Wenn die Leichen uns angriffen, würden sie es schwer haben.

Deutlich war die erste Leiche zu sehen.

Ein weißhaariger Toter, der sich über die Wipfel der Bäume hinweggeschoben hatte, mit dem Gesicht nach unten lag und so in die Tiefe schauen konnte.

Auch der zweite erschien.

Er hielt sich schräg hinter dem ersten Toten. Es sah für mich so aus, als würde er von großen Händen kurzerhand durch die Luft auf uns zugeschoben.

Ein unheimliches Bild! Und ein Vorgang, für den wir bisher keine Erklärung gefunden hatten.

Der Russe wurde nervös. Er fummelte mit seiner Pistole herum und ließ sich von mir auch nicht abhalten, zu feuern.

»Nein, jetzt nicht mehr«, sagte er, zielte auf die nächste Leiche und drückte ab.

Das Mündungsfeuer sah ich, den Einschlag bekamen wir beide mit, denn der Körper wurde kurz durchgeschüttelt. Mehr geschah nicht. Die Kugel holte die Leiche nicht aus der Luft.

Ich wunderte mich, dass Wladimirs Geschoss nicht zersprüht war, als es die Aura durchbrochen hatte. Eine Erklärung konnte ich nur insofern geben, dass dieses starke Licht wohl nur auf magische Dinge reagierte.

Golenkow hob die Schultern. »Ja«, sagte er, »dann werden wir uns wohl etwas anderes einfallen lassen müssen, um die Toten zu besiegen.«

Ich deutete auf das Haus. »Das ist unser Ziel.«

»Und wen erwartest du da?«

»Kopanek.«

Er verzog den Mund. »Ich bin gespannt, ob er tatsächlich da auf uns lauert.«

»Das kannst du auch.«

Mehr sagte ich nicht. Mit vorsichtigen Schritten überwand ich die Distanz zum Haus.

Der Russe blieb zurück. An der Tür drehte ich mich um. »Willst du nicht nachkommen?«

»Nein, ich warte.«

»Wenn dich die Leichen angreifen, bist du verloren!«

»Das Risiko gehe ich ein.«

Ich wollte widersprechen, doch es hatte keinen Sinn, das sah ich rasch ein. Wladimir gehörte zu den Leuten, die immer ihren eigenen Weg gingen. Deshalb ließ ich ihn.

Ich schaute mir die Tür an und ließ den Strahl der kleinen Leuchte über sie wandern. Stabil sah sie tatsächlich nicht mehr aus, auch das Schloss taugte nichts mehr, und ich rechnete damit, dass sie nicht einmal abgeschlossen war.

Mit einer Hand stemmte ich sie auf.

Das knarrende und schleifende Geräusch produzierte auf meinen Rücken eine Gänsehaut und würde jeden warnen, der in der alten Leichenhalle hockte und wartete.

Vorsichtig trat ich über die Schwelle. Ich war gespannt bis in die letzte Muskelfaser.

Leider hatte ich keine Ahnung, wie man früher die Leichenhallen gebaut hatte. Das war auch nicht weiter schlimm, denn das Innere dieses alten Hauses bestand gewissermaßen aus einem einzigen dunklen Raum, der trotzdem bewohnt oder besetzt war, denn aus einer für mich nicht feststellbaren Richtung ertönte eine zischende Stimme, die ich trotz der Verstellung kannte.

Sie gehörte Petar Kopanek.

»Komm rein, Sinclair, und lösch das Licht deiner Lampe!«

Zuerst wollte ich nicht die kleine Lampe hochnehmen, um in die Runde zu leuchten, aber ich wusste auch nicht, ob der andere nicht vielleicht eine Schusswaffe in der Hand hielt und auf mich zielte.

Also schaltete ich die Lampe aus. Kaum hatte die Dunkelheit mich erfasst, schlich ich mich nach rechts.

Sekunden verstrichen. Nichts war zu hören. Nicht mal das Atmen oder das Schleifen irgendwelcher Schritte. Ich stand wie eine Säule da und atmete durch die Nase aus.

Endlich meldete sich Kopanek. »Ich wusste, dass du geflohen warst, und habe dich hier erwartet.«

»Wie schön«, erwiderte ich.

Er verstand meinen Spott. Seine nächsten Worte beinhalteten eine Warnung. »Sei nicht zu überheblich, denn du näherst dich hier Dingen, die auch dir über den Kopf wachsen können, das wollte ich dir nur sagen. Es ist gefährlich, sich den Kräften der Hölle entgegenzustellen und sie zu stören.«

»Das ist mir bekannt. Wenn Sie etwas von mir wollen, kommen Sie endlich zur Sache. Weshalb machen Sie kein Licht? Fürchten Sie sich davor, mir gegenüberzutreten?«

»Nein, bestimmt nicht.«

»Weshalb die Dunkelheit?«

»Keine Sorge, Sinclair, ich werde gleich Licht machen. Du bist ein wenig früh erschienen. Eine halbe Stunde später wäre besser gewesen.«

»Aus welchem Grund?«

»Das wirst du gleich sehen. Keine Sorge, Engländer und Feind des Teufels. Ich enthalte dir nichts vor.« Er hatte die letzten Worte in einem leicht kichernden Tonfall gesprochen, und dann hörte ich ihn auch gehen.

Dieser Mensch setzte seine Schritte sehr vorsichtig. Dennoch erzeugte er dabei Echos. Aus welcher Richtung sie kamen, konnte ich allerdings nicht feststellen. Die Akustik in dieser alten Leichenhalle war schon außergewöhnlich.

Während meiner Einsätze hatte ich immer darauf geschaut, auch Gefühle zu beachten und sie nicht zu unterdrücken. Sie waren oft genug das Warnbarometer. Auch diesmal war ich in einer Lage, die sich von Sekunde zu Sekunde zuspitzte. Da verdichtete sich etwas, das ich mit dem Begriff magische Gefahr umschreiben wollte.

Noch war ich passiv, stand auf dem Fleck und lauschte den Schritten des für mich noch unsichtbaren Tschechen.

Er bewegte sich nicht nur in eine Richtung, sondern schritt hin und her. Mal musste er rechts von mir sein, mal links, aber er blieb dabei stets hörbar.

»Bald!«, hörte ich ihn flüstern. »Bald ist es so weit. Dann wirst du es erleben.«

»Was denn?«

»Die Macht des Satans«, erklärte er mir voller Inbrunst. »Sie wird dich schocken, und du wirst erkennen, wie klein und hässlich du als Mensch gegen ihn bist.«

»Das hat man mir schon oft gesagt.«

»Aber hier ist es anders«, hörte ich ihn sagen. »Ganz anders, wenn du verstehst. Du stehst auf historisch magischem Boden. Vor einigen Jahrhunderten hat hier ein bedeutendes Ereignis stattgefunden, über das viele Menschen gelacht haben und das bis in die heutige Zeit hinein nicht anerkannt worden ist. Ich aber weiß es besser.«

»Denkst du dabei an die Erschaffung des künstlichen Lebens durch Magie?«, hakte ich nach.

»Das genau ist es.«

Ich wusste um den Traum der Menschheit. Es gab immer einige, die sich gottgleich sahen und ihm ins Handwerk pfuschen wollten. Waren es im Mittelalter noch die Alchimisten gewesen, die den Stein der Weisen suchten, um aus einem unedlen Metall das edle, das Gold, herzustellen, so versuchte man später, künstliches Leben zu erschaffen, und dieser Vorsatz hat die Menschen immer beschäftigt und auch Schriftsteller nicht ruhen lassen. Dabei dachte ich an die Frankenstein-Story und nicht zuletzt an Gustav Meyrink, der im Jahre 1915 seinen Roman über den Golem geschrieben hatte.

»Und du bist der Erbe des Rabbiners Loew?«, fragte ich.

»Auch das.«

»Wenn ich mich recht erinnere, war der Rabbi Loew ben Bezaleel schon tot, als dieser Friedhof entstand.«

»Richtig. Aber er lebte trotzdem. Sein Geist war und ist hier. Das darfst du nicht vergessen. Es ist ihm allein gelungen, mit den dunklen Mächten einen Pakt zu schließen. Er hat den Golem erfunden und nicht nur ihn. Der Golem ist eine lebende Tonfigur gewesen, für mich war etwas anderes viel wichtiger.«

»Willst du darüber sprechen?«

»Ja, denn es gehört dazu. Nicht der Golem, wie ich dir schon sagte, sondern das Produkt, das auch Goethe in seinem zweiten Teil des Faust-Dramas herausgestellt hat.«

»Homunkulus!«

»Genau, das Menschlein.«

Petar Kopanek hatte es mit einer solchen Inbrunst gesagt, dass ich Furcht bekam. Vor dem menschlichen Leben hatte ich eine große Ehrfurcht, und ich wusste auch, dass man dem Herrgott auf keinen Fall ins Handwerk pfuschen durfte. Der Mensch ist einmalig. Man kann ihn einfach nicht nachempfinden oder nachmodellieren, das mussten auch die dunklen Mächte der Finsternis einsehen.

Leider taten sie es nicht. »Können wir endlich zur Sache kommen?«, fragte ich in das Dunkel hinein. Zum Plaudern war ich schließlich nicht hergekommen.

»Einen Augenblick noch.« Er hatte so gesprochen, dass ich ihm glaubte. Ich konzentrierte mich wieder auf seine Schritte und verstand auch seine Frage: »Weshalb kommt der andere nicht?«

»Er will warten.«

Der Tscheche lachte. »Dann kann er sich nur wundern, wenn ihn die Magie wie ein Unwetter überfällt.« Er hatte den Satz kaum beendet, als ich ein Kratzen hörte, winzige Funken sah, die sich zu einer Flamme vereinigten.

Ein Streichholz war entzündet worden, und der Tscheche hielt es zwischen den Fingern. Er schaute für einen Moment der Flamme zu und zündete dann einen Kerzendocht an.

Die Kerze nahm die Flamme an. Ein kleiner Teil der Halle wurde aus der Finsternis gerissen, und ich schaute zu, wie Kopanek auch noch weitere fünf Kerzendochte in Brand setzte.

Sechs brannten jetzt.

Und das hatte seinen Grund. Denn die Kerzen rahmten die Ecken eines Druidensterns ein, der in der Mitte der Halle auf den Boden gemalt worden war.

Ich war nicht mal überrascht. Vielleicht über die schwarzen Kerzen, aber nicht über den Druidenstern, denn der Rabbi Loew war im Prinzip ein Geistlicher gewesen, der sich auch der Magie verschrieben hatte.

Nicht ihn sah ich, sondern seinen Nachfolger.

Und er, der vom fahlen Schein der Kerzen angestrahlt wurde, wirkte ebenfalls wie eine schaurige, düstere Figur, in seinem langen Mantel, dem Hut mit der breiten Krempe, die nur mehr den unteren Teil seines Gesichts freilegte.

Er stand inmitten des Sterns, badete sich im flackernden Kerzenlicht und sah so aus, als wollte er neue Kraft tanken.

Ich schaute mir den Stern genauer an. Schon des Öfteren war mir dieses Zeichen begegnet, das sowohl für eine positive als auch negative Beschwörung benutzt werden konnte. Hier in dieser alten Leichenhalle würde der Tscheche schon dafür sorgen, dass die Beschwörung so auslief, wie er es wünschte.

Mein Blick glitt über die Linien des Sterns. Bei der ersten Betrachtung hatte ich damit gerechnet, dass er auf den Boden gemalt war. Das stimmte nicht. Die einzelnen Seiten waren in den matt glänzenden Stein eingemeißelt worden. Regelrechte handbreite Furchen hatte man geschaffen und sie mit einer Farbe ausgemalt, die einen dunkelroten Ton hatte.

»Du schaust ihn dir an?«, fragte mich Kopanek.

»Ja.«

»Und du rätselst sicherlich, aus was der magische Stern besteht?«

»Auch das.«

Er lachte scharf, und sein Kopf bewegte sich dabei nickend nach vorn. »Es ist Blut«, flüsterte er. »Das Blut eines Menschen. Damals schon wurde der Stern damit gefüllt und nachgezeichnet. Hast du genau verstanden, Sinclair? Menschenblut. Es ist ein ganz besonderer Saft. Es sorgt dafür, dass die magischen Wünsche in Erfüllung gehen, wie du dir sicherlich leicht vorstellen kannst.«

»Ich habe meinen Faust gelesen.«

»Dann brauche ich dir nichts weiter zu erklären.«

»Das will ich nicht sagen«, erwiderte ich. »Ich weiß zum Beispiel nicht genau, was du noch alles vorhast und wen du in deinen teuflischen Kreislauf mit einbeziehen willst.«

»Dich!«, rief er laut.

»Kann ich mir denken. Aber bin ich der Einzige? Welches Spiel läuft hier, Kopanek?«

Er streckte seinen Kopf vor, als wollte er dem Echo meiner letzten Worte nachlauschen. »Spiel?«, fragte er nach einer Weile. »Es ist eigentlich kein Spiel, sondern die Rückkehr in eine andere Zeit und eine andere Welt. Das ist Magie, mein Lieber. Teuflische Magie, schwarze Magie, die zusammen mit dem Grauen herbeikommt ...«

»Dann möchtest du etwas holen – oder?«

»Auch, John Sinclair, auch. Dieser Punkt ist so geblieben, wie er einmal erschaffen wurde. Leider offenbart er mir nicht alle Geheimnisse, deshalb muss ich weit zurückreisen in eine Zeit, als alles entstand. Begreifst du das?«

»Ja, in die Vergangenheit.«

»Genau, Sinclair. Ich als der Erbe des Rabbi werde dort nachforschen und mir das Geheimnis des Lebens aneignen. Alles ist bereit, und ich habe auch schon jemanden gefunden, der mir hilft.«

»Wer ist es?«

Er lachte wissend und ließ das Geräusch nur allmählich verklingen. »Das kann ich dir nicht nur sagen, sondern auch zeigen, Geisterjäger. Hatten wir nicht vorhin von dem Wichtigsten gesprochen, was uns hinterlassen wurde?«

»Das kann sein.«

»Erinnere dich an den, der stärker ist als der Golem. In dem viel mehr steckt als in der lebenden Tonfigur. Er ist das

Geheimnis. Er ist das wahre Wunder!« Seine Stimme steigerte sich immer mehr. Zuckungen durchliefen seinen Körper. Dieser Mann stand unter einer ungeheuren Erregung. Er warf den Kopf zurück, auch der breitkrempige Hut rutschte mit, sodass ich jetzt einen Großteil seines Gesichts erkennen konnte.

Es war nur eine verzerrte Fratze. Vielleicht grau, vom Licht der Kerzen allerdings mit einem unnatürlichen Licht- und Schattenspiel überdeckt.

Seine Hand verschwand unter dem Mantel. Er beugte sich wieder vor, blieb in dieser Haltung wie weiland Napoleon und präsentierte mir im nächsten Moment das, was unter seinem langen Mantel verborgen gewesen war.

Ein zappelndes Etwas riss er in die Höhe und umschloss es mit seiner nervigen Faust.

Meine Augen wurden groß, die Knie weich, ich wollte den Namen aussprechen. Kopanek kam mir mit seinem triumphierenden Lachen zuvor.

»Es ist das Geheimnis des Lebens!«, schrie er dabei. »Das Rätsel des auslaufenden Mittelalters. Und ich, Petar Kopanek, halte es in der Hand. Er nur ist der wahre Homunkulus …!«

Wladimir Golenkow war zwar freiwillig draußen vor der Tür geblieben, aber so ganz passte es ihm doch nicht, auf Sinclair zu warten und unter Beobachtung der schwebenden Leichen zu stehen.

Der Russe fühlte sich unwohl. Zwar hielt er seine Armeepistole in der Hand, aber die hätte er ebenso gut wegschleudern können, weil sie ihm nichts brachte.

Wichtig war eigentlich das, was sich im Innern der Leichenhalle abspielte.

Er hörte Stimmen. Leider konnte er nicht verstehen, was gesagt wurde, weil die Tür nur spaltbreit offen stand, aber er war trotzdem sicher, dass der Geisterjäger eines seiner Ziele erreicht hatte und vor Petar Kopanek stand.

Die beiden unterhielten sich. Wladimir hörte keinerlei

Kampfgeräusche nach draußen dringen, aber Freunde waren die beiden sicherlich nicht. Dennoch war er auf eine gewisse Art und Weise beruhigt und konnte sich daran begeben, die unmittelbare Umgebung dieser Leichenhalle zu durchforschen. Golenkow hatte sich vorgenommen, sie einmal zu umrunden. Möglicherweise entdeckte er etwas, das für den weiteren Verlauf des Falles wichtig war. Die ersten Meter legte er zögernd zurück. Er ging auf die Grabsteine zu, die links von ihm in die Höhe wuchsen. Die Lampe ließ er eingeschaltet. Seltsamerweise gab ihm der weiße Strahl so etwas wie eine gewisse Sicherheit, und darüber wunderte sich der Russe, denn er war ein verflixt harter Typ, den so leicht nichts aus der Bahn warf, das hatte er in zahlreichen Auslandseinsätzen für den KGB bewiesen.

Hier reagierte er anders. Er wusste, dass er es in diesem Falle nicht mit normalen Gegnern zu tun hatte, die irgendwo im Hintergrund lauerten und schossen. Für ihn waren es einfach Feinde, die er nicht fassen und deren Vorhandensein er einfach nicht begreifen konnte.

Sie blieben im Hintergrund, lauerten, warteten ab und würden sicherlich ihre Chance bekommen.

Die Schritte waren zögernd gesetzt. Schweißtropfen hatten sich in seinem Nacken gesammelt und rannen in kalten Bahnen an seinem Rücken hinab.

Gern hätte er jetzt einen Wodka getrunken. Leider befand sich die kleine Flasche im Wagen. Bisher hatte er noch keinen Blick über die Schulter zurückgeworfen, das holte er nun nach und drehte den Kopf so, dass er in die Richtung schauen konnte, aus der er gekommen war.

Wladimir sah die beiden Leichen!

Hatten sie vorhin praktisch über dem Eingang gelauert, zwar höher als das Dach, so hatten sie sich nun in Bewegung gesetzt und glitten lautlos auf ihn zu.

Dabei verloren sie auch an Höhe. Wenn sie weiterhin so schwebten, würden sie ihn irgendwann erreicht haben, das stand für ihn fest. Und wenn sie ihn packten, brachten sie ihn auch um.

Er ging wieder weiter, bis er vor zwei Grabsteinen stand, die genau in seinem Blickfeld lagen. Sie waren noch beschriftet, nur mühsam zu entziffern, aber der Russe wollte wissen, wer unter dieser feuchten Erde begraben lag.

Deshalb ging er in die Knie.

Erst jetzt kam ihm so richtig die unheimliche Atmosphäre auf diesem alten Friedhof zu Bewusstsein. Der Vergleich mit dem schleichenden Grauen fiel ihm ein, das immer tiefer in seinen Körper drang und allmählich von seinem Geist Besitz nahm.

Furcht überkam ihn.

Da er sich weiter vom Eingang der Leichenhalle entfernt hatte, hörte er die Stimmen der beiden Männer nicht mehr. Auch Geräusche außerhalb des Friedhofs drangen nicht bis zu diesem Platz.

Er hockte allein in der ihn umgebenden Stille, die das ungute Gefühl in ihm noch steigerte.

Kinder und auch Erwachsene machen sich oft dadurch Mut, dass sie mit sich selbst sprechen, wenn sie irgendwelche unheimlichen Stätten besuchen. So erging es auch ihm. Er wollte reden, um endlich etwas Menschliches zu hören, und so las er murmelnd vor, was in den ersten Grabstein eingemeißelt worden war.

»Hier ruht ein Mann, der darauf wartet, dass der Teufel gewinnt und die Kräfte des Lichts besiegt. Er hat sich dem Bösen verschrieben, er wollte es locken, doch er hat verloren …«

Ein seltsamer Spruch, dachte Wladimir. So etwas hatte er auf einem Grabstein noch nie gelesen. Wann der Verstorbene gelebt hatte, stand nicht darauf. Und auf dem zweiten Grabstein las er ähnliche Worte.

Dem Russen rann eine Gänsehaut über den Rücken. Er spürte den Schauer der Furcht und dieses kalte Gefühl im Nacken, das ihn vor einer drohenden Gefahr warnte.

Wladimir drehte sich um.

Heftig erschrak er. Zwar hatte er damit gerechnet, dennoch war er überrascht, denn die schwebenden Leichen hatten die Distanz zu ihm lautlos überwunden.

Sie waren nur noch eine Körperlänge entfernt, hatten die Arme ausgestreckt und die Hände zu würgebereiten Krallen geformt, um sie in den Körper des Russen schlagen zu können.

Wladimir Golenkow reagierte schnell. Das hatte man ihm beigebracht. Aus seiner hockenden Haltung tauchte er nach rechts weg, berührte den Boden und überrollte sich dort. Altes Laub raschelte noch unter ihm, als er sich bewegte und sich durch diese Aktion aus der unmittelbaren Reichweite der schwebenden Leichen brachte. So brauchte er wenigstens nicht die kalten Totenfinger auf seiner Haut zu spüren.

Kaum befand er sich in einer relativen Sicherheit, als er auf die Füße schnellte. In einem Reflex hob er auch die Waffe, zog aber nicht durch, da ihm eingefallen war, dass es keinen Sinn hatte, auf diese Geschöpfe zu feuern. Sie waren eben stärker als er.

Und sie wollten ihn in die Zange nehmen. Aus welchem Grund sie dies vorhatten, war ihm unbekannt, da er sie nicht direkt attackiert hatte. Eine Leiche jedenfalls drehte einen Halbkreis, um in seinen Rücken zu gelangen.

Wieder war der Russe schneller als die in der Luft schwebenden Toten. Sein Weg führte ihn wieder auf die alte Leichenhalle zu, deren Seitenteil er erreichte.

Er stützte sich an der Außenmauer ab und hörte plötzlich das grausame Lachen.

Gedämpft klang es. Dennoch war aus den Lauten herauszuhören, dass es nicht John Sinclair ausgestoßen hatte. Demnach musste Kopanek die Oberhand behalten haben.

Man konnte Wladimir Golenkow alles nachsagen, ein Feigling war er gewiss nicht. Das bewies er auch in den folgenden Sekunden, als er sich in Bewegung setzte.

Mit raumgreifenden Schritten näherte er sich dem normalen Eingang der Leichenhalle. Er hörte die Stimme des Tschechen, wie sie den Triumph hinausbrüllte, und er verstand das Wort Homunkulus.

Sollte es tatsächlich wahr sein?

Er spürte den innerlichen Druck, der sein Blut in Wallung versetzte. Beinahe hatte er das Gefühl, zu spät zu kommen, und auch die beiden Leichen wollten ihn aufhalten, denn sie hatten sich bereits gedreht, um dem laufenden Mann den Weg abzuschneiden.

Noch bevor er den Eingang erreichte, war die erste Leiche da. Fast hätte ihre rechte Klaue ihn auch erwischt. Golenkow drehte im letzten Augenblick den Kopf zur Seite, die Hand griff daneben, aber die Leiche flog weiter. Da sie sich in einer Schräglage befand, rammte sie noch mit der Schulter den Oberarm des Russen, und der hatte das Gefühl, als würde ihn ein Kälteschock durchströmen.

Der nächste Sprung brachte ihn aus der Reichweite des Toten. Zudem sah er den Eingang schon dicht vor sich. Er brauchte nur noch zuzugreifen. Auch ihn hatte die Nervosität überfallen, denn beim ersten Zugreifen verfehlte er die alte Klinke. Er sackte dabei noch in die Knie, schlug mit dem Ellbogen auf das gebogene Eisen, trieb die Klinke nach unten, fasste nach und konnte endlich die Tür aufziehen.

Es wurde auch Zeit, denn die Leichen befanden sich bereits unmittelbar hinter ihm.

Was den Russen erwartete, wusste er nicht. Er war auf alles gefasst, und dennoch traf ihn der Schock …

Der hatte auch mich getroffen nach den so schlimmen Worten des Tschechen. Und den Beweis für seine magische Tat entdeckte ich in seiner rechten Faust.

Es war tatsächlich der Homunkulus, das Menschlein!

Im Licht der sechs Kerzen konnte ich ihn und seine Beute erkennen. Doch ich hatte nur Augen für den Homunkulus, der zwischen den Fingern des Tschechen zappelte.

Plötzlich wusste ich auch, was der umgekippte Grabstein verborgen gehalten hatte. Es war keine Katze gewesen, auch kein Fuchs oder eine Ratte, nein, es war das Menschlein. Sollte es ihm vielleicht gelungen sein, den schweren Stein umzustoßen?

Kaum vorstellbar. Da ich keine andere Lösung wusste, musste ich zunächst einmal davon ausgehen.

Ich sah, wie er zappelte. Er bewegte hektisch seine kleinen Arme und Beine. Sie waren nicht größer als die Pfoten einer Katze und auch leicht behaart, was ich aus dem dunklen Film schloss, der seinen nackten, kleinen Körper bedeckte. Er war ein geschlechtsloses Wesen. Das erkannte ich deshalb, weil der andere die Brust des kleinen Menschen umklammert hielt. Mit Interesse schaute ich in sein Gesicht. Eine Fratze war es nicht, auch wenn sich seine Männerzüge verzerrt zeigten. Aber er hatte ein altes Gesicht, furchige Haut und einen auf mich kantig wirkenden Schädel. Schwarzes Haar wuchs auf seinem Kopf so dicht wie ein Pelz. Die einzelnen Strähnen standen in verschiedene Richtungen hin ab und bedeckten auch einen Teil seiner übergroßen Ohren. Auch die Nase fiel auf. Sie war knochig. Außerdem so lang und breit, dass sie einen regelrechten Schatten in das Gesicht warf.

Das also war er!

Ich hatte das Gefühl, einer epochalen Begegnung beizuwohnen. Es ist schon etwas Unbegreifliches, einem Wesen gegenüberzustehen, das durch die Literatur der Jahrhunderte gegeistert ist. Und mich durchlief ein heißer Schauer, gegen den ich mich nicht wehren konnte.

Petar Kopanek hatte mir Zeit genug gelassen, den Homunkulus zu betrachten oder zu bewundern. Erst jetzt sprach er wieder. »Da siehst du es, Geisterjäger. Die Magie der Hölle ist viel stärker als das, an das du glaubst. Man muss die Kräfte nur richtig einsetzen. Was ich hier in der Hand habe, ist ein Mensch …«

»Nein!«, schrie ich dagegen. »Das ist kein Mensch!«

»Soll ich dir einen noch stärkeren Beweis liefern? Wie kannst du so etwas nur behaupten? Er sieht aus wie ein Mensch, er …«

»Zum Menschsein gehört nicht allein das Aussehen!«, hielt ich dagegen. »Auch andere Dinge sind wichtig, die den Menschen ausmachen. Er muss Gefühle haben. Er muss Liebe zeigen können, Vertrauen, Verständnis. Er darf den Hass nicht in den Vordergrund stellen, das alles sind Dinge, die ihm sein Erschaffer, der Satan, nicht eingeben konnte.«

»So denkst du, ich aber denke anders. In einem gebe ich dir Recht. Vollkommen ist er noch nicht, das jedoch wird sich sehr bald ändern, wenn ich meine Reise unternehme und die beiden letzten Leichen den Kreislauf schließen.«

Was er genau damit meinte, bekam ich nicht heraus, weil hinter mir die Tür heftig auf- und mir fast in den Rücken gestoßen wurde.

Die Kante der Längsseite rasierte an mir vorbei, und ich sah den Mann in das Leichenhaus stürmen.

Es war Wladimir Golenkow!

Er hatte die Schwelle mit einem Satz übersprungen, wollte auch weiterlaufen, als er sah, was sich in der Mitte der großen Halle abspielte. Für ihn war es furchtbar, und er empfand den gleichen Schock wie ich.

Wie angewurzelt blieb er stehen. Mich sah er nicht. Ich schaute von der Seite her gegen sein Profil, sah das Zucken seiner Lippen, ohne dass ein Wort aus dem Mund drang, und hörte wenig später sein tiefes Stöhnen, als ihm bewusst wurde, was er da sah.

Erklären wollte Kopanek nichts mehr. Das brauchte er auch nicht, den Beweis hielt er in seiner rechten Hand, und auch die beiden Helfer wussten, was sie zu tun hatten.

Ich spürte den kalten Hauch, der mich streifte und sich anders anfühlte als normaler Durchzug.

Sofort drehte ich den Kopf.

Sie glitten über die Schwelle, blieben dabei dicht zusammen und hatten auch an Höhe verloren, denn an meiner Schulter schwebten sie lautlos vorbei und in das Innere der Leichenhalle.

Sie würden alles aus dem Weg schaffen, was ihnen hinderlich erschien, das Gefühl hatte ich. Und ein Hindernis bildete mein Partner Golenkow für sie.

Rasch griff ich ein. Bevor eine der beiden Leichen ihn berühren konnte, jagte ich meinen rechten Arm vor und traf ihn völlig überraschend. Er konnte den Stoß nicht mehr ausgleichen, wurde zu Boden geschmettert, schrie noch überrascht auf und blieb für einen Moment auf den matten Steinen liegen.

So konnten die beiden Leichen tiefer in den unheimlichen Raum hineinschweben, denn kein Hindernis stellte sich ihnen mehr in den Weg.

Wladimir drehte sich. Er starrte mich an, sah meine Handbewegung und verstand.

Er kam wieder hoch.

Seine Augen hatten einen für mich fremden Ausdruck bekommen. Der Blick irrlichterte; ich erkannte, dass der Russe einen regelrechten Schock bekommen hatte. Das war nicht verwunderlich, nach allem, was hier vorgefallen war.

Zufällig schaute ich auf mein Kreuz. An den Seiten sah ich die kleinen Lichtexplosionen, die Wolken glichen und wieder ineinander fielen. Inzwischen hatten die Leichen freie Bahn.

Sie blieben noch immer dicht beieinander und visierten das Sechseck des Druidensterns an.

Ihr magisches Ziel!

Inmitten dieser von unheimlichen Kräften beeinflussten geometrischen Figur stand unser Gegner. Er hatte den rechten Arm sinken lassen. Der Homunkulus in seiner Faust befand sich ungefähr in Höhe der Hüfte. Er zappelte auch nicht mehr und machte auf mich den Eindruck einer erstarrten Puppe.

Erstarrt war auch die gesamte Szenerie. Ein jeder von uns wartete auf das Ereignis, das man mir schon angekündigt hatte.

Der Russe erhob sich. Er kam mit zögernd wirkenden Bewegungen auf mich zu. Sein Gesicht zeigte leichtes Entsetzen, als er den Kopf schüttelte und scharf flüsterte: »Verdammt, John Sinclair! Weshalb tust du nichts? Warum greifst du nicht ein?«

Eine gute Frage, auf die ich selbst keine Antwort wusste.

Golenkow drehte sich und seinen jetzt ausgestreckten Arm mit, sodass er auf den Druidenstern deuten konnte. »Da musst du hinschauen, John. Da passiert es.«

Ich nickte. Bestimmt hätte ich schon früher eingreifen sollen, aber da war ich einfach zu überrascht gewesen. Jetzt stand ich auf dem Fleck, und es kostete mich Überwindung, mich zu bewegen.

Konnte ich überhaupt gehen?

Als mir dieser Gedanke kam, hatten die beiden Leichen den Rand des Sechsecks erreicht und veränderten dies.

Der Tscheche hatte mir ja erklärt, dass die Seiten nicht aufgemalt worden waren, sondern aus dem Blut eines Menschen bestanden. Dies zusammen, gefüllt mit einer schwarzen Magie, sorgte für die entsprechende Reaktion des Druidensterns.

Das Blut in den kleinen Kanälen veränderte sich nicht. Aber es wurde heiß.

Es kochte …

Plötzlich sahen wir die Schwaden, die aus den Umrissen des Druidensterns in die Höhe stiegen und auf mich so wirkten wie blutrote Nebelstreifen.

Sie bildeten eine regelrechte Mauer, als sie lautlos und irgendwie gespenstisch in die Höhe stiegen, wobei sie den Körper des im Innern des Sterns stehenden Tschechen umschmeichelten wie hauchdünne Tücher.

Seine Gestalt sahen wir längst nicht mehr so klar. Die Umrisse verschwammen ebenso wie die der beiden Leichen. Sie hatten ebenfalls die Mitte der magischen Figur erreicht und sich rechts und links des Mannes aufgebaut. Allmählich sanken sie nach unten. Allerdings nicht so flach, wie sie in der Luft gelegen hatten. Sie streckten ihre Beine aus, die auch dicht zusammenlagen, sodass sie schließlich mit den Füßen den Boden berührten und so stehen bleiben konnten.

Als Leibwächter oder Begleiter rahmten sie ihren Herrn und Meister ein. Leichenstarr blieben auch ihre alten Gesichter. Das Licht der sechs brennenden Kerzen gab ihnen einen noch schaurigeren Touch, denn von den Seiten her fielen graue Schatten auf die Haut und vermischten sich mit den aufsteigenden roten Dämpfen.

Wladimir stand neben mir und atmete schwer. Immer öfter schüttelte er den Kopf, weil er es einfach nicht glauben wollte. »John, das ist zu viel. Tu etwas!«

Das hatte ich schon lange vor, doch es war mir nicht mehr möglich. Ich konnte mich einfach nicht bewegen. Etwas hinderte mich daran, den Fuß nach vorn oder auch zurückzusetzen.

Der Russe bemerkte meine Bemühungen. Er wollte sich an meiner Stelle bewegen und musste schon nach dem ersten Versuch einsehen, dass er es nicht schaffte.

Die andere Kraft oder Gewalt war einfach stärker. Und sie füllte das Innere der Leichenhalle bis in den kleinsten Winkel hin aus. Wir waren praktisch gefangene Statisten, mit denen man einfach nur spielte.

Wie dies überhaupt möglich war, darüber konnte ich nur spekulieren. Es musste einfach mit den Blutdämpfen zusammenhängen, die zusammen mit dem Druidenstern eine magische Verbindung eingegangen waren und eine völlig neue Sphäre geschaffen hatten.

Sie bekam ich mit.

Ich hatte das Gefühl, nicht mehr in einer normalen Welt zu stehen. Der Friedhof, die Leichenhalle, all dies war auf einmal so weit weg, selbst unsere Feinde und die Stimme Petar Kopaneks.

Als er redete, schien er in einen Tunnel zu sprechen. Aus der Ferne erreichten die Worte unsere Ohren trotzdem. Er sprach von der Verwirklichung seiner großen Pläne und davon, dass wir mit hineingerissen würden.

»Es ist der Arm der Vergangenheit, der eine magische Brücke geschlagen hat und nach uns greift. Wir werden gemeinsam die Vollendung des Lebens durch den Satan erleben. Wir sehen ihn, der mit seiner Sense die Felder der Leichen hinterlassen hat, und wir geraten in den Kreislauf der Blutsonne, die unseren Lebenssaft zum Kochen bringt. Öffnet euch, ihr Tore der Vergangenheit! Stoßt weit auf, nehmt uns in eure Arme und lasst uns in die Hölle sehen. Wir wollen das Leben. Ein Leben für den Teufel. Er wird uns die Kraft geben, die einst der Rabbi Loew, dessen Erbe ich allein bin, geweckt hat.«

Die Macht der Worte steigerte sich zu einem gewaltigen Sturm. Es war kein Brausen oder Heulen im eigentlichen Sinne, sondern der Orkan der Zeit, der auch uns nicht verschonte und mit seinen gierigen Händen so stark nach uns griff, dass wir uns nicht mehr dagegen wehren konnten.

Mir kam es tatsächlich so vor, als hätte sich die Geschwindigkeit der Zeit verändert. Irgendwie lief alles langsamer ab. Ich hatte zur Seite geschaut und sah, wie sich mein Partner aus Russland bewegte. Wie ein Pantomime es auf der Bühne dem Publikum vormachte, so streckte auch er seine Arme aus, als wollte er mit einer tänzerischen Bewegung in das Sechseck hineingleiten.

Dann hob er ab.

Bevor ich noch mein Erstaunen darüber kundgeben konnte, erwischte es auch mich.

Im ersten Moment war es ein wundersames Gefühl, fliegen zu können, aber ich stellte auch fest, dass wir uns dem magischen Druidenstern näherten und unsere Chancen allmählich schwanden. Wir schafften es nicht, uns dagegen zu wehren.

Der Blutnebel erwartete uns.

Wladimir tauchte als Erster hinein. Ob er schrie oder nicht, ich hörte es nicht, ich sah ihn plötzlich verschwinden, und dann war ich an der Reihe.

Ein Ziehen spürte ich noch an meinen Gelenken, etwas strich kalt und gleichzeitig auch warm über meine Haut. Danach nahm mich der Kreisel auf und schleuderte mich, dank seiner schwarzen Magie, hinein in eine andere Zeit, die so schrecklich gewesen war …

Natürlich hatte es Suko nicht gefallen, in London bleiben zu müssen, aber es war ihm keine andere Möglichkeit geblieben, denn nach wie vor schwebte eine große Gefahr über allem, die auch einen Namen hatte.

Es war der Spuk!

Ihm war es gelungen, den Würfel des Unheils an sich zu nehmen. Und er hatte auch den zweiten Würfel noch in seinen Besitz bringen wollen. Das jedoch gelang seinen beiden Helfern Akim Samaran und dessen Leibwächter Kamikaze nicht mehr.

Andere waren schneller.
Unter anderem Suko, natürlich auch John Sinclair, in dessen Besitz sich der zweite Würfel befand.
Nach Prag hatte er ihn nicht mitgenommen, und so war Suko die Aufgabe zugefallen, auf ihn zu achten.
Natürlich wollte er ihn nicht mit in das Büro nehmen. Der Würfel hatte seinen Platz in Johns Wohnung bekommen, und zwar dort, wo auch der Kelch des Feuers und Taniths geheimnisvolle Kugel standen. Diese wundersamen Gegenstände schützten sich selbst vor Dämonen, und wenn Samaran versuchte, in die Wohnung einzudringen, um den Würfel zu stehlen, würde er sein blaues Wunder erleben, denn der Schrank, in dem die wertvollen Gegenstände standen, war abgesichert worden. Durch eine Alarmanlage, deren Funktion nur die engsten Freunde des Geisterjägers genau kannten.
Dennoch gefiel keinem so richtig diese Lösung. Man wollte sich auch eine bessere einfallen lassen, bisher war sie nur nicht gefunden worden.
Über dieses Thema sprach auch Sir James mit dem Inspektor. Die beiden saßen sich im Büro des Superintendenten gegenüber und warteten auf Vorschläge.
»Also von Ihnen kommt auch nichts«, stellte Sir James sehr richtig fest.
»Leider, Sir.«
»Das ist sehr wenig.«
»Weiß ich.«
Der Superintendent legte die Stirn in Falten. »Nicht nur das«, erklärte er im Tonfall eines Oberlehrers. »Es ist auch ungesetzlich, wenn Sie verstehen, Suko.«
»Nicht direkt.«
Sir James winkte ab. »Sie können in einer Wohnung einfach keine Starkstromanlage eingeschaltet haben. Das muss Ihnen doch der gesunde Menschenverstand sagen.«
»John und ich haben uns darüber auch Gedanken gemacht. Nur, wie sollen wir es ändern?«
»Jedenfalls muss der Würfel raus!« Sir James blieb hart, auch wenn es Suko gegen den Strich ging.

»Und wohin mit ihm?«, fragte der Inspektor ein wenig aggressiv.

»Darüber habe ich auch schon nachgedacht. Und ich bin zu dem Entschluss gekommen, dass Sie ihn herbringen könnten.«

Dem Chinesen lag eine lockere Antwort auf der Zunge. Er verschluckte sie sicherheitshalber. »Sir, das kann nicht Ihr Ernst sein. Ich soll den Würfel jedes Mal mit in das Büro bringen, um ...«

»Habe ich das gesagt?«

»Nein ...«

»So meinte ich es auch nicht. Wenn ich sage, er soll bei uns bleiben, dann meine ich es auch so. Wir werden ihn in den Panzerschränken des Yard einschließen. Denken Sie noch an die Armee der Unsichtbaren. Dieses Gerät, das konstruiert worden war, um Menschen unsichtbar zu machen? Es liegt dort immer noch, und es bleibt auch dort liegen.«

Suko war überrascht. Er musste zunächst einige Male schlucken, um die nächste Frage stellen zu können. »Was ist, wenn wir den Würfel benötigen?«

»Dann holen Sie ihn hervor.«

Der Inspektor blieb gelassen und wiegte den Kopf. »Ich kann mich an Fälle erinnern, da mussten wir uns sehr schnell bewaffnen. Ob dann immer die nötige Zeit bleibt, um an den Würfel heranzukommen, wage ich zu bezweifeln.«

»Diesen Einspruch lasse ich sogar gelten. Bis Sie mir aber eine bessere Lösung vorschlagen, die auch ich akzeptiere, bleibt es dabei.«

»Das ist fast Erpressung, Sir. Ich bin wirklich gespannt, was John dazu sagen wird.«

»Er ist in Prag, Suko. Und wenn er zurückkehrt, wird sich der Würfel bereits nicht mehr in seiner Wohnung befinden. Ich stelle ihn vor vollendete Tatsachen.«

»Wenn er sie akzeptiert.«

»Sie sind logisch.«

Jetzt kam er Suko vor wie Mr. Spock aus der Serie »Enterprise«. Suko kannte seinen Boss. Wenn der sich was in den

Kopf gesetzt hatte, ließ er davon nicht los. Das musste man akzeptieren, und Suko tat dies auch. Möglicherweise war es tatsächlich besser, wenn der Würfel jedem fremden Zugriff entzogen wurde.

»Haben Sie Verbindung mit John gehabt?«

Sir James schüttelte den Kopf. »Nein«, erwiderte er leise. »Möglicherweise wird es nicht einfach für ihn. Prag hat schließlich seine magische Historie, aber das wollen wir mal beiseite lassen. Noch eins, Suko, John arbeitet nicht allein. Ein alter Bekannter ist bei ihm.«

»Und wer?«

»Waren Sie nicht auch mit in Rußland und haben dort die Zombies gejagt?«

»Sicher.« Der Inspektor schlug sich gegen die Stirn. »Meinen Sie etwa Wladimir Golenkow?«

»Genau den.«

»Das ist ein harter Bursche. Er wird zusammen mit John ein gutes Team bilden.«

»Das hoffe ich auch.«

Mit diesem Satz war für Sir James das Gespräch beendet. Auch Suko stand auf. Als er an der Tür war, hörte er die letzten Worte seines Chefs. »Bringen Sie den Würfel morgen Früh mit! Okay?«

»Das werde ich, Sir.«

Nicht gerade blendend gelaunt machte sich der Chinese auf den Weg zum Büro.

Glenda Perkins sah es ihm an der Nasenspitze an, dass etwas schief gelaufen war. »Ärger?«, fragte sie ihn.

Suko schaute sie an. Glenda war wieder modisch gekleidet. Sie trug enge Jeans, einen gelben Sommerpulli, der lang fiel, darüber einen dunkelblau schimmernden Blazer mit breiten Schultern, sodass sie fast eckig wirkte. Auch ihr Haar war kürzer geschnitten. In lockeren Strähnen lag es auf dem Kopf.

»Es geht.«

Sie schüttelte den Kopf. »Rück schon raus mit der Sprache, Suko! Du hast dich geärgert.«

»Ja.«

»Und um was ging es?«

Der Inspektor nahm Platz. Dabei schielte er auf die Teekanne aus Glas.

Glenda verstand den Wink. Lächelnd schenkte sie Suko eine Tasse ein und reichte sie ihm rüber. Erst als Suko einen Schluck getrunken hatte, rückte er mit der Sprache heraus. Glenda hörte zu und gab nach seinem Bericht ihren Kommentar ab.

»Du wirst mich zwar steinigen wollen, aber irgendwie kann ich Sir James verstehen.«

»Aha.«

»Nichts aha.« Sie beugte sich vor. »Diese Sicherheitsanlage in seiner Wohnung ist doch lebensgefährlich. Ihr dient dem Gesetz, so etwas könnt ihr euch nicht erlauben.«

»Es stimmt«, gab auch Suko zu.

»Wann holst du den Würfel?«

Der Chinese schaute auf seine Uhr. »Bis zum Feierabend sind es noch zwei Stunden. Liegt eigentlich etwas an?«

»Willst du früher gehen?«

»Ja.«

»Und von John hast du nichts gehört?«

Suko stand auf und holte seinen dünnen Sommerblouson vom Haken. »Weder Sir James noch ich haben eine Nachricht bekommen. Der scheint sich in Prag zu amüsieren.«

Glenda fing den »Ball« auf, den ihr Suko zugeworfen hatte. »Damit kannst du mich nicht ärgern.«

»Will ich auch nicht.« Er nickte der Sekretärin zu. »Okay, dann bis morgen, Glenda.«

»Bestell Shao schöne Grüße.«

Suko hob die Hand. »Mach ich.«

Er war auch an diesem Tag mit seiner Harley gekommen. Sein Nierengurt steckte in einer Gepäcktasche. Ihn legte er noch an und setzte auch den Helm auf.

Der satte Sound der Maschine törnte ihn an. Er drehte noch eine Runde auf dem Hof, bevor er sich in den fließenden Verkehr einordnete. Shao war nicht in der Wohnung, als er eintraf.

Sie hatte auch keine Nachricht hinterlassen, wo sie steckte.

Suko machte sich trotzdem keine Sorgen, da er früher als gewöhnlich nach Hause gekommen war und von seiner Partnerin nicht erwarten konnte, dass sie auf ihn wartete. Wahrscheinlich war sie einkaufen.

Sie kam auch schnell zurück. Nicht mal zwanzig Minuten später war sie da und blieb mit erstauntem Gesicht auf der Schwelle zum Wohnraum stehen, als sie Suko im Sessel sitzen und auf die Mattscheibe starren sah, wo ein Sprecher Nachrichten verlas.

»Du schon?«

»Wie du siehst.«

Sie kam langsam näher. Dabei schüttelte die Chinesin mit den langen schwarzen Haaren den Kopf. »Hattest du keine Lust mehr, oder steht wieder eine Reise an?«

»Das Erste stimmt fast, das Zweite nicht.« Suko folgte Shao in die Küche. Er schaute zu, wie sie die gekauften Dinge im Kühlschrank verstaute. Dabei erzählte er.

Shao verhielt sich ähnlich wie Glenda. »Weißt du was?«, sagte sie und sah Sukos Kopfschütteln. »Ich bin froh, wenn das verdammte Ding aus Johns Wohnung verschwindet.«

»Weshalb denn?«

»Der Würfel bringt nur Ärger.«

»Sei froh, dass wir ihn haben.«

»Im Prinzip schon. Ich weiß ja, dass ihr damit die Kräfte des anderen neutralisieren könnt. Trotzdem, Suko, du darfst nicht vergessen, wer sich alles auf die Fersen des Würfels gesetzt hat. Da sind doch verdammt viele hinter ihm her gewesen.«

»Samaran, dieser Kamikaze ...«

»Ja, das ...« Shaos Blick wurde plötzlich starr. Gleichzeitig presste sie die Lippen zusammen.

»Was ist los?«, fragte der Inspektor.

Sie hob die schmalen Schultern. »Mir ist da irgendwie etwas durch den Kopf gegangen, als du den Namen dieses komischen Kami ...«

»Was denn?«

Sie schaute Suko direkt an und fragte: »Wie sieht der Kerl eigentlich aus?«

Der Inspektor lachte. »Eigentlich ist er nicht zu übersehen. Kantig, breit und muskulös. Ein Brocken, vor dem ich mich sogar fürchten könnte. Der hat mich an diesem alten Hotel niedergeschlagen, da machte ich gar nichts gegen.«

»Kannst du ihn genauer beschreiben?«

»Knochiges Gesicht, blondes Haar wohl, das zu einem Pferdeschwanz im Nacken zusammengebunden ist.«

»Und das stimmt?«

»Es sei denn, er ist zu einem Friseur gegangen.«

Shao schlug mit der flachen Hand auf den Tisch. »Suko, dann habe ich ihn gesehen und er mich auch.«

»Was?« Nach diesen Worten war selbst Suko erregt. Er fasste Shao an beiden Schultern an und schaute ihr scharf in die Augen. »Wo ist das gewesen?«

»Am Supermarkt.«

Suko drückte seine Partnerin auf einen Stuhl. »Du bleibst jetzt sitzen und erklärst mir die Sache. Und zwar in allen Einzelheiten, an die du dich erinnern kannst.«

»Das war nicht viel.«

»Trotzdem.«

»Okay. Ich hatte eingekauft, fuhr den Wagen zu meinem Auto und lud die Tüten ein.«

»Da hast du ihn gesehen.«

»Ja.«

»Wo genau?«

»Er stand neben einem anderen Fahrzeug.«

»Welche Marke. War es ein Rolls-Royce?«

Shao lachte auf. »Nein, wenn es das gewesen wäre, hätte ich mich daran erinnert. Es war ein ganz normales Fabrikat. Ein Durchschnittswagen. Ich glaube sogar, ein Japaner, du weißt ja, heutzutage sehen viele Fabrikate irgendwie gleich aus.«

Dem konnte Suko nicht widersprechen, aber er wollte mehr wissen, da er Kamikaze und dessen Gefährlichkeit kannte. Der Killer war brutal. Gnade bezeichnete er als Fremdwort. Rücksichtslos ging er vor und räumte für seinen Boss alles aus dem Weg. Er war ein menschlicher Mordroboter. Ausgerechnet ihn hatte jemand auf Shao angesetzt. Bestimmt nur, um den zweiten Würfel zu bekommen, hatte sich Samaran die schwächste Stelle ausgesucht. Das war nun mal die Chinesin.

»Hat er etwas getan?«

Shao schüttelte den Kopf. »Nein, er beobachtete nur. Zudem stand er weiter weg. Ich habe ihn nicht mehr als flüchtig gesehen, dennoch hatte ich den Eindruck, dass es verflixt gefährlich war.«

»Das kannst du wohl sagen.«

»Er hat mich auch nicht verfolgt, darauf achtete ich.«

Suko war nachdenklich geworden. Er sah plötzlich ein, dass es besser war, wenn er den Würfel aus Johns Wohnung nahm und ihn in einem Panzerschrank des Yard verstaute. Sie galten als völlig sicher.

»Ist er dir noch einmal in der Nähe des Hauses aufgefallen?«, erkundigte sich Suko.

»Nein.«

»Wir müssen trotzdem damit rechnen, dass er versuchen wird, uns unter Beobachtung zu halten.«

»Dann müsste er schon im Haus sein«, folgerte Shao.

»Unter Umständen, ja. Männer wie er finden immer Tricks und Wege, die Kontrollen zu umgehen. Ich lasse dich jetzt allein.«

»Und wo willst du hin?«

Suko lächelte. »Nach nebenan. Dort ist der Würfel. Den muss ich holen. Mir ist es wohler, ihn jetzt schon griffbereit zu haben. Es dauert nicht lange, ich bin gleich zurück.«

»Okay, ich bereite das Essen vor.« Shao hatte sehr ruhig gesprochen, aber so normal, wie sie sich gab, war sie innerlich nicht mehr eingestellt. Sehr deutlich konnte Suko erkennen, dass ihre Finger zitterten. Dieser Kamikaze musste ihr Furcht eingejagt haben.

Suko nahm den Zweitschlüssel zu Johns Wohnung mit. Auf dem Flur schaute er sich um, sah ihn leer, ging zu den beiden Fahrstühlen und entdeckte auch an ihnen nichts Verdächtiges. Es war keiner da, der einen der Lifts blockiert hätte.

Das beruhigte den Inspektor einigermaßen. Er hatte mit

wenigen Schritten sein Ziel erreicht, öffnete die Wohnungstür und betrat die Räume, in denen die abgestandene Luft muffig roch. Er ging durch bis in den Wohnraum und sah sich dort um.

Alles lag an seinem Platz. Nichts deutete darauf hin, dass die Wohnung schon durchsucht worden war. In allen Räumen schaute der Inspektor nach, und das Bad ließ er ebenfalls nicht aus.

Suko war natürlich über die Funktionsweise der Alarmanlage genauestens informiert. Man konnte sie mit einem Handgriff ausschalten. Als Suko das hinter sich gebracht hatte, wandte er sich den Schlössern zu. Es waren zwei, auch diese konnte man schwer knacken.

Suko zog die rechte Türhälfte auf. Er sah den Kelch des Feuers, die Kugel, und er entdeckte die neuste Errungenschaft, die so harmlos aussah, es aber in sich hatte.

Der Würfel des Unheils!

Vielmehr dessen Duplikat oder Zwillingsbruder, denn der Quader sah genauso aus wie der, hinter dem sie so hergejagt waren. Nichts unterschied ihn von dem echten. Sie hatten ihn auf dem Meeresgrund gefunden und waren deswegen in die Vergangenheit gereist.

Klar, dass der Spuk sich ärgerte und alles daransetzte, um auch diesen Würfel zu bekommen. Weshalb er noch nicht direkt eingegriffen hatte, war Suko unklar. Es konnte mit seinem Verhältnis zur Hölle zusammenhängen, denn der Teufel war dem Spuk nicht wohl gesonnen. Sie galten als Feinde, und hinter dem Teufel stand ein noch Mächtigerer, das Böse überhaupt, das auch einen Namen gefunden hatte.

Luzifer!

Gegen ihn kam der Spuk nicht an. Als der Letzte der Großen Alten versucht hatte, den Teufel in die Knie zu zwingen, war Luzifer erschienen und hatte ihn vertrieben. Diese Niederlage zehrte an den Kräften des Dämons ohne Gestalt. So musste er weiterhin nach Tricks suchen, um seine Gegner zu überlisten.

Das schoss Suko durch den Kopf, als er vor dem offenen

Schrank stehen blieb, beide Arme ausstreckte und den Würfel an sich nahm. Es war ein gutes Gefühl, ihn endlich zwischen den Fingern halten zu können. Irgendwie fühlte er sich sicherer. Wenn er daran dachte, dass er ihn manipulieren konnte, war ihm bewusst, welch eine Waffe ihm da in die Hand gegeben worden war.

Der Chinese schloss die Schranktür. Mit dem Schlüssel drehte er die Sicherheitsschlösser wieder fest, schaute sich noch einmal um und verließ die Wohnung seines Freundes.

Auch jetzt hielt ihn keiner auf. Im Flur begegnete ihm eine Frau, die ebenfalls in der Nähe wohnte. Sie kam aus dem Fahrstuhl. Ihre tizianrote Haarmähne hielt sie mit einem Stirnband zusammen. Sie war sehr groß, hatte ein breites Gesicht, trug enge Sportkleidung und strahlte einen sehr offenen Sex aus.

Suko begrüßte sie mit einem Kopfnicken. Der Chinese wusste, dass die Frau am Ende des Ganges allein in ihrem Apartment wohnte und ein sehr bewegtes Leben führte.

Für den Chinesen hatte sie kaum einen Blick übrig. Sie erwiderte den Gruß auch nicht.

Suko war es egal. Er sah, wie die Frau in ihrer Wohnung verschwand, und er wollte auch seine Tür aufschließen, als er schräg hinter sich ein typisches Geräusch vernahm, das entsteht, wenn die Tür eines Fahrstuhls zur Seite gleitet.

Er hatte eigentlich keinen Grund dafür gehabt, noch einmal über die Schulter zu schauen. Suko tat es mehr aus Gewohnheit.

Und er war froh, so gehandelt zu haben, denn aus dem Lift schob sich eine gewaltige Gestalt.

Kamikaze!

Die Magie hatte uns voll erwischt. Ein Karussell des Schreckens nahm uns voll ein. Es schleuderte uns durch die Dimensionen oder Zeiten hinein in andere Welten und Dimensionen.

Ich hatte mein Denken eingestellt. Es brachte einfach

nichts, wenn ich mich zu sehr auf die Reise konzentrierte. Für meinen russischen Begleiter musste das anders sein. Er erlebte so etwas zum ersten Mal in seinem Leben, und würde sich bestimmt wundern über die herbeihuschenden und wieder schnell vergehenden Schatten, die aus allen Richtungen auf uns zukamen, wobei rot und schwarz überwogen.

Plötzlich lag sie hinter uns. Ich hatte nicht einmal darüber nachdenken können, wie lange die Reise gedauert hatte, jedenfalls war alles anders, so normal.

Wir fühlten unter unseren Füßen den festen Boden, konnten tief durchatmen und stellten beide zur gleichen Zeit fest, dass sich die Luft verändert hatte.

Sie war besser geworden.

Klarer, reiner …

Dennoch stöhnte mein russischer Partner auf, und ich sah, dass er eine Hand gegen die Stirn gepresst hielt.

»Was hast du?«, fragte ich ihn.

Er antwortete mit einer Gegenfrage. »Was haben wir hinter uns?«

»Eine magische Zeitreise.«

Er schaute mich an, als hätte ich ihm ein Märchen erzählt, mein überzeugtes zweimaliges Nicken nahm schließlich das Staunen aus seinem Gesicht. »Gibt es das denn?«

»Leider oder zum Glück. Es kommt auf den Standpunkt an«, erwiderte ich lächelnd.

»Ja, natürlich, ich glaube dir inzwischen alles, John. Nur, wenn wir eine Reise hinter uns haben, müssen wir bei einem Ziel angekommen sein, nicht wahr?«

»Das sind wir.«

»Wo?«

»Wahrscheinlich befinden wir uns noch an dem Ort, von dem wir auch abgereist sind. Also in Prag, auf dem Friedhof, nur um einige Hundert Jahre versetzt. Vielleicht inmitten des Dreißigjährigen Krieges oder kurz vor dessen Ausbruch. Wer kann das sagen?«

»Klar, wer kann das sagen …« Der Russe nickte. »Dreißigjähriger Krieg, Gustav Adolf, der Schwedenkönig, dann Wallenstein …« Er hörte plötzlich auf. »Was hast du da gesagt? Ein paar Hundert Jahre zurück?« Erst jetzt kam ihm die Bedeutung meiner Worte zu Bewusstsein, und er schnappte nach Luft wie ein Fisch, den man an Land geworfen hatte.

»So sehe ich es.«

Golenkow holte tief Luft. Das mehrere Male hintereinander. »Sag mal, John, woher weißt du das alles, und wie ist so etwas überhaupt möglich?«

»Schwarze Magie!«

»Mehr sagst du nicht dazu?«

»Nein, was sollte ich auch? Es stimmt, Wladimir. Wir müssen uns mit den Tatsachen abfinden. Denk daran, dass sich dieser Petar Kopanek als Erbe des Rabbi Loew angesehen hat und auf der Suche nach dessen magischer Quelle ist. Das heißt, er will die Kräfte der Vergangenheit in die Gegenwart zurückholen.«

»Und das geht einfach so?«, fragte Golenkow.

»Wie du siehst.«

Er schüttelte den Kopf. »Ich kann es noch immer nicht glauben, verdammt! Ich schaffe es einfach nicht. Das will in meinen Schädel nicht rein. Das ist Wahnsinn!«

»Dann schau dich um.«

Ich hatte ihn in seinen Ausführungen unterbrochen, und er brauchte eine Weile, bis er sich wieder zurechtfand und gedanklich meinen Befehl nachvollziehen konnte.

Nicht nur er sah sich die Umgebung an, auch ich tat es. Bisher hatte ich es tunlichst vermieden, denn ich wollte erst mit Golenkow klarkommen. Nun aber konnte ich mich um die unmittelbaren Dinge kümmern, und die waren nicht gerade berauschend für uns.

Ob wir tatsächlich auf dem Friedhof in der Vergangenheit gelandet waren, konnte ich nicht erkennen; auch die Mauern der alten Leichenhalle fehlten. Ich sah auch keine Grabsteine in der Nähe, dafür fiel mir zuerst das Licht auf. Es überspannte den Himmel wie ein schräges Tuch, das von rechts nach links lief, streifig war, und dort, wo es fast mit dem Boden zusammenwuchs, einen kräftigen gelblich weißen Glanz zeigte, der mich an ein Nachleuchten erinnerte.

Und dann sah es so aus, als würden wir auf einem Feld stehen, das bis zur Hälfte abgeerntet war. Ein großes, ein weites Feld. Es zog sich über einen Hügelhang hinweg, bis zu einer runden Kuppe, die wir auch noch zu sehen bekamen. Hinter uns war das Feld. Es zog sich über einen Hügelhang hinweg, bis zu einer runden Kuppe, die wir auch noch zu sehen bekamen. Hinter uns war das Feld abgeerntet worden. Jemand schien mit einer riesigen Sichel oder einer Sense hindurchgemäht zu haben, denn unzählige große Halme lagen abgeschlagen auf dem weichen Boden.

Nein, das konnte dieser Friedhof nicht sein.

»Verdammt, wo sind wir denn?«, fragte der Russe. »Ich spüre, dass hier etwas lauert. John, so etwas habe ich noch nicht erlebt. Du vielleicht?«

»Auch nicht.« Aus dieser Antwort hätte der Russe eigentlich erkennen müssen, wie ratlos ich im Prinzip war, obwohl ich schon nach einer Aufklärung suchte, um dem Phänomen auf den Grund zu gehen.

Da war irgendetwas schief gelaufen. Nicht bei uns, sondern bei Petar Kopanek, der in die Vergangenheit hatte reisen wollen, aber mit uns zusammen woanders gelandet sein musste. Zwar sah ich ihn und seine Begleiter nicht, trotzdem wurde ich das Gefühl nicht los, dass auch diese drei nicht weit entfernt von uns waren.

Ein warmer Wind kam auf und strich über das Gelände. Er bewegte auch die Halme der kornartigen Gewächse, und wir sahen die Wellenbewegungen, die durch die Felder zogen. Dabei sah es so aus, als würden uns die Halme zunicken.

Auch der Russe hatte das erkannt. Ich fühlte die Finger seiner Hand an meinem Arm. »Was kann das sein, John?«

»Das ist Wind.«

»Das meine ich nicht. Schau mal genau hin.« Er senkte seine Stimme zu einem Flüstern, und ich sah auch die Gänsehaut im Gesicht dieses harten Burschen. Wladimir bewegte die

Lippen, sprach aber nicht mehr weiter. Etwas musste ihm die Stimme geraubt haben.

Es war der Anblick der Halme, der auch mich bis in die tiefsten Stellen meiner Seele traf.

Erst jetzt hatte ich genau hingeschaut, und ich erkannte, dass etwa die Hälfte der Halme an ihrer Spitze besetzt waren.

Besetzt mit menschlichen Köpfen!

In meinem Innern vereiste etwas. Der Wind fuhr noch immer in dieses grauenhafte Feld hinein, bewegte die Halme mitsamt den Köpfen, und ich bekam mit, dass sie nickten, als wollten sie uns auf eine besonders makabre Art und Weise willkommen heißen.

Wir standen auf der freien Fläche, die bereits abgeerntet war. Um die Halme genauer sehen zu können, mussten wir näher heran. Es fiel mir verdammt schwer, mich in Bewegung zu setzen, und ich spürte auch das Zittern in meinen Knien.

Golenkow blieb hinter mir zurück. Er war so aus der Fassung gebracht worden, dass er sich nicht traute, mir zu folgen und zunächst einmal abwartete.

Ich erreichte den Rand des Feldes. Nicht alle Halme waren mit einem Kopf besetzt, vielleicht jeder vierte oder fünfte, aber da wuchsen die Köpfe aus dem langen Stengel hervor.

Einer befand sich direkt in meiner Nähe. Es war der Kopf einer Frau mit langen schwarzen Haaren, einem grau schimmernden Gesicht und großen, dunklen, aber leeren Augen, die mich unverwandt anstarrten.

Auf die Augen konzentrierte ich mich und entdeckte in ihnen trotz dieser eigentlichen Leere die ungeheure Qual, die dieser Mensch durchmachte. Vielleicht hätte er mir etwas gesagt? Das schaffte er nicht, und auch mich kostete es Überwindung, die Arme auszustrecken und das Gesicht mit beiden Händen zu umfassen. Auf die Wangen hatte ich meine Handfläche gedrückt. Die Haut war nicht so kalt wie die eines normalen Toten, auch nicht warm, ein Mittelding von beiden. Aber ich fühlte keine Ader oder Blutbahn. Es war ein lebloses Gesicht.

Wieder fuhr ein Windstoß heran. Hätte ich jetzt losgelassen, hätte der Kopf mir zugenickt. Da ich ihn festhielt, gerieten nur die anderen in Bewegung.

Vor mir sah ich eine Frau. Sie war ein Mensch, wenn auch ein mutierter. Vielleicht konnte man ihr Schicksal als Strafe bezeichnen, ich wollte es wissen und sprach sie an.

»Wer bist du?«

Sie hörte meine Stimme, aber sie verstand mich nicht. Nur ihre Augen weiteten sich, zu einer anderen Reaktion war sie einfach nicht fähig. Auch als ich meine Frage wiederholte, bekam ich keine Antwort, dafür brauste der Wind auf.

Er wurde zwar nicht zum Sturm, aber er schaufelte das makabre Feld durcheinander, sodass die Wellenbewegungen stärker wurden, und ich befürchtete, dass die Köpfe von den Halmen fielen.

Sie hielten dem Wind stand, der auch düstere Wolken vor sich hertrieb. Ich merkte, dass auf diesem Platz das Grauen seinen Einzug gefunden hatte. Es war da, es würde sich weiter ausbreiten, denn dieser Friedhof oder dieses Feld gehörte nicht in die normale Welt, auch nicht zeitversetzt. Wir mussten uns in einer für mich neuen Dimension des Schreckens befinden, wo die Qualen zu Hause waren.

Es hatte keinen Sinn mehr, dass ich mich noch länger um die Frau kümmerte, da sie mir keine Antwort geben konnte, deshalb ließ ich sie auch los. Sofort drückte auch der Wind wieder gegen den Kopf, sodass er sich nach hinten bewegte, aber wieder vorschwang.

Noch immer hatte ich keine Erklärung bekommen, aber ich vernahm in meinem Rücken einen krächzenden Laut, aus dem ich mühsam das Wort John hervorhörte.

Schnell drehte ich mich um.

Wladimir Golenkow stand zitternd auf der Stelle. Er hatte einen Arm ausgestreckt und deutete auf eine schon abgemähte Hügelkuppe. Aus ihrem Schlagschatten schob sich allmählich eine grauenhafte Gestalt hervor. Größer als ein Mensch, mit bleichen Knochen, um die ein pechschwarzer Umhang flatterte.

Bleiche, hautlose Knochen, ein blanker Schädel und lange

Knochenfinger, die den Stiel einer gewaltigen Sense umklammerten, deren blankes Blatt mich an einen schmalen Halbmond aus Stahl erinnerte.

Ich wusste Bescheid.

Das Skelett war gekommen, um auch die Reste des Feldes abzumähen …

Wladimir und ich hatten beide die Sprache verloren. Wir standen starr auf der Stelle und staunten diesen unheimlichen Todesboten an, der mit dem Wind gekommen war.

Ob er uns inzwischen entdeckt hatte, wussten wir nicht. Jedenfalls wies nichts darauf hin, denn der große, blanke Schädel war nicht in unsere Richtung gedreht, er schaute vielmehr schräg über uns hinweg auf das noch nicht abgeerntete Feld.

Ich ging auf den Russen zu, dessen Worte ich soeben noch verstand. »Der Tod hält blutige Ernte«, flüsterte er. »Jetzt weiß ich, was das zu bedeuten hat.«

»Das kann sein.«

»Können wir ihn stoppen?«

Mein Lächeln fiel schmerzlich aus. »Womit?«

»Du hast dein Kreuz.«

»Natürlich werde ich es damit versuchen, aber ich habe noch etwas anderes bei mir.«

»Was denn?«

»Später …« Über meinen Bumerang ließ ich ihn im Unklaren. Zunächst einmal interessierte mich das Skelett, dessen schwarzer Umhang vom brausenden Wind in die Höhe geweht wurde und manchmal über seinen Kopf flog, bevor er wieder in seine alte Lage zurückglitt.

Als ich den Knöchernen zum ersten Mal gesehen hatte, war mir unwillkürlich der Schwarze Tod in den Sinn gekommen. Er hatte ähnlich ausgesehen, nur war sein Knochenkörper nicht hell, sondern dunkel gewesen. Ihn hatte ich töten können, obwohl er ein so gewaltiger Gegner gewesen war. Und ich hoffte stark, dass mir dies auch bei diesem gefährlichen Skelett gelingen würde, bevor uns die Sense erwischte.

Er kam näher.

Nichts hielt diesen unheimlichen Sensenmann auf. Der Tod persönlich schritt über seinen Friedhof des Schreckens.

Und nicht nur wir hatten ihn entdeckt. Auch die Köpfe auf den Halmen wussten, was ihnen bevorstand, denn sie waren im Gegensatz zu uns völlig wehrlos.

Ihre Todesstunde oder endgültige Vernichtung stand bevor. Das wussten sie, dementsprechend reagierten sie, denn sie ließen ihrer Angst freien Lauf. Wir vernahmen die klagenden Laute. Zuerst vereinzelt, leise noch, dann immer lauter werdend, und schließlich hallte eine unheimliche Todesmelodie über den Friedhof.

Es war ein Schreien, Jammern und Klagen, das der Wind vor sich hertrug und als makabres Gesangsecho in unseren Ohren nachhallte. Jetzt offenbarte der Friedhof seine wahren Schrecken, aber davon nahm sich das Skelett nichts an.

Es ging weiter.

Ruhig, zielsicher, ohne sich von jemandem oder irgendetwas aufhalten zu lassen. Und es übte bereits, denn seine knöchernen Arme schaukelten von einer Seite auf die andere. Dabei geriet auch die Sense in Bewegung. Das blanke Blatt wurde bei diesen schnell geführten Schlägen zu einem Blitz, dessen hohles Pfeifen wir vernahmen, als es durch die Luft jagte.

»Der kennt kein Pardon!«, keuchte Wladimir. »Hast du gesehen, wie er seine Sense schwingt? Das lässt auf eine verdammt lange Übung schließen. John, der wird uns teilen …«

»Wenn wir ihn nicht stoppen!«

Golenkow begann zu lachen. »Du willst ihn stoppen?«, fragte er. »Wie das denn?«

»Lass mich allein gehen.« Ich hatte schon den ersten Schritt gesetzt, als ich seine Hand auf meiner Schulter spürte.

»John, du kannst nicht allein gegen dieses Wesen angehen.«

»Ich weiß, was ich mache!«

Der Russe war einsichtig. Seine Finger rutschten von der

Schulter nach unten, und ich konnte auf mein Ziel lossteuern. Es wurde auch Zeit, denn das Skelett benötigte nur wenige seiner raumgreifenden Schritte, um den Rand des makabren Feldes zu erreichen.

Das Klagelied der Köpfe war zu einer noch lauteren und unheimlicheren Melodie angewachsen. Der makabre Gesang schwang uns entgegen, hüllte uns ein und jagte Schauer über unsere Rücken.

Ich beeilte mich, da ich nicht im rechten Winkel auf den Knöchernen zugehen wollte. Mein Plan sah vor, dass ich ihm direkt gegenüberstand, wenn er angriff.

Natürlich barg er Risiken. Das Blatt der Sense war verdammt lang. Ich lief Gefahr, aufgeschlitzt zu werden, aber dieses Risiko musste ich einfach eingehen.

Der Gesang der Toten begleitete mich auf meinem Weg, der auch zum letzten in meinem Leben werden konnte.

Noch einmal schaute ich zurück.

Wladimir Golenkow wartete in einer angespannten Haltung. Wahrscheinlich traute er sich nicht mal, tief Luft zu holen. Sein Gesicht war blass, jegliches Blut schien aus ihm gewichen zu sein, und seine Augen wirkten wie zwei Knöpfe.

Bisher hatte ich ihm noch nicht gesagt, mit welcher Waffe ich dem Skelett entgegentreten wollte. Jetzt aber holte ich sie hervor. Es war der Bumerang, die silberne Banane, wie sie von mir scherzhaft genannt wurde. Diese Waffe, aus den letzten Seiten des Buches der grausamen Träume entstanden, hatte mir schon manch wertvolle Hilfe geleistet, und es war mir auch gelungen, durch sie einen meiner stärksten Feinde zu besiegen, den Schwarzen Tod.

Auch er war ein Skelett gewesen, mächtig und uralt, und sicherlich stärker als dieser makabre Friedhofshüter. Obwohl ich mich vor der Sense in Acht nehmen musste, denn ihr Pfeifen war lauter geworden, wenn das Skelett übte.

Ich stand ihm jetzt gegenüber. Den rechten Arm hatte ich bereits nach hinten geschwungen, mein Blick war auf den Knöchernen fixiert. Noch einmal schaute ich zu, wie er die Sense handhabte.

Seine Bewegungen wirkten nicht geschmeidig, obwohl sie so schnell ausgeführt waren. Mir kamen sie eher abgehackt und leicht verzögert vor, aber sie waren nicht minder gefährlich, denn die stählerne Halbmondsichel war von beiden Seiten geschärft.

Er hatte die Felder abgeräumt, er würde sich auch das letzte vornehmen, aber da wollte ich einen Riegel vorsetzen.

Wieder holte er aus. Mit beiden Knochenhänden hielt er den Griff fest, schwang die bleichen Arme dabei nach links und bot mir einen Großteil seines Körpers deckungslos dar.

Das war meine Chance!

Ich schleuderte die Waffe auf ihn zu. Sie wurde rasend schnell und schaffte es noch, vor den zurückschwingenden Armen voll in das Ziel zu treffen. Auf ein bewegliches Knochenstück des Halses hatte ich gezielt und es auch getroffen.

Es war der berühmte Hammerwurf.

Plötzlich wurde der Schritt des Skeletts gestoppt. Es blieb für einen Moment stehen, wobei der Kopf noch immer auf den Schultern saß. Im nächsten Augenblick aber kippte er, und gleichzeitig, wahrscheinlich in einem letzten Reflex, schwangen seine Arme mit der Waffe nach vorn.

Ich musste zurück, denn die Sense ließ er plötzlich los, sodass sie zu einer fliegenden Lanze wurde.

In einer schrägen und verdammt nicht ungefährlichen Lage wischte sie durch die Luft. Dabei drehte sie sich noch und hätte mich auch fast erwischt, denn sie pfiff gefährlich nahe an mir vorbei und verschwand im Feld.

Ich hörte den Russen lachen. Er musste seinen Gefühlen einfach freie Bahn verschaffen, denn wie auch ich sah er, dass sich das gewaltige Skelett nicht mehr auf den knöchernen Beinen halten konnte und dass mir Sekundenbruchteile später sein Kopf vor die Füße rollte.

Intervallweise sackte es dem Boden entgegen. Es fiel auf die Knie und die Arme. Wir rechneten beide damit, dass es sich abstützen würde. Ich sah an ihm vorbei und erkannte den Russen, der meinen nicht wieder zurückgekehrten Bumerang aufgehoben hatte und mit dieser Waffe zu mir kam.

Der Knöcherne konnte sich nicht halten. Seine Arme brachen weg, und der Körper fiel als Knochenwirrwarr zu Boden, wo er noch weiter zerbrach und so liegen blieb.

Wir hatten es geschafft!

Ich atmete tief durch und wischte mir den Schweiß aus der Stirn. In meiner Kehle befand sich noch immer das raue Gefühl, das auch der Speichel nicht wegschaffen konnte. Wenn ich daran dachte, dass der vor meinen Füßen liegende Knochenhaufen einmal ein Skelett gewesen war, wollte ich es kaum glauben.

Wladimir Golenkow starrte mich an, als er mich erreichte. Er übergab mir mit einer zögernden Bewegung den Bumerang, strich durch sein blondes Haar und verstand die Welt nicht mehr.

»Du hast es tatsächlich geschafft!«, hauchte er. »Aber wie konnte das geschehen? Was ist das für eine Waffe, die du da mitgenommen hast, John? Ich kenne sie nicht.«

Ich winkte ab. »Eine gute, das hast du ja gesehen. Sie hat mir schon aus so mancher Gefahr geholfen.«

»Das habe ich gesehen.« Wladimir schaute sich um. »Ich glaube, du hast hier etwas Großes geleistet.«

»Wie kommst du darauf?«

»Du hast den Friedhof befreit, meine ich.«

»Und trotzdem wissen wir nicht, wo dieser Petar Kopanek mit seinen beiden Leichen steckt.«

Wladimir grinste. »Wie ich dich kenne, bekommst du das auch noch heraus.« Er deutete auf den bleichen Knochenberg. »Jedenfalls ist das Skelett vernichtet.«

Und diese Tatsache wurde auch von den auf den Halmen steckenden Köpfen hingenommen. Die Art ihres Gesangs veränderte sich. Er klang überhaupt nicht mehr ängstlich, sondern verriet Freude.

Auch der Wind war eingeschlafen, trotzdem bewegten sich die Köpfe auf den Halmen, als wollten sie uns zunicken, und sie drückten ihre Schädel dabei in eine Richtung, sodass es aussah, als wollten sie innerhalb des Feldes eine Gasse für uns bilden.

Diesen Eindruck hatte Wladimir ebenfalls. »John, das ist für uns gedacht. Sie geben uns ein Zeichen, wir sollen durch das Feld gehen.«

»Das schätze ich auch.«

»Dann komm.«

Der Russe hatte Recht. Hier hielt uns nichts mehr, denn unser wahrer Gegner hatte sich nicht gezeigt. Falls er abgetrieben worden war und woanders steckte, blieb es gleich, ob wir durch das Feld schritten oder einfach nur stehen blieben und warteten. Zudem mussten wir nach einer Möglichkeit suchen, diesem Friedhof wieder zu entkommen, und das würde nicht so einfach sein.

»Eine Frage habe ich noch«, sprach mich mein Begleiter an.

»Spuck sie aus.«

»Du hast den Bumerang. Ich habe gesehen, wie du ihn beherrschst. Weshalb hast du ihn nicht schon in der Leichenhalle eingesetzt? Du hättest damit einiges abwehren können. Vielleicht wäre das alles nicht passiert. Ich hätte es getan.«

Vor meiner Antwort ließ ich mir Zeit. »Im Prinzip hast du Recht, Wladimir, ich hätte ihn einsetzen können. Manchmal bin ich ein komischer Typ. Wahrscheinlich ist es die Neugierde gewesen, die mich so hat handeln lassen. Oft bin ich selbst schuld, dass ich mich in große Gefahr begebe. Das hat nicht mal etwas mit Zielstrebigkeit zu tun, aber ich will einfach wissen, was hinter den Dingen steckt. Nenne es Wahnsinn oder Forscherdrang. Wahrscheinlich trifft beides zu.«

»So habe ich dich auch eingeschätzt.«

Wir machten uns auf den Weg. Noch nie im Leben war mir so etwas untergekommen. Es war kein richtiger Pfad, den die Halme mit den Köpfen uns zeigten, mehr ein Hinweis, wie wir gehen sollten.

So tauchten wir in das Feld ein. Die Halme reichten uns bis zu den Schultern und auch darüber hinweg, sodass wir den Köpfen in die Augen blicken konnten.

Gesichter, Haare, Münder, Ohren und Nasen. Das alles

nahm ich wahr. Ich hörte den erlösenden Gesang und das Rascheln der normalen Halme.

Ein Kornfeld des Schreckens wurde von uns durchschritten. Hätten die Halme Hände und Arme gehabt, sie hätten sicherlich nach uns gegriffen. So ließ man uns gehen, begleitet oft von einem kurzen Lächeln der Erlösung.

Diese mutierten Menschen mussten hart unter der Sense des Skeletts gelitten haben. Er war der Schnitter des Todes, ein Sendbote der Hölle, vielleicht ein Abgesandter meines alten Freundes Asmodis, aber er hatte es nicht mehr geschafft, das Feld abzuernten.

Ich wusste auch nicht, welche Bedeutung diese Halme hatten, aber ich reckte mich, um über die Halme hinwegschauen zu können, denn in der Ferne war mir etwas aufgefallen.

Unter dem roten Licht des Himmels zeichnete sich ein Schatten mit Konturen ab.

Auch Golenkow hatte ihn entdeckt. Er ging hinter mir, ich hörte ihn springen und seine Stimme. »John, ich glaube, das ist es. Vielleicht die Lösung des Rätsels. Großer Ivanowich, das darf nicht wahr sein. Das ist ja …« Seine Stimme versagte.

Dafür sprach ich es aus. »Richtig, unsere Leichenhalle!«

Da wir fast das Ende dieses makabren Feldes erreicht hatten, schauten wir nach vorn und sahen die Halle, die uns in so guter Erinnerung geblieben war.

Sie sah so aus wie die in Prag, war aber noch neu. Wahrscheinlich war sie erst vor wenigen Tagen gebaut worden. Wenige Meter mussten wir noch überwinden, um sie zu erreichen. Ich ging schon schneller, auch der Russe folgte mir, und wir beide hatten plötzlich das Gefühl, in Watte zu treten.

Die Umgebung verschwand.

Es war wie bei einem Film, der allmählich blasser wurde und sich dabei immer weiter zurückzog. So erging es uns mit den Feldern. Die Halme verschwammen ebenso wie die Schädel. Nebelfetzen trieben vor die Gesichter, der Himmel nahm eine andere Farbe an, wurde dunkel, und dafür schob sich ein anderes Bild vor unsere Augen.

Der Friedhof …

Ich spürte, dass die Erde hart wurde und wir wieder fester auftreten konnten. Nichts gab mehr nach. Es gelang uns, völlig normal zu laufen, was keiner so recht begreifen konnte.

»John, sag mir, dass ich spinne.«

»Das müsste ich dann auch …« Ein Schlag traf mein Gesicht. Es war ein Zweig, der über meine Wange schrammte und einen rötlichen Strich hinterließ. Aus dem Nichts hatte sich der Baum hervorkristallisiert, wie auch die zahlreichen anderen neben den Büschen, dem Unterholz und auch den Grabsteinen, die aus den Kopfenden fertiger Gräber schauten. Sie alle lagen nahe der Leichenhalle, sahen noch frisch aus, und überhaupt hatte sich der Friedhof verändert.

Er kam mir neuer und trotzdem älter vor. Älter insofern, als dass man in unserer Zeit so keinen Friedhof mehr anlegte.

Von einem Wunder wollte ich nicht sprechen. Wenn doch, dann von einem magischen, und das machte uns sprachlos.

Die Luft war kühler geworden. Vor unseren Lippen dampfte der Atem. Wladimir Golenkow fragte mit krächzender Stimme: »John, träume ich? Sag mir, dass ich träume.«

»Nein, du träumst nicht.«

»Dann ist das alles wahr.«

Ich lachte leise. »Wie du siehst …«

»Das ist verrückt, wirklich. Das ist reiner Wahnsinn, sage ich dir. Also ich komme da nicht mit. Ich bin irgendwie erschlagen. Das kann es doch nicht geben …«

»Beruhige dich …«

»Nein, ich habe geträumt. Das Skelett, dieses Feld mit den Köpfen, der Weg durch die Halme …«

»War existent.«

»Und wieso kannst du das behaupten?«, fragte er laut.

»Weil wir uns möglicherweise an einer Schnittstelle zweier Magien oder magischer Ströme befunden haben. Das ist der Grund, kein anderer.«

»Und jetzt stehen wir wieder dort, wo unsere Reise begonnen hat.«

»So ungefähr. Nur um einige Hundert Jahre zurückversetzt.

Mach dich darauf gefasst, dass du dich im auslaufenden Mittelalter befindest, wo die Menschen versucht haben, gottgleich zu werden. Du wirst vielleicht das erleben, was Goethe erwähnt hat. Die Geburt des Menschleins, des Homunkulus.«

Wladimir Golenkow schwieg. Wahrscheinlich hatte ihm meine Erklärung die Stimme verschlagen. Auch für mich war es kaum zu fassen, obwohl ich mich damit abfinden musste. Ich hatte schon des Öfteren ähnliche Überraschungen erlebt und war davon überzeugt, dass ich hier ebenfalls eine Erklärung bekommen würde.

Uns fiel auch das Rauschen auf, das eine permanente Begleitmusik bildete.

»Hört sich an wie ein Fluss«, sagte Wladimir.

Ich schaute ihn fast böse an. »Denk an die Moldau. Die hat es schon damals gegeben.«

»Klar.« Er lachte. Ein Zeichen, dass er sich mit der neuen Situation abgefunden hatte. »Weißt du, was mich mal interessieren würde. Als Mensch aus der Zukunft durch das spätmittelalterliche Prag zu laufen. Da könnte ich unseren Historikern einiges erzählen.«

»Dazu wirst du wohl nicht kommen«, erwiderte ich trocken. »Denk an unsere Gegner.«

»Meinst du, dass sie in der Leichenhalle stecken?«

»Klar.«

»Dann gehen wir hin.« Der Russe steckte plötzlich voller Tatendrang. Er wollte die Sache endlich hinter sich bringen. Ich musste ihn zurückhalten, sonst hätte er sich noch im Sturmschritt der Leichenhalle genähert.

»Warte, mein Junge, nicht so eilig!«

Wir ließen es langsam angehen, und ich stellte fest, dass sich die Atmosphäre auf dem Friedhof nicht verändert hatte. Sie war mit hinübergenommen worden in die andere Zeit, die wir als Gegenwart bezeichneten. Auch jetzt überfiel mich der Touch des Unheimlichen und manifestierte sich auf meinem Rücken zu einer Gänsehaut.

Dieser Teil des Friedhofs musste seit altersher ein Hort der Magie gewesen sein, das war zu spüren. Ich bekam das gewisse Kribbeln und schaute mich bei jedem Schritt um, denn die zwischen den Bäumen liegenden Schatten waren finster.

Unsere Schritte knirschten auf dem mit altem Laub bedeckten Untergrund. Es war windstill, nur das Rauschen der Moldau hörten wir, ansonsten unseren eigenen Atem.

Diesmal blieben wir zusammen, als wir uns der Leichenhalle näherten. Es war tatsächlich ein neuerer Bau, und er besaß intakte Fenster mit stark getönten Scheiben.

Wir behielten die Fenster im Auge und waren inzwischen so nahe herangekommen, dass wir hinter einem von ihnen eine Bewegung erkennen konnten. Der Russe stieß mich an und blieb leicht geduckt stehen.

»Da ist jemand!«, flüsterte er.

Schon bald sahen wir es besser. »Ein Gesicht«, hauchte ich.

»Ja, das der schwebenden Leiche.«

Ich atmete tief durch. Demnach hatten wir es geschafft. Wo dieser Tote sich aufhielt, konnte auch sein Herr und Meister nicht weit sein.

Auch mich packte die Erregung. Auf meinen Handflächen lag der Schweiß. Im Nacken spürte ich ein Ziehen, für mich ein Zeichen der übergroßen Spannung. Ob die Leiche uns entdeckt hatte, war nicht zu erkennen, sie zeigte jedenfalls keinerlei Reaktion. Das fahle Gesicht blieb hinter der dunklen Scheibe erhalten.

Wo der Eingang lag, wussten wir inzwischen. Wir mussten noch die Halle umrunden, um an die Vorderseite zu gelangen. Bisher war nichts passiert, das allerdings änderte sich in den nächsten Sekunden, denn innerhalb der Mauern passierte etwas.

Es begann mit einem tierischen Schrei.

Und dann sahen wir das Feuer!

Unwillkürlich zuckten wir zurück, denn die Flammen fauchten mit einer fast wütenden Intensität in die Höhe, wobei sich ihr zuckendes Muster hinter den Scheiben abmalte.

Das Glas musste einfach platzen und uns entgegenfliegen. Dass dies nicht geschah, wunderte uns. Wir warteten sicherheitshalber ab, bis Wladimir die treffenden Worte sagte: »Das Feuer konzentriert sich nur auf das Innere der Halle.«

In der Tat konnten wir davon ausgehen. Mir kam es zudem in den Sinn, dass es sich dabei nicht um normale Flammen handelte und diese magisch beeinflusst worden waren.

»Zum Eingang!«

Diesmal nahmen wir uns keine Zeit, liefen sehr schnell und hörten ein dumpfes Brausen aus dem Leichenhaus nach draußen klingen, das unseren Weg begleitete.

Dann sahen wir die Tür.

Es war die gleiche wie in der Gegenwart. Aus den Ritzen drang nicht einmal Rauch hervor, und Wladimir war davon sehr überrascht, wobei ich mit einer Erklärung sparte.

»Rein!«, sagte ich nur. Meine Hand lag schon auf der Klinke, die ich nach unten drückte und die Tür anschließend mit einem heftigen Ruck aufriss.

Vor uns befand sich eine lodernde Flammenhölle. Sie hatten keinen Kreis gebildet, sondern die Form des uns schon bekannten Rechtecks angenommen. Die beiden Leichen befanden sich außerhalb dieser Figur. In ihrem Innern aber stand er:

Petar Kopanek.

Und er befand sich am Ziel seiner Wünsche, denn er sah aus wie der Mann, der nach langer Suche endlich den berühmten Stein der Weisen gefunden hatte.

Sein Platz war die Mitte der beiden Dreiecke. Und er stand nicht mal auf dem Boden, sondern auf einem sich im Boden befindlichen Loch, aus dem die Feuersbrunst in die Höhe schoss. Dass er nicht in das Loch hineinfiel, konnte er der Zauberkraft einer schwarzen Magie verdanken.

Der Feuerschein rahmte ihn ein. Er wirkte sehr blass, trotz der schwachen Röte auf seinem Gesicht. Das war nicht alles. Bewusst hatte er das Feuer aus der Tiefe geholt, denn dieser Schacht oder Tunnel war etwas Besonderes, wie wir bald erfuhren.

Wir erlebten fast das Gleiche wie in der Gegenwart, nur eben dennoch ein wenig anders und doch entscheidend.

Petar bückte sich. Dabei zeigte er sich sehr gelenkig. Er beugte sich weit nach unten, ließ die Arme folgen und tauchte die Hände in den feurigen Tunnel.

»Der holt etwas!«, rief Wladimir.

Ich starrte nur auf die unheimliche Szene. Tatsächlich kam der Tscheche nicht mit leeren Händen zurück. Er hielt etwas umklammert: Homunkulus, das Menschlein!

Wir standen starr und staunten. Weit streckte er die Arme aus, hielt den Kleinen dann hoch und schrie mit lauter Stimme die folgenden Worte:

»Ich habe das Leben! Ich habe die Geburt erlebt. Hier ist die Hölle stärker. Sie hat es geschafft! Das Leben gehört mir. Es ist aus ihren Tiefen gekommen, und der Teufel siegt. Meine Seele gehört ihm. Ich werde das Leben an mich nehmen und es zu einer Vollendung bringen, wie man es nie zuvor kannte ...«

Ich hatte mir das Kreuz mit der Kette über den Kopf gestreift und hielt es offen in der Hand.

Mit einem Schritt trat ich in die Leichenhalle.

»Das glaube ich nicht!«, rief ich laut dagegen ...

Kamikaze war ebenso erstaunt wie Suko, als er den Chinesen entdeckte. Das hatte er wohl nicht vorgesehen. Er sah aus wie immer. Trug dunkle Kleidung, hatte das Haar zu einem Pferdeschwanz zusammengebunden und ließ die Arme mit den knochigen, dennoch geschmeidigen Mörderfäusten an beiden Seiten des Körpers herabhängen.

»Ich hole dich und ihn!«

Mehr sagte er nicht, denn mit der nächsten Aktion überraschte er den Chinesen gewaltig. Mit einem geschmeidigen Satz katapultierte er sich nach hinten und verschwand in dem Aufzug.

In diesem Augenblick startete Suko. Er stellte den Würfel ab, startete und jagte auf die Fahrstuhltür zu, die leider dicht vor seinen Fußspitzen zufiel.

Keine Chance mehr.

Suko hörte noch das Lachen des Killers, dann fuhr der Fahrstuhl in die Tiefe.

Es hatte keinen Sinn, auf einen der Kontakte an der Knopfleiste zu drücken. Der Lift würde auf jeden Fall bis ins Erdgeschoss rutschen und erst dann wieder in die Höhe kommen.

Zudem dachte Suko daran, dass er Kamikaze nicht unbedingt hier im Haus stellen durfte, weil dann zu viele Unschuldige in Gefahr gerieten.

Der lief ihm nicht weg.

Suko drehte sich um, hob den Würfel auf und drückte auf die Schelle seiner Tür.

Da Shao sofort öffnete, musste sie direkt hinter der Tür gewartet haben. Suko drückte sich an ihr vorbei und schloss die Wohnung. Den Würfel hielt er fest. Shao sah ihm an, dass etwas passiert sein musste, aber sie stellte keine Frage.

»Er war da«, sagte Suko.

»Kamikaze?«

»Ja, ich traf ihn im Flur.«

Shaos rechte Hand fuhr hoch zum Gesicht und presste sich gegen die Wange. »Und ihr habt euch …«

»Nein, wir haben uns nicht, Mädchen. Kamikaze verschwand vorsichtshalber. Das war mir recht. Ich wollte im Haus keine Auseinandersetzung. Dieser Mensch kennt keine Rücksicht.«

»Aber was machen wir dann?« Die Chinesin hatte gelernt. Sie wusste genau, dass sie keine unnützen Fragen zu stellen brauchte, zudem wollte sie Suko von den Problemen nicht ablenken.

»Er will den Würfel. Nur allein darum geht es ihm. Deshalb werden wir ihn in Sicherheit bringen. Und zwar jetzt.«

»Zum Yard?«

»Ja.«

»Muss ich mich …?«

Suko wusste, was Shao hatte sagen wollen. Er nickte. »Du musst dich schnell umziehen. Wir nehmen die Harley. Mit ihr sind wir beweglicher als mit dem Bentley.«

»Wenn du meinst ...«

»Das meine ich so.«

Shao verschwand im Schlafzimmer. Es dauerte nicht mal zwei Minuten, da kam sie umgezogen zurück. Sie trug jetzt die wetterfeste Lederkleidung, und auch Suko hatte sich schon umgezogen.

Um die Maschine zu erreichen, mussten sie in die Tiefgarage, wo sie parkte. Suko befürchtete, dass Kamikaze dort lauerte. Shao sagte er nichts von seinem Verdacht.

Er war es, der als Erster die Wohnung verließ. Den Helm hatte er noch nicht aufgesetzt, da sein Gehör nicht beeinträchtigt werden sollte.

Ruhig, verlassen und völlig normal lag der Flur vor ihnen. Nichts wies mehr darauf hin, wer sich vor kurzem noch in dem Flur aufgehalten hatte.

Es waren auch keine Mieter zu sehen. Shao verschloss die Tür, bevor sie den Gang überquerten und auf eine der beiden Lifttüren zugingen. Es war nicht der Fahrstuhl, mit dem Kamikaze in die Tiefe gesaust war.

Sie mussten den Lift erst hochholen. Nach einigen Zwischenhalten in den unteren Etagen kam der Lift. Die Tür ging auf. Ein Mann lehnte an der Wand. Er trug einen gestreiften Anzug und hielt eine Aktentasche fest. Der Knabe wohnte auch in diesem Block. Als er Shao sah, begannen seine Augen hinter den Gläsern der Goldrandbrille zu glänzen.

»Wohin müssen Sie?«, fragte Suko.

»Nach unten.«

Bis zur Tiefgarage fuhren sie durch. Dabei ließ der andere Shao nicht aus den Augen, die das bemerkte und sich erkundigte: »Wollen Sie ein Foto?«

Der Mann grinste. »Nein, nicht nötig. Schönen Abend noch.« Er stieg als Erster aus und ging mit hallenden Schritten durch die große Tiefgarage zu seinem Wagen.

Mit quietschenden Reifen startete er und zog eine Abgaswolke hinter sich her.

»Auch einer dieser Spinner, die wer weiß was denken und sich einbilden!«, schimpfte Shao.

»Lass ihn mit seinen Komplexen allein. Lieber einen Komplex als überhaupt nichts im Kopf.«

»Stimmt auch wieder.«

Sie hatten die Maschine erreicht und setzten die Helme auf. Suko war nicht so ruhig wie sonst. Er verstaute den Würfel in der linken Gepäcktasche und schaute sich immer wieder um.

Shao blieb dies nicht verborgen. »Rechnest du mit einem Angriff von Kamikaze?«

»Immer.«

Shao nickte. »Hier findet er ein gutes Terrain.«

»Das wir so schnell wie möglich verlassen werden.« Suko klappte das Sichtvisier herunter. Die Geste wirkte irgendwie endgültig. Er wollte sich durch nichts mehr aufhalten lassen.

Beide stiegen sie auf. Der Inspektor startete, und sofort dröhnte die Harley durch den unterirdischen Komplex.

Dieser satte Sound war Musik in ihrer beider Ohren, denn auch Shao fuhr für ihr Leben gern auf einem Feuerstuhl.

Suko ließ die Maschine aus der Parklücke rollen und musste einen Bogen fahren. Sie erreichten die Ausfahrt über eine Rampe, die des Nachts durch ein Tor verschlossen wurde, zu dieser frühabendlichen Zeit allerdings noch offen stand.

Jeder konnte also hinein.

Auch Kamikaze!

Ihn sahen die beiden plötzlich. Zwischen den abgestellten Wagen musste er gelauert und sich nach dem Klang des Motors orientiert haben. Genau im richtigen Moment war er zur Stelle.

Er huschte lautlos aus seiner Deckung, baute sich kurz vor dem Beginn der Rampe auf und hob den rechten Arm, den er dann weit vorstreckte.

Erst jetzt sahen Shao und Suko den schweren Revolver in seiner Faust. Die Waffe wirkte wie ein mörderischer Hammer, aus dem jeden Augenblick das Verderben fahren konnte.

An Shaos Reaktion bemerkte Suko, dass sie Angst hatte, denn sie klammerte sich mit beiden Händen an seinen Schultern fest. Ihr Körper war steif geworden, doch Suko hatte keine Zeit mehr, sich um seine Partnerin zu kümmern.

Er musste alles riskieren.

Voll hielt er auf den anderen zu. Es war die einzige Chance. Bremsen nutzte nichts. Sie wären zu langsam geworden und hätten dem anderen nur die Chance gegeben, sie abzuschießen.

Deshalb Vollgas!

Und Suko tat noch etwas. Er schaltete das Fernlicht ein und hoffte, damit Kamikaze aus dem Konzept zu bringen. Ob es ihm gelang, konnte er nicht erkennen, denn der unheimliche Killer blieb auf dem Fleck stehen wie ein Selbstmörder. Er stützte seine Schusshand ab.

Das war für Suko genau der Moment, um etwas zu tun. Er wusste, dass der andere jetzt abdrücken würde, und zog die Maschine nach rechts. Es war nur ein kleiner Schlenker, einen größeren konnte er sich nicht erlauben, da sie sonst zwischen die parkenden Wagen gekracht wären.

Der Inspektor sah noch den kurzen Blitz vor der Mündung, doch die Kugel traf ihn nicht. Er musste auch die Fahrtrichtung korrigieren und wieder das zuerst anvisierte Ziel ansteuern.

Das war nun mal Kamikaze!

Er hatte die Gefahr erkannt und wusste auch, dass ihm keine Zeit mehr blieb, einen zweiten Schuss abzugeben. Für ihn war es wichtig, dem donnernden Koloss auszuweichen.

In einem geschmeidigen Satz flog er zur Seite. Von Suko und Shao aus gesehen nach links weg. Dabei landete er nicht auf dem Boden, sondern prallte mit dem vollen Gewicht seines Körpers auf eine Motorhaube, die dem Druck nicht standhielt und eingedrückt wurde.

Das bekamen die beiden nicht mit, denn sie rasten bereits in die gebogene Ausfahrt hinein und entwischten somit dem Schusswinkel des Killers.

Im letzten Augenblick hatten sie ihr Leben retten können, und es gelang ihnen sehr schnell, sich in den fließenden Verkehr einzuordnen. Nicht sehr lange, denn Suko suchte und fand eine kleine Haltebucht, in der er stoppte und Shao absteigen ließ.

Sie nahm auch den Helm.

Suko schaute in ihr blasses Gesicht und sah das Zittern der Lippen. Er hatte gewusst, dass Shao einen Schock bekommen würde und deshalb auch gestoppt.

An einem Laternenpfahl hielt sie sich fest. Sie sagte nichts, während um die beiden der Verkehr brauste und sie auch von manchen Fußgängern scharf gemustert wurden.

Der Chinese bockte die Maschine auf und ging zu seiner Partnerin. Er legte ihr eine Hand auf die Schulter. Das Sichtvisier hatte er wieder hochgeklappt.

»Geht es?«, fragte er besorgt.

»Danke, bald …«

Suko hob die Schultern. »Es gab keine andere Möglichkeit, glaub es mir. Ich musste volles Risiko eingehen. Der hätte uns eiskalt vernichtet. Einmal hat er schon geschossen.«

Shao nahm Sukos Hand. »Ich mache dir auch keinen Vorwurf. Besser hätte es niemand machen können. Bei mir ist es nur noch der Schock. Er geht gleich vorbei.«

»Ruh dich aus.«

»Aber ich will mit.«

Suko holte durch die Nase Luft. Bei seiner Antwort starrte er ins Leere. »Du wärst in der Stadt sicherer. Versteck dich in einem Lokal. Von dir will er nichts, nur von mir, weil ich den Würfel habe.«

»Denkst du denn, ich lasse dich so einfach allein?«

»Das ist nett von dir, wenn du so denkst, aber völlig lebensgefährlich. Du bist zwar für mich kein Hindernis im eigentlichen Sinne des Wortes, aber es wäre von einem großen Vorteil für uns beide, wenn ich allein agieren könnte.«

»Wo soll ich denn hin?«

»Geh in ein Chinarestaurant! Da wirst du vor Kamikaze sicher sein. Ich meine es so.«

Shao überlegte noch und nickte. »Vielleicht hast du Recht.« Sie setzte den Helm wieder auf.

»Ich bringe dich hin.«

Restaurants gibt es in London genug. Alle Länder waren hier mit eigenen Lokalen vertreten. Wer griechisch oder italienisch essen wollte, konnte dies ebenso tun wie jemand, der sich mehr für die asiatische oder afrikanische Küche interessierte.

Da sie sich an der Grenze zu Soho befanden, war es überhaupt kein Problem, ein entsprechendes Lokal zu finden. Während Suko fuhr, achtete er auch auf Verfolger, konnte in dem dichten Verkehrsgewühl jedoch keinen ausmachen.

Sie fanden ein Lokal, das Suko von einem früheren Besuch her kannte. Eine Treppe führte zum Eingang des Backsteinbaus mit den chinesischen Schriftzeichen über der Tür hoch.

Neben der Treppe stellte Suko die Harley ab. Er ließ den Würfel nicht in der Gepäcktasche, sondern nahm ihn mit in das Lokal.

Auf den Stufen drehte sich Suko noch einmal um und hielt nach Kamikaze Ausschau.

Er sah nichts von ihm, das beruhigte ihn einigermaßen. Zudem hatte er sich nicht umsonst dieses Lokal ausgesucht, das von außen einen relativ bescheidenen Eindruck machte, in dessen Räumen man aber hervorragend und original chinesisch essen konnte.

Suko hatte viele »Vettern«. Auch der Besitzer des Lokals gehörte zu ihnen. Als die beiden eintraten und sich in dem kleinen, halb besetzten Gastraum mit den vier Essnischen und dem runden Tisch in der Mitte umschauten, stand Lo King mit einem Kellner zusammen und redete auf ihn ein. Sein Blick fiel zur Tür, er sah die neuen Gäste, stutzte für einen Moment, bevor sein Gesicht zu strahlen anfing.

Breit lächelnd kam er auf sie zu und begrüßte Suko ebenso herzlich wie Shao.

»Willkommen in meinem bescheidenen Reich. Was darf ich euch geben?«, fragte er.

»Wo können wir reden?«

Lo King schaute Suko an, sah auch den Würfel in seiner Hand, stellte keine Fragen und verschwand. »Gehen wir in mein Büro!«

»Danke.«

Der Restaurantbesitzer ging vor. Sein Büro lag neben der Küche. Auf einem Schreibtisch häuften sich die Papiere. Da es nur einen Besucherstuhl gab, setzte sich Shao, während Suko seinen Rücken gegen die Wand lehnte und damit anfing, von ihren Problemen zu berichten.

Lo King hörte aufmerksam zu. Mehrmals nickte er, und als Suko eine Pause machte, glitt ein Lächeln über Los Gesicht. »Selbstverständlich tue ich euch beiden den Gefallen. Shao kann so lange bei uns bleiben, bis du deine Sache beendet hast. Es ist völlig normal, dass wir uns untereinander helfen.« Er stand auf und lächelte Shao an. »Ich habe ein neues Reisgericht ausprobiert und würde mich freuen, wenn du es probierst.«

»Später gern, doch jetzt …«

Lo King nickte. »Ja, ich verstehe dich. Wäre mir das Gleiche passiert wie dir, hätte auch ich keinen Hunger gehabt. Aber eine Tasse Tee darf ich dir doch anbieten – oder?«

»Gern.«

»Dann wären wir uns ja einig.«

»Ich warte im Lokal auf dich«, erklärte Shao. »Da ist ja noch eine Nische frei.«

»Habe nichts dagegen.«

Sie gingen wieder zurück. Suko hatte den Würfel nicht losgelassen. Seine Gedanken drehten sich um ihn, und er fragte sich, was sich Kamikaze noch alles einfallen lassen würde. Da er so in Gedanken versunken daherging, achtete er auch nicht zu stark auf die Umgebung und merkte nicht, dass sich etwas verändert hatte.

Die Atmosphäre in dem Lokal war sehr ruhig geworden. Unnatürlich ruhig sogar, bis auf das leise Schluchzen oder Wimmern, das sie beim Näherkommen vernahmen.

In Sukos Innern schlug die Alarmglocke an. Leider zu spät, denn Kamikazes Stimme schallte ihm entgegen. »Komm ruhig her, Chinese, und schau dir das an!«

»O Gott.« Es war Shao, die das Wort ausgestoßen hatte, ansonsten von Suko zurückgedrängt wurde und dort warten sollte, wo die Theke endete und der Durchgang zur Küche begann.

Nur Sukos Schritte durchbrachen die Stille, als er den Gastraum betrat.

Im ersten Augenblick schien sich nichts verändert zu haben, bis der Inspektor genauer hinschaute.

Kamikaze saß an dem runden Tisch in der Mitte, und er hatte sich eine Geisel geholt.

Das junge Mädchen bediente normalerweise die Gäste. Jetzt hockte es auf dem Schoß des Killers und bekam den Mund nicht mehr zu, weil Kamikaze ihr die Mündung seines Revolvers zwischen die Zähne gesteckt hatte.

»Ich will nur eins«, sagte er, »den Würfel!«

Es war mir ein inneres Bedürfnis gewesen, dem anderen zu beweisen, dass wir auch noch da waren und überhaupt nicht daran dachten, aufzugeben. Vielleicht war meine Reaktion falsch, doch durch die letzten Erfolge fühlte ich mich irgendwie beschwingt und hatte meine Bedenken kurzerhand über Bord geworfen.

Und ich schritt auf das Feuer zu, während der Russe zurückblieb. Er traute sich nicht, aber er vertraute mir.

Am Rand des Sechsecks blieb ich stehen. Genau in dem Augenblick, als der Tscheche, der sich als Nachfolger des Rabbi Loew fühlte, die Arme sinken ließ.

Homunkulus ließ er nicht los. Und das Menschlein, das das Böse in sich vereinte, sah noch genau so aus wie in der Gegenwart. Es gab überhaupt keinen Unterschied. Für mich ein Beweis, dass es sich um ein- und dieselbe Person handelte.

Meine Worte hatten Kopanek aus seiner unnatürlichen Verzückung gerissen. »Ihr habt es geschafft?«, fragte er lauernd.

»Wie du siehst.«

»Trotz des Schnitters?«

»Du meinst das Skelett?«

»Natürlich. Es war der Friedhof des Schnitters, auf dem ihr

gelandet seid und der euch zum Verhängnis hätte werden sollen. Aber ihr seid jetzt hier.«

»Was dir nicht passt, Kopanek. Überlege mal, der Schnitter konnte uns nicht aufhalten, du wirst es auch nicht schaffen, denn wir sind einfach stärker.«

»Nein, nicht ihr. Wir befanden uns in einer magischen Zeitzone, während man versuchte, Leben zu erschaffen. Sie war alles beherrschend. Hier wurde das künstliche Leben geboren ...«

»Es wurde auch getötet«, erklärte ich. »Nicht umsonst hat der Schnitter fürchterlich gewütet.«

»Er gehörte nicht dazu. Es kam während unserer Reise zu magischen Überschneidungen. Dieser Friedhof ist der Teil eines anderen Reiches gewesen. Ich sagte dir doch, dass die Magie in dieser Zeit ungeheuer stark und konzentriert ist. Dagegen könnt ihr nicht an.«

»Was hatte der unheimliche Friedhof zu bedeuten, wo die Menschenköpfe auf den Halmen wachsen?«

»Es sind die Opfer!«, rief der Tscheche. »Die Opfer aus allen Zeiten und vielen Epochen. Der Teufel hat sie gesammelt und zu einem Feld vereint. Wenn er den Schnitter schickte und dieser blutige Ernte hielt, rann das Leben aus den Gestalten, und es musste einfach aufgefangen werden. Das ist geschehen. Dieses Leben, das die anderen verloren, wurde von Homunkulus aufgesaugt und gab ihm die starken Kräfte. Ich gebe zu, dass der Schnitter nicht mehr dazu gekommen ist, das gesamte Feld zu leeren, so ist die Kraft des Homunkulus leider begrenzt geblieben, was ich nicht vorhatte, denn ich wollte sie ganz holen. Aber auch so reicht sie aus, um das Böse in die Welt zu pflanzen.«

»Dann war deine Reise umsonst?«, stellte ich fest.

»Nicht ganz, denn ich konnte sehen, was anderen verborgen blieb, und ich werde mich auch nicht mehr aufhalten lassen, auch nicht von einem Kreuz, wie du es trägst, obwohl es sehr stark ist, wie ich zugeben muss. Deshalb werde ich wieder zurückkehren in die meinige Zeit und euch hier verschollen lassen. Der Tunnel, den du siehst, ist für mich gemacht. Es ist eine Röhre der Zeit, die mich verschlingen kann. Auch in der Gegenwart existiert sie noch, sodass es nur zu einem Austausch der Zeiten zu kommen braucht, um das magische Phänomen begreifen zu können. Ich habe den Homunkulus in der Gegenwart gefunden und ebenfalls in der Vergangenheit. Ich weiß jetzt, dass es ihn gegeben und er die Zeiten überdauert hat. Was die magischen Kräfte des auslaufenden Mittelalters nicht geschafft haben, werde ich versuchen zu vollenden. Die Magie des Rabbi lebt, und sie wird auch in mir weiterleben, das verspreche ich.«

Dieser Mann war gefährlich und nicht nur ein Großsprecher, das wussten der Russe und ich. Aber es gab jemanden, der ihn an Gefahr und Stärke noch übertraf, auch wenn er längst nicht so wirkte.

Homunkulus, das Menschlein!

Ich hatte ihn nur für einen kurzen Moment aus den Augen verloren. Als ich wieder hinschaute und mein Blick sich in sein Gesicht festsaugte, erkannte ich in den Augen des Kleinen ein grausames Glühen. Dieser Ausdruck war so stark, dass ich davor Angst bekam und unwillkürlich einen Schritt zurückging.

Und er fauchte mich an.

Ein böses Geräusch drang aus seinem Mund, gleichzeitig hörten wir ein infernalisches Heulen, als ein gewaltiger Sturm über den Friedhof tobte. In dieses Geräusch hinein brüllte der Tscheche mit sich überschlagender Stimme: »Das ist die Hölle. Das ist der Teufel, er kommt, um mir, nein, um uns beizustehen …«

Wladimirs Geschrei ließ mich herumfahren. Er stand noch in der Tür und deutete in die Dunkelheit.

»Da, John, da!«, schrie er.

Ich wuchtete ihn zur Seite, schaute selbst nach und sah ebenfalls die gewaltige schwarze Wolke über dem Friedhof schweben.

War das der Teufel?

Nein, sie sah mir eher nach dem Spuk aus. Doch auch er war es nicht. Und dann lösten sich aus der Wolke vier

Gestalten. Sie schwebten auf ihren pechschwarzen Pferden durch die Luft.

Und sie hatten einen Namen.

AEBA!

Oder auch die vier Reiter der Apokalypse genannt. Unter diesem Begriff waren sie im Dreißigjährigen Krieg bekannt und auch von Albrecht Dürer gemalt worden.

Ich kannte sie noch unter einem anderen Namen und dachte auch an schreckliche Begegnungen mit ihnen.

Es waren die Horror-Reiter!

Vier Wesen, die wie ein mörderischer Spuk durch die schwarzmagische Historie geisterten. Die aus den Tiefen längst versunkener Zeiten entstanden und dem Schwarzen Tod zur Seite gestanden hatten und nach seiner Vernichtung das Zepter selbst in die Hand genommen hatten.

Die Reiter der Apokalypse. Vier in dunklen Rüstungen steckende Wesen, die allesamt gepanzerte schwarze Kleidung trugen, deren vordere Seite jeweils mit den Anfangsbuchstaben derjenigen Dämonen verziert worden war, denen sie dienten.

Vier Namen, vier Begriffe, vier Erzdämonen.

A = Astaroth, E = Eurynome, B = Bael, A = Amducias!

Genauso hießen ihre eigentlichen Herren, die sich bisher, mit Ausnahme von Bael, zurückgehalten hatten.

Auch ich hatte gegen die Reiter gekämpft. Mehrere Male schon, und sie hatten mir immer wieder den Tod prophezeit. Zum Glück war ich Sieger geblieben, sah sie wieder vor mir, und sie boten einen erschreckenden Anblick.

Ihre Pferde stießen ein grollendes Wiehern aus, und dabei fauchten Flammen aus ihren Mäulern, die über die Bäume des Friedhofs zuckten, einen schaurig-schönen Schein verbreiteten und dabei kein einziges Blatt verbrannten.

Sie ritten durch die Luft, kamen aus der Entfernung, und ich hatte das Gefühl, als befänden sie sich zwar über uns, aber noch in einer anderen Dimension.

Ich kannte sie, der Russe noch nicht. Deshalb drehte er sich um und fasste mich hart an. »John, wer ist das?«

»Die Horror-Reiter!«

»Und was wollen sie?«

»Uns töten«, erwiderte ich lakonisch.

Er zuckte zurück. »Das sagst du so einfach?«

»Weil ich sie kenne. Aber ich werde dafür sorgen, dass es nicht dazu kommt.«

Der Russe begann schallend zu lachen. Es klang bitter. »Wie willst du gegen die ankommen?«

»Das werde ich dir schon beweisen.« Mehr sagte ich ihm nicht, denn ich verfolgte bereits einen Plan.

Die Horror-Reiter waren nicht ohne Grund erschienen. Zudem hatten sie ihre große Zeit im Dreißigjährigen Krieg gehabt. Aus irgendwelchen Gründen mussten sie auch daran interessiert sein, dass der Homunkulus seine Kräfte behielt und sie vielleicht sogar noch fördern konnte. Nicht sie sollten mein Angriffsziel werden, sondern er, das Menschlein.

Ich zog mich wieder zurück.

Wladimir hatte seine Waffe gezogen. Ich konnte es ihm nicht mal verdenken, dass er so handelte, auf die Reiter zielte und sie mit seinen Kugeln eindeckte. Er begleitete jeden Schuss mit einem lauten Schrei, aber damit erreichte er nichts.

Als ich ihn zur Seite zog, hatte er sein Magazin geleert. »Los, ins Leichenhaus!«

Bevor er noch protestieren konnte, hatte ich ihn bereits über die Schwelle gestoßen.

Noch immer brannte das Feuer, trotzdem hatte sich etwas verändert. Petar Kopanek stand nicht mehr innerhalb der magisch-geometrischen Figur. Er hatte sie verlassen, um, zusammen mit dem Homunkulus, den vier Horror-Reitern entgegenzugehen.

Auch die beiden Leichen hatten sich gelöst. Sie schwebten auf ihn zu, damit sie ihn begleiten konnten.

Das wollte ich nicht. Ich musste wieder zurück in meine Zeit und dem Homunkulus die Kräfte nehmen, damit er nicht mit den Horror-Reitern in Verbindung treten konnte.

Dieses Menschlein war verdammt gefährlich. Vielleicht konnte es auch Gedanken lesen, denn es tat plötzlich alles, um meinen guten Plan zu zerstören.

Daran konnte auch der Tscheche nichts ändern, denn dieses Wesen gehorchte ihm nicht mehr.

Er sprang ihm aus der Hand.

Ich hatte vorgehabt, die gesamten Kräfte meines Kreuzes gegen den Homunkulus einzusetzen, aber er war einfach zu schnell für mich. Als würde ein gefährliches, schreiendes Tier auf mich zuspringen, so kam er mir vor, als er dicht vor meinem Gesicht auftauchte.

Ich riss in einer schützenden Bewegung beide Hände hoch. Damit hatte der Homunkulus gerechnet. Und er nutzte diese Zeitspanne aus, um an mir vorbeizukommen.

Als ich wieder hinschaute, berührte er bereits den Boden, hatte die Arme ausgebreitet und gab sich wieder Schwung. Er schnellte in die Höhe und erreichte mit seinem nächsten Sprung bereits die offene Tür der Leichenhalle.

Ich zog und feuerte.

Das Licht war schlecht, außerdem hatte ich zu überhastet geschossen. So war es kein Wunder, dass die Kugel fehlte und der Homunkulus verschwinden konnte.

Dieser Schuss hatte bei Kopanek eine Sicherung durchbrennen lassen. »Du wolltest ihn töten!«, brüllte er und griff mich zum ersten Mal seit unserer Begegnung an.

Er kam wie eine Ramme und erwischte mich ausgerechnet auf dem falschen Fuß. Ich wurde zu Boden geschleudert, spürte den harten Aufprall und sah, dass der andere wie ein großer Schatten auf mich zuhechtete. »Verbrennen sollst du. Im Höllenfeuer schmoren!«

Es blieb für ihn vorerst ein Wunschtraum, denn ich hatte die Beine angewinkelt und im richtigen Augenblick wieder vorgestoßen. Es wurde ein Volltreffer.

Er bekam meine Schuhe gegen die Brust und flog zurück. Ich schnellte hoch und brüllte dem Russen zu: »Halte ihn fest, verdammt!«

Wladimir Golenkow hatte zum Glück seine Überraschung

verdaut und reagierte schnell. In seinem Job war das wichtig. Nur wer nicht lange fackelte, überlebte.

Der Tscheche segelte auf den Russen zu. Sehen konnte Kopanek ihn nicht, da er ihm den Rücken zuwandte.

Ich hörte den Mann schreien. Wladimir Golenkow musste ihn in einen harten Griff genommen haben, denn Petar stöhnte auf, als sein Arm in die Höhe gedreht wurde und er selbst in die Knie gehen musste. »Ich kriege dich schon!«, keuchte Wladimir. »Darauf kannst du dich verlassen!«

Wir konnten uns nicht mehr lange mit irgendwelchen Spielereien aufhalten, es wurde allmählich Zeit. Die Horror-Reiter waren ungemein stark. Sie würden dafür sorgen, dass sich ein Teil ihrer Kraft auch auf den Homunkulus übertrug. Das hatte ich gar nicht gern, deshalb musste es mir so rasch wie möglich gelingen, die Zeitreise im umgekehrten Sinne wieder zu vollbringen.

Zurück in die Gegenwart.

Dazu aber benötigte ich die beiden Leichen als Katalysatoren. Durch ihre Anwesenheit beschleunigten sie den Vorgang, aber wir alle mussten auch zurück in das Sechseck.

Bevor ich startete, schaute ich noch auf den Russen und seinen Gefangenen. Wladimir hatte den Gegner so gepackt, dass der Tscheche gebückt dastand und sich nicht rührte, denn der angesetzte Polizeigriff konnte ihm bei stärkerem Druck den Arm brechen. Den Kopf hatte Kopanek so weit erhoben, dass er nach vorn schauen und auch den magischen Druidenstern erkennen konnte. Er musste Schmerzen haben, der Ausdruck seines Gesichts deutete darauf hin.

»Kommst du klar?«, rief ich Wladimir zu.

»Immer.«

»Okay, ich kümmere mich um die Leichen.«

»Gut.«

Sie gehorchten den Befehlen des Tschechen. Sicherlich brauchte er sie nicht extra anzusprechen. Es genügte schon ein gedanklicher Impuls, und den hatte er gegeben.

Die beiden waren jetzt seine letzten Trümpfe!

Und sie setzten sich in Bewegung. Dabei hüteten sie sich,

die magische Zone zu berühren, teilten sich auf und schwebten von zwei verschiedenen Seiten nicht nur an sie heran, sondern auch um sie herum. Ich konnte sehen, wie Kopanek seine ganze Kraft einsetzte, denn die beiden Leichen wurden gewissermaßen magisch aufgeladen. Abermals entstand der weißblaue Schein, der sie umhüllte und sie so stärkte.

Ausschalten durfte ich sie nicht, denn sie mussten noch für unsere Rückkehr sorgen. Außerdem wollte ich sie nicht zu stark werden lassen. Den einzigen Zweck, den sie noch erfüllen sollten, war das Hineintauchen in die magische Zone.

Sofort änderte ich den Plan. Der nächste Befehl galt Wladimir Golenkow. »In die Zone mit ihm!«, schrie ich.

Der Russe schaute mich für einen Moment verwirrt an, sah meine wilden Handbewegungen und auch, dass ich auf die heranschwebenden Leichen deutete. »In die Zone!«, wiederholte ich laut.

Er begriff. Das Knie rammte er dem gebückt dastehenden Kopanek in den verlängerten Rücken, und der Tscheche schüttelte sich, als hätte man ihn mit kaltem Wasser begossen. Aber er ging vor.

Nichts anderes blieb ihm auch übrig, wollte er nicht riskieren, dass ihm der Russe den Arm brach. Er stolperte mehr, als dass er ging, und ich behielt die Leichen im Auge.

Die Toten hatten ihren Flug gestoppt. Vielleicht wussten sie, was ihnen bevorstand, jedenfalls trauten sie sich nicht, in das magische Sechseck einzutauchen.

Am Rand lauerten sie.

Wladimir Golenkow und sein Gefangener aber waren nicht mehr zu stoppen. Der Russe nahm auch keine Rücksicht mehr. Er wusste, um was es ging. Wenn wir es jetzt nicht schafften, würden wir wahrscheinlich in der Vergangenheit verschollen bleiben, denn die vierte Dimension, die Zeit, zu manipulieren, ist nicht jedermanns Sache.

Wir erreichten gleichzeitig den Rand. Von der linken Seite her kamen die beiden auf mich zu. Auch Kopanek sprach mich an. »Noch habt ihr nicht gewonnen!«, keuchte er. »Ihr werdet es nicht schaffen, der Homunkulus ist …«

»Wir werden ihn zertreten wie eine Ratte!«, schrie Golenkow und gab seinem Gefangenen einen so heftigen Stoß, dass er in die magische Zone katapultiert wurde.

Auch der Russe tauchte ein.

Für beide wurde es Zeit. Es war gewissermaßen einer der letzten Augenblicke, denn vor der Leichenhalle tat sich etwas. Das mir so bekannte Fauchen der Pferde hörte ich deutlich und konnte erkennen, dass im offenen Eingang eines der Tiere erschien. Gekrümmt hockte der Reiter auf seinem Rücken. Der Gaul streckte seinen schwarzen Schädel in die Leichenhalle, der Reiter hatte sich gebückt, und ich sah, dass es derjenige war, der dem Götzen Bael diente, denn auf seiner Brust leuchtete das B.

Mit Bael hatte auch ich schon meine Erfahrung gesammelt. Ich dachte da nur an den Dämon Okastra, der dafür gesorgt hatte, dass mein Dolch verschwand.

Aber der Reiter schleuderte seine Lanze nicht. Er hatte etwas anderes vor. Er wollte uns ein Souvenir mit auf die Reise geben, denn in einer Hand hielt er den Homunkulus.

Ich hätte ihn jetzt angreifen müssen. Dafür blieb mir nicht die Zeit, denn Wladimir schrie bereits mit sich überschlagender Stimme: »John, es ist so weit! Ich merke, dass …«

Ich ging zurück. Über die Schulter warf ich einen raschen Blick. Sogar die beiden Leichen befanden sich in der magischen Zone. Die griffen den Russen zum Glück nicht an, denn die Magie des Druidensterns überdeckte alles andere.

Eigentlich hatte ich noch mein Kreuz aktivieren und einsetzen wollen. Diese Zeit blieb mir nicht mehr, auch ich musste in die Zone eintauchen und sprang zurück.

Da passierte es!

Der Horror-Reiter hatte gedankenschnell einen Arm hochgerissen und warf mir den Homunkulus zu. Er selbst blieb außerhalb des Kreises. Er und seine Artgenossen würden weiterhin während des Dreißigjährigen Krieges dafür sorgen, dass das Grauen umherging und die Menschen vernichtete.

Das Menschlein sollte ich bekommen.

In einer Reflexbewegung riss ich den rechten Arm in die

Höhe, hatte auch die Hand gespreizt und spürte den Druck, als das Menschlein dagegen prallte.

Sofort griff ich zu.

Ich hörte ihn schreien, sah den großen Schädel dicht vor mir, auch die bösen Augen und den weit aufgerissenen Mund.

Im nächsten Augenblick spürte ich auf meiner Schulter die Hand des Russen. Ihm dauerte meine Reaktion zu lange, deshalb riss er mich in die magische Zone.

Und damit in die Reise, die keiner erklären konnte …

Er hatte es doch geschafft!

Für einen Moment blieb der Chinese stehen und schloss die Augen. Er dachte daran, dass Shao zurückgeblieben war, und hoffte, dass sie sich auch weiterhin nicht sehen ließ.

Für die Geisel war es schlimm. Sie saß da, als wäre sie zu Stein geworden. Speichel rann aus ihren Mundwinkeln, während sie den kalten Revolverlauf im Mund hatte.

Kamikazes rechter Zeigefinger lag am Abzug. Wenn sich die Frau einmal nur rührte, würde er abdrücken. Suko kannte diesen Killer, der war gnadenlos.

Die anderen Gäste saßen ebenfalls an den Tischen, als wären sie dort festgewachsen. Sie wagten nicht mal, laut zu atmen. Das Auftauchen des Killers hatte sie getroffen wie ein Hammerschlag. Plötzlich war das Grauen in die Idylle eingebrochen. Da irgendwo ein Wasserhahn nicht ganz zugedreht war, hörten sie das Klatschen der Tropfen auf den Blechboden einer Spüle. Andere Geräusche waren nicht zu vernehmen.

Suko machte sich große Vorwürfe, in dieses Lokal gegangen zu sein. Er hätte noch besser Acht geben sollen und den Killer nicht unterschätzen dürfen. Der war mit allen Wassern gewaschen, kannte die Tricks und war sicherlich mit seinem Herrn und Meister, Akim Samaran, unterwegs.

»Komm ruhig näher, Gelber!«, flüsterte Kamikaze. Seine Stimme klang böse.

Suko nickte. »Ja, ich komme, aber lass das Mädchen in Ruhe, dann reden wir weiter.«

Der Killer lachte kehlig. »Würdest du deinen letzten Trumpf aus der Hand geben, Chink?«

»Ich würde es erst gar nicht dazu kommen lassen«, erwiderte Suko. »Das kannst du mir glauben.«

»Ich bin nicht so edel wie du. Für mich zählt allein der Erfolg. Da ist mir jedes Mittel recht. Die Kleine hat Angst, das spüre ich. Es liegt in deiner Hand, diese Angst zu beenden. Du brauchst nur den Würfel zu nehmen und hier auf den runden Tisch zu legen. Alles andere übernehme ich. Aber ich warne dich. Ich kenne die Funktion des Würfels. Ich weiß, dass man ihn nach dem eigenen Willen einsetzen kann. Hüte dich, auch nur den Versuch zu unternehmen, ihn zu manipulieren. Ich würde es sofort bemerken und nicht nur das Mädchen erschießen, auch einige andere hier mit auf die lange Reise nehmen ...«

»Es ist klar.«

»Dann komm her, Chink!«

Suko war nur froh, dass Kamikaze sich auf eine Person konzentrierte und nicht auch noch Shao oder andere in seiner Gewalt hielt. Es war nicht sehr weit bis zu dem runden Tisch in der Mitte, und Suko legte die Entfernung trotzdem sehr langsam zurück.

Alles lag bei ihm.

Er wurde von zahlreichen Augen beobachtet. Die Menschen drückten ihm die Daumen, und er war sich auch der Verantwortung bewusst, die auf seinen Schultern lastete.

Wenn er sich falsch bewegte oder irgendetwas tat, das dem anderen nicht passte, würde es in diesem Lokal ein fürchterliches Blutbad geben. Das wollte Suko vermeiden.

Der Würfel war sehr viel wert. John und Suko hatten gekämpft, um ihn zu bekommen, aber mehr als ein Menschenleben konnte er niemals wert sein. Deshalb würde ihn Suko abgeben, auch wenn dann die Jagd nach ihm wieder von vorn begann.

Ein Stuhl stand ihm im Weg. Mit dem rechten Fuß schob ihn Suko zur Seite. Er hörte, wie er über den Boden kratzte. Es war neben Sukos Schritten das einzige Geräusch, das die

Stille durchbrach. Jetzt brauchte er nur noch zwei Schritte zu gehen, um den Tisch zu erreichen.

»Komm schon!«, der Killer lockte ihn wie einen kleinen Hund. »Setz ihn ab.«

»Augenblick noch!«

In Kamikazes Gesicht zuckte es. »Noch eine dumme Antwort, dann erschieße ich dich zuerst!«

Genau das war das Problem. Wie Suko Kamikaze einschätzte, würde der nicht zögern, ihn zu erschießen. Auch wenn er den Würfel hatte, denn der Killer konnte sich ausrechnen, dass auf ihn eine Jagd beginnen würde, und da musste er praktisch jedes Risiko ausschalten.

Ein Geräusch unterbrach die Stille. Jeder hörte es, aber keiner wagte es, auch nur den kleinen Finger zu bewegen. Vielleicht die Augen, denn das Geräusch war vom Eingang her aufgeklungen, und dort hatte sich die Tür bewegt.

Jemand kam.

Schleichende Schritte hörten sie. Der Eingang lag ein wenig im Schatten, sodass der Mann nicht allzu deutlich gesehen werden konnte. Erst wenig später hob sich seine Gestalt schärfer ab.

Kamikaze saß mit dem Rücken zum Eingang. Suko aber konnte erkennen, wer da angekommen war.

Akim Samaran!

Das Herz des Chinesen schlug schneller, denn auch Samaran war bewaffnet. Aus seiner rechten Faust schaute die Mündung eines großkalibrigen Revolvers. Im Schatten blieb der Perser stehen. Sein Gesicht war nur ein Fleck, doch seine leise Stimme klang messerscharf, als er die folgenden Worte sprach: »Hüte dich vor einer falschen Bewegung, Chinese! Ich bin gekommen, um abzurechnen. Nur den Würfel wollen wir. Denk daran, dass ich Kamikaze den Rücken decke.«

»Schon klar.« Suko erkannte seine Stimme kaum wieder.

»Und jetzt stell ihn ab!«

Der Chinese kam dem Befehl des Persers nach. Auch seine Hände zitterten vor diesem alles entscheidenden Schritt. Daran merkte der Inspektor, dass er doch keine Maschine war.

Er hatte den Tischrand erreicht.

Kamikaze saß noch immer an der gleichen Stelle. Er hatte sich kaum gerührt, nur ein wenig den Kopf gedreht, sodass er den Chinesen anschauen konnte. Der Revolverlauf aber steckte nach wie vor im Mund seiner weiblichen Geisel, und der Finger lag dabei am Abzug.

Behutsam und lautlos setzte Suko den Würfel auf der Tischplatte ab. In der Mitte lag eine rechteckige, weiße Decke.

Als der Inspektor den Würfel losließ und sich wieder aufrichten wollte, hatte der Killer etwas dagegen. »Nein, nicht so«, sagte er mit leiser Stimme. »Du wirst ihn herschieben. Vorsichtig, hübsch langsam, und bilde dir keine Schwachheiten ein!«

Suko hob den Blick.

Er schaute in die kalt glitzernden Pupillen des Mörders und kam dem Befehl nach.

Es tat ihm in der Seele Leid, den Würfel wieder aus der Hand geben zu müssen. Aber er sagte sich, dass auch ein Mann wie John Sinclair an seiner Stelle nicht anders gehandelt hätte.

So schob er den Würfel quer über den runden Tisch, drückte die Decke dabei zur Seite und beobachtete, wie Kamikaze seine linke Hand von der Geisel löste und von der Tischplatte den Würfel aufnehmen wollte.

Gleichzeitig zog er den Revolverlauf aus dem Mund seiner Geisel und drückte die Mündung dann gegen den Hals des Mädchens.

Dann legte er seine freie Hand auf die oberste Würfelfläche. Es war eine besitzergreifende Geste, und die leicht gekrümmten Finger ließen darauf schließen, dass dieser Mensch nicht mehr bereit war, den Würfel abzugeben. Es sei denn, man zwang ihn dazu oder erschoss ihn.

»Jetzt hast du ihn!«, sagte Suko und richtete sich auf.

Kamikaze holte Luft. »Ja, jetzt habe ich ihn. Er bewegte beide Beine und stieß das Mädchen damit zu Boden.

Es schrie auf und rollte sich zum Glück aus der unmittelbaren Gefahrenzone.

Suko bekam nicht die Zeit, diese Chance zu nutzen, denn Kamikaze zeigte etwas von seiner Reaktionsschnelligkeit, als er seinen rechten Arm sofort drehte und die Waffenmündung auf den Körper des Inspektors richtete. »Bewege dich nicht!«

Steif blieb Suko stehen.

Kamikaze ließ ihn nicht aus den Augen. Er hatte sehr große Hände. Das waren knochige Killerfäuste, bei denen der Vergleich mit einer Bratpfanne fast schon zutraf. Aus diesem Grund konnte er auch den Würfel mit einer Hand in die Höhe hieven.

Das tat er auch. Gleichzeitig drückte er sich selbst von der Stuhlfläche nach oben, ohne Suko aus den Augen zu lassen oder die Waffe um einen Millimeter zu bewegen.

Das war schon außergewöhnlich, wie er gleichzeitig drei verschiedene Dinge tat und sich trotzdem voll unter Kontrolle hatte.

Er stand.

Rechts hielt er die Waffe, links den Würfel. Starr schaute er den Inspektor an.

Suko erkannte die Gnadenlosigkeit in den Augen des anderen, und er sah noch mehr.

Den Willen zum Mord!

Ja, ohne dass Kamikaze ein Wort gesagt hätte, war er entschlossen, den Chinesen zu töten. Er brauchte nur den Finger zu krümmen. Über sein breites und gleichzeitig auch längliches Knochengesicht, das Ähnlichkeit mit dem eines Pferdes aufwies, glitt ein widerliches und wissendes Grinsen.

»Vorm Sterben noch ein Wort«, sagte er zu Suko. »Sogar ein Kompliment. Nicht jeder hat es geschafft, mir so lange zu widerstehen wie du. Aber zum Schluss war ich immer der Bessere. Wie auch jetzt. Ich habe den Würfel, und ich habe dich. Aber ich will dich tot, Chink! Vernichtet auf dem Boden liegen sehen. Klar?«

»Ich habe verstanden.« Auch in Sukos Gesicht rührte sich nichts. Dennoch hatte er sich bewegt und sein rechtes Bein vorgeschoben, sodass seine Knie direkt den Kontakt mit dem Rand der Tischplatte bekommen hatte.

Vielleicht war es eine Chance …

»Schieß ihn endlich nieder!«, befahl Samaran.

In diesem Augenblick sah Suko den Blitz!

Ich hatte es im letzten Augenblick geschafft. Raus aus der Helligkeit, hinein in den Tunnel, so kam ich mir vor, als mich das Zeitloch schluckte und einfach aufsaugte, als wäre ich ein Wassertropfen, der irgendwann auf dem Weg durch die vierte Dimension verdampfte.

Ich schrie nicht, ich sagte nichts, ich ließ mich treiben, denn ich konnte die Reise in keiner Weise beeinflussen. Dabei hoffte ich nur, dass die für uns unsichtbaren Koordinaten der Zeit richtig eingegeben worden waren und uns dorthin zurückbrachten, wo wir hergekommen waren. Dort, in der Gegenwart, konnte ich unter Umständen dafür sorgen, dass dieses Zeitloch ein für allemal geschlossen wurde.

Ob ich auch weiterhin den Homunkulus festhielt, bekam ich nicht mal mit. Jegliche Gefühle um mich herum waren ausgeschaltet. Die Leere einer Dimension hielt mich umfangen und transportierte mich trotzdem weiter oder zurück.

Mein Zeitgefühl war völlig verloren gegangen. Ob ich Minuten, Sekunden oder auch Stunden unterwegs gewesen war, konnte ich nicht feststellen. Ich merkte nur, dass einiges anders wurde. Ich spürte wieder festen Boden unter den Füßen und setzte automatisch ein Bein vor das andere, sodass ich aus dieser magischen Zone heraustaumelte und dann irgendwo gegenlief.

Mit dem Druck hatte ich nicht gerechnet. Er stoppte mich, ich drehte mich und griff ins Leere.

Schwankend stand ich, hatte die Augen weit geöffnet und sah um mich herum nur schnell fließende Schatten, die von links nach rechts oder von rechts nach links in mein Blickfeld gerieten.

Die Schatten beeinflussten mich. Ich glaubte abzuheben, aber sie gingen auch vorbei.

Mein Blick wurde klarer, und ich spürte einen stechenden Schmerz in der linken Hand.

Unwillkürlich schlenkerte ich sie, sodass der Gegenstand herausfiel und zu Boden prallte.

Es war das Menschlein.

Plötzlich sah ich es hüpfen, und ich sah auch die anderen, die die Reise ebenfalls überstanden hatten.

Sie erschienen aus dem Blutnebel!

Zuerst die beiden Leichen. Lautlos und auf dem Bauch liegend schwebten sie hervor. Ihre Arme hielten Petar Kopanek fest, als wollten sie ihn vor allen Gefahren schützen, die noch auf ihn zukommen konnten.

Und auch Wladimir Golenkow hatte die magische Zeitreise überstanden. Er taumelte aus dem Druidenstern, hielt die Arme halbhoch und schüttelte dabei den Kopf, als hätte er etwas erlebt oder gesehen, das er nicht begreifen konnte.

Wichtig war Homunkulus.

Ich sah ihn nicht mehr, aber ich hörte seinen krächzenden Schrei.

Am Ausgang war er aufgeklungen. Und er hatte sich verdammt triumphierend angehört.

Das konnte ins Auge gehen.

Ich zog die Beretta, wollte auf ihn zielen, da war er bereits verschwunden. Auch der Tscheche hatte dies festgestellt. Sein Schrei galt ihm. »Komm zurück!«, brüllte er. »Komm!« Er löste sich von seinen beiden Leichen, um dem Menschlein nachzueilen.

Dagegen hatte ich etwas.

Petar Kopanek rannte genau in meinen Faustschlag, der ihn nicht nur stoppte, sondern auch durchschüttelte. Ich hatte ihn angegriffen, und die beiden schwebenden Leichen wollten sich dafür rächen, denn sie nahmen Kurs auf mich.

Während Kopanek in die Knie brach, streckten sie bereits die Arme aus, und Wladimir warnte mich.

»John, gib Acht!«

Ich gab Acht, und ich brauchte keine Rücksicht mehr zu nehmen, denn nun konnte ich gegen die Leichen meinen

Bumerang einsetzen. Leider sollte ich dazu nicht mehr kommen. Meine Hand hatte die silberne Banane kaum berührt, als wir unter der Decke das knirschende Geräusch vernahmen und schon erste Staubwolken in die Tiefe drangen.

»Das kracht hier ein!«, schrie Golenkow.

Wenn er noch nie in seinem Leben die Wahrheit gesprochen hatte, diesmal stimmte es, denn das zweite Krachen klang schon wesentlich lauter, und unter der verdammten Decke bewegten sich auch die ersten Steine. Sie fielen herab.

Ich ließ die Leichen sein und wandte mich fluchtartig und geduckt laufend dem Ausgang zu. Um den Tschechen konnte ich mich auch nicht kümmern.

Mit den Armen schützte ich meinen Kopf. Der Staub verdichtete sich, nahm mir die Sicht, etwas krachte dicht hinter mir auf den Boden, und das Knirschen deutete an, dass auch die alten Deckenbalken nicht mehr lange halten würden.

Der Ausgang.

Ich taumelte hindurch, gelangte ins Freie und lief so lange weiter, bis ich über einen der aus dem Boden ragenden Grabsteine stolperte und der Länge nach hinfiel.

Kaum hatte ich den Boden berührt, als die alte Leichenhalle ihr Ende erlebte.

Sie krachte zusammen wie das berühmte Kartenhaus. Auf dem Boden liegend drehte ich mich herum und schaute zu.

Da blieb kein Stein mehr auf dem anderen. Ob Decke, Wände, Gebälk – nichts konnte den anderen Kräften mehr widerstehen. Dieses Haus, das eine so starke Magie beherbergt hatte, war am Ende. Es wurde nicht mehr gebraucht. Und Kopanek befand sich dazwischen.

Ich sah weder ihn noch die schwebenden Leichen, aber ich glaubte, seine Schreie zu hören.

Voller Angst, Panik und Wut waren sie ausgestoßen worden.

Ich kam auf die Beine, spürte Schmerzen in meinem rechten Knie und sah von der Leichenhalle nichts mehr. Nur eine gewaltige Staub- und Dreckwolke, die alles überdeckte.

Da würde keiner mehr rauskommen. Petar Kopanek war kein Dämon, sondern ein Mensch. Und er blieb unter den Trümmern begraben, als endgültig Toter.

Die Reise in die Vergangenheit hatte er überlebt, die Rückreise auch, dann aber hatte ihn das Schicksal erwischt.

»Damit hätte ich nicht gerechnet«, hörte ich erleichtert die Stimme Wladimir Golenkows.

Ich drehte mich um. Neben mir blieb er stehen. Er wischte sich den Staub aus dem Gesicht. Das Haar war zerwühlt, die Haut zeigte den dünnen Glanz eines Schweißfilms.

»Wer konnte das schon?«, fragte ich zurück und starrte auf die Trümmer.

»Wie war das möglich?«

Eine verdammt gute Frage. Über die Antwort konnte ich nur spekulieren. Ich hob die Schultern, suchte nach einer Erwiderung und dachte dabei an gewisse magische Kräfte, die sehr stark geworden waren. Dabei fiel mir ein Name zwangsläufig ein.

»Homunkulus!«

Der Russe erschrak regelrecht. »Meinst du wirklich?«

»Ja, so sehe ich das. Wenn es jemanden gibt, der dafür gesorgt hat, dass diese Bude einstürzt, dann kann es nur dieses Menschlein gewesen sein. Du darfst nicht vergessen, dass es, durch die Kraft der Horror-Reiter gestärkt, aus der Vergangenheit zurückgekehrt ist.«

»Und weshalb hat es dann den Stützpunkt vernichtet?«

Ich hob die Schultern. »Es will nicht mehr zurück. Der Homunkulus will in dieser Zeit bleiben und hier seinen Schrecken verbreiten. Mehr fällt mir dazu nicht ein.«

Wladimir atmete hörbar aus. »Das wäre natürlich ein Hammer«, flüsterte er. »Wenn ich daran denke, dass er an Kraft gewonnen hat, wird mir ganz anders. Der könnte einiges aus den Angeln heben.«

»Falls wir ihn nicht vorher erwischen«, gab ich zur Antwort.

»So optimistisch bist du?«

»Immer.«

Wladimir wollte daran nicht so recht glauben. Er drehte

sich und wies über den Friedhof. »Schau dich nur um, John! Wie willst du hier diesen kleinen Menschen finden? Der kann sich sogar in einem Fuchsloch verstecken!«

»Meiner Ansicht nach dürfte er trotzdem nicht allzu weit entfernt sein«, gab ich zu bedenken. »Erinnere dich daran, dass wir Feinde sind. Wenn er alles recht machen will, muss er dafür sorgen, dass auch wir aus dem Weg geräumt werden.«

»Er würde uns also angreifen?«

»Damit rechne ich.«

»Dann lass ihn uns suchen.«

Ich grinste den Russen an. »Das, mein lieber Wladimir, hatte ich auch vor.« Einen letzten Blick warf ich noch auf die Trümmer der Leichenhalle.

Viel sah ich nicht, da die Staubwolke sich noch nicht zu Boden gesenkt hatte.

»Du hast noch deine Lampe?«, fragte ich.

»Klar.«

»Schalt sie ein. Wir bleiben zusammen. Vielleicht haben wir Glück und erwischen ihn.«

»Falls er uns nicht zuvor mit irgendwelchen Grabsteinen bewirft. Schließlich ist seine Kraft noch gewachsen.«

»Damit müssen wir auch rechnen.«

Allmählich hatte die Spannung bei uns nachgelassen. Wir fühlten uns wieder lockerer und besaßen auch eine gewisse Portion an Optimismus, als wir uns auf den Weg machten und den kleinen Homunkulus suchten.

Es gibt einige Regeln, die man bei gewissen Durchsuchungen einhalten sollte. Wir hielten uns daran und umgingen die Trümmer der Leichenhalle kreisförmig.

Die ersten Kreise zogen wir ziemlich eng. Nach dem dritten, vierten erweiterten wir sie, sodass die Runde größer wurde und wir auch in gewisse Ecken und an Stellen leuchten konnten, die wir bisher noch nicht gesehen hatten.

Neue Gräber gab es hier nicht mehr. Die Grabsteine, die wir entdeckten, erinnerten mich an vermoderte Reste einer längst vergangenen Zeit, die trotzdem immer wieder in mein Leben und Schicksal mit hineinspielte, weil es die Magie verstanden hatte, die vierte Dimension, die Zeit, zu manipulieren.

Mein Begleiter verlor allmählich den Mut. Mehr als einmal hörte ich ihn in seiner Heimatsprache fluchen, wenn er wieder nichts entdeckt hatte oder mal über einen Stein stolperte.

Meine Bleistiftleuchte brachte nichts. Ich musste mich schon auf Wladimirs Lampe verlassen.

Es war eigentlich sinnlos und im Prinzip nicht mehr als die Beruhigung unseres Gewissens. Hätten wir nichts getan, wären die Vorwürfe noch größer geworden.

Und so blieb es bei einer erfolglosen Suche. Wir hatten uns immer weiter von der Leichenhalle entfernt. Ich dachte daran, dass ich diesen Friedhof schon Jahrhunderte zuvor erlebt hatte, doch ihn in der Gegenwart zu kennen, war irgendwie anders. Ich fühlte mich trotz allem geborgener. Vielleicht auch deswegen, weil bekannte Geräusche an unsere Ohren drangen. Wie hin und wieder der Klang einer Autohupe.

Ich hatte mich von dem Russen abgesetzt. Er kam nach einigen Minuten wieder zurück. Am tanzenden Strahl seiner Taschenlampe erkannte ich ihn, und als er neben mir stand, hob er die Schultern.

»Wir werden nicht mehr weitersuchen«, erklärte ich.

»Das ist gut so. Ich wäre dafür, den Friedhof zu durchkämmen. Ich könnte innerhalb einer Stunde eine Hundertschaft Polizisten aufbieten, die …«

»Vergiss es!«

»Wieso?«

»Glaubst du im Ernst, die Leute würden unseren Homunkulus finden? Wenn der Kleine nicht will, dann will er einfach nicht. Das liegt doch auf der Hand.«

»Was schlägst du vor?« Diese Frage bewies mir, dass sich Golenkow mit meiner Entscheidung abgefunden hatte.

»Wir schauen uns noch mal die Trümmer der Leichenhalle an.«

»Hat das denn einen Sinn?«

Ich blickte ihn an. »Können Menschen, die tot sind, von Gesteinstrümmern noch einmal getötet werden?«

Der Russe verstand plötzlich. »Du meinst …?«

»Genau das meine ich, Wladimir. Ich kann mir nicht vorstellen, dass die Trümmer der Leichenhalle auch unsere beiden Toten vernichtet haben. Meiner Ansicht nach müssten sie noch leben.«

»Verflucht. Wenn das stimmt, geht das ganze Theater wieder von vorn los. Oder nicht?«

»Vielleicht. Komm, Towaritsch, schwing dich vom Acker.«

»Ist das auch ein Spontispruch?«, fragte er.

»Ein halber. Aber du kennst dich gut aus.«

»Uns bleibt nicht viel verborgen, was sich im Westen so alles ereignet.«

»Das merke ich.«

Da wir nicht mehr nach dem Homunkulus Ausschau hielten, nahm der Rückweg weniger Zeit in Anspruch. Wir erreichten rasch unser Ziel und stellten fest, dass sich auch die Staubwolke gesenkt hatte und unsere Sicht besser wurde, trotz der uns umgebenden Dunkelheit.

Ein Trümmerfeld lag vor uns.

»Als hätte eine Bombe eingeschlagen!« Mit dieser Bemerkung traf der Russe den Nagel auf den Kopf.

»Es war eine Bombe!«

»Wieso?«

»Eine magische, mein Lieber. Hier hat die schwarze Magie voll zugeschlagen. Sie …«

Ich sprach nicht mehr weiter, denn wir beide hörten die kratzenden und hell klingenden Geräusche, die entstehen, wenn schwere Steine bewegt werden.

Da wir diese Steine nicht bewegten, mussten sich andere Kräfte dafür verantwortlich zeigen.

Ich ging nahe an den Trümmerhaufen heran und blieb neben einem geknickten Holzbalken stehen. Mein Blickfeld war jetzt besser geworden. Ich konnte auch erkennen, wo sich die Steine bewegt hatten. Ungefähr in der Mitte der Trümmer.

Und sie bewegten sich weiter. Ziemlich große Brocken rollten zur Seite, tickten gegen andere, setzten die auch in

Bewegung, aber im Prinzip entstand an der Stelle, wo alles seinen Anfang genommen hatte, ein Loch oder ein kleiner Krater.

Aus ihm wuchs etwas hervor.

Es sah schaurig aus, wie sich zuerst die bleichen Hände in die Höhe schoben. Ihnen folgten die beiden Arme, dann der Kopf der Leiche.

Der Tote sah fürchterlich aus, denn er hatte die Steinlawinen voll mitbekommen.

Da sich der Staub in dem weißen Haar gefangen hatte, sah es aus wie gepudert. Zerkratzt, aufgeschlagen und blutig präsentierte sich uns im Schein der Taschenlampe der Körper.

Ein wirklich schreckliches Bild, denn die zusammenkrachenden und von der Decke fallenden Massen hatten ihn regelrecht deformiert. Ich schüttelte mich bei diesem Anblick. Das war nichts für schwache Nerven!

Neben mir stöhnte der Russe. »Und sie leben immer noch«, flüsterte er.

»Nein, sie sind tot.«

»Aber sie bewegen …«

»Das ist etwas anderes.« Ich redete geistesabwesend, weil mich der Anblick der aus den Trümmern steigenden Leichen einfach zu stark fesselte. Er traf mich auch hart, denn die beiden schwebenden Toten erfüllten tatsächlich noch eine Aufgabe.

Sie holten noch einen dritten aus dem Chaos hervor.

Es war Petar Kopanek!

Damit hatte ich nicht gerechnet. Ich war der Meinung gewesen, dass er es nicht überstanden hatte.

Wurde ich nun eines Besseren belehrt?

In meinen tiefen Atemzug hinein klang die Bemerkung des Russen. »Verdammt, John. So wie der aussieht, kann er überhaupt nicht überlebt haben. Der besteht nur noch aus Blut und …«

»Ist schon okay«, erwiderte ich.

»Entschuldigung, aber es kam mir gerade in den Sinn.«

Die Leichen wollten nicht von ihrem Herrn und Meister

ablassen. Kopanek musste sich während des Zusammensturzes auch etwas gebrochen haben, das sah ich an der Haltung seines Körpers, denn die Arme und Beine hingen, wenn sie nicht gerade gehalten wurden, einfach durch wie tote Gegenstände, die man nur angeklebt hatte. Sie schaukelten bei jeder Bewegung mit. Es sah nicht so aus, als wollten die Leichen ihren Meister auf dem Friedhof lassen. Sie packten jetzt beide zu, soweit es ihnen möglich war, und schwebten höher. Dabei glitten sie nach links weg, um das Trümmerfeld zu verlassen.

»Jetzt entwischen sie uns!«, schimpfte Wladimir.

»Wirklich?«, fragte ich und zog mit einer sicheren Bewegung meinen Bumerang …

Der Blitz war aus einer der links liegenden Nischen gekommen, und er traf haargenau sein Ziel.

Suko konnte ihn kaum verfolgen, selbst Kamikaze bemerkte ihn erst, als es für ihn längst zu spät war. Da hatte sich die schmale Klinge eines Messers tief in das Muskelfleisch seines rechten Oberarms gebohrt und war fast bis zum Heft verschwunden.

Der Killer brüllte auf. Für einen Augenblick war er geschockt und dachte nicht mehr daran, abzudrücken.

Suko wuchtete den Tisch hoch.

Er hatte es sowieso vorgehabt, und er nahm dazu sein rechtes Knie, unterstützte die Aktion dabei auch mit seinen Händen, sodass die schwere Platte sich aufstellte und vor ihm einen Schutz bildete.

Jetzt feuerte Kamikaze.

Laut dröhnte der Schuss, aber die Kugel fuhr in die dem Killer entgegenkippende Tischplatte und wurde von ihr aufgehalten, weil das Holz einfach zu dick war.

Kamikaze musste zurück.

Die Geisel schrie laut und kroch auf allen vieren in die Deckung einer Nische.

Suko lag am Boden. Die anderen Gäste saßen noch wie

erstarrt auf ihren Plätzen, und der Inspektor riss seine Beretta hervor, ehe er mit einem panterhaften Satz zur Seite schnellte, weil er aus dem unmittelbaren Zielbereich des Mörders wollte.

Kamikaze lief zur Tür.

Und dort stand Samaran.

Dieser brutale Mensch löste sein Versprechen ein. Er hielt den schweren Revolver in der rechten Hand, die er beim Feuern noch abstützte.

Eiskalt schoss er in das Lokal.

Dabei schrie er seinem Leibwächter etwas zu, der sich trotz des in seinem Oberarm steckenden Messers zusammenriss und eiserne Nerven zeigte. Auch er schoss.

Im Nu entstand Panik.

In das Krachen der Schüsse mischte sich das Schreien der Gäste. Suko kam überhaupt nicht dazu, zurückzufeuern, weil ihm Gäste in die Schusslinie rannten. Er sah nur noch zweimal den Killer, der sich drehte, schoss, und Suko erkannte auch, dass seine linke Hand nicht mehr den Würfel umschloss.

Ein Mann riss die Arme hoch, bevor er zusammenbrach. Auf seinem weißen Hemd verteilte sich das Blut, und er bekam auch einen nächsten Treffer ins Bein.

Samaran hatte geschossen und gleichzeitig die Tür aufgerissen. Er ließ seinen Killer zuerst heraus, dann jagte er noch eine letzte Kugel in das Lokal und hätte Suko damit fast erwischt, denn dicht vor dem Kopf des gebückt hockenden Chinesen jagte das Geschoss in den Boden, bevor es als Querschläger wegsirrte.

Im nächsten Moment waren die beiden wie ein Spuk verschwunden.

Der Inspektor schnellte hoch. »Ruft die Polizei und die Ambulanz!«, brüllte er, bevor er sich an die Verfolgung machte. Bei einem Seitenblick stellte er fest, dass der Würfel des Unheils neben dem umgekippten Tisch am Boden lag.

Kamikaze war nicht mehr dazu gekommen, ihn mitzunehmen.

Dann war Suko an der Tür. Er hatte sie kaum geöffnet, als er am Ende der Treppe einen dunklen Schatten sah, der sich bewegte.

Es war der Rolls-Royce, den Samaran fuhr.

Eines der Fenster war nach unten gelassen worden. Dort hockte Kamikaze. Er hatte den langen Lauf des Revolvers auf den Rand gelegt und zielte noch auf die Eingangstür.

Kurz bevor er abdrückte, warf Suko sich nach vorn. Es war ein Meistersprung, der ihn über die Stufen hinweg in die Tiefe katapultierte. Er rollte sich dabei zusammen, fing so die harten Schläge ab und wusste trotzdem, welches Risiko er mit dieser Aktion eingegangen war.

Er hörte auch das Quietschen der Reifen, ein Zeichen, dass der Rolls stark beschleunigt wurde. Fast eine Todsünde bei einem Wagen wie diesem.

Dann lag Suko vor der Treppe. Noch einmal drehte er sich um die eigene Achse, bis er seinen Schwung stoppen und auf die Beine kommen konnte. Er schaute auf das Heck des verschwindenden Wagens, aber der Rolls war noch nicht so weit entfernt, als dass eine Verfolgung sinnlos gewesen wäre. Und die Harley war schnell!

Suko erreichte seinen Feuerstuhl mit einem Sprung, und ihm fiel sofort die unnatürlich schiefe Haltung der Maschine auf.

Als er sich bückte, wurde sein Verdacht zur Gewissheit. Die Reifen waren zerschossen!

Da war nichts mehr zu machen.

Selbst der so beherrscht wirkende Suko konnte nicht anders und stieß mehrere Flüche hintereinander aus, bevor er wieder in das Lokal zurücklief und sich dort zuerst ans Telefon hängte, ohne sich um andere Dinge zu kümmern.

Der Inspektor leitete eine Großfahndung nach dem entschwundenen Rolls-Royce ein.

Er gab eine Beschreibung des Wagens durch und vergaß auch nicht, die Gefährlichkeit seiner Insassen zu erwähnen. Er hoffte, alles richtig gemacht zu haben, legte auf und spürte die Berührung an seinem Arm.

Shao war zu ihm gekommen. Ihr Gesicht zeigte einen ernsten Ausdruck, aber ihre Augen strahlten Suko an. In ihnen war zu erkennen, wie sehr sich die Frau darüber freute, dass es ihr Freund geschafft hatte. Und sie hatte ihm etwas mitgebracht.

Auf beiden Händen trug sie den Würfel des Unheils oder vielmehr dessen Kopie.

»Wir haben ihn noch!«, sagte sie.

Suko streichelte ihre Wange. »Gib du auf ihn Acht«, sagte er, »ich muss mich um die anderen kümmern.«

»Es sieht schlimm aus«, flüsterte Shao.

Das erkannte Suko Sekunden später. Akim Samaran und sein Leibwächter Kamikaze hatten keine Rücksicht gekannt und rücksichtslos geschossen. Ein Mann war tot. Suko hatte noch gesehen, wie dieser von zwei Kugeln erwischt wurde. Drei weitere Gäste hatten Schussverletzungen. Einer davon war lebensgefährlich verletzt worden. Für ihn wurde es Zeit, dass der Arzt eintraf.

Lo King, der Besitzer des Lokals, saß auf einem Stuhl. Er beherrschte sich nur mühsam. Auf seiner Stirn glänzte der Schweiß, und immer wieder schüttelte er den Kopf, wobei er murmelte: »Ist es denn wahr? Ist es denn überhaupt möglich …?«

Er hörte erst auf, als er Suko sah.

»Ich muss mich entschuldigen«, sagte der Inspektor.

»Ach was. Du kannst nichts dafür. Hätte ich nicht das Messer geworfen, so sähe alles anders aus. Aber ich stand so günstig, und mit dem Messer kann ich prima umgehen. Das hat man mir als kleiner Junge beigebracht, weißt du. Ich hätte nur besser treffen sollen. Ich wollte ja seinen Hals erwischen, aber ich bin nicht mehr so im Training. Deshalb war es nur die Schulter.«

»Damit hast du mir das Leben gerettet.«

»Das stimmt, aber ein anderer ist gestorben. Ich hätte nicht gedacht, dass so etwas möglich ist …«

Lo King wurde vom Heulen der Sirenen unterbrochen. Die Polizei und die Ambulanz trafen zur gleichen Zeit ein.

Die Wagen stoppten mit kreischenden Reifen vor dem Lokal. Türen flogen auf, wurden wieder ins Schloss geschleudert. Tritte hämmerten auf den Treppenstufen, dann stürmten vier bewaffnete Beamte in das Lokal.

Suko ging ihnen entgegen und wurde auch erkannt. Die Mündungen der Waffen sanken nach unten.

»Euch brauchen wir nicht mehr«, erklärte der Inspektor. »Es ist eigentlich alles erledigt.« Sie traten zur Seite, um dem Arzt und seinen Helfern Platz zu schaffen.

»Hat es Tote gegeben?«, wurde Suko gefragt.

»Ja, einen.«

»Und Sie waren Zeuge, Inspektor?«

»Auch das.«

»Welches Motiv steckte hinter dem Überfall?«

Suko hob die Schultern. »Das hatte etwas mit mir und meiner Anwesenheit zu tun. Ich werde die Sache deshalb persönlich regeln. Sie brauchen sich darum nicht zu kümmern.«

»Sehr wohl, Inspektor.«

Suko ging zu Shao. Sie empfing ihn mit einem blassen Gesicht und einem nachdenklichen Nicken. »Es war wohl doch gut, dass Sir James vorgeschlagen hat, den Würfel in einem Panzerschrank des Yard zu verstauen. Da kommt auch ein Kamikaze so leicht nicht heran.«

»Im Nachhinein gebe ich dir Recht«, erwiderte Suko. »Ich werde zusehen, dass der Würfel so schnell wie möglich dorthin gelangt, wobei ich noch hoffe, dass die Großfahndung einen Erfolg zeigt.«

Diese Hoffnung trog. Sosehr sich die Fahndungsbeamten auch bemühten, den Rolls entdeckten sie nicht.

Der Würfel wurde zum Yard geschafft. Nur fuhren Shao und Suko nicht allein. Sir James Powell hatte ihnen einen Begleitschutz zugeordnet, der sie sicher ans Ziel brachte.

Dort verstauten Sir James und Suko den Würfel höchstpersönlich im Sicherheitstrakt des Yard …

Wladimir Golenkow warf mir einen schrägen Blick zu. »Willst du sie tatsächlich so vernichten?«

»Das ist die beste Möglichkeit.«

»Wenn du meinst.«

Ich hatte während unseres Dialogs die Gegner nicht aus den Augen gelassen. Sie waren mittlerweile wieder höher gestiegen und zeigten kein Interesse an uns, denn sie drehten einfach ab.

So leicht wollte ich es ihnen nicht machen. Als ich ausholte, trat Wladimir sicherheitshalber zur Seite, um von der silbernen Banane nicht erwischt zu werden.

Ich zielte noch einmal und schaute dabei genau nach, wie ich den Wurf ansetzen musste. Die silberne Banane musste von unten nach oben schräg in die Höhe steigen, damit sie in das sich weiter entfernende Ziel hineinsägen konnte.

Da sich die beiden Leichen und der Mensch noch bewegten, hielt ich nicht genau auf die Körper zu, sondern ein wenig davor. So musste ich einfach treffen.

Wuchtig schleuderte ich meinen Arm nach vorn, öffnete die Faust, und der Bumerang verließ meine Hand.

Gespannt und auch staunend schauten der Russe und ich der fliegenden Banane nach. Sie drehte sich nur zweimal und traf dann voll.

Das war ein gewaltiger Schlag.

Er schüttelte nicht allein einen Toten durch, nein, seine Kraft übertrug sich auch auf den anderen und auch auf ihren Herrn und Meister, der tot zwischen ihnen hing.

Wie eine Säge wirkte der Bumerang. Ich hatte dieses Phänomen schon öfter erlebt und war deshalb nicht überrascht, aber hier schlug die Waffe keinen Kopf vom Körper, sie zerteilte und erwischte auch noch den zweiten Toten.

»Das ist nicht zu fassen!«, flüsterte Wladimir Golenkow und schüttelte den Kopf.

Er und ich schauten zu, was mit unseren Gegnern geschah.

»Jetzt müssen sie fallen!« Der Russe zischte die Worte. Er stand unter einer gewaltigen Spannung, hatte die Arme angewinkelt und die Hände zu Fäusten geballt.

Sie fielen.

Wie Bruchstücke kippten sie in die Tiefe und schlugen zwischen den Trümmern auf.

Wir hatten ihren Fall verfolgt. Kaum waren sie aufgeprallt, als Wladimir nicht mehr zu halten war, über die durcheinander liegenden Gesteinsbrocken und Holzteile hinwegstieg, sodass er die Aufschlagstelle rasch erreichte.

Ich nahm zunächst meinen Bumerang an mich, bevor ich ihm folgte und neben ihm stehen blieb.

Der Russe deutete auf die Reste. »Da ist wohl nichts mehr zu machen.«

»Das meine ich auch«, bestätigte ich.

Er nickte. »Gut, wahrscheinlich muss ich dafür sorgen, dass sie begraben werden. Und was machen wir jetzt?«

»Nichts.«

»Denkst du nicht an Homunkulus?«

»Die ganze Zeit über, aber finde du mal ein ganz bestimmtes Sandkorn in der Sahara.«

Golenkow schlug mir auf die Schulter. »Im Prinzip, John, hast du Recht. Fragt sich nur, ob wir jetzt die Verlierer oder die Gewinner sind? Was meinst du?«

»Beides, alter Freund«, erwiderte ich. »Wir sind beides. Wie schon so oft …«

Auch ich bekam zu spüren, welche Beziehungen Wladimir Golenkow hatte. Bei den tschechischen Behörden wurden wir mit größter Höflichkeit behandelt. Niemand stellte Fragen, jeder Wunsch wurde sofort erfüllt. Vor allen Dingen nahm man den Friedhof genauer unter die Lupe, ohne allerdings das Menschlein zu finden. Es war einfach zu schlau, besaß nun noch mehr Kräfte und würde diese sicherlich gezielt einsetzen.

»Trink, das reißt dich aus deinen trüben Gedanken!« Wladimir schob mir die Flasche Wodka und das Glas zu.

Ich schenkte mir einen Doppelten ein, kippte ihn weg und kam zu der Überzeugung, dass Whisky doch besser schmeckte. »Kann ich denn mal telefonieren?«, fragte ich.

»Natürlich, wohin?« Golenkow schob den schwarzen Apparat über den Tisch.

»Nach London.«

»Das müssen wir anmelden, aber auch in einem sozialistischen Land ist vieles möglich, wenn es auch meist länger dauert als bei euch.«

»Ich habe Zeit.«

Telefonieren wollte ich mit Suko. Dabei war es mir egal, ob ich ihn aus dem Schlaf riss. Er musste einfach wissen, was hier in Prag gelaufen war und dass wir uns wieder einmal auf einen neuen Gegner, den Homunkulus, einstellen konnten.

Nach einer halben Stunde stand die Verbindung, und Sukos Stimme klang überraschend wach, als er sich meldete.

»Bist du noch auf?«

»Fast.«

Ich lachte. »So gut möchte ich es auch einmal haben. Ich schlage mich hier mit schwebenden Leichen herum, mache nebenbei noch eine Zeitreise, lerne den Schnitter kennen ...«

»Und ich wäre fast reif für den Friedhof gewesen.«

»Wieso?« Plötzlich saß ich gespannt. Und ich hörte eine Geschichte, die mir im Nachhinein noch eine Gänsehaut über den Rücken trieb.

»Ja«, sagte Suko. »Nur so viel zu den durchwachten Nächten. Aber jetzt steht der Würfel sicher.«

»Falls man überhaupt bei ihm von einer Sicherheit reden kann. Ich bin ja in einigen Stunden wieder in London, dann sehen wir weiter.«

»Und was hat es bei dir gegeben?«

»Später, Suko, dann erzähle ich dir alles. Und bestell Shao einen Gruß.«

Ich legte auf und sah den fragenden Blick des Russen auf mich gerichtet. »Probleme, John?«

Ich lächelte spartanisch. »Probleme?«, wiederholte ich und schüttelte dabei den Kopf. »Eigentlich nicht«, erwiderte ich müde. »Wenigstens nicht mehr als sonst ...«

ENDE

Londons Gruselkammer Nr. 1

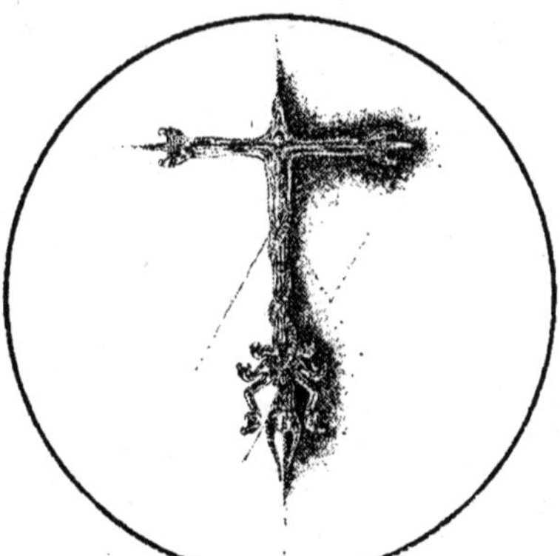

Prag lag hinter mir, die schwebenden Leichen ebenfalls, aber das Grauen sollte mir in dieser Nacht begegnen, wenn es stimmte, was ich erfahren hatte.

Jemand war unterwegs, um mich zu töten. Ich erinnere mich noch deutlich an den Anruf, der mich im Büro erreichte. Zuerst hatte ich ihn nicht recht einordnen können.

Die Stimme war verstellt gewesen. »Sinclair, ich habe dich, ich kriege dich. Er wird kommen, und zwar in der folgenden Nacht. Wohin du dich auch verkriechst, er folgt dir und wird dich finden.«

Mehr war mir nicht mitgeteilt worden. Der andere hatte kurzerhand aufgelegt und mich mit meinen Gedanken allein gelassen. Natürlich hatte ich mit Suko darüber gesprochen. Keiner von uns war der Ansicht, einem Spinner auf den Leim gegangen zu sein. Es war einfach zu viel in der letzten Zeit geschehen.

»Und du hast die Stimme wirklich nicht erkannt?«, fragte mein Partner.

»Ja und nein.«

Suko setzte sich mir gegenüber auf den Schreibtischstuhl. »Also doch, wenn ich dich …«

»Du verstehst mich falsch. Alles, was ich sage, beruht auf reinen Vermutungen.«

»Lass trotzdem hören!«

Ich beugte mich vor. »Akim Samaran!«

Suko lachte. »Das hätte ich dir auch sagen können, ohne mit dem Mann gesprochen zu haben.«

»So einfach ist das nicht!«, widersprach ich. »Der hatte seine Stimme verstellt.«

Suko winkte ab. »Den erkennt man doch immer.« Er schlug mit der flachen Hand auf den Schreibtisch. »Wenn du schon Bescheid weißt, John, sag mir, was du machen willst.«

Ich hob die Schultern. »Was bleibt mir anderes übrig, als auf ihn zu warten?«

»Ohne Schutz?«

»Ja.«

»Da bin ich gegen.«

Ich zündete mir eine Zigarette an und fragte: »Wieso denn das?«

»Ganz einfach. Wenn es tatsächlich Akim Samaran ist, der dir an den Kragen will, unternimmt er nichts allein, sondern bringt seinen Leibwächter Kamikaze mit. Und was der an Brutalität draufhat, haben Shao und ich vor zwei Tagen erlebt. Das war mehr als schlimm. Der hätte alle Menschen in dem Restaurant getötet, darauf kannst du dich verlassen. Wenn es noch die Mordliga geben würde, wäre Kamikaze ein ideales Mitglied. An Brutalität steht er den Ehemaligen in nichts nach.«

»Ich gebe dir Recht.«

»Wunderbar«, meinte Suko mit einem Lächeln. »Dann wirst du dich bestimmt nicht ohne Schutz ...«

»Ich schütze mich selbst. Ich werde diesen Tag fast so beenden, wie ich es mir vorgenommen habe.«

»Und was heißt *fast*, wenn man mal fragen darf, großer Geisterjäger?«

»Ich verzichte nach Feierabend und in meiner Wohnung auf einen Schlummertrunk.«

»Das ist alles?«

»Ja.«

Suko zog die Stirn kraus. »Und so bereitest du dich auf Kamikaze vor?«, fragte er lauernd.

Ich holte tief Luft. »Es steht noch längst nicht fest, dass ich es mit Kamikaze zu tun bekomme. Ich kann deine Aversion gegen ihn ja verstehen, aber du hast ...«

»Nichts habe ich«, unterbrach er mich ungewohnt heftig. »Ich habe ihn nur erlebt, das ist alles.«

Kein Wort des Vorwurfs drang über meine Lippen. Ich war in dem Chinarestaurant nicht dabei gewesen, als der Killer so fürchterlich gewütet hatte. Dieser Vorgang war dem Inspektor schwer an die Nieren gegangen. Ebenso wie ich hasste er Gewalt, besonders dann, wenn sie sich gegen Wehrlose richtete.

Suko versuchte es mit einem Friedensangebot. »Lass mich wenigstens bei dir bleiben«, bat er.

»Weshalb?«

»Dumme Frage. Da steht noch eine Rechnung offen. So weit wie ein Scheunentor.«

Ich schüttelte den Kopf und drückte gleichzeitig die Zigarette aus. Suko kannte mich. Er stellte keine weiteren Fragen mehr, spielte allerdings auch nicht den Beleidigten und ging zur Tagesordnung über.

Die sah überhaupt nicht gut aus, denn wir hatten noch an den Folgen des letzten Falles zu knacken. Der hatte mich in die Tschechei geführt. Dort war mir bewusst geworden, dass in der Faust-Sage einiges an Wahrheit verborgen ist. Es war mir nämlich gelungen, den kleinen Menschen, den Homunkulus, zu finden.

Zu gern hätte ich ihn nach London mitgenommen und hier meinetwegen untersuchen und analysieren lassen, aber das Menschlein war mir entwischt, obwohl ich es im Gefühl hatte, dass wir mit ihm noch Ärger bekommen würden.

In der letzten Zeit hatte sich sowieso einiges geändert. Seitdem ich den zweiten Würfel, der dem Original aufs Haar glich, besaß, war vieles anders geworden. Wir konnten durch diesen Quader dem Spuk, der das Original besaß, Paroli bieten. Aber auch er wusste, in wessen Hand sich der zweite Würfel befand, und nicht umsonst hatte er seinen treuen Helfer Akim Samaran losgeschickt, um uns den Würfel abzunehmen.

Das war ihm nicht gelungen. Jetzt lag er verschlossen in den Panzerschränken des Yard, obwohl dies auch keine hundertprozentige Sicherheit war, wie ich aus Erfahrung wusste.

Einmal erkundigte sich Suko noch kurz vor Feierabend, ob ich meinen Entschluss nicht doch noch ändern wollte.

Ich blieb dabei.

Und so hockte ich allein in der Wohnung und wartete auf die Erfüllung des Versprechens, das mir der fast Unbekannte angedroht hatte. Natürlich machte ich mir meine Gedanken, und ich fragte mich, wie jemand so dumm sein konnte, den Mann erst noch zu warnen, den er umbringen wollte. Das war doch Wahnsinn hoch drei.

Nein, da musste etwas anderes dahinter stecken. Mit dieser Warnung verfolgte der Typ, der mit mir telefoniert hatte, sicherlich völlig andere Pläne, von denen ich keine Ahnung hatte.

Allmählich schwand der Tag. Die Helligkeit wurde von den langen Schatten und Nachtwolkenbänken der Dämmerung zurückgedrängt, aber in London hörte das Leben noch längst nicht auf. Vor allen Dingen im Juni nicht. Da wurde so manche Nacht zum Tag gemacht.

Das Telefon meldete sich. Ich hatte am Fenster gestanden, drehte mich um und lief auf den Apparat zu. Ich war gespannt, ob es wieder der Unbekannte war.

Bevor ich mich melden konnte, hörte ich bereits die Stimme meines Freundes Suko. »Etwas Neues?«

Ich stöhnte auf und verdrehte gleichzeitig die Augen. »Ja, man hat mir sieben Monster geschickt, die bereits im Haus sind, aus sieben verschiedenen Richtungen kommen und mich in sieben Stücke hacken wollen. Sonst noch was, du männliche Amme?«

»Das war's.«

»Dann schlaf gut.«

Ich hörte sein Lachen noch, als ich bereits aufgelegt hatte. Diesmal wollte ich mich setzen, kam aber nicht dazu, weil sich der verdammte Apparat schon wieder meldete.

Suko konnte es nicht sein. Ich hob ab und sagte sicherheitshalber kein Wort.

Dafür sprach der andere. »Hallo, Sinclair, ich bin es. Der, der dir den Killer schickt. Und weißt du was?«

»Nein!«

»Er ist bereits unterwegs.«

»Wie schön für ihn«, erwiderte ich.

Der Unbekannte lachte. »Spotte nicht! Ich will deutlicher werden. Er befindet sich schon in dem Haus, in dem du deine Bude hast.«

War es ein Bluff?

Daran wollte ich einfach nicht glauben. Wenn ich daran dachte, dass viele unschuldige Personen innerhalb der

Mauern lebten, war mir überhaupt nicht wohl. Aus Sukos Erzählungen wusste ich, wie wenig Rücksicht Kamikaze kannte. Er hatte es zwar auf mich abgesehen, aber bei ihm konnte man nie wissen. Der drehte auch durch, nahm andere als Geiseln und störte sich auch nicht daran, wenn es zu einer Panik kam. Was dabei passieren konnte, hatte ich vor kurzem gesehen, als es in Brüssel während eines Fußballspiels zu grauenvollen Ausschreitungen gekommen war.

Da ich überlegte und demnach schwieg, fühlte sich der andere bemüßigt, etwas zu sagen. »Na, Geisterjäger, hat es dir die Sprache verschlagen? Oder weshalb sagst du nichts?«

»Ich spreche nicht mit Leuten, deren Namen ich nicht kenne«, erwiderte ich.

Er lachte ins Telefon. »Du wirst mich kennen, und du wirst mich noch besser kennen lernen, das verspreche ich dir. Ich habe besondere Überraschungen für dich. Wie gesagt, die erste befindet sich bereits in deinem Haus. Viel Spaß noch.«

Damit legte er auf. Ich starrte auf den Hörer, als könnte er mir eine Antwort geben. Diesmal hatte ich länger mit dem angeblich Unbekannten gesprochen und war davon überzeugt, dass ich ihn kannte. Zwar war ich mir nicht hundertprozentig sicher, doch so redete nur einer:

Akim Samaran!

Er hatte in letzter Zeit einiges einstecken müssen, und es war klar, dass er nicht aufgab. Zudem war er der Letzte der Großen Alten. Zu aller Überraschung war dieser Namenlose der Spuk gewesen, und er hatte sich Samaran als Killer ausgesucht. Diesen gefährlichen Perser, der schon dem Teufel gedient, ihm dann jedoch abgeschworen hatte, um sich dem Spuk zuzuwenden.

Jetzt wollte er den zweiten Würfel besitzen, da sich der erste in der Hand des Spuks befand.

Welches Unheil man mit diesem Würfel anstellen konnte, war kaum in Worte zu fassen. Durch seine Hilfe war praktisch alles möglich. Mir wurde es mehr als einmal heiß und kalt, wenn ich darüber nachdachte.

War dieser Würfel allmächtig?

Eine nicht unberechtigte Frage. Ich hatte mal gehört, dass er in der Lage sein sollte, die Welt aus den Angeln zu heben und sie völlig zu verändern, doch durch das Duplikat entstand zum Glück ein gewisses Gegengewicht, sodass sich das Grauen in gewissen Grenzen hielt.

Die Warnung war deutlich genug gewesen. Und ich glaubte auch daran, dass sich der Helfer Akim Samarans bereits im Haus befand. Suko hatte ja die meiste Bekanntschaft mit Kamikaze gemacht. Seinen Worten durfte ich durchaus trauen.

Kamikaze war so brutal und gnadenlos, dass man ihn kaum mehr als Mensch bezeichnen konnte. Er ging über Leichen, killte, folterte und war eine Ausgeburt der Hölle.

Bisher hatte ich damit gerechnet, das Problem allein bewältigen zu können. Allmählich bauten sich die ersten Zweifel auf, und ich musste Suko Recht geben. Es wäre Wahnsinn gewesen, sich diesem Killer allein zu stellen. Schließlich wohnte Suko nebenan. Er konnte mich bei meinen Plänen unterstützen.

Ich telefonierte mit ihm. Dabei wusste ich, dass Suko auf den Anruf gewartet hatte. Er saß gewissermaßen auf heißen Kohlen, in Wartestellung, nahm sofort ab.

»Du hattest Recht«, sagte ich.

»Aha. Und wieso?«

»Er hat sich wieder bei mir gemeldet und mir gesagt, dass sich der Killer bereits im Haus befindet.«

Nach dieser Information war es ruhig. Das hatte Suko nun doch die Sprache verschlagen. »Wen hat er denn geschickt?«, fragte mein Freund nach einer kurzen Pause des Nachdenkens.

»Ich weiß es nicht.«

»Bestimmt Kamikaze.«

»Gesagt hat er davon nichts«, erwiderte ich. »Deshalb will ich mich auch nicht festlegen.«

»Was machen wir?«

»Auf jeden Fall müssen wir uns umschauen.«

»Richtig«, erklärte Suko. »Nur eines macht mich mehr als stutzig.«

»Und das wäre?«

»Diese Warnung. Wenn er uns killen will, weshalb ruft er dich dann so oft an?«

Eine Antwort konnte Suko von mir nicht bekommen. Das sagte ich ihm klar und deutlich.

»Da steckt mehr dahinter, als wir bisher annehmen«, erklärte der Inspektor. Seine Stimme hatte eine so große Überzeugungskraft, dass ich nicht widersprach.

»Kommst du rüber, John?«

»Sicher.«

Bevor ich die Wohnung verließ, überprüfte ich meine Waffen. Das Magazin der Beretta war gefüllt, das Kreuz hatte ich auch, leider nicht den zweiten Würfel, denn auf ihn hätte ich mich gern verlassen. Was braute sich da nur zusammen? Es lag wie eine Drohung über meinem Kopf, leider noch unsichtbar, aber das Netz verdichtete sich von Minute zu Minute, das konnte ich fühlen.

Es war wieder einmal der berühmte Kloß im Magen oder das kalte Gefühl im Nacken, das mich überkommen hatte. Immer wenn eine Entscheidung anstand oder Gefahr drohte, meldete es sich.

Eine leichte Sommerjacke, kaum schwerer als ein Hemd, streifte ich mir über, bevor ich die Wohnungstür aufzog. Meine Hand lag noch auf der Klinke, als es geschah.

Urplötzlich verlöschte das Licht!

Ich stand im Dunkeln und dachte sofort an eines: Das musste ein totaler Stromausfall sein.

Zwar hatte ich dafür keinen Beweis bekommen, aber ich ließ mein Gefühl sprechen und öffnete auch die Tür, wobei ich in einen dunklen Gang schaute, in dem nur ein schwaches Licht brannte, die Notbeleuchtung. Demnach musste es im ganzen Haus so aussehen. Dies bewies, dass nichts mehr funktionierte.

Kein Fahrstuhl funktionierte mehr, kein Kühlschrank, keine Gefriertruhe, kein Elektroherd. Mir war nicht bekannt, wie viele Menschen sich in den Wohnungen aufhielten. Waren der erste Schock oder die anfängliche Überraschung einmal vorbei, konnte man für nichts mehr garantieren. Dann verließen die Bewohner ihre Zimmer, würden sich auf dem Flur zusammenfinden, miteinander reden, nach Gründen suchen oder Ursachen forschen.

Totaler Stromausfall!

Vor Jahren war New York schon einmal ohne Strom gewesen. Das Chaos regierte in der Riesenstadt. Ich hoffte, dass diesmal nur unser Haus betroffen war.

Und in der Dunkelheit lauerte der Killer, von dem außer Shao, Suko und mir keiner etwas ahnte. Er konnte sich jede Geisel nehmen, die er wollte. Sein tödlicher Schatten war nicht auszumachen, deshalb gab es für Suko und mich nur eine Lösung.

Wir beide – und auf uns kam es schließlich an – mussten so rasch wie möglich das Haus verlassen.

Das war mir in wenigen Sekunden durch den Kopf geschossen, als ich sah, dass neben mir eine Tür geöffnet wurde. Zwei Gestalten erschienen. Es waren Shao und Suko.

Mein Freund drängte seine Partnerin zurück. »Bleib du in der Wohnung«, erklärte er. »Der oder die haben es allein auf uns abgesehen. Das hast du ja bemerkt.«

»Ist gut.«

Ich ging auf Suko zu. Irgendwo hinter uns wurden auch Türen geöffnet. Stimmen schrien durcheinander. Der Ruf nach einem Elektriker wurde laut, andere beschwerten sich lautstark über die verdammte Technik, und aus einer der über uns liegenden Etagen hörte ich ein brüllendes Lachen.

Um all die Dinge kümmerten wir uns nicht. Suko und mir war klar, dass dieser Stromausfall allein uns galt. »Und nur wir können etwas dagegen tun«, erklärte mein Partner.

»Indem wir verschwinden.«

Er hatte den gleichen Gedanken gehabt wie ich. Raus aus dem Haus, das war am besten!

Wenn das Haus nicht mehr mit Energie versorgt wurde, fuhren auch keine Fahrstühle. Uns blieb einzig und allein der Weg über die Treppe nach unten.

Ich war ihn schon öfter gegangen, denn dieses Haus hier war nicht zum ersten Mal als dämonische Zielscheibe erwählt worden. Auf dem langen Weg nach unten konnten zahlreiche Gefahren lauern, darüber waren wir uns im Klaren, und damit rechneten wir auch. Vielleicht hatten unsere Gegner gerade dies gewollt.

Wie dem auch war, es würde dauern, bis ein Reparaturtrupp eintraf, und so lange hatten wir keine Zeit.

»Hat der Anrufer nicht gesagt, der andere wäre bereits im Haus?«, fragte Suko.

»Ja.«

»Dann könnte er auch hier oben sein«, gab mein Freund zu bedenken. Er deutete in die Tiefe des Ganges. »In der Düsternis kann er sich vor uns versteckt halten, ohne dass wir ihn sehen.«

Einer der Flurnachbarn lief herbei. Der Mann kam wie ein heller Schatten. Erst als er vor uns stand, sahen wir, dass er eine weiße Hose und ein ebenfalls weißes Hemd trug. »Haben Sie diese Scheiße hier wieder zu verantworten?«, fuhr er uns an und strömte gleichzeitig eine Whiskyfahne aus.

»Was meinen Sie damit?«, fragte ich scharf.

Er hob seinen Kopf und schob das Kinn aggressiv vor. »Sie sind doch ein Bulle, und die stehen immer auf der Abschussliste, wie ich gehört habe.«

»Dann haben Sie eben falsch gehört«, erklärte ich. »Bitte, gehen Sie in Ihre Wohnung und verhalten Sie sich ruhig. Der Hausmeister wird dafür sorgen, dass bald ein Reparaturtrupp erscheint. Klar?«

»Der Affe da unten?«

»Gehen Sie!«, verlangte auch Suko. Er hatte so gesprochen, dass der andere zusammenzuckte und sich verzog.

»Ein widerlicher Kerl!«, flüsterte mein Freund.

Ich tippte ihn an. »Komm, lass uns zur Treppe gehen!«

Suko wollte noch nicht. »Beide zusammen?«

»Wieso?«

»Vielleicht sollten wir uns trennen.«

»Es gibt nur den einen Aufgang.«

»Das ja«, gab Suko zu. »Außerdem meine ich es nicht so. Einer von uns könnte hier auf dem Gang bleiben und warten. Wenn dieser Kamikaze ...«

Ich lachte leise. »Du rechnest noch immer mit ihm?«

»Sicher.«

»Und wer soll hier oben bleiben?«

»Ich«, erklärte Suko. »Schließlich habe ich mehr mit ihm zu tun gehabt als du – und auch noch eine alte Rechnung zu begleichen. Ich könnte zum Beispiel in deiner Wohnung auf ihn warten.«

Sukos Vorschlag hatte einiges für und etwas gegen sich. Schlecht war es, wenn wir getrennt wurden, andererseits mussten wir mit allen Tricks unserer Gegner rechnen und möglichst versuchen, uns irgendwie darauf einzustellen.

»Was sagst du?«, fragte Suko.

»Einverstanden.« Als demonstrative Geste bekam er von mir ein Nicken. Den Schlüssel zu meiner Wohnung brauchte ich ihm nicht zu geben, Suko besaß selbst einen.

»Ich bin scharf auf Kamikaze«, sagte er. »Du musst ihn erlebt haben, John, um mich verstehen zu können.« Suko stand in der Düsternis des Flures und rührte sich nicht. Er wirkte wie ein gefährliches Denkmal.

»Übernimm dich nur nicht«, warnte ich ihn. »Dein Übereifer macht mir fast Angst.«

»Lass mal, ich werde mich schon zusammenreißen. Sieh du nur zu, dass du gut durchkommst.« Suko hob winkend den Arm, drehte sich ab und schritt auf meine Wohnungstür zu.

Ich strich meine Haare zurück. Einfach war es nicht. Allerdings teilte ich Sukos Meinung nicht, dass unbedingt Kamikaze zu mir kommen musste. Es konnte auch jemand anderer sein, der in Samarans Diensten stand. Dessen Mittel waren unbegrenzt.

Es wurde leider nicht besser, je mehr Zeit auch verstrich. In den Fluren hatten sich die Bewohner des Hauses versammelt und diskutierten. Sie redeten auch auf mich ein, denn nicht wenige wussten, dass ich beim Yard war.

Noch vor dem Erreichen des Treppenhauses wurde ich

einige Male angesprochen. Manche redeten vorwurfsvoll auf mich ein. Es hörte sich an, als wollten sie mich für die Ereignisse verantwortlich machen. Ich wehrte alle Fragen ab und beruhigte die Leute mit der Information, dass die Reparaturtrupps bestimmt bald eintreffen würden und man sich keine Sorgen zu machen brauchte.

»Am besten ist es, wenn Sie wieder zurück in die Wohnungen gehen«, schlug ich vor.

»Und dann?«

»Warten Sie ab«, erwiderte ich auf die aggressive Frage eines Mannes. »Mehr nicht. Vielleicht zünden Sie ein paar Kerzen an und machen sich einen gemütlichen Abend.«

»Verzichte, Mister.«

»Das ist Ihr Problem«, sagte ich im Weitergehen. Ich drückte mich an zwei Frauen vorbei und lächelte noch einem kleinen Mädchen zu, das mich ängstlich anblickte.

Zum Schacht des Treppenhauses führten breite Türen. Sie bestanden jeweils aus zwei Hälften, die mit einem dicken Glaseinsatz gefüllt waren. Ich umschloss den viereckigen Griff mit den Fingern und zog die Tür auf. Sie schwang mir langsam entgegen.

In den letzten Tagen war es schon heiß gewesen. Im Flur hatte sich die Luft gestaut. Sie wehte mir entgegen wie heißer Dampf, der mir schnell den Schweiß aus den Poren trieb.

Hinter mir schwappte die Tür wieder zu. Ich stand in dem halbdunklen Flur und lauschte in die Stille hinein. Kein Laut drang dabei aus der Tiefe an meine Ohren.

Dies empfand ich als positiv, denn so konnte ich davon ausgehen, dass sich dort niemand aufhielt. Die Bewohner schienen zu »faul« zu sein, ihre Wohnungen zu verlassen und den Weg über die Treppe zu nehmen. Das kam mir nur entgegen.

Am Tage fiel Licht durch die breiten Glasbaufenster, die sich zwischen den Absätzen befanden. In der Nacht drang kaum Helligkeit in den Flur. Es war zwar nicht stockfinster, doch sehr düster. Schatten lagen wie lange Schleier im Hausflur.

Ich bewegte mich vorsichtig auf die Treppe zu. Nur keine

unnötigen Geräusche verursachen, so lautete meine Devise. Wenn jemand auf mich lauerte, sollte er mich nur nicht zu früh bemerken.

So ging ich auf Zehenspitzen weiter, ließ den ersten Treppenabsatz hinter mir, blieb stehen und schaute über das Geländer hinweg in den tiefen Schacht.

Er verlor sich in der Dunkelheit. Ziele konnte ich nicht erkennen. Das gesamte Treppenhaus konnte einem Gegner als Deckung dienen.

Ich lief weiter. Noch immer sehr vorsichtig und leise. Meine rechte Hand lag auf dem Geländer. Die Fläche schleifte darüber hinweg, der Schweiß machte beides glatt.

Wenn ich Stimmen hörte, dann nur sehr schwach. Die dicken Mauern dämpften sie stark. Irgendwo schlug auch eine Tür. Das war unter mir geschehen. Schwache Tritte klangen zu mir hoch.

Irgendwo mussten sich Bewohner im Treppenhaus aufhalten. Ich hörte sie nach unten laufen; die Schritte verklangen.

Natürlich wussten die anderen nicht, welche Gefahr möglicherweise auf sie lauerte. Ich wollte auch keine offizielle Warnung aussprechen, dies hätte zu leicht zu einer Panik führen können. So bewegte ich mich möglichst leise weiter und achtete auf jede verdächtige Bewegung.

Es war nur mein Schatten an der Wand, der mich stets begleitete.

Nicht zum ersten Mal hielt ich mich im Treppenschacht dieses hohen Hauses auf. Die Regel war es nicht, wenn ich so nach unten schlich, dann lag immer etwas in der Luft. Auch hier merkte ich, dass es anders geworden war, trotz der so »normalen« Umgebung.

Etwas wartete auf mich, da lauerte jemand in der Tiefe, vielleicht eng an die Wand gepresst und nur darauf wartend, dass ich ihm vor die Mündung irgendeiner Waffe lief.

Nahe der Wand ging ich weiter. Von den Stimmen hörte ich nichts mehr.

Die Bewohner mussten das Treppenhaus verlassen haben, was mir sehr lieb war.

Oder hätte ich doch oben bleiben sollen? In der Wohnung warten, bis jemand kam?

Keine Ahnung, was besser gewesen wäre. Zum Glück konnte ich mich auf Suko verlassen.

Schatten und eine fahle Düsternis wechselten sich ab. Die Nacht war klar, mondhell, hinzu kamen die Lichter der Großstadt.

Eigentlich sahen die Schatten gleich aus, nur einer nicht, und der bewegte sich.

Ich stand noch auf der Treppe. Es waren vielleicht vier bis fünf Stufen bis zum nächsten Absatz, als sich links von mir eine Gestalt von der Wand löste.

War er das?

Sofort stoppte ich meinen Schritt, schaute sehr genau hin und stellte fest, dass dieser Typ sich ungewöhnlich bewegte. Ein wenig eckig, so roboterhaft wie ein künstlicher Mensch.

Ich hielt den Atem an und dachte darüber nach, ob er mich schon entdeckt hatte. Wenn ja, musste er einfach etwas tun.

Das geschah noch nicht. Er blieb stehen, schaute zu mir hoch und erwartete mich.

Ja, das musste er sein!

Ich blickte ihm entgegen. Von oben nach unten starrte ich ihn an und wartete auf eine Reaktion, die noch ausblieb. In der Finsternis sah ich zwar seine Umrisse, ob er bewaffnet war oder nicht, konnte ich jedoch nicht feststellen.

Aus der Tasche holte ich die kleine Lampe hervor. Ich überstürzte nichts, keine Bewegung, die ihn unsicher und aggressiv machen konnte. In der linken Hand behielt ich die Lampe, schaltete sie ein und schwenkte den Strahl ein wenig nach rechts.

Mitten hinein stach er in ein grauenvolles Gesicht!

Es war weder zerhackt noch irgendwie gekennzeichnet. Trotzdem kam es mir auf seine Art und Weise einfach grauenvoll vor, denn es zeigte eine nahezu perverse Glätte. Faltenlos, ohne Makel, ohne Riss und dabei so glänzend, dass der dünne Lampenstrahl von seinen Wangen reflektiert wurde.

Ein Mensch?

Er hatte sich bewegt, war aus der Deckung hervorgekommen und hielt sich starr stehend auf dem Treppenabsatz auf.

Kamikaze jedenfalls war es nicht. Seltsamerweise gab mir dies kein Gefühl der Beruhigung. Den Killer konnte ich einstufen, da wusste ich, woran ich im Prinzip war. Diesen Kerl jedoch sah ich und wartete praktisch darauf, dass er etwas tat.

Die tiefer als gewöhnlich in den Augen liegenden Höhlen hatten sich dem Ausdruck des Gesichts angeglichen. Sie schauten mich ebenso starr an, und ich ließ den dünnen Lichtfinger weiter nach unten gleiten, um auch etwas von der Gestalt des anderen sehen zu können.

Seine Kleidung machte mich stutzig. Als Kleidung wollte ich es kaum bezeichnen, denn was ich da zu sehen bekam, waren alte Lumpen, Wamse und Oberteile aus brüchigem Stoff. Die Arme lagen frei, die Füße steckten in alten Stiefeln, die Hose sah aus wie ein enger Strumpf. Auf dem Kopf wuchs wirres Haar von undefinierbarer Farbe, dessen Strähnen auch in die glatte Stirn hingen.

Das alles sah ich innerhalb weniger Sekunden, und der andere rührte sich auch nicht. Dann fiel mir noch etwas auf. Vielleicht das wichtigste Detail.

Der Mann war bewaffnet.

Seine Hände umklammerten einen dicken Holzstab, dessen Ende er auf den Boden gestützt hatte. Der Stab lief nach oben hin breiter zu, hatte aber keine Metallspitze, sodass man ihn nicht als Lanze bezeichnen konnte, sondern als Stock.

Und so stand er vor mir.

Abwartend, regungslos, während ich darüber nachdachte, ob ich es mit einem Menschen zu tun hatte.

Ich ging eine Stufe vor. Es hatte keinen Sinn, stehen zu bleiben und nur zu starren. Mein Gegner bewegte sich nicht, er zuckte erst zusammen, als ich noch eine Stufe hinter mich gelassen hatte. Dabei ging er zurück und hob seinen Stock an.

Auch dies geschah nicht mit einer eleganten Bewegung. Es wirkte eckig und irgendwie verkrampft.

Dann schlug er zu.

Damit hatte ich kaum gerechnet. Plötzlich war er schnell geworden. Ich sah den Stock auf mich zuhuschen, drückte meinen Körper zurück und hatte trotzdem das Pech, getroffen zu werden, denn das Ende der Holzstange fuhr über meine Brust und stieß mich zurück. Ich stolperte, verlor das Gleichgewicht und landete auf meinen vier Buchstaben.

Zum Glück, musste ich sagen, so verfehlte mich der nächste Hieb. Am Gesicht spürte ich zwar den Luftzug, der Stock selbst hämmerte gegen die Längsstäbe des Geländers und ließ sie dröhnen und singen, denn ihr Schall pflanzte sich durch das Treppenhaus fort.

Der erste Treffer hatte mir kaum Schmerzen zugefügt, mich dafür wütend gemacht, und das wollte ich dem Kerl heimzahlen. Gesprochen hatte er noch immer nicht, dafür holte er zum dritten Mal aus. Diesmal schlug er von oben nach unten.

Es war eigentlich nicht er selbst, der mir irgendwie Beklemmung einjagte, sondern die erschreckende Lautlosigkeit, die seine Aktionen begleitete. Nur das Pfeifen dieser verdammten Stange war zu hören, wenn sie die Luft teilte.

Auf der Treppe sprang ich so zur Seite, dass ich mich mit dem Rücken gegen das Geländer drücken konnte. Vor mir raste der lange Knüppel entlang und krachte auf eine Stufenkante. Mit der rechten Hand stützte ich mich ab, gab mir den nötigen Schwung und sprang dem anderen Kerl entgegen. Mit den Beinen zuerst traf ich ihn.

Es war eine klassische Flanke gewesen, die den anderen von den Beinen riss.

Er kippte nach hinten, schlug hart auf, und ich vernahm dabei ein klatschendes Geräusch, als sein Hinterkopf auf den harten Stein des Treppenabsatzes schlug.

Dieses Geräusch schüttelte mich, und ich ballte meine Hände für einen kurzen Moment zusammen. Eigentlich hatte ich damit gerechnet, dass er liegen bleiben würde. Daran dachte er nicht, denn er rollte sich zur Seite und kam wieder hoch.

Auf seinem Knüppel stützte er sich ab.

Den trat ich mit dem rechten Fuß zur Seite. Die Stütze wirbelte weg, mein Gegner verlor den Halt und krachte abermals zu Boden. Auf den Rücken fiel er nicht. Er gelangte in eine sitzende Stellung, die ich sofort ausnutzte, denn mein rechter Fuß schnellte vor, und der Absatz traf ihn wuchtig an der Brust.

Ich befand mich an einer relativ günstigen Stelle, da durch das Fenster an der Seite ein wenig Helligkeit in den Treppenschacht fiel, sodass ich auch sein Gesicht erkennen konnte. Es war noch immer glatt und ausdruckslos geblieben. Es änderte sich auch nicht, als ich abermals zutrat und dieser Tritt dafür sorgte, dass er kopfüber und sich viele Male überschlagend die Stufen hinabrollte.

Die klatschenden Geräusche nahm ich noch wahr, ich hörte, wie er mit dem Schädel gegen die Kanten stieß, sich weiterhin überschlug, den nächsten Absatz erreichte und erst dort liegen blieb.

Blitzschnell bückte ich mich, hob den Stock auf und folgte ihm. Als er sich aufrichtete, stand ich noch auf der zweitletzten Stufe. Diesmal benutzte ich den Stock als Waffe.

Sein Ende rammte ich vor.

Es wuchtete gegen die Körpermitte des Mannes, drückte ihn wieder auf den Rücken, und ich kam mir vor wie ein Stabhochspringer, der einen Körper als Unterlage benutzte, um sich abzustützen.

Jetzt hätte er schreien oder zumindest das Gesicht verziehen müssen. Nichts dergleichen geschah. Das Gesicht blieb ausdruckslos, sosehr ich auch den Stab gegen ihn presste.

Dafür spürte ich etwas anderes.

Sein Körper gab nach.

Das heißt, es sank das untere Ende des Stockes in seine Brust, die auf einmal zu einer weichen Masse geworden war, in die ich den Stab hineindrehen konnte, als wäre dort ein Gewinde vorhanden.

Auf eine andere Art und Weise regte er sich, denn er hob beide Arme an und umklammerte den Stab im unteren Drittel. Mit seiner Kraft stemmte er sich gegen den von mir eingesetzten Druck und schaffte es auch, seinen Kopf in die Höhe zu drücken. Mehr gelang ihm nicht, da ich überhaupt nicht nachließ und durch meine eingesetzte Kraft es auch schaffte, den Stab tiefer in die Brust zu stemmen.

Es entstand ein Loch, eine Kuhle, die größer wurde, weil ich den Stab noch drehte.

Es war sehr brutal, das gab ich zu. Ich hätte es auch sonst nicht getan, wenn ich sicher gewesen wäre, einen Menschen vor mir zu haben. Das war hier nicht der Fall.

Dieses Wesen konnte kein Mensch sein, nicht mal ein Zombie, die reagierten anders.

Was war es dann?

Auf jeden Fall schwieg es, und nur mein Keuchen durchbrach die Stille. Ich hatte das Gesicht verzogen, die Lippen aufeinander gepresst, spürte plötzlich einen harten Widerstand, den ich auch trotz großer Anstrengung nicht durchbrechen konnte. Und ich wusste, dass ich es geschafft hatte.

Dieses Wesen vor mir war durchbohrt worden!

Mit einem Ruck riss ich die Holzstange aus seinem Körper hervor und trat zurück.

Kein Blut, keine gebrochenen Knochen, kein zerdrücktes Fleisch und auch keine Muskelreste sah ich. Dafür richtete sich der andere auf. Meine Augen weiteten sich, denn ich erkannte in seiner Brust das Loch, durch das ich schauen konnte.

Ja, er hatte ein Loch im Körper und lebte trotzdem weiter. Für mich ein gewaltiges Rätsel, über das ich nur den Kopf schütteln konnte, denn das wollte mir nicht in den Sinn.

An den Rändern des Loches steckten noch die Reste der Kleidung wie festgefressen.

Ich schaute ihn an, sah, wie er breitbeinig vor mir stand und dabei von einem Fuß auf den anderen schaukelte, weil er so das Gleichgewicht halten konnte.

Ein abstoßendes und gleichzeitig faszinierendes Bild, das er mir bot. Dem hätte ich auch den Schädel abschlagen können, und er hätte weitergelebt.

An wen war ich da nur geraten?!

Er griff mich an. Ein wenig linkisch, weil er nicht anders gehen konnte. Ich besaß den Knüppel, und den setzte ich auch ein. Zwei Stöße erwischten ihn.

Der erste trieb ihn nach hinten, der zweite nach rechts, sodass er gegen das Geländer stieß. Wiederum pflanzte sich das Dröhnen fort, und mein Gegner bekam auch jetzt Schwierigkeiten mit dem Gleichgewicht.

Ich setzte einen dritten Stoß hinterher.

Er war nicht das endgültige Aus, aber er trieb diese Mischung aus Kunstmensch und Zombie die Stufen der Treppe hinab, wo er sich nicht mehr halten konnte, mit seinen steif wirkenden Armen ruderte und abermals bis zum nächsten Treppenabsatz flog, bevor er ruhig liegen blieb.

Natürlich lief ich ihm nach, aber was brachte das alles ein? Das Spiel würde wieder von vorn beginnen. Ich konnte tun, was ich wollte, auf diese Art und Weise besiegte ich ihn nicht.

In Reserve hatte ich die geweihten Silberkugeln und mein Kreuz. Beides konnte ich noch einsetzen, hätte es auch getan, aber ich wollte zunächst wissen, woran ich bei ihm war.

Deshalb ging ich dicht neben ihm in die Knie. Bevor er noch hochkommen konnte, ließ ich den Stock fallen und griff mit beiden Händen nach seinem Hals.

Zum ersten Mal hatte ich einen körperlichen Kontakt mit ihm bekommen. Ich spürte unter meinen Fingern eine glatte Masse, die zudem einen andersartigen, dennoch typischen Geruch ausströmte, wie ich ihn auch schon wahrgenommen hatte.

So roch Wachs!

Und das genau war die Lösung.

Ich kämpfte mit keinem Zombie, mit keinem künstlichen Menschen à la Frankenstein, sondern mit einer lebenden Wachspuppe …

Im ersten Augenblick war ich geschockt. Meine Hände hielten noch immer den Hals. An den Innenseiten der Finger spürte ich die Kräfte des Wachses, das mir vorkam wie steifes Fett und ein Gefühl des Ekels in mir hochsteigen ließ.

Er stemmte sich dagegen. Erwürgen konnte ich ihn nicht. Vielleicht hätte eine Kugel ausgereicht, um sein dämonisches Dasein zu zerstören, doch der Schuss wäre sicherlich gehört worden und hätte irgendwelche Fehlreaktionen auslösen können.

Mir fiel eine andere Lösung ein. Eine, die man mit Nummer sicher umschreiben konnte.

Feuer!

Das Treppenhaus bestand aus Stein, das Geländer war aus Metall. Es gab nicht mal einen Handlauf aus Kunststoff, sodass eigentlich nichts brennen konnte.

Aber ich musste schnell sein.

Als ich hochkam, kickte ich den langen Knüppel aus seiner unmittelbaren Reichweite und hielt schon mein kleines Feuerzeug in der Hand. Die Flamme fuhr aus der kleinen Düse, zuckte von links nach rechts und hatte plötzlich einen Fetzen seiner Kleidung in Brand gesteckt.

So sollte es auch sein.

Die Kleidung war nicht nur alt, auch trocken, und sie brannte wie der berühmte Zunder.

Als die lebende Wachsfigur auf den Beinen stand, züngelten die langen, heißen Finger bereits an seinem Körper hoch. Bald hatten sie den wamsartigen Rock erfasst und breiteten sich weiter aus.

Ihn rettete nichts mehr.

Ich wollte nicht unbedingt von dem Feuer erfasst werden und sprang einige Schritte zurück.

Vor mir auf dem Absatz stand eine Fackel.

Kein Mensch, eine Wachspuppe.

Er bot ein loderndes, schaurig-schönes Bild und zeichnete innerhalb der Dunkelheit eine zuckende heiße Insel nach, wobei sich seine Gestalt innerhalb der nächsten Sekunden veränderte.

Sie schmolz zusammen.

Dieses Bild war mehr als schaurig. Das Wachs löste sich auf, die Proportionen wurden verschoben, sodass eine Szene entstand, vor der man sich fürchten konnte.

Ich bezeichnete mich als einen Mann mit starken Nerven. In diesem Fall blieb ich nicht unberührt, und ich musste mir immer wieder einhämmern, dass diese von einem Flammenmantel umgebene Figur kein Mensch, sondern eine Wachspuppe war.

Sie zerfloss zu breiigen, dicken Klumpen, die sich an allen Seiten des Körpers gleichzeitig lösten, neue Formen bildeten, die ineinander flossen, sich wieder veränderten und alle nur einen Weg hatten.

Den nach unten.

Sie gehorchten der Erdanziehungskraft, rannen in die Tiefe, den Füßen entgegen, die ebenfalls einschmolzen und die Wachsfigur auf dem Fleck hielten, sodass sie sich nicht mehr von der Stelle bewegen konnte. Sie klebte fest. Dabei wurde sie immer kleiner, während das Wachs an den Außenseiten in dicken Tropfenbahnen nach unten rann.

Ich hörte keinen Schrei, kein Stöhnen, und auch das Schmelzen des Materials verursachte keine Geräusche. Die einzigen Laute gaben die Flammen ab. Es war ein leises Knattern, vermischt mit einem Fauchen, das an meine Ohren drang.

Sicherheitshalber hatte ich mich zurückgezogen. Ich stand in der Mitte eines Treppenabsatzes, schaute zu und sah auch die flackernden Schatten an den Wänden des Treppenhauses, die den Vorgang vergrößert und auch verzerrt widergaben.

Allmählich sackte das Feuer zusammen. Auf dem Absatz hatte sich eine große Lache aus flüssigem, heißem Wachs gebildet, das noch immer Nachschub bekam und so wie zäher Honig über die erste Stufenkante rann und sich auf der Treppe ausbreitete.

Und das war es auch, was zurückblieb.

Eine Lache.

Getraumt hatte ich nicht, denn ich sah den Stock dort liegen und hob ihn auf. Die letzten Flammen verloschen. Dünne Dampfschwaden stiegen von der Oberfläche des flüssigen Wachses in die Höhe. Sie verbreiteten einen stechenden Geruch und verteilten sich kreisförmig.

Ich wischte über mein Gesicht, auf dem der kalte Schweiß als eine zweite Haut lag.

Allmählich klang auch in mir die Spannung ab. »Suko«, flüsterte ich mir selbst zu, »du hattest Unrecht. Dein Kamikaze ist zu Hause geblieben, man hat uns einen anderen geschickt.« Ich schüttelte den Kopf und ging den Weg zurück, den ich gekommen war.

Meine Knie zitterten doch ein wenig, da bin ich ehrlich genug, dies zuzugeben. Ich drückte wieder die Tür auf und betrat den normalen Hausgang. Mit dem langen Knüppel in der rechten Hand kam ich mir vor wie Rübezahl auf Urlaub in England.

Natürlich hatte sich der Gang nicht geleert. Die Leute standen herum und warteten, dass etwas geschah. Noch immer war die Energieversorgung unterbrochen.

Ich kannte den Mann, der mich ansprach. Nur hielt der Typ diesmal eine Flasche Bier in der Hand, die er fast geleert hatte. »Ein Bulle mit einem Knüppel. Das ist doch symbolisch!«, motzte er mich an.

»Halten Sie den Mund!«, wies ich ihn zurecht.

Er lachte nur frech.

Nach den Vorgängen hatte ich keine Lust, mich mit ihm weiter auseinander zu setzen, und ließ ihn einfach stehen. Bis zu meiner Wohnung waren es nur ein paar Schritte.

Ich schellte.

Suko war vorsichtig und hielt die Tür geschlossen. Ich konnte es ihm nicht verdenken, deshalb klopfte ich und meldete mich mit Namen. »Ich bin es, John!«

Der Inspektor zog die Tür auf.

Hinter ihm sah ich Shao stehen, die er sicherheitshalber in seine Nähe geholt hatte. Beide schauten mich verwundert an, als ich meine Wohnung betrat und den langen Holzknüppel gegen die Wand lehnte.

»Was ist geschehen?«, fragte der Chinese. Er schielte auf die hölzerne Schlagwaffe.

Bis zur Küche ging ich durch und goss mir ein Glas Mineralwasser ein, das ich mit ins Wohnzimmer nahm, wo mich die beiden gespannt erwarteten.

»Kamikaze war es nicht«, erklärte ich.

»Wer dann?«

Ich deutete auf zwei Sessel. »Lasst euch nieder, dann erzähle ich von Beginn an.«

Suko setzte sich, Shao ebenfalls. Sie schauten mir ins Gesicht. Shao meinte: »Du machst es aber verdammt spannend, John.«

»Und das genau ist es auch, meine Liebe«, erwiderte ich …

Die Tooley Street liegt so dicht an der Themse, dass man das schmutzige Wasser riechen kann. Eigentlich wäre die Tooley Street zwischen all den bekannten Sehenswürdigkeiten in unmittelbarer Nähe in Vergessenheit geraten, wenn es dort nicht etwas gegeben hätte, über das man sehr oft sprach und das auch in der letzten Zeit eine gewisse Berühmtheit erlangt hatte. Zwar war es nicht so bekannt wie das Wachsfigurenkabinett der Madame Tussaud, dafür wesentlich schauriger und unheimlicher.

Besucher mit schwachen Nerven wurden davor gewarnt, dieses Haus zu betreten, dessen Name sich allmählich auch auf dem Festland herumgesprochen hatte und gerade wegen seiner Schauerlichkeit so viele Touristen anlockte.

THE LONDON DUNGEON!

So nannte es sich. Frei übersetzt ungefähr soviel wie das Londoner Burgverlies. Oder auch der Londoner Kerker. In diesen Räumen fand der Besucher die Realitäten und Schrecken aus der englischen Historie. Das Leben in jenen Tagen war verdammt nicht leicht gewesen, sondern hart. Und in diesem feuchtkalten Haus in der Tooley Street fühlte sich jeder Besucher in die alten Zeiten zurückversetzt.

The London Dungeon hatte in den letzten Jahren einen

immer größeren Zuspruch erhalten, und man konnte es schon als kleine Konkurrenz zu dem weltberühmten Wachsfigurenkabinett bezeichnen. Jemand hatte mal gesagt, es wäre Londons Gruselkammer Nummer 1. Und das war nicht übertrieben.

So hell, sonnig und strahlend der Tag auch über London lag, im Innern des alten Hauses war es immer düster. Hier schlich das Grauen durch die Räume. Es war der unsichtbare Begleiter der Besucher, die hin und wieder aufschrien, wenn sie eine besonders schlimme Szene sahen.

An das alles hatte sich Peter Rawl gewöhnt. Er arbeitete im London Dungeon, kassierte Eintrittsgelder, amüsierte sich oft genug über die Angst der Besucher und hatte schon so manches Mal laut gelacht, wenn die Leute mit kalkbleichen Gesichtern die Kellerräume verließen und draußen erst einmal tief Luft holten.

Gern kauften sie Peter Rawls Whisky. Für ihn war es ein einträgliches Nebengeschäft, denn zahlreiche Besucher, da machten die Frauen auch keine Ausnahme, nahmen gern einen Schluck, wenn der Besuch des Schreckens hinter ihnen lag.

An diesem Mittwoch war der Betrieb an sich relativ ruhig verlaufen. Nur wenige Besucher waren gekommen, zum Schluss noch eine Familie aus Deutschland, die unbedingt den Schrecken erleben wollte.

Ein Elternpaar mit zwei Kindern.

Die Sprößlinge waren nicht mehr klein, dennoch hatte Peter die Eltern gewarnt, die Kinder in die Gruselkammer mitzunehmen. »Das kann hart werden.«

Der Vater hatte abgewinkt. »Wir haben schon viel gesehen. So leicht wirft uns nichts um.«

»Es war auch nur ein Ratschlag gewesen«, sagte der Mann und verteilte die Karten.

Dann war die Familie gegangen.

Viel Zeit konnten sie sich nicht lassen, denn um 19.00 Uhr war die Besuchszeit zu Ende, es sei denn, irgendwo fand noch eine Party statt. Das war der besondere Gag, denn man konnte in den Räumen auch feiern. Von kleinen Cocktailparties bis hin zu großen Wohltätigkeitsveranstaltungen oder privaten Bällen; es hatten rund 400 Personen Platz. Man konnte sich das Essen bestellen, Getränke ebenfalls, und für die richtige Schauermusik wurde ebenfalls gesorgt.

Peter Rawl mochte diese Feiern nicht. Wenn die Leute betrunken waren, kamen sie nur auf dumme Ideen. Da passierte es oft genug, dass sich jemand auf die Streckbank legte, unter den Galgen kletterte oder in das Little Ease kroch. Früher war es ein kleines, scheußliches Loch in einem der Türme des Tower gewesen. Wer dort hineingeschafft wurde, starb. Er konnte in dem Loch weder sitzen, liegen noch die Beine ausstrecken oder den Rücken durchdrücken, so klein war es. Die durch Krämpfe entstehenden Schmerzen kann sich heute kaum jemand vorstellen.

Bei den Partys krochen hin und wieder Angetrunkene ins Little Ease. Zum Glück wurden stets zwei Männer eingesetzt, eine Feier zu überwachen, damit wenigstens die schlimmsten Vorfälle vermieden wurden.

Die nächste Party sollte erst am Wochenende laufen. Irgendein Earl feierte Geburtstag. Einige seiner Vorfahren waren auf schreckliche Art und Weise ums Leben gekommen. Wie, das wollte er seinen Gästen demonstrieren – und dabei Champagner trinken.

Manchmal sind die Leute verrückt! dachte Peter. Er ging lieber in den Pub und feierte dort.

Über seinen Job beschwerte sich Peter Rawl nicht. Andere hatten es da wesentlich schlechter. Er brauchte sich nicht körperlich anzustrengen und nur hin und wieder einige Verrückte ertragen. Auch daran gewöhnte man sich im Laufe der Zeit.

Zurückgelehnt saß er in seinem Kassenhäuschen und nuckelte an einer Zigarre. Immer wenn jemand aus der Tiefe über die Treppe auftauchte, drehte er sich um und besah sich die Leute. Das tat er immer. An der Gesichtsfarbe und der Dicke der Schweißschicht konnte er erkennen, wie es ihnen »gefallen« hatte.

Und er wurde wieder Whisky los. So verging die Zeit, bis Peter auf die Uhr schaute und feststellte, dass er bald schließen musste. Er überlegte, wer sich noch in der Ausstellung befand. Es konnte nur noch die Familie aus Deutschland dort sein.

Sein Chef hatte irgendwann einmal von einer Monitorüberwachung gesprochen, sie bisher aber noch nicht eingebaut, was bestimmt nötig gewesen wäre. So verließ man sich allein auf Peter Rawl, der eine Viertelstunde vor Schluss ein optisches Signal gab und über Lautsprecher erklärte, dass der Kerker bald geschlossen wurde. Übernachten wollte wohl keiner freiwillig zwischen dem in Wachs erstarrten Grauen.

Noch eine Minute bis zur Meldung.

Rawl stand schon auf, um sie durchzugeben, als ein Schatten über ihn fiel. Selbst er erschrak so heftig, dass er einen leisen Schrei nicht unterdrücken konnte.

Mit geballten Händen blieb er stehen und starrte auf den Mann, der am Eingang erschienen war.

Ein Monster?

Nein, ein Mensch, auch wenn er so aussah, als gehörte er nach unten in den Gruselkeller. Er hatte fahles, blondes Haar, das schon einen leichten Ascheton aufwies und so lang wuchs, dass der Mann es am Hals zu einem Pferdeschwanz verknotet hatte. Sein lang gezogenes Gesicht wirkte wie eine Maske aus Knochen, über die jemand Haut gespannt hatte. Die schmale und dennoch irgendwie breit wirkende Nase sah zerschlagen aus. Der Mund fiel kaum auf. Er war nur noch ein grausam verzogener Strich. Die Augen blickten kalt wie die einer Wachspuppe.

Der Mann trug eine Hose aus dünnem Leder und über seinem bloßen Oberkörper nur eine Weste. Sein rechter Arm zeigte dicht unter der Schulter einen schmutzigen Verband. Dort musste es ihn erwischt haben. Eine Verletzung oder Ähnliches.

»Was wollen Sie?«, fragte Peter.

Der andere kam einen Schritt vor. »Ist noch offen?«, fragte er mit seiner kratzigen Stimme.

»Nein – ja …« Peter schalt sich selbst einen Narren, dass er so durcheinander war.

»Was denn nun?«

»Ich kann keinen mehr hineinlassen. Die Besucher sind fast alle gegangen, ich …«

»Das ist gut«, sagte der Besucher und kam noch näher. So nahe, dass er Peter greifen konnte, wenn er seinen Arm ausstreckte.

Rawl bekam Angst.

Sein Herz schlug plötzlich oben im Hals, der wie zugeschnürt wirkte. Er wusste mit einem Mal, dass dieser Mensch aus einem ganz bestimmten und furchtbaren Grund gekommen war.

So schnell wie ein zuckender Schatten bewegte er sich. Plötzlich hielt er etwas zwischen seinen Händen, das sehr dünn, aber trotzdem brandgefährlich war.

Eine Metallschlinge!

Peter Rawl riss noch seine Augen auf. Er versuchte, die Hände zu heben, das schaffte er nicht mehr. Viel zu schnell war der unheimliche Killer, und in seinem Gesicht regte sich nichts, als er seine ruchbare Tat beging.

Nicht lange, dann war alles vorbei. Er versteckte den Toten so, dass er von außen zunächst nicht gesehen werden konnte, und er rollte auch die Schlinge wieder zusammen. Dabei blieb auf seiner Handfläche eine dünne rote Spur zurück.

Dann verließ er das Kassenhäuschen und hob den linken Arm. Er musste noch etwas warten, bis ein weiterer Mann erschien. Es war Akim Samaran. Dunkel gekleidet, fahlgrau im Gesicht, mit brennenden Blicken, in denen das Böse leuchtete.

»Bist du fertig, Kamikaze?«

»Ja.«

»Dann gehe ich jetzt nach unten.«

»Gut.«

Samaran ging. Er wusste, dass eine besondere Aufgabe wartete. Noch nie hatte jemand das geschafft, was er vorhatte. Aber der Würfel, den ihm der Spuk für die Dauer des

Experiments überlassen hatte, würde dies ermöglichen.

Noch hielt Samaran den Würfel unter seiner Kleidung versteckt. Er würde ihn erst im Kerker hervorholen, um einer noch harmlosen Wachsfigur ein schauriges Leben einzuhauchen. Die Magie des Würfels aber sollte sich in diesen feuchten, unheimlichen Räumen konzentrieren und die Falle für John Sinclair aufbauen.

Er gab zu, dass es ihn Mühe gekostet hatte, den Würfel überhaupt leihweise zu bekommen. Nun musste er sich beeilen, da er unter einem zeitlichen Druck stand.

Und so schlich er die erste Treppe hinab, bis er sie hinter sich hatte und er in das nur von wenigen Lampen erhellte Halbdunkel starrte. Die Dinge, die besonders hervorgehoben werden sollten, wurden angestrahlt.

Samaran glaubte noch, aus der Tiefe Stimmen zu hören, kümmerte sich aber nicht darum, sondern setzte voll und ganz auf die Kraft des magischen Würfels. Er würde ihn nicht im Stich lassen.

Und so begann ein für zahlreiche Personen grauenvoller und albtraumhafter Fall, denn Londons Gruselkammer Nr. 1 erwachte zu einem fürchterlichen Leben …

Erst jetzt fiel mir auf, dass es draußen noch nicht völlig dunkel geworden war. Die Düsternis im Treppenhaus hatte mich getäuscht, aber was spielte das für eine Rolle?

Wir hatten einen neuen Fall am Hals, und keiner von uns dreien sprach. Ich leerte mein Glas. Das Wasser war etwas warm geworden. Auch in den Räumen stand die Wärme.

Shao klopfte mit der Spitze des rechten Zeigefingers auf den Tisch. »Eine lebende Wachsfigur also«, sagte sie. »Hast du eine Erklärung, John?«

»Nein. Ich weiß nur, dass es sich nicht um Kamikaze gehandelt hat, wie Suko immer annahm.«

»Trotzdem würde ich ihn nicht ausklammern.«

»Und wieso nicht?«, fragte Shao. »Dieser Mensch wird für dich allmählich zu einem Trauma.«

»Das ist er. Ein Albtraum. Aber lassen wir das. John ist angerufen und gewarnt worden. Er nimmt an, dass es sich bei dem Anrufer um Akim Samaran gehandelt hat. Wenn das zutrifft, hat er ja ursächlich mit dieser Wachspuppe zu tun, und dann ist auch sein verdammter Killer nicht weit. So sehe ich es auch nicht falsch, wie ich meine.«

»Ich stimme dir zu«, sagte ich.

Shao schaute uns aus großen Augen an. »In welch eine Verbindung bringt ihr denn die Wachspuppe, die killen konnte?«

»Das weiß ich noch nicht.«

»John, du musst nüchtern denken und darfst dich von Suko nicht verunsichern lassen. Die Wachspuppe kann auf dem Mist irgendeines Dämons gewachsen sein. Ich würde mich nicht so sehr auf Kamikaze und Akim Samaran versteifen.«

Ich nickte und atmete tief aus. »Okay, lassen wir das mal beiseite. Da fragt sich, woher die Puppe kam.«

»Wie sah sie denn genau aus?«, wollte Suko wissen.

Ich beschrieb sie ihm, so gut ich konnte.

»Das weist ein wenig auf das Mittelalter hin«, meinte Shao.

Wir gaben ihr Recht.

»Und sie lebte«, sagte ich.

»Woher kann sie gekommen sein?«, nahm Suko meinen ersten Faden wieder auf. Er ließ sich im Sessel zurücksinken und hob den Zeigefinger seiner rechten Hand. »Es gibt ja jemanden, der berühmt ist für seine Wachsfiguren. Madame Tussaud.«

»Die Spur ist gut«, gab ich zu.

»Aber nicht heiß«, erklärte Shao.

»Wieso?«

»Stehen bei ihr im Kabinett eigentlich Wachsfiguren herum, die normale Menschen zeigen und keine Prominenten?«

Mit dieser Frage hatte sie uns überrascht. »Das weiß ich nicht so genau.«

»Ich ebenfalls nicht«, gab Suko zu.

»Da habt ihr es.«

Ich schlug mit der flachen Hand auf den Tisch. »Aber irgendwoher muss sie doch gekommen sein.«

»Dann lasst mal eure Köpfe rauchen«, forderte Shao, stand auf und ging in die Küche, um sich etwas Trinkbares aus dem Kühlschrank zu holen.

Suko und ich schauten uns gegenseitig an. Zuerst hob er die Schultern, danach ich. Wir waren ziemlich ratlos.

»Noch mal von vorn«, sagte mein Freund.

»Nein, nur das nicht«, wehrte ich ab.

»Hast du eine bessere Idee?«

»Vielleicht. Wir müssen uns an das Problem herantasten. Und das heißt, wo laufen in London lebende Wachsfiguren herum?«

Suko lachte leise. »Du bist lustig, da wirst du wohl von keinem eine Antwort bekommen.«

»Nur von dem, der sie geschickt hat.« Ich starrte auf die Flamme der Kerze und zwinkerte mit den Augen, als in diesem Augenblick wieder das Licht anging.

Der Reparaturtrupp hatte schnell gearbeitet. Uns fiel ein Stein vom Herzen. Suko blies die Kerzen aus. Shao meldete sich aus der Küche. »Es ist noch nichts passiert, John.«

»Hauptsache, das Bier ist kalt.«

Sie lachte. »Das ja.«

»Kaltes Bier und ein heißer Fall«, meinte Suko, »wie kriegen wir das in die Reihe?«

»Sorry, eine Idee habe ich noch immer nicht.«

Shao kam wieder zu uns. Kopfschüttelnd nahm sie auf einer Couchlehne Platz. »Meiner Ansicht nach bewegt ihr euch im Kreis«, erklärte sie mit fester Stimme.

»Und wieso?«, fragte Suko.

»Weil es sicherlich noch mehr Wachsfiguren hier in London gibt als im Kabinett der Madame.«

»Da kannst du Recht haben«, gab ich zu. »Nur wo?«

»Denk an den Trödel. An die Märkte, die Antikausstellungen, an die Kramläden …«

Suko winkte ab. »Willst du da drei Monate kontrollieren?«

»Ich nicht. Es ist euer Job. Möglicherweise bekommt ihr einen Tipp, wo eine Puppe fehlt.«

»Das ist mir zu vage«, sagte ich.

»Schlag etwas Besseres vor.«

Ich hob die Schultern.

Shao lachte. »Dann darfst du dich auch nicht beschweren.« Sie wechselte plötzlich das Thema. »Zum Glück bin ich tagsüber zu Hause und bekomme auch die Post zu sehen.«

»Was hat das denn mit unserem Fall zu tun?«, warf Suko ein.

»Warte ab, mein Lieber. Ich schaue also die Post durch und sehe mir auch die Reklamewurfsendungen an. Neulich, es ist vielleicht zwei Wochen her, lag ein Reklamezettel in unserem Kasten.«

»Komm endlich zur Sache!«, forderte ich.

Shao warf ihre dunkle Mähne auf die rechte Seite. »Nicht so voreilig, John, jetzt bin ich an der Reihe. Also, dieser Zettel war für die Londoner gedacht, die von der großen Schau noch nichts mitbekommen haben. Und zwar vom London Dungeon.«

Suko lachte leise, ich sagte nichts. Aber wir schauten uns gegenseitig an, und mein Partner nickte. »John«, sagte er, »du kannst Shao hochleben lassen. Das könnte es sein.«

Ich stand auf und schlug meine rechte Faust auf die linke offene Handfläche. »Das muss es sogar sein.«

»Wenn ihr mich nicht hättet.«

»Und die dicken Kartoffeln«, fügte ich noch hinzu, »aber du kannst verdammt Recht haben, das muss es einfach sein. Und wir beide, Suko, werden hingehen.«

»Das ist klar.«

»Darf ich euch zur Vorsicht raten?«, meldete sich Shao noch einmal. »Und zwar zu einer ganz besonderen Vorsicht.«

»Wieso?«, fragte ich.

»Wir sind nach einigem Nachdenken auf die Lösung gekommen«, erwiderte Shao bedächtig. »Wer sagt mir denn, dass derjenige, der euch die Wachsfigur auf den Pelz geschickt hat, nicht das Gleiche will?«

Ich begriff. »Du meinst, dass er uns in diesen Folterkellern eine Falle aufgebaut hat?«

»So sehe ich es.«

»Kann hinkommen«, mischte sich Suko ein. »Trotzdem lassen wir uns von einem Besuch nicht abhalten.«

»Auch nicht in der Nacht?«, fragte Shao. »Das Ding wird geschlossen sein.«

Ich winkte ab. »Wir kommen auch so rein. Zur Sicherheit und als Rückendeckung besorge ich noch einen Durchsuchungsbefehl. Das geht schon alles in Ordnung, keine Panik.«

Sie hob die Schultern, und Suko griff nach der Stange, die auf dem Boden lag. »Sollen wir ihm die als Geschenk mitbringen?«

»Vergiss es. Unsere Waffen sind besser – hoffe ich ...«

Ob das Rauchen nun erlaubt war oder nicht, das war Heinz Gerber egal. Er hatte sich jedenfalls das Grauen nicht so schlimm vorgestellt, das in diesen Kellerräumen herrschte. Und obwohl die Figuren aus Wachs bestanden, sahen sie doch so täuschend echt aus.

Für ihn allein wäre der Besuch nicht weiter schlimm gewesen, aber er war mit seiner Familie gekommen, zudem mit den beiden Kindern Jörg und Edda, und die hatte doch so manches Mal der Schock getroffen, wenn sie die besonders schlimmen Szenen erkannten, die zudem noch von Spotlights angestrahlt worden waren.

Es hatte eigentlich harmlos begonnen, gewissermaßen mit der normannischen Frühgeschichte des Inselreichs. Merlin, der böse Zauberer, war mit seiner Mätresse Morgan le Fay zu sehen, die man als ehebrechende Feindin von König Arthur kannte. Auch Druiden wurden gezeigt, sie aber in nachgestellten Szenen, in denen sie Menschen opferten.

Später war es dann noch schlimmer geworden. Edda, die Zehnjährige, hatte nicht mehr hinschauen wollen und ihr Gesicht an der Hüfte der Mutter vergraben, die ebenfalls sauer wurde, denn es war die Idee des Vaters gewesen, den Gruselkeller zu besuchen.

»Einen großen Gefallen hast du keinem von uns damit getan«, erklärte die Frau. »Nicht mal dir selbst.«

Obwohl es in den gruftähnlichen Gewölben kühl war, schwitzte der Mann stark und wischte sich über die Stirn. »Leider kann ich dir nicht widersprechen, Uta. Ich habe selbst nicht gewusst, dass die das so perfekt gemacht haben.«

»Am Eingang wurde gewarnt.«

»Wer nimmt das schon ernst? In fast jeder Geisterbahn warnen sie.«

»Das hier ist schrecklicher.«

»Ich will wieder raus«, jammerte Edda. »Sag Pappi, dass ich keine Lust mehr habe.«

Uta Gerber, die ihr dunkelblondes Haar zu einem Pferdeschwanz gebunden hatte, strich ihrer Tochter über die Wange. »Wir werden gleich gehen«, sagte sie beruhigend. »Du brauchst keine Furcht mehr zu haben.« Uta Gerber war eine etwas herb wirkende Person. Das Gesicht zeigte eine Sonnenbräune, denn sie hatten die letzten Tage vor der Kurzreise nach London viel in der Wärme ihres kleinen Gartens gelegen. Die Gerbers wohnten in der Nähe von Köln und hatten das Haus in einer ruhigen Villengegend gemietet. Da Uta nur ein dünnes Leinenkleid trug, hatte sie eine Strickjacke über die Schultern gehängt, um in der Kälte nicht zu frieren.

Mann Heinz war ebenfalls sommerlich gekleidet. Er trug eine helle Hose und ein kariertes Hemd. Ziemlich groß war er. Sein Haar schimmerte wie das der Kinder in einem dunklen Blond, und das männliche Gesicht zeigte ebenfalls die Spuren der Sommersonne.

»Und was ist mit dir, Jörg?«, fragte der Vater.

Jörg, bekleidet mit einem blauen T-Shirt und kurzer Hose, rückte seine Brille zurecht. »Mir ist es eigentlich gleich«, antwortete er wenig überzeugend, denn es gelang dem Zwölfjährigen nicht, seine Furcht zu überspielen.

Der Vater lachte. »Nein, zum Helden sind wir nicht geboren«, erklärte er. »Und ich muss mich wirklich entschuldigen. Dass es so schlimm werden würde, wusste ich nicht.«

»Dabei haben wir nicht mal alles gesehen«, sagte Jörg.

»Auf den Rest können wir gut verzichten«, meldete sich seine Mutter. »So, und jetzt wieder raus.«

Sie zögerten nicht, weil sie nach den Pfeilen suchten, die zum Ausgang zeigten. Auch Edda schaute zu und schrie auf, weil ihr Blick auf eine Nische gefallen war, in der ein Mann stand, dem ein Pfeil aus dem Gesicht ragte. Es war Harold, einer der frühen englischen Könige. Er hatte die Normannen verraten.

»Bleibt ihr mal hier«, sagte Heinz Gerber. »Ich schaue mich kurz um.«

»Komm schnell wieder, Paps!«, rief Jörg.

»Keine Angst, Junge, ihr werdet mich immer hören.«

Sie hätten eigentlich die ganze Runde machen müssen, um den Weg zu finden, der sie zum Ausgang brachte. Selbstverständlich existierte ein Hauptgang, von dem die anderen abzweigten und zu den Nischen mit den gruseligen Ausstellungsstücken führten, aber die Familie hatte sich ein wenig vom Hauptgang entfernt, sodass Heinz Gerber ihn erst wiederfinden musste.

Es dauerte nicht lange, da hatte er ihn entdeckt. Für einen Moment blieb er stehen.

Von seiner Familie hörte er nichts mehr. Auch wenn sie sich unterhielten, würde kaum etwas zu verstehen sein, denn die dicken Mauern reduzierten den Stimmenwirrwarr auf ein Flüstern.

Gut, auch Heinz Gerber war über die Szenen erschüttert gewesen, aber Angst hatte er nicht empfunden. Das war alles vergangen, solche Foltermethoden hatte es früher gegeben, wobei man in der heutigen Zeit auch nicht humaner war. Aber die Methoden waren »feiner« geworden. Als er zwischen den feuchten Mauern stand und den Gruftgeruch aufnahm, wurde ihm doch komisch zumute. Auch konnte er die Gänsehaut nicht mehr vermeiden, die seinen Rücken hinabkroch und einfach nicht wegzubekommen war.

Er ging zwei Schritte vor.

Fast erschrak er über seine eigenen Tritte. So laut hörten sie sich plötzlich an.

Etwas weiter vorn und auf der linken Seite befand sich wieder eine der Nischen, wo eine der grauenhaften Szenen dargestellt worden war, obwohl diese hier im Vergleich zu vielen anderen noch harmlos wirkte.

Heinz Gerber ging so weit vor, bis er in die Nische hineinschauen konnte.

Die Lampen waren in zwei Winkeln zwischen Wand und Decke angebracht worden und bestrahlten ein dreieckiges Galgengerüst, von dessen Querbalken drei Schlingen hingen.

Eine war nur »besetzt«.

In ihr hing ein in Lumpen gekleideter Mann, dessen Hände zusätzlich gefesselt waren. Hinter seinem Rücken lehnte eine Leiter an einem der Pfosten. Daneben stand eine Frau, die ihre Haare durch ein Kopftuch verdeckt hatte und einen Einkaufskorb in der rechten Hand trug. Ein Priester stand noch mit ausgebreiteten Armen vor dem Gehängten, als wollte er ihm den letzten Trost zusprechen. Eine zweite Frau war ebenfalls noch vorhanden. Sie hatte die Hände gefaltet und starrte auf den in der Schlinge hängenden Toten.

Die Macher hatten es nicht nur verstanden, durch die fast lebensechten Puppen und Szenen eine lebensechte Atmosphäre zu schaffen, es war ihnen auch gelungen, das richtige Licht zu finden. Nicht helle Lanzen strahlten die Figuren an, es waren vielmehr grünblaue, düstere Farben, die der Szenerie einen leichenhaft blassen Ton gaben.

Heinz Gerber atmete tief durch. Dieses Bild hatte ihn so gefangen, dass er sich erst jetzt wieder an seine eigentliche Aufgabe erinnerte und einen Schritt weiterging.

Da sah er den anderen Mann.

Er hielt sich noch im Schlagschatten des Gerüstes auf, lehnte an der Wand und fiel nur deshalb auf, weil er anders als die übrigen Gestalten aussah.

Eine Hose aus Leder, ein Hemd ohne Ärmel, langes Haar, das im Nacken zu einem kurzen Pferdeschwanz gebunden war, und ein Messer in der Hand.

Heinz Gerber wusste nicht, dass er Kamikaze gesehen hatte.

Und der bewegte sich!

Edda hatte noch immer am meisten Angst. Sie fasste nach der Hand ihrer Mutter und fragte flüsternd: »Wann kommt Pappi denn zurück?«

Obwohl es Uta Gerber schwer fiel, beugte sie sich zu ihrer Tochter hinunter und lächelte dabei. »Gleich, mein Schatz, es kann nicht mehr lange dauern. Papa sucht nur nach dem richtigen Weg. Bald sind wir wieder draußen.«

»Und wenn er ihn nicht findet?«

»Ach, Kleine.« Uta lachte. »Hat Vater schon jemals etwas nicht gefunden?«

»Ja«, meldete sich Jörg. »Seinen Autoschlüssel, den hattest du aus Versehen in den Abfall geworfen. Ich habe ihn wieder herausgeholt. Da war vielleicht was los.«

»Hier sucht er ja keinen Schlüssel. Den Gang findet man leicht, glaub es mir.« Uta Gerber warf ihrem Sohn einen strafenden Blick zu. »Du solltest so etwas nicht sagen.«

»Immer muss er mich ärgern«, beschwerte sich Edda.

Jörg hob die Schultern. »Du bist ja auch kein Engel. Wenn ich nur daran denke, wie du mir …«

Bevor die beiden in Streit geraten konnten, erklang ein gezischtes »Pssst!« aus dem Munde ihrer Mutter. »Um Himmels willen, keinen Streit, ihr beiden.«

Sie waren sofort still.

Uta Gerber hatte sich nicht umsonst so aufgeführt, denn ein Geräusch war an ihre Ohren geklungen. Wenn sie sich nicht sehr täuschte, mussten das Schritte gewesen sein.

Kehrte ihr Mann zurück?

So recht konnte sie daran nicht glauben, denn Heinz ging anders. Er hatte keinen Grund, seine Füße schleichend und vorsichtig zu setzen. Das musste ein anderer sein.

Vielleicht der Mann von der Kasse, denn die Gerbers waren – und das wussten sie –, die letzten Besucher gewesen. Nach ihnen war niemand mehr angekommen, und die vor ihnen hatten sich schon verabschiedet.

Über die Köpfe ihrer beiden Kinder hinweg schaute die Frau tiefer in den Gang hinein, wo ein Stück entfernt aus einer Nische ein blasses Licht hervorstrahlte.

Durch diesen Schein bewegte sich ein Schatten.

Und das war nicht Heinz!

Uta Gerber wartete gespannt. Sie bekam leichte Beklemmungen, riss sich aber zusammen, da sie vor ihren Kindern die Angst nicht unbedingt zeigen wollte.

Der Mann kam näher. Es war auch nicht der Kassenwart, ein Fremder ging auf sie zu.

Uta spannte sich. Ihr Gesicht wurde hart. Sie presste die Lippen zusammen und änderte diesen Ausdruck auch nicht, als der Mann nur zwei Schritte von ihr entfernt stehen blieb.

Sie kannte ihn nicht. Er war kleiner als sie, dunkel gekleidet, sein Gesicht wirkte grau, und obwohl er ihr noch nichts getan und sie nicht mal angesprochen hatte, spürte sie so etwas wie Furcht vor dieser Person.

Er kam ihr nicht ganz geheuer vor.

Sie wusste selbst nicht, was sie dazu sagen sollte, irgendwie machte er einen unheimlichen Eindruck, als wollte er sich dieser gesamten Atmosphäre anpassen.

Auch die Kinder hatten bemerkt, dass jemand gekommen war. Sie schauten ihn an, sagten aber nichts, sondern standen da und klammerten sich bei ihrer Mutter fest. Instinktiv spürten sie, dass der Fremde Böses im Schilde führte.

Er grinste. Dabei ließ er seine Blicke über Mutter und Kinder gleiten. »Sieh an«, sagte er plötzlich. »Noch Besucher?«

Seine Stimme hatte höhnisch geklungen, als wollte er bereits maßnehmen, um irgendetwas zu tun. Uta Gerber ignorierte ihre stärker werdende Furcht und sagte: »Ja, wir sind die Letzten, und wir wollten die Räume hier eigentlich jetzt verlassen.«

»Das kann ich mir vorstellen.« Er schaute die Frau so ungewöhnlich gierig an, dass Uta noch mehr Angst bekam und sehr schnell einen für sie beruhigenden Satz hinzufügte. »Mein Mann ist gleich da. Er bringt uns dann hinaus.«

»Sind Sie sicher?«

Uta war irritiert. Sie schüttelte den Kopf, und Jörg fragte: »Wieso? Kommt Papa nicht?«

Frau Gerber ging darauf nicht ein. Stattdessen wandte sie

sich wieder an den Fremden. »Was haben Sie eben damit gemeint, ob ich sicher wäre?«

Der andere lachte und streckte einen Arm aus. Sein Ärmel rutschte dabei zurück. Aus der Öffnung schaute die Hand wie eine bleiche Geierkralle. »Sehen Sie sich hier um! Das ist der nackte Horror, und für Menschen ist er manchmal tödlich.«

Jetzt wurde Uta Gerber ärgerlich. »Reden Sie doch nicht so im Beisein der Kinder.«

»Können die beiden die Wahrheit nicht vertragen?«, höhnte er.

»Ich will Ihnen sagen, was Sie können. Verschwinden, Mister! Bitte, hauen Sie ab!« Uta sprach ein gutes Englisch, da sie früher einmal Lehrerin gewesen war.

Der Mann lachte. »Was sind Sie verbohrt! Sie wissen gar nicht, in was Sie hier hineingeraten sind.«

»Ich brauche mich nur umzuschauen.«

»Das ist Kulisse«, erklärte der Mann. »Nur Kulisse. Was meinen Sie, was man aus ihr alles machen kann? Ich werde dafür sorgen, dass das Grauen lebendig wird. Man spricht immer davon, hier etwas fast Echtes erleben zu können. Nun, all die Henker und Folterknechte werden sich freuen, in Ihnen und Ihren Kindern neue Opfer zu bekommen. Sie haben vorhin Ihren Mann erwähnt, den können Sie vergessen. Er befindet sich bereits in meiner Gewalt. Sie wissen es nur noch nicht.«

Eine Sekunde später wussten es die Frau und ihre Kinder. Denn ein schauriger Schrei hallte durch das unheimliche Verlies.

»Das war Papa!«, rief Edda entsetzt, bevor sie ihre Hand auf den Mund presste …

Heinz Gerber hatte das Gefühl, einen Albtraum zu erleben, als sich der Mann mit dem Verband am rechten Arm plötzlich bewegte und aus der Düsternis schälte.

Und sein Messer bewegte sich mit.

Er schob sich vor, drehte dabei auch den Kopf und zeigte Gerber sein Gesicht.

Es lebte!

Heinz sah deutlich das Zucken der Muskeln und der Adern unter der Haut. Auch die Lippen blieben nicht mehr so fest zusammengepresst. Zwischen ihnen drangen im Flüsterton die ersten Worte hervor: »Willkommen in der Marterhölle, mein Lieber. Auf so etwas wie dich habe ich noch gewartet.«

Heinz Gerber, sonst wirklich nicht auf den Mund gefallen, wusste nicht, wie er sich verhalten sollte. Sein Gegenüber schien verrückt zu sein. Ein wahnsinniger Hüne, der mit einem Messer bewaffnet war.

»Wer sind Sie?«, fragte Heinz.

Im Herumdrehen gab der Mann die Antwort. »Ich bin Kamikaze!«

Damit konnte der Deutsche nichts anfangen. Wer sich so nannte, musste nicht ganz richtig im Kopf sein, aber Kamikaze sprach noch weiter. »Und ich werde dich töten.« Seine Augen leuchteten dabei entschlossen auf, sodass Gerber ein Schauer über den Rücken lief.

»Wieso töten? Was habe ich dir getan?«

Kamikaze ging einen Schritt vor, Heinz einen zurück. »Weil du hier bist«, flüsterte der Mann mit dem langen Haar. »Allein deswegen!« Dann bewegte er seinen rechten Arm. Die Klinge war blitzschnell und blieb unter Gerbers Kinn zitternd stehen!

Heinz Gerber hielt die Luft an, während Kamikaze fast stöhnend ausatmete.

»Du befindest dich in meiner Gewalt. Ich brauche die Klinge nur nach vorn zu stoßen und dann …«

»Das wollen Sie doch nicht machen …« Vor Angst verfiel Heinz Gerber in seine Heimatsprache.

»Was sagst du?«

Gerber sprach wieder englisch. »Nein, das ist unmöglich. Sie dürfen doch nicht …«

»Und ob ich darf. Ich darf nämlich alles, weil ich der Stärkere bin. Ich habe das Messer. Ich bin es, der hier diktiert.«

Heinz Gerber spürte die nagende Angst, die immer höher kroch und von ihm Besitz ergriff. Begreifen konnte er das alles aber nicht.

Kamikaze, der Killer mit dem knöchernen Gesicht, befahl: »Dreh dich um!«

Heinz schüttelte den Kopf. Er hatte zwar riesige Angst, wollte aber Kamikaze im Auge behalten. Doch der kannte kein Pardon. Er brachte das Messer ein Stück vor, und Heinz Gerber spürte die kalte Klinge an seiner Kehle.

Das reichte. Gerber gehorchte. Er drehte sich um und fragte sich, wie es wohl sein würde, wenn er den Stahl im Rücken spürte. Ob er überhaupt noch etwas spürte.

»Ja, so ist es gut«, hörte er den Killer flüstern. »Bleib so stehen, leicht geduckt!«

Heinz schluckte. Er dachte an seine Familie, die auf ihn wartete und sich fürchten würde, wenn der Vater nicht zurückkam. Hätte es die drei nicht gegeben, er hätte es versucht, obwohl ihm der andere an Kräften und Bewaffnung überlegen war.

Kamikaze griff zu. Rücksichtslos und ohne irgendwie auf den Gegner einzugehen. Er hatte den rechten Arm des Mannes am Gelenk umklammert, schraubte ihn zwischen seinen Fingern fest und bog ihn dann blitzschnell nach hinten, sodass er den Deutschen in den Polizeigriff nehmen konnte.

Heinz Gerber schrie!

Die Schmerzen stachen bis hinein in seine Schulter. Tränen schossen ihm in die Augen, er spürte die Nässe, in seinen Ohren klopfte es, und er hörte auch die Stimme des anderen.

»Wenn du dich rührst, breche ich dir den Arm!«

»Nein!«, ächzte Gerber. »Ich werde nichts tun.« Der Druck ließ ein wenig nach.

Es verstrichen einige Sekunden, bis der nächste Befehl erklang. »Geh langsam vor und dann den Weg zurück, den du gekommen bist.«

Heinz dachte an seine Familie. Er würde genau auf sie stoßen, wenn er dem Befehl nachkam. Abschlagen konnte er ihn aber auch nicht. So fragte er nur: »Weshalb soll ich …?«

Kamikaze hatte den Hebel wieder verstärkt, und Heinz Gerber nickte in seiner geduckten Haltung. »Ja, schon gut. Ich werde alles machen, was du willst.«

»Das ist gut.«

Der Deutsche ließ sich vorschieben. In seinen Augen schimmerten noch immer die Tränen. Jetzt wusste er endgültig, dass sie in eine teuflische Falle hineingeraten waren, und dass die anderen auch seine Familie mit hineingezogen hatten.

War dieser Henker allein, oder kriegte er noch Unterstützung? Daran dachte Heinz Gerber, als er Schritt für Schritt den Weg ging, den man ihm befohlen hatte.

Für seine Umwelt hatte er keinen Blick mehr. Dass er sich in der Gewalt dieses schrecklichen Menschen befand, war für ihn Horror genug, und seine Füße schleiften über den Boden.

Er sah sie nicht, er hörte sie. Es war Edda, die seinen Namen rief, und ihre Stimme klang so, als litte sie unter Qualen.

Heinz hob den Kopf. Er hatte sich nicht getäuscht. In der Tat befand sich seine Tochter in der Gewalt eines zweiten Mannes, der einen Arm um ihre Kehle gelegt hatte. Und über dem Stoff des Anzugsärmels schaute das tränennasse Gesicht der kleinen Edda hinweg …

Gehört hatten wir vom London Dungeon schon, besucht hatten wir den Folterkeller noch nicht. Wozu auch? In unserem Job wurden wir mit genügend furchtbaren Dingen konfrontiert, sodass wir auf so etwas verzichten konnten. Es war auch schwer zu glauben, dass The London Dungeon zu einer gigantischen Falle geworden war. Aber wer von uns schaffte es schon, sich in die Rolle eines Akim Samaran hineinzuversetzen?

Es war mittlerweile fast dunkel geworden, aber nicht völlig finster, denn die Juninächte waren die hellsten des Jahres. Hinzu kamen die Straßenbeleuchtung und das grelle Licht der Autoscheinwerfer, die die spätabendlichen Stunden zu einer Oase künstlichen Lichts machten.

Über die London Bridge fuhren wir und sahen linkerhand die angestrahlten Gebäude des Tower of London.

Er hatte eine traurige Berühmtheit hinter sich. Wer in den Tower gesperrt wurde, kam oft genug nicht mehr lebend heraus. In der Vergangenheit waren unzählige Menschen dort auf die verschiedensten Arten zu Tode gekommen; und einige dieser Marterinstrumente standen auch nachgebaut im London Dungeon. Wir würden sie bald zu Gesicht bekommen. Ich konnte nicht eben behaupten, dass ich mich darauf freute.

»Du bist so schweigsam«, sagte Suko.

Ich hob die Schultern. »Vielleicht liegt das daran, dass ich mir die Nacht anders vorgestellt habe.«

»Ich auch.«

Es war nicht schwer für uns, einen Parkplatz zu finden. Wir konnten den Wagen sogar nahe unseres Ziels abstellen.

Eine herrliche Frühsommernacht nahm uns auf. Warm blies der Wind. Vom Fluss her hörten wir das Gurgeln des Wassers, vermischt mit den Geräuschen fahrender Autos, die an den Uferstraßen entlanghuschten. Die Tooley Street verläuft parallel zur Themse. Wir schauten uns das Haus zunächst einmal von außen an.

Eine alte Fassade, vielleicht auch auf alt getrimmt, das konnte ich nicht sagen. Einige Fenster sahen wir, hinter denen kein Licht brannte. Dafür aber am Eingang, wo sich das Kartenhäuschen befand, und die Tür hätte auch verschlossen sein müssen, wenn es nach den Öffnungszeiten ging. Das war sie aber nicht.

Suko winkte mir zu. Er stand an der Tür und hatte sie halb aufgedrückt. »Nicht zu.«

»Und wieso nicht?«

»Keine Ahnung.«

Ich blieb neben dem Inspektor stehen und warf ihm einen langen Blick zu. »Den Rolls hast du auch nicht entdeckt, oder?«

»Nein.«

Akim Samaran fuhr einen Rolls-Royce. Dieser Wagen war gewissermaßen sein Markenzeichen. Er und Kamikaze liebten das Gefährt, das wir als Drohung empfanden, wenn es sich langsam heranschob.

»Sollen wir?«, fragte Suko.

»Was denkst du denn!«

»Es hätte ja sein können, dass du noch den Wagen finden willst.«

»Mach keinen Ärger und geh rein.« Ich folgte meinem Freund und Partner. Kaum hatte ich einen Schritt über die Schwelle gesetzt, als ich bereits die andere und fremde Atmosphäre wahrnahm, die sich ausgebreitet hatte.

Es war der Geruch von Moder, von einer Feuchtigkeit, wie man sie nur in gruftähnlichen Verliesen findet, wo die Zeit stehen geblieben zu sein schien.

Wenn das hier oben schon so anders war, wie musste es unten erst aussehen?

Obwohl der gesamte Komplex beleuchtet war, wirkte er auf mich doch irgendwie tot, als wäre er von allem Leben einfach verlassen worden. Er war leer, eine gewisse Kälte ging von ihm aus, und ich spürte auch das Frösteln auf meiner Haut. Neben dem Eingang der Kabine blieb ich stehen und peilte durch die Glasscheibe.

»Wen suchst du?«, fragte Suko.

»Eigentlich keinen, und dennoch habe ich das Gefühl, dass die Kabine hier besetzt ist.«

Suko lachte. »Wie kommst du darauf?«

Ich gab keine Antwort, löste mich von meinem Fleck und drückte die Tür der Kabine nach innen. Sie schleifte über den Boden. Das einzige Geräusch, das entstand.

Suko blieb draußen. Ich betrat die Kabine, sah den kleinen Schreibtisch, die Metallkasse, die nicht mal abgeschlossen war, das Regal mit den Whiskyflaschen in verschiedener Größe, und ich sah die Füße, die unter dem Schreibtisch hervorschauten und mit ihren Sohlen fast die Beine des Drehstuhls berührten.

Sofort ging ich in die Knie.

Man hatte den Mann unter den Schreibtisch gelegt. Er war tot, denn meine kleine Lampe leuchtete direkt in das vor Entsetzen starre und auch kalkbleiche Gesicht mit den leblosen Augen darin. Am Hals entdeckte ich den dunklen Streifen eines Würgemals. Deshalb wusste ich, wie der Mann ums Leben gekommen war.

Nach seinem Mörder brauchte ich nicht lange zu fahnden. Den Namen kannte ich auswendig.

Ich kam wieder hoch. Suko sah meine veränderte Gesichtsfarbe, fragte nicht erst, sondern drückte sich an mir vorbei in die Kabine und folgte dem Blick meines schräg nach unten zeigenden Fingers.

Ungefähr dreißig Sekunden sprach der Inspektor kein Wort. Dann erhob er sich und war ebenfalls bleich geworden.

»Und?«

Er lachte leise. »Das sieht mir ganz nach einer Arbeit meines Freundes Kamikaze aus.«

Diesmal widersprach ich nicht.

Suko schüttelte den Kopf. »Den Rolls haben wir nicht gesehen, Kamikaze und Samaran auch nicht, aber ich bin sicher, dass sich die beiden in der Nähe aufhalten.«

»Die stecken im Verlies«, präzisierte ich.

»Dann wissen wir ja, wo wir hinzugehen haben.«

»Noch nicht«, sagte ich und bremste Sukos Eifer. »Ich möchte erst noch mal zurück zum Wagen.«

»Weshalb?«

»Weil ich den Quader …«

»Klar, John.«

Ich hatte den zweiten Würfel mitgenommen. Wir waren zuvor beim Yard vorbeigefahren und hatten uns den zweiten Würfel aus dem Panzerschrank geben lassen.

Immer tragen wollte ich ihn nicht, deshalb hatte ich ihn im Wagen gelassen. Den Kofferraum schloss ich stets ab, dennoch wurde ich ein ungutes Gefühl nicht los: Den Würfel ohne Bewachung zurückzulassen bereitete mir ein schlechtes Gewissen.

Zudem bereitete mir Suko ein wenig Kummer. Der Inspektor hatte mich einfach ziehen lassen und keinerlei Anstalten getroffen, sich selbst um den Würfel zu kümmern. Das gab mir zu denken, und ich konnte eigentlich davon ausgehen, dass Suko die Zeit meiner Abwesenheit nutzen würde, um schon vorzugehen.

Er war voll und ganz auf Kamikaze fixiert. Dieser Killer hatte es ihm wahrlich angetan, und Suko wollte diese rücksichtslose Mordmaschine endlich hinter Gittern wissen.

Ich nahm den Würfel an mich. Er unterschied sich in Nichts von dem Original, um das es eine so heiße Jagd gegeben hatte. Er lag beinahe weich in meiner Hand, und seine Oberfläche fühlte sich warm an. Da ich ihn nicht dauernd tragen wollte, versteckte ich ihn unter meiner Jacke, als ich mich wieder auf den Rückweg machte.

Wie ich es mir schon gedacht hatte, Suko war nicht mehr zu sehen. Er hatte die Chance genutzt und sich klammheimlich verdrückt. Ob dies gut war, wagte ich zu bezweifeln.

Ich hätte eigentlich die Pflicht gehabt, die Kollegen von der Mordkommission zu alarmieren. In Anbetracht der Tatsachen ließ ich es bleiben. Der Killer selbst war wichtiger. Ihn würde ich noch zu fassen bekommen, wenn er sich in der Nähe aufhielt.

Als Verstecke eigneten sich die Verliese des London Dungeon ausgezeichnet, und ich machte mich auf den Weg in die schreckliche Historie einer unheimlichen Vergangenheit …

Der Familienvater aus Deutschland vergaß die eigenen Schmerzen, als er seine Tochter sah, die sich in der Gewalt eines ihm ebenfalls fremden Mannes befand.

Neben ihm standen Uta und Jörg. Auch der Junge zitterte vor Angst, und sein Gesicht wirkte im fahlen Licht wie das eines Toten. Bei seiner Mutter war dies ebenfalls der Fall. Uta Gerber hielt sich nur mehr mühsam aufrecht.

»Willkommen«, sagte Samaran. Mehr brauchte er nicht

zu sprechen. Dafür glitt sein Blick prüfend über die Gestalt des Mannes. Heinz stand noch immer in gebückter Haltung.

Eine Antwort gab Gerber nicht. Vor seinen Augen verschwamm das Bild in einem Schleier von Tränen. Er dachte über seine und die Lage der Familie nach und kam zu dem Schluss, dass sie alle verdammt tief in einer Sache steckten, aus der es vielleicht keinen Ausweg mehr gab.

Der gequälte Gesichtsausdruck seiner Tochter bereitete ihm zusätzliche seelische Schmerzen, und er bat den Mann mit flüsternder Stimme, Edda loszulassen.

»Weshalb?«, fragte Samaran zurück. »Sie steht hier gut.«

»Aber sie ist ein Kind ...«

»Na und?«

Es war eine kalte, brutale Antwort, die beide Eltern erschreckte. Uta schüttelte den Kopf. Sie stand wie auf dem Sprung, aber sie wusste genau, dass sie keine Chance gegen diese Menschen hatte, und nur deshalb hielt sie sich mit Taten zurück.

Aber reden musste sie. Es war wie ein Zwang. Die Worte konnte sie nicht länger zurückhalten. So fragte sie mit krächzender Stimme: »Was sind Sie nur für ein Mensch, Mister? Was haben wir Ihnen getan?«

»Nichts«, erwiderte Samaran.

»Dann lassen Sie uns laufen!«, schrie Uta.

»Nicht so laut, sonst werde ich böse. Ihr hattet einfach Pech. Ihr hättet diesem Gewölbe an einem anderen Tag einen Besuch abstatten können. So seid ihr aber mir und meinen Plänen in die Quere gekommen. Ich überlegte schon die ganze Zeit, wie ihr mir trotzdem nutzen könnt. Ich glaub, ich hab's. Wir halten Trümpfe in den Händen, die bei dem Geisterjäger immer ziehen.«

»Geisterjäger?«, fragte Uta.

Samaran schüttelte den Kopf. »Das verstehst du nicht, Frau. Ich habe auch keine Lust, euch lange etwas zu erklären.« Er wandte seinen Blick ab und nickte Kamikaze zu. »Für den Mann habe ich bereits eine Lösung gefunden. Wir sperren ihn in das Little Ease!«

Der Schock traf Heinz Gerber wie ein Flammenstrahl. Ihm brach der Schweiß aus, denn er kannte das Loch, das Little Ease genannt wurde und das, frei übersetzt, »wenig Behagen« bedeutete.

Man konnte in ihm weder stehen, sitzen, knien noch liegen. Es war einfach furchtbar. Er hatte Berichte darüber gelesen, die einfach grauenvoll gewesen waren.

Und schon schob Kamikaze sein Opfer im Hebelgriff vor.

Gerbers Füße schleiften über den Boden, und er sah, wie sich der andere Mann umdrehte, wobei er die kleine Edda nach wie vor nicht losließ.

Zum Glück quälte er sie nicht. Er hielt sie nur fest, auch das war für die Eltern schlimm.

Heinz Gerber wurde an seiner Frau vorbeigeführt. Sie schaute ihn an, sah die erlittenen Qualen in seinem Gesicht und konnte nichts für ihn tun. In hilfloser Wut ballte sie die Hände zu Fäusten.

Gebückt wurde er weitergeführt, und auch Uta Gerber konnte ihren Platz verlassen. Sie musste es sogar, weil es ihr von Akim Samaran befohlen wurde.

Jörg ging neben ihr her. Uta spürte das Zittern ihres Sohnes, der leise weinte und nicht wusste, wie er sich verhalten sollte. Er fragte immer wieder nach seinem Vater, war aber in seinem Schluchzen nur schwer zu verstehen.

»Was haben die vor? Die werden uns doch nicht foltern?«

»Sei ruhig!« Diesmal hatte die Frau so scharf gesprochen, dass Jörg schon vor Schreck den Mund hielt, bis sie das Loch in der Mauer erreichten.

Ein gegenüberliegender Scheinwerfer warf sein blasses Licht auf rostige Gitterstäbe, die innerhalb des Mauerwerks steckten und einen Ausbruch aus eigener Kraft so gut wie unmöglich machten. Von außen konnte der Käfig durch einen Riegel geöffnet werden, von innen war dies leider nicht möglich.

Noch immer stand Heinz Gerber in seiner gebückten Haltung. Der rechte Arm war ihm dabei in die Höhe gebogen worden, und sein Atem drang pfeifend durch den offenen Mund.

Akim Samaran ließ seine kleine Geisel los. Edda taumelte zur Seite. Sie sah aus, als würde sie von einem Schwindel gepackt werden. Ihre blonden Zöpfe zitterten, das Gesicht sah fahl aus, und die roten, vom Weinen entstandenen Flecken auf den Wangen wirkten wie dunkle Muster.

»Komm her!«, flüsterte Uta.

Edda gehorchte. Auf wackligen Beinen ging sie auf ihre Mutter zu.

Samaran kümmerte sich nicht um sie. Er war damit beschäftigt, den Riegel zur Seite zu schieben. Das schaffte er nach einem zweimaligen Versuch. Das Eisen quietschte erbärmlich in den Scharnieren. Alles hörte sich so verdammt echt an.

Die Gerbers litten Höllenqualen. Sie schauten zu, wie Samaran die Person aus dem Loch zerrte, die bisher darin gesessen hatte. Es war eine Wachspuppe gewesen. So verformt, als wären bei einem Menschen sämtliche Glieder gebrochen worden.

Samaran warf sie zu Boden. Sie blieb so liegen, dass ihr Gesicht von den anderen zu sehen war. Der Schrecken war täuschend echt nachmodelliert worden.

Mit dem Fuß schleuderte Samaran sie noch ein Stück zur Seite, weil sie im Wege lag. Danach nickte er Kamikaze zu, bevor er seinen flüsternden Befehl gab.

»Jetzt er!«

Darauf hatte der Killer nur gewartet. Er ließ den Arm des Mannes los, der nach unten sank, fasste aber sofort zu und hievte Heinz an den Hüften hoch, als wäre dieser ein leichtes Spielzeug. Allein dieser Kraftakt bewies, welche Energie in dem Körper dieses gefährlichen Mannes steckte.

Uta konnte nicht hinsehen. Sie hatte die Hände gegen das Gesicht gepresst, hörte ihr eigenes Schluchzen und auch das leise Weinen ihrer beiden Kinder, denen dieser Schrecken nicht erspart wurde.

Ein klirrendes und gleichzeitig dumpf klingendes Geräusch riss sie wieder aus ihrer Erstarrung.

Sie schaute hoch.

Heinz befand sich im Käfig. Zudem war ihr Mann ziemlich groß. Er hockte, kniete oder lag dort in einer Haltung, die man kaum beschreiben konnte, dabei war sein Gesicht gegen die Stäbe gepresst.

Kein Laut drang aus seinem Mund. Die Lippen hatte er zusammengekniffen. Wie lange er dort stumm aushalten konnte, war die Frage, aber Uta Gerber beschloss, wenn es eben möglich war, ihren Mann zu befreien.

Kamikaze nickte zufrieden. Gemächlich drehte er sich auf der Stelle, und sein Blick fraß sich an der Frau fest.

Würde er sich jetzt sie und die Kinder vornehmen? Uta wusste es nicht, sie verkrampfte sich. Aus ihrem Mund drangen krächzende Laute, als sie den Arm hob.

»Jetzt hast du Angst, wie?«, fragte Samaran.

»Ja.«

Der kleinere Mann schaute sich um. »Ich suche noch nach einer Lösung für euch. Bisher ist mir leider keine eingefallen, und ihr habt sogar Glück, denn bei mir drängt die Zeit. Deshalb würde ich euch raten, genau dort stehen zu bleiben, wo ich euch abstelle. Wenn ihr euch bewegt, wird der da im Käfig es auszubaden haben. Klar?«

Uta konnte nur nicken.

»Und was ist mit Papa?«, fragte die kleine Edda.

Akim Samaran lachte böse. »Der bleibt in seinem Käfig hocken. Er wird zuschauen können, was Magie alles möglich macht. Ich beherrsche sie. Ich werde sie einsetzen.« Er breitete seine Arme aus. »In dieser Folterkammer wird das, was heute und jetzt noch tot ist, in den folgenden Minuten zu einem schaurigen Leben erwachen.«

Uta Gerber konnte sich darunter nichts vorstellen. Normalerweise hätte sie diesen Menschen für einen Spinner gehalten, doch sie hütete sich, da vorschnelle Schlüsse zu ziehen. Dieser Mann war eine menschliche Bestie und brandgefährlich.

»Geht!«, befahl er.

Noch einen letzten Blick warf Uta auf das Gesicht ihres Mannes. Die Gitterstäbe drückten gegen seine Haut. Das

Grauen stand in seinen Zügen wie eingemeißelt, und auch erste Schmerzen mussten ihn wegen seiner menschenunwürdigen und unbequemen Haltung quälen, denn über die Lippen drang ein leises Stöhnen.

Sie gingen tiefer in das Gruselkabinett hinein. An den kühlen Modergeruch hatte sich Uta Gerber längst gewöhnt, aber nicht an die schrecklichen Szenen, die sie zu sehen bekam, denn so weit war die Familie noch nicht vorgedrungen.

Ein Mensch wie Samaran nahm darauf keine Rücksicht. Er kannte sich nicht mit der Psyche der Kinder aus und auch nicht mit der erwachsener Personen. Zudem interessierte es ihn nicht.

Jörg und Edda schlossen die Augen, wenn sie an den Nischen vorbeigingen, wo die schauerlichsten Foltermethoden demonstriert wurden: Brandmarken, Vierteilen, auch Würgeeisen waren vorhanden. Und natürlich die Streckbank. Auf sie hatte man eine Puppe geschnallt, deren Mund wie zu einem stummen Schrei weit geöffnet war.

Schließlich fand er einen Platz für die Familie. In dieser Nische kniete eine Frau. Sie hatte die Hände zum Gebet gefaltet. Es war Anne Boleyn, die Mutter der legendären Königin Elizabeth I., die von einem französischen Henker enthauptet wurde. Der Mann stand mit erhobenem Schwert hinter ihr. Er trug schwarze, enge Kleidung, die einen Teil seines blanken Oberkörpers freiließ. Zwei Drittel seines Kopfes wurden von einer Kappe bedeckt, und nur das Gesicht blieb frei. Die Kappe sah aus wie eine dünne Gummihaut.

»Geht dorthin!«, befahl der Mann.

Er stieß seine Geiseln noch an, die in die ziemlich große Nische hineintaumelten und neben der knienden Frau stehen blieben.

Akim Samaran schaute noch eine Weile zu. Wie ein Feldherr stand er auf dem Fleck. »Rührt euch nicht«, flüsterte er mit heiserer Stimme. »Rührt euch nur nicht, sonst wird es gefährlich! Dann kann ich für nichts mehr garantieren.«

Die beiden Kinder hatten die Augen geschlossen und weinten leise. Uta Gerber hielt sich überraschend gut, und darüber wunderte sie sich selbst. »Wir werden Ihren Befehlen nachkommen!«

»Wie schön für euch und euren Mann und Vater. Was auch geschieht, dieser Keller wird bald zu einer Hölle …«

»Ist er das nicht schon?«, fragte Uta schluchzend.

Samaran schüttelte den Kopf. »Bisher ist es harmlos. Ihr habt eben das Pech gehabt, uns in die Quere zu laufen. Vielleicht brauche ich euch sogar noch. Wer weiß …« Er begann zu lachen, drehte sich um und verschwand.

Sein Leibwächter Kamikaze folgte ihm wie ein Schatten. Bei jedem Schritt wippte das Haar in seinem Nacken.

Die Finsternis saugte beide auf, und die Familie blieb allein zurück. Uta Gerber wusste nicht, woher sie die Kraft nahm, überhaupt noch auf den Beinen zu stehen. Wenn sie allein an ihren Mann dachte, konnte ihr schon übel werden.

Was hatten diese Menschen nur noch alles vor?

»Mutti!« Es war Eddas Stimme, die Uta aus ihren Gedanken riss.

Sie ging in die Knie. Von zwei Seiten schauten sie die tränennassen Augen ihrer Kinder an. »Was ist denn?«

»Kannst du nicht dafür sorgen, dass Vati wieder …?«

»Pssst!« Uta legte einen Finger gegen ihre Lippen. »Darüber solltet ihr nicht sprechen.«

»Aber er ist doch in dem Loch«, beschwerte sich Jörg.

»Ich weiß, aber ihr habt gehört, dass dieser Mann davon gesprochen hat, sehr böse zu werden, wenn …«

Jörg unterbrach seine Mutter mit einem Satz, der Uta einen regelrechten Stich versetzte. »Ich will aber nicht, dass Vati stirbt.«

»Ich auch nicht, mein Schatz.«

»Dann musst du aber …«

»Ich werde zunächst ruhig sein und ihr auch. Kommt, stellt euch an die Wand.«

Edda schüttelte den Kopf. »Nein, da muss ich diesen Hässlichen da sehen.«

»Er ist nur aus Wachs.«

»Sieht aber echt aus!« Jörg stand seiner Schwester bei.

Uta machte einen Vorschlag, mit dem beide einverstanden waren. »Ihr könnt euch ja umdrehen, okay?«

»Ja, das machen wir«, erwiderte Jörg für seine Schwester gleich mit. »Da brauchen wir nicht mehr hinzusehen.«

Aber Uta schaute hin. Sie sah auf den Henker, der so Angst einflößend blickte, und sie erkannte auch das lange Richtschwert, das er mit beiden Händen festhielt und bereits zum Schlag erhoben hatte.

So wurde früher hingerichtet …

Ein schlimmes Bild, auch wenn kein Blut zu sehen war wie bei den anderen Szenen, aber es strömte einen kalten Horror aus, der die Frau so anwiderte.

Uta schüttelte sich, und dennoch wunderte sie sich über sich selbst, als sie feststellte, welche Gedanken sie durchströmten. Obwohl man sie so gequält hatte, dachte sie nicht daran, irgendetwas aufzugeben. Sie war ein Mensch, der Gewalt hasste, sie ablehnte und es auch an ihre Kinder weitergab. Doch in dieser Lage half nur Gewalt. Da musste sie das Leben ihrer Kinder verteidigen, denn sie wusste auch, dass die andere Seite alles gebrauchen konnte, nur keine Zeugen.

Und sie waren Zeugen …

Uta Gerber glaubte fest daran, dass die beiden Männer zurückkehren würden, und wenn sie einmal die Schreie ihres Mannes durch die Verliese hallen hörte, würde sie auf alles pfeifen und versuchen, ihn zu retten. Bisher war sie waffenlos, das sollte sich ändern, denn ihr Blick war nicht umsonst auf der Figur des Henkers hängen geblieben.

Sein Schwert interessierte sie.

Noch fürchtete Uta Gerber sich. Sie schwankte zwischen ihrer eigenen Lebensphilosophie und dem, was sie jetzt tun wollte oder musste.

Ja, es musste sein!

Ihre Knie zitterten stark, als sie sich in Bewegung setzte. In direkter Linie ging sie auf die Figur des Henkers zu und blieb neben den zum Schlag erhobenen Armen stehen. Sie schaute auf die blassen Wachshände, die den Griff der Richtwaffe umklammert hielten.

Konnte sie ihn hervorziehen?

Die Schneide des Schwertes war scharf. Sie glänzte so, als würde sie jeden Tag geputzt.

Uta schüttelte den Kopf. Das Gesicht zeigte einen gequälten Ausdruck. Dort spiegelte sich ihre innere Unsicherheit wider. Edda und Jörg hatten sich gedreht. Sie schielten zu ihrer Mutter hin und schauten sie fast bittend an, es zu tun.

Uta nickte entschlossen. Sie erkannte sich selbst kaum wieder, als sie den ersten Versuch startete und sich wunderte, dass es so einfach war, den Griff aus den Wachsklauen der Puppe zu ziehen.

Uta Gerber hielt das Schwert in der Hand, und ihre Arme sanken nach unten. Sie wunderte sich darüber, wie schwer die Waffe war. Ein Lichtschein fiel auf die Klinge und ließ sie aufblinken.

»Du hast es genommen, Mutti?«, fragte Jörg.

»Ja.« Tonlos klang die Antwort.

»Willst du jetzt Vati befreien?«

Uta wusste nicht, welche Antwort sie den beiden Kindern geben sollte. Sie stand auf der Stelle und fühlte sich selbst wie eine Wachsfigur. So regungslos war sie.

»Versuch es doch …«

»Und die Männer?«, fragte Edda. »Sie sind so schlimm und schrecklich. Der eine hat ein Messer …«

»Ich weiß es noch nicht«, erwiderte Uta, und das war ihre ehrliche Meinung. »Ich weiß es wirklich nicht, Kinder.«

»Mutti, das Licht!«

Jörg hatte es gerufen und sich nicht getäuscht, denn irgendwo aus dem Hintergrund dieser unheimlichen Gewölbe schob sich ein rotvioletter Lichtschein fast zeitlupenhaft hervor und legte sich über die hier ausgestellten Gegenstände …

Akim Samaran hatte mit seiner Magie begonnen. Das aber wusste Uta Gerber nicht. Sie wunderte sich nur über diesen Schein, der ihr nicht geheuer war, sich nicht aufhalten ließ, die Figuren berührte, die Nischen ausfüllte und alles mit einem gespenstischen Schein übergoss, der die Menschen und die Wachspuppen noch blasser und schrecklicher aussehen ließ, als sie es tatsächlich waren.

Uta Gerber bekam Angst. In Strömen rann ihr der Schweiß vom Körper. Sie fühlte das Ziehen im Magen, hörte die Schritte ihrer beiden Kinder, die näher kamen, und erinnerte sich erst jetzt wieder an die Worte des Mannes, der ihr erklärt hatte, dass mit seiner Magie alles möglich war. Er wollte eine Hölle aufmachen.

War dies der Beginn?

Noch standen die Figuren still. Die Einzigen, die sich bewegten, waren Uta und ihre Kinder.

»Willst du weglaufen, Mutti?«, fragte Edda.

»Nein, das hat wohl keinen Sinn. Man würde uns immer kriegen. Ich will sehen, ob es tatsächlich passiert.«

»Was passiert?«

Uta gab ihrem Sohn keine Antwort. Sie war viel zu sehr mit ihren eigenen Problemen beschäftigt und schaute auf die kniende Frau, die am stärksten durch den leichenhaften Lichtschimmer aus der Finsternis geholt wurde. Deshalb war sie auch am besten zu erkennen.

Und sie bewegte sich zuerst.

Fast hätte Uta aufgeschrien, als sie erkannte, wie die zusammengelegten Finger der Frau zuckten. Sie waren bisher gestreckt gewesen, nun krümmten sie sich und falteten sich ineinander.

Dann erhob sich die Frau.

Edda schrie leise auf. »Mutti, die geht ja weg …«

In der Tat schritt die jetzt lebende Wachspuppe aus der breiten Nische in den Gang, wo sie sich zielstrebig nach rechts wandte, als hätte sie von dort einen für sie hörbaren Befehl bekommen. Wenn sie sich bewegte, waren nur ihre Schritte zu hören.

Sie ging sehr langsam. So schritt man entweder zur Hinrichtung oder zum Schafott.

»Da, der böse Mann!«

Uta vernahm die Stimme ihrer Tochter und drehte sich um. Mit dem bösen Mann war der Henker gemeint, und genau er rührte sich jetzt von seinem Platz.

Seine Hände hielt er noch so gekrümmt wie zuvor. Nur umfassten sie nicht mehr den Griff der Richtwaffe. Sie waren leer, und das wiederum freute die Frau.

Der lebende Wachshenker kümmerte sich nicht um die drei Menschen. Er ging an ihnen vorbei, als wären sie nicht vorhanden.

Zwei zögernd gesetzte Schritte brachten Uta näher an ihn heran, aber sie folgte ihm nicht mehr, sondern blieb zurück, weil es keinen Sinn hatte, sich in eine noch größere Gefahr zu begeben.

Zudem sah sie auch in den anderen Nischen Bewegung. Zum Glück konnte sie nicht genau erkennen, was sich dort abspielte, denn da mussten die Geköpften aufstehen, die grausam Umgebrachten, und sie vernahm sogar das Knarren der Streckbank und das Rasseln schwerer Eisenketten.

Der Mann hatte von einer Hölle gesprochen.

Uta Gerber und ihre Kinder befanden sich mittendrin!

Suko war froh gewesen, dass sein Freund noch einmal zurücklief. So konnte er schon mal die unheimlichen Gewölbe betreten. Er wusste, dass es nicht so korrekt war, was er tat, doch ihm blieb keine andere Möglichkeit mehr. Zu sehr hatte sich Suko auf den Killer Kamikaze fixiert. Dieser Mensch war für ihn zu einem Albtraum geworden, und so etwas hatte der Inspektor noch nie in seinem Leben erlebt. Das war einfach furchtbar. Zum ersten Mal hatte Suko bei einem Menschen seine kühle und anerzogene Beherrschung verloren.

Am Eingang standen noch einmal die Warntafeln. Menschen mit schwachen Nerven sollten die Gewölbe auf keinen Fall betreten, weil die Szenen einfach zu echt wirkten. Suko war zwar noch nicht unten gewesen, vorstellen konnte er es sich gut. Die Tür, die er öffnen musste, knarrte bereits, und er sah vor sich eine leicht gebogene Steintreppe, über die ein typisch feuchter Keller- und Modergeruch strich.

Vorsichtig ging er die Stufen hinab. Sie bestanden nicht aus einer Platte, sondern jeweils aus zwei Steinen, die nebeneinander gelegt worden waren.

Licht war ebenfalls vorhanden. Über der Treppe klebten in der Decke kleine Lampen, die einen senkrecht fallenden und dennoch weichen Schein in die Tiefe warfen.

Wieder entdeckte Suko Pfeile und Hinweisschilder. Es war für den Besucher besser, den Pfeilen zu folgen, denn diese zeichneten den Rundgang nach, der durch die Geschichte der englischen Insel führte.

Schon die ersten Szenen waren schrecklich genug. Da hielt man es mehr mit der Mythologie als mit der Geschichte, denn Suko sah die alten, steinernen Druidenaltäre, auf denen die Opfer in ihrem Blut lagen.

Sehr gut gemacht, dachte er, kam wieder hoch und erkannte über sich ein hässlich grünes, spitzes Gesicht, das einem Druidenpriester gehören sollte, der einen Steindolch in der Klaue hielt.

Suko hatte die Druiden inzwischen kennen gelernt. So wie der hier sah keiner von ihnen aus. Der Chinese tauchte weg und ließ den Blutaltar hinter sich.

Das nächste Bild war schlimmer. Es zeigte die erste Nationalheldin Großbritanniens. Sie hieß Boadicea, war ein furchtbar blutrünstiges Weibsbild gewesen und hatte mit grausamer Strenge die Römer aus dem Land vertrieben.

Über sie erzählte man sich die schlimmsten Gräueltaten. Kaum vorstellbar, dass eine solche Frau zur Nationalheldin gekürt worden war.

Die Menschheit bestrafte sich eigentlich immer selbst. So sah Suko auch das Bild dieser »Heldin«, die auf einem Podest stand, einen Speer in der Hand hielt, dessen Spitze in der Kehle eines zu ihren Füßen liegenden Kriegers steckte.

Er ging vorbei, sah grauenhafte Szenen von der

normannischen Eroberung und näherte sich allmählich dem Mittelalter, wo die Foltermethoden raffinierter geworden waren.

Dabei schritt der Inspektor immer wieder den Pfeilen nach und versuchte auch, sich so wenig wie möglich ablenken zu lassen, denn er hatte seine eigentliche Aufgabe nicht vergessen.

Wenn Akim Samaran und Kamikaze tatsächlich hinter diesen furchtbaren Dingen steckten, mussten sie sich irgendwo in der Tiefe des Gewölbes verborgen halten.

Noch immer überwog der kühle Gruftgeruch. Es war ein schauriges Flair, das Angst machen konnte und Suko den Magen zusammenpresste. Er spürte auf dem Rücken den kalten Schweiß, achtete sehr auf seine Schritte und erschrak, als er nach links in eine Nische blickte. Eine Frau saß dort am Boden und hielt den Deckel einer Truhe hoch.

In der Truhe lag ein halbverwester Kopf.

Der Tafelaufschrift nach gehörte er Sir Thomas More, einem Königs- und Kirchentreuen, zudem einem großen Gelehrten, der trotzdem in den Tower gesperrt und geköpft wurde. Seine Frau hatte den Schädel ihres geliebten Mannes retten und in eine Truhe stecken können.

Suko schüttelte den Kopf. Großbritannien hatte wirklich keinen Grund, auf seine Historie stolz zu sein. Doch anderen Völkern erging es auch nicht besser. Er tauchte wieder in die Düsternis des Ganges ein und sah ein Stück weiter entfernt die nächste Lichtinsel.

Er war schon jetzt gespannt darauf, was er dort zu sehen bekam, denn er hörte etwas.

Es war ein Stöhnen.

Ächzend und tief, schmerzgepeinigt, sodass dem Chinesen eine Gänsehaut über den Rücken rann.

Er hätte natürlich einem ersten Impuls folgen und losrennen können, aber er war vorsichtig. Sollte Kamikaze hier unten tatsächlich lauern, musste Suko mit allen Tricks rechnen, denn diese Bestie war zu vielem fähig. Es konnte durchaus eine Falle sein, die man ihm gestellt hatte.

Die Hand griffbereit an der Waffe, bewegte sich Suko auf Zehenspitzen an die Lichtinsel heran.

Er selbst warf einen Schatten, und er sah auch den Schattenteil eines Gitters am Boden.

Mehr nicht.

Kein Kamikaze, kein Akim Samaran.

Suko bewegte sich schneller und stand im nächsten Augenblick vor dem Folterloch, das Little Ease genannt wurde.

Er wollte es nicht glauben, seine Augen schienen ihm etwas anderes zu zeigen, aber es war eine Tatsache, die sich einfach nicht wegleugnen ließ.

Im Loch hockte ein Mensch!

Nein, er hockte nicht. Er lag auch nicht. Er konnte weder sitzen noch knien und schien regelrecht »hineingestopft« worden zu sein.

Eine furchtbare Sache!

Der Mann stöhnte. Sein Gesicht war gegen die Stäbe gepresst. Blut lief aus kleinen Wunden über die Haut. Er musste wahnsinnige Schmerzen verspüren, und Suko hörte die rau geflüsterten Worte: »Hol mich raus ...!«

Das hätte der Inspektor auch ohne diese Aufforderung getan. Er suchte nur noch nach einer Möglichkeit, das Gitter zu öffnen. Von innen war dies leider nicht möglich.

Er sah den Riegel.

Eingerostet zwar, doch die blanke Spur im Mauerwerk bewies ihm, dass er bewegt worden war.

Was die anderen schafften, das konnte Suko schon lange. Den Riegel packte er an seinem vorstehenden Ende, riss zweimal daran und konnte ihn lösen.

Sofort fiel das Gitter nach unten. Der Mann hatte sich nicht halten können, er kippte mit.

Bevor er noch mit seinem Gesicht auf den harten Boden prallte, war Suko hingesprungen. Sicher fing er den Bedauernswerten auf, setzte ihn behutsam zu Boden und lehnte ihn gegen die Wand.

Der Mann war fertig. Er atmete tief und saugend, dabei traute er sich nicht, die Arme zu bewegen. Mit den Beinen erging es ihm ebenso. Vielleicht war er nach diesem Aufenthalt im Loch auch nicht in der Lage, sich normal zu verhalten.

Er saß nur da.

Suko ließ ihm einige Minuten. Für ihn war der Mann sehr wichtig. Von allein war er sicherlich nicht in das Loch geklettert. Da musste jemand nachgeholfen haben, und Suko konnte sich auch vorstellen, wer dies getan hatte.

So etwas roch nach Kamikaze, diesem gnadenlosen Killer. Ihm war alles zuzutrauen.

Wieder einmal spürte Suko die Wut in sich hochsteigen, und er hatte Mühe, die Beherrschung zu bewahren. Der Reihe nach musste er vorgehen. Die erste Spur lag im wahrsten Sinne des Wortes vor ihm am Boden und stöhnte. Viel Zeit konnte der Chinese dem Mann nicht lassen. Er bückte sich, fragte ihn, und der blonde Deutsche zuckte zusammen, als würde etwas Schreckliches auf ihn zukommen.

»Bitte!«, flüsterte Suko. »Bitte, können Sie mich hören, Mister? Ich will nichts von Ihnen. Nur reden. Nur mit Ihnen reden ...«

Er öffnete den Mund. Es war zu erkennen, dass er Schwierigkeiten hatte zu reden, und Suko fragte ihn zunächst nach dem Namen. Den sprach fast jeder automatisch aus.

»Gerber, Heinz Gerber, Germany ...«

»Okay, Mr. Gerber. Ich weiß, dass es Ihnen schlecht geht ...«

»Meine Knochen«, stöhnte der Mann. »Ich habe das Gefühl, dass sie alle zerquetscht sind. Das war ein Druck, den können Sie sich kaum vorstellen. Furchtbar ...«

»Ist etwas gebrochen?«

»Nein, glaube ich nicht. Fast, vielleicht ...«

»Versuchen Sie sich aufzustützen. Nehmen Sie dazu beide Hände! Bitte!«

Der Deutsche gehorchte. Er stemmte seine Handflächen auf den Boden und kam langsam in die Höhe. Seine Arme zitterten, als wollten sie mitten durchbrechen. Er ächzte schwer, aber es klappte, denn er konnte die Arme durchdrücken.

»Nichts gebrochen«, stellte Suko fest. Er ließ Optimismus in seiner Antwort mitklingen.

»Ja, das glaube ich jetzt auch.«

Suko erkannte, dass der Mann bereit war, die alles entscheidende Frage zu beantworten, und so sprach er: »Wer hat das getan, Mr. Gerber? Nennen Sie mir den Namen, beschreiben Sie mir die Person. Es ist sehr wichtig für mich. Wer war es?«

»Ich kenne ihn nicht.«

»Sie wissen, wie er ausgesehen hat.«

»Ja.«

»Beschreiben Sie ihn.«

Heinz Gerber wischte sich das Blut aus dem Gesicht. Das heißt, er wollte es und verschmierte die rote Flüssigkeit leider noch mehr. »Ich habe ihn noch nie gesehen. Er überfiel mich und hatte ein langes Messer. Er war groß, unheimlich, das Gesicht …«

»Trug er sein Haar sehr lang?«, fragte Suko nach.

»Ja, wie einen Pferdeschwanz im Nacken.«

»Das ist es«, flüsterte der Inspektor. Mehr brauchte er nicht zu hören. »Das ist Kamikaze.«

Gerber hatte mitgehört. »Wer ist das?«

»Ich kenne diese verdammte Bestie. Sie heißt Kamikaze. Er ist ein Killer, ein Mörder und ein Henker in einem. Furchtbar, kann ich Ihnen sagen. Sie können von Glück reden, dass Sie noch leben.«

»Er wollte mich ja töten. Der andere hat es ihm gesagt.«

Suko horchte auf. »Es war noch ein zweiter bei ihm?«

»Ja.«

Ohne dass Suko ihn extra aufgefordert hätte, gab der Mann eine Beschreibung des anderen. Schon nach dem ersten Satz wusste der Inspektor, dass es sich um Akim Samaran handelte. Er und Kamikaze bildeten dieses mörderische Tandem.

»Sind die beiden noch hier unten?«, fragte Suko.

»Ja, ich habe sie nicht weglaufen sehen. Sie sind tiefer in das Gewölbe gegangen. Mit den anderen.«

Suko bekam einen Schreck. Er schüttelte den Kopf, als könnte er es nicht glauben. »Welche anderen?«

Heinz Gerber begann zu weinen. »Meine Frau und meine beiden Kinder«, erklärte er stockend und immer wieder vom Hochziehen der Nase unterbrochen. »Sie befinden sich als Geiseln bei ihnen ...«

Suko strich über seine Stirn. Der Schweiß war kalt geworden, und der Chinese dachte wieder an diese furchtbare Szene in dem Chinarestaurant, als Kamikaze rücksichtslos vorgegangen war und mit keinem Menschen Mitleid gekannt hatte.

Sollte sich das hier vielleicht noch gesteigert wiederholen? Suko bekam Beklemmungen, wenn er daran dachte. Er musste sich zusammenreißen, um seine Stimme ruhig klingen zu lassen. »Sagen Sie mir, wo sie hingegangen sind.«

»Nach hinten.«

»Auch Ihre Familie?«

»Ja – leider. Vielleicht«, er stöhnte, »sind sie schon tot. Schlimm umgebracht worden und ...«

Suko legte ihm einen Finger auf die Lippen. »Reden Sie nicht so«, sagte er. »So leicht stirbt es sich nicht.«

»Wenn Sie diese Grausamkeit bei den Männern gesehen hätten, würden Sie anders reden.«

»Ich kenne sie, denn wegen dieser Leute bin ich gekommen. Ich jage sie und will sie haben.« Suko hatte so scharf gesprochen, dass Heinz Gerber zusammenzuckte. »Dann ist es kein Zufall, dass Sie hier ...?«

»Nein, es ist kein Zufall. Ich will die beiden. Koste es, was es wolle. Sie haben schon viel Unheil angerichtet.« Der Inspektor war der Meinung, genug gesagt zu haben. »Sie bleiben hier liegen, Mr. Gerber. Ich komme und bringe Ihre Familie zurück. Lebend, verstehen Sie!«

»Ja.«

Suko drückte sich hoch und ging weiter. Er hörte den Mann noch flüstern. Wahrscheinlich betete er. Es war auch am besten, diese fürchterliche Atmosphäre konnte sonst nicht ertragen werden.

Die Szenen allein waren schon schlimm und nervenaufpeitschend genug. Nun kam hinzu, dass sich zwei gnadenlose Killer diese Gewölbe als Mordstätte ausgesucht hatten. Eine furchtbare Sache, ein unglaublicher Albtraum.

Für die gezeigten Bilder aus der blutigen englischen Geschichte hatte Suko kaum Augen. Für ihn war es wichtiger, Kamikaze und Akim Samaran zu finden. Und es gab für beide genügend dunkle Verstecke innerhalb der einzelnen Gewölbe, denn wo kein Licht der Lampen hinfiel, herrschte eine gefährliche Düsternis.

Leider musste Suko auch diese Stellen passieren. Er rechnete damit, aus dem Hinterhalt angegriffen zu werden. Seine Waffe hatte er gezogen. Wer bei Kamikaze einen Sekundenbruchteil nur zögerte, war verloren.

Abrupt blieb er stehen, denn er hatte aus dem Hintergrund dieses Gewölbes Stimmen vernommen.

Sie klangen nur flüsternd. Er konnte auch keine Worte verstehen, aber sie waren vorhanden, das spürte er sehr deutlich. Da redeten mehrere Menschen miteinander, und er glaubte auch, eine Frauenstimme aus ihnen herauszuhören.

Das musste Uta Gerber sein.

Suko rann ein Schauer über den Rücken. Er spürte in seiner Kehle einen dicken Klumpen, obwohl er gleichzeitig auf gewisse Art und Weise beruhigt war. Wer sprach, war nicht tot.

Suko wollte weitergehen, als ihn ein anderer Vorgang abermals überraschte. Es geschah nicht sehr schnell, eher gemächlich, aber er war einfach nicht aufzuhalten.

Licht breitete sich aus.

Kein normales, sondern ein rotviolettes Glühen, das die gesamten Ecken und Winkel des unheimlichen Gewölbes erfasste und auch die furchtbar zugerichteten Figuren in den Nischen nicht ausließ, wobei diese wie in Blut getaucht aussahen.

Es war schlimm.

Von einer Minute zur anderen hatte die Szenerie einen fremden Touch bekommen. Sie wirkte jetzt noch schauriger. Angst strahlte sie zudem ab.

Suko wusste Bescheid.

Wenn dieses Licht erschien, war es ein Zeichen für eine bestimmte Sache. Da hatte jemand die Kraft des Würfels eingesetzt. Also musste er sich in den Händen Akim Samarans befinden.

Und noch etwas war dem Chinesen klar geworden. Nicht mehr der Spuk besaß den Würfel, sondern Akim Samaran. Ein Zeichen, dass er zur höllischen Offensive geblasen hatte …

Suko blieb nicht lange auf dem Fleck stehen. Er ging auf Nummer sicher und bewegte sich einige Schritte zur Seite, denn er hatte einen kleineren Gang entdeckt. Einen Weg, der ihn in eine andere Nische führte, in der eine schreckliche Szene zu sehen war.

Auf einem Hauklotz lag der Körper des letzten in England geköpften Mannes. Simon Lord Lovat, ein Jakobiner, war auf dem Tower Hill am 7. April 1747 hingerichtet worden. Das nachgemachte Beil mit der blutigen Schneide lehnte noch in einer Ecke an der Wand. Und in einem Korb, der auf dem mit Stroh bedeckten Boden vor dem Hauklotz stand, lag ein Wachskopf.

Eigentlich für diese Ausstellung eine normale Sache, wäre nicht die Magie des Würfels hinzugekommen.

Sie erfasste auch den Kopf.

Und der bewegte sich.

Zunächst lief nur ein Zucken durch das Gesicht. Die Augenlider waren schwer geworden. Er öffnete und schloss sie wieder, und dann bewegte sich der Wachsschädel.

Er schwebte!

Suko schaute aus großen Augen zu und nahm dieses unheimliche Bild in sich auf.

Er sah den Kopf, das Gesicht und den breiten Mund, der zu einem kasperartigen Grinsen verzogen war. Die Augen wirkten wie gemalt, die Pupillen lackiert, als der Kopf dem Chinesen entgegenschwebte und auch an ihm vorbeitrieb.

Suko hörte noch einen dumpfen, klatschenden Laut, als der Schädel eine Mauer berührte.

Er ging weiter.

Nur nicht durch diese Dinge aufhalten lassen, auch nicht durch die makabren Geräusche wie das Knarren der Streckbänke oder das harte Rasseln schwerer Eisenketten.

Das mussten die Folterknechte sein, die ebenfalls erwacht waren und für dieses Grauen sorgten.

Suko wurde die Kehle ein wenig eng, als er weiterging. Zuvor hatte er noch die Axt aufgehoben, denn sie taugte auch als Verteidigungswaffe.

In sämtlichen Nischen bewegte sich unheilvolles Leben. Im roten, magischen Licht des Würfels erwachten die Folterknechte, wurden aus den raffiniert geschminkten Wachspuppen sich bewegende, aber stumme Zeugen, und nur die unheimlichen Foltergeräte knarrten oder ächzten.

Für den Chinesen wurde der Gang zu einem Horrortripp, der an seinen Nerven zerrte. Einige Male musste er stehen bleiben, da er einige Figuren vorbeiließ, die seinen Weg kreuzten.

Es waren die schlimmsten Gestalten. Männer ohne Köpfe, mit künstlichem Blut besudelte Wachskörper, deren Beine sich roboterhaft bewegten.

Das war das perfekte Grauen. Leider nicht nur Schau, wie Suko zugeben musste, und er suchte weiter.

Den Hauptgang hatte er wieder erreicht, und er sah vor sich eine der schaurigsten Stätten:

Die Galgenszene.

Zwei Frauen und ein Priester standen dort. Die drei schauten zu der gehängten Wachspuppe hoch, die mit dem Kopf in der Schlinge hing und sich trotzdem bewegte.

Sie schaukelte, sie strampelte mit den Beinen, trat dabei ins Leere und erinnerte an einen Schwimmer, der Wasser treten wollte, wo keines vorhanden war.

Zwei Schlingen waren noch leer. Auch sie bewegten sich leicht durch den entstehenden Luftzug.

Suko blieb stehen. Er schaute auf die Leiter an der Seite des Galgengerüsts und sah, wie sich der Priester zu ihm umdrehte. Sein Gesicht blieb glatt, kein Fältchen war zu sehen.

Den Mund hatte er wie zum Sprechen geöffnet, doch es war gerade die Stummheit dieser Szene, die Suko so sehr beeindruckte.

Der in der Schlinge Hängende hatte es geschafft und seinen Körper so weit zurückgeschwungen, dass es ihm gelang, mit einem Fuß Halt auf einer Leitersprosse zu finden. Dort stützte er sich ab und blieb in dieser schiefen Haltung hängen. Mit den Armen konnte er sich nicht festhalten, da man seine Hände an den Gelenken festgebunden hatte.

Einen Schritt ging Suko vor.

Und das war einer zu viel.

Der Inspektor hatte sich zu sehr von dieser Szene einfangen lassen. So etwas nutzte ein Mann wie Kamikaze, der im Dunkeln gelauert hatte, eiskalt aus.

Er kam lautlos und schlug zu.

Schon einmal – es war in Brighton gewesen – hatte er Suko voll erwischt. Diesmal wieder.

Der Inspektor hatte das Gefühl, sein Nacken würde platzen. Der Boden raste ihm entgegen, und Suko fiel direkt unter das Galgengerüst, wo er bewegungslos auf dem Bauch liegen blieb.

Kamikaze aber rieb sich seine Mörderhände. Er schielte auf die beiden Schlingen.

Sein Plan stand fest …

Auch mich erwartete The London Dungeon!

Eine nachgemachte Hölle, in der das Grauen am eigenen Leibe zu spüren war. Ich hatte das Grauen gespürt, aber nicht in dieser Hölle, sondern im Kassenhaus, wo wir den Toten entdeckten.

Jetzt suchte ich seine Mörder.

Während mir der feuchte Gruftgeruch entgegenwehte und eine Gänsehaut über den Körper jagte, dachte ich an Suko und daran, dass er hoffentlich keinen Ärger machte und zu forsch an die Sache heranging, weil es sich dabei um Kamikaze handelte.

Dieser Mörder war nicht zu unterschätzen. Wenn Suko ihm den kleinen Finger reichte, war er verloren.

Die alte oder auf alt gemachte Treppe führte in die Tiefe. Als Besucher bekam man tatsächlich das Gefühl, in die Unterwelt oder in eine Vergangenheit zu steigen, die alles das preisgab, was sie an blutigen Taten bisher für sich behalten hatte.

Wer immer diese Verliese und Grotten angelegt hatte, es war ihm gelungen, eine Atmosphäre des Horrors und des Gruselns zu erschaffen, die sich auch auf den Besucher übertrug.

Davon blieb ich auch nicht verschont. Außerdem musste ich zugeben, dass sich diese gefährlichen Verliese als ideale Verstecke eigneten und auch als Aktionsräume für irgendwelche schwarzmagischen Aktivitäten.

Wenn die beiden in den Räumen vor mir lauerten, hielten sie sich gut versteckt und würden aus dem Dunkeln blitzschnell und gnadenlos zuschlagen. Damit musste ich halt rechnen.

Ich ging vorsichtig weiter. Von Suko sah und hörte ich nichts, dafür überraschte mich etwas anderes, als ich die Treppe noch nicht mal hinter mir gelassen hatte.

Licht strahlte auf.

Rotviolett, so verdammt künstlich aussehend, und ich wusste Bescheid, denn dieses Licht entstammte keiner Glühbirne, keiner Leuchtstoffröhre, es war auf einer anderen Basis geschaffen worden.

Auf einer magischen, die der Würfel des Unheils brachte.

Mir blieb ein Fluch im Hals stecken. Bisher hatte ich daran gedacht, dass sich alles noch als nicht magisch herausstellen würde. Durch das Aufleuchten des roten Lichts war ich eines Besseren belehrt worden und wusste gleichzeitig, dass nun Akim Samaran den Würfel des Unheils besaß. Der Spuk musste ihn aus der Hand gegeben haben.

Das war schlimm.

Irgendwo vor mir lauerte er. Da wartete er auf mich, dass ich vielleicht den Fehler machte und ihm oder seinem Leibwächter vor die Mündung lief. Ich hielt mich zurück, denn vor mir veränderte sich die Szenerie.

Innerhalb des Gewölbes erwachten die Wachsfiguren zu einem unheilvollen und grauenhaften Leben. Als hätten sie die Jahrhunderte über in einem Dornröschenschlaf gelegen, wurden sie nun wach und begannen mit ihrem makabren Tanz.

Der Spaziergang durch The London Dungeon begann mit der keltischen Mythologie, und zwar dort, wo sie am blutigsten war und noch Bilder aus dem Druidenglauben zeigte.

Schreckliche Blutpriester wurden zu einem geisterhaften Leben erweckt und drehten sich auf der Stelle. Sie starrten sich gegenseitig an, dann wandten sie ihre Blicke und fixierten mich, der ich noch auf der zweitletzten Stufe stand.

Diese Dinge passten natürlich nicht in die englische Geschichte, aber Druiden geisterten immer wieder durch Mythen und Legenden. Ich hatte es oft genug am eigenen Leibe erlebt, wie gefährlich alte Druidenflüche sein konnten. Dafür stand manchmal der Name Aibon, wobei ich mir über dieses Reich noch nicht so recht im Klaren war, auf welche Seite sich seine Bewohner nun schlagen wollten. Möglicherweise hatte es im Mittelalter schon andere Magier gegeben, denen es gelungen war, den Kontakt zu Aibon herzustellen, und die ihre Erfahrungen nicht für sich behalten, sondern an die Nachwelt überliefert hatten. Deshalb auch diese schrecklichen Wachsfiguren.

Ich musste umdenken.

Aibon konnte ich vergessen. Wichtig war einzig und allein das rotviolette Licht, das nur der Würfel ausstrahlen konnte. Sein Träger musste sich irgendwo vor mir versteckt halten.

Das Gewölbe war groß genug. Es standen ihm zahlreiche Möglichkeiten zur Verfügung. Auch das ließ ich zunächst einmal dahingestellt sein, es zählte nur der Würfel.

Und zwar meiner!

Durch ihn allein konnte es mir gelingen, das Grauen zu stoppen. Das heißt, ich musste seine Kraft gegen die des echten stellen, sodass sich beide Magien schließlich aufhoben und die Normalität wieder hergestellt werden konnte.

Bisher hatte ich mich noch nicht getraut, den Würfel einzusetzen. Obwohl er ein Zwitter war, das heißt, er konnte dem Guten ebenso dienen wie dem Bösen, hatte ich ein wenig Furcht davor, seine Kraft gegen die des echten zu stellen.

Es konnte auch schief gehen.

Die restlichen beiden Stufen der Treppe ließ ich ebenfalls hinter mir und stand jetzt dem Blutaltar mit dem gefährlichen Druidenpriester direkt gegenüber.

Er wollte etwas von mir.

In der Hand hielt er ein gefährliches Messer, dessen Klinge mit nachgemachten Blutresten bedeckt war. Die Figur hatte ein widerliches Gesicht. Schmal, mit eingefallenen Wangen. Seine Haare erinnerten mich an bleiches Gestrüpp.

Aus dem Hintergrund näherte sich ebenfalls eine Figur. Ihre Füße waren durch eine Kette miteinander verbunden, und sie konnte nur sehr langsam laufen. Bei jeder Beinbewegung spannte sich die Eisenkette zwischen ihren Gelenken, und ein heftiges Rasseln begleitete sie.

Er sah so aus, als wollte er mir unbedingt gemeinsam mit dem anderen an den Kragen.

Und das hatte ich nicht gern.

Erst einmal kümmerte ich mich um den Druiden. Ich ging ihm sogar entgegen, den Würfel hielt ich fest zwischen beiden Handflächen und konzentrierte mich voll auf ihn und seine Kräfte.

Mir brach der Schweiß aus.

Nicht allein die Zustände in diesem Keller sorgten dafür, auch das nicht genaue Wissen, wie der Würfel nun reagieren würde, wenn ich ihn voll einsetzte.

Vernichten! Vernichte das Böse vor mir! So sprach ich gedanklich zu ihm, und er ließ mich nicht im Stich.

Seine Kräfte wandten sich gegen den lebenden Zauberpriester der Druiden.

Dessen Gang wurde plötzlich langsamer. Er ging noch zwei Schritte vor, knickte ein wenig in den Knien ein und bewegte sich zurück, blieb stehen und bildete ein Hohlkreuz.

Es erwischte ihn voll.

Er platzte nicht, sprühte aber, als hätte ein Blitz ihn getroffen.

Und dann war er weg!

Als hätte ihn ein Sturm mitgerissen, oder als hätte es ihn nie zuvor gegeben.

Mir rann der Schauer vom Nacken bis in die Hacken. Meine Güte, was hatte ich da nur im wahrsten Sinne des Wortes zwischen die Finger bekommen. Dieser Würfel war ein gewaltiges Machtinstrument, das, richtig eingesetzt, mir viele Schwierigkeiten aus dem Weg räumen konnte.

Und dies musste ich erst mal verdauen.

Ich senkte den Blick und schaute auf das Instrument mit den sechs Flächen. So harmlos sah es aus. In seinem Innern bewegten sich kleine Schlieren, die für mich nach wie vor ein Geheimnis darstellten. Vielleicht waren es magische Mikrochips, die jemand vor Tausenden von Jahren erfunden hatte.

Der Kettenmann kam.

Erst jetzt sah ich, dass er bewaffnet war. Zudem fehlte ihm die Hälfte des Gesichts. Auch hatte er nur noch den linken Arm, der rechte war ihm abgeschlagen worden.

Dafür hielt er in der Linken einen verrosteten Morgenstern, diese an einem Stab befestigte Eisenkugel mit den mörderischen Spitzen. Wer davon erwischt wurde, konnte sein Testament machen.

Das sollte ich wohl, aber ich setzte den Würfel ein.

Und wiederum geschah das Gleiche.

Diese Wachsfigur verschwand vor meinen Augen. Sie platzte und wurde aufgesaugt. Nicht einmal Einzelteile wirbelten mir entgegen. Es war einfach Schluss.

Ich atmete tief durch. Damit hatten sich für mich völlig neue Möglichkeiten ergeben. Dennoch konnte ich nicht hier stehen bleiben und warten, bis mich alle der Reihe nach angriffen und ich sie erledigte. Dann konnte der Besitzer sich alles neu anfertigen lassen. Ich musste vor allen Dingen den stellen, der den Originalwürfel bei sich trug.

Das war Akim Samaran, einer meiner gefährlichsten Todfeinde.

Stellte sich die Frage, wo er sich in diesem Gewölbe aufhielt und ob er schon bemerkt hatte, dass ihm ein Gegner erwachsen war. Er musste dies einfach spüren. So stellte ich mich auf eine Überraschung seinerseits ein. Sämtliche Figuren und Geräte waren durch die herrschende Magie irgendwie in Bewegung geraten. Ich hörte die entsprechenden Geräusche, an die ich mich jetzt auch gewöhnte, und entdeckte sogar einen schwebenden Schädel, der grinsend an mir vorbeizog.

Ich ließ ihn in Ruhe.

Geduckt, den Würfel dabei fest in den Händen, schlich ich tiefer in das unheimliche Gewölbe. So etwas wie Jagdfieber hielt mich gepackt. Ich lief durch den normalen Gang und sah plötzlich eine Gestalt, die am Boden hockte und leise vor sich hin stöhnte.

Neben ihr blieb ich stehen.

Das war ein Mensch.

Als mein Schatten auf ihn fiel, zuckte er zusammen und hob den Kopf an.

Ich las Angst in seinem Blick. Trotzdem sprach er: »Sie sind – oder sind Sie …«

»Nein, ich bin nicht«, erklärte ich. »Was ist Ihnen passiert?«

Er berichtete in wenigen Sätzen davon, und ich erfuhr, dass sich Suko ebenfalls hier unten befand. Aber nicht nur er. Auch über Akim Samaran und Kamikaze bekam ich endgültig Gewissheit.

»Man hat mich in dieses verdammte Loch gesperrt!«, keuchte der Mann noch zum Schluss. »Ich schaffe es noch nicht, auf den Beinen zu bleiben.« Er streckte seinen Arm vor und umklammerte meinen Fußknöchel. »Tun Sie mir einen Gefallen. Suchen Sie meine Frau und die beiden Kinder. Sie müssen Sie retten, verstehen Sie?«

»Ja«, erwiderte ich.

»Erst dann ist es gut. Diese Schweine haben sie mitgenommen. Auch die Kinder, stellen Sie sich das vor.«

Ich nickte und dachte an die Worte meines Freundes Suko, der eine so große Furcht vor Kamikaze gehabt hatte. Leider musste ich meinem Freund Recht geben. Kamikaze war es egal, ob er sich mit einem Kind oder einem Erwachsenen abgab.

Er war gnadenlos ...

Bevor ich ging, nickte ich dem Mann zu. Ich wollte ihm mit den folgenden Worten Mut machen. »Ich werde alles tun und versuchen, Ihre Familie heil und gesund zurückzuholen. Das verspreche ich.«

»Danke!«, hauchte er. Die anderen Sätze erstickten in einem leisen Schluchzen.

Mich schluckte der Gang, und ich vernahm rechts von mir knarrende Laute, die mich aufschreckten. Sofort verhielt ich meinen Schritt, lauschte den Geräuschen und identifizierte sie nach einer Weile.

So musste eine Streckbank klingen ...

Natürlich beherbergte das London Dungeon auch ein solches Folterinstrument, das ich mir näher anschauen wollte. Im Moment wurde ich nicht angegriffen, so lief ich weiter durch den rotvioletten Lichtschein und beobachtete auch den Würfel.

In meinen Händen war er gut aufgehoben. Er »meldete« sich in seinem Innern, denn die Schlieren blitzten hin und wieder auf wie kleine Sterne.

Der Quader stand unter »Strom«. Er kämpfte gegen die Magie seines Zwillings an, um diese auszuschalten oder im Gleichgewicht zu halten, was auch immer. Und so etwas kostete Energie.

Dann sah ich die Streckbank. Sie war sehr groß. Unter der Decke der Nische hing eine Lampe, deren breiter Schein die rechteckige Bank erfasste. Sie hatte breite Ränder, auf denen die Folterknechte standen und die langen Hebelstangen betätigten, mit denen die gefesselten Opfer gestreckt wurden, an Händen und Füßen in entgegengesetzte Richtungen gezogen.

Das geschah hier. Die Wachsgestalten der Folterknechte waren zu einem unheimlichen Leben erweckt worden, sie bewegten die Stangen und setzten die Streckbank in Gang.

Ich stand im Schatten, schaute mir die Gestalten an und kam zu der Erkenntnis, dass ich einen der beiden schon gesehen hatte. Jedenfalls hatte der Besucher bei mir im Hausflur Ähnlichkeit mit diesen Folterknechten.

Schritte hörte ich.

Sie klangen lauter als das Quietschen der Folterbank. Ich drehte mich um und sah einen Henker vorbeikommen. Er trug einen Kopf auf beiden Händen. Beinahe majestätisch schritt der schwarz gekleidete Typ vorbei und verschwand.

Ich schüttelte den Kopf und dachte an meine beiden Gegner, von denen ich noch immer nichts gesehen hatte. Auch Suko war verschwunden. Die Vorstellung, dass er sich in den Händen meiner Feinde befinden könnte, gefiel mir überhaupt nicht.

In der nächsten Nische sah ich ein Skelett im eisernen Schandkäfig. Die bleichen Knochen klapperten, und der Käfig bewegte sich wie bei einem Sturm.

Auf der anderen Gangseite vernahm ich das dumpfe Poltern.

Wenig später erreichte ich den Lichterkreis und sah eine sehr schlimme Folterszene.

Unter einem mit Steinen beschwerten großen Brett lag ein Mann. Einer der Folterknechte war dabei, felsbrockenartige Steine in die Nähe des Brettes zu rollen, um sie darauf zu wuchten. So hatte man früher auch bestraft. Die Gequälten erlitten einen fürchterlichen Tod.

Ich wandte mich ab.

Zum Glück bestanden die Figuren aus Wachs. Wenn ich mir aber vorstellte, dass dies alles einmal passiert war, von Menschen ausgedacht, dann konnte ich schon ein drückendes Gefühl in der Magengrube bekommen.

Natürlich achtete ich nicht nur auf die abgebildeten Szenen, sondern auch auf die normale Umgebung.

Sie hatte sich meiner Ansicht nach verändert. Das rote Licht, das mich meinen Weg über begleitete, war intensiver geworden, sodass ich allmählich das Gefühl bekam, mich seiner eigentlichen Quelle zu nähern.

Und die hieß Akim Samaran!

Sie musste einfach so heißen.

Auf die Streckbankgeräusche achtete ich ebenso wenig wie auf das Poltern, denn vor mir bewegte sich jemand durch die Finsternis. Und der sah nicht so aus wie ein Folterknecht. Es war jemand, der aus der normalen Zeit stammte, plötzlich stehen blieb und mich anschaute, bevor er den Mund öffnete.

»Willkommen in Londons Gruselkammer Nummer eins, Geisterjäger«, erklärte mir Akim Samaran höhnisch …

Uta Gerber stand auf dem Fleck, hatte die Mordklinge gesenkt und mit der Spitze gegen den Boden gedrückt. Ihr Kopf war in den letzten Minuten leer geworden, und so sah auch der Blick aus.

Sie starrte ins Leere …

Dabei vernahm sie die zahlreichen Geräusche, die um sie herum waren. Das Poltern und Rasseln, das Quietschen und Ächzen der furchtbaren Instrumente, und sie sah auch hin und wieder die zum Leben erwachten Figuren vorbeigleiten, ohne alles richtig wahrzunehmen und innerlich zu verarbeiten. Aus diesem Grunde dauerte es eine Weile, bis sie auf die Stimme des Sohnes aufmerksam wurde, der seine Mutter angesprochen hatte.

»Mutti, du hast doch das Schwert!«

Uta zuckte zusammen. »Was habe ich?«

»Das Schwert!«

»Ja, natürlich.« Sie atmete tief ein. »Natürlich habe ich das Schwert.«

Jörg fasste nach ihrer freien Hand. »Willst du damit nicht kämpfen, Mutti?«

Uta schüttelte den Kopf, obwohl sie es nicht wollte. »Wie meinst du das denn?«

»Damit kannst du schlagen.«

»Aber das ist Gewalt.«

Jörg nickte. »Im Fernsehen machen sie es auch immer so. Bei Ritterfilmen und …«

Uta Gerber lächelte sparsam. »Ich weiß, mein Junge, dass sie es im Fernsehen so machen. Daran will ich mir kein Beispiel nehmen. Das darf ich einfach nicht.«

»Und wozu hast du das Schwert?«

Eine gute Frage, dachte Uta. »Vielleicht möchte ich Vati helfen ...«

»Dann geh doch los.«

Die Frau überlegte. Sie schaute auch an ihren beiden Kindern vorbei. Edda sagte überhaupt nichts. Die Angst hatte ihr die Kehle zugeschnürt. Sie schaute auf ein seltsames Bild. Der Henker besaß keine Waffe mehr. Er schlug trotzdem zu und bewegte dabei rhythmisch seine Arme und die leeren Hände. Die Kniende hatte ihre Haltung nicht verändert, nur die Hände faltete und streckte sie.

»Willst du es nicht versuchen, Mutti?«, fragte Jörg.

»Was denn?«

»Du musst zuschlagen und dem Henker den Kopf ...«

»Jörg, bitte!«

Der Junge verstummte. Er wusste nicht, was er noch sagen sollte. Seine Mutter schien überhaupt nicht belehrbar zu sein. »Aber du hast doch das Schwert geholt«, sagte er nach einer Weile.

»Das ist auch alles.«

»Dann geh und befreie Vati. Wenn der andere kommt, musst du schlagen, sonst wird Vater ...«

»Ich weiß es«, erwiderte Uta Gerber mit rauer Stimme. »Ich weiß es so genau.«

»Wir bleiben dann hier.« Jörg deutete auf seine Schwester. »Ich passe schon auf.«

Uta strich mit einer Hand über das blonde Haar des Jungen. Dabei bemühte sie sich, die Tränen der Angst in seinen Augen zu übersehen. So ganz gelang es ihr nicht.

»Meinst du, dass du es schaffst, Mutti?«

»Ich habe mich noch nicht dazu entschlossen, Junge.«

»Aber du kannst nicht lange warten. Ich würde ja gehen, aber ich kann das Schwert nicht halten.«

Jörgs Bitten und Quengeleien hatten bei Uta einen ersten

Erfolg gezeigt. Sie dachte darüber nach, wie es wohl aussehen könnte, wenn sie sich in Bewegung setzte und zuschlug.

Sie hatte diesen Mann noch in einer schrecklichen Erinnerung. Das war keine Wachsfigur gewesen. Wenn sie ihn tötete, käme das einem Mord gleich. Und sollte sie damit leben können?

Andererseits ging es um ihren Mann. Heinz musste aus diesem verdammten Käfig herausgeholt werden, sonst kam er vor Qualen noch um. Für Uta hatte es keinen Sinn mehr, noch länger zu überlegen. Sie musste sich endlich dazu durchringen und alles in die Wege leiten, was nötig war.

Jörg stieß sie an. »Hast du dich entschlossen, Mutti? Willst du es jetzt machen?«

Uta nickte, obwohl sie nicht davon überzeugt war. »Ja«, flüsterte sie, »ich mache es. Ich werde gehen und euren Vater befreien.«

Jörg wusste nicht, ob er erleichtert aussehen sollte. Jedenfalls nickte er zweimal und wurde von seiner Mutter so heftig umarmt, als wäre es ein Abschied für immer …

Auch Edda kam an die Reihe. Sie presste ihre tränenfeuchte Wange gegen die der Mutter, flüsterte und schluckte einige Male, bevor sich Uta nur mit Mühe von ihren Kindern lösen konnte. »Und ihr versprecht mir, hier zu bleiben?«

Die Kinder nickten.

Uta warf noch einen Blick auf den Henker ohne Richtschwert und die betende Frau. Sie rechnete damit, dass den Kindern von deren Seite keine Gefahr mehr drohte.

»Hol uns Vati zurück!«, bat Jörg. Er stand da und hatte die Hände zu Fäusten geballt.

»Ich verspreche es«, erwiderte Uta Gerber lahm, ohne allerdings selbst davon überzeugt zu sein.

Für Uta Gerber war es ein schrecklicher Gang. Sie fühlte sich selbst wie ausgelaugt. Am liebsten hätte sie sich irgendwo hingelegt, geheult und dabei gehofft, dass alles nur ein böser Traum war, was sie hier erlebte. Leider stand sie inmitten der Realität, und sie musste sich nicht nur mit diesen Dingen abgeben, auch mit den Folgen, die diese Realität brachte.

Es war einfach furchtbar.

Uta verließ die Nische und merkte es kaum. Sie warf auch keinen Blick zurück. Hätte sie jetzt auf ihre Kinder geschaut, wäre es ihr nicht mehr möglich gewesen, weiterzugehen.

So aber konzentrierte Uta die Gedanken auf ihren Mann, der sich in einer fürchterlichen Lage befand. Sie wunderte sich darüber, dass sie ihn noch nicht hatten schreien hören, denn die Lage in dem Loch konnte keiner stumm durchstehen.

Uta Gerber kam sich selbst vor wie eine dieser zu einem unheimlichen Leben erwachten Wachspuppen. Jedenfalls bewegte sie sich auf eine ähnliche Art und Weise voran. Sie setzte die Schritte nicht flüssig, die Bewegungen der Beine wirkten abgehackt und ruckartig.

Den Griff des Schwertes hielt sie nur mit der rechten Hand umklammert. Sie schleifte die Waffe hinter sich her, deren Spitze auf dem Gestein kratzende Laute verursachte, die den Weg der Frau begleiteten. Sie hatte den Platz, wo ihre beiden Kinder auf eine Rückkehr der Eltern warteten, hinter sich gelassen und warf auch keinen Blick auf die anderen Szenen, die allesamt zu einem unwirklichen Leben erwacht waren. Uta kümmerte sich nicht um die Geräusche und die Bewegungen, sie ging stur geradeaus weiter.

Es war ihr auch nicht möglich, sich auf etwas zu konzentrieren, weil in ihrem Kopf die Gedanken wirbelten. Eines allerdings kristallisierte sich immer stärker hervor.

Der Begriff Hölle!

War das die Hölle, die hinter ihr lag oder durch die sie gerade schritt? Eine Hölle auf Erden bestimmt, denn jede Qual einer Kreatur glich einer Hölle.

Uta Gerber war ein Mensch, der Gewalt bisher verachtet hatte. Nun aber war in ihrem Innern eine Sicherung durchgebrannt. Etwas funktionierte nicht mehr. Sie wunderte sich nicht einmal darüber, dass es ihr fester Wille war, Hindernisse, die sich ihr in den Weg stellten, zur Seite zu räumen.

Und so ein Hindernis sah sie.

Es war der wandelnde Henker, der durch die Gänge schlich

und einen Wachskopf auf seinen ebenfalls wachsbleichen, kräftigen Händen vor sich hertrug.

Ein enges, dunkles Trikot trug er. Seine Füße steckten in alten Stiefeln, deren Schäfte fast bis zu den Knien reichten und sehr weit waren.

Der Henker kam auf die Frau zu.

Er hatte sie noch nicht erreicht, aber Uta sah ihn, und sie sprach ihn auch an.

»Geh aus dem Weg!«, forderte sie.

Der Henker dachte nicht daran. Er gehorchte nicht den Befehlen eines Menschen.

Schnurstracks ging er weiter. Wenn Uta nicht zur Seite trat, würde er sie überrennen.

»Nein!«, flüsterte sie. »Nein, so nicht, du Schauergestalt. Ich weiche nicht zurück. Ich werde dich vernichten!« Sie wunderte sich über diese für sie schrecklichen Worte und legte auch ihre linke Hand auf den breiten Schwertgriff, damit sie die Waffe in die Höhe wuchten konnte. Für eine Hand war sie einfach zu schwer.

Der Henker ging weiter. Die Distanz zu Uta Gerber schrumpfte immer mehr. Wenn sie schlagen wollte, wurde es Zeit, das Schwert in die Höhe zu wuchten.

Das geschah mit einer glatten Bewegung, als hätte sie es schon immer getan. Darüber wunderte sich Uta. Sie holte weit aus und schlug die Klinge in Kopfhöhe wieder nach vorn.

Und traf.

Plötzlich hatte der Henker keinen Kopf mehr. Die breite und scharfe Klinge hatte den Kopf vom Rumpf getrennt, und der Wachskopf machte sich selbstständig.

Er prallte zu Boden, tickte noch einmal nach, bevor er sich überschlug und einige Schritte zur Seite rollte, wo er mit dem Gesicht nach oben liegen blieb.

Das Schwert sank zusammen mit den Armen nach unten. Uta Gerber stand auf dem Fleck, schaute den Kopf an und ließ ihren Blick auch über den Körper gleiten.

Er bewegte sich noch weiter, auch ohne Kopf, als Torso. Er

ging an Uta vorbei, und der fremde Schädel blieb dabei auf den Händen seiner ausgestreckten Arme liegen.

So verschwand er …

Die Frau drehte sich nicht um. Sie wusste überhaupt nicht mehr, was sie noch alles unternehmen sollte. Aber sie legte den Kopf in den Nacken, öffnete den Mund, und ein hartes Lachen strömte hervor, das einen fast bellenden Klang hatte.

Sie hatte getötet oder vernichtet.

Ausgerechnet sie!

Uta Gerber wollte es kaum glauben. Sie fand den Mut, sich wieder umzudrehen, und sah, wie der Kopflose wieder von dem Lichtschein verschluckt wurde, als würde er geradewegs in den Schlund der tiefsten Hölle hineingehen, um deren Herrscher anzubeten.

War es wirklich so einfach, ein Leben auszulöschen? Sie dachte darüber nach, doch sie konnte sich selbst keine konkrete Antwort darauf geben. Nein, ein Leben war es nicht, dass sie zerstört hatte. Dieser Henker war ein Monstrum gewesen. Er hatte keine Seele besessen, auch kein Herz, das besaßen nur Menschen.

Wie ihr Mann, zum Beispiel!

Siedend heiß fiel Uta Gerber ein, weshalb sie überhaupt unterwegs war. Sie wollte ihn retten, diesen verfluchten Riegel zurückziehen oder nach hinten schlagen, um das Gitter aufklappen zu können. Dann war alles erledigt, dann konnte sie ihren Mann wieder in die Arme schließen und zusammen mit den Kindern die Region des Schreckens verlassen.

Sie malte sich dies bereits aus und merkte eigentlich nicht, dass sie Wunschträumen hinterherlief. Noch lag der schwierigste Teil vor ihr. Außerdem dachte sie an den gefährlichen Killer, der Heinz überwältigt hatte.

Wenn sie auf diesen Mann traf, musste sie schnell sein, sehr schnell sogar.

Und so ging sie weiter. Beseelt von dem Gedanken, ihren Mann aus dieser furchtbaren Lage zu holen. Die Augen brannten. Es war das heiße Brennen der Tränen und das

Feuer ihrer eigenen Willenskraft, das dort zusammenkam und sich mischte.

Manchmal zuckte es um ihre Mundwinkel, wenn sie wieder eine dieser Folterszenen zu Gesicht bekam. Doch sie kümmerte sich nicht mehr darum.

Leider hatte Uta einen großen Fehler gemacht. Beseelt von dem Gedanken, ihren Mann zu befreien, hatte sie nicht so direkt auf den Weg geachtet, wie sie es eigentlich hätte tun sollen. Die ungefähre Richtung zum Eingang hatte sie zwar eingeschlagen, aber sie war von der normalen Hauptstrecke abgekommen.

Deshalb fiel ihr auch die Szene auf, die sie bisher noch nicht zu Gesicht bekommen hatte.

Sie war gut und hell erleuchtet. Im schrägen Winkel schritt Uta auf die breite Nische zu, konnte auch hineinschauen, ohne selbst gesehen zu werden, und blieb plötzlich stehen, als wäre sie vor eine Mauer gerannt.

Ihren Augen bot sich ein fürchterlicher Anblick!

Der Schlag in den Nacken hatte Suko von den Beinen gerissen, und er war mit dem Gesicht zuerst in das auf dem Boden liegende feuchte Stroh gefallen.

Für ihn war die Welt schlagartig untergegangen, aber Suko war ein durchtrainierter Mensch, der auch einstecken konnte.

Vielleicht war es auch ein innerer Motor, der den Chinesen antrieb und sein Unterbewusstsein alarmierte. Es meldete sich bei ihm und stieg hoch an die Oberfläche, sodass es die langen Schatten der Bewusstlosigkeit allmählich durchbrach.

Suko erholte sich langsam.

Es war wie das berühmte Auftauchen aus einer Tiefe ohne Boden, und fast an der gleichen Stelle, wo ihn der Hieb erwischt hatte, spürte er abermals die Berührung.

Diesmal von einer Hand.

Und sie gehörte Kamikaze, der den Inspektor mit einer Bewegung und einem heftigen Ruck auf die Beine zog, als wäre der Mann ein Stück Holz.

Suko stand – und brach wieder in den Knien ein, weil er noch zu schwach war.

Er hörte das harte Lachen seines Gegners, der ihn nicht zu Boden fallen ließ, sondern dicht vor dem Aufprall wieder auf die Füße riss, sodass Suko abermals stehen konnte.

Diesmal wurde er festgehalten.

Ein leises Lachen erreichte seine Ohren. Kamikaze hatte es ausgestoßen, und es troff vor Gemeinheit und Häme. »Ich habe dich, Chinese. Ich habe dich endlich gefangen. Akim Samarans Plan war ausgezeichnet, er ist voll aufgegangen, du wirst keine Chance mehr bekommen und stirbst so, wie die Leute früher vom Leben in den Tod befördert worden sind. Durch Hängen!«

Hängen – hängen …

Die Echos schmerzten in Sukos Kopf. Er öffnete die Augen, schaute in die Höhe und sah alles wie durch einen Schleier oder Filter.

Vor ihm pendelten die Schlingen.

Eine sehr nah, die zweite weiter rechts, während die dritte »besetzt« war.

In ihr hing die Puppe. Der Strick saß stramm am Hals des Mannes.

Noch immer hatte Suko weiche Knie. Dieser verdammte Treffer hatte ihn fast gelähmt. Allmählich kroch auch die Angst in ihm hoch, es nicht mehr schaffen zu können, denn ein Mensch wie Kamikaze kannte keine Gnade. Und gerade auf den Chinesen hatte er es abgesehen, weil dieser zuletzt die Pläne des Killers so empfindlich gestört hatte.

Zwei freie Schlingen …

Für welche der beiden sich Kamikaze entscheiden würde, war Suko nicht bekannt.

Noch hatte Kamikaze zu tun. Deshalb packte er Suko, drehte sich um und lehnte ihn gegen einen Geländerpfosten. Er war sich seiner Sache sicher, sonst hätte er nicht so reagiert. Doch zuvor wollte er sich alles bis ins Detail zurechtlegen.

Suko schwankte. Er spürte in seinem Rücken den Druck des Holzes. Das Gerüst, der Boden, die Wachspuppen, sie alle führten vor seinen Augen einen Tanz auf, sodass Suko kaum in der Lage war, eine Standortbestimmung vorzunehmen.

Auch Kamikaze bewegte sich schwankend. Mit einer spielerisch leichten Bewegung packte er die Leiter und stieß gleichzeitig den Mann in der Schlinge so weit nach hinten, dass er den nötigen Platz bekam, um die Leiter an ihm vorbeiziehen zu können.

Er hatte es geschafft, bevor der Körper wieder zurückpendelte. Die ausschlagenden Beine aber trafen eine der Wachsfigurenfrauen und stießen sie zu Boden.

Kamikaze ging mit der Leiter zu einem anderen Pfosten und lehnte sie dagegen.

Jetzt stand sie näher bei Suko.

Der hatte noch immer große Schwierigkeiten. Er wunderte sich darüber, dass es ihm gelungen war, auf den Füßen zu bleiben, denn seine Schmerzen waren nicht schwächer geworden. Tief holte er Luft, weil er damit rechnete, dass es ihm dann besser gehen würde. Auch das erwies sich als Irrtum. Suko wurde das dumpfe Gefühl in seinem Kopf einfach nicht los.

Kamikaze konnte tatsächlich mit ihm machen, was er wollte, und Suko schaffte es nicht, sich dagegen zu wehren.

»Bald hängst du in der Schlinge«, versprach Kamikaze, als er den Chinesen packte. Er hatte seine Hände dabei unter die Achselhöhlen des Inspektors geschoben. »Bald ist es so weit.«

Suko dachte an seine Waffen, die er bei sich trug, doch er war einfach nicht in der Lage, sie hervorzuholen. Die Arme schienen mit Blei gefüllt zu sein. Sie reagierten überhaupt nicht auf Sukos Befehle und baumelten träge und unkontrolliert am Körper.

Die Peitsche, die Pistole mit den Silberkugeln, der Stab, für Suko waren diese Waffen bisher nur Makulatur. An sie konnte er wegen seiner Schwäche nicht heran. Deshalb würde er sie auch kaum gegen Kamikaze einsetzen können.

Der aber hatte seine Vorbereitungen getroffen. Um die beiden Frauen und den Priester kümmerte er sich nicht.

Sie blieben innerhalb der Szene und vollführten in einem gewissen Rhythmus immer wieder die gleichen Bewegungen.

Die Leiter stand günstig. Ihre oberste Sprosse befand sich in gleicher Höhe mit der vom Querbalken herabhängenden Schlinge, und Kamikaze begab sich daran, Suko in die richtige Höhe zu hieven, damit er ihm die Schlinge um den Hals legen konnte.

Der Inspektor spürte die Hände des Killers an seiner Hüfte. Die Klauen glichen Eisenklammern, so hart und fest packten sie zu, und die Fingerspitzen wühlten sich tief in die Muskulatur der Hüfte. Suko nahm auch den Geruch des Mannes auf.

Eine widerliche Mischung aus Schweiß und Fett, mit dem er sich den Körper eingerieben haben musste.

Suko wurde hochgedrückt und gleichzeitig mit dem Rücken zur Leiter hingedreht, sodass er schon den Widerstand der Sprossen auf seiner Haut spürte.

Er atmete schwer. Kamikaze hatte längst erkannt, dass er es nicht mehr mit einem Bewusstlosen zu tun hatte, aber das machte ihm nichts aus. Er lachte fett. »Du wirst keine Chance mehr haben, Chinese. Und nun heb die Beine. Wenigstens zum Strick sollst du selbst gehen, oder ich erwürge dich.«

Suko hob die Füße an. Es bereitete ihm Mühe, seine Beine zitterten dabei. Er bekam auch Halt auf den Sprossen, schaffte es aber nicht, die Knie durchzudrücken.

Er blieb in einer nach vorn hängenden Lage und musste von Kamikaze gestützt werden.

Das war für ihn furchtbar.

Durch ruckartige Bewegungen wurde Suko in die Höhe geschoben. Zeit verging, und der Inspektor versuchte, seine Restkräfte zu mobilisieren. Er wusste selbst, wie schwer es war, den Klauen dieses menschlichen Monstrums zu entkommen. In einer Normalform hätte er da kaum eine Chance gehabt. Jetzt, da er so angeschlagen war, reduzierte sich diese Chance noch weiter, und Suko spürte auf seiner Wange kalten Schweiß.

Kamikaze hievte ihn weiter. »So ist es gut«, sagte er

flüsternd. »Du bist fast mit der Schlinge auf einer Höhe. Das ist hervorragend.« Er löste eine Hand von Sukos Körper, um die Schlinge zu packen und sie schräg an den Chinesen heranzuziehen.

Für eine kurze Zeitspanne wurde Sukos Blick wieder klar. Er stellte fest, dass Kamikaze nicht mehr so stark auf ihn achtete, weil er sich auf die Schlinge konzentrierte, und da es um sein nacktes Leben ging, setzte Suko alles ein.

Er riss sein Bein hoch und winkelte es an. Gleichzeitig rammte er es nach vorn.

Es war kein harter Stoß. Das klappte in dieser Enge einfach nicht, doch das Knie traf den anderen in Höhe der Brust. Zudem stand Kamikaze ziemlich wacklig. Er konnte den Treffer nicht mehr ausgleichen und wurde nach hinten geschleudert.

Ein Wutschrei drang aus seinem Mund, als er zu Boden krachte und Suko mit einer Hand weiterhin umklammert hielt, sodass der ebenfalls von der Leiter kippte.

Der Inspektor landete auf dem Killer, der vor Zorn fast durchdrehte. Er schleuderte Suko durch die hochgezogenen Knie von sich und sah, wie der Chinese die Arme hochriss, gegen einen Gerüstpfosten krachte und das gesamte Hinrichtungsgestell ins Wanken geriet, sodass es aussah, als würde es auseinander brechen.

Am Pfosten rutschte der Chinese nach unten.

Kamikaze kam wieder hoch. Er stierte Suko hasserfüllt an. »Okay«, sagte er nur, »okay, du hast es nicht anders gewollt. Du wolltest wohl nicht hängen, wie? Ich habe dafür Verständnis, kann aber deinen Wunsch nicht berücksichtigen.«

Kaum hatte er die Worte ausgesprochen, als er in die Tasche griff und eine dünne Schnur hervorholte.

Suko konnte sie genau erkennen, und er dachte wieder an den Toten, den er und John oben am Eingang gefunden hatten. Dieser Mann war erdrosselt worden, wahrscheinlich mit der Schnur, die Kamikaze eben hervorgeholt hatte.

Sie war sehr widerstandsfähig. Kamikaze hatte sie zweimal um seine beiden Gelenke gewickelt und zog sie vor Sukos Augen stramm. Es entstand dabei ein typisches Geräusch, das

Sukos Nerven nicht gerade zuträglich war. Wenn er noch etwas retten wollte, musste er schnell handeln.

Am besten versuchte er es mit einer Kugel. Richtig gezielt, würde sie den Killer stoppen können.

Sukos Hand tastete bereits nach der Waffe, aber Kamikaze war schneller.

Er stand längst auf den Beinen, hatte sich ein wenig gebückt und schlich auf den Inspektor zu.

»Keine Chance mehr, du gelber Affe«, sagte er leise.

»O doch, du Mörder!«

Es war nicht Suko, der gesprochen hatte, sondern eine Frau, die nahe des Blutgerüstes stand.

Uta Gerber!

Und ich sah den Würfel!

Den echten wohlgemerkt, denn vor mir stand Akim Samaran, der ihn ebenso zwischen seinen Handflächen festgeklemmt hielt, wie ich den meinigen. Wie viele Schritte trennten uns?

Genau wusste ich es nicht zu sagen. Vielleicht waren es fünf, möglicherweise auch nur vier. Es ist wirklich seltsam, über welche Lappalien man in einer so entscheidenden Situation nachdenken kann. Hatte ich mir überhaupt gewünscht, ihm gegenüberzustehen?

Im Prinzip ja, und ich wartete auch weiterhin ab, wie er reagieren würde.

Noch tat er nichts.

Aber ich sprach ihn an. »Du hast den Würfel bekommen, wie ich sehe?«

»Natürlich.« Bei der Antwort zeigte er ein breites Grinsen. In seinen Augen flackerte es unruhig.

»Hat der Spuk ihn dir überlassen?«

»Auch das. Damit siehst du, welch ein Verhältnis ich zu ihm habe. Ich stehe mit ihm auf gutem Fuß, und er hat mir einen folgenschweren Auftrag gegeben, denn durch die Kraft des Würfels ist es mir gegeben, dich zu vernichten.«

»Glaubst du?«

»Ja.«

»Und was halte ich zwischen den Händen?«

Er schüttelte bedächtig den Kopf. »Ich bin nur gespannt, welcher von beiden Würfeln stärker ist.«

»Ich auch.« Allmählich kam mir die Chose vor wie eine billige Schmierenkomödie. Kaum zu glauben, dass es blutiger Ernst war und es um Leben und Tod ging.

Er redete weiter. Ich hatte das Gefühl, als wollte er einen Triumph auskosten, als er sagte: »Du bist reingefallen. Ich habe dich in dieses Verlies gelockt, um dir einen würdigen Platz zum Sterben zu geben. Diese Umgebung ist richtig. Die Anrufe, das Auftauchen der Wachsfigur, die du besiegt hast, wie ich vermute und es auch gewollt habe, das alles findet sich zusammen und wird zu einem wahren Meisterwerk meiner Improvisationskunst. Du bist verloren, Sinclair, denn ich kam nicht allein, wie du dir sicherlich vorstellen kannst. An Kamikaze ist bisher noch jeder gescheitert, wenn der es gewollt hat. Dein Partner hat es verstanden, den Würfel vor uns in Sicherheit zu bringen, aber nur einmal. Mehr geht nicht, denn hier übernehmen wir die Regie, und wir haben zahlreiche Helfer, da die Puppen allein auf mein Kommando hören. Wir ziehen den Kreis enger und enger. Du wirst eingekesselt und nicht mehr ein noch aus wissen.«

»Mir sind deine Wachsfiguren begegnet«, erwiderte ich. »Und ich lebe noch, wie du siehst.«

»Ich habe es bemerkt. Ich wusste, wie du gegangen bist, und dass wir aufeinander treffen würden. Das alles habe ich einkalkuliert, denn der richtige Kampf beginnt jetzt, Geisterjäger. In diesem Augenblick!«

Er hatte nicht gelogen, denn ich spürte, wie Akim Samaran die Kraft des Würfels gegen mich einsetzte …

»O doch, du Mörder!«, hatte die Frau gesagt und allein durch ihre Worte dem Chinesen wieder einen Adrenalinstoß versetzt, der die Hoffnung in seinem Körper aufflammen ließ.

Und Kamikaze stoppte.

Er hatte sich bereits auf dem Weg zu seinem Opfer befunden, als er kurz einhielt, sich drehte und seinen Oberkörper dabei aufrichtete, sodass er die Frau direkt anschauen konnte.

Auch Suko schaute zu ihr hin.

Gesehen hatte er sie bisher noch nicht, aber er wusste aus Heinz Gerbers Erzählungen von ihr. Das musste Frau Gerber sein, und sie hatte sich mit einem Schwert bewaffnet, dessen Griff sie mit beiden Händen umklammert hielt.

Sie stand da wie eine Rachegöttin.

In ihrer modernen Sommerkleidung wirkte sie ein wenig verfremdet, auch die Waffe passte nicht zu ihr, und trotz des starren Gesichts erkannte Suko, dass die Frau unter einer gewaltigen Angst litt. Doch sie war über ihren eigenen Schatten gesprungen und hatte sich bewaffnet, um in den Kampf einzugreifen.

So stand sie vor dem Killer!

Hochaufgerichtet, der Blick ihrer Augen strömte Kälte aus und auch den festen Willen, alles zu tun.

Kamikaze schüttelte den Kopf. Er konnte wohl nicht begreifen, dass es ausgerechnet eine Frau war, die sich gegen ihn stellte.

Suko wollte ihr Mut zusprechen. Er musste zweimal Luft holen, um überhaupt reden zu können.

»Ich kenne Ihren Mann!«, krächzte er. »Ich habe ihn aus seinem verdammten Gefängnis befreit, auf ihn brauchen Sie keine Rücksicht mehr zu nehmen. Es geht ihm gut.«

Auch der Killer hatte die Worte gehört. Wütend fuhr er herum. »Halt dein Maul, Gelber!«

»Es stimmt aber!«

Kamikaze fauchte Suko an. »Und wenn es zehn- oder zwanzigmal stimmen sollte, was ändert es schon? Die Herren in diesem Verlies sind Akim Samaran und ich. Das werde ich euch beweisen, auch dir, du wahnsinniges Weib!«

Er nickte bei diesen Worten entschlossen und bewegte sich auf die Frau zu. Seine Augen glänzten tückisch, und seine

Zunge fuhr für einen winzigen Augenblick über die spröden Lippen, sodass sie mit glänzendem Speichel bedeckt wurden.

Er schlich.

Und er zog dabei die Schlinge zwischen seinen Händen stramm. »Schlinge gegen Schwert!«, flüsterte er dabei. »Glaube nur nicht, dass du es schaffst, Frau. Ich bin besser. Ich komme auch mit meiner Waffe gegen dich Wahnsinnige an.«

Er hatte die Worte hart ausgestoßen. Höchstwahrscheinlich sollten sie Uta Gerber Angst einjagen. Ob ihre Furcht nun größer geworden war oder nicht, war kaum festzustellen. Sie ging nur einen halben Schritt zurück und sprach Kamikaze an.

»Bleib stehen!«, forderte sie. »Bleib verdammt noch mal stehen! Wenn nicht, werde ich dich umbringen. Ich schlage zu, das schwöre ich!«

Der Killer blieb in seiner geduckten Haltung und nickte sogar. »Ja, du kannst zuschlagen, aber beeil dich. Ich habe nicht viel Zeit. Los, mach es jetzt!«

Er lockte und verhöhnte sie gleichzeitig, während sich auf seinem Gesicht das Grinsen vertieft hatte. Die Augen funkelten, Mordlust blühte in den Pupillen.

Uta Gerber wurde nervös. Sie hatte alles genau verstanden, und sie gab sich selbst einen Ruck, als sie dem Befehl nachkam.

Auch Suko schaute zu. Er wusste, dass die Frau es nicht schaffen konnte. Nicht gegen einen Mann wie Kamikaze, der alle Tricks kannte und mit allen Wassern gewaschen war. Deshalb war es Suko klar, dass er der Frau allein die Initiative nicht überlassen durfte.

Er musste eingreifen.

Und er war bewaffnet.

Augen besaß Kamikaze im Rücken keine. Aber sein Gefühl musste ihm gesagt haben, dass Suko etwas vorhatte. Während er dem ersten Schlag der Klinge tänzerisch leicht auswich, sprach er die Frau an, seine Worte jedoch galten Suko.

»Rühr dich nicht, Hundesohn!«

Uta Gerber hatte ihn verfehlt. Sie sah es mit Schrecken und schaute auch der Schwertspitze zu, die über den Boden ratschte und dort einen tiefen Kratzer hinterließ.

Sie wusste, dass Kamikaze sie zu einem zweiten Schlag nicht kommen lassen würde. Und sie sollte sich nicht getäuscht haben, denn der Killer trat plötzlich zu.

Sein rechtes Bein raste in die Höhe, wobei er die Schlinge noch immer festhielt. Uta wollte nach hinten ausweichen. Sie schaffte die Bewegung nicht mehr, da wurde sie bereits an der rechten Schulter sehr hart getroffen und musste die Faust öffnen.

Das Schwert kippte zu Boden, nachdem es für einen Moment noch auf der Spitze gestanden hatte.

Ein dröhnendes Lachen drang aus dem Mund des Killers. Ein zweiter Tritt traf Uta Gerber an der Hüfte und schleuderte sie zu Boden, während sich Kamikaze bückte, das Schwert aufhob und dann die Schlinge verschwinden ließ. Mit der Waffe in der Hand wirbelte er zu Suko herum, dem es, auf dem Boden sitzend, im letzten Augenblick gelungen war, die Silberkugel-Beretta zu ziehen.

Die Mündung wies auf Kamikaze. »Lass es!«, befahl der Inspektor …

Kamikaze hatte den Befehl verstanden. Ob er ihn auch ausführen wollte, wusste Suko nicht, jedenfalls erstarrte er in der Bewegung und drehte nur vorsichtig den Kopf zur Seite, sodass er Suko anschauen konnte.

Er hatte sich gereckt, das Schwert hielt er mit beiden Händen fest. Sein Gesicht war verzerrt, in den Augen flackerte die nackte Wut, der Mund stand offen, und Suko sah die Muskeln unter der Haut wie erstarrte Streifen.

Auch die Verletzung behinderte ihn nicht, dieser Mensch glich schon fast einer Maschine.

Der Inspektor war bereit zu schießen. Er hatte immer Rücksicht auf menschliches Leben genommen, aber diesen Mordkoloss konnte man einfach nur mit einer Kugel stoppen.

Es war kein Filmbild, auf das der Inspektor schaute, obwohl es ihm so vorkam. Nahezu lächerlich wirkten die übrigen Wachspuppen in der Nähe, die noch immer ihre gleichen Bewegungen ausführten.

Wichtig war Kamikaze.

Und der gab nicht auf.

Er hatte noch nie aufgegeben, auch jetzt nicht, wo er in die Pistolenmündung starrte.

Aus dem Stand heraus schleuderte er die mörderische Waffe!

Ich hatte schon erlebt, dass aus dem Würfel des Unheils der alles zerfressende Todesnebel gekrochen war, um mit seiner Zerstörung zu beginnen. Diesmal war es anders, da setzte Akim Samaran eine mir völlig neue und unbekannte Magie ein.

Aus den Würfelflächen stiegen die Köpfe!

Wahrscheinlich hatte er sich gedanklich mit diesen unheimlichen Wesen beschäftigt, und diese schlimmen Gedanken des Schreckens setzte der Quader in die Tat um.

Höllenschädel, rund wie Kugeln, verließen den Würfel, plusterten sich auf und flogen auf mich zu.

Es waren Gegenstände, die in allen möglichen Farben schimmerten. Das rote Licht jedoch überwog und bedeckte sie wie mit einem dünnen Schleier aus Blut.

Sie griffen mich an, und ich wusste nicht, welchen ich zuerst aufs Korn nehmen sollte, aber ich hatte den Würfel, und dem gab ich meinen Befehl.

»Vernichte sie!«

Ich war so konzentriert gewesen, dass ich meine Gedanken aussprach, und der zweite Würfel setzte das Gegengewicht.

Er zerstörte die Schädel.

Wie schon die Wachspuppen zuvor, so platzten sie vor meinen Augen auseinander und verschwanden, als hätte es sie niemals zuvor gegeben. Ich hörte Samaran lachen. Anscheinend freute er sich über die Niederlage, und er sagte:

»Ja, das war nur eine kleine Demo, wie man heute immer sagt. Der Hammer kommt noch.«

»Dann her damit!«, forderte ich.

»Er ist schon da, Sinclair!«

Ich sah ihn nicht und war deshalb sehr über seine Worte verwundert. Den Kopf drehte ich und hörte ihn wieder sprechen. »Ja, er ist schon da. Hör genau zu und sieh hin!«

»Hör genau zu …«

Sicher, seine Stimme war es, die so verändert geklungen hatte, als befände er sich meilenweit von mir entfernt und würde durch eine schallverstärkende Röhre sprechen.

Ich blickte ihn wieder an.

Sehen konnte ich ihn noch, nur hatte sich die Perspektive verschoben. Er stand in meiner Nähe und war trotzdem weit entfernt. Als hätte sich zwischen uns eine Linse geschoben und die Realität verzerrt.

Und woher kamen die flüsternden Stimmen, das Schreien der Menschen und das schreckliche Wimmern?

Es hörte sich so an, als würde jemand gefoltert. Hier im Keller? Nein, das konnte einfach nicht stimmen, das war verrückt. Es wurde hier keiner mehr gefoltert. Es war nachgebaut, es …

»Du begreifst nicht, Geisterjäger. Ich habe dich reingelegt, indem ich dich ablenkte. Der Würfel besitzt viel stärkere Kräfte, als du je angenommen hast. Er verändert die Zeiten. Er schiebt eine zurück und holt die andere hervor. Es ist die Vergangenheit, Sinclair. Die Vergangenheit, in der du dich befindest. In der Folterkammer des Mittelalters. Auf einen wie dich haben die Knechte des Königs gewartet. Sie werden dich vierteilen und langsam sterben lassen …«

Dann sah ich die beiden Schergen, die geradewegs auf mich zukamen und ihre Äxte umklammert hielten …

Kamikaze konnte nicht normal sein. In einer solchen Lage das Schwert zu schleudern, grenzte schon an Wahnsinn – oder an Berechnung, denn damit hätte keiner gerechnet. Suko auch nicht, aber er reagierte trotzdem. Er schoss und warf sich gleichzeitig zur Seite.

Noch immer nicht im Vollbesitz seiner Kräfte, hoffte er trotzdem, schnell genug gewesen zu sein. Zudem konnte er von Glück sprechen, dass die Klinge waagerecht geworfen worden war und sich in der Luft nicht überschlug.

Suko hörte den splitternden Krach, als die Klinge mit vehementer Wucht in den Stützbalken des Galgens schlug und das ganze Gerüst mitriss.

Suko, der auf der Seite lag, wollte noch wegkriechen, er war diesmal nicht schnell genug. Von oben her kamen die Balken, brachen über ihm zusammen, verkeilten sich und erwischten auch ihn, denn das linke Bein wurde von einem Holzstück festgeklemmt.

Auch der Gehängte fand keinen Halt mehr. Zusammen mit dem Gerüst wurde er in die Tiefe gedrückt. Er bekam zusätzlich noch Schwung, fiel auf den Balken, der über Suko lag, rutschte an ihm herab und blieb schräg auf dem Chinesen liegen.

Das Durcheinander war perfekt.

Und es hatte auch Uta Gerber erwischt, die es einfach nicht schaffte, sich vom Boden her in die Höhe zu hieven, weil sie der Schreck über die misslungene Aktion so gelähmt hatte.

Sie lag auf der Seite, hatte sich auf einen Ellenbogen gestützt und sah aus, als wäre ihr Gesicht mit einer Schicht aus bleichgelbem Wachs überstrichen worden.

Sie lag da und wimmerte, war in Staub gehüllt und sah aus der Wolke diesen Killer auftauchen, den es zwar erwischt hatte, was ihm aber nichts machte. Um ihn zur Aufgabe zu bewegen, bedurfte es härterer Mittel. Er kletterte unter einem der Balken hervor, schüttelte den Kopf und suchte seinen Gegner.

Das war Suko.

Dröhnend hallte dem Inspektor das Lachen dieses menschlichen Mordroboters entgegen. Mit einem wilden Fußtritt, der von einer ungezügelten Gier zeugte, schleuderte er eine im Weg liegende Wachspuppe zur Seite, damit er freie Bahn hatte, auf den Chinesen zuzugehen.

Und er zog sein Messer.

Eine schwere, breite Klinge mit einem hölzernen Griff. Spielerisch leicht warf er die Waffe in die Luft, wartete, bis sie sich einmal überschlagen hatte und fing sie mit der rechten Hand wieder geschickt auf.

Sukos linkes Bein war festgeklemmt. Zum Glück nicht so hart, als wäre eine Betonmauer darauf gefallen. Er konnte es noch bewegen und versuchte verzweifelt, es unter dem Balken hervorzuziehen. Dessen Gewicht war jedoch größer, als er angenommen hatte.

Der Chinese bemühte sich, holte Kraftreserven aus seinem Körper, hatte den Mund weit geöffnet und atmete scharf ein, wobei er den Staub schluckte, der sich in seiner Kehle festgesetzt hatte.

Das Schwert lag zu weit entfernt. Die Pistole war ihm bei dem Fall aus der Hand gerutscht, sodass er an sie auch nicht mehr herankonnte. Es wurde kritisch.

Und Kamikaze hatte das Messer.

Er hob bereits den rechten Arm und visierte Sukos Brust an, in die er die Klinge mit einem wuchtigen Wurf schleudern wollte.

Da griff Suko zum letzten Mittel.

Zum Glück konnte er seine Hände bewegen und so den Stab berühren, der in seiner Tasche steckte.

»Topar!« Suko schrie dieses wichtige Wort …

Akim Samaran kannte die Funktionen des Würfels besser als ich, und es war ihm gelungen, mich zu leimen. Er hatte die Zeiten damit manipuliert, sodass ich praktisch in einem nicht mehr zu begreifenden Raum zwischen der Gegenwart und der Vergangenheit stand.

Es war ein Novum, und ich konnte miterleben, wie es früher einmal ausgesehen hatte.

Nicht hier in diesem Verlies, an anderen Stätten. Im Tower, zum Beispiel, wo die meisten Folterungen stattgefunden hatten. Hier war nur alles nachgebaut worden.

Das Schreien war furchtbar. Dazwischen das raue Lachen der Folterknechte und die widerlichen Geräusche der in Betrieb gesetzten Instrumente. Ich hörte Frauen- und Männerstimmen. Man betete, man fluchte, und man schrie seine Angst hinaus.

Zum Glück stand ich so, dass ich mir die schrecklichen Szenen nicht anzusehen brauchte, aber die beiden Schergen, die auf mich zukamen, die erkannte ich deutlich.

An den Schneiden ihrer Äxte schimmerte noch das Blut der Opfer. Auch ihre lappigen Lederwesten waren beschmiert. Um die Gelenke trugen sie Eisenmanschetten, an den Hüften hingen klirrende Ketten.

Sie brachten das Grauen und den Tod!

Wie konnte ich mich wehren? Auf sie schießen oder es anders versuchen? Ja, ich setzte die Kraft des Würfels dagegen, da mir noch ein wenig Zeit blieb.

Was diesem verfluchten Samaran gelungen war, das musste ich doch auch schaffen!

Mir brach der Schweiß aus allen Poren, so sehr konzentrierte ich mich auf die vor mir liegende Aufgabe. Es war ungemein schwer. Ich musste die herannahende Vergangenheit zurückdrängen, das Loch im Zeitgefüge durch Magie stopfen und die Gegenwart wieder hervorholen.

Komischerweise spürte ich nichts. Es war ein unbeschreibliches Gefühl, denn mein Körper war vorhanden und schien sich trotzdem aufgelöst zu haben. Es fehlte einfach der normale Druck der Luft, dem ein menschlicher Körper ausgesetzt ist.

Ich stand im Zeitloch …

Und ich kämpfte.

Diesmal nicht mit normalen Waffen oder mit einem körperlichen Einsatz, wie ich es eigentlich gewohnt war. Nein, rein geistige Kräfte musste ich einsetzen, damit es dem Würfel gelang, die Zeiten wieder in die Reihenfolge zu bringen.

Nur dieser eine Gedanke beschäftigte mich. Er nahm mein gesamtes Ich ein.

Es gab keinen Körper mehr. Nur dieses Ich war vorhanden,

vielleicht war ich, ohne es bewusst zu merken, in eine andere Form der Materie übergegangen.

Leider drohte die Gefahr auch von einer anderen Seite.

Da kamen die Schergen.

Und sie waren bereits verdammt nahe. Ihre Äxte wippten im Gleichklang der Schritte. In den brutalen und wüsten Gesichtern mit den abgestumpften Augen regte sich nichts, als sie mich fixierten, der ich dastand und meine Hoffnung auf den rotvioletten Gegenstand zwischen meinen Händen setzte. Es musste mir gelingen, die Zeiten wieder zu ordnen, sonst konnte ich mit meiner Existenz abschließen. Ich würde in der Vergangenheit getötet und in der Gegenwart zur Leiche werden.

Pervers war so etwas.

Sie waren da.

Der Würfel zwischen meinen Handflächen schien zu glühen. Er war voll aktiviert worden, und dennoch fühlte er sich nicht heiß oder warm an. Er hatte seine Temperatur behalten.

Die Schergen wollten mich überhaupt nicht foltern, sondern gleich killen. Das bemerkte ich, als sie ihre kräftigen Arme hoben, um die Klingen der Beile in meinen Körper zu wuchten.

Ich hatte es noch immer nicht geschafft.

Plötzlich hörte ich etwas wie aus weiter Ferne. Ein Ruf, ein Schrei, ein Wort.

›Topar‹, hatte dort jemand gerufen!

Die Zeitbrücke brach zusammen!

Fünf Sekunden blieben dem Chinesen, um eine Lösung aus dieser schier unmöglichen Lage zu finden.

Fünf Sekunden, in denen diejenigen, die der Ruf erreicht hatte, sich nicht bewegen konnten und es nur dem Rufer selbst gelang, seine normalen Tätigkeiten fortzusetzen.

Die Pistole hatte Suko verloren, seine Peitsche half ihm nicht viel, der Stab reagierte nur auf die bestimmte Zeitspanne, und Suko war noch immer unter dem Balken eingeklemmt.

Er zerrte wie wild, wollte sein Bein unbedingt hervorziehen, aber er bekam es nicht völlig unter dem Balken weg.

Dabei hatte er seinen Körper gedreht, der Blick war in eine andere Richtung gefallen, und Suko sah nicht weit entfernt die Waffe liegen, die er mitgenommen hatte.

Es war die Axt!

In Griffweite lag sie da.

Der Chinese packte zu, als wäre sie der letzte rettende Strohhalm für ihn, und das musste auch so sein, denn als er den Arm mit der Axt hochgerissen hatte, waren die fünf Sekunden vorbei.

Jetzt lief alles wieder normal.

Und Kamikaze wollte werfen. Er hatte seine rechte Hand mit dem Messer zwar erhoben gehabt, aber noch kein Ziel gefunden. Vielleicht benötigte er noch eine halbe Sekunde, genau die Zeitspanne rettete Suko, denn er war um den berühmten Bruchteil schneller.

Sehr viel Kraft hatte er in seinen Wurf gelegt. Möglicherweise alles, was er momentan aus seinem Körper herausholen konnte. Er schaute dem wirbelnden und fliegenden Mordinstrument nach, das exakt ins Ziel hieb.

Kamikaze wurde erwischt.

Irgendwo zwischen Schulter, Brustseite und Hals, so genau sah Suko das nicht, weil sich der Killer nach hinten bewegte und sich noch drehte, sodass er dem Inspektor den Rücken zuwandte.

Er brach zusammen.

Dicht vor der entsetzten Uta Gerber berührte er den Boden und schaffte es, sich trotz seiner fürchterlichen Schmerzen auf Händen und Füßen abzustützen.

Nicht nur Suko atmete erlöst auf, auch die Frau stieß die Luft aus. Dazwischen hörten sie das Stöhnen des verletzten Killers, der versuchte, wieder auf die Beine zu kommen, schaffte es aber nur, sich hinzuknien.

Und so ruckte er herum.

Sein Messer hatte er verloren. Er starrte Suko aus blutunterlaufenen Augen an, während die Schneide der Axt in seinem Körper steckte und Blutfäden aus der Wunde rannen.

»Noch nicht!«, keuchte er, »noch bin ich nicht tot. Ich …« Er hob die Hand, sein Gesicht verzerrte sich, und er umklammerte tatsächlich den Griff der Waffe, um sich diese aus der Brust zu reißen.

Das geschah nicht mehr, denn nun griffen seine Helfer ein. Es waren der Spuk oder Samaran, vielleicht auch beide. Jedenfalls senkte sich plötzlich etwas Schwarzes herab, das Ähnlichkeit mit einer Wolke hatte.

Es war der Spuk.

In seiner konturlosen Gestalt schimmerte ein roter, quadratischer Fleck.

Der Würfel des Unheils.

Er hatte ihn wieder, auch wenn ihn Samaran noch hielt, der sich ebenfalls in der Wolke befand.

Beide holten Kamikaze zu sich. Der Killer verschwand vor Sukos und den Augen der Frau, als wäre er zuvor überhaupt nicht da gewesen …

Die Schergen erwischten mich nicht mehr, obwohl sie ihre Arme bereits erhoben hatten, denn die Zeitbrücke bestand nicht mehr, sodass beide Komponenten wieder getrennt wurden.

Die Henkersknechte wurden von der Vergangenheit aufgenommen. Mich hatte die Gegenwart wieder und damit das Verlies des Schreckens, in dem alles so war wie vorher.

Nur Samaran fehlte.

Ich sah ihn nicht mehr; ich spürte nur, wie das rote Licht zusammenbrach und die Kälte blieb, die mich streifte.

Die Kälte aus der Tiefe des Grauens.

Reste einer gewaltigen Wolke erkannte ich und wusste Bescheid, dass der Spuk persönlich eingegriffen hatte, um seinen Diener an die Leine zu nehmen oder zu retten.

Ich befand mich mittlerweile in einer wahren Euphorie und

wollte dem Spuk entgegenschreien, aber die Wolke zog sich ebenso rasch wieder zurück, wie sie entstanden war.

Schluss der Vorstellung.

Alles lief normal.

Niemand war mehr da, der mich angriff, und auch die Puppen bewegten sich nicht. Die Falle, die für Suko und mich aufgebaut war, existierte nicht mehr.

Ich rief den Namen meines Freundes. Meine Stimme musste im letzten Winkel des Verlieses zu hören gewesen sein, und ich bekam auch Antwort. Zwar nur schwach, aber identifizierbar.

Suko hatte sich gemeldet.

Ich suchte und fand ihn bald. Er hockte eingeklemmt unter einem umgestürzten Galgengerüst und bemühte sich, seinen Fuß hervorzuziehen, was ihm erst gelang, als ich den Balken unter Aufbietung meiner gesamten Kraft in die Höhe hievte.

Erschöpft fiel Suko zurück und bat mich darum, mich um die Frau zu kümmern.

Ihren Namen erfuhr ich später. Ich musste sie durch leichte Schläge gegen die Wange aus ihrer Erstarrung hervorholen. Sie stand da, schaute ins Leere und sprach von ihren Kindern. »Wo sind sie? Wo?«

Plötzlich drehte sie sich um. »Ich hole sie!«, schrie sie und rannte weg.

Wir ließen sie laufen.

Suko berichtete mir von seinen Erlebnissen, ich von meinen und hielt den Würfel dabei. »Ich glaube, mein Lieber, dass wir ihm so einiges zu verdanken haben.«

»Das meine ich auch.«

»Ist Kamikaze endgültig erledigt?«, fragte ich.

Suko schüttelte den Kopf und verzog das Gesicht, weil Schmerzen seinen Schädel durchzuckten. »Daran will ich nicht glauben. Er ist zumindest schwer angeschlagen.«

»Und Samaran muss sich etwas Neues einfallen lassen«, fügte ich noch hinzu.

»Keine Angst, das schafft der schon …«

Die Familie Gerber war überglücklich, dass sie alle vier mit dem Leben davongekommen waren. Sogar Heinz Gerber konnte ohne Hilfe laufen. Nach wie vor stand den Menschen die Angst ins Gesicht geschrieben.

Sie wollten so schnell wie möglich die Kerker verlassen. Auch Suko und ich hatten nichts dagegen.

Oben wartete noch ein Toter auf uns. Um ihn sollten sich die Kollegen der Mordkommission kümmern. Ich wollte mich noch mit dem Besitzer der Anlage in Verbindung setzen.

Es war einiges zu reparieren, bevor neue Gäste den unheimlichen Schrecken der britischen Historie erleben konnten …

ENDE

Nachwort

The London Dungeon gibt es tatsächlich. Wer nach London kommt, sollte sich diesen Schauer oder diese Gänsehaut einfach gönnen und dem Kerker einen Besuch abstatten.

Aber Vorsicht! Starke Nerven mitbringen. Vielleicht ist doch nicht alles so tot, was man da zu sehen bekommt …

Also dann, Freunde. Londons Gruselkammer Nr. 1 wartet auf euch!

Skylla, die Menschenschlange

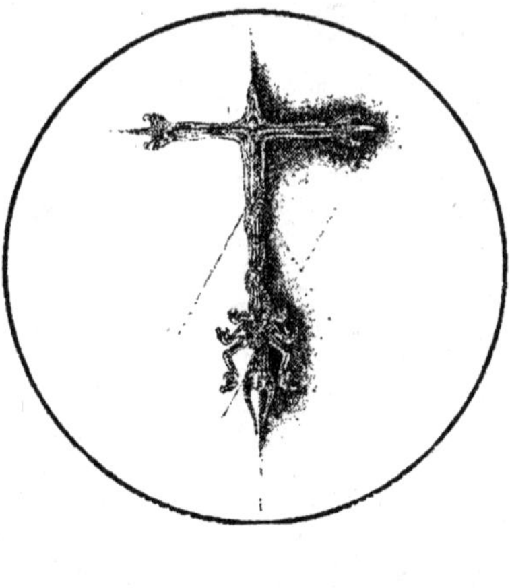

Die Marquesa umgab sich stets mit jungen Leuten.

Einmal lud sie Reisegruppen auf ihr Schloss ein, ein anderes Mal sehnte sie sich nur nach einer Person. Für sie war es das Höchste überhaupt, wenn sie einen jugendlichen Körper zu Gesicht bekam. Wie ein Spanner hockte sie oft an dem kleinen Guckloch, um zuzuschauen, wenn eines der Mädchen badete.

Die Marquesa führte ein besonderes Leben. Die Menschen aus dem nahen Dorf wussten davon nichts. In ihren Augen war die Gräfin verschroben.

Niemand ahnte, was sie in Wirklichkeit vorhatte und welch eine Teufelin hinter der Maske der harmlosen, etwas versponnen wirkenden alten Frau steckte. Einige Zeit hatte sie Ruhe gegeben. Der Winter war kühl gewesen. Sie hatte die langen Tage im Schloss bei ihrem Personal verbracht. Über das Frühjahr wollte sie auch den Mantel des Schweigens decken, aber der Sommer sollte besser werden.

Im Norden ja nicht, da regnete und schneite es in den Bergen. Hier im Süden hatte die Sonne Kraft und erwärmte die Erde mit ihren Strahlen.

Als sie in den hohen Spiegel schaute und eine Goldkette umlegte, verzog sich ihr Gesicht zu einem breiten Lächeln. Sie rieb ihre trockenen Hände, denn sie hatte sich endlich dazu entschlossen, noch ein Mädchen zu holen. Dann waren es sechs.

Die richtige Zahl.

Bei diesem Gedanken verspürte sie den innerlichen Triumph. Vielleicht bekam sie ihre Schönheit zurück. Versprochen hatte man es ihr. Was die Natur nicht schaffte, das mussten Kräfte der Magie übernehmen. Sie sollten dafür sorgen, dass das Alter überwunden werden konnte, leider mussten dafür Opfer gebracht werden, und die fielen selbst der Marquesa nicht leicht.

In den Hallen ihres Schlosses war es immer ein wenig kühl, aus diesem Grunde nahm sie die Stola und hängte sie sich um. Danach verließ sie ihr Ankleidezimmer.

Das Personal hatte sie weggeschickt. Bis auf einen tauben Diener war davon niemand mehr im Hause. Er musste ihr zur Seite stehen und sie während des Essens bedienen.

Die hohe Tür knarrte, als die Marquesa sie aufzog. Sie trat hinaus in den langen Gang und spürte etwas von der Düsternis, die das Schloss in seinem Innern ausstrahlte.

Wer die Geschichte der Familie verfolgte, konnte darüber einen Horrorroman schreiben. Es war furchtbar. Die Ahnherren der Marquesa hatten ebenso schlimm gewütet wie die Borgias. Nur waren die Frascettis nicht so bekannt geworden, da ihr Geschlecht stets eine zweite Geige im Machtkampf gespielt hatte.

Darunter litt die Marquesa, die Letzte der Frascettis, heute noch. Und sie wollte dafür sorgen, dass die alten Zeiten zurückkehrten, aber anders als früher und noch gefährlicher.

Die Wände des Ganges zeigten den Bilderschmuck einer Ahnengalerie. Zumeist finstere Typen schauten den Betrachter an. Die Frauen sahen ebenso verschlagen aus wie die Männer. Manche von ihnen waren sogar noch schlimmer gewesen. Man hatte sie als Giftmischerinnen gekannt, und sie waren zu traurigen Berühmtheiten geworden.

Sie schritt über die alten Teppiche, durchquerte die seidig schimmernden Lichtinseln der Lampen und näherte sich dem Trakt, in dem sie die Gäste unterbrachte. Unter einem gebogenen Durchgang schritt sie her, erreichte eine Galerie, die tiefer in das Schloss hineinführte, und blieb vor einer alten Tür stehen, die zu einem Zimmer führte, in dem in der Vergangenheit eine grausame Geschichte ihren blutigen Lauf genommen hatte. In diesem Raum waren Menschen geköpft worden.

Heute diente er als Gästezimmer. Nun wollte die Marquesa das alte Grauen wieder auferstehen lassen.

Sie klopfte.

Es war nicht mehr als ein Alibiklopfen. Schnell drückte die Marquesa die Klinke nach unten, um das Zimmer zu betreten. Sie huschte leise über die Schwelle, sah sich im Raum um und erkannte die Unordnung. Kleidungsstücke lagen auf dem breiten Prunkbett verteilt. Ein lappig wirkendes Hemd, eine schmutzige Jeanshose, Sachen, die die Marquesa nie getragen hätte.

Das Mädchen war nicht da, aber die Marquesa glaubte zu wissen, wo sie sich aufhielt. Sie wandte sich nach rechts. Draußen war es noch nicht dunkel, dennoch fiel kaum Tageslicht in den Raum, da die Vorhänge zugezogen waren, sodass die Marquesa weder die Scheiben noch das Meer sehen konnte, dessen Brandung unter dem auf den Klippen stehenden Schloss gegen die hohen Felsen donnerte.

Die zweite Tür des Zimmers führte ins Bad. Über die Lippen der alten Frau glitt ein böses Lächeln. In ihren Augen funkelte es, als sie dicht vor der Tür stehen blieb und die in der oberen Hälfte angebrachte Klappe zurückschob.

Bisher hatte sie ein kleines Guckloch verdeckt gehabt. Mit einer Hand hielt die Marquesa die Klappe fest und brachte ein Auge bis dicht an das Loch. Normalerweise hätte sie nur einen kleinen Ausschnitt des anderen Zimmers erkennen können, durch eine raffinierte Optik aber war es ihr möglich, den Raum dahinter in einem größeren Blickwinkel zu überschauen.

Und sie sah das Mädchen!

Zwischen dem kostbaren Marmor, den goldenen Armaturen und den rustikal wirkenden Spiegeln hätte sich die Kleine bestimmt nicht wohl gefühlt. Sie war eine Rucksacktouristin und von der Marquesa aufgegabelt worden.

Aus London war Mary Stallock gekommen, hatte Italien durchwandern wollen, trug natürlich wenig Geld bei sich und hatte die Einladung der Marquesa auf dieses Schloss nur allzu gern angenommen. Schon seit drei Tagen wohnte das Geschöpf mit den langen rotblonden Haaren in den alten Räumen, und die Marquesa hatte Mary bisher in Ruhe gelassen. An diesem Abend würde sie zuschlagen.

Mary stand vor dem Spiegel. Sie war erst vor kurzem aus der Wanne gestiegen. Letzte Reste des schaumigen Badewassers verschwanden gerade im Abfluss, als Mary sich kämmte. Sie war nackt, und die Marquesa konnte ihren Rücken sehen. Nicht nur den Rücken, auch die vordere Körperseite, denn das Mädchen stand vor dem Spiegel. Mit dem Kamm fuhr sie durch das lange Haar. Die Bewegungen des jungen Gastes wirkten träge, zeigten eine gewisse Zufriedenheit. Die Kleider, die auf dem Hocker lagen, hatte die Marquesa ihr geschenkt.

An diesem Abend sollte sich der Gast schick machen. Sie wollten nicht in der Halle essen, sondern draußen, auf dem Dach eines Vorbaus, wo das Weinlaub wuchs, der Efeu seine Arme ausstreckte und der Blütenduft vom Tal her aufstieg.

Die Augen der alten Frau funkelten. Der nackte Mädchenkörper machte sie an. Nicht sexuell, nein, es war etwas anderes, das durch ihre Adern strömte.

Ein dämonisches Gefühl …

Sie holte tief Luft. Ihre Finger bewegten sich, die Hände bildeten Fäuste, ihre Zunge fuhr über die spröden Lippen, und sie musste sich zunächst die Kehle freiräuspern, um überhaupt ein Wort sagen zu können.

»Bald, meine kleine Mary, bald …«

Mehr sagte sie nicht. Dafür handelte sie und zog unter ihrem Kleid etwas hervor, das nicht in die Hand einer Marquesa passte. Es war ein Messer mit langer Klinge.

Die Frau starrte die Waffe an. Ein seltsames Glänzen lag plötzlich in ihren Augen, bevor sie den Kopf nach vorn drückte und mit den Lippen den kalten Stahl berührte.

Es war eine Geste, ein Kuss.

Der Todeskuss für Mary Stallock!

Im Juni sind die Tage besonders lang und hell. Da machte es Spaß, bis Mitternacht im Freien zu sitzen, ein Glas zu trinken, Musikklängen zu lauschen oder zu feiern.

Mary Stallock genoss die Stille, die trotzdem nicht monoton war, denn die Natur lebte. Das Mädchen hatte die Augen geschlossen, den Kopf zurückgelehnt, nahm den schweren Blütenduft auf und lauschte dem nie abreißenden Klang der Brandung.

Es war ein wunderbares Erlebnis. Sie fühlte sich wie im siebten Himmel, außerdem war sie satt, denn die Marquesa hatte ein vorzügliches Mahl auffahren lassen.

War es ein Traum oder Wirklichkeit?

Das wusste Mary manchmal selbst nicht, und sie hatte regelrecht Angst davor, die Augen zu öffnen, weil sie fürchtete, den Traum wieder zu zerstören.

Und dennoch riss sie sich zusammen, schaute hoch und stellte fest, dass der Platz ihr gegenüber leer war. Die Marquesa hatte den Tisch verlassen, ohne dass es Mary bemerkt hatte.

Darüber erschrak sie, aber sie schob es ihrer Stimmung zu, die nicht besser hätte sein können.

Es war alles wie ein Traum: Die Einladung der Marquesa, die Tage auf dem Schloss, das Essen, die Umgebung, die Landschaft, das Meer, der Blütenduft und der herrliche Rote, der in den Kristallgläsern funkelte, samtig schmeckte und dafür sorgte, dass der Genießer ein Gefühl der Schwerelosigkeit bekam, das irgendwie in diese laue Sommernacht hineinpasste.

Jetzt Flügel haben und einfach wegfliegen, dachte Mary. *Über das Meer, hinein in den dunkler werdenden Himmel, der Sonne entgegen, die den Horizont mit einem Meer aus Flammen zu bedecken scheint.*

Das war schon etwas.

Aber es war ein Traum. Sie hatte keine Flügel, sie war Gast der Marquesa, und wenn sie ehrlich zu sich selbst war, musste sie sich eingestehen, dass sie noch nie so gute Tage verlebt hatte wie die letzten hier auf dem Schloss. Es ging ihr gut, zu gut.

Mary Stallock musste sich überwinden, um überhaupt aufzustehen. Fast drei Gläser Wein hatte sie geleert, und sie fühlte den leichten Schwindel, als sie vor dem Stuhl stehen blieb. Für einen Moment schloss sie die Augen, schon bald hatte sich ihr Kreislauf wieder umgestellt, und sie hörte das Rascheln der feinen Seide.

Um der Marquesa einen Gefallen zu erweisen, hatte sie dieses Kleid angezogen. Es zeigte ein Tupfenmuster, wie man es aus den Anfängen des Jahrhunderts her kannte. Zudem schien es für sie gemacht zu sein. Es schmiegte sich eng an ihre Haut, und bei jeder Bewegung spürte sie die Kühle der

Seide, wenn sie sich verschob oder über die Spitzen ihrer Brüste glitt, die deutlich hervortraten.

Die Marquesa hatte darauf bestanden, dass Mary dieses Kleid anzog und möglichst wenig darunter. Das zwanzigjährige Girl aus London hatte darüber nur gelacht, war diesem Wunsch aber gern nachgekommen, obwohl ihr die Marquesa keinen Grund genannt hatte.

Mary mochte die Marquesa, die ihr versprochen hatte, am nächsten Tag mit ihr nach Neapel zu fahren. So prächtig das Schloss auch war, raus musste Mary einfach, denn bisher hatte die Adelige sie in den alten Mauern festgehalten, was Mary nicht mal als so unangenehm empfand, da es für sie in diesem Bau viel zu entdecken gab.

Zudem konnte sie sich im Schlossgarten herrlich entspannen. Sie lag im Liegestuhl und schaute auf die Zweige der voll in Blüte stehenden Büsche und Bäume und beobachtete die sanften Bewegungen der Palmwedel im Wind.

Sie schritt über die mit kleinen Steinen belegte Terrasse und stellte sich an die wuchtige Brüstung. Sie bestand aus großen Steinen und war, wie auch das Schloss, bereits einige Hundert Jahre alt. Von hier aus schaute sie in den Garten hinab, auch auf das Meer sowie die Dächer des kleinen Ortes, in dem die meisten Menschen vom Fischfang lebten, und wo die Zeit stehen geblieben war.

Es brannten bereits einige Lichter. Sie schienen einen Gruß in die Höhe schicken zu wollen.

An der Seite zum Schloss hin wuchs der Efeu besonders dicht. Er rahmte auch die Tür und das kleine Fenster im Mauerwerk ein, das keine Scheibe besaß.

Dahinter war es dunkel, bis auf einen helleren Umriss, der sich als Gesicht herausstellte.

Die Marquesa beobachtete das Mädchen. Sie schaute auf den gebeugten Rücken, und ihre Lippen hatten sich zu einem diabolischen Lächeln in die Breite gezogen, als sie sah, wie eng die Seide des Kleides den Körper umschmeichelte.

Mary hätte nichts anzuziehen brauchen. Unter den brennenden Blicken der Marquesa schien sie nackt zu werden. Die alte

Frau hob ihren rechten Arm. Für den Bruchteil einer Sekunde blitzte die Stahlklinge des Messers auf, als sie die Waffe auf die Fensterbank legte, die Lippen bewegte und unhörbare Worte sprach.

Sie sollte die letzte sein. Die kleine Engländerin machte den Reigen der Sechs komplett.

Nur ahnte Mary davon nichts. Das Mädchen aus London genoss den herrlichen Ausblick auf Meer, Stadt und Land und schaute auch in den Himmel, der immer dunkler wurde.

Die Nacht würde kommen, etwas Kühlung bringen und die Wärme des Junitages ablösen.

Aus den Bergen im Landesinnern strich der Wind und vereinigte sich mit dem kühleren Luftstrom über dem Golf. Er fuhr auch gegen die Mauern des Schlosses, wehte über die Terrasse, sodass Mary seine Kühle mitbekam und fröstelte.

Wenn sie noch im Freien sitzen bleiben wollte, musste sie sich etwas überziehen.

Schritte schreckten sie auf. Sie stieß sogar einen leisen Schrei aus, als sie herumfuhr. Ihr Blick fiel nicht auf die Marquesa, sondern auf den stummen Diener, der neben dem Tisch stand und damit begann, die leeren Schalen des Desserts abzuräumen. Für das Mädchen hatte er keinen Blick, und Mary gestand sich ein, dass der Diener, der Bonzo gerufen wurde, ihr Furcht einflößte. Sein Gesicht zeigte Spuren von Härte, die ihr nicht gefielen. Es waren tiefe Falten, die sich in die Haut gegraben hatten und wie Gräben wirkten. Bonzo trug auch am Abend eine dunkle Brille, und diese Gläser verstärkten den unheimlichen Gesichtsausdruck.

Mary wandte der Brüstung jetzt den Rücken zu, während sie den Diener beobachtete. Die klobigen Hände wollten eigentlich zu einem Mann seines Berufs nicht passen. Wenn er abräumte und nach den Schalen griff, gerieten sie jedes Mal in den Schein der kleinen Tischleuchte, die einen gelbroten Schimmer über seine Finger warf.

Er würdigte Mary keines Blickes. Ob er sie tatsächlich nicht anschaute, wusste Mary nicht. Die dunklen Gläser der Brillen verbargen einfach zu viel von seinen Augen.

Er ging, das Klappern der Gläser begleitete ihn noch eine Weile. Mary fröstelte. Sie mochte den Mann überhaupt nicht, und sie fragte sich, wie ihn die Marquesa nur hatte einstellen können.

Dann sah sie das Gesicht.

Zufällig war ihr Blick auf das kleine Fenster neben der Tür gefallen. Ein heller Schatten, mehr nicht, und als sie noch einmal hinschaute, war er verschwunden.

Mary lächelte leicht. Sie hatte wohl ein wenig zu viel von dem Roten getrunken. Jetzt sah sie schon Gespenster, wo keine waren. Die Marquesa jedoch war echt.

Sie betrat die Terrasse und hatte eine Stola mitgebracht, die sie ihrem Gast fürsorglich umhängte. »Es ist ein wenig kühl geworden«, sagte sie und ließ die Hände auf Marys Schultern liegen. »In diesen Nächten kann man sich leicht erkälten.«

»Das stimmt.«

»Oder willst du hinein?«

»Nein, Marquesa, wir können ruhig noch ein wenig sitzen bleiben.« Mary wunderte sich darüber, dass sie sich nicht bewegte. Sie stand da, spürte die knochigen Finger der alten Frau auf ihrer Schulter und hatte das Gefühl, ein seltsames Kribbeln zu erleben, das durch den Körper strich und von den knochigen Fingern der Marquesa ausging.

Was war nur mit ihr los?

Mary wusste es selbst nicht. Sie stand auf der Terrasse des Schlosses wie eine Statue und hatte das Gefühl, ihr eigenes Ich würde mehr und mehr ausgeschaltet. Sie atmete nur flach und durch die Nase. Den Druck der Finger empfand sie als belastend und gleichzeitig auch lähmend. War es vielleicht die Folge des genossenen Weines?

Sie konnte es nicht sagen, sie wusste nur, dass ihr die weiteren Handlungen so fremd vorkamen, als wäre es nicht sie selbst, die die folgenden Worte sprach.

»Die Nacht ist wunderbar!«, flüsterte sie.

»Ja, du hast Recht, kleine Mary. Man sollte sie genießen.«

Das Mädchen lächelte. »Ich liebe diese Nächte. Leider sind sie in London sehr selten.«

»Wir sind in Italien. Hier ist alles ganz anders.« Die Marquesa löste ihre rechte Hand von Marys Schulter. Die junge Engländerin merkte es kaum. Ihr Blick verlor sich in der Ferne, wo sich am weiten Firmament ein herrliches Spiel aus Farben abmalte. Wie die untergehende Sonne ein letztes Mal versuchte, ihre roten Speere in die herannahende Dunkelheit zu schicken, und den Kampf dennoch verlieren musste.

Mary sah auch nicht, wie die Marquesa ihre rechte Hand unter die Jacke schob und das hervorholte, was vorhin noch auf der inneren Fensterbank gelegen hatte.

Die Finger umklammerten den schmalen Griff der Messerklinge. Die alte Frau spürte die Spannung, die sich ihrer bemächtigt hatte. Der dämonische Einfluss war da, er brachte das Blut zum Kochen. Das war immer so, wenn sie vor einer entscheidenden Tat stand. Diesmal besonders, denn mit diesem Opfer sollte das Ritual erfüllt sein.

Bonzo stand in der Tür wie ein erstarrter Schatten. Er schaute zu, regte sich nicht und sagte auch nichts. Seine Zeit würde noch kommen.

»Weshalb kann es nicht immer so bleiben?«, fragte Mary flüsternd. »Es ist so schön.« Vor Freude hätte sie am liebsten die ganze Welt umarmt.

»Ja, meine Kleine, du hast Recht. Genieße den Ausblick. Genieße deine letzten Sekunden. Viel Zeit bleibt dir nicht mehr.« Die Stimme klang zischend. Sie hatte jedes weiche Timbre verloren, denn die Marquesa Frascetti ließ die Maske fallen.

Mary hatte nicht begriffen. Sie gab sich weiterhin ihren Träumen hin, als die Marquesa einen Schritt zurücktrat, wobei sie die linke Hand auf der Schulter des Mädchens liegen ließ.

Den rechten Arm hielt sie angewinkelt. Das Messer zeigte genau auf eine bestimmte Stelle im Rücken der Mary Stallock.

»Genieße es, meine Kleine. Genieße die letzte Sekunde, bevor du zu Skylla kommst.«

»Ich ...« Endlich hatte Mary begriffen, doch es war zu spät! Die Messerklinge war bereits unterwegs.

Und sie traf!

Nur einmal zuckte Mary hoch. Die Seide des Kleides färbte sich rot. Die alte Frau ging zurück, ließ ihr Opfer los und begann leise zu lachen. Mary kippte nach vorn.

Es war eine langsame Bewegung, die durch nichts aufzuhalten war, auch nicht durch den Tisch, der vor ihr stand.

Mit ihrem vollen Körpergewicht kippte sie darauf, räumte das Windlicht zur Seite und blieb so liegen.

Mary Stallock, das Mädchen aus London, war tot!

»Bonzo!«

Ihr Ruf klang wie das Krächzen eines Raben. Der stumme Diener setzte sich sofort in Bewegung. Wie einst der Graf Dracula aus den düsteren Winkeln seines Schlosses erschienen war, so kam auch Bonzo herbei. Seine dunkle Kleidung passte sich den Gläsern der Brille an, und er sah den ausgestreckten Finger der Marquesa, dessen Spitze auf die über dem Tisch liegende Leiche deutete.

Bonzo fasste zu. Zunächst zog er das Messer aus dem Rücken, dann hob er die Tote hoch, als wäre sie leicht wie eine Feder. Mit einer lässigen Bewegung schleuderte er sie über die Schulter.

»Du gehst vor!«

Bonzo nickte. Er kannte den Weg, er kannte die genauen Abläufe. Schließlich war es das sechste Opfer der Gräfin, das er transportieren musste.

Die Marquesa folgte ihm. In ihrem Gesicht zuckte es. Der Triumph zeichnete ihre Züge. Sie hatte es endlich geschafft. Lange genug hatte sie ja darauf hingearbeitet, nun war es so weit. Jetzt konnte Skylla endlich erwachen und auch ihr einen Gefallen tun.

Bonzo wusste, wohin er zu gehen hatte. Sie mussten ans Meer, zu den Klippen. Sie hätten den normalen Weg durch den Turm nehmen können, der wäre aber mit der Last auf der Schulter zu beschwerlich.

Die Marquesa hatte ihn vor einigen Jahren einbauen lassen.

Ein kleines Vermögen hatte sie das gekostet, doch bei ihr spielte Geld keine Rolle.

Natürlich war der Aufzug nicht einzusehen. Eine Wand war davor, die sich per Knopfdruck zur Seite schieben ließ.

Lautlos glitt die Wand weg.

Die Stahltür eines Lifts lag vor den Augen der beiden Personen und wurde von Bonzo aufgezogen.

Er betrat mit seiner Last als Erster den Lift. Die Frau folgte ihm, sah den Rücken der Toten und auch das Blut, das die Seide des Kleides getränkt hatte.

Die Tür schwappte ins Schloss. Die Marquesa drückte einen Knopf, ein kurzer Ruck, dann fuhr der Lift an. Auch die untere Aufzugtür war nicht zu sehen. Blendmauerwerk verdeckte sie.

Die beiden verließen die Kabine.

Es war düster hier unten. Durch lukenartige Fensteröffnungen fiel kaum noch Licht. Sie waren genau umrandete graue Schatten, die sich wie viereckige Glotzaugen abzeichneten.

Rechts davon endete die normale Wendeltreppe. Man musste schon Kondition mitbringen, um all die Stufen zu schaffen, die bis hoch zur Terrasse und zur Brüstung führten.

Der Turm war mit einer dicken Holztür gesichert. Sie war verschlossen, aber die Frau besaß den Schlüssel. Sie schloss auf und zog die Tür auf. An die knarrenden und schleifenden Geräusche hatte sie sich längst gewöhnt, und auch Bonzo zuckte mit keiner Wimper.

Der Weg war frei.

Wieder ließ die Frau ihren Diener vorgehen, der die Leiche ins Freie schleppte.

Der Strand war nicht sehr breit. Die Wälle türmten sich dahinter und wirkten wie auf der Lauer liegende vorsintflutliche Ungeheuer. Zwischen ihnen schäumte und gurgelte das ablaufende Wasser, wurde zu Strudeln und Trichtern verengt, bis die letzten Wellen an dem schmalen, hellen Sandstreifen ausrollten.

Bonzo hatte dafür gesorgt, dass man über Stege, die einzelne Felsbuckel miteinander verbanden, bis auf das Meer hinausgehen konnte und einen weiten Blick bis zur nächsten Insel bekam, die der Küste vorgelagert war.

»Geh!«, sagte die Frau.

Er schritt vor. Seine Füße sanken in dem hellen, sehr feinen Sand ein. Als die auslaufenden Wellen seine Fußspitzen berührten, drehte er nach links ab und wandte sich dem ersten Felsen zu, den er erklettern musste, denn genau dort begann der Steg.

Für Bonzo eine Kleinigkeit. Er lief zwei Schritte, blieb stehen und schaute sich nach der Marquesa um, die ihm folgte. Sie hatte etwas mehr Mühe, schließlich war sie einige Jahre älter, doch helfen lassen wollte sie sich nicht.

»Geh schon!«

Die Dunkelheit hatte den letzten Rest des Tages vollends abgelöst. Es lag eine besondere Stimmung über der Küste. Ein Spiel aus den grauen Schatten der Nacht, in das als Farbtupfer das helle Weiß der quirlenden Wellen und Strudel hineinglitt. Die schmatzenden Geräusche des Wassers begleiteten die beiden Personen, und links von ihnen, wo die Felsen zu einer Trutzmauer hochwuchsen, schäumte das Meer in langen Streifen gegen den natürlichen Widerstand.

Die gebrochenen Wellen wurden in die Höhe geschleudert und bildeten Gischtfontänen, die wie lange Schleier wieder zurückfielen und sich mit dem anderen Wasser vereinigten.

Der Himmel hatte eine tiefblaue Farbe angenommen. Das Heer der Sterne war als ein funkelndes Meer zu erkennen und schien zum Greifen nahe zu sein.

Ein wahrlich traumhaftes Bild, für das die beiden Menschen keinen Blick hatten. Sie balancierten über den Steg, der die einzelnen Felsen miteinander verband und so hoch angelegt war, dass die Wellen ihn bei normalen Windverhältnissen nicht überspülten. Nur die Gischt fiel manchmal wie ein Schleier auf das Holz, aber die Planken waren trotzdem relativ trocken.

Der erste und für die beiden Wanderer letzte Felsen stach besonders hoch aus dem Meer. Der Steg verlief deshalb auch leicht schräg, und beide mussten sich vorsehen, um nicht auszurutschen.

Hier jagten die Wellen mit voller Kraft gegen. Gischt fuhr als feiner, nie abreißender Schleier in die Höhe und nässte auch die beiden Personen, deren Weg auf diesem kantigen Stück Stein beendet war. Er bot genügend Platz und war zudem auf seiner oberen Seite relativ flach, sodass Bronzo und die Marquesa einen einigermaßen sicheren Stand bekamen.

Sie schauten auf das Meer.

Es lag als weite, dunkle Fläche vor ihnen, als wollte es die Unendlichkeit mit seinen Wellen umarmen. Die Wogen zeigten ein nie abreißendes Spiel aus Berg und Tal. In der Ferne fuhr ein hell erleuchtetes Schiff vorbei. An Deck wurde getanzt und gefeiert.

Am Strand aber wartete das Grauen.

Die Marquesa Frascetti schob Bonzo zur Seite. Sie wollte vom Felsenrand aufs Meer schauen, hinausblicken in die gewaltige Ferne und dann ihren Ruf erschallen lassen, den der Wind wie einen unheimlich klingenden Schrei über die Wellen an sein Ziel tragen sollte.

Bonzo beugte sich ein wenig vor, sodass die Tote von seiner Schulter rutschte. Er ließ sie nicht auf das Gestein fallen, fing sie zuvor ab und richtete sich wieder auf.

Kaum stand er, hob die Marquesa beide Arme und legte ihre Hände rechts und links gegen den Mund. Bonzo wusste, was kam. Er wunderte sich, woher diese alte Frau die Kraft für einen solchen Schrei nahm.

Sie tat es.

»Skylla …!« Ein Ruf lauter als der Donnerhall. Er übertönte selbst die Brandung. Er hallte über die Wellen hinaus auf das Meer.

»Skylla! Dein letztes, dein wichtigstes Opfer!« Bei diesen Worten ging sie in die Knie und streckte die Arme aus. Sie flehte, beschwor, doch das Meer blieb ruhig.

Es wogte in seinem immerwährenden Rhythmus, während der Nachthimmel über die mit Gischt besetzten Kämme der Wellen strich und an den hochaufragenden Felsen entlangfuhr.

Skylla, diese geheimnisvolle Person, rührte sich nicht. Sie, die in der Tiefe des Meeres wohnen musste, blieb auch dort verborgen.

Die Marquesa schüttelte den Kopf. Sie konnte es nicht begreifen, dass sie von Skylla im Stich gelassen wurde, holte wiederum tief Luft und setzte zu einem erneuten Ruf an.

Diesmal noch lauter als die beiden vorherigen zusammen. Dabei stellte sie sich auf die Zehenspitzen, sodass es für einen Moment so aussah, als würde sie nach vorn fallen und im Wasser verschwinden. Sie fing sich wieder und trat von der Kante zurück. Wenn Skylla nach diesem Ruf nicht antwortete, wollte sie es aufgeben, dann hatte es keinen Sinn, da sie in dieser Nacht nicht bereit war, das Opfer anzunehmen.

Noch warteten die beiden. Bonzo stand wie ein Denkmal hinter der Marquesa. Er überragte sie um Haupteslänge. Durch seine dunkle Brille mit den großen Gläsern war von seinem Gesicht so gut wie nichts mehr zu sehen. Der Kopf saß wie ein gerundeter Felsen auf dem Hals, und nur seine Mundwinkel zuckten hin und wieder.

Die Frau drehte den Kopf. Wind schob sich wie eine gierige Hand unter die linke Seite ihrer Stola und ließ sie flattern. »Sie hört heute nicht. Sie will einfach nicht hören, es ist schrecklich. Was habe ich ihr nur getan? Was?!«, schrie sie. In einem Anfall von Wut und Verzweiflung schlug sie mit beiden Fäusten gegen die breite Brust ihres stummen Dieners, der diesen Ausbruch über sich ergehen ließ und das schluchzende Geräusch hörte, mit dem die Marquesa einatmete.

Bonzo schaute über sie hinweg. Trotz der dunklen Brille konnte er erkennen, wie sich im Meer ein großer heller Strudel bildete.

Da tauchte etwas auf …

Bonzo tippte seiner Herrin auf die rechte Schulter. Sie verstand das Zeichen, löste sich von ihrem Diener und drehte sich gleichzeitig auch um. Ihr Blick fiel auf die wogenden Wellen, sie sah die runden, hellen Schaumstreifen und schrie: »Skylla. Sie hat uns gehört. Der Hölle sei Dank! Sie hat uns erhört!« Hoch hob sie beide Arme, streckte sie aus und stand voller Erwartung da.

Bonzo wusste genau, was er zu tun hatte. Umsonst hatte er die Tote nicht mitgenommen. Er bückte sich, hob die Leiche auf und stemmte sie, mit beiden Händen festhaltend, über seinen Kopf, sodass sie auf den Handflächen lag wie ein flaches Paket. Selbst die Arme hielt er an den Körper der Leiche gepresst.

Die alte Frau schuf ihm Platz. »Wir müssen sie ins Meer werfen. Wir müssen der Skylla beweisen, wie gut wir es mit ihr meinen. Wir müssen ihr endlich zeigen, dass es so weit ist. Wirf sie ins Meer!«, brüllte sie plötzlich und schüttelte dabei den Kopf, sodass die zu einer Pagenfrisur geschnittenen Haare durcheinander flogen.

Bonzo schritt vor. Wo die Marquesa vorhin gestanden hatte, verhielt auch er seinen Schritt, stellte sich auf die Zehenspitzen, beugte sich für einen Moment zurück, da er den nötigen Schwung bekommen wollte, und schleuderte seine Arme nach vorn.

Die Leiche löste sich.

In einem gewaltigen Bogen und mit sehr viel Schwung flog sie zuerst über die Wellen, bis sie der Erdanziehungskraft Tribut zollen musste und in den Fluten verschwand.

Das Meer schluckte alles.

Wie Skylla, die verschmähte ebenfalls nichts.

Die Marquesa Frascetti war nicht mehr zu halten. Sie wollte möglichst alles mitbekommen, deshalb trat sie dicht an den Rand des Felsens, um eine noch bessere Sicht zu bekommen. Sie hatte die Hände fest gegeneinander gelegt, ihr Blick war starr, in den Knien war sie leicht eingesunken, und ihr Nicken zeigte an, dass sie mit dem folgenden Ablauf der Ereignisse sehr zufrieden war.

Der Strudel war heller und quirliger geworden. Nichts zeigte sich dort, aber das Wasser schäumte so auf, als würde es kochen.

»Sie ist da!«, rief die alte Frau. »Ich sehe sie nicht, ich spürte sie nur. Ja, sie ist da. Sie hat auch das letzte Opfer angenommen. Jetzt kann uns nichts mehr passieren.« Als Zeichen ihrer Freude rieb sie sich die Hände. Das Wasser schäumte noch stärker auf. In der Tiefe musste sich Unheimliches abspielen, große Gewalten stießen dort aufeinander, die stärker waren als die Kraft des Wassers und sie auch durchdrangen.

Etwas peitschte hoch.

Vor Schreck schrie die Marquesa auf, sie ging dabei zurück und fiel in die Arme ihres Dieners. Aus großen Augen starrte sie auf den Gegenstand, der aus dem Wasser tauchte und mit einer immensen Kraft ausgestattet war, denn der Arm, er schimmerte schwarz-grün, schlug wieder zurück, peitschte erneut in die Fluten, sodass er das Wasser zu gewaltigen Wellen auftürmte, die gegen den Felsen anrollten und ihn fast noch überspült hätten.

Dann war der Arm verschwunden.

Nur allmählich beruhigte sich das Meer wieder, sodass die Wellen normal auslaufen konnten. Die beiden Menschen auf dem Felsen rührten sich nicht. Sie standen da wie angenagelt, schauten auf das Wasser und konnten es kaum fassen.

Besonders die Marquesa nicht.

Sie zitterte am gesamten Körper, und Bonzo musste sie festhalten, sonst wäre sie noch gefallen. »Das sechste Opfer«, sagte sie. »Das sechste Opfer. Es ist vollbracht. Wir haben es geschafft, Bonzo! Wir beide!« Sie lachte schrill auf, drehte sich um und ging.

Bonzo, der Diener, trottete hinter ihr her wie ein gehorsamer Hund.

Ich hatte mein Büro kaum betreten, als Sir James schon anrief und mich an den Apparat bekam, weil Glenda und Suko nicht da waren. Suko machte eine Woche Urlaub.

Ich gönnte es ihm, endlich mal auszuspannen und mit seiner Shao wegzufahren. Sie trieben sich irgendwo in den Bergen der Schweiz herum, wo sie nur Ruhe haben wollten.

Ich war in London geblieben und hielt die Stellung. Zwei Tage des Urlaubs waren schon um, etwas Aufregendes hatte ich nach meinem Abenteuer in Londons Grusel-Kammer Nr. 1 nicht erlebt, nur spielte mir das Wetter einen Streich.

Es war verdammt kühl geworden, und die wolkenreichen Tiefdruckgebiete brachten vom Atlantik her immer neuen Regen mit. So einen nassen Juni hatten wir lange nicht mehr gehabt.

»John, ich hätte Sie gern gesprochen.«

»Sofort, Sir?« Ich dachte dabei an meinen Kaffee, den mir Glenda noch nicht gekocht hatte.

»Wenn es geht.«

»Okay, ich komme.«

Die Stimme des Superintendent hatte irgendwie anders geklungen als sonst. Aufgeräumter, nach guter Laune. Und das war verdächtig. Wenn Sir James so redete, hielt er zumeist einen Trumpf in der Hinterhand, so beschloss ich, auf der Hut zu sein.

Auf dem Flur begegnete mir Glenda Perkins, meine Sekretärin. Sie nieste und sah auch sonst ziemlich verschnupft aus.

»Gesundheit«, sagte ich zur Begrüßung.

»Die fehlt mir eben.«

»Wenn ich Zeit habe, bedaure ich dich«, sagte ich und tätschelte ihre Wange.

»Rühr mich nicht an, sonst kriegst du auch was ab.«

»Ich werde es überstehen. Falls du mich suchen solltest, ich bin beim Alten.«

»Okay, John.« Sie lächelte hintergründig.

Sir James saß hinter seinem Schreibtisch und schaute auf das Fenster. Hinter der Scheibe lagen die dicken Regenwolken. Er schüttelte den Kopf. »Ein mieses Wetter ist das, finden Sie nicht auch, John?«

»Und wie.«

Er drehte sich auf dem Stuhl. »Ja, ja, da sollte man eigentlich in südlichere Regionen fahren und Urlaub machen.«

»Sie sagen es, Sir. Suko hat es ja geschafft.«

»Der wird in den Bergen auch Regen haben. Man hört so einiges von den Heimkehrern. Aber sonst geht es Ihnen gut, nicht?«

»Natürlich.« Ich wurde immer misstrauischer. Noch hatte Sir James die Katze nicht aus dem Sack gelassen. Wie ich ihn kannte, würde das dicke Ende noch folgen.

»Haben Sie eigentlich keine Lust, in Urlaub zu fahren?«, fragte er mich.

Ich lachte. »Lust schon. Fragt sich nur, ob man mich lässt. Wenn ich den Urlaub zusammenrechne, den ich noch zu bekommen habe, könnte ich ein Jahr Pause machen.«

»Tatsächlich?«

»Ja.«

»Was glauben Sie, John, wie lange ich pausieren könnte? Auch ich habe seit Jahren keinen zusammenhängenden Urlaub mehr gehabt. Aber vergessen wir das. Ich habe Sie rufen lassen, um Ihnen einen Urlaub anzubieten.«

Ich war sprachlos, saß da, schaute meinen Chef an und schüttelte den Kopf.

»Glauben Sie mir nicht?«

»Nein, Sir.«

»Doch, Sie dürfen fahren. Ich habe sogar ein Urlaubsland für Sie ausgesucht.«

»Ach ja. Und welches?«

»Italien.«

Ich wiegte den Kopf. »Nicht schlecht. Dazu zähle ich auch die Berge. Ich denke da an Südtirol …«

»Nein, das will ich Ihnen nicht zumuten, John. Dort ist das Wetter schlecht. Sie fahren weiter in den Süden. Ans Meer. In die Nähe von Neapel, dort hatten sie ja schon mal einen Auftritt.«

»Ich erinnere mich, die Sache mit den Dolchen und dem Unhold.«

»Richtig. Es ist übrigens ein kleiner Ort. Ein Fischerdorf. Sie werden sich dort wunderbar entspannen können und sogar einen alten Freund treffen.«

»Wen denn?«

»Will Mallmann.« Sir James grinste so seltsam.

»Ach, sagen Sie nur. Macht er da auch Urlaub?«

»Ja, man könnte es so nennen.«

»Aber jedes Ding hat zwei Seiten. So wie ich Sie kenne, Sir, ist das doch kein so großartiger Urlaub, wie Sie ihn mir angekündigt haben. Ich habe das Gefühl, als wäre die andere, die unangenehme Seite viel ausgeprägter, oder nicht?«

»So dürfen Sie das nicht sehen, John.« Sir James verzog das Gesicht, als wären ihm die nächsten Sätze einfach zuwider. »Ich will ehrlich sein, es gibt in der Tat ein sehr kleines Problem, das Sie zusammen mit Kommissar Mallmann ganz nebenbei lösen könnten.«

»Aha.« Ich nickte. »Endlich kommen wir zum Kern meines sonderbaren Urlaubs. Und wie heißt das Problem?«

Sir James beugte sich vor. Plötzlich war aus seinem Gesicht das Lächeln verschwunden. Er schaute mich sehr ernst an. »Das Problem sind sechs verschwundene Mädchen oder Frauen.«

Mein Lächeln verflog. Sechs verschwundene Mädchen oder Frauen, das war in der Tat kein Kinderspiel. »Sind sie ermordet worden?«, fragte ich.

Sir James hob die Schultern. »Vielleicht, auf jeden Fall leben sie nicht mehr so wie früher.«

Ich schüttelte den Kopf. »Das verstehe ich nicht.«

»Es ist auch schwer. Ich will versuchen, es Ihnen zu ... Nein, lassen Sie es mich Ihnen zeigen.« Sir James öffnete eine Schublade und holte eine durchsichtige Tüte hervor. In ihr steckte ein Schwarzweißfoto. Mit spitzen Fingern zog der Superintendent es hervor und reichte es mir. »Schauen Sie es sich genau an! Dann sagen Sie mir, was Sie davon halten.«

Das Foto war ungefähr so groß wie meine Hand. Als sehr deutlich und scharf konnte man es nicht bezeichnen. Ich hatte Mühe, Einzelheiten zu erkennen. Das merkte auch mein Chef. Er schob mir eine Lupe rüber.

Ich suchte das Bild mit der Lupe ab. Was ich im Hintergrund entdeckte, sah grau-weiß aus. Ein Meer mit gischtenden Fluten und hochgerissenen Wellen. Davor schob sich ein Gegenstand aus dem Wasser, der mich an eine Schlange erinnerte, die bei näherem Hinschauen Ähnlichkeit mit einem Kraken bekam, denn die Seeschlange besaß sechs Fangarme.

An ihrem oberen Ende jeweils zeigten die Arme eine Verdickung, und als ich noch genauer hinschaute, kristallisierte sich etwas aus dieser Verdickung hervor, das ich zuerst nicht glauben wollte.

Es waren Köpfe!

Gesichter …

Ich hielt den Atem an. Auch Sir James sagte nichts. Er ließ mich mit meiner Entdeckung allein. Ich hörte nur, wie die Luft aus seiner Nase strömte.

Es dauerte eine Weile, bis ich das Bild aus den Fingern legte und es meinem Chef zurückgab.

Er ließ es wieder in der Tüte verschwinden. »Na, haben Sie es gesehen, John?«

»Ja.« Ich griff zu den Zigaretten und zündete mir ein Stäbchen an.

»Und was sagen Sie?«

»Das ist eine Schlange oder ein Krake …«

»Ein Seemonster, meine ich.«

»Mit Menschenköpfen!«

»Richtig, John. Mit den Köpfen der Frauen, die allesamt vermisst worden sind. Die Mädchen stammen aus allen Teilen Europas. Da ist Germany ebenso vertreten wie England oder Frankreich. Dass wir überhaupt auf die Spur der sechs Mädchen gelangen konnten, haben wir Interpol zu verdanken. Deren Computer hatte die Fakten gesammelt und war zu dem Ergebnis gekommen, dass es Gemeinsamkeiten zwischen den Mädchen gab. Sie alle waren Rucksacktouristinnen oder Tramperinnen.«

»Und sind ermordet worden.«

»Ja.«

»Wie sind Sie auf die Spur gekommen, Sir? Und auch an das Foto? Wer hat es geschossen?«

»Ein Polizist aus London, der mit seinem reichen Bruder einen Segeltörn unternahm. Sie kreuzten vor der Westküste Italiens im Golf von Neapel. Es muss kurz vor Einbruch der Dunkelheit gewesen sein, als dieses Ungeheuer plötzlich aus dem Wasser erschien. Zum Glück griff der Polizist sofort zur

Kamera und hat es aufgenommen. Das Bild ist nicht scharf, aber die Gesichter konnten wir trotzdem erkennen. Er brachte das Bild mit, ich bekam es in die Hände und ließ es technisch auswerten. Unser Computer leistete gute Arbeit. Eines dieser Gesichter ist mit einer Person identisch, die seit einigen Tagen in London vermisst wird. Ihr Name lautet Mary Stallock. Wir kamen zuerst auf den Trichter, alarmierten unsere Kollegen in den Nachbarländern, das Foto wurde mit den Bildern der Vermissten verglichen, und siehe da, die Personen waren identisch. Die verschwundenen Personen oder deren Köpfe befinden sich auf den Tentakeln dieses sechsarmigen Monstrums.«

Das war harter Tobak. Von wegen Urlaub. Ich drückte meine Zigarette aus und schaute zu, wie Sir James einen Schluck von seinem kohlensäurefreien Wasser nahm und an seiner Brille rückte. »Wie gesagt, John, Kommissar Mallmann vertritt die deutsche Seite und befindet sich bereits in Muracca, so heißt der kleine Küstenort, in dessen Nähe das Monstrum gesichtet wurde.«

»Hält nur Will die Stellung?«, fragte ich.

»Ja – und Sie ab morgen.«

Ich winkte ab. »Ein toller Urlaub.«

»Wieso?«, fragte Sir James. »Sie fahren schließlich nicht allein nach Muracca.«

Ich war überrascht. »Haben Sie Suko zurückbeordert?«

»Das nicht. Er hat seinen Urlaub verdient.«

»Mit wem soll ich dann fahren?«

»Sie nehmen Miss Perkins mit.«

Das war der Klopfer des Monats. Ich sollte dienstlich mit meiner Sekretärin in Urlaub fahren? Das schlug dem Fass den Boden aus. »Und das ist Ihr Ernst, Sir?«

»Natürlich.«

»Was steckt dahinter?«

»Ein klarer Gedanke. Ich habe auch schon mit Glenda gesprochen, weil der Fall doch ziemlich gefährlich werden kann. Sie soll einen Lockvogel spielen.«

Jetzt verstand ich. Sechs Mädchen waren verschwunden. Ihre Köpfe befanden sich auf den Krakenarmen. Und Glenda, ebenfalls noch ziemlich jung, sollte die mir noch unbekannten Täter anlocken. Keine leichte Art, Urlaub zu machen, wie ich ehrlich zugeben musste. Auch verdammt haarig. Was konnte da nicht alles passieren!

»Sie haben es sich gut überlegt?«, fragte ich.

»Ja, es ist alles durchgesprochen. Nur möchte ich Sie bitten, John, dass Sie sehr genau auf Glenda Acht geben. Sie haben sich das Bild angesehen. Die Gefahr lauert überall. Das Monstrum ist echt, John, davon gehe ich aus. Was dahinter steckt, welche Teufelei sich verbirgt, kann ich Ihnen nicht sagen. Finden Sie es heraus.«

Ich stand auf. »Eines dürfen Sie nicht machen, Sir«, sagte ich noch zu ihm.

»Und was?«

»Mir keinen schönen Urlaub wünschen!«

»Das hätte ich auch nie zu Ihnen gesagt, John. Aber ich wünsche Ihnen viel Glück. Vielleicht finden Sie auch noch ein wenig Zeit, um das Angenehme mit dem Nützlichen zu verbinden.«

»Und das wäre Ihrer Meinung nach?«

»Fragen Sie Glenda.« Er grinste so, als wäre er über alles informiert. Wahrscheinlich traf es auch zu. Ich kannte Glenda sehr gut, wir hatten auch zusammen einige Nächte verbracht, und so etwas hatte sich leider herumgesprochen.

Rot wurde ich nicht, aber ich lächelte verschmitzt, bevor ich das Büro verließ.

Auf dem Gang atmete ich tief durch. Viel besser ging es mir nicht. Ich hatte die Stirn in Falten gelegt und dachte über den neuen Job nach. Es wäre nicht das erste Mal gewesen, dass ich auf ein Monster traf, aber eines mit sechs Menschenköpfen, das schlug schon dem Fass den Boden aus.

Zurück in mein Büro ging ich. Im Vorzimmer duftete es nach dem berühmten Kaffee. Glenda hockte vor der Maschine und hämmerte. Sie schaute überhaupt nicht hoch und tat so, als hätte sie von meinem Eintreten nichts bemerkt.

Ich schlich an ihr vorbei, ging zur Steckdose und zog den Stecker heraus.

Die IBM bekam keinen Saft mehr, und Glenda zuckte zusammen, als sie das merkte.

»Wenn einen die Arbeitswut mal packt«, sagte ich, »soll man so lange warten, bis sie vorbei ist.«

»Das sagst ausgerechnet du?« Sie drehte sich um. Eine lange, blaurot gestreifte Hose trug sie. Ihre weit geschnittene Jacke fiel bis über die Hüfte, und unter dem dünnen, weißen Sommerpullover spannte sich ihr Busen. Eine Augenweide. Das schwarze Haar trug Glenda seit neuestem kurz und aufgestellt. Es stand ihr gut.

»Ich kann es mir erlauben, meine Liebe.«

»Und wieso?«

»Weil ich bald in Urlaub fahre. Gemeinsam mit dir! Wann hatten wir das schon – und dann noch dienstlich?«

»Stimmt.« Sie lächelte kokett. »Passt es dir nicht?«

»Das Gegenteil ist der Fall. Nur habe ich dich nicht gern als Lockvogel, verstehst du? Und deinen Kopf auf dem Arm eines Kraken zu sehen, ist auch nicht das Wahre.«

»So weit sind wir noch nicht. Sir James hat es auch nicht angeordnet, sondern mit mir zusammen darüber gesprochen. Wir haben uns gestern zusammengesetzt und darüber diskutiert. Ich kenne die Gefahren genau, John. Trotzdem war ich einverstanden.«

»Ja, das musste wohl so sein.«

»Sicher.«

»Dann können wir beide uns ja schöne Ferien wünschen.« Sie zwinkerte mir zu. »Vorausgesetzt, dass wir uns sehen. Vergiss nie, dass ich eine Rucksacktouristin bin!«

»Und du meinst, dass die Gegenseite so ohne weiteres auf dich hereinfällt?«

Glenda schaute mich erstaunt an. »Hat dir Sir James denn nichts davon gesagt?«

Ich wurde ärgerlich, das war auch meiner Stimme anzuhören. »Er hat mir vieles von dem Auftrag erzählt, wohl aber einiges absichtlich verschwiegen.«

»Ja und nein. Es gibt eine Spur. Eine der Verschwundenen, eine Deutsche, hat eine Karte nach Hause geschrieben. Und sie berichtete von einer gewissen Marquesa Frascetti, auf deren Schloss sie aufgenommen wurde und wie im Märchen lebte. Da kann dir Will Mallmann sicherlich mehr darüber sagen.«

»Und du willst dir das Schloss ansehen?«

»Nicht nur das, John. Auch darin wohnen. Auf der Karte stand, dass die Marquesa den allein reisenden Mädchen gegenüber sehr sozial eingestellt ist …«

Ich winkte ab. »Schon gut. Geh du auf dein Schloss!«

»Und du, John?«

»Ich werde dann den Schlossgeist spielen, der Nacht für Nacht die Leute erschreckt.« Mit dieser Antwort verließ ich das Vorzimmer und ging in mein Büro.

Ich war sauer!!

Die Mauern hoben sich mit ihrer beeindruckenden Gradlinigkeit von dem grauen Gestein ab und ragten in den Himmel. Ein viereckiger Turm stand wie ein stummer Wächter über dieser alten Burg am Strand.

Die Burg war nicht sehr groß, wirkte aber in ihrer Bauweise ein wenig verschachtelt. Die einzelnen Trakte gingen ineinander über. Es gab Galerien, Vorsprünge, Wege und sogar eine Terrasse, wie Glenda Perkins von unten her erkennen konnte.

Sie kam aus der Stadt, hatte sich dort nach dem Weg erkundigt und folgte dem Lauf der Küste.

Wer sie so sah, hätte nie geglaubt, es mit Glenda Perkins zu tun zu haben.

Eine junge Frau, deren dunkles Haar von einem roten Stirnband gehalten wurde, die alte Jeans trug, feste Wanderschuhe, einen verwaschenen blauen Pullover mit einer leichten Windjacke darüber und einen prall gefüllten Rucksack auf dem Rücken.

So steuerte sie die Burg an.

Der Pfad war steinig. Es musste seit einiger Zeit nicht mehr geregnet haben, denn ihre Füße wirbelten dünne Staubfahnen auf. Das Meer lag rechts von Glenda. Eine weite Fläche, die am Horizont mit dem Himmel verschmolz.

Als romantisch und reizvoll sah sie den kleinen Fischerhafen an, der zum Ort Muracca und zum offenen Meer hin durch eine Mauer geschützt war.

Glenda hatte nur mehr wenige Meter zu laufen, um ihr Ziel zu erreichen. Sie war gespannt, wie die Marquesa ihre Ankunft aufnehmen würde. John Sinclair, der sich im Ort befand, hatte zuerst mitgehen wollen, es sich dann jedoch überlegt. Sollte irgendetwas passieren, würde Glenda ihn über Funk verständigen. Das Gerät hatte sie tief in ihrem Rucksack verborgen.

Ein Düsenriese flog hoch über ihrem Kopf. Sicherlich brachte er die Touristen nach Neapel. Wer die Schlepperei nicht gewohnt ist, kommt schnell ins Schwitzen. Wie Glenda. Sogar ihr Stirnband war schweißnass.

Vor der Burg wurde der Weg breiter. Glenda sah Reifenspuren! Sie stand vor dem Hauptgebäude. Trutzig ragte die Burg in die Höhe. Eine Mauer, die einen Hof umschloss, war nicht vorhanden. Errichtet war das Gebäude aus flachen Bruchsteinen. Es musste eine Heidenarbeit gekostet haben, so hoch zu bauen.

Die Dächer zeigten die blassroten Pfannen, die so typisch für südliche Regionen waren. Efeu und andere Gewächse rankten an den Mauern hoch. Vögel nisteten in den zahlreichen Spalten und Rissen. Man hörte das Rauschen des Meeres und das Donnern der Wellen gegen die felsige Küste.

Ein breites Eingangsportal bot sich den Blicken der einsamen Wanderin, und als sie näher kam, entdeckte sie auch einen Klingelknopf und einen altmodischen Klopfer.

Ob man ihre Ankunft beobachtet hatte, wusste Glenda nicht, sie konnte es sich allerdings vorstellen, weil der Weg vor der Burg ziemlich frei war.

Sie schellte.

So forsch sie sich noch nach der Landung gegeben hatte, jetzt bekam sie doch leichtes Herzklopfen. Automatisch dachte sie an die sechs vermissten und wohl toten Mädchen.

Sie wollte keinesfalls das siebte sein. Dennoch hatte sie das Gefühl, vor der Höhle des Löwen zu stehen.

Zunächst tat sich nichts.

Kein Öffnen der Tür, nicht mal Schritte in der Nähe. Es blieb ruhig.

War niemand da?

Glenda versuchte es ein zweites Mal, und jetzt brauchte sie nur noch Sekunden zu warten, als sie das drehende Geräusch eines Schlüssels im Schloss vernahm, bevor die Tür geöffnet wurde.

Wie es sich für einen Schlosseingang gehörte, quietschte sie in den Angeln. Über Glendas Lippen zuckte ein Lächeln. Sie war gespannt, wer sie empfangen würde, und zuckte Sekunden später zurück, als sie in das Gesicht mit der dunklen Brille schaute.

Der Mann stand auf der Türschwelle wie ein Felsbrocken. Er hatte einen Arm ausgestreckt, mit dessen Hand er sich an der Türkante abstützte. Ansonsten schaute er Glenda durch die fast schwarzen Gläser der Brille an und schob sein Kinn ruckartig vor.

Glenda kostete es Überwindung, zu lächeln und die Worte möglichst freundlich zu sprechen. »Bon giorno«, grüßte sie. »Haben Sie Platz für eine einsame Wanderin?«

Er gab keine Antwort.

Glenda versuchte es noch einmal mit ähnlichen Worten und sah die bezeichnende Gestik des Mannes, wie er mit seinem Zeigefinger auf seinen Mund deutete.

Glenda verstand.

Er konnte nicht sprechen, er war stumm.

»So ist das«, sagte sie. »Tut mir Leid, aber ich hätte gern die Marquesa gesprochen.«

Der Brillenträger hob die Schultern.

Glenda schüttelte den Kopf. Obwohl der Kerl ein Mensch war, kam er ihr vor wie eine Mauer. »Die Marquesa«, sagte sie. »Prego, ich habe eine Nachricht von Jutta bekommen …«

»Jutta Liebig etwa?«, erklang plötzlich eine Frauenstimme aus dem Hintergrund, und der Diener schuf bereitwillig Platz.

Marquesa Eleonora Frascetti erschien, und sie war Glenda Perkins vom ersten Sichtkontakt her schon nicht geheuer. Die Frau hatte dunkel gefärbtes Haar, das ihr mageres, mit Rouge und Schminke überdeckten Gesichtes, einrahmte. Die schmalen Lippen waren blutrot geschminkt. An den krallenartigen Fingern steckten zahlreiche Ringe, in deren Fassungen kostbare Steine funkelten. Die dunklen Augen in den tiefen Höhlen umrahmten eine leicht gekrümmte Nase. Sie waren fragend auf Glenda gerichtet, deren Blick auch über das lange, blaue Kleid der Frau glitt.

»Ja, Signora. Ich meine Jutta Liebig. Sie ist eine gute Freundin von mir und schrieb mir auf einer Karte, wie toll sie von Ihnen, Marquesa, aufgenommen worden ist.«

»Sagen Sie nur, mein Kind.«

»Ja, so ist es.«

»Dann kommen Sie doch bitte herein.«

Glenda hob die Schultern. »Ich weiß nicht so recht. Ich kann nicht einfach …«

Die Frau nickte gnädig. »Doch, mein Kind, Sie können. Ich sehe Ihnen an, dass Sie hungrig und durstig sind. Wahrscheinlich sind Sie den Morgen über gewandert und haben noch nichts gegessen.«

»Das stimmt.«

»Dann nichts wie rein mit Ihnen.«

Nach dieser Aufforderung gab Bonzo den Weg frei und öffnete die Tür ganz. Wegen seiner dunklen Brille konnte Glenda nicht erkennen, ob er sie beobachtete oder nicht.

Die Sekretärin aus London betrat die große Halle und schaute sich staunend um. Sie musste so reagieren, schließlich war sie nur eine simple Tramperin. »Meine Güte«, flüsterte sie. »Welch eine Pracht.«

Die Marquesa antwortete auf Englisch. »Ja, diese Burg befindet sich schon sehr lange im Besitz der Familie. Bonzo, schließ die Tür!«

Der Diener drückte sie ins Schloss. Es gab keinen lauten Ton, trotzdem hatte Glenda das Gefühl, als wäre soeben der Eingang einer Gruft hinter ihr zugefallen.

Die Marquesa streckte den Arm aus. »Kommen Sie, mein Kind, ich werde Ihnen ein Zimmer zeigen, wo Sie ihr Gepäck ablegen und sich etwas frisch machen können.«

»Aber das ist doch nicht nötig.«

»Ich bitte Sie. So viel Zeit muss vor dem Essen sein.«

»Meinetwegen.«

»Bonzo, sag du in der Küche Bescheid.«

Der Diener nickte und ging.

Die Marquesa aber führte Glenda die Treppe hoch und sprach ohne Unterlass. Sie redete darüber, wie sehr sie sich doch freute, eine Bekannte von Jutta Liebig kennen zu lernen.

Glenda glaubte ihr kein Wort!

»Aber Sie kommen nicht aus Germany?«, fragte die Marquesa, als sie in einem langen Gang stehen geblieben waren.

»Nein, ich bin aus London. Ich lernte Jutta in Paris kennen. Wir trampten, freundeten uns an …«

Die alte Frau lachte. »Ja, ja«, krächzte sie. »Ich verstehe schon. In euren Adern fließt das gleiche Abenteurerblut.«

»So ist es.«

Sie schritten durch das Schloss. Glenda bestaunte die Bilder der Ahnen, stellte hin und wieder Fragen, auf die sie stets konkrete Antworten bekam. Allmählich zeigte sich, dass die Frascetti es in der Vergangenheit geschafft hatten, durch Gewalt, Mord und Terror zu Reichtum zu gelangen.

»Und Ihr Zimmer befindet sich dort«, erklärte die Marquesa, bevor sie lächelnd auf eine Tür deutete, die sich in keiner Weise von den anderen unterschied.

Noch zögerte Glenda. »Soll ich wirklich?«

»Natürlich, mein Kind. Machen Sie sich frisch, ruhen Sie sich aus und berichten Sie mir beim Essen über Jutta.«

»Ja, das werde ich.«

Glenda betrat den Raum, der drei hohe, schmale Fenster hatte und von der Einrichtung her manchen Kunstliebhaber in helles Entzücken versetzt hätte. Allein die große Kommode mit der wertvollen Intarsienarbeit war unter Brüdern nicht unter fünftausend Pfund zu bekommen.

Den Rucksack legte Glenda ab. Bevor sie ihn öffnete, ging sie zur Tür, zog sie noch einmal blitzschnell auf und schaute auf einen leeren Gang. Es hatte also niemand an der Tür gelauscht.

Einigermaßen beruhigt nahm sie auf dem Boden Platz, kippte den Rucksack und löste die Verschnürung. Unter der Wäsche und dem Notproviant – bestehend aus Keksen und Vollkornbrot – fand sie das flache Sprechfunkgerät, das in jede Hemdtasche passte.

Glenda zog die dünne Antenne hervor und schaltete auf Empfang. John meldete sich sofort mit dem vereinbarten Codewort.

»Ich bin im Schloss, John.«

»Alles in Ordnung?«

Sie zögerte etwas. »Bis jetzt ja. Und bei dir?«

»Auch klar.«

»Mir ist es nicht geheuer, John. Diese alte Tucke hat noch einen stummen Diener. Vor dem müsste ich mich vorsehen. Er trägt stets eine dunkle Brille, daran wirst du ihn erkennen, falls dich dein Weg mal in diese Regionen führt.«

»Bestimmt.«

»Ich muss Schluss machen. Wir hören später voneinander. Die Marquesa hat mich nämlich zum Essen eingeladen, weil ich angeblich so hungrig aussehe.«

»Ja, das hat die Hexe zu Hänsel und Gretel auch gesagt.«

»Ja, wie eine Hexe sieht die Alte fast aus. Okay, John, ich melde mich wieder, aber wie es so aussieht, wird mich dieses Weib wohl nicht so ohne weiteres ziehen lassen.«

»Wenn es Ärger gibt, kommen wir.«

»Danke. Bis bald.«

Glenda schaltete das Gerät aus, schob die Antenne zusammen und packte alles wieder ein. Dann erhob sie sich. Eine zweite Tür führte geradewegs in ein Bad, das prachtvoll ausstaffiert war. Luxus, wohin man schaute. Es fehlte nur noch, dass der Klodeckel vergoldet gewesen wäre.

Glenda hatte sich entschlossen, das Spiel mitzumachen. Sie

zog sich aus, stellte sich unter die Dusche und war in wenigen Minuten fertig. Dann zog sie sich um.

Dabei entschied sie sich für einen grünen Pullover und weiße Jeans. Inzwischen war eine halbe Stunde seit ihrer Ankunft vergangen. Sie hoffte, dass diese Zeitspanne akzeptiert wurde.

Bevor sie den Raum verließ, fuhr sie sich noch einmal mit ihren Fingern durch das Haar. Diesmal erschrak Glenda, als sie die Tür öffnete, denn nicht weit entfernt stand Bonzo. Auch jetzt hatte er seine Brille nicht abgenommen. Er nickte Glenda zu und deutete auf die Treppe. Es sollte wohl eine Einladung sein.

Zum Glück war das Licht zu schwach, um die Röte im Gesicht der jungen Frau sehen zu können. Der Schreck war Glenda in die Glieder gefahren, als sie Bonzo so plötzlich gesehen hatte, und sie fragte sich, ob er etwas von dem Gespräch mitbekommen hatte. Wenigstens hatte er nicht in diese Richtung hin reagiert, das war schließlich auch etwas wert.

Sie schritt über die Treppe und hatte die Hälfte kaum hinter sich gelassen, als sie die Marquesa entdeckte. Am Ende der Stufenreihe hielt sie sich auf und schaute Glenda lächelnd entgegen. »Wie freue ich mich, wieder einen Gast begrüßen zu dürfen.«

»Aber es sind doch Umstände, die ich Ihnen …«

»Nein, mein Kind, auf keinen Fall.« Die Adelige breitete die Arme aus, um Glenda in Empfang zu nehmen. Mit ihren dünnen Armen umfasste sie den wohlproportionierten Körper und drückte ihn an sich. »Wie schön und gut gewachsen du doch bist. Ein frisches junges Mädchen, wie ich es einmal gewesen sei.«

Glenda schaute über die rechte Schulter der Frau hinweg und verdrehte die Augen. Dieses Gerede ging ihr auf den Nerv, aber sie konnte auch nicht groß widersprechen, da sie ihre Gastgeberin nicht beleidigen wollte.

Endlich ließ die Frascetti sie los. »So, meine schöne junge Frau. Nun gehen wir zu Tisch. Im Kaminzimmer hat das Mädchen gedeckt.«

Sie schritten unter einem bogenartigen Türsturz her und erreichten das Zimmer, in dessen Kamin ein Feuer flackerte. Zwei Mädchen in schwarzen Kleidern und gestärkten weißen Schürzen verbeugten sich, als beide eintraten.

An einem ziemlich langen Tisch nahmen sie jeweils an den Enden Platz, und die Mädchen begannen damit, das Essen aufzutragen.

Zwischen Glenda und der Adeligen stand ein dreiarmiger Leuchter mit brennenden Kerzen. Auch ein Blumengesteck diente als Dekoration, und die Marquesa entschuldigte sich dafür, dass das Mahl nicht so opulent ausgefallen war wegen der Kürze der Zeit.

»Aber ich bitte Sie«, sagte Glenda. »Was ich hier esse, bin ich nicht gewohnt. Wenn man trampt und studiert, ist man mit einem Hamburger oft mehr als zufrieden.«

»Dann wird es Ihnen hoffentlich munden.«

Das tat es tatsächlich.

Das Menü begann mit einer leichten Gemüsesuppe, in der dünne Möhrenfäden schwammen, sie schmeckte ausgezeichnet.

Anschließend servierten die Mädchen in Parmaschinken eingepackte, bereits entschalte Melonenschiffchen. Zusammen mit dem weichen Schinken zergingen sie auf der Zunge.

Als Hauptgericht gab es flache Kalbsfilets mit einer dünnen, kaum angebratenen Haut aus Eigelb. Dazu einen leichten, dennoch herzhaften Sommersalat.

Natürlich durfte auch das Dessert nicht fehlen. Die Erdbeeren schmeckten ebenso gut wie das Eis.

Über Belanglosigkeiten unterhielt man sich. Das Wetter war ebenso Gesprächsthema wie die schlechte Wirtschaftslage mancher Länder. Glenda konnte feststellen, dass die alte Marquesa zu den gebildeten Frauen zählte.

Das Thema Jutta Liebig wurde mit keinem Wort gestreift. Einmal überraschte die Adelige Glenda doch mit einer Frage: »An was glauben Sie eigentlich?«

»Ich? Wieso?«

»Ich meine, glauben Sie an einen Gott?«

»Natürlich. Sie nicht?« Glenda lächelte naiv.

»Nein!«

»Das bleibt wohl jedem selbst überlassen, an was man glaubt. Meine ich wenigstens.«

»Stimmt, nur muss man an etwas glauben. Und wenn es der Teufel ist.« Jetzt kam die Frau allmählich zum Thema.

Glenda lächelte ein wenig überheblich. »Den gibt es doch nicht – oder?«

Die Marquesa nahm ein blütenweißes Tuch und tupfte ihre schmalen Lippen ab. Zwei dünne rote Streifen blieben zurück. Sie zerknüllte die Stoffserviette und behielt sie in der Hand. »Es ist vielleicht das Recht der Jugend, daran nicht zu glauben. Wird man jedoch älter, sieht die Sache anders aus.«

»Vielleicht«, räumte Glenda ein. »Ich kenne keinen, der so intensiv an den Teufel glaubt. Auch Jutta Liebig hat es nicht getan.«

»Ach ja, Jutta. Wegen Ihr bist du ja gekommen, Kind.« Die Adelige war zur vertrauten Anrede übergegangen.

Glenda nickte heftig. »Ich habe eigentlich damit gerechnet, sie hier irgendwo zu treffen.«

»Bei mir im Schloss?«

»Darf ich ehrlich sein?«

»Sicher.«

»Ja. Jutta schrieb mir einen so fantastischen und begeisterten Brief, dass ich damit rechnete.«

»War es nicht eine Karte?«

»Natürlich, das ist ja egal. Sie schrieb jedenfalls begeistert von diesem Flecken Erde.«

»Was denn genau?«

Glenda griff zum Weinglas. »Nun, wie toll es hier wäre. Die Gegend, die Menschen, Ihre Gastfreundschaft, Marquesa, das hat mich beeindruckt, obwohl es nur wenige Worte gewesen sind.«

Die Frau nickte. Dabei bewegten sich die Adern an ihrem Hals wie Stränge. »Leider ist Jutta weg«, murmelte sie. »Ich mochte sie ebenfalls. Sie war so erfrischend natürlich, fiel etwas aus dem Rahmen. Ich weiß nicht mal genau, wann sie gegangen ist. Wenn man so lebt wie ich, merkt man sich keine Zeit. Man spürt den Wechsel der Jahreszeiten, aber sonst ist es einem egal. Ich fahre hin und wieder in das Dorf, schaue mich um, sehe die Männer und Frauen, die ich als Kinder gekannt habe und die nun schon selbst Kinder haben, und werde wieder daran erinnert, wie vergänglich alles ist. Aber das darf nicht sein.«

»Wie meinen Sie das, Marquesa?«

»Darüber jetzt zu diskutieren, würde Stunden in Anspruch nehmen. Man muss zudem hellwach sein. Es ist am besten, wenn du dich ein wenig hinlegst. Anschließend können wir reden …«

»Ich muss doch weiter …«

»Nein.« Die Adelige lächelte bei ihrer Antwort, obwohl sie sehr entschieden gesprochen hatte.

Glenda gab nach. »Da kann man wohl nichts daran ändern«, sagte sie. »Eine Bitte hätte ich trotzdem.«

»Sprechen Sie sich aus.«

»Können Sie mir sagen, wohin sich Jutta gewandt hat. Ich kann mir vorstellen, dass sie über ihre Pläne mit Ihnen geredet hat, da sie schon länger geblieben ist.«

»Nein, sie wollte nur weiter. Richtung Süden. Neapel, vielleicht Sizilien und dort übersetzen nach Afrika. Marokko, Tunesien – die beiden Länder liegen nicht weit entfernt …«

»Ich weiß. Tramper sind auf der ganzen Welt zu Hause. Mich würde es auch reizen, Indien zu bereisen. Vielleicht schaffe ich es auch einmal.«

»Ich würde es dir wünschen, mein Kind.« Die Stimme der Marquesa hatte honigsüß geklungen. Glenda konnte nicht anders, aber sie musste sich schütteln.

Dieses alte Weib war ihr von Minute zu Minute immer unsympathischer geworden. Und über Nacht sollte sie in der Burg festgehalten werden. Glenda glaubte, den Grund zu kennen.

Man wollte sie verschwinden lassen. Auch entfernte Zeugen konnte eine Frau wie die Marquesa nicht brauchen.

»Zum Dinner erwarte ich dich um zwanzig Uhr«, rief die

Marquesa Glenda nach, als sie sich bereits auf der Treppe befand und schnell die Stufen hochlief.

»Danke, Marquesa.«

Am liebsten hätte Glenda dieses Weib mit dem Rücken angeschaut, aber sie musste mitspielen. Nun ja, John Sinclair und Kommissar Mallmann würden sich freuen, wenn sie erfuhren, dass Glenda die Nacht über bleiben sollte.

Obwohl die Eingänge zu den Räumen alle gleich aussahen, fand sie ihr Zimmer sofort wieder. Sie schloss die Tür hinter sich zu und nahm auf dem Bett Platz.

Dort atmete sie auf. Es tat gut, dem Dunstkreis der Marquesa entgangen zu sein.

Trotz der drei Fenster war es ziemlich düster. Darüber wunderte sie sich, war aber zu sehr mit ihren eigenen Gedanken und Überlegungen beschäftigt, um darüber weiter nachzudenken, schaute im Bad nach, fand es leer, kam wieder zurück, und ihr Blick fiel direkt auf eines der Fenster.

Sie blieb stehen und schüttelte den Kopf. Erst jetzt wurde sie wieder an die Vorhänge erinnert. Da sie sie nicht zugezogen hatte, musste es ein anderer gewesen sein. Und derjenige war in ihrem Zimmer gewesen, während sie mit der Marquesa gegessen hatte.

Glenda konnte die Gänsehaut auf ihrem Rücken nicht verhindern. Automatisch dachte sie an den stummen Diener Bonzo. Dem traute sie alles zu, und ihre Gänsehaut verdichtete sich, als sie an das von ihr benutzte Sprechfunkgerät dachte. Wenn sich jemand in dem Zimmer befunden und es durchsucht hatte, lag es auch im Bereich des Möglichen, dass er das Sprechfunkgerät …

Sie dachte nicht mehr weiter, sondern ließ sich neben ihrem Rucksack auf die Knie fallen. Mit zitternden Händen versuchte sie, die Verschnürung zu lösen. Was beim ersten Mal so gut geklappt hatte, nahm jetzt längere Zeit in Anspruch. Schließlich hatte sie den Rucksack offen, klappte ihn auf, griff hinein, riss die Kleidungsstücke heraus und suchte das Sprechfunkgerät.

Es war nicht mehr da!

Glenda schüttelte den Kopf. Sie wollte es noch nicht glauben, suchte weiter, fasste tiefer hinein und wünschte sich, das flache Gerät schnell zwischen die Finger zu bekommen.

Der Wunsch erfüllte sich nicht. Dafür vernahm sie ein leises Pfeifen. Zu identifizieren war es aber nicht.

Diesen Pfiff musste ein Mensch ausgestoßen haben.

Glenda schaute hoch. Ihr Blick fiel dorthin, wo es mehr Schatten als Licht gab, und aus dieser Düsternis löste sich eine unheimliche Gestalt:

Bonzo.

Groß, düster, Sonnenbrille.

Er allein hätte Glenda nicht aus der Fassung gebracht, doch er hielt einen flachen Gegenstand hoch. Glenda kannte das kleine Wunderwerk der Technik.

Es war ihr Sprechfunkgerät.

Und Bonzo zerquetschte es langsam in seiner rechten Pranke …

Ich saß auf der Kaimauer, hatte das Gerät wieder eingesteckt und war froh, ein Lebenszeichen von Glenda Perkins erhalten zu haben. Eigentlich hätte ich mich wie im Urlaub fühlen können. Hinter mir lagen die Schiffe im kleinen Hafen. Die langen Masten schaukelten, die Takelage bewegte sich knarrend im lauen Sommerwind, und die Wellen schlugen mit den typischen, klatschenden Geräuschen gegen die Kaimauer.

Vor mir lag die Plaza, dahinter die Häuserfronten, wo die Schaufenster einiger kleiner Geschäfte und Restaurants im Sonnenlicht glänzten. Es herrschte nicht viel Betrieb. Der Platz war zwar nicht leer, doch die meisten der auf dem rötlichen Gestein stehenden Bänke waren unbesetzt. Wenn Fischer an Land waren, hockten sie oft auf der Kaimauer zusammen, redeten und schauten in die Sonne. Hin und wieder wurde mir ein knapper Blick zugeworfen. Wahrscheinlich wunderten sich die Leute über mich. Fremde verirrten sich wohl selten nach Muracca, wo doch das berühmte Neapel nicht weit entfernt lag.

Ein Mann schlenderte über die Plaza. Er trug eine helle Hose, ein dunkles Hemd und hatte den Pullover um die Hüften gebunden, damit seine Halfter mit der darin steckenden Dienstwaffe nicht zu sehen war.

Es war Kommissar Mallmann, der auf mich zukam und den Mund zu einem Grinsen verzog, als er sich neben mich setzte. »Na, Erfolg gehabt?«

»Ja. Glenda ist im Schloss.«

Will nickte begeistert. »Das hat besser geklappt, als ich gedacht hatte.«

»Sicher. Fast zu gut.«

Der Kommissar strich über seine Römernase, holte einen zusammengefalteten Hut hervor, schlug ihn auseinander und setzte sich die Leinenbedeckung auf den Kopf, wo nur noch wenige Haare ein trauriges Dasein fristeten. »Misstrauisch, John?«

»Eine gesunde Skepsis.«

»Wenn sie nun mal den Tick hat?« Will hob die Schultern und reichte mir ein Bonbon rüber. Er hatte die Tüte in einem der kleinen Kramläden geholt.

Ich nahm das Pfefferminzbonbon und ließ es im Mund verschwinden. »Es ging mir ein wenig zu schnell.«

»Die Marquesa ist eine Frau rascher Entschlüsse.«

»Auch wenn sie killt.«

»Zum Beispiel«, gab mir Will Recht.

Ich wechselte das Thema. »Du wolltest die Leute doch nach dem Monstrum fragen.«

»Klar, sicher, das habe ich auch versucht und sogar eine Antwort bekommen.«

»Und?«

»Sie zeigten sich ziemlich erschrocken. Mir schien es, als hätten sie Angst vor der eigenen Courage, wenn du verstehst.«

»Aber sie sprechen davon.«

Will nickte. »Ein Junge, nicht älter als fünfzehn, gab mir dann eine Antwort. Ich bekam sogar den Namen dieses Ungeheuers mit. Es wird Skylla genannt.«

Ich wiederholte den Namen. »Skylla? Verdammt, davon habe ich mal etwas gelesen, weiß aber im Augenblick nicht, wo ich den Begriff hinstecken soll.«

»Wahrscheinlich musst du eine Galerie der Monster durchgehen«, schlug der Deutsche vor.

»Dazu fehlen mir die Zeit und die Lust.« Ich stand auf, reckte mich und genoss die warmen Sonnenstrahlen, die mein Gesicht trafen. Wenn ich an das Londoner Wetter dachte und es mit dem hier verglich, konnte ich eigentlich froh sein, hier an der Küste zu leben. Im Gegensatz zu Mallmann hatte ich meine helle Leinenjacke nicht abgelegt. Sie, das dunkle Hemd und die weißen Jeans bildeten meine Kleidung.

Mallmann schaute auf die Uhr. »Ich glaube, wir können langsam losziehen.«

»Habe nichts dagegen.«

Unser Ziel war der Bootsverleih. Wir hatten schon mit dem Besitzer gesprochen, aber in der Mittagspause wollte er nicht gestört werden und war bereit, uns am Nachmittag zu empfangen. Da sollte auch dann ein für uns gechecktes Boot bereitliegen.

Den Verleiher fanden wir in seiner Holzbude nicht vor. Dafür einen anderen Mann. Er schlief neben der Bude auf einer Luftmatratze und wachte prompt auf, als unser Schatten auf ihn fiel.

Aus der Rückenlage schaute er zu uns hoch. »Wer seid ihr denn?«

»Wir wollten eigentlich unser Boot abholen«, erwiderte Will.

Er sprang auf. »Ach, ihr seid die beiden. Mein Vater hat mir von euch erzählt. Kommt mit, es ist alles klar.« Er wischte sich den Schlaf aus den Augen und tänzelte vor uns her auf einen Steg zu, der weit ins Wasser ragte.

Wir mussten bis zum Ende des Steges durch, wo der kleine Flitzer lag. Es war ein flaches Boot, nicht gerade seetüchtig, aber für die Küstengewässer durchaus geeignet.

Auf den ersten Blick machte es einen guten Eindruck, und der junge Mann wollte anfangen, uns die technischen Details zu erklären. Gemeinsam winkten der Kommissar und ich ab. »Lassen Sie mal«, sagte ich. »Uns interessiert nur, ob der Kahn in Ordnung ist.«

»Und wie.«

»Was ist mit den Taucherausrüstungen?«

Der Mann sprang in den Kahn, lief zum Heck und schob eine Plane zur Seite. »Da liegt alles.«

Wir waren zufrieden. »Ist der Pott aufgetankt?«, erkundigte ich mich.

»Klar.« Der schwarzhaarige Bursche mit den gestreiften Hemd kletterte wieder auf den Steg. »Wenn ich mal fragen darf, Signores, was wollen Sie eigentlich hier auf der See? Angeln oder tauchen? Da kenne ich bessere Stellen.«

»Wir suchen etwas anderes«, erklärte ich.

In seinen Augen blitzte es interessiert. »Was denn?«

»Ein Ungeheuer.«

Er wollte lachen, das schaffte er nicht. Nur ein Grinsen wurde daraus. »Ein Ungeheuer?«

»Skylla!«, präzisierte ich.

Da wurde er bleich und auch unruhig. Er schien mehr zu wissen, aber er wollte nichts sagen, denn er versuchte den Steg zu verlassen. Bevor er sich an uns vorbeidrücken konnte, hatte ihn Will an der Schulter zurückgehalten. »Du scheinst informiert zu sein, mein Junge. Was ist mit dieser Skylla?«

»Nichts, nichts.« Er schüttelte sich. Wills Griff wurde fester. »Lassen Sie mich los!«

»Nein, erst wenn du geredet hast.«

Ich wusste, wie man Leute überzeugen konnte. Als er den englischen Geldschein zwischen meinen Fingern knistern hörte, bekamen seine Augen einen anderen Glanz.

»Nun?«, fragte ich.

»Was wollt ihr wissen?«

»Alles.«

»Erst den Schein.«

Ich zeigte Vertrauen und gab ihn aus der Hand. Der junge Mann ließ ihn verschwinden, bevor er sich auf das Gestänge der Bootsreling setzte. Dann begann er zu erzählen, breit und ausführlich, deshalb möchte ich seine Aussage konzentriert wiedergeben.

Bei dem Monstrum Skylla handelte es sich demnach um eine Mischung aus Schlange und Krake. Eigentlich stammte es aus der griechischen Sage, aber gelebt hatte es angeblich an Italiens Küsten. Skylla war die Schlange mit den Menschenköpfen …

»Und weshalb hast du so eine Angst gehabt, als wir danach fragten?«

»Weil es wieder aufgetaucht ist.«

»Wann?«

»Ich habe es nicht gesehen, aber die Fischer haben ihre Arbeit eingestellt. Ihre Boote liegen fast alle im Hafen. Ungenutzt!«

»Da hast du Recht.«

»Fahrt nicht hinaus!«, warnte er uns.

»Kennst du die Marquesa?«, fragte Will.

Der junge Mann hob den rechten Arm und bekreuzigte sich hastig. »Um Himmels willen …«

»Was ist mit ihr?«

»Sie ist eine alte, schrullige Frau. Irgendwie habe ich Angst vor ihr. Sie stößt viele Leute ab, genau wie Bonzo, ihr Diener. Ich glaube, die beiden dienen dem Teufel.«

»Wer sagt das?«

»Meine Mutter. Sie hat mal gehört, dass die Marquesa die ewige Schönheit erhalten will. Sie liebt junge Mädchen. Meiner Schwester hat sie mal ein teures Parfüm und Badesalz mitgebracht und ihr gesagt, dass sie ihre Schönheit pflegen solle.«

»Aber sie hat nichts mit dem Monster zu tun?«, wollte ich wissen.

»Weiß ich nicht.«

»Hast du die Mädchen gekannt?«, fragte Will.

Jetzt wurde der Bursche misstrauisch. »Wer seid ihr? Policia oder Geheimdienst?«

»Das Erste ja, aber nicht aus Italien. Mein Freund kommt aus England, ich aus Deutschland.

»Ah so.« Er war beruhigt. Mit der italienischen Polizei schien er keine guten Erfahrungen gemacht zu haben. Vielleicht schmuggelte er auch Zigaretten, wie die meisten Fischer in der Bucht. Ich hatte mal eine Schmugglerbande kennen gelernt und auch ihre Anführerin, die mich später im Kampf gegen den Unhold unterstützt hatte.

»Was wollt ihr hier? Das Ungeheuer?«

Wenn er so sprach, war er davon überzeugt, dass es auch existierte. Ich aber hatte eine andere Idee. Von den Mädchen hatten wir nicht gesprochen. »Du bist ein junger Bursche, stehst in Saft und Kraft. Wir suchen sechs verschwundene Mädchen. Hast du eventuell einige von ihnen gekannt?«

»Nein.«

»Auch nicht gesehen?«, fragte Will.

»Das schon.«

»Und keine angemacht?«

Er schüttelte den Kopf. Als wir es nicht glauben wollten, rückte er mit der Wahrheit heraus. »Ich wollte es, doch am Abend war keine von ihnen mehr zu finden.«

»Wo hielten sie sich auf?«

»Man munkelt, dass die Marquesa sie zu sich in das Schloss genommen hat. Genau weiß ich das nicht.« Er hob die Schultern. »Es ist jedenfalls sehr schlimm mit diesem Ungeheuer. Man sagt ja, dass es sechs Köpfe haben soll.«

Frauenköpfe, fügte ich in Gedanken hinzu, und fragte: »Gibt es jemanden aus dem Ort, der Skylla gesehen hat?«

»Kann sein.«

»Du hast nicht darüber gesprochen?«

»Da waren zwei Fremde, die haben es angeblich fotografiert. Mehr weiß ich auch nicht. Ein Bild konnte ich nicht sehen. Sie haben es jedenfalls nicht gezeigt.«

Ich klopfte ihm auf die Schulter. »Okay, amico, das war's dann wohl. Wir starten.«

Er löste sich von der Reling. »Und passen Sie auf! Es ist gefährlich auf der See. Auch wenn Sie tauchen. Da gibt es Klippen und Strudel. Besonders nahe der Burg.«

»Das wissen wir. Danke trotzdem für die Warnung.«

Ich sprang ins Boot. Will stand schon am Ruder. Ein Ruderhaus existierte nicht. Um uns gegen die Sonne zu schützen, konnten wir eine Plane hochdrücken.

Wir ließen es bleiben. Das Boot war in Ordnung. Der Motor meldete sich sofort, als er den Zündschlüssel roch. Mit halber Kraft verließen wir den Hafen.

Der junge Mann stand auf dem Steg, schaute uns nach und auf das weiße Schaumdreieck, das hinter dem Heck entstand und allmählich zerlief.

Will und ich stießen in See. Die Sonne stand hoch; sie brannte auf die Erde nieder. Wir waren gezwungen, die dunklen Brillen aufzusetzen, um von den auf der Wasserfläche liegenden Reflexen nicht geblendet zu werden.

Früher war es mir oft übel geworden, wenn ich über die tanzenden Wellen oder eine schwingende Dünung glitt. Im Laufe der Zeit hatte ich mich an das Bootfahren gewöhnt. Es machte mir nichts mehr aus, und ich fühlte mich auf den Planken sicher.

Mir fiel nur auf, dass wenig Betrieb herrschte. Normalerweise sind gerade in Küstennähe zahlreiche Boote unterwegs. Hier nicht. Das Meer wirkte leer, und nur zum Süden hin, wo Neapel unter einer Dunsthaube lag, sahen wir hin und wieder den leuchtenden Fleck eines bunten Segels. Das Wasser schimmerte grüngrau. Eine lange Dünung spielte mit dem Boot, hob es hoch auf die Wellenkämme und drückte es auch wieder in die Täler hinein.

Erst weit draußen im Golf änderte Will den Kurs. Er fuhr in Richtung Süden und parallel zur Küste. Direkt hinter dem Ort hörte der flache Strand auf. Graue Felsen bildeten eine hohe, schier unüberwindliche Wand. Das Schloss der Marquesa war nicht zu übersehen. Sein viereckiger Turm überragte auch die höchste Stelle der Felsmauer, und die Trutzburg selbst passte sich nahtlos der Umgebung an.

Wir hatten auch Ferngläser mitgenommen, und Will schaltete den Motor aus, als wir uns ungefähr in einer Höhe mit dem Schloss der Marquesa befanden.

»Einverstanden?«, fragte der Kommissar.

»Klar.« Ich hatte die beiden Feldstecher gegriffen und reichte Mallmann einen.

Wenn jemand am Fenster stand und zur See hin blickte, würde er uns sicherlich entdecken. Das Risiko mussten wir eingehen. Ich drehte an der Scharfeinstellung und holte das Schloss näher heran.

Die Mauern, die kleinen Erker, die Ecken, Winkel und eine Terrasse sah ich. Wie gemalt lag alles vor meinen Augen. Nur einen Menschen sah ich nicht. Weder von der Marquesa noch von Glenda Perkins war etwas zu sehen. Dabei hätten sie auch außerhalb der Mauern genügend Schatten gehabt, um nicht in der prallen Sonne zu sitzen.

Ich ließ meine Arme sinken. Will schaute noch ein paar Sekunden länger hin, bevor er den Kopf schüttelte und gleichzeitig die Schultern hob. »Sorry, John, aber entdeckt habe ich nichts.«

»Ich auch nicht.«

»Und jetzt?«

»Da von der Burg keinerlei Signale gekommen sind, nehmen wir den zweiten Teil des Planes in Angriff.«

»Was bedeutet das? Tauchen?«, fragte er.

Ich war schon dabei, meine Kleidung abzustreifen. Die Neoprenanzüge lagen bereit, auch die Pressluftflaschen, und es dauerte nicht lange, da sah ich verändert aus. Den Druck hatte ich geprüft, er war optimal.

Will nickte mir zu. »Wie machen wir es? Wenn du etwas siehst …«

»Komme ich hoch.«

»Okay. Ich behalte die Burg im Auge.«

»Ja, tu das.« Ich grinste ihn noch einmal an, bevor ich die Brille vor meine Augen schob und mir das Mundstück zwischen die Zähne klemmte. Das erste Durchatmen klappte gut. Rücklings ließ ich mich über die Reling rollen und verschwand im warmen Wasser des Golfs.

Dicht unter dem Kiel des Bootes drehte ich mich herum, um schräg in die schweigende Welt unter Wasser vorzustoßen.

Ich tauche gern. Nur hatte es sich in der Vergangenheit

herausgestellt, dass dies nicht immer gefahrlos gewesen war. Man hatte mich oft genug angegriffen. Beim letzten Mal waren es Skelette gewesen, die den zweiten Würfel bewachten.

Wer würde sich jetzt an mich heranmachen? Skylla, die Menschenschlange? Noch hatten weder Will noch ich etwas von ihr gesehen, doch beide gingen wir davon aus, dass sie existierte.

Der Sohn des Bootsverleihers hatte uns vor küstennahen Strömungen und Strudel gewarnt. Dass diese Warnung berechtigt gewesen war, merkte ich bald, denn die Unterwasserströmung packte mich urplötzlich und wollte mich zur Seite drücken. Ich tauchte tiefer, um auszuweichen, und geriet in einen Fischschwarm. Gleich darauf entdeckte ich die ersten, großen Schatten.

Es waren Felsen, die an manchen Stellen über die Wasseroberfläche hinausragten, und für die Boote zu gefährlichen Fallen werden konnten. Die scharfen Felskanten schnitten in die Bootskörper wie in Butter.

Die Felsen bildeten unberechenbare Hindernisse, fast schon kleine Gebirge, die im Laufe der Jahre auseinander gerissen worden waren. Ich entdeckte zahlreiche Spalten oder kleine Schluchten, in die sich Fische zurückgezogen hatten. Mit ihren Glotzaugen stierten sie mich an.

Ich glitt vorbei.

Ruhig und tief atmete ich durch. Manchmal schaute ich auch den in die Höhe steigenden Luftperlen nach und sah zu, wie sie allmählich zerplatzten. Den genauen Ort, wo der Engländer das Ungeheuer gesehen und fotografiert hatte, kannte ich nicht. Es musste meiner Ansicht nach hier irgendwo gewesen sein.

Die Felsen wurden flacher. Ich hatte meinen Kurs etwas verändert und schwamm über sie hinweg. Jetzt bewegte ich mich auf direktem Weg der Küste zu.

Nach wie vor passierte nichts. Mich umgab eine grünliche Fläche, ein Meer des Schweigens, das eine besondere Faszination auf mich ausübte. Ich hatte mich von unserem

Boot ziemlich weit entfernt und geriet bereits in flachere Gewässer.

Hinter mir sah ich den Grund.

Sandig war er, auch mit Steinen bedeckt. Wie hätte es auch anders sein können, ich entdeckte abgekippten Müll. Auch hier zeigte die Umweltverschmutzung ihre Spuren.

Über sie glitt ich hinweg. Der Kotflügel eines Autos stach wie eine gekrümmte Hand in die Höhe.

Wenn ich weiterschwamm, würde ich irgendwann die Küste erreichen. Das wollte ich nicht. Sollte Skylla tatsächlich existieren, hielt sie sich bestimmt nicht in Strandnähe auf.

Also wechselte ich meinen Kurs und schwamm wieder auf die Unterwasserfelsen zu. Diesmal erreichte ich sie von der anderen Seite. Regelrechte Höhlen hatten sich in Jahrtausenden gebildet. Ihr Anblick war unheimlich. Sie erinnerten mich an träge blickende Augen. Ungefährlich war es sicherlich nicht, in die Höhlen hineinzutauchen. Zudem eigneten sie sich hervorragend als Versteck für ein Monstrum wie Skylla.

Ich glitt näher an die größte Öffnung heran. An das Vorbeihuschen der Fische hatte ich mich gewöhnt. Für einen kurzen Moment dachte ich daran, dass ich eigentlich keine Waffe bei mir trug. Das Kreuz einmal ausgenommen. Damit würde ich gegen ein Unterwasserungeheuer kaum etwas anfangen können.

Je mehr ich mich dem Eingang der großen Felshöhe näherte, umso größer wurde er. An seinen Rändern zeigte er scharfkantige Zacken, als hätte dort jemand etwas von dem manchmal brüchigen Gestein weggeschlagen.

Plötzlich sah ich die Bewegung.

Ob sie nun im Hintergrund der Höhle stattgefunden hatte oder direkt an der Öffnung, war nicht genau zu erkennen, jedenfalls war die Bewegung vorhanden, und ich stoppte sofort meine Schwimmbewegungen.

Hatte ich mich getäuscht?

Nein, die Bewegung wiederholte sich. Diesmal sogar nahe des Eingangs. Etwas peitschte durch das Wasser, bevor es sich aus der Öffnung schob, von einer leichten Strömung gepackt wurde, sodass ich fahle Haare erkennen konnte, die plötzlich hochstanden.

Die Haare gehörten zu einem Frauengesicht, das auf der Spitze eines Kraken- oder Schlangenarms saß …

Glenda Perkins vernahm die knackenden und brechenden Geräusche der Kunststoffumhüllung. Sie sah auch das Zeug zu Boden fallen und hatte ihren ersten heißen Schreck überwunden, weil sich Bonzo Zeit ließ. Sie versuchte inzwischen ihren rasenden Herzschlag unter Kontrolle zu bekommen und sich nichts von ihrer Furcht anmerken zu lassen.

Noch saß sie in der Hocke. Deshalb kam ihr der andere auch so gewaltig vor. Jetzt stemmte sie sich langsam hoch, schüttelte den Kopf und deutete auf die rechte Hand des Mannes, deren Finger soeben die letzten Reste des Sprechgeräts zerbrachen.

»Was machen Sie da, verdammt?«

Bonzo gab eine Antwort auf seine Weise. Er öffnete die Faust und seinen Mund. Aus der Hand rieselten noch einige Teile, und aus dem Mund drang der dunkelhaarigen Glenda ein Laut entgegen, der sie an ein Gurgeln oder Glucksen erinnerte.

Mehr konnte Bonzo nicht sagen.

Aber er wusste genau, was er zu tun hatte. Der seitliche Schritt in Richtung Tür sprach Bände.

»Was soll das?«, fragte sie. »Verdammt, weshalb haben Sie mein Sprechfunkgerät zerstört?« Glenda hatte beschlossen, es mit Forschheit zu versuchen. Sie streckte ihren Arm aus. »Verlassen Sie sofort den Raum, sonst werde ich der Marquesa Bescheid geben!«

Bonzo reagierte nicht, und Glenda war es leid. Sie lief zur Tür, wollte Bonzo auf die Probe stellen und bereute es im nächsten Augenblick, denn der Stumme war schneller als sie.

Und er nahm keine Rücksicht.

Seine breiten Hände, vor denen sie sich so fürchtete,

schlugen zu und trafen ihre Schultern. Glenda hatte das Gefühl, von Stahlfingern umklammert zu werden, so hart hatte der andere zugegriffen. Er wirbelte sie herum und schleuderte sie gegen die Wand.

Mit dem Rücken krachte Glenda gegen die Wand, dicht neben der Tür zum Bad. Über ihrem Kopf wackelte ein altes Ölbild, es blieb aber hängen.

Bonzo kam auf sie zu.

Er ging wuchtig, und nichts konnte ihn aufhalten. Mit einem heftigen Fußtritt räumte er den Kleidersack aus dem Weg. Er flog fast bis auf das Bett, so hart war er getreten worden.

Glenda wünschte sich, eine Waffe zu haben. Nur so hätte sie den anderen aufhalten können, aber sie wollte auch nicht aufgeben und es mit den Fäusten versuchen.

Vielleicht rechnete Bonzo nicht mit einem Angriff ihrerseits. Als Glenda startete, schlug sie schon zu. Von zwei verschiedenen Seiten wollte sie den Mann mit der Sonnenbrille treffen. Sie zielte auf seinen Hals und wurde schon im Ansatz abgeblockt. Blitzschnell fasste Bonzo nach, drehte Glendas Arm auf den Rücken, umklammerte mit seiner anderen Hand ihre Hüfte und stemmte sie hoch.

Er schleuderte sie fort.

Glenda hatte Glück im Unglück, dass sie auf das Bett fiel, einsackte, hochgewirbelt wurde, sich überrollte und auf der anderen Seite zu Boden kippte.

Sie wollte aufstehen und musste feststellen, wie schnell der Stumme doch war. Kaum hatte sie sich auf der Bettkante abgestützt, als Bonzo wie ein Gebirge vor ihr stand und auf sie niederblickte.

Keine Chance!

Glenda hob die Schultern. Eine resignierende Geste, und sie war nicht gespielt. Der Stumme ließ es zu, dass sie sich hinstellte und durch ihre Haare fuhr. Sie musste auch überlegen, was sie sagen wollte. Das Richtige fiel ihr nicht ein, bis sie sich an die Marquesa erinnerte.

»Ich will deine Herrin sprechen!«

Bonzo grinste nur.
»Lass mich durch, verdammt!«
»Nicht nötig, Mädchen!«
Glenda hatte in all ihrer Aufregung nicht bemerkt, dass die Tür aufgestoßen worden war und die Marquesa auf der Schwelle stand. Sie trug noch immer die gleiche Kleidung wie beim Essen, nur die Lippen waren nachgeschminkt worden und zu einem nach unten gezogenen Bette-Davies-Lächeln verkrampft.
So ähnlich wie diese bekannte Schauspielerin sah sie auch aus. Und sie genoss ihren Triumph.
Dabei brauchte sie nicht zu sprechen, auch nicht ihr Gesicht zu verändern, sie stand einfach nur da und schaute. Glenda spürte etwas von der Strömung, die unsichtbar von dieser Frau abstrahlte. Es war das Gefühl, einen Hauch des Bösen zu bekommen, der über ihre Haut strich und sie frösteln ließ.
Die Marquesa Frascetti sorgte allein durch ihre Anwesenheit für dieses Gefühl.
Sie nickte. Das tat sie bedächtig, als wüsste sie Bescheid. Und nur die dunklen, nachgeschminkten Augen in ihrem Gesicht bewegten sich, als sie auf die Reste des Sprechgeräts schaute.
»Ich habe es mir gedacht«, sagte sie, während sich hinter ihr die Tür quietschend bewegte und erst zur Ruhe kam, als sie noch spaltbreit offen stand.
Glenda fühlte sich angesprochen. »Was haben Sie sich gedacht?«
»Dass ich mir mit dir eine Laus in den Pelz gesetzt habe.«
»Wieso?«
»Du spielst die Unschuldige, ich weiß. Aber ich gehe nicht darauf ein.« Sie deutete auf die schwarzen Trümmer. »Was ist das? Teile von einem kleinen Instrument, einem Sprechfunkgerät, oder was?«
»Ja, ein Walkie-Talkie.«
»Das dir gehörte?«
»Auch richtig.«
»Was hast du damit gewollt?«

»Nichts Besonderes. Es ist ein normales Sprechfunkgerät, wie Sie es überall kaufen können.«

»Richtig, nur braucht man zwei Geräte, um damit was anfangen zu können. Wo befindet sich das zweite?«

»Ich weiß nicht, wovon Sie reden!«

Die Marquesa zuckte mit den Augenbrauen. »Fang nicht an, mich zu ärgern. Sind es die beiden Männer auf dem Boot, das ich vor der Küste treibend entdeckt habe?«

»Keine Ahnung.«

Die Adelige ballte eine Hand zur Faust. »Du weißt, dass ich schöne Menschen liebe. Besonders junge Menschen, denn sie haben mir in puncto Schönheit und Frische leider einiges voraus. Aber ich weiß auch, wie ich die Schönheit zerstören kann, wenn man mich zu sehr reizt. Es gibt ein einfaches Mittel. Kein Messer, keine Säge, keine Stichwaffe, auch keine Säure, sondern Zucker. Würfelzucker! Du kennst ihn, nicht wahr?«

Glenda nickte.

Die Marquesa lachte, als sie die zweite, körnige Haut auf dem Gesicht der jungen Frau sah. »Wir befinden uns in einem Land, in dem das Verbrechen Tradition hat. Ich brauchte nur den Begriff Mafia zu erwähnen. Um irgendwelche Dirnen zu bestrafen, haben gewisse Leute ein Methode erfunden, die so simpel ist, dass man über sie nur lachen kann. Sie ritzen die Haut eines Mädchens mit Würfelzucker ein. Und niemals wird diese Wunde richtig verheilen.« Die Marquesa griff in die Tasche. »Dafür sorgt dieses kleine Stück Würfelzucker, das ich stets bei mir trage.« Sie hielt es zwischen zwei Fingern hoch, damit Glenda es sehen konnte.

»Ich kenne die Methode«, flüsterte sie.

»Dann brauche ich dir weitere Einzelheiten nicht zu schildern.«

Die Frascetti ließ den Zucker wieder verschwinden. »Nur damit du Bescheid weißt. Wenn Bonzo dich festhält, hast du keine Chance gegen mich und den Zucker.« Sie schaute zum Fenster. »Ich hatte vorhin von den beiden Männern auf dem Boot gesprochen, die so auffällig-unauffällig vor der Küste kreuzen. Willst du sie sehen?«

»Nein.«

»Du wirst es trotzdem. Bonzo!« Der Stumme hatte den Befehl verstanden und zog einen der drei Vorhänge zur Seite. Er hatte bisher das mittlere Fenster verdeckt.

Den Stoff noch umklammernd und am Rand stehend wartete er auf Glenda Perkins.

»Los, geh hin!« Die Stimme der Alten klang ärgerlich.

Es hatte keinen Sinn, sich zu sträuben. Das sah Glenda auch ein, und so legte sie die paar Schritte zurück, die sie von dem Fenster noch trennten.

Durch die Scheibe konnte sie nicht schauen, das Glas war einfach zu dick und auch nicht durchsichtig genug. Deshalb öffnete Bonzo das Fenster, sodass Glenda freie Sicht nicht allein auf den Golf bekam, auch in die Tiefe. Und dieser erste Blick sagte ihr, dass es nicht ratsam war, einen Fluchtversuch aus dieser Höhe zu versuchen. Sie hätte zu leicht mit zerschmetterten Knochen zwischen den Klippen liegen bleiben können.

Auf dem Meer und gar nicht mal so weit von der Küste entfernt, schaukelte tatsächlich ein Boot auf den Wellen. Das Schiff und der Mann an Deck wirkten klein wie Spielzeugfiguren.

Die Marquesa kam näher. »Na, kleine Glenda, siehst du den Kahn?«

»Ja.«

»Und fällt dir nichts dazu ein?«

»Wie sollte es?«, fragte sie erstaunt.

»Könnte der Typ dort auf dem Boot nicht dein Partner sein, mit dem du dich per Sprechfunk unterhalten hast?«

Glenda lachte. »Der? Ich kenne ihn nicht und auch nicht das Boot. Tut mir Leid, ich weiß überhaupt nicht, was ihr von mir wollt.«

»Du lügst, Glenda, und du lügst sehr schlecht.« DieAdelige war dicht hinter die junge Frau aus London getreten, sodass Glenda das schwere Parfüm riechen konnte.

Es bestand aus zwei Duftnoten. Wahrscheinlich kam die Marquesa mit einer nicht aus.

»Wer ist es? Dein Freund? Einer von der Polizei? Rede, ich bekomme es sowieso heraus, und es ist besser, wenn du den Mund aufmachst!«

Demonstrativ hielt sie den Würfelzucker hoch.

»Ich kenne den Mann nicht!«

»So eine sture Person habe ich lange nicht mehr erlebt. Ich glaube, wir müssen dir eine Lektion erteilen. Am besten ist es, wenn wir an deinem Handrücken beginnen. Bonzo ist übrigens Spezialist dafür. Er hat schon oft mit dem Zucker gearbeitet, und es macht ihm auch nichts aus, wenn die Person bei der Spezialbehandlung schreit. Er ist verdammt stur.«

Glenda Perkins wusste genau, dass es jetzt auf sie allein ankam. Wenn sie noch etwas erreichen wollte, durfte sie nicht mehr länger zögern und musste einfach handeln. Größer würde die Chance nicht werden.

Und sie riskierte es.

Mit ihrer Aktion hatten weder die Marquesa noch der Stumme gerechnet, der weiterhin den Vorhang festhielt und plötzlich den Mund aufriss, als er sah, wie Glenda auf dem Absatz herumwirbelte und die alte Frau in einen Klammergriff nahm. Der Kopf der Marquesa wurde nach vorn gedrückt. Die Marquesa schrie wie am Spieß.

»Halt dein Maul!«, brüllte Glenda, als sie sich, mit der Adeligen im Griff, zurückzog.

Sie wollte und sie musste die Tür erreichen, sonst war alles verloren. Die Frascetti wehrte sich. Sie trat um sich, ihre Absätze streiften aber Glendas Beine nur, ansonsten hielt die Sekretärin ihre Gegnerin fest im Griff.

Und Bonzo schaute zu. Er hatte den Vorhang losgelassen und starrte sprungbereit auf seine Herrin.

Das merkte auch Glenda. Sie warnte ihn. »Wenn du kommst, breche ich ihr das Genick.«

Bonzo war es gewohnt, keine leeren Drohungen zu hören, deshalb hielt er sich zurück und gab Glenda somit die Chance, sich der Tür zu nähern. Bisher hatte die falsche Rucksacktouristin Glück gehabt, denn ihre Gefangene verhielt sich ruhig. Das änderte sich, als die Marquesa den ersten Schreck überwunden hatte und einsehen musste, dass dieses junge Mädchen tatsächlich dabei war, die Oberhand zu gewinnen.

Die Alte trat plötzlich zu, während sie sich gleichzeitig nach vorn sinken ließ.

Glenda wurde überrascht. Zwar hatte ihre Aufmerksamkeit nicht nachgelassen, aber innerlich war sie zu sehr mit ihrer eigenen Flucht durch die Burg beschäftigt gewesen.

Den Tritt musste sie nehmen.

Er tat höllisch weh, denn die Marquesa hatte Glendas Zehen erwischt. Automatisch konzentrierte sich Glenda auf den Schmerz, lockerte den Griff, und die Alte konnte sich drehen.

Dabei schrie sie nach Bonzo, der schon startete.

Trotz der veränderten Situation tat Glenda genau das Richtige. Sie schleuderte die Adelige dem heranstürmenden Bonzo entgegen. Der konnte nicht so rasch ausweichen, hatte es vielleicht auch nicht gewollt, da seine Herrin sonst zu Boden gegangen wäre, sodass Glenda die Möglichkeit bekam, aus dem Zimmer zu schlüpfen.

Mit einem Satz sprang sie über die Schwelle in den Gang. Jetzt musste sie schnell sein, verdammt schnell sogar, viel flinker als Bonzo, dieser Killer.

Es befand sich auch anderes Personal im Haus, das sich bestimmt auf die Seite der Marquesa schlagen würde, doch von diesen Leuten entdeckte Glenda zum Glück nichts.

Durch die offene Zimmertür hörten sie das Keifen der alten Vettel. *Das Weib ist wahnsinnig,* dachte Glenda, als sie in Richtung Treppe rannte. Bevor sie die Stufen hinablief, schaute sie noch zurück.

Bonzo stand auf dem Gang. In der rechten Hand hielt er einen schweren Kerzenleuchter, den er von der Wand gerissen hatte. Ihn schickte er auf die Reise.

Genau im rechten Moment sprang Glenda zur Seite. Das schwere Ding verfehlte sie und krachte in die gedrechselten Geländerstäbe der Treppe, wo die Wucht des Aufpralls zwei Stäbe zerbrach.

Der Leuchter hätte sie erschlagen können.

Mit einem Satz nahm Glenda mehrere Stufen, fing sich am Geländer ab, rannte weiter und hörte auch Schritte.

Sie kamen von vorn.

Die beiden Mädchen, die sie beim Essen bedient hatten, eilten die Stufen hoch.

Und über ihr, am Treppenende, stand Bonzo. Er stieß unartikulierte Laute aus und deutete in die Tiefe und damit auch auf den Rücken der flüchtenden Glenda.

Die beiden Mädchen hatten verstanden.

Sie sollten den Flüchtling aufhalten!

Ich sah den Krakenarm, den Kopf, das Gesicht, das wallende Haar und wusste nicht, welches Mädchen mich mit leeren Augen anstarrte.

Jedenfalls eine der sechs verschwundenen und so schaurig ums Leben gekommenen Personen.

Obwohl ich mit diesem Anblick gerechnet hatte, dauerte es eine Weile, bis ich den Schock verdrängt hatte. Der Schädel vor mir pendelte in der Strömung. Er wiegte sich im Wasser, war einmal oben, dann wieder unten oder wurde zur Seite gedrückt.

Ruhig stand er nie …

Aber hinter ihm tat sich etwas. Dort bewegte sich abermals ein Gegenstand im Wasser, und ein langer Arm schob sich hervor.

Ein zweites Gesicht erschien.

Will Mallmann hatte mir ein Bild des deutschen Mädchens gezeigt. Es hatte braunes Lockenhaar, und diese Kleine sah ich jetzt wieder. Nur hatte sie keinen Körper mehr.

Auf mich machten sie den Eindruck von Ballons. Ich konnte mir kaum vorstellen, dass Leben in ihnen steckte. In den Gesichtern hatte sich bisher nichts bewegt.

Das änderte sich schnell.

Beide Köpfe rissen den Mund auf. Große Spalten entstanden, und eine tintige blaue Flüssigkeit füllte die Münder aus, bevor sie mir entgegengedrückt wurde.

Ich wusste nicht, was das Zeug beinhaltete. Sicherheitshalber drückte ich mich zurück, drehte mich und schwamm an der Felswand entlang in die Höhe, wobei ich hin und wieder einen Blick in die Tiefe warf und sah, dass sich die blaue Flüssigkeit verteilte.

Allmählich wurde die Welt um mich herum heller. Ich war nicht so tief getaucht, dass ich in mehreren Etappen hätte auftauchen müssen; es lief normal ab.

Über Wasser schaute ich mich um, sah dicht vor mir die lange Dünung und die tanzenden Wellen, aber keine Spur von unserem Schiff. Erst als ich vom heranwogenden Wasser in die Höhe getragen wurde, fiel mir der Kahn wieder auf.

Gar nicht mal weit entfernt dümpelte er auf dem Wasser. Will Mallmann stand an der Steuerbordseite. Er hatte mich ebenfalls entdeckt und winkte mit beiden Händen.

Im Kraulstil schwamm ich auf den Kommissar und das Boot zu. Will half mir hoch.

An Deck blieb ich knien, spie das Mundstück aus, schob die Taucherbrille hoch und holte erst mal Luft.

Mallmann hockte vor mir. »Was hat es gegeben, John?«

Ich schaute ihn an. Er war etwas blass geworden. Wahrscheinlich konnte er das Schaukeln nicht vertragen. »Ich habe sie gesehen, Will. Skylla gibt es.«

»Tatsächlich?«

»Ja.«

»Wie groß ist sie denn?«

»Keine Ahnung. Sie steckte in einer Unterwasserhöhle. Nur zwei verdammte Köpfe schauten hervor.«

»Waren die Gesichter zu erkennen?«, fragte Will leise.

»Ja, das Mädchen aus Deutschland war auch dabei. Diese Jutta Liebig, nicht wahr?«

»Klar.«

»Es ist wahr, Will, alles ist wahr.« Ich lief mit den Schwimmflossen wie eine Ente zum Heck, wo ich mich auf einer schmalen Bank niederließ.

Dort holte ich Luft und musste die Tatsache, dass unter uns in der Tiefe ein Monstrum lauerte, erst einmal verdauen. Die

Sonne brannte vom Himmel. Ich wischte mir das Wasser aus dem Gesicht, weil die kleinen Tropfen bei Sonneneinstrahlung wie Brennlinsen wirkten.

Mallmann schaute mich starr und gleichzeitig nachdenklich an. »Du hast es gesehen, John. Was können wir dagegen unternehmen?«

»Ich weiß es nicht.«

»Und die Größe?«

»Darüber kann ich dir auch nichts sagen. Ich sah nur noch zwei Fangarme. Das Monstrum muss eine Mischung zwischen Krake und Schlange sein, wie der Zeuge aus London es berichtet hat.«

»Da fallen mir die alten Seeräubergeschichten ein, in denen von Seeschlangen die Rede ist«, sagte Will. »Aber dies hier scheint mir noch schlimmer zu sein.«

»Zumindest makaberer.«

»Willst du den Anzug anbehalten?«

»Nein.« Ich stand auf, um mich umzuziehen. In einem Taucheranzug konnte ich mich nicht wie in normaler Kleidung bewegen. Wenn ich noch einmal tauchen musste, okay, dann würde ich mir die Pressluftflasche eben auf den Rücken schnallen.

Während ich mich umzog, beobachtete Will das Wasser. Die Oberfläche hatte sich nicht verändert. Nach wie vor wogte sie in dem immerwährenden Rhythmus des Meeres.

»Bevor ich es vergesse, John. An der Burg hat sich etwas getan. Man öffnete dort eines der Fenster.«

Ich stieg soeben in die Hose. »Hast du etwas erkennen können?«

»Leider nicht genau. Aber ich glaube, Glenda gesehen zu haben.«

»Nimm mal das Sprechfunkgerät.«

Will nahm es auf und warf es mir zu. Der Wind fuhr unter mein offenes Hemd und hob es an. Ich zog die Antenne hervor, schaltete das Gerät auf Empfang und hoffte, dass sich Glenda meldete. Natürlich war es ein Risiko. Durch meine Entdeckung unter Wasser jedoch hatten sich die Vorzeichen unseres Planes ein wenig verschoben. Wir mussten aufs Ganze gehen, und diese komische Marquesa, die sicherlich mit dem Monstrum unter Wasser in irgendeiner Verbindung stand, sollte mitbekommen, dass sie unter Beobachtung stand.

Mein Gesicht wurde immer länger.

»Keine Verbindung?«, fragte Will.

»Nein, das sieht nicht gut aus.«

»Vielleicht eine Störung?«

»Ich höre überhaupt nichts. Als wäre die andere Seite tot.«

»Das meinst du doch nicht wörtlich?«

Ich winkte ab. »Nein, nein, ich habe da an das Gerät gedacht.«

Will folgerte. »Man kann es entdeckt und auch zerstört haben«, erklärte er.

»Ja, das wäre eine Möglichkeit.« Ich schüttelte den Kopf. »Aber so schnell? Kaum zu glauben. Dann muss Glenda voll in die Falle der Alten gelaufen sein.«

»Leider.«

»Die Marquesa, das Monstrum, die Burg. Drei Dinge, die in einem unmittelbaren Zusammenhang stehen, Will. Und für mich ist das alte Castell der Ausgangspunkt.«

»Das heißt, du willst hin?«

»Genau.«

Der Kommissar sprach nicht dagegen. Er schaute nur skeptisch dem Ufer entgegen, denn vor dem feinen Sandstrand schoben sich die zackigen Felsen wie die geriffelten Buckel lauernder Ungeheuer aus dem Wasser und brachen die heranlaufenden Wellen zu gischtenden Kreiseln, die die Felsen umschäumten.

Da mussten wir eine Lücke finden. Zudem konnten wir damit rechnen, dass sich die gefährlichen Klippen und messerscharfen Steine noch dicht unter der Oberfläche befanden, wo sie sehr leicht den Kiel des Bootes aufreißen konnten.

»Traust du dir zu, dort eine Lücke zu finden?«, fragte mich mein deutscher Freund.

»Das muss ich.«

»Dann viel Spaß.«

»Du kannst es ja auch versuchen.«

Mallmann winkte ab. »Lass mal, du bist einige Jahre jünger und hast mehr Routine im Umgang mit Booten.«

Ich lachte. »So kann man sich auch drücken.«

»Außerdem muss ich die See beobachten. Und beeil dich! Lange halte ich es nicht mehr aus. Schon jetzt geht mein Magen hin und wieder spazieren.«

»Dann schluck ihn runter.«

»Wenn das so einfach wäre. Der ist eben zu groß.«

Ich stand am Ruder. »Lieber einen großen Magen als eine große Klappe.« Die nächste Drehung des Zündschlüssels startete den Motor, dessen Lärm Wills Antwort verschluckte.

Erst als uns eine lange Welle hochgetragen hatte, gab ich Stoff. Es war eine Freude, das Boot zu fahren. Leider wurde diese durch unser Ziel getrübt, denn die Felsen sahen, je mehr wir uns ihnen näherten, immer bedrohlicher aus.

Daran zu zerschellen war leichter, als den Weg zwischen ihnen zu finden. Will hielt sich am Heck auf. Ich sah ihn nicht, konzentrierte mich auf die Fahrerei und entdeckte auch schon die hellen Wasserstrudel, die in die Lücken zwischen den Felsen hineinschossen, bevor sie auf den Strand zugeschoben wurden.

Wills Alarmschrei war lauter als der Krach des Motors. »John, die Schlange!«

Ich ging sofort vom Gas, drehte mich und schaute in eine hochgischtende Fontäne, die sich von der Wasserfläche gelöst hatte. Hinter dem dichten Schleier aus Tropfen erkannte ich schattenhafte Bewegungen, die man vielleicht als tanzende Figuren einordnen konnte.

Der Wasservorhang fiel schnell zusammen.

Und da sahen wir es.

Aus dem Wasser ragten die sechs gewaltigen Tentakelarme der Krakenschlange, und wir schauten auch auf sechs Köpfe mit verschiedenen Frauengesichtern …

Glenda sprang!
Alles oder nichts, so lautete ihre Devise. Auf einen langen Kampf konnte sie sich nicht einlassen, sie musste einfach etwas riskieren und die beiden Mädchen aus dem Weg räumen.

Die sahen sie kommen.

Glenda, die über die Stufen hinwegflog, erkannte noch, wie sie schützend die Arme hochrissen, dann prallten sie schon zusammen und bildeten plötzlich ein Knäuel aus sich drehenden und überschlagenden Körpern.

Dabei hatte die Engländerin Glück, dass sie nicht unten lag, sondern die beiden Mädchen zu Boden gestoßen hatte, die heftig aufschrien und auch schmerzerfüllt stöhnten.

Glenda hatte sich trotz der kurzen Zeitspanne auf den Sprung konzentrieren können und in etwa auch die Folgen vorausgesehen. Deshalb fing sie sich schneller als die beiden Mädchen, rollte noch auf dem Teppich weiter, bevor sie auf die Füße sprang und dabei feststellte, dass ihr nichts geschehen war.

Nicht weit entfernt lag die breite Ausgangstür. Ohne einen Blick zurückzuwerfen, hetzte Glenda auf sie zu, rüttelte an der Klinke und wäre fast weinend zusammengebrochen, denn die Marquesa hatte abgeschlossen.

Nichts zu machen!

Sie fuhr herum.

Auf der Treppe stand die Alte. Ihr geiferndes Lachen schallte in den unteren Raum hinein, und die folgenden Worte wirkten wie die Ladung aus einer Giftspritze.

»Denk an den Zucker, Kleine! Ich habe ihn für dich verwahrt. Bonzo wird dich jetzt holen.«

Der Stumme stand bereits auf der Treppenhälfte. Die beiden Mädchen vom Personal lagen stöhnend am Boden. Um sie kümmerte sich niemand. Auch Bonzo nicht, der sich normal und dabei breitbeinig in Bewegung setzte, um auch die anderen Stufen hinter sich zu lassen.

Die Marquesa schaute nur zu. Sie stand da und rieb ihre trockenen Hände. Sie wollte, dass Glenda Qualen erlitt, sie wollte das Mädchen vernichten!

Glenda suchte nach einem Ausweg. Die Halle war groß, nicht voll erleuchtet. Durch Fenster fiel schwaches Licht, und sie dachte auch daran, durch die Scheibe zu springen.

Das hätte auch tödlich für sie enden können, so sah sie dies nur als letzte Möglichkeit an.

Aber es gab Türen, auch Gegenstände, die ihr wie gerufen kamen. Zum Beispiel die flache Metallschale auf der Kommode neben ihr. Glenda packte sie, und diesmal war sie es, die auf Bonzo einen Gegenstand schleuderte. Er trat nicht einmal zur Seite. Zwischen Schulter und Hüfte wurde er getroffen. Seinen Vorwärtsdrang beeinträchtigte das nicht. Wie eine aufgedrehte Puppe ging er weiter.

»Hol sie, Bonzo!«, keifte die Marquesa.

Glenda wechselte ihren Standort. Wenn sie an der Tür stehen blieb, würde der Kerl sie sehr schnell zu fassen kriegen, deshalb lief sie in eine andere Richtung und sah aus der Düsternis des Raumes die Umrisse einer Tür erscheinen.

Von ihrer Flucht hatte auch die Marquesa etwas bemerkt. »Schneller, Bonzo, sie darf nicht in das Labor!«

Auch Glenda hatte die Worte verstanden und wusste plötzlich, wovor die Adelige Angst hatte.

Was war mit dem Labor?

Sie riss die Tür auf. Glenda hatte damit gerechnet, in eine weitere Halle zu gelangen oder zumindest in einen normalen Raum. Ein Irrtum. Ein weiterer Gang tat sich vor ihr auf. Drei Treppenstufen führten zu ihm, die Glenda mit einem Sprung nahm.

Dabei hatte sie das Gefühl, in Katakomben gelangt zu sein, denn eine andere Welt hielt sie umfangen. Die Halle war zwar vorhanden, aber kahle Wände mit nur sehr kleinen Fenstern rahmten sie ein. Ein modriger Gestank breitete sich aus. Feuchtigkeit legte sich beim Luftholen schwer auf die Lunge. Es roch so merkwürdig, unter anderem nach Salzwasser.

Blut war nicht der andere Stoff, Parfüm ebenfalls nicht. Die Mischung lag in etwa dazwischen.

Jedenfalls widerlich …

Glenda stolperte weiter. Sie sah Ketten an der Wand

glänzen und auch einen großen Labortisch, auf dem zahlreiche Glasgefäße standen, die gefüllt mit Flüssigkeiten und Mixturen waren und diesen fremden, widerlichen Geruch abgaben.

Glenda blieb nichts anderes übrig, als in die Tiefe des breiten Raumes hineinzuschreiten und dabei den Labortisch zu passieren.

An dem Tisch blieb sie abrupt stehen.

Vor ihr war der Boden nicht mehr da!

Wie abgeschnitten wirkte er. Und sie konnte in die Tiefe eines Felsschachts schauen, der mit einer tintigen Schwärze erfüllt war, wobei sie trotzdem hören konnte, wohin er führte.

Zum Wasser, denn Glenda vernahm das gurgelnde Rauschen der Fluten, deren Echos an den kahlen Felswänden hochstiegen …

Sechs Arme – sechs Frauengesichter, und der übrige Körper des Monstrums blieb unter Wasser verschwunden.

Will und ich konnten kaum fassen, was sich da am helllichten Tage vor unseren Augen abspielte.

Es war der Schrecken schlechthin.

Die Haare der Mädchen bewegten sich im Wind wie kleine Schlangen.

Aber wo befanden sich die Körper der bedauernswerten Geschöpfe? Waren sie vielleicht mit den Tentakeln eine Verbindung eingegangen. Ich musste alles in Betracht ziehen. Wo schwarze Magie am Werke war, gab es den Begriff ›unmöglich‹ nicht.

Auch Will staunte. Er hatte den Kopf angehoben, um die Gesichter sehen zu können, und flüsterte: »Verdammt, John, ob wir das schaffen, ist mehr als fraglich.«

Der Ansicht war ich auch. Wenn die schrecklichen Tentakel auf unser Schiff niederfielen, würden sie es radikal zerstören. Da gab es nichts, was diesem gewaltigen Druck noch standgehalten hätte.

Die Tentakel selbst verdickten sich an ihren unteren Enden.

Da hatten sie den Umfang von Baumstämmen, während sie zum Ende hin wesentlich schmaler wurden, damit auch die Köpfe der Mädchen auf ihre Spitzen passten. Von der graugrünen Haut rann das Wasser in Streifen nach unten, und Skyllas sechs Greifarme zitterten, als würden sie permanent von einem Windhauch getroffen.

Eigentlich gab es für dieses Monstrum nur eine Lösung. Es musste uns angreifen.

Weshalb tat es das nicht?

Noch bewegten sich die Tentakel nur langsam. Sie senkten und drehten sich dabei, selbst die Köpfe gerieten in kreisende Bewegungen, als wollten sie mit ihren Augen die nähere und weitere Umgebung nach einer eventuellen Fluchtchance für uns erkunden.

»John, wir sollten wieder starten!«

Ich sprach nicht gegen Wills Vorschlag. Nur einen Schritt brauchte ich zurückzugehen, um das Ruder zu erreichen. Vorsichtig bewegte ich mich, und es geschah nichts, obwohl uns mindestens drei Köpfe, also sechs Augen, unter Kontrolle hielten.

Das ließ mich hoffen.

»Jetzt musst du schnell sein, John«, sagte der Kommissar, der dicht an der Reling stand und sich mit beiden Händen an deren Handlauf festklammerte.

Ich gab ihm keine Antwort. Plötzlich spürte ich die Strahlen der heißen Sonne doppelt stark. Ich war ins Schwitzen gekommen. Die Schweißperlen flossen über meinen Rücken, und auch an den Handflächen spürte ich die Feuchtigkeit, als ich das Holzruder umklammerte.

Der steckende Zündschlüssel blinkte, als er von einem Sonnenstrahl getroffen wurde.

War er die Chance?

Konnten wir tatsächlich mit unserem Boot schneller sein, als das verfluchte Monstrum?

Diese Frage stellte ich mir immer wieder, als ich mich auf den Startvorgang konzentrierte.

In meinem Rücken drängte Will Mallmann. Seine Stimme

erreichte mich als zischender Hauch. »John, ich glaube, unsere Galgenfrist läuft ...«

Das letzte Wort ging im Startgeräusch unter. Plötzlich bekam die Maschine Saft. Der Motor lief an, die Schraube am Heck drehte sich, Wasser schäumte und quirlte, ich gab Vollgas und hoffte, das Richtige getan zu haben.

Auch Will Mallmann musste sich festklammern, sonst wäre er umgerissen worden. Durch den heftigen Start wollte das Boot mit dem Bug aus dem Wasser schießen, während das Heck tief in die Fluten gedrückt wurde. Ein schaumiger Teppich umgab uns, wir schossen in die lange Dünung hinein, während die Wellen vom Bug des Bootes gebrochen wurden und als Gischtregen über Deck spritzten.

Dass wir durchnässt wurden, machte uns nichts aus. Durch den Wasservorhang konnte ich für die Dauer einiger Sekunden nichts sehen und wusste nur, dass wir eigentlich voll auf die verdammten Klippen zuhielten, denn auch sie waren unsere Feinde.

Dabei fragte ich mich, wer von ihnen schlimmer war. Die Klippen oder das Monster?

Vielleicht das Monster.

Wir jagten weiter. Ich riskierte einen Blick zurück. Skylla schaute weiterhin aus den Fluten. Ihre Haltung hatte sie nicht verändert, aber genau jetzt drehte sie ihre sechs langen Fangarme in unsere Richtung, und ich spürte das kalte Gefühl der Gefahr im Nacken.

»John, du musst noch schneller sein!«, brüllte Will Mallmann gegen den Lärm des Motors an. »Noch schneller ...«

»Da sind die Klippen!«

»Das Monstrum ist schlimmer.«

Da konnte Will recht haben, doch ich wollte nicht mit voller Wucht gegen die Felsen geschleudert werden. Noch huschten wir fast über die Oberfläche des Wassers hinweg, schnitten die anlaufenden Wellen, bekamen das salzige Spritzwasser mit, und ich hielt das Ruder mit beiden Händen so hart fest wie nur eben möglich.

Durch die hohe Geschwindigkeit begann das Boot auch zu

tanzen. Von einer Seite auf die andere schleuderte es, sodass ich das Gefühl hatte, als würden die vor mir aus dem Wasser ragenden Felsbuckel ebenfalls einen wilden Tanz aufführen. Mal sah ich sie rechts, dann wieder links, im Wellental hoch über mir, auf dem Wellenkamm unter mir.

Ein unberechenbares Wechselspiel, das mich durcheinander brachte und mich daran hinderte, Pläne zu schmieden. Um es dem Monstrum schwerer zu machen, fuhr ich leichte Schlangenlinien. Ich hörte Wills Fluchen, das verständlich war, denn es würde ihm nicht leicht fallen, die bei dieser Fahrweise entstehenden Fliehkräfte auszugleichen.

Der erste Felsen.

Er wurde immer größer, je mehr ich mich ihm näherte. Durch das Schwanken des Bootes tanzte auch er, und ein zweiter Brocken stand so dicht in seiner Nähe, dass ich bei diesen heftigen Bewegungen das Gefühl bekam, als wären die beiden miteinander verwachsen.

Es half nichts. Wenn ich die Lücke zwischen den Klippen finden wollte, musste ich mit dem Tempo herunter.

Das tat ich auch.

Will Mallmann regte sich auf. »John, das kannst du schlecht machen!«

»Schau dir mal die Felsen an!«

Ob Will es tatsächlich tat oder nicht, war mir egal. Ich wollte durch die Lücke, visierte sie an und stellte fest, dass ich noch immer zu schnell fuhr.

Also noch mehr Tempo raus!

Jetzt klappte es besser. Ich konnte mich einigermaßen gut auf die Aufgabe konzentrieren, merkte aber schon sehr bald, dass unser Boot von der Strömung gepackt und schneller wurde. Das heißt, das ablaufende und auch ziehende Wasser riss es auf die Lücke zwischen den Klippen zu.

Ich steuerte gegen, versuchte alles, was in meinen bescheidenen Kräften stand, und musste mich doch auf die gurgelnde Flut und Strömung verlassen, die uns in die Lücke hineinriss.

Rechts von mir huschte der große Felsen vorbei. Das Gestein glänzte in einer matten Schwärze. In den Rillen und

Vertiefungen schillerten zahlreiche Wassertropfen.

Als das Boot einen heftigen Schlag bekam, dachte ich, alles wäre verloren. Ich sah mich schon ins Wasser fallen, untergehen und inmitten zahlreicher Trümmer wieder hochgespült werden.

Wir hatten Glück und kamen durch.

Zwar schwankte das Boot noch einmal gefährlich, aber die erste Klippe schafften wir.

»Verdammt, John, das war gut.« Ich schaute kurz über die Schulter und sah Will flach auf den Planken liegen. »So kann ich mich besser halten«, keuchte er.

»Schlaf nur nicht ein!«

»Bei den Fangarmen!«

Damit hatte er mich wieder auf das eigentliche Thema gebracht. Es war kaum zu fassen, aber Skylla, die Riesenschlange mit den sechs Köpfen, verschwand im Meer.

Der für uns noch nicht sichtbare gewaltige Restkörper sorgte dafür, dass auch die Tentakel schon sehr bald von den gischtenden Wellen überspült wurden.

Noch ein Kopf tauchte für einen kurzen Moment auf, sodass er mich an das Sehrohr eines U-Bootes erinnerte, dann verschwand auch er im gurgelnden Wasser.

Will Mallmann stand auf. Er kam zu mir gewankt. Der Kommissar mit der Römernase hatte seinen Hut verloren. Will war ebenso nass wie ich, grinste verzerrt und schüttelte den Kopf. »War das echt, oder habe ich einen Traum erlebt?«

»Seit wann kannst du bei Sonnenlicht schlafen?«

»Weshalb ist das Monstrum denn verschwunden?«

»Beim nächsten Mal kannst du es fragen. Und jetzt lass mich in Ruhe! Ich muss den Kahn sicher an Land bringen.«

Den Vorsatz hatte ich zwar, ob es klappte, war mehr als fraglich, denn die freien Stellen zwischen den aus dem Wasser schauenden Felsen wurden noch schmaler.

Und dann sah ich die ersten blanken Steine dicht unter der Oberfläche manchmal als graue oder schwarze Schatten vorbeihuschen. Über ihnen strömte das Wasser hinweg, es gurgelte auch an den Bordwänden vorbei.

Die Entfernung zum Strand war geschrumpft. Vielleicht konnten wir schon stehen, aber die Gefahr war nicht vorbei. Wieder einmal bekam unser Boot einen Schlag.

Will hielt sich fest; ich steuerte gegen und konnte nicht verhindern, dass wir uns im Kreis drehten.

Im nächsten Augenblick bekamen wir den Stoß, der uns aus dem Kreisel heraustrieb. Ich wollte schon aufatmen, als mir das Knirschen die Luft zum weiteren Sprechen nahm.

Unter dem Kiel mussten Klippen so scharf wie Messer in den Bootskörper gejagt sein. Sie hatten ihn regelrecht aufgeschlitzt, denn Wasser quoll durch den Rumpf.

Ich schimpfte, konnte nicht mehr stoppen, wir bekamen noch mehr Fahrt, das Leck wurde größer und größer.

»Wir müssen raus!«, rief der Kommissar.

Ich stellte den Motor ab, jetzt schob uns die Strömung weiter, während nach wie vor Wasser in den Bootskörper drang.

Und noch jemand kam.

Ein Tentakelarm. Gar nicht weit von uns entfernt drückte er sich aus dem Wasser. Wir sahen das Mädchengesicht und glaubten sogar, dass es zu einem Grinsen verzogen war. Für einen Moment schwebte und schwankte es über den Klippen, bevor der Arm wieder zurückgezogen wurde und im ufernahen gurgelnden Wasser untertauchte.

Unsere Füße wurden vom Wasser längst umspült. Es schäumte an den Knöcheln. Das Boot bekam mehr Gewicht, und noch immer spielte die Strömung mit ihm.

»Skylla lässt uns nicht aus den Augen!«, keuchte Will Mallmann. »Das ist schrecklich.«

»Dann drück nur die Daumen, dass wir auch den Strand erreichen«, erwiderte ich.

Im nächsten Augenblick hatten wir tatsächlich das Gefühl, in ein tanzendes Karussell geraten zu sein. Verschiedene Strudel schoben uns und zerrten an dem Boot. Ich hielt mich am Ruder fest; Will hatte ebenfalls eine Haltestange gepackt und sogar zu schimpfen aufgehört.

Plötzlich krängte das Boot nach steuerbord, also nach rechts über. Damit hatten wir nicht gerechnet. Es hatte plötzlich einen Schlag bekommen.

»Nur nicht nass werden!«, schrie ich noch, bevor ich in die Fluten stürzte und nach unten gedrückt wurde. Bei den ersten Schwimmbewegungen schrammte ich bereits mit einer Hand über rauhes Klippengestein, was mir gar nicht gefiel. Zudem hatte ich auch Furcht davor, unter das sinkende Boot zu geraten und begraben zu werden.

Gegen die Wirbel kämpfte ich vergeblich an. Es ging mir darum, mich möglichst heil von ihnen an die Oberfläche schießen zu lassen. Das geschah auch. Kurz bevor sich bei mir die Luftknappheit bemerkbar machte, schoss ich aus dem Wasser hervor wie ein Gummiball, drehte mich. Mir wurden die Beine weggerissen, aber ich konnte schwimmen und dadurch selbst meine Richtung bestimmen.

Die Strömung hatte uns in seichteres Wasser transportiert. Als meine Beine nach unten sanken, fanden die Füße sogar auf dem Grund einen ersten Halt, der mir sehr rasch wieder entzogen wurde, sodass ich weiterschwimmen musste.

Eine Welle hob mich relativ hoch. Ich schaute über einen Klippenkegel hinweg, sah bereits die weißen Schaumstreifen der Uferwellen, und mir gelang es, mich an den Felskegel zu klammern, bevor mich das zurücklaufende Wasser mitreißen konnte.

Ächzend kletterte ich hoch, spürte die sengenden Sonnenstrahlen im Nacken, fand eine kleine, ausgewaschene Mulde und benutzte sie als Sitzplatz, von dem aus ich mich umschaute.

Wo steckte Will Mallmann?

Zunächst sah ich unser Boot. Oder vielmehr das, was von ihm noch übrig geblieben war.

Nicht mehr viel. Trümmer trieben zwischen den Klippen auf der Oberfläche, wurden geschaukelt, verzogen, wieder zurückgeworfen, erneut gegen die Felsen geschleudert, wo sie in kleinere Teile zerbrachen.

Will Mallmann entdeckte ich schließlich auch. Er befand sich noch im Wasser und war von mir ziemlich weit abgetrieben worden, allerdings näher am Ufer. Nur bekam er keinen Halt, die Beine wurden ihm von den zurücklaufenden Wellen ständig weggerissen, denn er versuchte, ebenso wie ich, sich an einen Felsen zu klammern.

Der Kommissar kam nicht mehr dazu. Plötzlich erschien über ihm, einen Halbbogen schlagend, einer der gewaltigen Tentakelarme des Monstrums Skylla. Ich erkannte auch das Gesicht. Es gehörte der jungen Deutschen. Zusammen mit dem Arm fiel es auf Will nieder.

Ich schrie ihm eine Warnung zu. Meine Stimme wurde vom Rauschen des Wassers übertönt.

Will bemerkte die Gefahr, als er ihr nicht mehr entwischen konnte. Er schlug noch um sich, traf auch das Gesicht; einen größeren Erfolg erzielte er nicht.

Wie eine dicke Fessel wand sich der Arm um seine Hüfte, wurde noch stärker zugezogen, und der Kommissar schwebte einen Moment später über dem Wasser. Dabei sehr dicht unter dem Kopf der Schlange, sodass er, wäre es ihm möglich gewesen, in das Gesicht hätte greifen können.

Selbst aus der relativ großen Distanz erkannte ich die Angst in seinen Zügen, den stummen Schrei nach Hilfe, der sich dort abzeichnete. Aber ihn konnte keiner retten.

Der Tentakelarm raste nach unten.

Mir stockte fast der Herzschlag, denn es sah so aus, als würde sein Kopf im nächsten Augenblick auf einem der Felsen zerschmettert. Eine optische Täuschung. Die beiden Gesichter verschwanden im schäumenden Wasser, und ich hockte allein auf dem Felsen.

Bis zu dem Augenblick, als es auch mich erwischte. Wahrscheinlich hatte ich mich von Will Mallmanns Schicksal zu sehr ablenken lassen, jedenfalls war es zwei anderen Armen gelungen, sich hinter meinem Rücken lautlos aus den Fluten zu schieben.

Und sie griffen zu.

Einer in Höhe der Hüfte. Er presste mir noch die Arme gegen den Körper, und der andere Tentakel fasste mich an der Schulter. Durch einen heftigen Ruck flog ich nach hinten, wurde von meinem Sitzplatz weggerissen, landete wieder im Wasser und dachte nur daran, dass ich mich aus eigener Kraft nicht mehr befreien konnte.

Vor ihr der tiefe Schacht, hinter ihr der lange Labortisch und Bonzo, der Stumme!

Viel Auswahl blieb Glenda Perkins wahrlich nicht, und sie fühlte sich wie in einer Folterkammer stehend. Wenn sie die Augen senkte und in den Schacht starrte, hatte sie das Gefühl, fliegen zu können. Da vereinigten sich bei ihr Höhen- und Tiefenangst. Glenda konnte es nicht sehen, sie spürte nur, dass immer mehr Blut aus ihrem Gesicht strömte und sie blasser wurde.

Sie drehte sich um.

Das alte Gewölbe hatte zu wenige Fenster, um erhellt zu werden, dennoch reichte die graue Helligkeit aus, um den Mann zu sehen, vor dem sie sich so fürchtete.

Bonzo!

Auch jetzt trug er seine dunkle Brille. Die schwarzen Gläser wirkten auf Glenda Perkins wie böse Augen, in denen ein Gruß aus der Hölle schimmerte.

Bonzo hatte seine Hände zu Fäusten geballt. Er tat nichts, er stand nur da. Wahrscheinlich hatte er von seiner Herrin den entsprechenden Befehl bekommen oder wartete erst neue ab.

»Ist sie da?« Die Stimme der Marquesa hallte durch den langen Raum. Sie selbst war nicht zu sehen, von Bonzo bekam sie keine Antwort, und Glenda schwieg ebenfalls.

»Ich komme!«

Sie fügte noch ein Lachen hinzu. Glenda schüttelte sich. Es war ein Schauer der Kälte, die sie durchrieselte und sich auch mit ihrer Angst vermischte.

Bonzo setzte sich in Bewegung. Er konnte fast lautlos gehen und nahm eine andere Stellung ein. An der gegenüberliegenden Schmalseite des langen Labortisches baute er sich auf. Dort blieb er stehen, ohne sich zu rühren. Ein stummer Wächter, der auf Befehle wartete.

Glenda durchschaute seinen Plan sofort. Die Stelle, wo Bonzo jetzt stand, war äußerst günstig für ihn. So konnte er die beiden Seiten des langen Labortisches im Auge behalten und nahm der Gefangenen damit jede Fluchtchance.

Hinter ihm flackerten plötzlich Kerzenflammen. Die Marquesa trug den dreiarmigen Leuchter. Sie hielt ihn so hoch, dass die Flammen an die Decke verschwommene Kreise malten.

Sehr langsam kam sie herbei. Unter ihren Fußsohlen knirschten kleinere Steine. Bonzo geriet ebenfalls in die Lichtkreise. Sein Gesicht wirkte wie eine rötlich gelbe Maske, in der sich nichts rührte.

Die Marquesa stellte den Leuchter ab. Er fand seinen Platz zwischen den zahlreichen Glasgefäßen auf dem Labortisch und erhellte ihn bis über die Hälfte seiner Länge.

»Du hast den falschen Weg gewählt«, erklärte die Marquesa. »Wer sich einmal in meinem Schloss befindet, entkommt mir nicht mehr, wenn ich es nicht will.«

»Das habe ich bemerkt«, erwiderte Glenda.

Die Adelige lachte. »Weshalb dann die Umstände? Ich wollte dich haben, jetzt habe ich dich, und der Schacht ist tief genug, um auch deinen Kadaver zu schlucken.«

Glenda erschrak über die harten Worte der Frau. »Wie auch die anderen sechs?«, fragte sie.

»Nein, da irrst du dich. Sie sind zwar tot, aber nicht der Schacht hat sie gefressen. Diese Mädchen waren als Opfer ausersehen. Das musste ich so halten.«

»Für die Schlange, nicht?«

Die Marquesa stand im Schein der drei Kerzen, und Glenda Perkins sah ihr Nicken. »So ist es. Skylla brauchte die sechs Menschen. Ich merke schon, dass du dich gut informiert hast. Eigentlich zu gut für eine Rucksacktouristin. Wer bist du wirklich?«

»Glenda Perkins.«

»Das habe ich mir gedacht. Aber wo kommst du her? Du bist nicht so harmlos, wie du dich ausgegeben hast.«

»Nein, das nicht.«

»Dann sag es!«

Glenda sah nicht ein, aus welchem Grund sie die Wahrheit verschweigen sollte. Deshalb erklärte sie mit fester Stimme: »Ich bin gekommen, um dir das Handwerk zu legen!«

Die Marquesa lachte. »Das Handwerk zu legen?«, wiederholte sie. »Ausgerechnet du? Das kann ich nicht glauben.« Sie schüttelte den Kopf. »Nein, wer ist schon so wahnsinnig und kommt freiwillig her? Bist du eine Selbstmörderin?«

»Bestimmt nicht.«

»Es kommt mir so vor, denn jede, die ich hier hatte, lebt nicht mehr. Skylla brauchte sie.«

»Sechs Mädchen?«, fragte Glenda.

»Ja, sechs. Denn die Schlange hat sechs Tentakel. Sie ist eine Mischung aus Schlange und Krake. Ein für Menschen furchtbares Geschöpf, ein Seemonstrum, über das viel erzählt wurde. Schon im Altertum hat man Skylla gesichtet, wie sie die Küsten des alten Italiens unsicher machte. Aber sie lebt auch heute.«

»Die hat es doch nie gegeben!«, widersprach Glenda.

»O doch, es gab die Skylla.«

»Und sie hat bis heute überlebt?«

»Stell dir mal vor, das hat sie. Oder nicht?« Die Marquesa kicherte. »Ich weiß nicht, ob es das gleiche Ungeheuer ist wie damals. Es war mir auch egal. Ich wollte etwas anderes von ihr. Und weißt du was, kleine Glenda Perkins?«

»Nein!«

»Das hättest du dir leicht denken können. Jugend, Frische. Ich wollte nicht älter werden, deshalb habe ich Skylla beschworen und ihr die sechs Opfer zugeführt.«

»Aber sie gab dir nichts zurück!«, schrie Glenda plötzlich, die das nicht begreifen konnte, weil es einfach so furchtbar war. Nur um Jugend und Frische zu bekommen, konnte man doch nicht einfach sechs junge Menschen töten. »Schau dich nur an, du alte Vettel. Ein Weib bist du! Ein widerliches, verhärmtes Weib. Niemals wirst du das zurückerhalten, was ich noch besitze …«

»Irrtum. Ich habe es schon!«

»Schau in den Spiegel, Marquesa!«

Die Adelige schüttelte den Kopf. »Das habe ich nicht nötig. Ich weiß, dass ich die Jugend zurückbekommen habe. Schau dir diesen Labortisch an. Sieh auf die Flaschen. Sie enthalten fast alle eine Tinktur oder Flüssigkeit …«

Glenda ließ ihren Blick über die Gegenstände gleiten. Die Marquesa hatte Recht. Leere Gefäße gab es kaum. Die Glasbehälter enthielten eine dunkle Flüssigkeit. Sie also sollte der Frau Jugend, Schönheit und Frische zurückgeben. Kaum zu fassen.

»Na, hast du es gesehen, Glenda? Sechs Behälter sind es, wenn du sie nachzählst. Es waren auch sechs Mädchen, und Skylla hat sechs Arme. Für jedes Tentakel ein Mädchen. Ich warf ihre Körper dem Kraken vor. Skylla nahm sie an, sie saugte sie aus, sie nahm ihnen die Frische und die Jugend, denn sie ist eine magische Gestalt. Ein Wesen, das über sich nur die Hölle weiß. Und auch der Teufel stellt etwas Besonderes dar, wie ich schon erwähnte.«

Allmählich kam Glenda hinter den Plan. Sie hatte bisher angenommen, dass die Mädchen einen sinnlosen Tod gestorben waren. Er blieb auch jetzt noch in ihren Augen sinnlos, aber nicht in denen der Marquesa. Sie hatte damit einen bestimmten Plan verfolgt und war bereit, ihn noch weiter auszubauen.

»Willst du noch mehr hören, bevor ich dich töten lasse?«, fragte die Marquesa.

»Meinetwegen.« Glenda gab ihrer Stimme einen gleichgültigen Klang, wobei sie in Wirklichkeit voller Verzweiflung nach einem Ausweg aus dieser Misere suchte.

»Ich habe die sechs Mädchen also geopfert. Skylla nahm die Opfer dankbar an, und sie gab mir das, für das ich mein Leben lang geschwärmt hatte: Jugend und Schönheit. Jedes ihrer Tentakel strömte eine blaue Tinktur aus, die von mir aufgefangen wurde und die ich als Elixier der Jugend bezeichnen will. Erst durch die sechs toten Mädchen gelang es Skylla, die Tinktur zu produzieren. Das ist das ganze Geheimnis. Es sieht so schwierig aus und ist doch so einfach.«

Das gab auch Glenda zu. Sie hätte nie gedacht, dass eine so große Raffinesse hinter diesen Vorgängen stecken würde. Es war schon ein kleines Phänomen.

»Jetzt frage ich dich, Glenda, was willst du gegen mich noch ausrichten?«

»Ja, es sieht nicht gut aus.«

»Stimmt. Aber du hast Skylla nie gesehen – oder doch?«, fragte die Marquesa.

»Auf einem Bild.«

Die Adelige zuckte zusammen. »Wieso auf einem Bild? Hat man sie gemalt?«

»Fotografiert.«

»Und wer?«

»Ein Kollege von mir aus London. Er arbeitet übrigens bei derselben Firma wie ich.«

Die Marquesa ging einen Schritt vor. »Ist das zufällig die Polizei?«

»Sogar Scotland Yard.«

Erst wollte sie lachen. Glenda vernahm bereits die krächzenden Laute, dann wurde ein Schimpfen daraus, das in einer Frage endete: »Dieser Typ auf dem Boot – gehört er auch zu dir?«

»Sicher.«

»Wer ist es?«

»Zwei sind es«, antwortete Glenda. »Zwei Polizisten. Der eine kommt aus Deutschland. Er befindet sich auf der Spur einer gewissen Jutta Liebig, die auch zu deinen Opfern gehört hat. Der andere ist John Sinclair, mein unmittelbarer Vorgesetzter und ...«

»Der Geisterjäger?«

»Genau.«

Die Marquesa sagte nichts mehr zu Glenda. Sie wandte sich an ihren stummen Diener und redete so heftig und schnell auf ihn ein, dass Glenda kein Wort verstand. Einige Male fiel der Name Sinclair.

Bonzo nickte.

Die Antwort musste der Alten gereicht haben. Sie wandte

sich wieder Glenda zu. »Hat er hier in der Nähe nicht gegen den Unhold gekämpft? Ich fragte Bonzo, und er nickte.«

»Das stimmt.«

»Dann weiß ich, wer er ist.«

»Das freut mich«, erwiderte Glenda. »Es wird Ihnen somit klar sein, dass Sie es verdammt schwer haben werden. John Sinclair ist bisher durch tausend Höllen gegangen. Er hat sie alle geschafft, und er wird auch dich schaffen, du Vettel.«

»Nein!«, brüllte die Marquesa. Ihr Mund klappte dabei auf, als hätte man die beiden Kiefer auseinander gerissen. »Diesmal nicht. Skylla ist stärker. Sie wird ihn längst entdeckt und auch festgestellt haben, dass er zu ihren Feinden zählt. Weißt du, was dann geschieht? Das will ich dir sagen. Sie wird zupacken, sie holt ihn sich, und sie holt sich auch den anderen, diesen Deutschen. Hast du gehört?«

»Ja.«

»Und jetzt sag mir, welch eine Chance du noch hast? Keine. Ich wollte dir Skylla zeigen, aber du bist ja geflohen. Hättest du sie gesehen, wäre dir jeder Gedanke an Flucht genommen worden. Sie holt alle. Zudem stehst du günstig. Dieser Schacht ist der Zugang zu ihr, zu einer Höhle und zum Meer. Wenn ich dich hineinstoßen lasse, wirst du sterben. Vielleicht aber hast du Glück und bekommst in den letzten Sekunden deines Lebens noch Skylla zu sehen. Ich würde es dir gönnen, da dieser Anblick umwerfend ist.«

Glenda nickte. »Für dich vielleicht …«

»Willst du denn nicht die sechs Frauenköpfe sehen?«

»Verzichte.«

Die Marquesa nickte, als wollte sie sich selbst eine Antwort geben. »Ja, das kann ich mir vorstellen. Die Köpfe sind nichts für schwache Nerven, obwohl ich sie als sehr wertvoll bezeichnen möchte. Sie haben mir alles gegeben.« Nach diesen Sätzen hob die Marquesa die Schultern. »Bonzo wird zu dir kommen und dich in den Schacht schleudern. Los, Bonzo, geh und hol sie dir!«

Das ließ sich der Stumme nicht zweimal sagen. Für Glenda wurde es bedrohlich.

Okay, Bonzo konnte nur an einer Seite des Tisches entlanglaufen. Wenn sie schnell genug war, entwischte sie ihm vielleicht an der gegenüberliegenden.

Das waren Theorien, denn die verschlossenen Türen redeten eine deutliche Sprache, und sich mit dem vollen Körpergewicht durch die Fenster werfen, war auch nicht gerade Glendas Fall. Das konnte sehr leicht mit einer aufgeschnittenen Kehle enden.

Gab es noch eine Lösung?

Glenda hatte bereits einiges an Abenteuern hinter sich. Da brauchte sie nur an die Dämonenfalle Rom zu denken, wo sie in die Zeit der alten Römer zurückgeschleudert worden war. Auch da war sie wieder entwischt, wenn auch durch John Sinclairs Hilfe.

Hier aber musste sie sich auf sich selbst verlassen.

Eine Schusswaffe hatte sie bewusst nicht mitgenommen. Nun ärgerte sie sich darüber, denn die Marquesa hatte sie durchschaut. Und sie sah auch genau hin, wie sich Bonzo relativ langsam in Bewegung setzte und auf sein Opfer zuschlich.

Jugend, Schönheit und Frische wollte diese Frau zurückhaben. Für diese drei Dinge war sie bereit, auch über Leichen zu gehen, das hatte sie bewiesen.

Eine magische Tinktur, entnommen aus den Körpern junger Mädchen, sollte dafür sorgen, dass aus ihr eine andere wurde. Und diese Flüssigkeit stand vor Glenda auf dem Tisch.

Plötzlich wusste sie Bescheid.

Sechs Mädchen waren es gewesen.

Die gleiche Anzahl von Gefäßen sah sie auch, und sie griff blitzschnell zu. Ihre Hände umfassten zwei der sich nach oben verjüngenden Glaskolben, rissen sie hoch, und sie schrie der Marquesa die nächsten Worte entgegen.

»Da, sieh her!«

Dann ließ sie die Kolben fallen …

Der Griff war da, und mir gelang es nicht, ihn zu sprengen. In diesen Tentakelarmen steckte eine zu große Kraft, die mir, wenn sie wollte, die Knochen zerquetschen konnte.

Ich stand Fürchterliches durch, als sich die Wogen über meinem Körper schlossen und ich in die Tiefe gerissen wurde. Vor meinem geistigen Auge sah ich schreckliche Bilder. Ich dachte an die alten Geschichten und Legenden, die ich gelesen hatte. Seeleute erzählten von ihren Begegnungen mit furchtbaren Ungeheuern und hatten plastisch geschildert, wie die Monstren aus der Tiefe des Meeres sich die Leute geholt hatten. Sie waren vom Deck ihrer Schiffe geraubt und in die Tiefe gezerrt worden, wo sie elendig ertranken.

So sollte es auch Will Mallmann und mir ergehen.

Das Wasser umgab mich wie ein gläsernes, trotzdem ausbruchsicheres Gefängnis. Mir war es zum Glück gelungen, noch einmal Luft zu holen, bevor das Wasser über mir zusammenschlug. Nun presste ich die Lippen hart zusammen, hielt dabei die Augen weit offen und starrte in den mich umgebenden Wirrwarr aus dunklen, gläsernen Farben, Wogen und Strömungen, aus denen hin und wieder huschend und schattengleich ein Gesicht auftauchte.

Das des Mädchens aus England.

Es blieb nie länger als eine Sekunde in meinem Blickfeld; ich vergaß es auch sehr bald, da meine eigenen Probleme ständig größer wurden.

Der Luftmangel und der Druck um meinen Körper machten mir zu schaffen. Lange konnte ich das nicht mehr aushalten. Irgendwann würde ich, einem Zwang folgend, den Mund aufreißen. Dann drang Wasser in meinen Rachen, und mir stand ein qualvoller Erstickungstod bevor!

Das Monstrum blieb nie ruhig. Es bewegte seinen gewaltigen Unterkörper ebenso wie die Tentakelarme, nur schleuderte es die nie aus dem Wasser hervor, sodass ich nie die Chance bekam, nach Luft zu schnappen. Wohin ich mich mit dem Monstrum wälzte, konnte ich nicht feststellen. In dieser Lage eine Richtung anzugeben, war einfach unmöglich. Ich musste mich einfach treiben lassen.

Der Luftmangel nahm zu.

Ein Stechen und Hämmern quälte meine Brust. Es steigerte sich zu einem gewaltigen Druck, sodass ich das Gefühl hatte, zerquetscht zu werden. Eine furchtbare Vorstellung.

Hinzu kam die Angst.

Sie füllte meinen Körper aus wie ein gewaltiger Stein, und ich wunderte mich darüber, dass es mir noch immer gelang, den Atem anzuhalten. Eigentlich hätte ich schon längst den Mund aufreißen und nach Luft schnappen müssen.

Noch hielt ich die Lippen geschlossen …

Bis zu dem Augenblick, als mich Skylla wohl nicht mehr wollte. Jedenfalls schleuderte sie mich aus dem Wasser. Zuerst begriff ich es nicht, bis mich die kühlere Luft traf, ich feststellte, dass ich wieder atmen konnte.

Frische, klare Luft.

Ich keuchte, röchelte und würgte gleichzeitig. Unter mir fühlte ich die Härte des Bodens, das raue Gestein, in das ich meine Finger krallte, und ich blieb liegen, ohne mich zu rühren. Ausgepumpt, einfach leer und fertig mit den Nerven, zudem am Ende der körperlichen Kraft.

Aber ich lebte!

Skylla hatte mich ausgespien, abgegeben, vielleicht wollte sie mich nicht mehr, aus welchem Grund auch immer. Irgendwie konnte ich ihr dankbar sein.

Ich hörte ein Husten.

Nicht ich hatte es ausgestoßen, jemand anderer. Es klang so, als hätte sich der Mann verschluckt. Zwischen den einzelnen Hustenstößen hörte ich auch sein Schimpfen.

Die Stimme kannte ich.

Das war Will Mallmann!

Auch der Kommissar hatte diese schreckliche Unterwasserreise überlebt, und als er nach mir rief, bekam er eine Antwort.

»Dann gibt es dich auch noch, John!«

»Ja, ich habe ihr wohl nicht geschmeckt.«

»Du bist auch kein Mädchen.«

»Seien wir froh, dass Skylla so wählerisch ist.«

»Stimmt«, gab Will zu. »Nur würde ich gern wissen, wo sie uns hingeschafft hat. Ich habe das Gefühl, auf einem großen Teller zu liegen. Gewissermaßen als Nachtisch für Skylla.«

Mit der ersten Bemerkung hatte Will den Nagel auf den Kopf getroffen. Auch mich interessierte es, wo wir gelandet waren. Wenn ich die Augen öffnete, sah ich nämlich nichts. Nur diese verdammte Dunkelheit, die uns umgab.

Dem Gefühl nach und einem Echo lauschend, für das sich das Rauschen des Wassers verantwortlich zeigte, glaubte ich sogar, mich in einer Höhle zu befinden.

Irgendwo unter den Felsen musste ich liegen, eingesperrt in eine Unterwasserhöhle.

Wäre ich eine Katze gewesen, hätte ich es besser erkennen können, so aber starrte ich hinein in die Finsternis, hustete hin und wieder und hörte Schritte, als Will Mallmann kam.

»Ich hätte gern eine Lampe mitgenommen«, erklärte er. »Aber das war in der Kürze der Zeit nicht möglich.«

»Dafür habe ich eine.«

»Sag bloß, du meinst deinen komischen Stift.«

»Besser als nichts.«

»Ja, stimmt auch wieder.«

Ich ließ meine Hand in die klamme Hosentasche gleiten und fühlte auch nach, ob noch alle Waffen vorhanden waren. Zum Glück hatte ich nichts verloren. Ich trug die Beretta ebenso bei mir wie das Kreuz. Sehr vermisste ich den Bumerang. Exakt geschleudert, hätte die »Banane« sicherlich einige Tentakel zerteilt.

Viel sahen wir nicht im Schein der Leuchte. Ich drehte die Hand in einem Halbkreis, sodass der Stahl auch über die dunkle Wasserfläche griff und sich später verlor. In die Höhe richtete ich den Strahl ebenfalls. Irgendwann traf der kleine Lichtfinger auf nasses Gestein.

Will und ich wussten, was das zu bedeuten hatte. Wir waren in einer Höhle gelandet.

»Das ist ein Ding«, flüsterte der Kommissar. »Hat uns Skylla in eine Unterwasserhöhle geschleppt. Wie toll.«

»Ob es wirklich so toll ist, wird sich noch herausstellen«,

gab ich zur Antwort und beobachtete die anrollenden Wellen gegen den mit Steinen und Kies bedeckten Boden, auf dem wir standen.

»Sieht mir nach Skyllas Reservelager aus«, meinte der Kommissar, als er sich im Schein der kleinen Leuchte umgeschaut hatte. Will hatte nicht einmal laut gesprochen, dennoch hatte seine Stimme einen hallenden Klang bekommen, als hätte er in einen Trichter geredet.

»Kannst du nicht noch mal in die Höhe leuchten, John?«, fragte er.

Ich tat ihm den Gefallen. So klein die Lampe auch war, eine gewisse Lichtstärke hatte sie schon. An einigen Stellen über uns traf der Strahl auch auf Widerstand, an anderen jedoch verlor er sich in der Düsternis über unseren Köpfen.

»Das ist ein Schacht«, sagte Will. »Habe ich mir doch gedacht.« Er lachte leise. »Wenn du mich fragst, würde ich sagen, dass er genau ins Schloss der Marquesa führt.«

»Wie kommst du darauf?«

»Nur so.«

Der Kommissar hatte Recht. Es war tatsächlich ein Schacht, in dessen Ende ich hineingeleuchtet hatte. Ich bewegte meine Hand, verfolgte den kleinen Strahl und erkannte, dass er links und rechts auf Widerstand traf. Allerdings standen die beiden Wände ziemlich weit auseinander. Vielleicht passte dort sogar der Körper eines Seemonstrums durch.

Ich legte meinen Kopf weit in den Nacken, um so hoch wie eben möglich blicken zu können. Das Ende des Schachtes sah ich zwar nicht genau, aber dort tat sich etwas, denn ich entdeckte einen helleren Schein, der sich bewegte und von flackernden Kerzen abgegeben werden musste. Der Schein war sehr schwach und gab uns das Rätsel auf, was sich dort oben wohl befinden könnte.

»Ein Raum des Schlosses«, meinte Will.

»Klar. Wenn die Marquesa mit dem Monstrum in Verbindung steht, muss sie irgendwie zu ihm kommen.«

»Durch den Schacht?«, fragte Will.

»Weshalb nicht?«

Der Kommissar schüttelte den Kopf. »Das glaube ich nicht, John. Ich denke eher daran, dass es umgekehrt sein wird. Wahrscheinlich kommt das Monster zu seiner Herrin.«

»Ist auch möglich.«

Wir allerdings hatten nichts davon. Keiner von uns sah irgendwelche Steigleitern an den Schachtwänden, und so waren wir gezwungen, untätig zu bleiben und zunächst einmal abzuwarten.

Das Wasser floss innerhalb der Höhle nicht ab. Es musste aus der Tiefe her hineingedrückt werden, bekam auch stets Nachschub, denn ununterbrochen rollten Wellen herein.

Nur Skylla kam nicht.

Der Kommissar wurde ungeduldig. »Ich sehne mich zwar nicht gerade nach diesem Monstrum, aber allmählich könnte es sich schon zeigen. Irgendwie muss es doch weitergehen.«

Ich deutete auf das Wasser. »Es bleibt dir unbelassen, Will. Du kannst ja tauchen.«

Er lachte auf. »Den gleichen Weg zurück?«

»Nur freiwillig.«

»Das wäre die letzte Möglichkeit.«

»Für mich nicht, Will. Vergiss nicht, dass wir zwar hier allein sind, im Prinzip aber noch jemand zu uns gehört und möglicherweise auf unsere Hilfe hofft. Ich möchte Glenda Perkins auf keinen Fall im Stich lassen. Deshalb muss ich es versuchen.«

Mallmann nickte. »Wenn du die Sache so siehst, hast du Recht. Ich frage mich nur, weshalb uns Skylla in diese Unterwasserhöhle geschleppt hat.«

»Vielleicht bekommen wir es noch heraus.«

Jede Diskussion über dieses Problem war unnötig, denn das Wasser vor uns in der unterirdischen Höhle geriet in Bewegung. In seiner Tiefe musste etwas lauern, das nun hervorkam.

Da wir zu nahe am Wasser standen, war es besser, zurückzuweichen. Deshalb liefen wir fast bis an den Rand der Höhle. Ich hatte die Lampe nicht ausgeknipst, so konnten wir wenigstens etwas sehen, was sich vor unseren Augen abspielte.

Der See brodelte, die Wellen schlugen hoch, klatschten gegen das Ufer oder die kahlen Felswände, die ihn von drei Seiten her einrahmten. Schaumstreifen quirlten wie perlige Luftschlangen über die Oberfläche und blitzten auf, wenn sie vom fingerdicken Strahl meiner kleinen Lampe erwischt wurden.

Da konnte nur Skylla erscheinen. Wenn ich daran dachte, fühlte ich mich nicht besonders wohl, und Will Mallmann erging es ebenso, das sah ich seinem Gesicht an.

Sie kam ...

Auf einmal wurde das Wasser wild und unruhig. Es schäumte und quirlte in die Höhe. Gischtwolken spritzten auf, wurden zu langen Fontänen, fielen wieder zurück und vereinigten sich mit dem bewegten Wasser.

Ich hielt die Lampe ruhig und sah den Körper.

Mit einer gewaltigen Kraftanstrengung schoss das krakenähnliche Geschöpf aus den Fluten, wobei wir die Gesichter nicht einmal sahen, denn es hatte seine dicken Tentakel gesenkt, sodass wir von den Gesichtern nichts erkennen konnten.

Dafür den Körper.

»Gott, ist das ein Brocken!«, flüsterte der Kommissar und schaute zu, wie der schwere, nasse Körper immer höher aus den Fluten stieg und sich sogar an den schmalen Strand der Unterwasserhöhle rollte.

Wir staunten, sahen dann seine Tentakel, die sich allmählich und auch sehr langsam von seinem Körper lösten und sich in die Höhe stemmten.

Jetzt konnten wir die Gesichter anschauen.

Ob sie von innen leuchteten oder nicht, war nicht genau festzustellen.

Jedenfalls hatten sie eine gewisse Blässe, die auch in der Finsternis der Höhle zu erkennen war.

Sechs Mädchengesichter. Ohne eine Spur von Leben und Gefühl. Starre, tot wirkende Augen, blasse Lippen, eine helle, weiche und grünliche Haut, das war alles, was von den Verschwundenen zurückgeblieben war.

Furchtbar …

»Was willst du machen, John? Es sind sechs Gesichter. Sechs Silberkugeln …«

»Noch nicht.«

»Weshalb nicht?«

»Nenne es meinetwegen Skrupel, was auch immer. Ich traue mich einfach nicht oder bringe es nicht fertig, eine geweihte Silberkugel in ein Gesicht zu schießen.«

»Soll ich?«

»Nein. Ich habe das Gefühl, als würde dieses Monstrum auf etwas Bestimmtes warten.«

»Hoffentlich nicht zu lange.«

Es war auch für uns eine nicht alltägliche Situation, einem solchen Monstrum gegenüberzustehen. Wieso alles gekommen war und dieser Krake überhaupt zu einer solchen Größe hatte anwachsen können, war mir unbekannt. Die Gesichter, in die wir direkt hineinschauen konnten, kannten wir. Es gehörte einmal zu dem englischen Mädchen namens Mary Stallock, und daneben leuchtete das der Deutschen Jutta Liebig.

Und genau die beiden erwischte es.

Ich wollte es nicht glauben. Vor unseren Augen verzerrten sie sich, aber nicht nur das, sie fielen auch auseinander. Knochen, Haut, Sehnen und Fleisch wurden zu einer Masse, die von innen, aus dem Krakenarm Druck bekam und von einer dunkelblauen Flüssigkeit überspült wurde.

Bis vor unsere Füße wurden die Reste geschleudert, während die beiden Tentakel langsam schrumpften.

Will Mallmann schüttelte den Kopf. »Ich habe nichts getan, du ebenfalls nicht, John. Verstehst du das?«

»Nein …«

»Und wie soll es weitergehen?«

»Das werden wir sehen …« Eine bessere Antwort fiel mir nicht ein, denn ich hatte das Gefühl, als würde hier ein Spiel ablaufen, dem wir nur als Statisten beiwohnten …

Das scharf und gellend geschriene »Nein!« der Marquesa vermischte sich mit dem Platzen der beiden Gefäße, die auf den Boden schlugen. Ohne es direkt zu wissen, hatte Glenda mit ihrer Aktion den Nerv der Adeligen getroffen; die Schwachstelle in ihren Plänen war gefunden!

Sie dachte natürlich nicht daran, aufzuhören, ihre Arme reagierten blitzschnell, als sie die nächsten beiden Gefäße packte und die in die Höhe hielt.

Die Marquesa sprang vor. »Bei allen Teufeln, lass es sein!«, schrie sie Glenda entgegen. »Lass sie nicht los!«

»Und wenn doch?«

»Halte sie fest!«

»Sag dem Stummen, dass er stoppen soll!«

Bonzo war einfach weitergegangen.

»Bleib stehen, Bonzo!«

Der Stumme gehorchte. Sehr weit stand er von Glenda nicht mehr entfernt. Sie musste sich erst einmal darüber im Klaren werden, dass eigentlich sie es war, die jetzt die Bedingungen stellen konnte. Für die alte Marquesa war die Tinktur lebenswichtig. Nur sie konnte ihr die Frische und Jugend zurückgeben. Zwei Glaskolben waren schon zerstört worden, zwei weitere hielt Glenda in der Hand, nur noch die letzten beiden standen noch frei auf dem Tisch.

Die Marquesa kam vor. Sie sah aus, als wäre sie noch weiter gealtert. Schüttelfrost peitschte ihren Körper. Schwer holte sie Atem. Der schmale Mund zuckte, und ihr Blick hatte einen fast flehenden Ausdruck angenommen. Weit hielt sie die Augen geöffnet. In den Pupillen spiegelte sich das Licht der Kerzen. Die unnatürliche Beleuchtung sorgte dafür, dass die Marquesa noch unheimlicher und gieriger aussah, denn sie streckte die Arme aus, um nach den beiden letzten Gefäßen auf dem langen Labortisch zu greifen.

Dagegen hatte Glenda einiges. »Finger weg!«

»Nein, ich …« Die Marquesa wollte sie nicht. Geduckt stand sie da und stierte Glenda an.

»Soll ich sie fallen lassen?«, fragte die dunkelhaarige Engländerin mit ruhiger Stimme.

»Nein, auf keinen Fall. Nein!« Die Adelige wurde fast wahnsinnig. Sie schüttelte den Kopf und zog sich gleichzeitig zurück, sodass sie nicht mehr in unmittelbarer Nähe der beiden Gefäße stand.

Glenda war zufrieden. Dennoch wusste sie, dass sie auf die Dauer den Kürzeren ziehen würde, wenn ihr nicht etwas einfiel. Schließlich konnte sie nicht bis zum nächsten Tag hier im Labor stehen bleiben und die Gefäße festhalten.

»Ich halte also deine Jugend in den Händen, alte Frau«, sagte Glenda.

»Ja, ja …« Sie nickte heftig.

»Und was befand sich in den ersten beiden Flaschen? Auch deine Jugend, Marquesa?«

»Ja, jawohl.«

Über diese Antwort war Glenda erstaunt. Sie hatte damit nicht gerechnet und hob die Schultern. »Ich verstehe es nicht! Wie kann …?«

Mit einer schroffen Handbewegung unterbrach Eleonora Frascetti sie. Die Adelige wollte aussagen und erklärte es Glenda mit leidenschaftlichen Worten.

»Jedes Mädchen, das ich Skylla geschickt habe, gab dem Kraken einen Teil ihrer Jugend ab. Die Schönheit, die Frische, die Straffheit des Körpers und der Haut, das neue Blut, die kräftigen Haare und Nägel und zum Schluss die Kraft der Jugend. So ist es gewesen, so muss es auch weiterhin sein.«

Glenda lächelte kalt. »Nun habe ich zwei Flaschen zerstört. Welche Eigenschaften waren es?«

»Das neue Blut und die Frische.« Ächzend drang die Antwort aus dem Mund der Marquesa. »Sie kann ich nicht mehr zurückholen. Es gibt kein zweites Mal, der Krakenzauber ist vorbei …«

»Dann war es nicht die Skylla aus der griechischen Sage – oder?«

»Nein, ich habe von einem Krakenzauber gehört und gelesen. Ihn setzte ich ein. Das Monstrum wuchs zu einem Riesen heran, und es war mir dankbar. Ich gab ihm die Opfer. Es nahm ihnen die Kraft und die herrlichen Eigenschaften …«

»Wo befindet sich Skylla?«

Die Marquesa hatte sich aufgerichtet. Nach Glendas Frage sackte sie wieder zusammen und stützte sich mit beiden Händen auf dem Labortisch ab.

»Hinter dir!«, hauchte die alte Frau. »Genau hinter dir. Sie wird verletzt sein …«

»Wenn ich mich umdrehe, sehe ich sie?«

»Nein, du musst schon in den Schacht springen.«

Glenda lachte. »Und am Boden zerschmettert liegen bleiben, nicht wahr?«

»Das Risiko musst du eben eingehen …«

Glenda wechselte das Thema. »Wieso ist sie verletzt? Wer hat ihr diese Verletzung beigebracht?«

»Du!«

Glenda lachte. »Das kannst du mir nicht erzählen. Wie sollte ich es geschafft haben …?«

»Du hast die beiden Gefäße zerstört. Das hat sie dir übel genommen. Zwei ihrer Köpfe sind damit auch vernichtet worden.«

»Wirklich?«

»Ja.«

Glenda begann zu lachen. »Das ist wunderbar. Wenn ich die Gefäße fallen lasse, werden wieder zwei Schädel zerstört und damit deiner Skylla noch mehr Kräfte genommen.«

»So ist es.«

»Danke für den Tip. Ich hätte nicht gedacht, dass mir so etwas Gutes passieren würde. Nun ja …«

Die Marquesa hob den Kopf. »Sei dir nicht so sicher. Auch wenn du alle Gefäße zerstörst, bleibe ich am Leben. Bonzo ebenfalls, und er wird dich töten …«

»Das glaube ich nicht, denn du hängst viel zu sehr an deiner Jugend, an deinem Leben …«

»Was willst du denn?«, schrie die Marquesa. »Sag es endlich! Willst du Geld? Willst du in die Geheimnisse der Magie eingeweiht werden? Los, rede schon!«

»Keins von beiden.«

»Sondern?«

»Ich möchte endlich Gerechtigkeit. Du bist eine sechsfache Mörderin. Du sollst vor einem Gericht erscheinen und abgeurteilt werden. Das ist alles.«

»Und Skylla?«

»Muss getötet werden.«

Die Marquesa schüttelte den Kopf. »Das schaffst du nicht. Nein, das ist nicht möglich. So etwas kann dir nicht gelingen. Skylla wird leben, Skylla wird überleben, denn etwas hast du vergessen, kleine Glenda!«

»Was denn?«

»Deine beiden Freunde.«

Natürlich hatte Glenda sie nicht vergessen. Ihr war nur daran gelegen gewesen, das Thema nicht auf Will und John kommen zu lassen, weil so etwas ins Auge gehen konnte. Innerlich wurde sie nach dieser Antwort der Adeligen unsicher, äußerlich blieb sie gelassen. »Das ist ein Bluff. Meine Freunde werden sie nicht …«

»Du irrst dich wieder, Glenda.«

»Und wieso?«

»Sie befinden sich bereits in Skyllas Gewalt, denn ich stehe mit ihr in Kontakt und habe ihr auf telepathischem Weg den Befehl gegeben, sich die beiden zu schnappen. Das ist geschehen, Glenda. Sie haben keine Chance gehabt. Gegen die Kraft der Tentakel kommt kein Mensch an, auch nicht John Sinclair.«

»Ich brauche Beweise!«

»Die kannst du bekommen.«

»Und wo?«

»Dreh dich um, schaue in den Schacht und rufe die Namen deiner Begleiter.«

Glenda zögerte. Sie warf der Marquesa einen lauernden Blick zu. Bluffte die Frau oder bluffte sie nicht. »Los, tritt an den Schachtrand und rufe …«

»Nein«, erklärte Glenda entschieden. »Nicht ich. Du wirst ihre Namen rufen. Außerdem will ich, dass Bonzo sich zurückzieht. Mir gefällt seine Anwesenheit nicht.«

Die Marquesa nickte. »Ich hatte es zwar anders gesehen,

aber dein Wunsch ist mir Befehl. Ich werde hingehen und den Namen deiner Begleiter rufen.«

»Genau. Nimm nur den Weg an der anderen Tischseite und lass dir nur nichts einfallen.«

»Keine Sorge. Solange du die Gefäße festhältst, werde ich mich deinen Wünschen fügen«, erwiderte die Italienerin mit einem geheimnisvollen Lächeln auf den Lippen.

Glenda traute ihr nicht von der Hand bis zum Ellbogen. Die Marquesa würde alles versuchen, um das Blatt zu ihren Gunsten zu wenden. Noch waren nur zwei Gefäße zerbrochen, die anderen vier enthielten genügend »Stoff«, um dafür zu kämpfen.

Die Engländerin merkte auch, dass ihre Arme allmählich schwer wurden. Es bereitete ihr immer größere Mühe, die Glasgefäße zu halten. Deshalb war sie auch froh, dass sich Bonzo zurückzog und sie nicht mehr direkt beobachtete.

Auch die Marquesa schaute auf die Öffnung, während Glenda es riskierte und die beiden Gefäße wieder auf den Labortisch stellte, ohne sie allerdings loszulassen.

Eleonora Frascetti hatte den Rand des Schachtes erreicht. Dort blieb sie stehen und bückte sich. Ihre Arme hatte sie ausgestreckt und die Handflächen gegen die Knie gedrückt.

»Ruf endlich!«, verlangte Glenda.

»Moment noch.« Sie starrte in die Tiefe und lachte leise. »Ja, da unten sind sie.«

»Es ist doch finster ...«

»Sehr richtig, nur leuchten die Köpfe wie fahle Monde. Ich sehe noch vier«, fügte sie leiser hinzu. »Zwei sind zerstört, aber die anderen reichen auch.«

»Ich will wissen, ob sich John Sinclair da unten befindet!«

Sie rief den Namen. Ihre Hände formten einen Trichter vor dem Mund. »Sinclair!«, brüllte sie in die Tiefe hinein. »Sinclair? Hörst du mich ...?«

Zunächst vernahmen beide nur das Echo.

Glenda wartete. Sekunden verrannen. »Wenn du geblufft hast, Eleonora, dann ...«

»Hier!«

Es war ein schwacher Ruf, der Glendas Ohren erreichte, doch sie kannte die Stimme ihres Oberinspektors genau und wusste nun, dass er noch lebte.

Ein Stein fiel ihr vom Herzen!

Aber was war mit Will Mallmann? Hatte ihn vielleicht das Schicksal erwischt. »Da ist noch jemand!«, rief sie der Marquesa zu. »Ich will wissen, ob er auch lebt.«

»Was soll ich rufen?«

»Frag ihn, ob Will Mallmann bei ihm ist?«

»Gut.«

Abermals vergingen einige Sekunden atemloser Spannung, bis die Antwort des Kommissars aus der Tiefe klang. »Ich lebe noch.«

Die Marquesa nickte, als sie sich umdrehte. »Bist du nun zufrieden?«

»Ja.«

»Dann gib die …«

Glenda schüttelte den Kopf. »Nichts gebe ich her. Das war erst Teil eins meines Planes. Es geht gleich weiter.«

Das Gesicht der Marquesa zeigte plötzlich Hass. »Was willst du denn noch, verflucht?«

»Die beiden hier oben haben.«

»Wieso?«

»Wenn du mit Skylla in Verbindung stehst, wird es dir kaum schwer fallen, sie darum zu bitten, die beiden durch den Schacht in die Höhe zu hieven. Oder reichen die Arme nicht aus?«

Glenda bekam keine Antwort. Sehr lang wurde sie angestarrt, und sie nahm mit der rechten Hand ein Gefäß hoch, um ihre Bereitschaft zur Zerstörung zu dokumentieren.

Die Adelige hob den rechten Arm. Mit der Hand winkte sie ab. »Lass es, Glenda, ich tue dir auch diesen letzten Gefallen. Sie sollen hochkommen, sie werden hochkommen.«

»Und ich warte genau eine Minute!«

Die Marquesa drehte sich um. Wieder schaute sie in die Tiefe. Diesmal allerdings legte sie beide Hände gegen die Schläfen und nahm einen konzentrierten Ausdruck an.

Glenda Perkins wusste, dass sie in diesen Augenblicken nicht nur unter einer immensen nervlichen Belastung stand, sondern auch mit dem Feuer spielte.

Hoffentlich verbrannte sie sich daran nicht …

Will Mallmann schaute mich erstaunt an.

»Wer hat da gerufen?«, fragte ich.

»Hast du die Ruferin gekannt?«

»Nein!«

»Aber sie kannte unsere Namen.«

»Sicher. Ich frage mich auch, wer sie ihr zugeflüstert haben könnte.«

Will ging einen Schritt zur Seite und drehte sich dann im Kreis. »Ich denke da an eine gewisse Marquesa Eleonora Frascetti. Wenn sie Glenda erwischt hat und sie entsprechend ausfragen konnte, ist es durchaus möglich, dass sie die Namen von deiner Sekretärin weiß. Oder nicht?«

»Das kann hinkommen.«

»Demnach müssen wir damit rechnen, Glenda in der Gewalt dieser verdammten Frau zu erleben.«

Das passte mir nicht. Ich enthielt mich eines weiteren Kommentars. Dafür schaute ich in die Höhe, denn direkt über unseren Köpfen begann der Schacht.

An seinem Ende sah ich den schwachen, sich bewegenden Lichtstreifen, und ich glaubte ferner, dort eine Gestalt zu sehen, deren Umrisse sich über dem Rand des Schachtes abzeichneten.

Sie stand da und schaute in die Tiefe. War es die Marquesa Eleonora Frascetti?

»Dreh dich mal um, John!« Mallmanns Stimme unterbrach meinen Gedankenstrom.

Ich sah ihn und sah Skylla. Ihre vier noch übrig gebliebenen Köpfe bewegten sich plötzlich, als hätten sie einen Befehl bekommen. Sie drehten sich dabei, als würde jemand eine für uns unhörbare Melodie spielen, die nur von dem Monstrum vernommen wurde.

Gleichzeitig blähte sich der Krakenkörper noch weiter auf. Ich wurde an Krol, den Krakengötzen und einen der Großen Alten, erinnert. Auch seine Gestalt war immens gewesen, noch weitaus größer als Skylla, und er hatte das gläserne Grauen über uns gebracht.

Das Monstrum hier reagierte anders. Es peitschte seine Tentakel so plötzlich vor, dass wir nicht mehr rechtzeitig genug wegkamen. Will erwischte es einen Moment früher als mich. Ich konnte mich zwar noch drehen, aber die harten Arme umschlangen mich trotzdem, drückten zu, und abermals befand ich mich in den Fängen, während ich sofort vom Boden in die Höhe gehievt wurde.

Auch Will schwang heran. Ich hörte ihn schimpfen. »Verdammt, John, hätten wir mal geschossen.«

»Wir holen es …«

Nein, das letzte Wort verschluckte ich, denn die Fangarme wollten uns nicht erdrücken, sie hatten etwas Bestimmtes mit uns vor. Hätten sie uns sonst in den Schacht hineingedrückt?

Dabei streckten sie sich immer höher. Man konnte glauben, von einer langen Teleskopstange umwickelt worden zu sein, und unsere Reise stoppte auch nicht, als wir die Hälfte des Schachtes hinter uns gelassen hatten.

Das Ziel war klar.

Wir würden dort landen, wo ich die sehr schwachen Konturen der Gestalt gesehen hatte.

Sie war zurückgetreten. Ich sah das große Rechteck des Schachtöffnung näher kommen, hatte für einen Moment die Befürchtung, dass der Arm nicht reichen würde. Das erwies sich zum Glück als Irrtum. Durch ein letztes Strecken des Tentakels erreichte ich als Erster den Rand.

Beinahe sacht und vorsichtig wurde ich darüber hinweggeschoben. Will folgte mir wenig später, und einen Atemzug später lösten sich die Tentakel von unserem Körper.

Wir waren frei.

Keinen Augenblick länger blieb ich dort stehen, wo man mich abgesetzt hatte. Sofort lief ich nach rechts, weg von der Schachtöffnung und tiefer in den düsteren Raum mit den kahlen Wänden und dem langen Tisch hinein, auf dem einige Glasbehälter standen.

Beinahe wäre ich noch über eine Lache und Scherben am Boden ausgerutscht und blieb stehen, als ich die Wand im Rücken spürte.

Auf der gegenüberliegenden Seite hatte Will Mallmann ebenso gehandelt.

Wir bekamen den Überblick – und staunten beide.

Zum ersten Mal sahen wir die Marquesa. Sie hielt sich noch immer nahe der Schachtöffnung auf, stand da wie Pik sieben und hatte die Hände zu Fäusten geballt. Man kann aus Haltungen und Gesichtsausdrücken der Menschen lesen und lernen. Bei ihr hatte ich den Eindruck, als würde sie unter Stress stehen.

Und hinter ihr, aus dem Schacht, schauten die Tentakel des Monstrums mit ihren vier Köpfen hervor.

Die Überraschung traf mich, als ich meinen Blick nach rechts wandte. Dort stand Glenda Perkins. Sie hielt mit ihren Händen die oberen Hälften zweier Flaschen umklammert, und auf ihrem Gesicht sah ich trotz der Anspannung ein Lächeln.

»Hi!« Ich wollte die Atmosphäre auflockern und lächelte ihr zu.

Sie schüttelte nur den Kopf. Das Zeichen verstand ich. Die Lage stand nach wie vor auf des Messers Schneide.

Was war denn nun los?

»Kann mir einer sagen, was das soll?«, hörte ich Will Mallmann fragen und sah, dass er seine Waffe zog.

Auch ich holte die Beretta hervor. Beide wurden wir von der Marquesa beobachtet, die plötzlich den rechten Arm hob. Sie sprach weder Will noch mich an, und wandte sich an Glenda.

»Du siehst, dass ich dir den Gefallen getan habe. Deine Freunde sind hier. Jetzt bist du an der Reihe, den Teil des Versprechens einzulösen.«

»Was habe ich versprochen?«

»Lass die Flasche stehen.«

»Und dann?«

»Könnt ihr gehen.«

Glenda lachte. Ich mischte mich nicht ein, denn ich ahnte instinktiv, dass hier meine Sekretärin den Fall gelöst und entwirrt hatte. Sie wusste mehr, und sie hatte es auch geschafft, die Initiative zu ergreifen. Schon jetzt konnte ich ihr dafür ein Kompliment machen. Sie hatte sich in der Tat emanzipiert.

»Was habe ich denn versprochen?«, fragte Glenda.

»Das du mir die Tinkturen überlässt.«

»Nein!«

Die Marquesa zuckte zusammen. Sie schaute auf die vier Köpfe, dann auf uns und schien einzusehen, dass sie einen Fehler gemacht hatte. Noch einmal versuchte sie einzulenken. »Was hast du davon, mich zu erschießen?«

»Du sollst vor ein Gericht, Alte. Du bist eine sechsfache Mörderin, denke daran.«

Die Marquesa schüttelte den Kopf. Glenda erklärte mir inzwischen in Stichworten, welche Bewandtnis es mit den vier auf dem Tisch stehenden Flaschen hatte.

Plötzlich verstand ich. Auch Wills Augen weiteten sich, und ich sagte in die folgende Stille hinein. »Es ist wirklich besser, wenn wir die Flaschen zerstören!«

Die Marquesa drehte fast durch. »Nein!«, brüllte sie. »Das will ich nicht. Dann wird auch Skylla …«

»Dieses Monstrum hat kein Recht auf Existenz«, erklärte Will Mallmann. »Es ist eine Ausgeburt der Hölle und würde seinen Terror nur weiter in die Länge ziehen.«

»Das meine ich auch!«, erklärte Glenda, ging einen Schritt zurück und öffnete die linke Faust.

Die erste Flasche fiel zu Boden.

Plötzlich war der Teufel los!

Nie hätte ich dieser alten Frau einen solchen Schrei zugetraut. Sie jaulte vor Wut, erinnerte mich mit ihrem Schrei an das Heulen einer Sirene, und sie stand wie erstarrt, als sich die Scherben zusammen mit der Flüssigkeit verteilten und zudem noch Nachschub bekamen, als Glenda auch die nächste Flasche fallen ließ.

Die Reaktion erkannten wir an zwei Gesichtern. Schon in der Höhle hatten wir erlebt, wie sie plötzlich auseinander brachen, und dieser Vorgang wiederholte sich hier.

Zuerst schwangen die Tentakel, als wären sie von einem heftigen Windstoß erfasst worden. Schon in der ersten Bewegung lösten sich die Gesichter auf. Die blaue Flüssigkeit schoss aus ihnen hervor, überspielte die Öffnungen und rann schwallartig an den dicken Armen nach unten. Dabei wurden auch die Knochen- und Hautreste mitgerissen, während die Krakenarme allmählich zusammenschrumpften.

Die Marquesa schaute sekundenlang zu. Sie sah ihre Träume wegspülen, schluchzte auf und drehte sich um. Auf einmal wurde sie schnell. Dass wir unsere Pistolen gezogen hatten, interessierte sie nicht. Sie wollte retten, was zu retten war.

Auf dem langen Tisch standen noch zwei Gefäße. Beide brauchte sie unbedingt, und sie warf sich mit einem gewaltigen Sprung auf den Tisch, streckte die Arme aus, griff nach den Gefäßen, schrie dabei wieder, und Glenda tat das Gleiche an der anderen Seite des Tisches, während Will und ich nicht dazu kamen, so schnell einzugreifen.

Dafür bekamen wir von einer anderen Seite Stoff.

Ich sah einen hünenhaften Kerl, der eine Sonnenbrille trug, jenseits des Tisches in Deckung huschen. Er tauchte so schnell unter, dass es für diese Bewegung nur einen einzigen Grund gab.

Den merkten wir sehr schnell, als uns die ersten Kugeln entgegenpfiffen.

Von irgendwoher hatte er sich ein Schießeisen besorgt. Es war ein Gewehr, wie ich am Klang hörte. Ich zuckte zusammen, als ein Geschoss dicht an meinem Gesicht vorbeifuhr und in der Wand stecken blieb.

Um Glenda konnte ich mich nicht kümmern. Auch Will Mallmann wurde von den Kugeln in Deckung gezwungen, die er unter dem langen Tisch gefunden hatte.

»Okay, John«, sagte er. »Gibst du mir Rückendeckung?«

»Ja.«

»Dann mach mal.« Er warf mir seine Ersatzwaffe zu, die mit normalen Bleigeschossen geladen war. Die andere, die Silberkugel-Pistole, wollte er für sich behalten.

Ich feuerte.

Bonzo hatte noch nicht geschossen, als Glenda und die Marquesa aneinander gerieten. Und sie mussten sich den Erfolg teilen, denn keiner von ihnen gelang es, die beiden letzten Flaschen zu zerstören.

Glenda bekam die erste zwischen die Finger, die Adelige die zweite. Wie mit einem kostbaren Familienschatz, den sie vor der Brust festhielt, ging sie zurück.

Ihre Körper schaukelten heftig. »Nein, nein! Die kriegst du nicht auch noch! Die behalte ich. Es ist die wertvollste. Ich will wieder so werden wie früher!«, heulte sie, hatte die Wand erreicht, presste sich dagegen und jammerte, während sie langsam in die Knie ging.

Glenda hatte kein Mitleid mit der sechsfachen Mörderin. Sie nahm das Gefäß und schleuderte es voller Wut nach vorn. Dicht neben dem Kopf der Marquesa prallte es gegen die Innenseite der Mauer und zerbrach.

Der Regen aus Scherben und magischer Tinktur ergoss sich über den Kopf der alten Frau, die jetzt noch viel lauter schrie. Und in ihre Schreie hinein peitschten die ersten Schüsse.

Glenda hatte genau in dem Augenblick starten wollen, ließ es sofort bleiben. Sie duckte sich nicht nur, sie tauchte auch zu Boden und damit ebenfalls unter den Tisch.

Sie hörte die Einschläge der Geschosse, sah auch das zweitletzte Gesicht vergehen und zerfließen.

Nur noch eines war da.

Sie schaute nach rechts.

Will Mallmann und John Sinclair drehten ihr die Rücken zu. John hatte seine Waffe gezogen, er gab dem Kommissar Rückendeckung, der sich kriechend fortbewegte und der Länge nach unter dem Tisch herglitt.

Glenda wusste sehr genau, wer da geschossen hatte. Es kam nur Bonzo in Frage.

Sie aber wollte die Marquesa Eleonora Frascetti. Diese Frau war nicht mehr in der Lage, aktiv in die Auseinandersetzung einzugreifen. Sie hockte auf dem Boden, hatte die Beine ausgestreckt, den Rücken gegen die Wand gedrückt, hielt das Gefäß an sich gepresst und jammerte in einem fort. Dass sich Glenda auf sie zuschob, sah sie überhaupt nicht.

Aus der Öffnung schaute der letzte Arm. Ein Zucken lief über das Gesicht, der Tentakel schwankte, er traf jedoch keine Anstalten, sich weiter hervorzudrücken, um die herankriechende Glenda zu umklammern.

Direkt vor der Marquesa stoppte sie. Den Arm hatte sie bereits ausgestreckt, als die Adelige die Augen öffnete.

Sie starrte Glenda an, erschrak und begann zu schreien.

Glenda schlug zu. Ihre flache Hand klatschte zweimal gegen die Wangen der Mörderin, sodass deren Kopf von einer Seite zur anderen flog, sie den Griff lockerte und Glenda die Chance wahrnahm.

Mit einer gedankenschnellen Bewegung riss sie die Flasche zwischen den Händen der Frau hervor und schleuderte sie hinter sich. Sie hörte das Platzen und Klirren und brauchte zu Skylla nicht mehr hinzuschauen. Die war erledigt.

Nicht die Marquesa!

Obwohl sie alles verloren hatte, gab sie nicht auf. Durch ihren mageren Körper schoss ein Ruck, so als hätte sie sich einen inneren Stoß gegeben. Und plötzlich bäumte die Frau sich auf, bog den Rücken durch und kam auf die Füße.

Selbst Glenda wurde davon überrascht. Mit einem Ohr hörte sie das Peitschen der Schüsse, wusste auch, dass die Kugeln für sie gefährlich werden konnten, doch die wahre Gefahr ging von der Adeligen aus.

Sie hielt plötzlich das Messer in der Hand.

Glenda sollte das siebte Opfer sein.

Sie war noch nicht ganz hochgekommen, befand sich in einer knienden Haltung, sah über sich die lange Stahlklinge, die größer wurde, denn die Frau ließ sich einfach fallen.

Sie hätte Glenda mit dem Messer in ihrer dunklen Haarpracht erwischt, wenn sich die Engländerin nicht nach hinten geworfen hätte. Deshalb fehlte die Klinge knapp, und Glenda gelang es, die Beine hochzureißen und die Füße in den Leib der nach vorn sinkenden Frau zu stemmen.

Mit einem heftigen Ruck katapultierte Glenda die Marquesa über sich hinweg. Sie hörte die Frau schreien, und Glenda stellte fest, wie sehr sich der Schrei veränderte. Er wurde lauter, hallender, echohafter, und Glenda, die sich zur Seite wälzte, wusste plötzlich, was geschehen war.

Die Marquesa war durch den Schwung des kraftvollen Beinstoßes in die Schachtöffnung gefallen, wo Skylla nicht mehr zu sehen war, da durch die Zerstörung der letzten Flasche auch ihre Existenzberechtigung nicht mehr gegeben war.

Glenda spürte den plötzlichen Schüttelfrost, merkte die Stille – es wurde nicht mehr geschossen –, bis ein gellender Ruf die lastende Ruhe unterbrach.

»Marquesaaaa…!«

Es war Bonzo, der Stumme!

Plötzlich konnte er schreien. Vielleicht war es der Schock gewesen, der bei ihm zu dieser radikalen Veränderung beigetragen hatte, und auch Will und ich hatten den Schrei vernommen.

Dann sahen wir den Mann!

Er rannte aus seiner Deckung hervor, das Gewehr hatte er weggeschleudert, und er rannte wie ein Irrwisch an der langen Tischkante vorbei.

Da wir unter dem Tisch hockten, kamen wir nicht schnell genug hervor, um ihn zu stoppen.

Er wollte auch nicht aufgehalten werden. An Glenda wischte er ebenfalls vorbei und setzte zu einem gewaltigen Sprung an, der ihn in sein Ziel brachte.

Es war der Schacht!

Beim Fallen schrie er nicht.

Wir hörten nur das Geräusch des Aufpralls und wurden blass. Im nächsten Augenblick lag Glenda in meinen Armen …

Ich kam nicht umhin, meiner Sekretärin Komplimente zu machen. Sie hatte den Fall fast im Alleingang gelöst und mitgeholfen, die Welt von einem Produkt teuflischer Magie zu befreien. Skylla würde es jetzt nur noch in der griechischen Sage geben!

Aus Neapel waren die Polizisten gekommen, hatten sich abgeseilt und holten die Toten hervor.

Zuerst Bonzo!

Einen Fall aus dieser Höhe konnte keiner überleben. Auch der Stumme war tot. Die Gläser der Sonnenbrille waren zerbrochen. Wir konnten im Licht der Scheinwerfer erkennen, dass er völlig farblose Augen hatte.

Ihm folgte die Marquesa.

Bei ihr erlebten alle Anwesenden eine grausige Überraschung. Über der Schachtöffnung und auf der Holztrage liegend, bröckelte ihr Körper plötzlich auseinander, sodass bleiche Knochenstücke hervorschauten. Die Polizisten bekamen einen nicht gelinden Schreck und bekreuzigten sich.

Ich aber suchte nach einer Erklärung. Wahrscheinlich hatte die Marquesa mit Skylla eine Einheit gebildet, sodass sie ihr wahres Alter wohl nicht mehr wusste. So wie sie aussah, hätte sie zuvor ein Zombie sein können oder von der Kraft des Kraken leben müssen. Ich wusste es nicht, und das störte mich nicht! Die Marquesa würde ihr Grab finden, Bonzo ebenfalls.

Als wir später das Schloss verließen, legte sich bereits die Dämmerung über das Land.

Der Golf war in ein wunderbares Licht getaucht. Ein tiefes Rot schimmerte auf dem Wasser. In der Ferne durchpflügten bunt beleuchtete Schiffe das Wasser.

»Urlaub!«, stöhnte Will.

»Ja«, sagte auch Glenda. »Den müsste man haben.«

»Und wie!«, fügte ich hinzu, während ich die herrliche Luft einatmete.

Glenda stieß mich an. »Hat dir Sir James eine Zeit genannt?«, fragte sie mich.

»Nein.«

»Weiß er, dass wir schon fertig sind?«

»Auch nicht.«

»Wie lange könnten wir bleiben?«

»Meinetwegen bis zum Wochenende!«

Glendas Jubelschrei klang so laut, dass sich selbst die schon schlafenden Vögel erschreckten und aus ihren Verstecken in den Mauerspalten hochflatterten.

Sie würden es ihr verzeihen. Wären sie Menschen gewesen, hätten sie bestimmt nicht anders reagiert …

ENDE

Sehr geehrte Leserin, sehr geehrter Leser,

Falls Ihr Buchhändler die **John Sinclair-Taschenbücher** nicht regelmäßig führt, bietet Ihnen die ROMANTRUHE in Kerpen-Türnich mit diesem Bestellschein die Möglichkeit, diese Taschenbuch-Reihe zu abonnieren.

Hiermit bestelle ich bis auf Widerruf bei ROMANTRUHE,
Röntgenstr. 79, 50169 Kerpen-Türnich, Tel-Nr. 02237/92496,
Fax-Nr. 02237/924970 oder Internet: www.Romantruhe.de
die **John Sinclair-Tachenbücher** zum Preis von 45,00 Euro
für 12 Ausgaben.
Die Zusendung erfolgt jeweils zum Erscheinungstag. Kündigung jederzeit möglich. Auslandsabonnement (Europa/Übersee) plus Euro 0,51 Porto pro Ausgabe.

Zahlungsart: ☐ - jährlich ☐ - 1/2-jährlich ☐ - 1/4-jährlich
☐ - monatlich (nur bei Bankeinzug)
Bezahlung per Bankeinzug bei allen Zahlungsarten möglich.
Bitte Geburtsdatum angeben: ___ /___ /19___
Name und Ort der Bank: ______________________________

Konto-Nr.: ________________ Bankleitzahl: ________________

Name: ________________ Vorname: ________________

Straße: ______________________________ Nr.: ______

PLZ/Wohnort: ______________________________

Unterschrift: ______________________ Datum: ____________
(bei Minderjährigen des Erziehungsberechtigten)

Die Bestellung wird erst wirksam, wenn sie nicht innerhalb von zwei Wochen ab dem auf die Aushändigung dieser Belehrung folgenden Tag schriftlich (zweckmäßigerweise per Einschreiben bei: Romantruhe, Röntgenstr. 79, 50169 Kerpen-Türnich) widerrufen wird. Zur Wahrung der Frist genügt die rechtzeitige Absendung des Widerrufs. Dies bestätige ich mit meiner

2. Unterschrift: ________________ Datum: ________________

Wenn Sie das Buch nicht zerschneiden möchten, können Sie die Bestellung natürlich auch gerne auf eine Postkarte schreiben.

Das schwarze Evangelium

Mit einer Gesamtauflage von 250 Millionen ist ›*Geisterjäger John Sinclair*‹ die erfolgreichste Horror-Serie der Welt, und Jason Dark zählt zu den meistgelesenen Autoren deutscher Sprache. In dieser Taschenbuchausgabe erscheinen acht seiner atemberaubenden Romane:

Horrornacht im Himmelbett
Götzentanz im Märchenpark
Satans Killerhai
Der Dämonensarg
Der Ghoul und seine Geishas
Ich folgte der Todesspur
Der flüsternde Tod
Phantom-Kommando

ISBN 3–404–73949–3

BASTEI LÜBBE